《诗经》歌唱研究

李辉 著

北京大学出版社

图书在版编目（CIP）数据

《诗经》歌唱研究 / 李辉著 . -- 北京：北京大学出版社，2024. 10. --（博雅文学论丛）. -- ISBN 978-7-301-35423-0

Ⅰ . I207.222

中国国家版本馆 CIP 数据核字第 2024JN4376 号

本书为国家社科基金青年项目"《诗经》歌唱研究"（16CZW015）的结项成果

书　　　名	《诗经》歌唱研究 《SHIJING》GECHANG YANJIU
著作责任者	李　辉 著
责 任 编 辑	郑子欣
标 准 书 号	ISBN 978-7-301-35423-0
出 版 发 行	北京大学出版社
地　　　址	北京市海淀区成府路 205 号　100871
网　　　址	http://www.pup.cn　新浪微博 @ 北京大学出版社
电 子 邮 箱	编辑部 wsz@pup.cn　总编室 zpup@pup.cn
电　　　话	邮购部 010-62752015　发行部 010-62750672 编辑部 010-62752022
印 刷 者	三河市北燕印装有限公司
经 销 者	新华书店 730 毫米 ×1020 毫米　16 开本　30 印张　452 千字 2024 年 10 月第 1 版　2024 年 10 月第 1 次印刷
定　　　价	128.00 元

未经许可，不得以任何方式复制或抄袭本书之部分或全部内容。
版权所有，侵权必究
举报电话：010-62752024　电子邮箱：fd@pup.cn
图书如有印装质量问题，请与出版部联系，电话：010-62756370

序 一

《诗经》研究，取径多样。考察《诗经》篇章在礼乐活动中的歌唱形态，是李辉博士《〈诗经〉歌唱研究》的取径。用李辉博士书中的话说是："将视野远推到'前《诗经》时代'，回到礼乐歌唱的原初语境，从根源上认识《诗》的文本形态及其成因。"

这是要"透过刀锋看笔锋"，即透过今存《毛诗》的文本的样态，观察当初礼乐文明缔造过程中诗篇"歌唱"的情形。"诗经学"要获得进展，这样的研究是十分必要的，也是很吃功夫的。李辉博士挑了一份重活干。

全书正文七章，加"绪论""结语"以及"附论"，共十个部分。据其章次，顺时序展开，即从西周以前的"乐舞与歌唱"一直到《国风》时代的"用乐形态"。那么，这一研究要如何展开呢？作者提出统御全书的两点：其一，以"行为主体"为线索；其二，以诗乐与"仪式"的离合关系为线索。第一点的意思是："周代诗乐活动并非只是乐官之事，它是整个周贵族的仪式生活的基本内容。"笔者理解，礼乐形态下的歌诗，是社会共鸣的文学，参与仪式即意味着在歌声中形成精神上的和鸣共振。不过，李辉说，在礼乐的歌唱中，"甚至下层士民们的心声也以一定的机制纳入礼乐系统中"。这一点明确出来很必要，因为表现社会基层情绪与风情的十五《国风》，也属于周代"礼乐"的一部分。此外，所谓的"行为主体"，还有其他重要含义。举例而言，如祭祖典礼，有些诗篇是献神的，那么所表现的敬神之意，一定是属于贵族的。这也属于"行为主体"方面的事情，而那些表现着祭祖典礼仪程的诗篇，则应属于乐官或其他能赋诗的人员。

第二点，关乎诗篇歌唱与仪式之间的离合变化，与上一条密切关联，也是书中的一条显性的考察线索。西周典礼多，仪式繁，其中宣示祭祖、农事及宴饮等典礼内涵或意义的篇章，如祭祀典礼中表达敬祖之意，又如宴饮上表明好客之情，这类篇章中诗、礼关系明确。然而这只是诗礼关系的一种，麻烦的是，《诗经》篇章的诗礼关系还远不这样单纯。例如在农事诗篇中，在宣示重视农耕诗篇之外，还有一些诗篇则是从旁表现，表现王者对祖传耕种传统的遵循与重视。这是另外一种诗礼关系。后者颇让一些"郑人买履"的学人在解释上出洋相，他们忽略了诗礼关系是充满变化的，而变化中的诗礼关系存在一些微妙内涵。解决如此复杂问题，不从更高一层的文化观念去求解，是得不到好答案的。李辉博士对上述两条线索的把握是紧密而清晰的，贯穿了全书。因而此书的写作就称得上是有纲有目的论证，而非按时间顺序而来的线描。

全书以上述两点为线索，顺序展开。以今所知，《诗经》较早的篇章当为一些《周颂》作品，此书的讨论就从这些诗篇开始。作者认为这些篇章是"周代礼乐歌唱的奠基"。而"奠基"，就是推陈出新。前辈学者提出《周颂》诗篇有从"礼辞"向"诗辞"的递变，李辉博士做了更为细致全面的研究，深化了这一说法。继之而来的研究是燕饮主题的诗篇，这是书中的一个高潮。接着又讨论"变雅"的入乐机制，这是一个难点。因为随着西周的衰落，"无言不疾"（《小雅·雨无正》）的抨击现实的诗篇大量出现。这些诗篇，还像以往一样附着于典礼吗？若是，如何附着？此后，书中还涉及"公卿赞歌"与典礼的关联，指出其"私人属性"。之后就是风诗的入乐歌唱问题，难度同样不小。

前面说过，此书的一个高潮是燕饮题材诗礼关系的探究，其论点令人兴奋。兴奋点就在对燕饮诗篇重章叠调成因的洞察。抒情为主的《诗经》篇章的一个显著特点，就是它的重章叠调。李辉博士敏锐地指出，这样的形式在《诗经》中出现，是从燕饮诗开始的。何以如此？像顾颉刚等老前辈都认为复沓是音乐常见表现手法，可是，为什么《周颂》中那些较早的篇章却不复沓，甚至连章也不分呢？老前辈以后世的"常见"说解，不足以解决《诗经》的问题。可是，包括笔者在内，大多数人是这样相信的。常见、常识，常不可信。会思考的李辉博士则别有所见：燕饮的宾主相互敬酒（即所谓"一献之礼"，燕饮敬酒多的可达"九献"），正是大小《雅》诗篇采取重章叠调的原因。这仿佛是一种拓印，诗篇的形式样态就取决于典礼的形态。看法提出了，下一步是取信的论证，这一点做得也十分成功。作者取《小雅》中《彤弓》《瓠叶》为证，两首诗篇都清晰表现饮酒礼献酒"复沓"，《瓠叶》更被认为是"一献之礼"最简要的描述。继而广取《仪礼·士冠礼》《燕礼·记》和《礼记·郊特牲》等诸多文献以强化之。见解与功夫俱在。

对"变雅"即西周晚期那些抒发政治情感的诗篇，此书强调了西周谏言制度或曰惯例的作用。前辈学者曾指出，西周社会含有原始民主的古风，这些政治衰变时期的诗篇，正与此有关，不过这里的要点是如何演唱，如何得到广泛传播。与此相关，此书注意到了《仪礼》等文献中记载的典礼"正歌"之余的"无算乐"。典礼到了"无算乐"的关节，可以歌吟一些具有讽刺意味的诗篇。从典礼的角度解释"变雅"诗篇，是书中另一个亮点。在讨论风诗的使用上，此书又谈到了"无算乐"的作用。风诗广为贵族所熟悉，照此书看法，也是因为在"无算乐"环节的反复歌唱。这些都是令人印象深刻的论述。

读李辉的研究，除了上述内容令人印象深刻之外，还有此书内容的丰厚，或者说在研究问题时所展现的良好学养。皓首穷经，是因为经典研究需要阅读的古今文献太浩繁。《诗经》研究两千多年，著述更是汗牛充栋。读全点，谈何容易！读此书，其作者对两千多年的研究是相当熟悉的，其中还包括对一些过去不大受重视著述的关注，如清代尹继美《诗管见》在诗礼关系认识上，颇含一些有见地的说法。此书援引其观点，是尹氏的知音。

读此书，常为之击节。也有一些读后的疑惑，提出来求证于李辉博士。书言重章叠调发乎宴饮诗篇，问题是，到国风时代，重章叠调仍然强劲而多样化地延展，是受燕饮诗篇的影响吗？风诗的题材可是多种多样的。那么，风诗的多样化的延展，又是因为什么呢？是不是当有更多一点的说明？还有一点，就是感觉"礼乐用诗"层面的讨论丰富扎实，具体到唱法、诗篇与诗篇在歌唱中的关联等，似乎还应该从诗篇文本方面做些挖掘。不知以为然否？

李辉博士，北师大十年，后转入清华大学为博士后，再后来入赵敏俐教授主持的中国诗歌研究中心工作，转益多师，学问日进。此书的附录数篇，系其工作后的成绩，延伸了正文中的思考，并获得了较大的学术反响。就是说，李辉博士的《诗经》歌唱研究，还在前行。

此外，还想向读者透露一点小秘密：李辉博士能唱昆曲，还会吹笛儿伴奏。学问宜深，做人宜雅。深研《诗经》的歌唱，当与他的昆曲雅趣不无关系吧？

李　山

2024 年 9 月

序 二

一

《诗经》是中国古代第一部诗集，也是最重要的文化经典之一。它在战国时代已经被称为"经"，并且高居"六经"之首。《庄子·天运》载孔子对老聃曰："丘治《诗》《书》《礼》《乐》《易》《春秋》六经。"郭店楚墓竹简《六德》在谈到"六经"时也说："观诸《诗》《书》，则亦在矣；观诸《礼》《乐》，则亦在矣；观诸《易》《春秋》，则亦在矣。"孔子对《诗经》最为重视，他在《论语》中多处谈《诗》。他对弟子们说："小子何莫学夫《诗》？《诗》可以兴，可以观，可以群，可以怨，迩之事父，远之事君，多识于鸟兽草木之名。"又说："女为《周南》《召南》矣乎？人而不为《周南》《召南》，其犹正墙面而立也与！"（《论语·阳货》）又对他的儿子说："不学《诗》，无以言。"（《论语·季氏》）《诗经》在先秦时代何以有如此高的地位？这与它的特殊形态有关。用现代人的观点看，它是一部诗集，它辑录了从殷商时期到春秋中叶之间的三百零五篇作品。但是从它在殷周时代所承担的社会功能来看，《诗经》又远远超出了后世的"诗"的界域。它在人类早期所扮演的功能，绝不只是一般的抒情歌唱，更是作为人类文化、思想、情感的多重表达而存在。在文字产生之前，人类的知识、思想、文化、历史、教育等主要靠口头传承，诗在中华民族的早期，就是不可替代的最为有效的精神文明载体。所以中国早在传说中的尧舜时代就设立了乐官,专门掌管诗歌与音乐。据《尚书·舜典》记载:"帝曰:'夔!命汝典乐。教胄子,直而温,宽而栗,刚而无虐,简而无傲。诗言志,歌永言,声依永,律和声。八音克谐,无相夺伦,神人以和。'"在这里,"志"不仅是情感,还包括人的思想、文化在内的所有精神思考。诗更不是简单的案头文字书写,而是活生生的歌唱、乐舞、表演合一的复杂的综合艺术。从《诗经》的分类、篇目、内容,以及先秦时代关于《诗》的各种记载和评论来看,《诗经》广泛应用于宗庙祭祀、礼仪燕飨、历史记述、时政议论、人际交流等社会活动中,同时还是当时贵族社会最重要的文化教材。由此可见,对于《诗经》的研究和认识,我们不仅需要从"经"的角度阐释其在中国文化史上所产生的重大作用,还需要从它的原初形态入手阐释其与后世诗歌的不同,研究它如此众多的文化功能是如何借助早期的诗歌表现形态而得以实现的。

遗憾的是,随着时代的发展和社会的变化,到了"礼崩乐坏"的春秋后期,《诗经》的创作时代便宣告结束了。传说孔子是《诗经》的最终编辑者,司马迁说:"古者诗三千余篇,及至孔子,去其重,取可施于礼义,上采契、后稷,中述殷、周之盛,至幽、厉之缺,始于衽席,故曰:'《关雎》之乱,以为《风》始,《鹿鸣》为《小雅》始,《文王》为《大雅》始,《清庙》为《颂》始'。三百五篇孔子皆弦歌之,以求合《韶》《武》《雅》《颂》之音。礼乐自此可得而述,以备王道,成六艺。"(《史记·孔子世家》)虽然当代学者的研究证明《诗经》的编辑工作早在孔子之前就已经开始,孔子只是做了最后的整理,但是我们有理由相信,现在我们所看到的《诗经》以风、雅、颂为次序的基本体例,所谓"《关雎》之乱,以为《风》始,《鹿鸣》为《小雅》始,《文王》为《大雅》始,《清庙》为《颂》始",应该是在春秋后期才最后确定下来。孔子自己曾经说过:"吾自卫反鲁,然后乐正,《雅》《颂》各得其所。"(《论语·子罕》)也许孔子就是最后的确定者。风、雅、颂是音乐的分类，而不是诗体的分类，其背后所依托的是周代的礼乐文化，这是《诗经》与后世诗歌在编辑体例上的最大不同。依赖于这种不同于后世诗歌的编辑体例，周代诗歌的原生形态在《诗经》中得到了部分的保留，为后人的诗体探源研究奠定了基础。

但孔子在《诗经》经典化过程中所产生的最重要影响并非"正乐"，而是对《诗经》的义理阐释。正是从他开始，《诗经》被纳入了儒家的政治道德伦理体系之中，使《诗经》在脱离了它的原初配礼而行的艺术形态之后，有了更为强大的生命力量。自《论语》中的孔子论《诗》、上博简的《孔子诗论》开始，经孟子、荀子等孔门后学的发展，再到汉代的四家《诗》，《诗经》学建构起了一个强大的儒家诗学阐释传统。在这个传统中，《诗》的义理得到了前所未有的强化，用《毛诗序》的话说，它成为"经夫妇，成孝敬，厚人伦，美教化，移风俗"最好的思想工具。汉儒虽然也抽象地承认《诗经》的艺术本质，所谓"诗者，志之所之也。在心为志，发言为诗。情动于中而形于言，言之不足故嗟叹之，嗟叹之不足故永歌之。永歌之不足，不知手之舞之足之蹈之也"。但是在具体的文本阐释中，汉儒却很少去做诗的情感艺术分析，他们认为所有的诗都是为了美刺讽谏，甚至连风、雅、颂这三种音乐样式的产生也与此紧密相关："风，风也，教也。风以动之，教以化之。""上以风化下，下以风刺上，主文而谲谏，言之者无罪，闻之者足以戒，故曰风。""雅者，正也，言王政之所由废兴也。政有小大，故有《小雅》焉，有《大雅》焉。""颂者，美盛德之形容，以其成功告于神明者也。"借由这一理论的阐释，汉儒将《诗经》的产生和社会的变革紧密地联系在一起，认为"声音之道，与政通矣"，"治世之音，安以乐，其政和。乱世之音，怨以怒，其政乖。亡国之音，哀以思，其民困"，由此建立了汉唐《诗经》学的政治伦理阐释体系。

将《诗经》从周代社会的综合艺术变而为以美刺讽谏为主的"诗教"，我们自然不能否认这一转化中有其合理性的一面。就诗的产生缘起来讲，所谓"诗者，志之所之也"，这诗中之"志"自然包含着丰富的思想和生活内容，这也是诗的本质特征之一。以孔子为代表的儒家强化了这一点，用以进行《诗经》的内容阐释，并以此指导后世的诗歌创作，参与社会的改造与建设。这对《诗经》的经典化，确定它在中国文化史的崇高地位，功劳是巨大的。但汉唐《诗经》学的这一阐释体系，显然忽略了《诗经》的抒情本质。所以，以朱熹为代表的宋代理学家，一方面承认汉学家的美刺讽谕理论，一方面也认识到《诗经》的抒情功能。朱熹在《诗集传序》的开头便说："人生而静，天之性也。感于物而动，性之欲也。""诗者，人心之感物，而形于言之余也。心之所感有邪正，故言之所形有是非。惟圣人在上，则其所感者无不正，而其言皆足以为教。"于是，诗就由"言志"的艺术变成了"抒情"的艺术。经过宋儒这一合乎情理的解释，《诗经》就变成了一部导人性情、感化人心的圣典。不仅如此，朱熹还教人学习《诗经》的方法："本之二《南》以求其端，参之列国以尽其变，正之于《雅》以大其规，和之于《颂》以要其止，此学《诗》之大旨也。于是乎章句以纲之，训诂以纪之，讽咏以昌之，涵濡以体之，察之情性隐微之间，审之言行枢机之始，则修身及家、平均天下之道，其亦不待他求而得之于此矣。"这一理论阐释强化了《诗经》的抒情本质，使其更接近汉魏六朝以后的诗歌，便于人们的学习与体认。相对于汉学来说，这无疑是一次重大变革，对元明清以来的《诗经》研究产生了重要影响。

但宋儒的这一阐释体系又带有过强的主观色彩。在朱熹看来，《诗经》中每一首诗情感表达的邪正全看作者的身份，而作者的身份又全凭他的主观判断。同样的抒情之作，出现在二《南》当中的诗人，就"亲被文王之化以成德，而人皆有以得其性情之正"，其诗就"乐而不过于淫，哀而不及于伤"；出现在《郑》《卫》之风中的人，就"有邪正是非之不齐"，所作就多是"淫奔之诗"。朱熹在这里所说的"情性隐微"，全靠个人的体悟，往往经不住实事的推敲。清人认识到汉学和宋学的不足，一方面通过训诂考证和义理阐释重新强化传统，汉学派与宋学派都得到了新的发展，同时也努力突破汉学与宋学的束缚而自寻门径，产生了如《诗经原始》这样的著作，意在弄清《诗经》的最初本相，从事探原式的研究。清代学者还有强烈的问题意识，他们擅长从《诗经》中的某些篇目和个别问题入手进行研究，对《诗经》与周代社会政治、宗教、礼乐、风俗、教化的关系，《诗经》在当时歌唱、表演的具体形态，包括风、雅、颂的音乐概念等，都进行过有益的探讨，其中不乏可取的成果。

但是，由于传世的《诗经》仅仅是后人所整理的文字文本，早已不是《诗经》产生时代的原貌，而且随着时间的推移，后人对周代社会的历史文化越来越隔膜，因此，要弄清《诗经》的原初形态越来越困难。"五四"学人打着祛除笼罩在《诗经》身上的"经学"迷雾、恢复其文学本来面目的旗号，在突破汉宋《诗经》学的传统上开展新的研究。其中最大的突破，就是将《诗经》看作一部诗歌总集来进行研究，在《诗经》的文学阐释上取得了前所未有的成就。但是他们也因此消解了《诗经》的经学价值，极大地忽略了沉积在其上的深厚的历史文化内容，而且无视《诗经》与后世诗歌总集的巨大不同，扭曲了它的艺术本质，其结果是距离它的原初形态越发遥远，《诗经》的研究由此而面临着新的危机。

纵观汉唐以来的《诗经》学研究史，我们发现，历朝历代的研究虽然都有突破，但是面对离后人日益遥远《诗经》，如何探讨它的原初形态，对其进行历史文化的艺术还原，仍然是当下解读《诗经》这部伟大经典最基本也是最重要的工作。

有幸的是，"新时期"以来的《诗经》学研究，恰逢一次历史上最好的机遇。这一机遇源自两个方面：一是思想的解放和学术的自由，使当代学者可以突破旧观念的束缚而进行新的学理思考，特别是改革开放以来与世界学术的接轨，严谨独立的学术品性促进了《诗经》学研究的进步；二是新材料的发现，尤其是大量的出土文献的发现，给《诗经》研究带来了无比的活力，使当代学人可以看到汉儒也不曾看到的考古文物和文字材料，这为《诗经》的探源研究奠定了更为坚实的文献基础，取得了重要突破。

这一时期的《诗经》研究大抵上又可以分为两个阶段。第一个阶段是上个世纪末期以前，学者们开始反思历代的《诗经》学研究，如赵沛霖的《诗经研究反思》（天津教育出版社，1998）、夏传才的《〈诗经〉研究史概要》（中州书画社，1982）就是这样的著作，通过历史的回顾，引领着学界的前瞻。正是从这一时期开始，学术界逐渐摒弃了政治图解式的研究方法，将《诗经》研究与周代历史文化紧密联系，探讨《诗经》创作、演唱、应用的实际情况，重新定位《诗经》的艺术本质。"礼乐文化"作为一个核心概念，第一次系统地出现在当时的《诗经》研究著作中。如许志刚的博士学位论文《诗经胜境及其文化品格》（东北师范大学，1986），结合周代社会的历史实际，以二《雅》的作品为主，重点分析周代社会的礼乐制度对于周代贵族人情的引导与约束，并将他们视为周代的思想家，分析他们的心灵和艺术，讨论大小《雅》作品中所展现的和谐之美。赵明主编的《先秦大文学史》（吉林大学出版社，1993），从周文化特征、周代社会的政治经济制度、周人的哲学、政治思想和礼乐文化的角度入手，探讨《诗经》的产生，对《诗经》的内容进行新的分类，并结合周文化精神对《诗经》的艺术成就进行新的阐释。廖群的《诗经与中国文化》（香港东方红书社，1997），将礼乐文化视为《诗经》的母体和载体，认为《诗经》是在礼乐文化下推出的一部"音乐作品"，分析二《雅》作者的终极关怀与中国文人学士的政治怀抱和史命意识，将"中和"视为《诗经》的审美理想与中国文化的基本品格。姚小鸥的博士学位论文《诗经三颂与先秦礼乐文化的演变》（东北师范大学，1993年），系统地探讨了《商颂》与殷周两代礼乐文化的传承与嬗变，《周颂》之《大武》《三象》与西周礼乐制度的奠基和演化，以及《鲁颂》与先秦礼乐制度的"中兴"。与此同时，海外学者研究《诗经》的一些著作也被介绍到国内，如法国学者格拉耐的《中国古代的祭礼与歌谣》（张铭远译，上海文艺出版社，1989）、王靖献的《钟与鼓——〈诗经〉的套语及其创作方式》（谢谦译，四川人民出版社，1990），这些海外的研究成果角度各异，视野开阔，方法新颖，与国内的研究遥相呼应。这些著作的出版，标志着改革开放以来《诗经》研究的第一次重大转向。从此，结合周代社会的礼乐文化来讨论《诗经》，就成为新时代《诗经》研究的重要标志。

第二阶段是从新世纪开始，在对礼乐文化深入研究的基础之上，学者们对《诗经》生成的文化学研究有更为细致的探讨。如赵敏俐等在《中国古代歌诗研究——从〈诗经〉到元曲的艺术生产史》（北京大学出版社，2005）一书中，首先从艺术生产的角度，讨论周代社会的乐官制度建设、周代社会的音乐分类与用乐规范的形成，分析《诗经》与周代社会艺术生产的关系，探讨《诗经》的乐歌特质及其艺术成就。马银琴的《两周诗史》（社会科学文献出版社，2006），从仪式乐歌和周代礼乐文化变迁的角度，系统地讨论了《诗经》从周初武王、成王时的仪式乐歌到春秋中后期《国风》的结集和孔子对《诗三百》的删定这一历史过程。此外，如李瑾华的博士学位论文《〈诗经·周颂〉考论——周代的祭祀仪式与歌诗关系研究》（首都师范大学，2005）、黄松毅的博士学位论文《仪式与歌诗——〈诗经·大雅〉研究》（首都师范大学，2006），同样从礼乐文化的角度对《诗经》雅颂进行了具体探讨。张树国的《宗教伦理与中国上古祭歌形态研究》（人民出版社，2007），把周初史诗与宗教庙仪结合起来进行讨论。傅道彬的《诗可以观：礼乐文化与周代诗学精神》（中华书局，2010），从礼乐文化的角度探讨了孔子所说的"诗可以兴、可以观、可以群、可以怨"的理论表述何以成立，将礼乐文化与《诗经》的研究提升到思想理论的高度来认识。李炳海的《中国诗歌通史·先秦卷》（人民文学出版社，2012），从诗体的演变、诗歌与音乐的因缘、诗歌艺术的多元生成等角度，按照从西周初年到春秋的时代顺序，对《诗经》的内容发展、诗体流变和演唱方式等做了系统全面的论述。此外，葛晓音的《先秦汉魏六朝诗歌体式研究》（北京大学出版社，2012）、赵敏俐的《中国早期诗歌体式生成原理》（《文学评论》2017年第6期）等论著，从韵律语法学、诗体学和歌唱的角度，对《诗经》的诗体形成、语言结构和章法特征等问题也做了全新的探索。

　　更值得关注的是，随着先秦考古学的发展和大量出土文献的发现，这一时期的《诗经》研究有了更多的考古文献作为支撑，从文献学的角度极大地开拓了《诗经》研究的空间，使有关《诗经》的探源研究有了更大的可能。上博简《孔子诗论》的发现，促进了对孔子和早期儒家诗学观念的研究，如陈桐生的《〈孔子诗论〉研究》（中华书局，2004）。安大简《诗经》的发现，使人们第一次看到了战国时代一个《诗经》抄本的原貌，将它与传世本《诗经》进行对比，为我们深入探讨《诗经》在先秦时代的存在形态提供了最为可靠的参照样本。与此同时，大量的金文、甲骨文的发现，商周社会遗址和古墓考古发掘出土的大量文物，以及语言学、音乐学、民俗学等学科的研究成果，使学者们可以更加全面地利用这些文献，系统地探讨《诗经》生成的问题。如陈致的《从礼仪化到世俗化——〈诗经〉的形成》（上海古籍出版社，2009)，因为利用了更多的考古文献材料，由此对风、雅、颂的生成和音乐内涵做了细致的讨论，可以和马银琴的《两周诗史》互补。邓佩玲的《〈雅〉〈颂〉与出土文献新证》（商务印书馆，2017）也是这样一部著作。李山的《〈诗经〉的创制历程》（中华书局，2022），并不满足于简单利用这些出土文献，而是结合这些出土文献，更为深入地分析两周社会的历史变迁，结合政治变革、文化制度、思想观念、语言文字等，对《诗经》的创制历程做了更为细致的讨论。与此同时，关于《诗经》的艺术阐释，学者们也从礼乐文化入手，从口传诗学、音乐演唱的角度做了深入的探讨。可以这样说，自20世纪以来的《诗经》学研究，从来没有像今天这样活跃，也从来没有像今天这样有如此巨大的理论方法变革，它代表的是《诗经》学史上一个前所未有的新的时代。

二

　　李辉的《〈诗经〉歌唱研究》，就是在这一学术大潮下涌现出来的一部优秀的研究成果。他把《诗经》的研究聚焦于"歌唱"，由此入手，系统研究《诗经》的原始发生，颂、雅、风的不同歌唱形态和复杂的社会功能，并在此基础上探讨《诗经》在周代社会的发展演变过程、《诗经》从最初的演唱形态转变为经典化文本的过程、《诗经》与后世诗歌的不同等一系列重要问题。一句话，他以"歌唱"为切入点，充分利用传世文献和出土文献，广泛吸收古今《诗经》研究的积极成果，特别是"新时期"以来的大量成果，对《诗经》的文本生成过程和歌唱形态做了最新的阐释，其要点包括以下三个方面。

　　其一，确立了一个以"歌唱"为出发点的、回归《诗经》原初形态的研究方法。《诗经》本是歌唱的艺术，这一点在先秦文献中有明确记载，历代《诗经》研究者也从来没有否认。但是古代没有录音、录像的技术，《诗经》古老的歌唱形态并没有传承下来，只留下一点零星的文字记载。后人所看到的《诗经》不过是作为歌唱艺术遗存的歌辞文本。所以，从汉代以来，学者们虽然认识到《诗经》的歌唱性质，但是并没有将其作为研究《诗经》的基本出发点，建立一个完整的研究体系。这个问题看起来简单，要真正做好却并不容易。虽然《诗经》是歌唱的艺术，但是它与后世的歌唱却大不相同。因此，如何思考这些不同，就成为研究《诗经》歌唱首先要解决的理论问题。对此，当代学人已经开始思考，近年来对周代礼乐文化的深入研究和出土文献的大发现，无疑为《诗经》歌唱的探源研究奠定了坚实的基础。李辉正是在此基础上建构了自己的研究方法和理论体系。我们知道，《诗经》和后代诗歌的最大不同，就是它并不仅是抒情言志的艺术，还是表演于各种场合、有着多种实际用途的艺术载体，在周代社会承担着祭祀、燕飨、礼乐、教化等各种复杂的功能，背后有一套复杂的入乐机制。作者认为，如果要研究《诗经》的流传与传承，就要从《诗经》在周代社会的实际功能入手，抓住周代诗乐发展的两条关键线索：一是诗乐活动中的行为主体，二是诗乐与仪式的关系。由此来看，《诗经》的创作与流传也和后世诗歌有着相当大的不同，它从一开始就以"书写"与"口头"并行的方式存在，就是稳固性和流动性的辩证统一。在这一创作和传承的过程中，又有乐官和贵族两个不同的群体在发挥着作用。而之所以出现这种情况，又与周代歌诗的创作与入乐机制密不可分。只有全面地认识并分析这些复杂的问题，才有可能将《诗经》的歌唱研究聚焦于"正在进行时"的原初状态，才能发现《诗经》的歌唱艺术与后世诗歌的本质不同，进而解决《诗经》在传承发展过程中所存在的一切重大问题。毫无疑问，这种以"歌唱"为起点，回归《诗经》歌唱原生态的方法，既是李辉对当代《诗经》研究发生重大转向的学术总结，又是在这一学术背景下向前所做的重要推进，同时也是该书之所以取得一系列突破的重要原因。

其二，系统地讨论了《周颂》、二《雅》和《国风》的不同歌唱形态，并以此为线索，描述了一个以音乐发展为中心的《诗经》在周代社会的生成发展史，建构了一个新的《诗经》阐释体系。众所周知，作为"歌唱"文本的《诗经》，其基本的分类是风、雅、颂，但是，这三种不同的演唱体系到底是如何形成的？其具体表现如何？这既是古今《诗经》学的基本问题，也是至今都没有得到圆满解决的问题。新时期以来，以礼乐文化为核心的《诗经》研究对此问题已经多有讨论，本书正是在此基础上的全新探索。由此我们就可以发现，作者在这里所说的歌唱研究有特定的角度，他并非要恢复不可能重现的《诗经》具体演唱的声像形态，而是从歌唱的性质入手，讨论风、雅、颂的歌唱类型、生成机制、社会功能，以及由此而形成的文本形态。作者认为，作为以祭祀为主的颂诗，可以分为两种类型：一是转录自祭祀"礼辞"的颂诗，进而拓展到其他朝典上的"礼辞"；二是由"礼辞"的诗乐再现，转为赋唱祭祀及其他朝典仪式本身。由此入手，作者讨论了《周颂》中的"礼辞"歌唱及其拓新，所谓《周颂》中的"诗乐舞合一"之说，歌诗与舞蹈的分野，颂诗的歌演主体，王公臣子、国子与瞽矇乐工的不同职能等一些重要问题。进而说明，在《诗经》三体当中，《周颂》产生得最早，它与周初以宗庙祭祀为主的一系列活动直接相关，并由此奠定了周代礼乐歌唱的基础。《大雅》的兴起，则有赖于西周中期礼乐大备的时代背景，同时也预示着《诗经》的歌唱从颂诗到雅诗的嬗变，它将诗的功能由周初颂诗的"美盛德之形容"变为《大雅》的赞美先王之功业，开始承担历史述赞与讲史说唱的"诗世之教"功能。它显示了西周中期礼乐制度完善的盛况、演唱规模的扩大、内容的丰富、仪式空间与仪式角色的新变。《小雅》燕饮诗的兴起，则与周代礼乐歌唱的繁盛有着更为直接的联系。其"显物"与"合好"的目的，使这些燕饮诗承担了更多的审美娱乐与精神沟通的功能，由此而带来了诗体上的新变，如"比兴""套语"的大量使用和重章叠调的流行。这进一步促进了礼乐制度的完善，在燕饮背景下形成了"升歌""笙入""间歌""合乐"等乐节规范，以及"上取"和"下就"的用乐通用制度。循此路径，作者也比较自然地找到了"变雅"得以产生的礼乐缘由，它发端于仪式乐歌的衰微、古老的讽谏传统的破坏，反映了"献诗""献曲"以及"采诗观风"等诗乐制度的转向。至于《二雅》中的那些"公卿赞歌"，则缘于王朝礼乐的畸变，亦即王室与公卿间的政治生态变化。而《国风》的入《诗》，则象征着礼乐下移之后春秋诸侯自主诗乐时代的到来，标志着周王朝礼乐的衰落。作者认为，《国风》的兴盛，缘于春秋时期传统礼乐的松弛，地方风俗勃兴，新声新乐流行，乐官出于迎合贵族音乐趣尚的"采风"因此大兴其道。

由此可见，作者在这里不仅细致地分析了《周颂》、二《雅》和《国风》不同类型的歌唱艺术，而且在这一分析过程中还描述了《诗经》的发展历史，探讨了从西周初年到春秋时代礼乐文化的变迁。尽管这一描述还比较简略，有些提法也比较大胆，但是却自成体系。与马银琴的《两周诗史》、李山的《〈诗经〉的创制历程》，以及当下有关

《诗经》发展史的文献考证相互发明。这说明，"歌唱"不仅是我们认识《诗经》风雅颂三体、辨析其不同艺术特点的最佳途径，也是我们研究周代礼乐文化、探讨《诗经》发生发展历史的一个重要突破口。作者由此提出了许多富有创见的观点，这是本书最为重要的贡献。

从"歌唱"的角度研究《诗经》，自然会提出一个难得被人们关注的重要问题，即周代歌诗在当初是否存在着一个"乐本"的形态。作者认为，由传世文献中的相关记载，如《礼记·投壶》所记录的鼓谱、《汉书·艺文志》的"声曲折"，及出土文献如上博简《采风曲目》、湖北荆州王家嘴战国楚墓出土的"先秦乐谱"，可以推测《诗经》在当初的流传中可能存在一个"乐本"形态。对此，作者从"诗题""笙诗""乐章""诗序"等角度对"乐本"《诗经》的可能形态做了考察。而从《诗经》最初的口传与书写并存的实际情况出发，安大简《诗经》等早期文本的发现，同样也可以证明，《诗经》的"文本化"和经典化也有一个漫长而复杂的演变过程。作者对这一问题的讨论，对当下的《诗经》研究，也是具有相当大的启发意义的。

其三，将传世文献与出土文献相结合，将《诗经》的研究和当下的考古学、文献学、历史学、民俗学、宗教学、艺术学等学科相结合，广泛吸收古今中外丰富的研究成果，理论与实证相辅相成，预示着当代《诗经》学发展的新方向。《诗经》是中国古代最伟大的经典之一，它在中华民族精神成长的过程中发挥着不可估量的作用，所以，在中国古代，《诗经》的研究一直属于"经学"的范畴，成果极其丰富。改革开放以来，《诗经》学研究同样备受瞩目，在传统《诗经》学的基础上有了极大的发展。1993年中国《诗经》学会成立，标志着《诗经》学开始了一个新的时代，同时大大推进了《诗经》研究国际化的进程。出土文献的大发现，为当代《诗经》学研究提供了一大批极其宝贵的原始材料。信息的开放，计算机、互联网等现代科技的飞速发展，也为新时代的《诗经》研究提供了现代化的科学手段。所有这一切，为当代《诗经》学的发展创造了无比优越的条件，但是这并不意味着当代《诗经》学研究变得更加容易,反而对研究者提出了更高的目标。它意味着当代的《诗经》研究者要掌握更多的资料,了解更全面的国内外学术动态,要有更为开阔的胸怀和更加敏锐的眼光。李辉的《〈诗经〉歌唱研究》之所以取得优秀的成绩,就是立足于此。阅读此书我们就会发现,作者不仅对古今中外的《诗经》学研究动态了如指掌,对文献学、考古学、历史学、艺术学等相关学科知识也特别熟悉,而且在此基础上还有比较深刻的理论思考,由此建立了一个新的《诗经》研究的理论框架,成一家之言。此书征引资料极其丰富,所有的论述都建立在资料搜集和认真分析的基础之上。作者立足于当代,但是对于古代丰富的《诗经》学研究成果时有征引,对国外《诗经》学的成果也多有吸收,这是难能可贵的。文章逻辑清晰,辨析细密,态度严谨。我个人以为,这部著作,可以作为近年来《诗经》学研究方面具有创新意义的重要成果,其研究方法和研究范式也值得当代学者们关注。

作者把《诗经》的生成发展纳入一个以"歌唱"为突破口的研究框架之中,提出了好多新的见解,建立了一个新的研究体系,为《诗经》研究打开了一个新的窗口。当然,本书也并非完善,仍有一些问题值得思考。举例来讲,作者通过大量的考古文物和甲骨卜辞,为我们描述了一个简明的远古社会的乐舞与歌唱图景,同时对商代的乐舞活动与乐政也做了比较充分的论证,由此可以看出商代祭祀乐舞活动的繁荣和它所能达到的艺术高度。但作者却没有结合这些丰富的内容来论述《商颂》产生于商代的可能性以及它与《周颂》之间的关系,仍然坚持"《商颂》并非作于一时,在商周历时流传中时有递修"的观点。这一说法似乎稳妥,但却回避了《商颂》是不是产生于商代、后人在多大程度上进行了递修、《商颂》到底属不属于商诗这些最基本的问题。在我看来,如果说《商颂》是西周以后商人后代的创造,却又偏偏保存在"周太师"(据《国语·鲁语下》)那里,这是不可思议的事情。反之,如果我们从商代歌舞艺术的繁荣、从商代的乐政制度建设这个角度考虑问题的话,《商颂》只能产生于商代。即便是后代有人递修,也不足以改变它作为商诗的本质属性。这就如同《周颂》无论如何递修,也不足以改变它是周初颂歌的基本属性,二者是一个道理。与此同时,我们从本书所讨论的商代歌舞艺术的繁荣和乐政建设已经比较完善的情况来看,可以推测《周颂》的产生与殷商祭祀歌舞之间一定存在着紧密的联系,我希望作者能在本书的基础上对这些问题再做更深入的思考。再如关于《国风》的讨论,作者认为它的产生和编辑与春秋时期传统礼乐松弛、地方风俗勃兴和新声新乐流行有关,这可能是原因之一。但是相关的资料还是太少,并不足以解释《国风》中二《南》和《豳风》何以编入《国风》之中、它们到底产生于何时等一系列问题。这说明,从"歌唱"入手研究《诗经》,打开了一个新的学术空间,解决了一些问题,同时也会发现一些新的问题等待我们研究和探索,而这也正代表着学术的发展和进步。

李辉老师年轻有为,他本硕博在北师大连读,跟随李山先生研究《诗经》,取得了丰硕的成果。以后又到清华大学跟随陈来先生做博士后研究,在先秦思想文化方面打下了深厚的基础。博士后出站到首都师范大学中国诗歌研究中心工作,我们有幸成为同事和朋友。在学问上互相切磋,在生活和工作上互相帮助,结下了深厚的友谊。他的新著《〈诗经〉歌唱研究》本是国家社会科学基金成果,结项成绩优秀。现在本书即将出版,嘱我作序。我先睹为快,略书感想如上,将它隆重地推荐给学界朋友们,同时也期望他在此基础上继续深入思考,再创学术辉煌!

赵敏俐
2024 年 8 月 10 日于京西会意斋

目 录

序 一 李山 _1

序 二 赵敏俐 _5

绪 论 _1

第一节 重审《诗》乐相关研究 _2
一、关于"《诗》是否全入乐"的讨论 _3
二、关于《诗经》风、雅、颂诗体音乐性的研究 _7
三、关于周代礼乐制度与诗乐机制的研究 _12

第二节 《诗经》歌唱研究的方法与维度 _15
一、歌唱视角下的《诗》文本及相关研究 _16
二、周代歌诗创制与入乐机制研究 _20

第一章 礼乐歌唱的先声：周以前的乐舞与歌唱活动 _27

第一节 远古时期的乐舞与歌唱活动 _27

第二节 商代的乐舞活动与乐政 _35
一、考古所见商代乐舞器及乐舞活动 _36
二、商代的乐政 _45

第三节 商代的诗辞歌唱与《诗经·商颂》作时的争论 _51
一、卜辞中所见商代诗辞歌唱 _51
二、关于《商颂》作时的争论 _56

第二章 《周颂》与周代礼乐歌唱的奠基 _64

第一节 《周颂》的类型及其关系 _64

第二节 从"礼辞"到"诗辞":《周颂》的导源与开新 _71

一、《周颂》中的礼辞歌唱 _71

二、《周颂》对礼辞歌唱的拓新 _74

三、附论:二《雅》、《国风》中关于人物辞令的歌唱 _80

第三节 《周颂》舞诗与所谓"诗乐舞合一"说 _86

一、"象德"与"象功":《大武》乐章中所见歌诗与舞蹈的疏离 _88

二、"象舞""勺舞""六大舞""六小舞""燕舞"诗乐舞关系考辨 _97

第四节 颂诗的歌演主体及其职能演变 _104

一、王公臣子 _104

二、国子 _108

三、瞽矇乐工 _113

第三章 "诗世之教":《大雅》的历史述赞与讲史说唱 _117

第一节 西周中期礼乐大备背景下雅诗的兴起 _117

一、民族认同与历史意识的高涨:从"雅"的字义说起 _118

二、西周中期的"制礼作乐"与雅诗的兴起 _125

第二节 《大雅》诗乐功能与乐用方式的转型 _137

一、西周中期祭祖礼的演变与《大雅》述赞诗 _137

二、《大雅》述赞诗的"诗世之教"与"讲史说唱" _145

第四章 《小雅》燕饮诗与周代礼乐歌唱的繁盛 _156

第一节 "显物"与"合好":西周中期燕饮诗的兴起与旨意 _156

第二节 "比兴"与"套语":燕饮诗创制的新变 _166

第三节 重章叠调:乐工燕饮歌唱的便利之策 _175

第五章　周代典礼用乐"乐节"的形成_189

第一节　"上取""下就"说商兑_190

第二节　燕饮歌唱背景下"笙入""间歌""升歌"的形成_197

第三节　"合乐"的形成与二《南》的"入乐"_204

第六章　"变雅"创制与入乐机制的新变_213

第一节　仪式乐歌的式微与"变雅"的兴作_213

第二节　"是用大谏"：讽谏诗的创制与入乐_220

　　一、讽谏传统与讽谏诗的兴起_220

　　二、从"献诗"到"献曲"：讽谏诗的生成与歌唱_229

第三节　"采诗观风"的转向：《小雅》征役诗的采集与入乐_238

第四节　公卿赞歌：王朝礼乐的畸变_252

　　一、"公卿赞歌"背后王室与公卿间的政治生态_253

　　二、"公卿赞歌"的私人属性_257

　　三、"公卿赞歌"与册命金文的关系_261

第七章　《国风》的时代：礼乐下移后的春秋诸侯诗乐_269

第一节　东周政治礼俗背景下的诸侯自主诗乐_269

　　一、"自天子出"：西周诸侯国礼乐的来源_270

　　二、"异政殊俗"：东周诸侯国诗乐的自主发展_276

第二节　风诗的生成：从"采风"到"入乐"_286

　　一、审美娱乐与政教讽谕：春秋时期"采风"的两种功能目的_287

　　二、乐官"采诗入乐"时的文本加工与政教评述_303

第三节　《国风》的音乐风貌与乐用情境_314

　　一、风诗的"新乐"本色与"乐章"属性_314

　　二、"无算乐"中《国风》的乐用形态_323

结语　《诗经》礼乐歌唱的内在机制与精神旨趣_328

附论一　《周颂·酌》诗旨及乐用探论 _335

附论二　《周公之琴舞》"启+乱"乐章结构探论 _346
　　第一节　从"乱曰"与《周颂·敬之》入手 _347
　　第二节　《周公之琴舞》"启""乱"轮唱模式分析 _351
　　第三节　所谓周公"琴舞九絉"再认识 _358

附论三　周代歌诗"乐本"形态探论 _361
　　第一节　周代"乐本"歌诗之存在 _362
　　第二节　周代"乐本"歌诗的可能形态 _365

附论四　论周代歌诗的"文本化"——兼论《诗经》中复杂文本的成因 _383
　　第一节　周代歌诗的"文本化"问题 _384
　　第二节　"文本化"的缺憾：《诗经》复杂文本的成因 _387
　　第三节　"变调歌辞"的"文本化"及其结果 _394

附论五　《诗经》章次异次考论 _401
　　第一节　歌诗章次的功能意义与呈现方式 _402
　　第二节　《诗》章异次现象综考 _406
　　第三节　《诗》章异次发生的原因 _421

参考文献 _427

后　记 _453

绪　论

《诗经》是周代礼乐文明的重要结晶，保存了周代典礼活动中诗乐歌唱的重要诗篇。我们今天所见到的《诗经》，主要是汉代的《毛诗》。《毛诗》与汉代时期流行的齐、鲁、韩三家《诗》，在经文的篇卷、次第及具体诗章内容上都各有自家规模和特色，而出土文献如阜阳汉简《诗》、清华简《诗》类文献、安徽大学藏战国竹简《诗》、海昏侯墓汉简《诗》、王家嘴战国楚简《诗》等的面世，更加充分反映了战国以来《诗》文本流传的多样复杂面貌。这些《诗》文本的横纵参照，提醒我们在研究《诗经》时应注意把握两点：其一，《诗》的早期传承和阐释是多元复杂的，《毛诗》并不能代表《诗》自结集以来的普遍面貌，更不能完全反映西周至春秋时诗乐创制与乐用的原初情形。不过，作为传承至今唯一完整的《诗》文本，《毛诗》早已建构了我们对《诗》文本格局的基本印象，因此《毛诗》仍是我们据以研究早期《诗》学诸问题的不二选择。其二，先秦时期人们在歌诵、引说《诗》时，统称《诗》或"《诗》三百"，或单称《颂》《雅》《某风》《某诗》，而作为"六经"之一的"《诗经》"，其称谓背后自有一套经学阐释的理论预设和方法理路，经学视域中的《诗经》与"前《诗经》时代"人们对《诗》之性质、功能、价值的认识，也自然存在巨大的差异。因此，我们在研究先秦早期《诗》学诸问题时，虽然也常以约定俗成的"《诗经》"称之，但自然应该摒弃汉代经学赋予《诗经》文本与意指的高度完备、权威、神圣的属性，尽可能回归到先秦时期《诗》的真实处境和地位，在利用《毛诗》文本时也应考虑《诗》在早期流传中的复杂多样性，这两点在进行《诗经》歌唱研究时显得尤其重要。

从歌诗的创制、乐用到结为歌诗集，从诗乐并重的歌诗集到侧重诗辞文本传授的《诗》，再到升格为《诗经》及其后《毛诗》的盛行，《诗》的经典化过程才最终完成。这一经典化过程，伴随着歌诗篇章的增益与删汰、《诗》不同传本的别异与交融、《诗经》学阐释体系的建构与较衡，而一个共同的发展趋势则是《诗》最早的乐用属性越来越被剥落。从这个层面来说，《诗》的经典化过程，同时也是"去乐化"的过程，《诗》作为音乐文本的歌唱痕迹被有意无意地删略，《诗》原初的"乐章义"也逐渐被人所忽忘。可以说，自诗、乐分途之后，《诗》的文本传授和阐释，就已经与乐用时代的《诗》渐行渐远了。毫无疑问，剥落《诗》的乐用属性，执着于高度经典化之后的《诗经》文本展开的相关研究——不论是经学的还是文学的研究，都难免有所隔膜甚至偏失。因此，重新回到礼乐歌唱的语境，重申《诗》的音乐属性，还原《诗》最初的文本形态和乐用功能，探讨周代歌诗的创制与歌唱机制，认识诗乐歌唱在礼乐文明生活中的功能价值，将具有探本求源的重要意义。

第一节　重审《诗》乐相关研究

诗、乐合一，是上古以来普遍的艺术通则。《尚书·尧典》："诗言志，歌永言，声依永，律和声。八音克谐，无相夺伦，神人以和。"《墨子·公孟》："诵诗三百，弦诗三百，歌诗三百，舞诗三百。"《国语·鲁语》："诗所以合意，歌所以咏诗也。"《荀子·劝学》："诗者，中声之所止也。"《左传》《国语》及《仪礼》等礼书文献详细记载了典礼仪式中诗乐演唱、器乐演奏、乐工职掌等情况，《诗经·那》《有瞽》《有駜》《伐木》《简兮》等诗也记述了不少诗乐舞表演的实践。这些都具体反映了周代诗乐歌唱的实践情形,清楚昭示了《诗》作为歌唱文本的乐歌属性。

不过,春秋中后期以后,礼乐崩坏,礼乐歌诗的创作消歇,"新声""新乐"的流行也使得《诗》乐歌唱逐渐式微。孔子时尚且能弦歌《诗》三百,有志于"正乐",以使"雅颂各得其所"。至战国之世,孟子、荀子等引说《诗》时,已不复关注《诗》的歌唱属性。《诗》乐传至汉代,只剩下《鹿鸣》《狸首》《采蘩》《采蘋》《伐檀》《白驹》《驺虞》八篇可歌(《大戴礼记·投壶》),至汉魏之际,仅有《鹿鸣》《驺虞》《伐檀》《文王》四篇可歌,至晋时则尽失传,彻底绝响矣。关于《诗》乐衰亡的原因及其带来的影响,汉魏经学家们对此似乎未多措意,他们心里虽还存着"《诗》本乐章"的认识,但因缺失了乐用实践的支持,他们均对《诗经》文本的训解与经义的阐微更感兴趣,因此,《诗》也逐渐变成与《尚书》《春秋》等经典一样,在文本与义理上都高度精微、富有大义的经书。这一研究思路发展至宋代,就连《诗》的乐歌属性这一基本认识都遭受了质疑。此后,有关《诗经》歌唱研究就在这一议题的往还争论中逐次展开。

一、关于"《诗》是否全入乐"的讨论

关于"《诗》是否全入乐",宋代程大昌首发其难,明确提出《诗》有入乐、不入乐之分,认为十三《国风》"诗皆可采,而声不入乐,则直以徒诗著之本土"[①]。又云:

> 春秋战国以来,诸侯、卿、大夫、士,赋《诗》道志者,凡《诗》杂取无择,至考其入乐,则自《邶》至《豳》,无一诗在数也。享之用《鹿鸣》,乡饮酒之笙《由庚》《鹊巢》,射之奏《驺虞》《采蘋》,诸如此类,未有或出《南》《雅》之外者。然后知

---

① 程大昌:《程氏考古编》,辽宁教育出版社,2000年,第2页。

《南》《雅》《颂》之为乐诗，而诸国之为徒诗也。①

程氏根据文献所载入乐诗篇不出二《南》、《雅》《颂》，遂断言十三《国风》为不入乐的徒诗。而到了朱熹时，又将"正变"说引入"入乐"讨论中来，认为只有西周盛世美诵功德的"正风""正雅"和《商颂》《周颂》才有资格入乐，而产生于衰世的"变风""变雅"则难登大雅之堂，不配入乐②。如此，又将程大昌尚认可的"变雅"排斥出去。到了顾炎武，更是以"正变"之说划定了入乐的具体诗篇，《日知录·诗有入乐不入乐之分》引朱熹说："二《雅》之正雅，朝廷之乐也。商、周之《颂》，宗庙之乐也。至变雅则衰周卿士之作，以言时政之得失。而《邶》《鄘》以下，则太师所陈，以观民风者耳，非宗庙燕享之所用也。"③进而认为：

夫二《南》也，《豳》之《七月》也，《小雅》正十六篇，《大雅》正十八篇，《颂》也，《诗》之入乐者也。《邶》以下十二国之附于二《南》之后而谓之《风》；《鸱鸮》以下六篇之附于《豳》，而亦谓之《豳》；《六月》以下五十八篇之附于《小雅》，《民劳》以下十三篇之附于《大雅》，而谓之"变雅"，《诗》之不入乐者也。④

不过，顾氏在按语中又说："以变雅而播之于乐，如卫献公使大师歌

---

① 程大昌：《程氏考古编》，辽宁教育出版社，2000年，第2页。
② 朱熹《诗序辨说》："讳其《郑》《卫》、桑、濮之实，而文之以雅乐之名，又欲从而奏之宗庙之中、朝廷之上，则未知其将以荐之何等之鬼神，用之何等之宾客。"（朱熹：《诗序辨说》，《诗集传》，中华书局，2017年，第25页）
③ 顾炎武：《日知录集释（全校本）》，黄汝成集释，上海古籍出版社，2006年，第128页。
④ 顾炎武：《日知录集释（全校本）》，黄汝成集释，上海古籍出版社，2006年，第127页。

《巧言》之卒章是也。"①其在《乐章》条下亦曰："《诗》三百篇，皆可以被之音而为乐。"②可见他也自知其说有缺失。

自"《诗》是否全入乐"成为争论话题，就引起了众多讨论，郑樵、马端临、陈启源、全祖望、顾镇、黄中松、马瑞辰、俞正燮、魏源、尹继美、皮锡瑞及近人顾颉刚等都从不同角度阐发了"《诗》全入乐"说，使之基本成为定谳。检讨程大昌、朱熹、顾炎武立论之失，主要有两点：其一，其所立论的文献依据，并不能反映周代礼乐歌唱活动的真实全貌。如上文所述，《巧言》《白驹》《伐檀》等"变诗"就有施于歌唱的记载，季札观乐更是涵盖全《诗》。程大昌等未注意到这些记载，而是过分依赖《仪礼》等礼书文献。然《仪礼》等书晚出，与宗周礼乐繁盛时代的真实情形有所悬隔，且今传《仪礼》十七篇十五种礼，涉及天子礼的只有《觐礼》③，《仪礼》所载并不能完全反映周王朝典礼用乐的情形。更何况《仪礼》中"升歌""笙入""间歌""合乐"等"乐节"所用歌诗，已是通用于不同仪典和不同爵等的"通用之乐"，不能以这些高度经典化、程式化之后的所谓"正歌"为限，认为"正歌"之外未具名的诗篇都不入乐。

其二，错误地运用了经学阐释中的"正变"观念来统摄更早期的《诗》入乐问题。"正变"观念在解说具体诗篇与政教兴衰的关联上有一定的合理性，但先入为主地以时代盛衰来讨论诗之内容与主题，以诗所在的卷什、篇次来划分正变，则有失机械片面。全祖望注释《日知录》时就反驳顾炎武说，谓："况变风亦概而言之，《卫风》之《淇澳》，《郑风》之《缁衣》，《齐风》之《鸡鸣》，《秦风》之《同袍同泽》，

---

① 顾炎武：《日知录集释（全校本）》，黄汝成集释，上海古籍出版社，2006年，第128页。
② 顾炎武：《日知录集释（全校本）》，黄汝成集释，上海古籍出版社，2006年，第284页。
③ 除《丧服》通论丧服制度外，《燕礼》《大射礼》《聘礼》《公食大夫礼》属于诸侯礼，《乡饮酒礼》《少牢馈食礼》《有司》属卿大夫礼，《士冠礼》《士相见礼》《士昏礼》《乡射礼》《士丧礼》《既夕礼》《士虞礼》《特牲馈食礼》属士礼。

其中未尝无正声。"① 二《雅》中如《斯干》《无羊》《楚茨》《瞻彼洛矣》《鱼藻》《采菽》《崧高》《烝民》等也不能以"变雅"视之②。顾镇《虞东学诗》也批驳朱熹以用于宗庙鬼神、朝廷宾客为限,狭隘地理解《雅》《颂》的仪式乐用类型,其实"奚必鬼神、宾客之用之始为乐也"③。而且,"变诗"自身就显示了歌唱的属性,如《大雅·桑柔》"虽曰匪予,既作尔歌",《小雅·节南山》"家父作诵,以究王讻",《何人斯》"作此好歌,以极反侧",《巷伯》"寺人孟子,作为此诗。凡百君子,敬而听之",《陈风·墓门》"夫也不良,歌以讯之"。这都说明,"正变"说在诗篇的划分上存在偏误,程大昌等将其不加辨析地用来作为歌诗入乐的标准,不仅与《诗》全入乐的实情不符,显然也无益于深入探讨周代歌诗创制与歌唱的内外机制及其历时嬗变等问题。有鉴于此,一些研究不再通过"正变"说观照《诗经》歌唱诸问题,如魏源认为"诗有为乐作、不为乐作之分",后者即相当于"变诗",其入乐歌唱,"一用于宾祭无算乐,再用于矇瞍常乐,三用于国子弦歌"。④ 尹继美认为:"系于典礼之用者为正乐,系于善恶之鉴者为燕处之乐、为无算之乐。"⑤ 皮锡瑞也认为"《诗》之入乐有一定者,有无定者","变风、变雅皆当在无算乐之中,此诗之入乐无一定者也"。⑥ 顾颉刚则将诗乐分为"典礼中规定应用的"与"典礼中不规定应用的","无算乐""乡乐"属于"典礼中不规定应用的"之列,其诗

---

① 顾炎武:《日知录集释(全校本)》,黄汝成集释,上海古籍出版社,2006年,第128页。
② 朱熹《诗序辨说》就说:"自此篇(指《楚茨》)至《车舝》,凡十篇,似出一手,词气和平,称述详雅,无风刺之意。《序》以其在'变雅'中,故皆以为伤今思古之作。《诗》固有如此者,然不应十篇相属,而绝无一言以见其为衰世之意。窃恐'正雅'之篇有错脱在此者耳,《序》皆失之。"(朱熹:《诗序辨说》,《诗集传》,中华书局,2017年,第48页)
③ 顾镇:《虞东学诗》,《景印文渊阁四库全书》第89册,台湾商务印书馆,1986年,第382页。
④ 魏源:《诗古微》,岳麓书社,1989年,第27、28页。
⑤ 尹继美:《诗管见》,《续修四库全书》第74册,上海古籍出版社,2002年,第18页。
⑥ 皮锡瑞:《经学通论》,中华书局,1954年,第55页。

乐不妨有愁思和讽刺之作。①何定生也认为所谓"变风""变雅"之作基本上都用于无算乐中。②王小盾认为"正变"代表"诗文本用于正乐和用于散乐"的区别③。这些都是十分有益的观点，尤其是对"无算乐"的发覆，具有重大的突破。

二、关于《诗经》风、雅、颂诗体音乐性的研究

传统有关《诗经》音乐研究的另一主要内容就是风、雅、颂的性质问题。孔颖达说："诗体既异，其声亦殊。……诗各有体，体各有声。"④宋儒进一步从音乐角度阐发和区分风、雅、颂。如程大昌《程氏考古编》："南、雅、颂，乐名也，若今乐曲之在某宫者也。"⑤郑樵《通志二十略》："风土之音曰风，朝廷之音曰雅，宗庙之音曰颂。"⑥朱熹认为："《诗》，古之乐也，亦如今之歌曲，音各不同，卫有卫音，鄘有鄘音，邶有邶音。故诗有鄘音者系之《鄘》，有邶音者系之《邶》。若《大雅》《小雅》则亦如今之商调、宫调，作歌曲者亦按其腔调而作尔。大雅、小雅亦古作乐之体格，按大雅体格作《大雅》，按小雅体格作《小雅》。"⑦又曰："风、雅、颂乃是乐章之腔调，如言仲吕调、大石调、越调之类。"⑧王质《诗总闻》认为："凡风、雅、颂皆人间所常，侑乐写情，如今大曲、慢曲、令曲及其他新声异调者也。"⑨宋代以下，仍不乏主此说者。毛奇龄《诗札》认为："风、雅、颂只乐调

---

① 参顾颉刚《论〈诗经〉所录全为乐歌》，《古史辨》第3册下编，上海古籍出版社，1982年，第656页。
② 参何定生《诗经今论》，台湾商务印书馆，1968年，第8页。
③ 参王小盾《诗六义原始》，《中国早期艺术与宗教》，东方出版社，1998年，第281页。
④ 孔颖达：《毛诗正义》，北京大学出版社，1999年，第12页。
⑤ 程大昌：《程氏考古编》，辽宁教育出版社，2000年，第1页。
⑥ 郑樵：《通志二十略》，中华书局，1995年，第1980页。
⑦ 黎靖德编：《朱子语类》，中华书局，1986年，第2066页。
⑧ 黎靖德编：《朱子语类》，中华书局，1986年，第2067页。
⑨ 王质：《诗总闻》，《丛书集成初编》，中华书局，1985年，第155页。

区名，如《西洲》《吴声》等，只以声不以辞。"①惠周惕《诗说》也说："风、雅、颂以音别也。"②

分而论之，关于"风"，主要有风调说、风谣说。旧题宋郑樵撰之《六经奥论》云："风者出于风土，大概小夫贱隶、妇人女子之言。其意虽远，其言浅近重复，故谓之风。"③朱熹《诗集传序》云："凡《诗》之所谓《风》者，多出于里巷歌谣之作，所谓男女相与咏歌，各言其情者也。"④又朱熹《楚辞集注》云："《风》则闾巷风土男女情思之词。"⑤"风调风谣"说揭示了《国风》的歌唱内容与艺术属性，影响甚大。近代以来，学界也普遍接受此说。如顾颉刚就认为风即土乐，曰："《左传》成九年说钟仪'操南音'，范文子说他'乐操土风'，则风字的意义似乎就是'声调'。声调不仅诸国之乐所具，雅颂也是有的。所以'风'的一名大概是把通名用成专名的。所谓'国风'，犹之乎说土乐。"⑥当然，这并不说明《国风》即等同于"民歌"，尹继美《诗管见》就强调了《国风》兼有"采录"和"特制"两种来源途径⑦。朱东润、屈万里、胡念贻、翟相君、扬之水等学者也认为《国风》中有不少贵族的诗篇⑧。因此，我们在研究《国风》歌唱诸问题时，应该首先

---

① 毛奇龄：《诗札》，《景印文渊阁四库全书》第86册，台湾商务印书馆，1986年，第219页。
② 惠周惕：《诗说》，《丛书集成初编》，中华书局，1985年，第1页。
③ 郑樵：《六经奥论》，《景印文渊阁四库全书》第184册，台湾商务印书馆，1986年，第63页。
④ 朱熹：《诗集传》，中华书局，2017年，第2页。
⑤ 朱熹：《楚辞集注》，上海古籍出版社、安徽教育出版社，2001年，第6页。
⑥ 顾颉刚：《论〈诗经〉所录全为乐歌》，《古史辨》第3册下编，上海古籍出版社，1982年，第645—646页。
⑦ 参尹继美《诗管见》，《续修四库全书》第74册，上海古籍出版社，2002年，第12、13页。
⑧ 参朱东润《国风出于民间论质疑》，《诗三百篇探故》，上海古籍出版社，1981年；屈万里《论国风非民间歌谣的本来面目》，《书佣论学集》，台湾开明书店，1969年；胡念贻《关于〈诗经〉大部分是否民歌的问题》，《先秦文学论集》，中国社会科学出版社，1985年，第87页；翟相君《诗经新解》，中州古籍出版社，1993年；扬之水《诗经别裁》，江西教育出版社，2000年。

对其诗篇的创制方式、乐歌主题等有所辨明。当然，严格地说，即使那些出自贵族之手的《国风》诗篇，也已异于雅颂之乐，受到地方固有风调的影响，是故"风调风谣"说也仍具有理论意义。

关于"雅"，从音乐角度来认识，程大昌《程氏考古编》说："均之为雅，音类既同，又自别为大小，则声度必有丰杀廉肉，亦如十二律然，既有大吕，又有小吕也。"①郑樵在《六经奥论》也说："盖小雅、大雅者，特随其音而写之律耳。律有小吕、大吕，则歌大雅、小雅，宜其有别也。"②而追本溯源，学者更认为雅诗得名于作为乐器的雅，陆深、章太炎、顾颉刚、张西堂等皆主此说。《周礼·笙师》有"春牍应雅"，《礼记·乐记》有"讯疾以雅"，《诗经·鼓钟》亦有"以雅以南"，可见，周代确有雅这一乐器。故何楷《诗经世本古义》引陆深说："大雅、小雅，犹今言大乐、小乐云。尝见古器物铭识，有筦曰小雅筦，有钟曰颂钟，乃知诗之篇名，各以声音为类，而所被之器，亦有不同。后人失之声，而以名义求，非诗之全体也。"③章太炎认为雅为一种打击乐器，"器长五尺以至七尺者，趣以筑地，皆柷之伦"④。顾颉刚认为，雅后由乐器之名孳乳为乐调之名，如今日"大鼓""花鼓""梆子""滩簧"等曲名，均是从乐器之名引申而来⑤。而与《国风》的地方风调属性相对应，又有从"雅"乐的流行地域立论者，如王引之、梁启超、孙作云、朱东润等认为"雅"与"夏"相通，雅音即夏

---

① 程大昌：《程氏考古编》，辽宁教育出版社，2000年，第2页。
② 郑樵：《六经奥论》，《景印文渊阁四库全书》第184册，台湾商务印书馆，1986年，第62页。
③ 何楷：《诗经世本古义》，北京大学出版社，2023年，第15页。
④ 章太炎：《大疋小疋说上》，《太炎文录》，《章太炎全集》第4册，上海人民出版社，1985年，第13—14页。
⑤ 参顾颉刚《风、雅、颂之别》，《史林杂识初编》，中华书局，1963年，第248、249页。

音,指流行于镐京一带的王朝音乐①。以上各说都指向了雅的音乐属性,综合而言,雅是产生于周朝王畿的正声,与诸侯国的地方风调相区别,因其都与王朝朝会、燕飨、祭祀等相关,属于王室宫廷贵族的乐章,因而有"朝廷之音"之称。

关于"颂",郑樵《通志·昆虫草木略》:"宗庙之音曰颂。"②而直接从音乐表现立说者,认为颂得名于乐器镛,《周礼》《仪礼》均有"颂磬"。李光地《诗所》、杨名时《诗经札记》、金鹗《求古录礼说》都认为"庸"与"颂"通,颂即镛,乃是一种大钟。张西堂力主此说,并从古字通假、颂诗本身、歌舞用钟、祭神用钟等角度加以论证③。而镛钟铿锵庄重的乐声特征,也影响了颂诗的音乐风格,王国维认为:"风、雅、颂之别,当于声求之。颂之所以异于雅,颂者,虽不可得而知,今就其著者言之,则颂之声较风、雅为缓也。"从颂诗之无韵、不分章、不叠句、章短、"所容礼文之繁"等方面论证了颂诗"声缓"的特征。④此外,阮元《揅经室集·释颂》引郑玄《诗谱》"颂之言容"、《释名》"颂,容也,叙说其成功之形容也"为说,认为"颂"与"容"相通,颂与风、雅之不同在于颂有舞容,风、雅则不必有舞容⑤。以上诸说,从内容、音乐、舞蹈、声音特色、所用乐器等立论,各有所得,为我们进一步探讨颂诗歌唱问题做了很好的铺垫。

关于《诗经》诗体,学者也注意到二《南》的独特性,认为"南"为一独立的诗体。程大昌首发其说,《程氏考古编·诗论一》曰:"南、雅、颂,乐名也,若今乐曲之在某宫也。"又《诗论四》:"南、雅、

---

① 参梁启超《中国之美文及其历史》,《饮冰室合集》第10册,中华书局,1989年,第96页;朱东润《大小雅臆说》,《诗三百篇探故》,上海古籍出版社,1981年,第65—67页;孙作云《说雅》,《诗经与周代社会研究》,中华书局,1966年,第337—338页。
② 郑樵:《通志二十略》,中华书局,1995年,第1980页。
③ 参张西堂《诗经六论》,商务印书馆,1957年,第111—115页。
④ 王国维:《观堂集林》,河北教育出版社,2001年,第64页。
⑤ 参阮元《揅经室集》,中华书局,1993年,第18页。

颂，以所配之乐名。"①梁启超也主张"南"为诗体，《释"四诗"名义》说："《诗·鼓钟》篇'以雅以南'，'南'与'雅'对举，'雅'既为诗之一体，'南'自然也是诗之一体。"②《小雅·鼓钟》"以雅以南"、《礼记·文王世子》"胥鼓南"，都显示南为一种打击乐器。郭沫若在1931年版《甲骨文字研究·释南》中认为南字本钟铸之象形，更变而为铃③。唐兰认为南是一种瓦制的容器，后演变为乐器④。陈致则认为"南"字本义是一种可悬而击之的竹制打击乐器⑤。作为诗体的"南"即是得名于其伴奏乐器南，不过，单从歌诗的内容、体制、来源来看，二《南》与其他十三《国风》并未见出明显差别，"南"之为一体似缺少一定的文本实证，所以现在一般还是统以风诗来看待。

  以上所述传统有关《诗》是否全入乐、风雅颂诗体音乐分类的研究，为我们进一步细致讨论《诗经》歌唱问题奠定了基础，但仍失于泛论，并未生发出一套行之有效的方法视角，落实到《诗经》歌唱的个案研究当中。有鉴于此，学者们也试图从《诗经》文本中钩沉诗篇结构、韵律、修辞中遗存的歌唱痕迹，从而更加具体切实地印证《诗经》的歌唱属性。如闻一多在《风诗类钞》中通过揣摩文本中的人称口吻和情感语态，将《国风》的一些诗篇分为男词、女词。杨荫浏《中国古代音乐史稿》通过对《诗经》内容、结构的分析，归纳出了《诗经》的十种曲式类型。阴法鲁《〈诗经〉乐章中的"乱"》从唱法、调式、器乐演奏、听者情绪论述了《诗经》"乱辞"的奏唱方式和艺术效果。李炳海《〈诗经·国风〉生成期的演唱方式》细致分析了《国

---

① 程大昌：《程氏考古编》，辽宁教育出版社，2000年，第1、3页。
② 梁启超：《中国之美文及其历史》，《饮冰室合集》第10册，中华书局，1989年，第93页。
③ 见李孝定《甲骨文字集释》，台北"中研院"历史语言研究所，1965年，第2079—2085页。
④ 参唐兰《殷虚文字记》，中华书局，1981年，第86—94页。
⑤ 参陈致《从礼仪化到世俗化——〈诗经〉的形成》，上海古籍出版社，2009年，第230—233页。

风》章句特征,将其演唱方式分为"同调歌诗"和"异调歌诗"两种类型。赵敏俐《〈诗经〉嗟叹词与语助词的音乐及诗体功能》认为嗟叹词和语助词在中国早期诗歌中承担着重要的音乐功能和诗体功能,在声音的组合与四言诗体的建构中起着重要作用。家浚《〈诗经〉音乐初探》认为《诗经》中存在独唱、伴唱、对唱、帮唱等形式,还有增加插语、道白的情形。李山《〈诗经〉中的"对唱"》从诗中的人称语态考察了《敬之》《卷耳》《采薇》《杕杜》等诗的对唱模式。此外,《诗经》赋比兴、重章叠句、四言句等,学界也从音乐角度做了不少探讨。这些研究立足于《诗经》文本,将《诗经》歌唱细致到了唱法、调式以及演奏、听者情绪等方面,具有重要的启发意义。

三、关于周代礼乐制度与诗乐机制的研究

在诗篇歌唱的具体研究之上,考察周代礼乐尤其是诗乐创制与歌唱的机制及其历史嬗变,也应是《诗经》歌唱研究的重要内容。当前关于周代历史、礼制的研究已有很多重大的推进,为我们了解周代诗乐机制提供了很好的参照。周代礼制研究的一个很大突破,就是结合考古和金文材料等,重新评估"殷周革命"说以及旧有文献所推崇的周公"制礼作乐"。陈梦家、白川静、刘雨等考察了祭祖礼、相见礼、燕飨礼、军礼、射礼、封建册命礼等礼制的形态、演变,认为至西周中期穆王前后,富有周家特色的礼乐制度才逐步完备。罗森、夏含夷等海外学者也从多个角度证明了西周中期曾发生过"礼制变革"。西周中期礼乐完备,这一认识打破了对周公"制礼作乐"的迷信,加深了我们对西周中期礼乐制度的认识。与之相应,学者们也调整了对《雅》《颂》诗篇断代的认识,发现西周中期诗乐创作与歌唱机制的变化。如夏含夷《从西周礼制改革看〈诗经·周颂〉的演变》从歌唱内容、表现形式、章句结构、字数、韵律等方面考察这一时期《周

颂》仪式歌唱与观念的演变①。李山《诗经的文化精神》、马银琴《两周诗史》通过横纵文本的考证，认为西周中期有过一次诗乐创作的高潮。西周中期的诗乐创作高潮，是宗周雅颂诗乐从周初"制礼作乐"到后期"变雅"、"宣王中兴"礼乐制作之间的重要一环，这一发现更新了我们对宗周歌诗发展、嬗变的认识。

于此可见，《诗经》研究并非孤立的文本研究，而应该结合周代政治、礼制发展的整体环境，同样，《诗经》歌唱研究也应该结合诗乐创制与歌唱机制的发展变迁，在横向与纵向、宏观与微观的多维视角下展开。近年学界在这一方面已经取得了诸多成果，如韩高年《礼俗仪式与先秦诗歌演变》、张树国《宗教伦理与中国上古祭歌形态研究》、王秀臣《三礼用诗考论》、江林《诗经与宗周礼乐文明》、过常宝《制礼作乐与西周文献的生成》、林志民《两周用诗考》、付林鹏《两周乐官的文化职能与文学活动》、李山《〈诗经〉的创制历程》等。这些研究能够在周代礼乐制度的整体背景下考察《诗经》创作模式、诗体演进、乐官制度、采诗制度、乐用机制等问题，取得了富有意义的成果。

当前，随着金文、简帛尤其是清华简、安徽大学藏战国竹简《诗》以及海昏侯墓《诗》等材料的发现，早期《诗》类文献的多样面貌更加引起学者们对其歌唱问题的关注。同时，文化人类学、口头诗学、文化记忆、表演理论、写本理论等新的理论方法的引入，也为《诗经》歌唱研究打开了新的向度，歌唱从一个演唱呈现方面的艺术问题，转变为一个涉及歌诗生成、传播、流传等社会机制的问题。

法国汉学家葛兰言《古代中国的节庆与歌谣》，从文化人类学视角考察《诗经》尤其是《国风》的歌唱，反映了古老民间歌谣的基本歌唱特征。葛兰言的研究在日本《诗经》学界有很大影响，如白川静、松本雅明、赤塚忠、家井真等从神话、宗教、民俗等角度对《诗》的

---

① 参夏含夷《从西周礼制改革看〈诗经·周颂〉的演变》，《古史异观》，上海古籍出版社，2005年。

歌唱问题有过讨论。王靖献《钟与鼓》利用帕里、洛尔德"口传诗学"的"套语"理论，分析乐官在《诗经》诗乐创作与歌唱中运用"套语"的内在原因、方式及其效果，认为《诗经》的比兴手法相当于"套语"理论中的"主题""典型场景"，比兴来自"普遍流行的知识和信仰之源中"，乐工在歌唱时借用比兴以引起广泛的联想，展开诗乐的歌唱。[1] 美国学者苏源熙《〈诗经〉中的复沓、韵律和互换》认为在"典型主题"影响下，歌手在歌唱时掌握着一种"典型韵律"。"典型韵律"作为一种惯用表达模式，便于歌者在某一特定主题下展开歌唱，包括比兴手法也服从于这一"典型韵律"[2]。这些认识，揭示了歌唱影响下《诗》文本的生成机制和歌唱形态，比兴的功能也在歌唱的视角下获得了新的理解。此外，宇文所安、柯马丁等也从"口头诗学"的角度，强调《诗》的传播即使在文本写定之后，也主要是通过口头表演、记忆、面对面的教学来实现，因而存在较大的流动性，多个文本之间互相独立，并不存在一个单一的、明晰的文本族谱谱系[3]。柯马丁还对《诗》文本的生成机制提出了新的思考，认为《诗》的创作是取材于一个"诗歌素材库"，因而其结构内容有着合成性、模块化的痕迹[4]。这些研究将口头因素推广到早期《诗》生成、传播、教学、阐释等几乎所有环节，同时也很大程度上否认了"书写"因素在早期《诗》传播与接受中的作用。这对既有《诗》研究提出了很大挑战，引起了较大争议。夏含夷认为书写在《诗经》早期历史的每一个阶段都曾起到重要

---

[1] 参王靖献《钟与鼓——〈诗经〉的套语及其创作方式》，谢谦译，四川人民出版社，1990年。
[2] 参苏源熙《〈诗经〉中的复沓、韵律和互换》，《中国美学问题》，卞东波译，江苏人民出版社，2009年。
[3] 参张万民《〈诗经〉早期书写与口头传播——近期欧美汉学界的论争及其背景》，《北京大学学报（哲学社会科学版）》2017年第6期。
[4] 参柯马丁《〈诗经〉的形成》《早期中国诗歌与文本研究诸问题——从〈蟋蟀〉谈起》，《表演与阐释：早期中国诗学研究》，郭西安编，生活·读书·新知三联书店，2023年。

作用①。廖群认为《诗经》作为礼乐教化的产物，确曾被编定过一个诉诸文字的诗集文本（母本），用于教授和赋诗征引，只因当时的传播形式以口头为主，凭记忆、背诵来二次书写成为常态，才造成异文现象②。各方讨论所持立场和关注的问题都有差异，对口头与书写作用的强调也各有轻重，不过，各方都注意到口头因素在《诗经》歌唱中的介入，因此，回到本书所关注的《诗经》歌唱问题，限定讨论的范围，聚焦于乐用时代《诗》的创制和实况歌唱，讨论这一阶段中口头与书写的参与比重与互动关系，或许能从根源上厘清当前的诸多分歧。

以上我们对《诗经》歌唱的相关研究做了简要综述，包括传统有关诗、乐关系的研究，文学视角下《诗经》文本章句、修辞等的音乐性研究，周代礼乐背景下《诗经》文本意旨与诗乐制度的研究，口头诗学等视域下《诗》文本的创制、歌唱与流传研究，等等。这些研究从各个侧面触及了《诗经》歌唱的相关命题，但大多是片段式的呈现，未能系统地探讨周代礼乐歌唱五百余年历史中《诗经》歌唱的整体脉络，同时，各方在研究对象和范畴的界定、文献资料的取用、方法路径的选择上各有差异，故而产生了诸多分歧，留下诸多悬而未决的问题。基于此，我们有必要对《诗经》歌唱研究的方法与维度问题再做一厘清和阐述。

第二节 《诗经》歌唱研究的方法与维度

自晋时《鹿鸣》一篇声歌失传之后，《诗经》音乐便从此绝响人间了，虽然后世仍有续作、拟作的《诗经》乐谱，及重要朝典上歌演《诗经》的记载，如宋代赵彦肃所传唐开元乡饮酒礼用的《风雅十二

---

① 参夏含夷《出土文献与〈诗经〉口头与书写性质问题的争议》，《文史哲》2020年第2期。
② 参廖群《〈诗经〉早期书写定本考索》，《中国诗歌研究》第18辑，社会科学文献出版社，2019年。

诗谱》、元代熊朋来《诗新谱》、明代吕柟《诗乐图谱》、朱载堉《乡饮诗乐谱》、魏双侯《魏氏乐谱》，乾隆时编《钦定诗经乐谱全书》、陈澧《诗经今俗字谱》、袁嘉谷《诗经古谱》等，但这些都是出于推崇"周文"而有的礼乐复古行为，并没有文献依据。当今学界、艺术界也多有复原周代礼乐包括《诗经》音乐的艺术实践，重新编排作曲、歌演，但在文献不足征的情况下，这些复原行为都难免自我作古，未能切近周代诗乐歌唱的真实情境。可以说，音乐作为时间的艺术，其具体的曲调旋律、歌演效果等，已随流逝的时间一起湮灭无踪，不可追摹和还原了。因此，本书并不致力于具体音乐歌演的还原，而是以歌唱为切入点，对《诗》的文本面貌与乐用情况做探本寻源的考察，并从颂、雅、风不同诗体的历时递兴中探讨周代歌诗创制与歌唱机制的发展演变。从这个角度来说，《诗经》歌唱研究在根本上仍是文本研究与制度研究，涉及歌唱艺术的探讨也主要是就《诗》文本中所遗存的歌唱痕迹来展开，如风雅颂不同歌诗体式的音乐风貌、赋比兴手法在歌诗创制和歌唱中的功能、重章叠调的特征与功能效果、诗中人称语态所透露的歌者分工与歌唱方式等等。因此，在歌唱这一根本属性的观照下，笔者的《诗经》歌唱研究也有别于传统的文本与制度研究，在研究方法和维度上都体现出新的特点。

一、歌唱视角下的《诗》文本及相关研究

传统的《诗经》文本研究，大体不出经学与文学的视域，它们虽然各有自己的理论预设和关注兴趣，但共同的是都将《诗经》视为一个高度圆满、完足、稳固的文本，《诗》中有着诗人的苦心孤诣、精致修辞和深刻寄意。因此，经学家的任务在于阐释《诗》中的微言大义，尤其是"孔子删诗""正乐"使《诗经》赋有了某种神圣属性，《诗经》的卷次、篇次、"四始"等都蕴含着丰富的政教讯息和圣人的深刻

寄托，所以欧阳修说："求诗人之意，达圣人之志者，经师之本也。"①
同样，文学解《诗》认为诗之章句修辞也如后世诗人那样，经过用心地修辞、推敲，一经写就，就是完成的稳固状态，流传过程中也不容改动。这两种解《诗》方式的形成和流行，受限于他们所面对的《诗经》是单一流传的、经典化的文本这一现实。尤其是三家《诗》散佚，只有《毛诗》独传，研究者缺少其他《诗》文本的横纵参照，只能就《毛诗》文本论其经义或文学性。即使《毛诗》文本中一些看似不整齐的、有棱角的地方，也在《诗》文本高度圆满、稳固、神圣的预设之下，被有意地忽略、遮蔽，或是牵强附会、自圆其说了。很显然，这是一种执果索因式的、回顾性的研究。但实际上，且不论汉代时期三家《诗》文本与《毛诗》有显著差别，新近面世的阜阳汉简《诗》，上博简、清华简《诗》类文献，安大简《诗》，海昏侯墓《诗》等，更是在在体现了早期《诗》文本的复杂性。是故，传统建立在《毛诗》经典性上做出的经学与文学阐释，就出现了严重的松动，不仅存在忽略早期《诗》类文本差异的风险，更对尚处在创制和扩容、未趋稳定且还用于实际乐用的《诗》文本缺乏应有的关切。总之，因缺少早期《诗》文本横纵谱系的梳理和参照，只就《毛诗》文本展开的研究，其视域和方法都存在一定的局限甚至偏差。

具体到《诗》的歌唱问题，基于《毛诗》文本去印证或还原其歌唱性的研究，也存在本末倒置的不足，未能切近乐用时代《诗》的真实面貌。是故，笔者试图将视野远推到"前《诗经》时代"，回到礼乐歌唱的原初语境，从根源上认识《诗》的文本形态及其成因。毫无疑问，歌唱作为周代诗乐的终极呈现方式，直接影响了《诗》的创制、结集与流传，因此，《诗经》歌唱研究与其说是把经典化、去乐化之后的《诗经》作为研究的基点，毋宁说是关注"前《诗经》时代"歌诗的创制与乐用，在此基础上更加动态、历史地认识《诗经》的结集、流传

---

① 欧阳修：《诗本义》，《儒藏》精华编第24册，北京大学出版社，2008年，第145页。

及经典化的过程。基于此，笔者将在歌唱的视角下，对《诗》文本做出以下两点思考，以期对《诗经》歌唱研究的立足点和目标有更清楚的界定。

其一，在歌唱的视角下，歌诗是书写与口头交互作用、稳固性与流动性辩证统一的文本。歌诗与典礼中的礼辞、策命金文等文本之间存在一定的互文交集，这暗示了歌诗创制并非孤立的文本活动，创制时如何利用这些平行文本，同时赋予其入乐歌唱的独特属性，是我们需要重点考察的。这种文本间的平行对比，不仅有助于了解歌诗的创制机制，也让我们对歌诗作为乐用文本的本质特性有更清晰的认识。

同时，相对于《易》《书》《春秋》等早期文本或后世以阅读为主要传播方式的文人诗集，《诗》从创制、歌演、流传都有更多的口头因素的介入，即使在歌诗创制完成之后，每一次歌唱都不是完全的照本宣科、一成不变，乐工必须根据歌演的现场情况，在既有的歌诗文本所确定的范式上做出应变、调整，甚至即兴再创作。如何处理好既有歌诗文本与歌演实况的临场发挥，是一个优秀乐工的基本素养，这是古今任何时间性艺术的常态。从这个层面上来说，《诗》或《诗经》与其说是乐官据以歌唱的范本，不如说是各种情境下歌唱文本的"最大公约数"，即最多次歌唱所依据、最为人所熟知的经典版本。《诗》的这一口头属性，当前学界也是基本认同的，即使主张存在早期《诗》书写文本的学者也不否认口头属性的影响。不过，也有学者过于崇信口头属性，认为《诗》主要依靠口头歌演、记忆和口耳相传，《诗》文本的写定和结集甚至要晚到汉代才完成。笔者的理解是，口头与书写并非截然相对、排他的两个概念。写定的歌诗，在乐用时可以体现口头歌演的特征，同时，口头歌演也是在一定的文本规范和表达程式内展开的。以经学的立场过于强调歌诗文本的稳定性、权威性，或是将其等同于后代文人诗的文本形态，固然不符合周代歌诗的乐用属性；但片面强调口头属性，否定书写在周代歌诗活动中的参与和功能，也不符合周代歌诗创制、乐用和流传的实情。而且，口头因素在不同歌诗活动中的介入程度，也应区别看待，例如典奥严整、庄重肃穆的颂诗，以公卿列士书面创作为蓝本而入乐的讽谏诗，书写在此类歌诗创制、乐用和传播过程中所确定的规范性上，就比口头发挥了更大的影响。

总之，任何一个音乐文本，在创制、乐用和流传过程中都有书写与口头因素的综合参与，并达到相对的平衡。二者并不是排他的，而是并存发展、交互作用的关系。为此，我们更应该思考的是：歌诗的口头与书写属性之间有着怎样的互动？歌诗是以何种方式被书写下来，它在具体歌唱时有多大的规范性，又允许存在多大程度的流动性？歌诗的书写文本，多大程度保存了歌诗动态、立体、综合的乐用形态，它与经典化之后的《诗经》文本又存在多大差异？后者剥离了乐用的语境，排斥口头的流动性，成为凝固的"纯文本"歌诗，又在多大程度上塑造、改变或损害了歌诗的真实面貌？这些问题都是我们在研究《诗》歌唱问题时需要思考和解答的。

其二，《诗》在乐官群体和贵族中有不同的传承，二者对《诗》的书写与口头的不同侧重，根本上体现在对《诗》的歌唱性的去取程度上。我们将乐官群体间流传的、以服务于具体乐用、在内容形式上存有更多音乐信息的《诗》称为"乐本"《诗》[①]。而相比之下，周贵族通过诗教所传习的《诗》，因关注《诗》中的德义内涵，以及实际的"乐语"之用，故更加注重《诗》文辞与文本意义的确定性。《诗》的这两种流传方式，自始便是并存的，并不是互相代替的关系，只是因为"乐本"《诗》有其特殊性，又局限于职业的乐官群体，在礼乐崩坏后逐渐淡出了历史的舞台，未参与到其后《诗》的传授和《诗》学建构当中。贵族传习的《诗》，因此成为《诗》经典化的重要源头，春秋以下《诗》的传授与阐释也主要是沿着这一系统发展而来。可以说，从

---

① 有关"乐本"歌诗的概念，参本书附论《周代歌诗"乐本"形态探论》一文。

偏重乐用实践的"乐本"《诗》到偏重德义、"乐语"之用的"纯文本"《诗》，不仅是歌诗逐渐趋于稳定、不断经典化的过程，也是歌诗的音乐信息（如乐谱、音乐术语、角色分工提示语等）不断流失甚至变异的过程。从这个层面上来说，作为高度"文本化"的《诗经》，其口头属性的削弱是与乐用信息的流失相伴发生的，《诗经》与其说交织着口头与书写的矛盾，毋宁说是"乐本"歌诗经过"去乐化"即"文本化"之后的结果。

有鉴于此，回到歌唱的语境，在今本《诗经》之外拟构一个《诗》的"乐本"形态，其意义在于提醒我们，在"前《诗经》时代"还有一种更接近于乐用实况的书面写本。以此"乐本"《诗》作为参照，将有助于我们更真切地认识歌诗创制、歌唱、结集与流传的历史实况，也为《诗经》的成书及经典化问题提供一个可参照的论证基点，当前关于《诗》之口头与书写的争论，也可以在歌唱性的存取与删略这一关键点上找到互通对话的可能。

以上两点都是基于歌唱的视角得出的认识，《诗》的歌唱研究在此层面上展开，将不限于今本《诗经》的文本格局，而是直面乐用时代的《诗》文本，对歌诗的生成与歌唱机制、《诗》的结集与流传做出追本溯源的考察，同时，以乐用时代的"乐本"《诗》作为参照，传统《诗经》研究的相关争议问题也有望激活，得到更为深入清晰的探讨。

二、周代歌诗创制与入乐机制研究

在《诗》歌唱研究的基础之上，勾勒出周代歌诗创制与入乐机制及其历时嬗变，也是本书的重要课题。既有的周代礼乐制度研究，常将《诗经》当作可信的文献材料，研究其中所反映的周代祭祀、燕飨、农耕、朝觐等礼制问题，这种研究中，《诗经》与其他典籍史料并无本质区别，而《诗经》自身的礼乐歌唱及诗乐机制并没有成为研究的主体。与诗乐机制较有关系的乐官制度研究，也多是关注乐官系统的人员设置、职能分工、管理机制、乐教传承、文化属性等，涉及的多是与礼相配的乐舞、乐仪、乐奏、乐教之事，至于周代歌诗创制与歌唱活动中乐官及其他公卿大夫的参与和职能，则因《周礼》等文献本身付之阙如，未多涉及。但在周代诗、乐、舞活动中，诗无疑是居于核心地位，周代已形成一套行之有效的诗乐机制，而且随着周代政治礼制的嬗变与诗乐自身的演进，这一机制还能不断推陈出新、调整适应，从而保证周代歌诗五百余年弦歌不辍。因此，研究这一诗乐机制，不仅是周代礼乐制度研究必不可少的一环，更是系统研究《诗》文本生成与歌唱诸问题的枢纽所在，能起到纲举目张的研究意义。比如，在从颂到二雅及变雅再到风诗的历时递兴中，诗乐机制到底发生了怎样的嬗变，其背后的内外动力是什么？赋、比、兴等手法是在什么背景下引入歌诗创制的，为诗乐歌唱带来了哪些效果？歌诗与礼辞、金文、箴谏、歌谣等文本存在怎样的异同关系，是通过什么样的机制来体现入乐歌诗的独特文本面貌和功能的？诗乐活动中的参与人员都有哪些，他们在不同时期的参与比重有哪些变化，存在怎样的协作关系，作为主体的乐官群体在歌诗中又有怎样的分工？等等。可以说，《诗》之创制与入乐在在体现了诗乐机制运行的深刻痕迹，对这一机制进行深入研究的必要性和意义，都是不言而喻的。

那么，这一研究如何展开呢？笔者认为应该抓住周代诗乐发展两条关键的线索：一是诗乐活动中的行为主体，二是诗乐与仪式的关系。下面简要论析这两条线索对于诗乐机制研究的效果。

第一条线索，以行为主体为线索，考察周代诗乐的展开与演进。需要注意的是，周代诗乐活动并非只是乐官之事，它是整个周贵族的仪式生活的基本内容。不论是诗乐的创制者，还是诗乐的歌演者，还是诗教、乐教的授受者，甚或仅是诗乐的在场欣赏者，都以各自的政治、仪式身份参与了《诗》创制、乐用、纂集、阐释与流传等各个环节，他们中既有职业化的乐官群体，也有周王、公卿大夫、国子，甚至下层士民们的心声也以一定的机制纳入礼乐系统中。考察他们在诗乐活动中的职能分工及其变化，将有助于我们了解周代诗乐上述各个环节的运行机制，勾勒周代五百余年诗乐发展、演进的内外动因。对此，我们可以从两个方面深入这一研究。

一方面，行为主体虽然涉及多方，但他们在不同诗乐环节中的参与程度并不是均衡的，在不同时期也存在参与比重的变化。如早期的雅颂多用于祭祀、朝典等重大典礼，辞旨正大，体严语奥，其创制和歌唱都有王公大臣的参与，而西周中期之后，燕饮等雅诗多寄兴叠咏，优柔委曲，呈现出全新的形貌，职业化的乐官成为诗乐创制与歌唱的绝对主体。这反映了周代典礼与职官专业化分工的发展趋势，也是周代仪式歌唱臻至繁荣之后自然而有的转变。自此之后，乐官成为诗乐体式和歌唱手法演进的主要推动者。如舞蹈与诗乐的此消彼长、第一人称的嵌入式歌演转为第三人称的赋述说唱、比兴与重章的流行、采献之诗的入乐加工等等，乐官都在其中起到了至关重要的转换作用。因此，深入研究诗乐活动中不同行为主体的参与及其变化，有助于我们更加动态立体地认识周代诗乐机制的发展变迁。

另一方面，根据在诗乐活动中的职能分化，行为主体又可分为歌者、诗人两种身份。简言之，歌者与诗人两种身份，经历了从合到分的演变。周初涉及重要朝典、祭祀的颂诗，与礼辞多有重合，具有重要的政教意义，应是出自王公之手，并由其亲自歌唱。可以说，这个时期诗人和歌者身份是合一的。这一模式到西周中期仍然如是，乐官在燕饮歌唱中具有一定的自主性，他们不仅是诗乐的歌唱者，同时也借助比兴与重章的手法参与歌诗的创制。这时，乐官兼具诗人与歌者的双重身份，这种一致性为仪式歌唱的展开提供了极大的便利和自主。而到了变雅和风诗时代，诗歌的创作和入乐、诗人和歌者开始分化，一般程序是：先由"在列者献诗""王官采诗"，再交给乐官做文本、音乐上的入乐处理，最后再由乐工在相应的礼仪场合歌唱。可见，一首诗从创制到歌唱有多重行为主体的参与，尤其是乐官，不仅参与最终的歌唱之事，也对原始文本有所介入，小到文辞音韵的整齐修饰，大到章节的敷衍、调整，甚至直接在章末添入"乱辞"，等等。

乐官这种出入于文本内外、介于诗人与歌者之间的身份，使得歌诗文本呈现出复杂的人称视角，歌唱时也存在不同身份声音间的切换，这无论是对仪式现场听众的接受，还是对后代的文本阅读、阐释理解，都带来了一定的挑战。因此，细致考察其间诗人与歌者的身份边界、文本生成与歌唱的转换机制，就显得十分具有意义了。

总之，从行为主体的线索入手，具体呈现周代诗乐各个环节的执行与分工情况，将大大推进我们对周代诗乐机制运行和演进的认识，也为《诗》中复杂文本的成因提供了一个有效的理解路径。

第二条线索，以诗乐与仪式的离合关系为线索，考察周代诗乐机制的守本与拓新能力。所谓"礼乐相须以为用，礼非乐不行，乐非礼不举"①，因此，与一般性的歌唱行为及后代的音乐文学不同，《诗》从创制到歌唱都依托于一定的典礼仪式而展开，仪式不仅是诗乐歌唱的场所，更对歌诗的内容、形式、主题起到根本性的统摄作用，成为周代歌诗发展的内在动力源泉。当然，歌诗与仪式的关系也存在离合变化，考察这一变化趋势，将有助于认识周代诗乐机制在自塑传统与拓新求变之间生发出的巨大效能。

上述行为主体这一线索，其实已经透露出歌诗与仪式逐渐疏远的发展趋势。早期颂诗与祭祀、朝典中的礼辞有着同源的关系，歌者的人称语态也与其现实中的政治、仪式身份相一致，这是一种深刻契入仪式之中的诗乐创制与歌唱模式。而到西周中期的雅诗，则多是从第三人称的视角统观仪式全局，"赋唱"仪式中的人、事、物。这时的歌诗已与仪式逐渐拉开了距离，歌者虽然身处仪式之中，但却不参与具体的仪行，而是以旁观者的超然姿态出入于仪式内外，保持若即若离的关系。比兴歌唱中的物象，更不限于仪式在场的所闻所见之物，乐工在时空上已经逸出了仪式的内容和进程，有了更大的自由。至于变雅，其创作之初本即不以用于仪式歌唱为第一要务，与仪式更是相

---

① 郑樵：《通志二十略》，中华书局，1995年，第883页。

去愈远了。不过，值得注意的是，这些变刺之作最终仍有赖于仪式的整体氛围和程序所提供的便利，在仪式歌唱中实现其讽谏言说，即所谓的"主文而谲谏"。这说明，《雅》《颂》正声的歌唱时代虽然已经结束，但它所奠定的礼乐文明的精神传统，仍发挥着不可低估的力量，即使到了道衰政失、礼崩乐坏之际，礼乐的流风遗韵仍在，通过"公卿至于列士献诗，瞽献曲"的渠道，将这些变乱之声统摄进仪式歌唱之中。风诗也是如此，其初并不与仪式相涉，但一旦被采诗入乐，被之管弦，就不再是原生态的民歌，而从根本上属于礼乐歌唱的一部分，处处受到仪式的规范了。因此，风诗歌唱与诗乐机制的研究，也须得在礼乐的传统中进行。

可以说，正是因为能够顺应周代政治、礼制的变迁，与仪式保持张弛有度、若即若离的关系，周代歌诗才得以绵延五百余年，在体式、内容、主题上不断演进。从中可以见出，周代礼乐在自塑传统的同时，具有自足、自主、自动的调适与拓新能力，这才有了周代歌诗的繁荣。

通过以上诗乐与仪式关系离合变迁的描述，我们对《诗经》歌唱形态与诗乐机制的研究也将有更清晰的界定。其一，仪式作为歌诗创制的动力之源与乐用的最终呈现场域，贯彻歌诗活动的始终，也是指引、促成周代诗乐机制运行和演进的关键因素。尤其是西周后期以下，献诗、采诗制度的创设，极大促进了周代诗乐的发展。研究这些变曲新声与仪式的关系，对比入乐前后这些歌诗文本的变化，将有助于我们认识献诗、采诗制度的具体运行程序，也对礼乐歌唱的一些核心要素有更准确的理解。其二，以仪式为线索，将进一步聚焦《诗经》歌唱研究的着力点。仪式是一个枢纽，连接着歌诗"进入"（创制）与"输出"（乐用）两个环节，因此，《诗经》歌唱研究也应以仪式为中心而展开，至于在"进入"之前或"输出"之后的情况，则不在我们的研究范畴之内。所谓"进入"之前的文本，如相关典礼中的辞令、策命金文、公卿列士所献之诗的原始文本、采诗的原始歌谣素材等等。有些歌诗存在入乐前的平行文本可做对比，有些则无缘考知其入乐前的文本形态。总之，我们仅关注"进入"仪式歌唱之后的歌诗文本及其歌唱形态，至于"进入"之前的文本，在观念上预设它的存在，也将增进我们对歌诗创制机制的了解。所谓"输出"之后的文本，指入乐后的歌诗在流传过程中，发生了文本与音乐形态的流衍，如一些诗篇被借用或通用，一些诗篇在"断章"歌诗、赋诗中发生了意义变迁，这都不再是歌诗最初的乐用形态，而是属于《诗》功能、意义的流衍与经典化问题。举《小雅·四牡》一诗来说，姚际恒《诗经通论》说："此诗作于使臣，源也；劳使臣，流也；燕礼、乡饮酒礼歌之，流而又流也。"① 根据上文的界定，使臣的原诗，并未与礼乐歌唱相牵涉，就不在我们的研究范围之内。直到乐官将其采诗入乐，歌于"劳使臣"的典礼上，它才得以进入历史的视野，歌唱问题也才开始成立。这里面所涉及的"进入"（创制）与"输出"（乐用）的机制及具体歌唱形态，才是我们研究的重点。至于燕礼、乡饮酒礼也歌唱《四牡》，则是"流而又流"，属于歌诗通用、经典化之后的乐用流变，也与本书的研究范畴相远了。这就要求我们在利用礼书等所载用乐材料时，需谨慎地辨别。总之，聚焦于仪式，廓清歌诗入乐前后的源与流，《诗经》歌唱研究的本体与外延的边界才会更清晰。

通过以上的界定，《诗经》歌唱研究将更加聚焦于考察"正在进行时"的歌诗创制与歌唱，从而与基于今本《诗经》"回顾式"的文本和歌唱研究区分开来。同时，关于周代诗乐机制的研究，从行为主体与仪式两大线索入手，也将更具体地透析诗乐机制的执行情况，触及诗体递兴与诗乐机制演进的根本动因。本书即循此思路，以颂、雅、变雅、国风不同诗体的历时递兴为纲，分别论述各诗体兴起的礼乐背景、创制机制、歌唱形态等问题。书末附论则涉及相关歌诗概念、诗乐现象等问题，如考察《周颂·酌》、清华简《周公之琴舞》的歌唱形

---

① 姚际恒：《诗经通论》，中华书局，1958年，第174页。

态问题;讨论"乐本"歌诗的概念,分析《诗》的"文本化"、经典化问题;从歌唱的角度分析早期《诗》的章次异次问题;等等。这些研究将从横向与纵向、宏观与具体、文本与制度、文明精神等多个向度,展现周代礼乐歌唱的广阔图景。

第一章
礼乐歌唱的先声：周以前的乐舞与歌唱活动

音乐、舞蹈与歌唱是人类自原始时代以来就形成的表达活动。早期先民们在和谐条畅的吟呕咏唱中，在铿然律动的笙鼓吹奏中，在俯仰周旋的舞蹈韵动中，感通天地，调畅时序，沟通人神，和叙群伦，以一种发乎自然而又达乎文明的方式，抒发对天地自然、祖先神灵、社会人生的种种感情。《诗经》正是孕育于早期先民的乐舞歌唱活动中，而从粗朴的远古歌舞到"郁郁乎文哉"的礼乐歌唱，确乎经历了漫长的演进过程。这不仅是物质和技艺层面的问题，更是与时代的思想观念、文明精神的发展有着根本性的关联。梳理远古以来直至商代的早期歌舞发展史，概述早期歌舞活动的方式、特征、主题及相关乐舞制度等，将有助于我们更深刻地理解作为周代礼乐文明精华的《诗经》在继承与开新上的意义与成就。

第一节 远古时期的乐舞与歌唱活动

虽然早期乐舞的实况早已随时光而湮灭，但我们从考古发现的上古乐器、舞具及乐舞形象等吉光片羽中，仍可以略窥远古时期乐舞活动的发展水平。结合传世文献对上古时代乐舞活动的相关记述，我们也可以增进对早期乐舞活动的主题、功能等方面的认识。

我们先来看乐器。上古乐器的制造和使用反映了早期音乐发展的水平。如，1986—1987年河南舞阳县贾湖发现了16支七音孔和八音孔骨笛。据碳–14年代测定和树轮校正，这批骨笛年代距今8000—9000年。据测音结果分析，当时骨笛已具备七声音阶结构，发音准确，音质良好，至今仍可吹奏。此外，浙江余姚河姆渡、江苏吴江梅堰、甘肃永靖莲花台辛店等新石器时代文化遗址也有骨笛出土。埙也是十分古老的乐器。河姆渡文化遗址出土有一椭圆形、有一吹孔而无按音孔的陶埙，距今约七千年。陕西西安市半坡村仰韶文化遗址也曾发现两枚陶埙，形似橄榄，有一吹孔在顶端，另一吹孔贯穿上下两端，后者能发两音，约为小三度（g^3-$^{\#}a^3$）。此外山西万泉县荆村、山东潍坊市姚官庄、江苏邳县小墩子等新石器文化遗址也都有陶埙出土。打击乐器的鼓也发明甚早，山西襄汾陶寺遗址曾发现有鼍鼓，属于皮膜鸣鼓，距今四千年左右。还有陶制的体鸣鼓，分布地域广，延续时间长，从始见到盛行，前后长达一千二百年左右[①]。原始社会体鸣乐器还有陶钟和石磬，考古都有发现。这些古老乐器的发现，说明了远古时代人们已掌握一定的乐器制作技术，已经探索出较为科学的乐律学，为后世音乐发展做了奠基。

除了物态化的乐器，陶器、岩画上所描绘的乐舞形象更直观地展现了原始乐舞的生动面貌。如广西花山岩画中载歌载舞祀奉河神的场景，内蒙古阴山岩画中模拟祈祷祭献神灵的乐舞场面，云南沧源岩画中的太阳神巫祝图等，这些表现巫术仪式或祭献的乐舞形象，带有鲜明的宗教色彩。另如，1973年在青海大通县上孙家寨村出土的一件仰韶文化类型的彩陶盆，内饰三组先民集体舞蹈图案，每组五人，舞者服饰齐整，动作划一，舞姿柔曼，踏歌起舞，富有韵致。舞者头上有下垂发辫或装饰物，身边拖一小尾巴用作舞蹈道具。这与《吕氏春秋·古乐》"操牛尾，投足以歌"的记载颇能相证，可以看出：远古

---

① 参高天麟《黄河流域新石器时代的陶鼓辨析》，《考古学报》1991年第2期。

先民载歌载舞,并借助一些富有寓意的舞具来表达特定的集体情感。而这些舞具或装饰物,有些可能反映了图腾崇拜的宗教观念。文献中也有不少这类图腾乐舞的痕迹,如《尚书·皋陶谟》"鸟兽跄跄""凤凰来仪""百兽率舞",《山海经·大荒西经》"鸾鸟自歌,凤鸟自舞",《西山经》"六足四翼,浑敦无面目,是识歌舞",等等。

早期乐舞活动普遍存在于祭祀礼典、氏族战争、农耕狩猎、生息繁衍等社会生活中。有学者将早期乐舞的功能、主题概括为:"一,将乐舞作为物质生产和人的生产的辅助性活动,希望通过乐舞活动促成农牧业生产的兴旺和氏族自身的蕃衍;二,将乐舞用于精神上的寄托和慰藉,在祀神祭祖活动中达到与神灵和先祖的沟通;三,将乐舞作为文化认同的手段,以获得氏族内部的团结及该社会秩序的巩固。"[①] 早期乐舞在时令生产、宗教祭祀、社会伦理等主题活动中都发挥了重要的交往功能,涉及人与人、自然、神灵、族群间交往的诸多领域。人们相信,当这些领域发生不协的时候,乐舞能起到重要的交通作用。如,以乐舞祓除灾害,祈祷天时有序、谷物丰收。《吕氏春秋·古乐》曰:"昔古朱襄氏之治天下也,多风而阳气畜积,万物散解,果实不成,故士达作为五弦琴,以来阴气,以定群生。"又曰:"昔阴康氏之始,阴多滞伏而湛积,水道壅塞,不行其原,民气郁阏而滞著,筋骨瑟缩不达,故作为舞以宣导之。"乐舞发挥着调节阴阳、宣导滞气、化育万物的重要作用。《国语·郑语》记载说:"虞幕能听协风,以成物乐生者也。"韦昭注:"协,和也。言能听知和风,因时顺气,以成育万物,使之乐生者也。"[②] 草木禽兽万物都在音乐中得以舒畅其本性,后世以"风"来指称音乐,正是强调了音乐如风一样所具有的沟通、传导、调节、化育的作用。到了周代,籍田礼仍依循着"省风作乐"这一古老的信仰。在籍田之前五日,"瞽告有协风至";

---

① 蒋菁、管建华、钱茸主编:《中国音乐文化大观》,北京大学出版社,2001 年,第 224 页。

② 徐元诰:《国语集解》,中华书局,2002 年,第 466 页。

籍田当日,"瞽帅音官以省风土"(《国语·周语》)。瞽师通过音乐省察风、土的调畅情况,以安排籍田的农时。是故,在古人的观念中,音乐预示着天、地、人之间的秩序,天时人事都在音乐的先导与推演之下井然有序地运行。如《吕氏春秋·古乐》所记载:

> 昔葛天氏之乐,三人操牛尾,投足以歌八阕:一曰《载民》,二曰《玄鸟》,三曰《遂草木》,四曰《奋五谷》,五曰《敬天常》,六曰《达帝功》,七曰《依地德》,八曰《总禽兽之极》。

所歌"八阕",涵盖了以上所论乐舞活动的多重主题、功能:"载"为负载之义,《载民》是歌颂大地承载生民;"玄鸟"即燕子,燕来春归,《玄鸟》是歌颂春天;《遂草木》是歌唱草木顺性生长;《奋五谷》是祈愿五谷丰登;《敬天常》《达帝功》是歌唱敬畏天道、达成上天的意愿功德;《依地德》是歌唱依顺土地的规律;《总禽兽之极》是歌唱牲畜的繁殖。这八阕歌舞,富有浓厚的宗教色彩和图腾崇拜的观念,先民们通过这样的乐舞表达对天地自然和谐、谷物畜牧繁盛、群生顺性安定的愿望。早期乐舞活动中这种"敬天法时"的观念,对后世文明观念的建构以及礼乐歌唱的实践都产生了深远的影响。

"敬天法时"观念,与远古时期先民们的自然认识、宗教观念、生产水平等有关,而对乐舞的社会伦理意义的强调,则体现出一种人文主义的意涵。《尚书·皋陶谟》载:"戛击鸣球,搏拊琴瑟以咏,祖考来格,虞宾在位,群后德让。……百兽率舞,庶尹允谐。"乐舞用以降神祭享、友叙群伦、谐和百官,成为人神、族群、君臣之间和谐交流的重要方式。再如《韩非子·五蠹篇》载舜"修教三年,执干戚舞,有苗乃服",《古本竹书纪年》载夏启时"诸夷入舞",少康时"方夷来宾,献其乐舞",乐舞都被赋予了文教的力量,展现了文治的理想社会图景。《周易·豫》"先王以作乐崇德",乐更是被视为"崇德"的载体,指向了人的内在德性。这些记述,虽不免受到后代礼乐观念的影响而有所追附,但乐舞在上古社会中发展出政治、伦理及道德的功能,当有其实,周代礼乐歌唱的人文关怀也于此开始孕育。

如果说音乐与舞蹈多是发乎天籁和自然的表达,那么,有特定意旨的歌谣演唱——即使是文字诞生之前的纯口头歌唱,则更多体现出人的主体性的觉醒。虽然这种歌唱最早可能只是简单的吟呕歌呼,如《淮南子·道应训》所载"举大木者,前呼'邪许',后亦应之",但毫无疑问,《礼记·乐记》云"凡音者,生于人心也。情动于中,故形于声。声成文,谓之音",人声歌唱背后实有一套朴素而高明、由内而外的表达机制,与上文所说乐舞中伦理道德的倾向相一致,代表着文艺表现的一大进步。

早期歌唱多诉诸口头,未形诸文字,或虽有文字记录而年久湮没,那么,这些歌诗的吉光片羽有没有在历史中留下痕迹呢?后世文献有不少关于早期诗歌活动及诗辞的记载,又该如何分辨这些记述的真伪呢?朱谦之《中国音乐文学史》认为:"古代在没有文字以前,难道就没有给我们中国古代诗史做一些好材料的吗?有的,不过不是那有伪托嫌疑的歌辞,而是后人追记的作品。追记是确有这种诗歌,其初口口相传,或为歌咏自然的颂歌,或为咏英雄事迹的史曲,或挽歌,经过一个时期,这种口唱的歌辞,才开始有人把它追录起来,所以比较可靠。若伪托则全然为文人狡狯之作,完全是假的。"①他指出,文献所载的一些早期歌辞可能经过了口耳相传到文字追记的过程。这一认识是中肯的,也是符合早期歌诗以口头流传为主的基本情形的。后世的文字追记,歌辞内容或有变异,所记时世、本事也未必尽是,但大体内容和旨意还是渊源有自,可以作为了解早期诗歌活动情况的材料。

据朱谦之所定的标准,所谓尧时的《击壤歌》(《帝王世系》引)、舜时的《卿云歌》(《尚书大传》引)、《南风歌》(《尸子》引)等,明

---

① 朱谦之:《中国音乐文学史》,上海人民出版社,2006年,第40、41页。

显出于后世伪托，比较可靠的则有葛天氏《八阕歌》、伊耆氏《蜡辞》，还有《吴越春秋》记载的《断竹歌》。《八阕歌》歌辞已经失传，伊耆氏的《蜡辞》则见载于《礼记·郊特牲》：

> 伊耆氏始为蜡。蜡也者，索也。岁十二月，合聚万物而索飨之也。……曰：土反其宅，水归其壑，昆虫毋作，草木归其泽。

伊耆氏或谓神农，或谓帝尧，是远古氏族社会的首领。当时人们于十二月举行蜡祭，来报答各种神祇的佑护，如谷神、农神、猫神、虎神、水沟之神、昆虫之神等。在祭祀仪式上唱起这篇《蜡辞》，大意为祈求田地不要塌方，河水不要泛滥，昆虫不要成灾，不要侵害良田嘉谷，草木生到薮泽去。这是古代农事祭典上被禳祝祷的歌唱，具有浓厚的巫术宗教色彩。类似的巫祝歌唱，还有《山海经·大荒北经》所载远古驱逐旱神魃的歌谣："神北行！先除水道，决通沟渎。"又据《史记·滑稽列传》载，淳于髡"见道傍有禳田者，操一豚蹄，酒一盂，祝曰：'瓯窭满篝，污邪满车，五谷蕃熟，穰穰满家'"。《文心雕龙·祝盟》也记载有舜时《祠田辞》："荷此长耜，耕彼南亩，四海俱有。"可见农事祭祀上此类祝祷歌唱，源远流长，《蜡辞》等虽未必是彼时歌唱之原辞，但作为特定时代歌唱的留痕，仍具有重要的史料价值。

再看《断竹歌》，载见《吴越春秋·勾践阴谋外传第九》：

> 臣闻弩生于弓，弓生于弹，弹起古之孝子。……孝子不忍见其父母为禽兽所食，故作弹以守之，绝鸟兽之害。故歌曰：断竹续竹，飞土逐害。[①]

[①] 赵晔撰，周生春辑校汇考：《吴越春秋辑校汇考》，中华书局，2019年，第144页。

《断竹歌》十分简朴，只有八字。这是孝子守尸时所唱的挽歌。从文献记述中，可知当时还是无衣衾棺椁、葬之榛莽草野的时代。歌辞描述了孝子断竹做弓矢、弹射禽兽的情景。这一挽歌所咏，十分符合初民的生活情境，其心可感，其情可鉴，口耳相传，春秋时陈音知其本事，而到汉代才被记录成文。可见，早期歌诗从口头流传到文字追记有着漫长的发展过程。

除了上述三首古歌外，早期歌唱也有男女恋慕之情的表达。如《吕氏春秋·音初》载："禹行功，见涂山之女。禹未之遇而巡省南土。涂山氏之女乃令其妾候禹于涂山之阳。女乃作歌，歌曰：'候人兮猗。'"歌辞十分简单，但涂山氏之女忧思伤神之情已可想见。《吕氏春秋·音初》又载，有娀氏二女"作歌一终，曰：'燕燕往飞'"。这些古歌歌辞的断章残句，不自觉间透露了中国亘古以来所具有的审美表达习惯，在后代不断得到回响。与"燕燕往飞"起兴之语相同，《诗经·邶风·燕燕》也有"燕燕于飞"句，"于飞"即"往飞"。候鸟燕子之南北徙飞，这样的情景发人诗兴，给人感动，勾起心中无限的别离忧思之情。这样的兴怀是古今相通的。可以说，比兴作为具有深厚积淀的审美经验和知识传统，在原始古歌时代就已奠定了中国诗性表达的基本方式。这一点在《易经》爻辞中也有鲜明的体现。

比兴的基本特征是"即物"。"物"说明比兴并非空玄无实的纯逻辑性思维，而是依托于具体可感的物象而生发出的内心感怀；"即"字又显示出比兴并非着实地依附于物，而是点到即止、一触即发式的起兴，是空灵、活泼的发散性思维。比兴与物若即若离、依属又超越的关系，不尽言、不直言、不明言的言说策略，能取得含蓄隐约的表达效果。这种表达效果，正是卜筮之书《易》所欲达到的。《易》察微知著，基于对自然、天时、物象、人事等客观事态的观察而做出吉凶论断，即所谓"象占"[①]。《系辞下》曰："仰则观象于天，俯则观法于

[①] 参李镜池《古代的物占》，《周易探源》，中华书局，1978年。

地，观鸟兽之文与地之宜，近取诸身，远取诸物。"这种对自然、社会的感知，与歌诗中常用的比兴手法，两者在心理机制与生成模式上是相通的。对此，章学诚《文史通义·易教下》有很精到的论述：

> 《易》之象也，《诗》之兴也，变化而不可方物也。……雎鸠之于好逑，樛木之于贞淑，甚而熊蛇之于男女，象之通于《诗》也。……《易》象虽包六艺，与《诗》之比兴，尤为表里。①

高亨也认为："取象之辞者，乃采取一种事物以为人事之象征而指示休咎也。其内容较简单者，近于诗歌中之比兴。"②《渐·九三》"鸿渐于陆，夫征不复，妇孕不育"，《诗经·豳风·九罭》"鸿飞遵陆"，《小雅·鸿雁》"鸿雁于飞，集于中泽"，同以鸿飞起兴；《中孚·九二》"鸣鹤在阴，其子和之。我有好爵，吾与尔靡之"，《小雅·鹤鸣》"鹤鸣于九皋，声闻于天"，同以鹤鸣起兴；《明夷·初九》"明夷于飞，垂其翼"，《诗》中"黄鸟于飞""仓庚于飞""燕燕于飞""鸿雁于飞""鸳鸯于飞""振鹭于飞"等，也都以禽鸟"于飞"起兴；"垂其翼"也与《小雅·鸳鸯》"鸳鸯在梁，戢其左翼"十分相近。③这些例证充分说明《易经》爻辞的兴象表达与歌谣十分相似。因此，高亨就认为《易》之爻辞，《左传》《国语》多称"繇"，而"繇"便是"谣"之假借，爻辞当是受到歌谣的启示，甚至直接采用了歌谣的语句④。黄玉顺《易经古歌考释》认为《周易》卦名即出自所引古歌的诗题，从爻辞中可以整理出完整的古歌歌辞。这些古歌中蕴含了深远的文化传统、情感基因与审美习惯，当是渊源有自，相传已久，李镜池、黄玉顺等通过分析爻辞所记史事，认为爻辞古歌的时代当不晚于

---

① 章学诚著，叶瑛校注：《文史通义校注》，中华书局，1985年，第18页。
② 高亨：《周易古经今注》，中华书局，1984年，第49页。
③ 参李镜池《周易筮辞考》，《周易探源》，中华书局，1978年，第39—46页。
④ 参高亨《〈周易〉卦爻辞的文学价值》，《周易杂论》，齐鲁书社，1979年，第61、66页。

西周早期①。因此，探讨这些远古的歌诗，了解先民歌唱的情感主题与表达习惯，对于追寻《诗经》歌唱的古老源头具有重要的意义。

以上简述了远古时代的乐舞和歌诗活动，唯惜年代荒远，考古出土与传世文献的记录都远远不足以反映出彼时诗乐舞活动的真实、丰富面貌。而进入商代，由于乐舞器物的大量出土，尤其是甲骨卜辞作为实况的文字记录，保存了丰富的乐舞信息，为我们了解商代乐舞活动情况提供了可信的资料。

第二节 商代的乐舞活动与乐政

商代社会巫风盛行，巫术祭祀活动渗透到社会生活的各个领域。在巫术仪式中，乐舞承担着交通天人、降神娱神的媒介作用。《说文》："巫，祝也，女能事无形以舞降神者也。像人两袖舞形。""舞"与"巫"同出一形，音义亦相通②，反映的正是巫觋通过歌舞以娱神、降神之事。故王国维《宋元戏曲考》认为："古代之巫，实以歌舞为职，以乐神人者也。"③征诸甲骨卜辞，如"今囚巫九备"，于省吾读"备"为"摇"："巫九摇犹言巫九舞。古者歌舞恒以九为节，巫祝以歌舞为其重要技能，所以降神致福也。"④传世文献也记述了商人对乐舞的崇尚。《墨子·非乐》引《汤之官刑》曰："其恒舞于宫，是谓巫风。"《礼记·郊特牲》曰："殷人尚声，臭味未成，涤荡其声；乐三阕，然后出迎牲。声音之号，所以诏告于天地之间也。"说的就是殷人通过声乐以降神、娱神。而且，"殷人尚声"的风气不仅体现在祭祀上，举凡宴飨、游畋、战争、农牧活动等几乎无不用乐，这也说明

---

① 参李镜池《周易筮辞考》，《周易探源》，中华书局，1978年，第38页；黄玉顺《易经古歌考释》，巴蜀书社，1995年，第24页。
② 参陈梦家《商代的神话与巫术》，《陈梦家学术论文集》，中华书局，2016年，第92、93页。
③ 王国维：《宋元戏曲考》，《王国维论剧》，中国戏剧出版社，2010年，第2页。
④ 于省吾：《释巫九备》，《双剑誃殷契骈枝》，中华书局，2009年，第70页。

乐舞在商代社会活动中的重要地位和发展程度。还有学者发现，很多商王的名号都与乐舞、乐器相关，如汤，卜辞作"唐"（羕），是鼓类乐器；南庚，"南""庚"皆是钟镈类乐器，故盘庚、庚丁等名号也与乐器相关。同样，商代不少地名也以乐器命名，如，卜辞中"王步于壴""王步于乐""王田殸""贞田磬""王田于塝"，壴、乐、声、磬、塝，大抵都属于与乐器相关的地名，甚至商代的国号"商""殷"也与乐器相关[1]。这从侧面反映出音乐在商代政治中的重要地位。

一、考古所见商代乐舞器及乐舞活动

有赖于相关乐舞器的出土以及卜辞的记录，我们在数千年之后还能透过历史的尘埃窥探商代乐舞活动的繁盛图景。

商代乐器继承了前代乐器的已有成果，在制作工艺、音乐性能、乐器种类与规模上都有显著的提高。如磬，甲骨文作殸，左边像悬垂的磬石，右边像手持槌状。除了单件特磬外，商代出现了多件一组的编磬。如安阳殷墟于1935年出土一组三件的编磬，各磬均有铭文，分别是"永欪""永余""夭余"。埙在商代也有充足发展，形制更趋稳定，音孔增多，发音能力增强。如1976年甘肃玉门火烧沟出土早商陶埙二十余枚，三音孔已属普遍，能发四音。河南辉县琉璃阁150号殷墓出土两枚五音孔陶埙，一大一小，大小埙相差大三度。这说明商代晚期埙已初步系列化，有大小两种规格，商人已具有多种音程、调式和调性等观念[2]。商代乐器中青铜乐器的出现和运用，尤具突破意义，开创了商代音乐的新格局。青铜乐器主要有铜鼓、铙、镈、钲、铎、铜铃等。商代的铜鼓，1977年湖北崇阳汪家咀出土过一件马鞍钮铜鼓，通高75.5厘米，鼓面口径38—39.5厘米，重达42.5千克，遍饰云雷纹，鼓身上有带系孔的钮饰，下有托座[3]。日本京都泉屋

---

[1] 参李壮鹰《"乐"与乐神》，《覆瓿文存》，百花文艺出版社，1995年，第10—12页。
[2] 参李纯一《先秦音乐史》，人民音乐出版社，2005年，第64页。
[3] 湖北省博物馆、崇文：《湖北崇阳出土一件铜鼓》，《文物》1978年第4期。

博古馆藏有一件晚商双鸟饕餮纹鼓，制工精美，上有双鸟钮饰，下有四足，鼓身饰饕餮纹，鼓面铸成鼍皮纹①。商代青铜钟也取得了长足发展，与前世陶钟相比，在形制、大小、奏法和用途上更加丰富多样，名称也有更细致的区分，如大钟称镛，体小而短阔者称铙，体大而狭长者称钲，演奏方法也分悬鸣、执鸣和植鸣，且多见成组的编钟，大致有两件、三件、五件、十件等。如殷墟妇好墓出土五件一组的编铙，甚小，重量在0.15—0.6千克之间，为执钟或置钟②。湖南宁乡老粮仓出土十件一组的编铙，其中九件形制相同，大小递减③。铜铃在商代已组合使用，如殷墟刘家庄北1046号墓出土带舌捶的铜铃19枚，大小递减④。这些青铜组合乐器的使用，说明它们不仅用作节奏的打击乐器，更能演奏出具有多重音响效果的乐音。

除了考古出土的乐器之外，卜辞中也记载了多种演奏的乐器名。郭沫若、裘锡圭、宋镇豪等学者对此有十分详尽的讨论，考证出二十多种商代乐器。如"玉"，是一种玉制的打击乐器，也可能专指玉磬。卜辞云："戊戌卜，争，贞王归奏玉其伐一。"（《合集》06016）"嚣"，读为韶，异体字作䩉、鼗，即《商颂·那》中的"置我鼗鼓"，为两旁有两耳的小鼓，有柄，执柄摇动时，两耳双面击鼓作响，俗称"拨浪鼓"。"丰"，可能是用于装饰的贵重大鼓，有"新丰""旧丰"之称。"壴"，可能专指一种与镛配用的鼓⑤，如"置镛壴"（《宁沪》1·73）。商代还出现不少管弦乐器。如"言"，甲骨文作𠱑，是一种单管乐器。"龠"，甲骨文作𠎤，是一种以苇为管的编管乐器。龢、竽、笙也是

---

① 参容庚、张维持《殷周青铜器通论》，文物出版社，1984年，第78页。
② 中国社会科学院考古研究所安阳工作队：《殷墟妇好墓》，文物出版社，1980年，第100页。
③ 长沙市博物馆、宁乡县文物管理所：《湖南宁乡老粮仓出土商代铜编铙》，《文物》1997年第12期。
④ 中国社会科学院考古研究所安阳工作队：《安阳殷墟刘家庄北1046号墓》，《考古学集刊》第15集，文物出版社，2004年。
⑤ 参裘锡圭《甲骨文中的几种乐器名称——释"庸""丰""鞀"》，《古文字论集》，中华书局，1992年。

编管乐器。弹拨弦乐有"𧯽",卜辞云:"言侑于丁……𧯽九……亚一羊。"(《安明》70)又有"𥻗",卜辞云:"丁巳卜,宁,贞奏𥻗于[东]。"(《合集》14311)似为琴瑟一类的弦乐器。又有"𠂤",卜辞云:"奏𠂤。"(《乙》8311)似属牵拉式弦乐器①。此外还有品、南、熹等乐器。卜辞中除了"奏玉""奏庸""乍豐"等乐器演奏的记载外,还有一些可能与演奏方式、风格相关的内容,如"美奏"(《合集》33128)、"各奏""商奏""嘉奏"(《安明》1822)、"申奏"(《合集》30032)、"新奏"(《合集》31033)、"旧奏""戚奏"(《合集》31027)、"𤯌奏"(《合集》31030)等等。这些内容或指演奏某一乐曲,或指某一演奏风格,或兼指某一配舞演奏,可见当时演奏形态之丰富。

综上,商代乐器种类齐备,分类细致,材质多样,已经初具"八音"的格局,各种乐器形制、乐律都趋于定型化和规格化。而且,据音乐考古研究,这些乐器已逐渐产生了标准音高和绝对音高,并有了半音观念和五度协合观念,多件组合的旋律性乐器得到普遍应用,中国古代音乐的"十二律体系"在商代已基本奠立②。

卜辞中还有很多与奏乐相配的舞蹈的记录。商代乐舞的参与人群十分广泛,既有专业的瞽矇乐工,卜辞中多称作"万""多万""瞽""多瞽""多冒"③"舞臣""工""多工"④等,也有其他的社会人员,上至商王,下至文武大臣、贵族子弟、一般小臣,都在歌舞活动中有所参与,卜辞有"贞王其舞若"(《合集》11006)、"子舞"(《花东》181)、"乎戍舞"(《乙编》2373)、"贞乎多[老舞]"(《合集》16013)等等。舞蹈的类型也十分多样,如"舞戉"(《花东》206)、"羽舞"(《前》6·20·4)、"林舞"(《安明》1825)、"围

---

① 参宋镇豪《夏商社会生活史》,中国社会科学出版社,2005年,第517—519页。
② 参李纯一《关于殷钟的研究》,《考古学报》1957年第3期。
③ 参谢炳军《甲骨文所见商代乐官阶层及其乐制思想》,《中国音乐学》2021年第1期。
④ 陈梦家《殷虚卜辞综述》谓,卜辞中"工"或"多工"也可能指乐工(陈梦家:《殷虚卜辞综述》,中华书局,1988年,第519页)。

舞"(《合集》20971)、"㸚舞"(《合集》20974)、"狱舞"(《花东》280)、"舞䇂"(《花东》181)、"舞商"(《花东》130)、"舞羊"(《合集》20975)、"舞蚩"(《合集》20970)、"舞㝢"(《合集》30031)、"象舞""隶舞""霍舞""万舞"等等。或以配奏乐器命名,或以舞具命名,或以舞蹈形象命名,或以舞者命名,或以舞蹈或舞人所来之地命名。如"隶舞","隶"字卜辞作"㸚"或"㸚""㸚",像两手或一手拿一根牛(或其他动物)尾巴的样子,与传说葛天氏的三人操牛尾之舞及周代的旄舞可能有渊源。陈梦家又谓"隶舞"其后流变为"九代""九辩""九招"之舞①。卜辞中"隶舞"多用于祈雨,如:"庚寅卜,辛卯隶舞,雨?"(《甲编》3069)还用作祈年、祭祖先,如:"□午卜,敻贞,王隶,兹年。"(《乙编》上2327)"□午卜,宾隶于示壬。"(《龟甲兽骨文字》1·13·10)"隶舞"以其盘旋的舞蹈动作,故又名"槃舞"。卜辞云:"王乍槃隶。"(《前编》4·16·6)②再如"万舞",可谓源远流长,至春秋时期仍有歌演。其在商代时,取名于作为舞者的"万"。万是商代的乐师人群,从事乐器演奏、乐舞表演及教学等③。"万舞"即指由万参与的舞蹈,可用以祈雨,如:"惟万呼舞,有雨。惟戍呼舞,有大雨。"(《安明》1821)还用于祭祀祖先、出猎等,如:"王其田以万弗每吉"(《屯南》2256)。"万舞"阵容盛大,常以镛钟伴奏④,《商颂·那》"庸鼓有斁,万舞有奕"可做明证。《诗经·邶风·简兮》亦云"硕人俣俣,公庭万舞。有力如虎,执辔如组。左手执籥,右手秉翟,赫如渥赭",详细交代了万舞的地点、所用道具、仪态形容,从中可略窥商代"万舞"形象之大概。

有些舞蹈,可能还需要扮演、模拟相关形象,背后带有浓厚的

---

① 陈梦家:《商代的神话与巫术》,《陈梦家学术论文集》,中华书局,2016年,第96页。
② 参孙景琛《中国舞蹈史(先秦部分)》,文化艺术出版社,1983年,第68、69页。
③ 参裘锡圭《释万》,《古文字论集》,中华书局,1992年,第208页。
④ 参陈致《从礼仪化到世俗化——〈诗经〉的形成》,上海古籍出版社,2009年,第71页。

巫术、图腾信仰。如"舞羊""舞虫""舞⿱"可能都是舞者妆扮成羊、蛇虫、⿱等动物或戴着相应面具的舞蹈。商代乐舞有面具之用，考古出土可以为证。如，1935年安阳殷墟西区701号墓发现一位殉葬的舞者，其头部尚戴牛头铜面具。同区的216号墓也出土牛头形饰4件和兽面饰10件。1985年山东滕县前掌大商代甲字形大墓发现与石磬同出的牛头型青铜面罩。另在203号墓内还发现一长约1.5米、宽0.6米的嵌蚌饰大型漆牌，两面均做成眉、眼、牙等形状，下接红黑色雷纹漆干。1987年又在214号中字型大墓内出土同类彩绘牌饰六七块以及铜牛头饰①。除了舞蹈面具，各地考古还出土了大量干戈、羽饰、漆牌、仪仗等舞饰舞具。如1976年殷墟妇好墓出土了28件嵌插在漆干上的龙头、鸟头铜舞具。又，1950年武官大墓出土有饰鸟羽的小戈，学者认为可能是舞干羽以祭之遗物，并进而推测殷墓中所见玉戚、玉干头、仪仗等也可能用于乐舞②。《周礼·乐师》云："凡舞，有帗舞，有羽舞，有皇舞，有旄舞，有干舞，有人舞。"郑玄引郑司农说："帗舞者，全羽。羽舞者，析羽。皇舞者，以羽冒覆头上，衣饰翡翠之羽。旄舞者，牦牛之尾。干舞者，兵舞。人舞者，手舞。社稷以帗，宗庙以羽，四方以皇，辟雍以旄，兵事以干，星辰以人舞。"如上所述，可知商代的舞蹈形象当远较文献所述为丰富，其在商代社会也有更广泛的运用和更多的功能。

　　卜辞中记录了乐舞的广泛运用，其中颇为常见的是奏乐舞以祈雨。商代社会以农牧业为主，雨晴旱涝影响年岁的丰歉，人们往往通过祈雨祭祀祈求风雨调顺。祈雨仪式常伴有器乐演奏、形象乐舞、祈呼祝颂等内容，如："丙辰卜贞，今日奏舞，㞢（有）从（雨）？雨。"（《殷契萃编》744）有时祈雨乐舞甚至夜以继日，持续几天之久，如：

---

① 参宋镇豪《甲骨文中的乐舞补说》，《海南大学学报（人文社会科学版）》2020年第4期。
② 参郭宝钧《中国青铜器时代》，生活·读书·新知三联书店，1978年，第156、157页。

"辛卯奏舞雨。癸巳奏舞雨。甲午奏舞雨。"(《合集》12819)自辛卯到甲午,前后达四天。更有《合集》20398一辞,乐舞祈雨前后行事达 27 天,可见商代以乐舞祈雨的盛况。为此,商人还专门以"舞"字专指祈雨的乐舞,如"王其呼万舞"(《合集》31032),"舞"即"舞"字,其字形本身就显示这是一种祈雨之舞。又有"雩"字,如:"叀筑,雩彭,业(有)雨。"(《甲编》715)"雩",即《周礼》所说的"皇舞",《周礼·舞师》云:"教皇舞,帅而舞旱暵之事。"郑玄注:"皇,杂五采羽如凤皇色,持以舞。"《周礼·司巫》"若国大旱,则率巫而舞雩",《女巫》"旱暵,则舞雩","舞雩"亦即祈雨之舞,"雩"与"舞"音近义通①。这些都说明《周礼》所载实有深远的礼俗渊源,商、周乐舞礼俗具有一贯性。

卜辞中还多有商王亲自参与乐舞祈雨的记载。如:"王其寻各塱以□,弜以万,兹用,雨。"(《合集》27310)可见以乐舞祈雨规格之高。而这或许与商汤桑林祈雨的仪式有一定的渊源关系。传世文献中关于《桑林》之舞,多有记载:

《吕氏春秋·顺民》:"昔者汤克夏而正天下,天大旱,五年不收。汤乃以身祷于桑林。……于是翦其发,䰅其手,以身为牺牲。"

《尚书大传》:"汤伐桀之后,大旱七年。史卜曰:'当以人为祷。'汤乃翦发断爪,自以为牲,而祷于桑林之社,而雨大至,方数千里。"

《尸子》:"汤之救旱也,乘素车白马,著布衣,身婴白茅,以身为牲,祷于桑林之野。"

这些文献都表明,商汤的祈雨活动带有强烈的仪式表演性质,"以身

---

① 参刘师培《舞法起于祀神考》,《左盦外集》,《刘申叔遗书》,江苏古籍出版社,1997 年,第 1640 页。

祷于桑林"可能是以一种肢体的舞蹈,其间可能伴有扭曲甚至摧残身体的方式向上天祷告。商人为了纪念汤的这次桑林之社的祈雨,就专门制作了《桑林》之舞。商周鼎革之后,宋人还继承了《桑林》之舞,《吕氏春秋·诚廉》:"(微子)世为长侯,守殷常祀,相奉《桑林》,宜私孟诸。"又《慎大》:"立成汤之后于宋,以奉《桑林》。"直到春秋时,《左传·鲁襄公十年》还记载,宋平公以《桑林》享晋悼公,"舞师题以旌夏,晋侯惧而退入于房",可见其舞容之盛大。据孔颖达疏引皇甫谧说:"(《大濩》)殷乐,一名《桑林》。"《通鉴大纪》亦说:"祷于桑林之社,天油然作云,沛然作雨,岁则大熟,天下欢洽,岁作《桑林》之乐,名曰《大濩》。"可知,《大濩》可能即是本于商汤祈雨仪式而作,后被作为歌颂成汤功德的祭祀乐舞,成为有商一代乐舞的最高代表。卜辞中就有用《濩》乐祭祀成汤的记载。如:

乙亥卜,贞王宾大乙《濩》,亡尤。(《合集》35499)

"大乙"即汤,而"宾"是祭祖迎神之义,其字形作"㝊",或作"㝊",像一个万舞者在庙宇下表演。《濩》后又被通用作祭祀商代直系先王的乐舞。如:

乙卯卜,贞王宾祖乙《濩》,[亡尤]。(《合集》35681)
丁卯卜,贞王宾大丁《濩》,亡[尤]。(《合集》35516)
庚寅卜,旅贞,翌辛卯,其《濩》于丁。(《佚》912)

可见,传统有关三代乐舞的记载,并非子虚乌有。同样,文献中所谓舜时的乐舞《大韶》,在甲骨卜辞中也有记载,如:

庚午卜,出贞:于羽乙未,大翯。(《京津》3422)

《周礼·大司乐》郑注“大磬（韶），舜乐”，卜辞中的“𩐁”，裘锡圭认为当读为鞀，“大𩐁”可能与“大韶”存有关系，“也许原始的《韶》就是以鞀为主要乐器的一种音乐”[①]。可见《墨子·三辨》《吕氏春秋·古乐》所说的汤“修《九招》”，并非向壁虚造。

除了祈雨、祭祖用乐外，燕饮活动中以乐侑食，也是商代贵族生活的重要内容。考古发现中屡见饮食器具与乐舞器具同出的现象，有些还有乐工、舞者陪葬，足见死者生前也过着隆重的酒食乐舞生活。对此，甲骨卜辞也有记录，如：

> 弜飨［于］庭，鬻障升。
> 其乍豐又正，［王］受又。
> 弜作豐。（《合集》31180）

卜问是否在大庭举行宴飨礼，敲击玉饰大鼓“豐”。又商代青铜器《戍铃彝》，其铭文云：

> 己酉，戍铃障宜于召，置庸，舞九律舞。赏贝十朋，万豕，用宁丁宗彝。（《历代》2·22）

铭文记载帝辛摆宴赏赐戍铃，并且摆置了镛钟，舞“九律舞”。“九律舞”可能是一种具有多重音乐、以钟乐为主要伴奏的舞蹈。乐舞蹁跹中，以乐侑食，飨功行赏。可见，商代音乐活动发达，渗透到宗教、政治与日常生活的诸多领域，宴饮场合中奏演乐舞，钟鸣鼎食，体现了乐舞从巫术宗教向人间生活的转变，这一音乐功能与审美的变化趋势在周代有更明显的体现。

此外，军事活动前后也常进行乐舞表演，用以祈求或庆贺胜利。

---

① 裘锡圭：《甲骨文中的几种乐器名称——释“庸”“豐”“鞀”》，《古文字论集》，中华书局，1992年，第203页。

《易·中孚》说:"得敌,或鼓或罢,或泣或歌。"《释名·释言语》:"武,舞也,征伐动行,如物鼓舞也。"甲骨卜辞中就有商代军事乐舞的具体名称,如:"庚寅卜,何贞:叀执戒障于妣辛。"(《殷契遗珠》363)郭沫若《殷契粹编》说:"戒者,祴之省。《说文》:'祴,宗教奏祴乐。'"①"戒"字象双手持戈之形,《祴》应该是一种持戈而舞的武舞②。又:"丁酉卜,其呼以多方小子小臣,其教戒。"(《合集》28008)是向四方诸国贵族子弟教"戒"乐,郭沫若说:"据此,可知殷时邻国多遣子弟游学于殷也。"③此外,卜辞中还有"豈",即文献中所言"恺乐",《周官·大司乐》:"王师大献,则令奏恺乐。"郑玄注:"恺乐,献功之乐。"卜辞云:

丁酉,卜,大贞,告,其豈于唐,衣,亡□。九月。
庚子贞,其告豈于大乙,六牛。叀毀祝。(《佚存》233)
戊戌贞,告,其豈肜于□六牛。(《佚存》233)

丁山认为"豈"即恺乐,甲骨文所见"豈于唐""告豈于大乙",即是战胜献俘、奏恺乐于商汤之庙④。又有:

丁卯卜,羽贞:庚,我又事。丁卯卜,羽贞:我舞𠂤(党),丁自庚。(《屯乙》1987残甲)

饶宗颐释"𠂤"为"党",即豈,《说文》:"豈,还师振旅乐也。""有事"指戎事,"舞豈(恺)"即军队凯旋所行的乐舞⑤。商代军事乐舞还体现在一些舞蹈术语上,如卜辞中习见的"伐":

---

① 郭沫若:《卜辞通纂》,科学出版社,1983年,第260页。
② 李纯一:《先秦音乐史》,人民音乐出版社,1994年,第36页。
③ 郭沫若:《殷契粹编》,科学出版社,1965年,第640页。
④ 丁山:《商周史料考证》,中华书局,1988年,第181页。
⑤ 饶宗颐:《殷代贞卜人物通考》,香港大学出版社,1959年,第733页。

贞伐利。(《合集》07043)

贞三伐利。(《安明》233)

□八伐利。(《安明》234)

三伐，五伐，十伐。(《合集》32202)

"伐"是武舞中以干戈玉戚等舞具刺伐、模拟征伐场面的舞蹈用语。"伐"还见于周初乐舞中，《尚书·牧誓》："不愆于四伐、五伐、六伐、七伐，乃止齐焉。"顾颉刚、刘起釪认为这是周武王在牧野之战开始前的军事舞蹈[1]。《礼记·乐记》言《大武》乐章"夹振之而驷伐"，郑玄注："武舞，战象也。每奏四伐，一击一刺为一伐。"可知"伐"作为武舞中模拟杀伐击刺的舞蹈动作，自商代以来一直通行于战争乐舞中。

以上介绍了商代的考古出土乐器和卜辞中所见器乐演奏、乐舞表演等情况，这让我们对商代乐舞的发展水平、运用功能有了具体了解。而除了技术、运用层面的发达之外，商代更是发展出具有一定制度性的"乐政"。

二、商代的乐政

《周礼·乐师》曰："凡乐，掌其序事，治其乐政。""乐政"即指乐舞相关的活动及其制度。虽然乐舞活动可以追溯到很早，但是否形成了一套行之有效的制度，则因年代久远，材料有限，无从系统具体地考知。《尚书·尧典》载舜命夔"典乐"，也缺少史实印证。而有赖于商代卜辞的记录，我们可以确切地说，商代时期已建立了专门的音乐机构，形成了一套分工明确、传承有序的乐政制度。这不仅使得商代在器物制造、乐律精研、乐舞规格等物质和技术层面上超越前代，

---

[1] 参顾颉刚、刘起釪《尚书校释译论》，中华书局，2005年，第1112页。

更在制度上保证了各项乐舞活动的展开①。"瞽宗"中"以乐造士"的教育，更是将乐舞推广到广阔的礼俗生活和社会群体中。

关于商代"瞽宗"，《礼记·文王世子》云："礼在瞽宗，殷之大学也。"《明堂位》云："瞽宗殷学。"郑玄注："瞽宗，乐师瞽矇之所宗也，古者有道德者使教焉，死则以为乐祖，于此祭之。"以瞽矇乐工为主体的音乐机构被称为殷商大学，足见乐舞在商代社会的重要地位。卜辞中也有"瞽宗"。如："癸丑……贞：翌……障新……壴亍。"（《前编》5·4·4）饶宗颐认为"壴亍"即"瞽宗"②。又，卜辞有"教屮"，陈邦怀释"屮"为瞽之象形，即"兇"之初文，引《说文》"兇，瘫蔽也，从人，象左右皆蔽形，凡兇之属皆从兇，读若瞽"为说，认为"教屮（瞽）"指"瞽矇受教于殷学也"③。可见，传世文献关于"瞽宗"为殷学的记载，所言不虚。饶宗颐认为卜辞中"步于兇"（《英》736）、"兇西"（《合》14680），"兇"均指瞽宗之所。"瞽西"，犹言瞽宗之西，与卜辞"学东"一样，都指学官的具体处所④。

卜辞中还有其他表示学校的称呼，如"□万其征学□"（《屯南》4035），"万"是从事乐舞的乐工，此"学"指的就是瞽宗一类的音乐教学机构。另有卜辞"于大学㞢"（《屯南》60），更是直接出现"大学"之名，"㞢"是祭名，于大学中行祭，也与"祭乐祖于瞽宗"之说相符⑤。卜辞中的学校教学场所还有"宰"（《后编》13）⑥、"右寁"（《屯南》

---

① 如卜辞中常见"乎某某舞""乎某某奏"之语，说明当时有"典乐"之官负责组织、统筹，乐舞是按照一定的规章、有组织地进行的。瞽人中地位尊贵的，称为"上瞽"（《合集》13404）或"王瞽"（《合集》13405正），可见瞽人群体已有地位的分化，《周礼·春官叙官》"瞽矇，上瞽四十人，中瞽百人，下瞽百有六十人"云云，渊源有自，并非虚言。
② 饶宗颐：《殷代贞卜人物通考》，香港大学出版社，1959年，第581页。
③ 陈邦怀：《甲骨文零拾》，天津人民出版社，1959年，第30页。
④ 饶宗颐：《释㞢与瞽宗》，《甲骨集林》，《饶宗颐二十世纪学术文集》，中国人民大学出版社，2009年，第996、997页。
⑤ 参于省吾主编《甲骨文字诂林》，中华书局，1996年，第3261页。
⑥ 陈梦家谓卜辞中"宰"与"寝"并言，疑即"庠"（参陈梦家《射与郊》，《陈梦家学术论文集》，中华书局，2016年，第251页）。

662）、"右👁"（《合集》30518）、"右学"（《合集》3510、20101）、"学东"（《合集》8732。按，"东"，以坐北朝南来论，即左）等，学分左、右，可证《礼记·王制》"殷人养国老于右学，养庶老于左学"的说法并非没有依据。

在"瞽宗"等学校机构中，音乐教育是其主要内容。如：

□新庸至自夒入学□。（《铁》100·2）

卜问将新铸的镛搬入学校之事，可知学宫中有镛钟演奏的教学。再如：

甲寅卜，乙卯子其学商，丁永。（《花东》487）

卜辞有"舞商""奏商"等，可知"商"是商代贵族子弟学习祭祀礼仪的重要内容。再如：

丁酉卜，今日丁万其学。
于来丁乃学。
于右寏学。
若呐于学。（《屯南》662）

卜问今天这个丁日还是未来的丁日在"右寏"学"万舞"。这片卜辞中"若呐于学"，宋镇豪认为"若呐"大概是形容学万舞的舞人伴随动作发出的顿促有力、节奏齐整的呐喝声[①]。这些例子都说明，瞽宗音乐教学内容之丰富，包括乐舞、礼仪、礼容等，受教育者的范围也十分广泛，除专业乐工之外，贵族子弟及"多方小子小臣"都是受教育者。

---

① 参宋镇豪《从甲骨文考述商代的学校教育》，《2004年安阳殷商文明国际学术研讨会论文集》，社会科学文献出版社，2004年。

这与礼书所描述的国子乐舞、乐仪的学习相符①，体现了商周"以乐造士"传统的渊源和流衍。正如俞正燮《癸巳存稿》所言，三代以上"乐之外无所谓学"②。

综上所述，商代已有较为健全的学校机构设置，"以乐造士"成为学校教育的主要内容。瞽宗也因此被视为殷学的最高机构，同时成为攒聚王公贵族、四方宾客，举办祭祀、养老、飨食、阅武等典礼的重要场所。可以说，瞽宗在商代的仪式与乐舞活动中扮演着至关重要的作用，是商代政治、宗教、教育、礼仪、文艺等活动的渊薮。商代乐政也因此不限于乐舞领域本身，而是以瞽宗为中心、以乐舞为载体渗透到更广泛的典礼生活和社会人群之中，成为商代社会活动的重要枢纽。正如《逸周书·本典解》所说："古之圣王，乐体其政。"寓乐于政，乐为政体，才是乐政最大的意义所在。

又，《史记·殷本纪》曰"表商容之闾"，《史记索隐》引郑玄注："商家乐官，知礼容，所以礼署称容台。"《礼记·乐记》亦载："释箕子之囚，使之行商容而复其位。"郑注："行，犹视也，使箕子视商礼乐之官，贤者所处，皆令反其居也。"可知，容台为商代掌管礼乐的机构，其所属乐官有名商容者，《殷本纪》曰："商容贤者，百姓爱之，纣废之。"据《韩诗外传》卷二载，"商容尝执羽籥"，"欲以化纣而不能"。因容台官署以掌习礼容为主，故张闻捷、王文轩《晚商乐人刍议》认为容台为礼乐机构，主管庆典、燕飨等礼乐活动，而瞽宗为巫乐机构，这反映了晚商乐人体系的复杂性③。结合商代政治、礼俗变迁的总体认识，有学者也注意到商代乐官的转变，早期乐官多非专任，常兼有巫官、史官、天官、教官等职能，或由巫官等官职兼摄乐

---

① 如《周礼·保氏》："养国子以道，乃教之六艺。"《周礼·乐师》："掌国学之政，以教国子小舞。"《礼记·文王世子》："春诵夏弦，大师诏之。瞽宗秋学《礼》，执礼者诏之。冬读《书》，典书者诏之。《礼》在瞽。"《礼记·内则》："十有三年，学乐诵《诗》，舞《勺》。成童，舞《象》，学射御。"
② 俞正燮：《癸巳存稿》，辽宁教育出版社，2003年，第65页。
③ 参张闻捷、王文轩《晚商乐人刍议》，《音乐研究》2022年第4期。

事,王公贵族等亦皆参与乐事,而到了商代末期则出现了以"师"为称的专职乐师,如传世文献中提到的商末乐官师延、太师疵、少师彊等。王同《先周乐官探微》说:"商王王权逐步加强,并对巫也渐趋疏远,加之原始宗教'事神'观念向'事人'观念的转变和宗教仪式的复杂化,掌乐之巫所行之'乐'也渐渐由原来'降神''卜贞''省风'的多重目的,渐趋转变为行巫之官与行乐之官的分流。"①乐舞参与人群、性质、功能的这一转型与商末礼俗的人间化、世俗化倾向是相一致的。传世文献对此有更细致的描述,《尚书·无逸》说祖甲之后的商王,"生则逸","惟耽乐之从"。到了商末,纣王更是淫逸无度,《史记·殷本纪》有具体记载:

> 帝纣……好酒淫乐,嬖于妇人。爱妲己,妲己之言是从。于是使师涓作新淫声,北里之舞,靡靡之乐。……大聚乐戏于沙丘,以酒为池,悬肉为林,使男女倮,相逐其间,为长夜之饮。

《管子·七臣七主》亦言:

> 昔者桀、纣……驰猎无穷,鼓乐无厌,瑶台玉铺不足处,驰车千驷不足乘,材女乐三千人,钟石丝竹之音不绝。②

又,《说苑·反质》引《墨子》言商纣时,"妇女优倡,钟鼓管弦,流漫不禁"。这些文献都关注到商代后期传统乐舞旧制的变乱,即所谓的"女乐""新乐"的流行。女乐因由女子担任,多行于燕居、房中、宴饮等较为私昵的场合,袅袅仙姿,靡靡之乐,其风调与祭祀、朝政、燕飨、田猎等庄重盛大典礼上的乐舞,应该迥异其趣。《尚书·泰誓》

---

① 王同:《先周乐官探微》,《艺术百家》2008年第3期。
② 黎翔凤:《管子校注》,中华书局,2004年,第989页。按,王念孙以"桀"字为后人所加,下文"遇周武王"云云,专指纣而言。

"断弃先祖之乐,乃为淫声,用变乱正声,怡说妇人",描述的正是这一乐舞风尚的变异。

抛弃旧有将"女乐"与王朝衰世相并提的道德偏见,商末新乐、女乐的流行,当是事实,且有一定的历史渊源。卜辞中就有相关女性乐工的记载。如:"甲子□卜,王曰,贞,叀燹女叀乐,用御于雨。"(《殷墟书契前编》5·5·7)丁山认为此即女乐及钟镈之乐[①]。又有一条骨臼刻辞:"乙巳,𦉢示屯。亘。"(《合集》05299)裘锡圭认为:"'示'上一字应为指女性之瞽的专字,其字仍可读'瞽'。"[②]"丁亥,子其学嬺玨。用"(《花东》280),宋镇豪认为,嬺为女巫兼教官,玨为舞名,像双人款摆而舞[③]。"戊辰卜,子其以磬、妾于妇好,若"(《花东》265),指子将磬与演奏磬的女性乐奴送于妇好。1950年河南安阳武官村发掘的商代贵族大墓中发现有女性骨架24具,带有绢帛或鸟羽痕迹的随葬小铜戈3件以及1枚虎纹特磬。郭宝钧认为这些女性是墓主人的姬妾,小铜戈乃"舞干羽"之戈,是舞具而非兵器[④]。李纯一也认为姬妾当中有一些应是所谓的"女乐",亦即女性音乐奴隶[⑤]。这说明商代贵族在生前也有女乐的享受。可见,女乐应该是商代乐政中本有的内容,而商末贵族享乐尽欢、纵情声色的社会风气,无疑推助了女乐、新乐的流行。《史记·乐书》"纣为朝歌北鄙之音",以及《史记·殷本纪》"使师涓作新淫声[⑥],北里之舞,靡靡之乐",都说明商纣对新声俗乐的喜好,并因此命乐师专门制作新声,也不排除直接让乐师去采集民间的俗乐俗舞。春秋时卫灵公在濮水之

---

① 丁山:《商周史料考证》,中华书局,1988年,第179页。
② 裘锡圭:《关于殷墟卜辞的"瞽"》,《裘锡圭学术文集·甲骨文卷》,复旦大学出版社,2015年,第515页。
③ 宋镇豪:《夏商社会生活史》,中国社会科学出版社,2005年,第685页。
④ 郭宝钧:《一九五〇年春殷墟发掘报告》,《中国考古学报》1951年第5册。
⑤ 李纯一:《先秦音乐史》,人民音乐出版社,2005年,第44页。
⑥ 据梁玉绳《史记志疑》,《殷本纪》"师涓"应是"师延"之误(参《史记志疑》,中华书局,1981年,第63页)。

上"闻鼓新声者而说之",师旷就说"此师延之所作,与纣为靡靡之乐也"(《韩非子·十过》)。可见,纣时新乐具有一定的俗乐基础,在民间有相当的流行广度,当时已有一定的乐政机制来实现不同区域、不同风格乐舞的采录和通融,这也为商周之际乐舞主题功能的转型、周代礼乐制度的建立做了铺垫。

第三节　商代的诗辞歌唱与《诗经·商颂》作时的争论

甲骨卜辞及考古中商代乐舞器物的出土面世,商代乐舞活动的发展水平,及其在商代政治、宗教、军事、侑食、教育等活动中的重要地位,已得到全面的印证,但相关出土材料也仍有一缺憾,即商代的诗辞文本,包括诗辞创作与歌唱情形,在甲骨卜辞中似乎并未有明确记述,虽然也有学者认为某些卜辞含有诗歌的属性,但很显然,其与传世《诗经·商颂》文本之间的差异何啻天壤。也正因此,学界有关《商颂》"作时"的争论,至今尚悬而未决,争论不休。而且颇为吊诡的是,各家在论证《商颂》作时问题时,虽然均有运用"二重证据法",但因为对一些概念界定和理论预设的不同,往往得出完全不同的结论。因此,有必要综合各家之说,评骘其理论与方法之得失,以加深对中国早期诗歌书写文本的发生、商周歌诗观念及演进等重要问题的思考。

一、卜辞中所见商代诗辞歌唱

通过一些外围的考古材料,可以略窥商代时期的人声歌唱活动。如安阳殷墟出土的三件编磬上分别有铭文"永啟""永余""夭余",常任侠分析说:

> "永"即歌唱。古书说:"歌永言,声依永,律和声。"后起的讽咏的咏,或咏叹的咏,原都是"永"字。"夭"即舞人侧首而舞的姿态,加上口为"吴",即可以引人娱悦的"娱"。"夭"到后

来变为轻盈款摆的形容词，用以形容少女的可爱（如妖），也用以形容花枝的美好（如"桃之夭夭"），其初皆本于舞蹈的姿态。"余"，《说文》云："语之舒也。"也就是"徐"字、"舒"字的初文。"启"即启字，《说文》《玉篇》都解作开发。"肇"字也从此出。这三个商磬上的文字："永启"便是歌舞初开发的节奏，"永余"便是歌唱舒缓时的节奏，"夭余"便是舞蹈舒缓时的节奏。歌与舞相应，均按节急徐，击磬为节。《楚辞·九歌》所谓"舒缓节兮安歌"，就是曼舞轻歌，夭余永余，和鸣锵锵，其乐陶陶。于此可以想见殷代的奴隶统治者，在宫廷中沉湎陶醉、穷奢极欲的情景。《商书》说："恒舞于宫，酣歌于室。"由于三个殷代编磬及其刻文"永启""永余""夭余"，可证殷人歌舞的发达，殆非虚传。①

"永启"是歌唱初启时的节奏，"永余"是唱歌舒缓时的节奏，"夭余"是舞人轻盈款摆而舞时的节奏，可见，商代存在以磬为节、轻歌曼舞的歌演形态。卜辞所载的诸多乐舞活动，也可能伴随有人声歌唱。如祈雨时的雩祭，《尔雅·释训》："舞、号，雩也。"郭璞注："雩之祭，舞者吁嗟而请雨。"《释文》引孙炎云："雩之祭，有舞有号。"②陈梦家据此认为"吁嗟与号则是舞时之歌"③，又谓"雩为且呼且舞，而呼者即吁嗟长叹之谓也，吁嗟长叹即是歌"④。可知商代舞雩时伴有人声的歌咏，其歌辞可能就是祈雨的祷告辞。卜辞云："辛丑卜，奏戛，比甲辰卩雨少。"（《合集》20398）宋镇豪认为："似商代奏乐伴舞求雨时，

---

① 常任侠：《古磬的发展与古舞的演进》，《常任侠艺术考古论文选集》，文物出版社，1984年，第101—102页。
② 邢昺：《尔雅注疏》，北京大学出版社，1999年，第104页。
③ 陈梦家：《殷虚卜辞综述》，中华书局，1988年，第601页。
④ 陈梦家：《商代的神话与巫术》，《陈梦家学术论文集》，中华书局，2016年，第94页。

不仅有歌声吁嗟以辞祷告,又有'奏熨',属文于册,焚以上达。"①可见舞雩时所唱的歌辞(即祷辞),还曾有书写的典册文本。同样,殷末周初有一鼎铭云:"册瞽宅。"(《集成》4·1737)裘锡圭认为"册"字表明器主属史官世家,当是一位瞽史②。李振峰进而认为商代时瞽有"以诗作册"的职责,似乎当时瞽工已有歌诗的书册文本③。又,卜辞有"工典",于省吾读"工"为"贡","典"指简册,"其言贡典,是就祭祀时献其典册,以致其祝告之词也"④。江林昌认为这些典册即是以天神开辟宇宙、始祖图腾诞生、先公先王昭穆世系与民族起源发展奋斗历史等为内容的所谓"颂"的史诗⑤。这些观点似乎都在表明,商代不仅有诗辞歌唱,还曾有歌诗的书写文本。

那么,卜辞中有无记载具体的祭歌名呢?卜辞中多有"商奏""美奏""戚奏""新奏""各奏""嘉奏"等记载,宋镇豪认为它们"疑指不同的祭歌,惟年代悠远,其曲其辞今已不得其考"⑥,尤其是习见的"商奏""奏商""学商",此"商"疑即相似于《商颂》之类融歌辞、舞蹈、乐曲三者为一体的祭歌⑦。不少学者接受宋先生之说,并进一步将这些信息与《诗经·商颂》相关联。如江林昌认为所谓"学商""奏商""舞商"即学习《商颂》的内容,演奏《商颂》的内容,舞蹈《商颂》的内容⑧。徐宝贵认为:"既然学商、舞商、奏商之商均是祭歌名,那无疑就是《商颂》,传世《诗经》中的《商颂》是其历代传

---

① 宋镇豪:《夏商社会生活史》,中国社会科学出版社,2005年,第659页。
② 裘锡圭:《关于殷虚卜辞的"瞽"》,《裘锡圭学术文集·甲骨文卷》,复旦大学出版社,2015年,第515页。
③ 李振峰:《甲骨卜辞与殷商时代的文学和艺术研究》,哈尔滨师范大学博士学位论文,2012年,第79、80页。
④ 于省吾:《释工》,《甲骨文字释林》,商务印书馆,2010年,第71页。
⑤ 江林昌:《甲骨文与商颂》,《福州大学学报(哲学社会科学版)》2010年第1期。
⑥ 宋镇豪:《夏商社会生活史》,中国社会科学出版社,2005年,第515页。
⑦ 参宋镇豪《甲骨文中的乐舞补说》,《海南大学学报(人文社会科学版)》2020年第4期。
⑧ 江林昌:《甲骨文与商颂》,《福州大学学报(哲学社会科学版)》2010年第1期。

抄的本子。"① 又，卜辞中常见的"奏庸""庸奏"，多指演奏镛钟，但也有学者以"庸"通"颂"，遂认为"奏庸""庸奏"当是歌奏颂诗，并从中钩沉出颂诗之篇名，如：

惟《父庚庸》奏，王永。
惟《祖丁庸》奏。(《合集》27310)
奠其奏庸，惟旧庸《大京》《武丁》……引吉。(《屯南》4343)
□《祖丁庸》执用，有正。
□《小乙庸》用，有正。(《合集》41485)

这些"庸"乐被加上书名号，被认为是卜辞中新发现的若干《商颂》名称：《父庚颂》《祖丁颂》《小乙颂》是歌颂父庚、祖丁、小乙的颂诗，《大京颂》是歌颂作为殷商宗社之山景山的颂诗，此四篇都是《商颂》所遗失的篇目；而《武丁颂》则直接被视为即《商颂》中的《殷武》②。还有学者以辗转的训诂，认为"美奏"的"美"即后世的雅诗，如，"其奏庸施美，又正"(《合集》31023)，"庸""美"同奏，指的是"演奏时自'颂'转为'雅'"③。又，卜辞中习见的"龠益某某"的辞例，王子扬认为"益"有演奏、编排之义，"某某"均指祭祀乐歌或乐舞名称，据此认为卜辞"□□卜，出，[贞]：今日龠武唐。[之日]允[龠]"(《合集》26770)等中的"武唐"，当是专门祭祀武汤的祭祀乐歌，同时，"益祗""益酓"以及"美奏""商奏"等也被解为以此器具为主要

---

① 徐宝贵：《出土文献资料与诗经学的三个问题论考》，《复旦大学出土文献与古文字研究中心集刊》第2辑，复旦大学出版社，2008年，第380页。
② 参连劭名《商代的礼乐与乐师》，《殷都学刊》2007年第4期；李振峰《甲骨卜辞与殷商时代的文学和艺术研究》，哈尔滨师范大学中国古代文学博士学位论文，2012年，第114—119页。
③ 参连劭名《商代的礼乐与乐师》，《殷都学刊》2007年第4期。

伴奏、伴舞的祭歌①。这些研究都展示出商代乐舞与歌诗并作的繁盛景象。

不过，较为谨慎的学者在论及这些乐奏时，常以"乐曲""乐舞"模糊言之，并不断定即是"歌诗"，相比之下，直接将这些乐奏加上书名号，视为诗篇名，或径视为《商颂》之遗篇甚至是《商颂》中的某篇，就显得殊为武断了。宋镇豪也未直接将"商"视为《商颂》的初本，如其所自言，《商颂》里有一些内容属于周制，如《商颂·烈祖》"约軝错衡，八鸾鸧鸧"，驷乘马车反映的是周制，考古所见商代车马都是一车二马的独辀车②，是故不可将卜辞中的"商"与《商颂》画上等号。再者，卜辞虽具有一定的辞例，但其语法、修辞仍难称系统完善，常有跳省、倒易等不规则的语用。如："奠其奏庸，惟旧庸大京武丁……引吉。"(《屯南》4343) 宋镇豪就解作："奠为人名，庸读为镛，是打击乐器镛钟，意思是说奠要奏镛钟，是否采用名'旧'的歌乐与镛钟相伴奏来祭祀大京武丁。"③即以"大京武丁"为祭祀对象而非祭歌。同理，"今日龠武唐"(《合集》26770)，"武唐"也有可能是指用乐祭祀的对象，或指用乐于武唐之宗庙，而即使有可能是乐曲名，也难以遽然断定是配有诗辞的祭歌。至于将"庸""美"直接与《诗经》颂、雅相对应，更是望文生义，不足与辩了。因此，在文献不足，卜辞记录简略，缺少实证的情况下，将商代卜辞所载的乐奏活动径以"乐歌""祭歌"或"歌诗"来指称，都显得不够准确，"乐曲"或许仍是现今最稳妥的称法。

那么，问题就在于，从艺术发展的角度来看，商代乐舞中伴有人声歌唱当是历史事实，但为何卜辞中不仅没有关于人声歌唱行为的

---

① 王子扬：《揭示若干组商代的乐歌乐舞——从甲骨卜辞"武汤"说起》，《"中研院"历史语言研究所集刊》第九十本第四分，2019年。
② 宋镇豪：《殷墟甲骨文中的乐器与音乐歌舞》，《古文字与古代史》第2辑，"中研院"历史语言研究所，2009年，第54页。
③ 宋镇豪：《殷墟甲骨文中的乐器与音乐歌舞》，《古文字与古代史》第2辑，"中研院"历史语言研究所，2009年，第53页。

明确记载,也没有"诗""歌""颂"等表示歌诗体式的文字,更没有具体的诗辞内容呢①?这样的脱节自然不能简单以卜辞书写的功能属性来解释,毕竟彼时的歌唱也多与神事相涉,与卜辞所记诸事多有相关,卜辞不应该对此视而不见,更何况卜辞中有那么丰富的乐舞记载,不应独独缺失歌诗演唱的记载。因此,我们不禁推测,商代乐舞与歌诗的发展水平是不均衡的,在商代的文化和艺术观念中,二者在功能和价值上可能存在一定的差异。这不仅涉及传统有关《商颂》作时的争论问题,更涉及商、周诗歌史的演进以及周代礼乐文明的建立问题。下面我们就围绕此两点略做申论。

二、关于《商颂》作时的争论

《商颂》的作时问题,历来聚讼纷纭,迄无定论,被称为是《诗经》学史上的"四大公案"之一②。检讨各家观点,我们发现,其分歧不仅体现在《商颂》本身的解读、相关传世文献与出土文献的利用上,更体现在对商周诗歌史演进、商周文化转型、口传与书写的关系等问题的理解上。下面试在平议各方观点的基础上略陈己见。

有关《商颂》作时,主要有三个说法:其一,作于商代说。《国语·鲁语》曰:"昔正考父校商之名颂十二篇于周之太师,以《那》为首。"这是有关《商颂》作时、作者的最早文献记录。后代争论也常因对这一文献理解的差异而引发。《毛诗序》:"微子至于戴公,其间礼

---

① 卜辞:"癸卯卜,今日雨?其自西来雨?其自东来雨?其自北来雨?其自南来雨?"(《通纂》375)萧艾《卜辞文学再探》(见殷都学刊编辑部《全国商史学术讨论会论文集》1985年增刊,第249页)认为记载的是主卜和陪卜唱和的歌辞,"主卜者领唱'今日雨'时,陪卜的贞人遂接着念:'其自西来雨?''其自东来雨?'……"又,"东方曰析风曰协,南方曰因风曰凯,西方曰丰风曰夷,北方曰伇风曰冽"(《合集》14294),徐正英《先秦出土文献与诗学公案的解决》(见赵敏俐主编《先秦文学与文献研究》,商务印书馆,2020年)将其命名为《四方神名歌》,认为是早期五言体式诗歌的雏形。此类观点,既对卜辞的属性、功能认识不清,也对诗辞歌唱的情境有所隔膜。
② 夏传才:《诗经学四大公案的现代进展》,《河北学刊》1998年第1期。

乐废坏。有正考甫者，得《商颂》十二篇于周之大师，以《那》为首。"《毛诗》将《鲁语》的"校商之名颂"直接改成"得《商颂》"，是认为《商颂》本为商人所作，后流入周室，至宋戴公时，宋国原本所存故殷礼乐废坏，故从周太师处重新"得《商颂》"。其二，宋襄公时正考父所作说。《史记·宋微子世家》："襄公之时，修行仁义，欲为盟主。其大夫正考父美之，故追道契、汤、高宗，殷所以兴，作《商颂》。"《后汉书·曹褒传》李贤注引《韩诗薛君章句》也说："正考父，孔子之先也，作《商颂》十二篇。"是今文《诗》学以《商颂》为宋诗。自清中期以后，魏源、皮锡瑞、王先谦等进一步申论此说。其三，作于西周中期说。此说发轫于王国维。王氏治学无今古文的成见，提倡"二重证据法"，其在《说商颂》中说："《鲁语》校字当读为'效'，效者献也，谓正考父献此十二篇于周大师。"又曰："自其文辞观之，则殷墟卜辞所纪祭礼与制度文物，于《商颂》中无一可寻；其所见之人、地名，与殷时之称不类，而反与周时之称相类；所用之成语，并不与周初类，而与宗周中叶以后相类，此尤不可不察也。"①认为《商颂》盖宗周中叶宋人所作，以祀其先王。王说提出后，梁启超《古书真伪及其年代》、郭沫若《先秦天道观的发展》、李山《〈商颂〉作于"宗周中叶"说》均采用王说而有所补充论证。

以上三说中，"宋襄公时正考父所作"说虽经魏源、皮锡瑞等申论，但仍有明显的立论不足，如正考父与宋襄公年代远不相及，不可能作诗"美襄公"。唐司马贞《史记索隐》即已指出："考父佐戴、武、宣，则在襄公前且百许岁，安得述而美之？斯谬说耳。"又，《左传·隐公三年》引《商颂·玄鸟》"殷受命咸宜，百禄是荷"以美宋宣公，《国语·晋语》公孙固引《商颂·长发》"汤降不迟，圣敬日跻"，可知《商颂》之流布远早于宋襄公时。其他举证如"无殷高宗伐楚之

---

① 王国维：《说商颂上下》，《观堂集林》，河北教育出版社，2001年，第66、67页。

事""万舞之名始于周代",也相继被新材料、新研究所推翻①。今文经说的立论在于阐述圣人删述之大义、三统论等思想,魏源《诗古微》就说:"孔子自卫反鲁,正礼乐,修《春秋》,据鲁,亲周,故殷,运之三代,是以列鲁于《颂》,示东周可为之志焉;次商于鲁,示黜杞存宋之微权焉;合鲁、商于周,见三统循环之义焉。"②显然,其说有浓重的经义建构的目的,并非基于历史的认识,缺乏实证。所以从20世纪50年代起,杨公骥、张松如发表文章辩驳魏源等人的说法,主张"商诗"说,其后刘毓庆、陈桐生、江林昌、陈炜湛、赵敏俐、姚小鸥、张启成、廖群等学者进一步阐述此说,同时,利用更为丰富的商代考古、甲骨卜辞等资料,以"二重证据法"对王国维的"宗周中叶"说提出辩驳,大有"入室操戈"的意味。

确实,王国维时代"二重证据法"所能利用的地下文献及其研究程度,对相关论点的判断有所影响。如其云"卜辞称国都曰商不曰殷,而《颂》则殷、商错出。卜辞称汤曰大乙不曰汤,而《颂》则曰汤、曰烈祖、曰武王,此称名之异也"③,但实际上,于省吾《甲骨文字释林·释殷》、胡厚宣《论殷人治疗疾病之方法》均已考证出甲骨文有"殷"字④。卜辞称大乙不称"汤",但亦屡称"唐",唐即汤也。如,"贞于大丁告舌方。贞于大甲告。贞于唐告舌方。贞勿于大□告"(《合集》06139)、"辛亥卜,出,贞其鼓彡告于唐九牛,一月"(《合集》22749),郭沫若认为:"唐与大丁、大甲连文,而又居其首,疑即汤也。"⑤陈梦家也认为:"大乙、成、唐并是一人,即汤。大乙是庙

---

① 参姚小鸥《诗经三颂与先秦礼乐文化的演变》,商务印书馆,2019年,第17—18、26—30页。
② 魏源:《诗古微》,岳麓书社,1989年,第409页。
③ 王国维:《说商颂下》,《观堂集林》,河北教育出版社,2001年,第68页。
④ 参于省吾《释殷》,《甲骨文字释林》,中华书局,1970年,第321页;胡厚宣《论殷人治疗疾病之方法》,《中原文物》1984年第4期。
⑤ 郭沫若:《卜辞通纂》,《郭沫若全集》考古编第2卷,科学出版社,1983年,第320—321页。

号而唐是私名，成则可能是生称的美名，成唐犹云武汤。"① 可见，随着甲骨考释研究的深入，《商颂》中一些文辞的上限，确实是可以更往前推的。但客观地讲，虽然王国维的某些判断需要修正，但他以语词为断代依据的研究方法却为后学所继承。如陈炜湛《商代甲骨文金文词汇与〈诗·商颂〉的比较》一文发现：《那》共64字，不见于商代金甲文的有16字；《烈祖》共66字，不见于商代金甲文的有21字；《玄鸟》共67字，不见于商代金甲文的有13字；《长发》共135字，不见于商代金甲文的有38字；《殷武》共110字，不见于商代金甲文的有36字。由此得出结论认为："《商颂》的主要内容可用甲骨文及同期金文表述，其为商诗当无可疑。"② 陈文发表后，被学界广为引用，成为"《商颂》为商诗"说的有力论证。其后，江林昌、姚小鸥等文也利用相关资料继续力主此说。

不过，细审各方论证，虽然可资参考的商代金甲文语例、商代史实、思想信仰与审美文化等研究都更为充分了，但据此来判断《商颂》的作时问题，这一论证方法却存在两大误区。

第一，商代金甲文有《商颂》中的某字，并不必然能推导出商代即创作了《商颂》，陈炜湛也只是说"《商颂》的主要内容可用甲骨文及同期金文表述"，更何况各篇仍有不少商代金甲文所未见的字，如《烈祖》《殷武》未见字就分别占了31.8%、32.7%，并非陈文所说的"少数"，因此，"《商颂》的主要内容可用甲骨文及同期金文表述"云云的说服力也就大打折扣了。而且，某时有了某字的使用，并不代表某时就能有某诗，打一个比方来说，某一唐诗中的字在汉代即有，但并不代表此诗就可视作汉诗。这说明，以各代共有之字词来断代，是难以精准论断的，相比之下，以具有明显时代特性的字词来断代，反而更具有效力。

---

① 陈梦家：《殷虚卜辞综述》，中华书局，1988年，第412页。
② 陈炜湛：《商代甲骨文金文词汇与〈诗·商颂〉的比较》，《中山大学学报（社会科学版）》2002年第1期。

因此可以说，陈炜湛的断代思路是有偏差的，其对《商颂》中未见于商代金甲的文字，也是重视不足的。对此，曾志雄《〈诗经·商颂〉的年代问题》一文做了必要的纠偏。曾文通过比对分析，认为《商颂》中的某些用字具有较明显的时间上限。如"所"字不仅不见于商代金甲文，也不见于西周金文与《周颂》，"显然是个晚出的语言成分，不可能出现于商代"，而《商颂·玄鸟》却有"维民所止"的语例；即使见于甲骨文的某字，也须充分考虑其语法意义的时代性，如"且"在甲骨文中都用作"祖"，《尚书》《周颂》也没有用作连词的"且"字，而《商颂·那》《长发》《殷武》都有用"且"连接前后形容词的用法。可见，虚词看似不影响诗义内容的表达，但更能反映一个时代的语法性质，体现一个时代人们说话写作的习惯与思维方式，因而"鉴别时代的作用也特别明显"，而"陈氏过于偏重文字上的比较，忽略了文字在词语层次和语法层次上所显现的时代特点"，[①]这也必然影响其说的准确性。不限于虚词，《商颂》中一些实词也具有鲜明的时代性。曾文通过比对分析，认为《商颂》中"天子""烈祖""商王""商之先后""殷""烝尝"等字词，也不符合商人用语习惯和礼俗制度。实际上，陈氏自己也承认说："毋庸讳言，《商颂》中有少数双音词习见于西周金文，如无疆、眉寿、天命、天子、降福，不可能为原诗所有。"[②]如果说王国维认为《商颂》语词与《周颂》、二《雅》相类，属于传世文献之间的比较，可能存在"周诗袭商颂"[③]的疑虑，那么，以西周金文为参照，判断语词及相关礼制、观念的流行时代，却是具有较强参考价值的。《商颂》中诸多后起的语言、观念，应引起主"《商颂》为商诗"说的学者重视，若以文字载体、功能性质的不同，而否认"二重证据法"中不同文献对读的效力，也不免有避重就轻的

---

① 曾志雄：《〈诗经·商颂〉的年代问题》，《信阳师范学院学报（哲学社会科学版）》2013年第1期。
② 陈炜湛：《商代甲骨文金文词汇与〈诗·商颂〉的比较》，《中山大学学报（社会科学版）》2002年第1期。
③ 杨公骥：《商颂考》，《中国文学》，吉林人民出版社，1957年，第457、458页。

嫌疑。

第二,"反映"不足以作为断代的标准。杨公骥《商颂考》认为:"在《商颂》所表现的思想情感中,并没有《周颂》《鲁颂》中所强调的'德''孝'思想和道德观念,而是对暴力神的赞美,对暴力的歌颂。显然,这是符合商代社会的统治思想的。"① 江林昌《甲骨文与商颂》、刘波《〈诗经·商颂〉创作年代考述》等文章延续这一思路,根据《商颂》中所反映的崇尚乐舞的祭祀制度,对自然、图腾、祖先的崇拜,对武功、征伐、暴力的赞美等,认为《商颂》为商诗,不可能出自宋人之手②。实际上,这一论证思路存在偏差。《商颂》歌颂商代先王的功绩,反映商代的商代史事、思想主题与审美风格,这都是其作为"商颂"(而非"周颂"或"鲁颂")的应有之义,但这不代表它们就必然作于商代。正如曾志雄所言,杨公骥等所论"主要都是文献、事件、思想、感情、道德概念一类的'软性'证据,这些证据都有较大弹性,虽然证明了它们有商代属性,并不表示这些属性绝不可能延续于后来的宋人身上,因此这类证据不管怎样详尽,也都无法直接否定宋诗说"③。考虑到商、宋在文化、思想、风俗、审美等方面的传承关系,《商颂》反映了商代的人事、思想、审美,或不带有周人"德""孝"的思想观念,都不足为奇,不足以证明《商颂》必为商代之诗而非周时宋诗。要证成《商颂》为商诗,必得是完全排他性的证据,证明《商颂》中没有商代之后的周时语言和思想观念,但恰恰相反,如上文所揭,《商颂》中不仅存在诸多商代之后的用字和语法表达,也含有"天命""眉寿""烝尝"等周代思想和礼制,这样的蹊跷,主"《商颂》为商诗"说者不可视而不见。

将"反映"与"作时"问题相挂钩,其实是混淆了"商颂"一词的

---

① 杨公骥:《商颂考》,《中国文学》,吉林人民出版社,1957年,第461页。
② 参江林昌《甲骨文与商颂》,《福州大学学报(哲学社会科学版)》2010年第1期;刘波《〈诗经·商颂〉创作年代考述》,首都师范大学硕士论文,2008年。
③ 曾志雄:《〈诗经·商颂〉的年代问题》,《信阳师范学院学报(哲学社会科学版)》2013年第1期。

两层含义：一是"关于商代商人的颂"，一是"商代时商人写的颂"。显而易见，通过以上的讨论，前一含义更能涵盖《商颂》的所指，既区别于《周颂》《鲁颂》，显示出其独特内容和风貌，同时也淡化了《商颂》作时的绝然划分，体现出商、宋文化传承的一贯性，也更符合早期歌诗创制与流传的一般形态。众所周知，早期文本在流传过程中——不论是口头还是书面流传，都不免有后代语言文字与思想观念的渗入，《商颂》也难免于此。前述陈炜湛的文章，也承认《商颂》中的一些语言"为后所改易或添加"，曾志雄更认为可能有春秋时期的语言渗入，可见这样的渗入与流变持续了相当长一段时间。这是符合早期文本流传之一般规律的。《史记·殷本纪》也说"殷之大师、少师乃持其祭乐器奔周"，殷商乐师所持的是祭乐器，作为殷商祭歌的《商颂》自然也会被带到周王朝，同时《商颂》亦在殷商之后的宋国流传，这两个流传的版本同源而异流；传至西周后期，"正考父校商之名颂十二篇于周之太师"，说明此时周、宋所传《商颂》已存在不小的差异，这些差异自然都是入周两百余年间造成的，正考父校理这些异同，又不免一番新的修订加工，渗透入彼时的语词语法、思想观念及诗乐体式等。这些流传中出现的流变，都说明《商颂》不可完全以一时之作视之，我们虽不否认《商颂》中有商代颂诗原作的遗存，但却不能由此断定其作时就限于商代，须知早期文本并非一锤定音式的创作，也不是原封不动式的流传。旧有关于《商颂》作时的争论，从这个层面上来看确是陷入了误区，尤其是《商颂》的流传见证了商周文化的承继与转型、周宋关系的隔异与融合，这些复杂因素都综合作用于今本《商颂》之中。有鉴于此，将"商颂"理解为"关于商代商人的颂"，不仅符合《商颂》文本内容的属性，也部分地消弭《商颂》作时非此即彼的争论，便于在更开放的时空场域中思考《商颂》创制与流传过程中的诸多复杂因素。

《商颂》五篇在诗歌体式上存在明显差异，也是引发《商颂》作年争论的焦点之一，而以上对"商颂"概念的厘清，也使我们可以在更长远的商、周歌诗发展史中解释其成因。皮锡瑞《诗经通论》："商质而周文，不应《周颂》简，《商颂》反繁。"① 所指的主要就是《长发》《殷武》二篇，其篇章宏大，文辞繁复，近于二《雅》，而绝不类《那》《烈祖》《玄鸟》三篇及《周颂》等颂诗。冯沅君、陆侃如《中国诗史》也认为前人将五篇混为一谈，实有不妥，"《那》《烈祖》与《玄鸟》显然是祭歌"，"《殷武》《长发》似无祭祀的意味，只叙商族的起源及宋人伐楚之事，大约是'美盛德之形容'的祝颂之诗"。② 冯、陆二氏注意到《商颂》内部之差异，并参照周诗的篇章体制及其时代，谓《那》等三篇时代较早，而《殷武》《长发》二篇则较晚出，这一认识是十分卓绝的。而主"《商颂》为商诗"说者则回应认为，商人文化要远高于周人，商代有《殷武》《长发》这样的鸿篇巨帙并不足怪。但对于《商颂》五诗内部存在明显体式差异这一事实，他们囿于《商颂》皆作于商时这一认识，却难以从诗史发展演进的角度给出合理的解释。而事实上，正如上文所述，《商颂》并非作于一时，在商周历时流传中时有递修，今存五篇即融合了商周歌诗在语言、体式、手法等方面的多样性，尤其是留存了周代颂诗向雅诗诗体演进的痕迹。

　　这些问题都要求我们调整对于《商颂》作时的固定思维，厘清"商颂"乃是"关于商代商人的颂"这一概念，在商周诗乐发展的历史大势中观照《商颂》创制与流传等复杂问题。在后文有关《周颂》、二《雅》的论述中，我们也将不时回过来考察《商颂》的文本与歌唱形态等问题。本书关于《诗经》歌唱的研究，也力图通过这些横纵对比的研究，在更广阔的视域中思考商周文化的流衍与损益、周宋关系的隔异与融合、周代礼乐文明的特征与内涵、周代诗乐的演进与嬗变等重要问题。

---

① 皮锡瑞：《诗经通论》，《经学通论》，中华书局，1954年，第210页。
② 陆侃如、冯沅君：《中国诗史》，山东大学出版社，1996年，第27、28页。

第二章
《周颂》与周代礼乐歌唱的奠基

王国维曾言,"中国政治与文化之变革,莫剧于殷、周之际",举立嗣、分封、庙数、婚姻等新旧制度、文化的兴废做了详细说明①。这一认识是十分深刻的,其后殷周间历史、文化、礼制等研究多受其影响,虽然学界也利用金文等新材料对其说有所修正,但具体到周代的诗乐活动,殷周之际的变革确是十分显著的,这些在《诗经·周颂》中就有鲜明体现。

第一节 《周颂》的类型及其关系

上章在讨论商代诗辞歌唱与《商颂》作时、体式等问题时,已见出各家争论的症结所在,即对颂诗诗体的根本属性存在理解的差异。历代有关"颂"的理解,歧解不一,学者们从内容、舞蹈、音乐效果、所用乐器等方面立说,提出了颂赞说、舞容说、舞乐剧本说、持瓮之舞说、声缓说、乐器(镛)说等不同说法。但诸说常只就一端申论,核诸《周颂》三十一篇,都有不能尽合之处。如《周颂》不尽是宗庙颂赞祖先的祭祀诗,也有新王登基礼、诸侯朝觐礼相关的颂诗;除

---

① 王国维:《殷周制度论》,《观堂集林》,河北教育出版社,2001年,第287页。

了《大武》乐章等少数几首诗外，《周颂》大部分颂诗也不能视作舞诗或诗剧[1]；《礼记·乐记》说"《清庙》之瑟，朱弦而疏越"，《执竞》《有瞽》《那》等诗提到钟、鼓、鞉、磬、柷、圉、箫、管等多种乐器，故以镛钟伴奏而得名的乐器说，也不足以概括颂诗伴奏音乐的全貌。可见颂诗的内容、体式、音乐等十分丰富，难以一概而论，且旧解往往执着于讨论"颂"字本义，从"颂"字字形、训诂辗转说起，都难免与《周颂》文本的复杂面貌相远。因此，我们不妨直接从《周颂》文本出发，着眼于颂诗自身在内容体式、功能属性与歌演形态上的差异和流变，考察《周颂》类型及其关系诸问题。

《毛诗序》："颂者，美盛德之形容，以其成功告于神明者也。"这一说法着眼于颂诗的内容与功能，可谓切中颂体歌诗的核心内涵。单就祭告神明而言，颂这一歌唱表达也可以说渊源有自。甲骨文就有记录祭礼中唱诵礼辞的行为。如："叀册用。叀高祖夒祝用，王受又。召祖乙祝，叀祖丁用，王受又。"郭沫若《殷契粹编》云："'叀册用'与'叀祝用'为对贞。祝与册之别，盖祝以辞告，册以策告也。《书·洛诰》'作册逸祝册'，乃兼用二者，旧解失之。第二辞'祝'与'用'复分施于二祖，则'用'当读为诵，若颂，言以歌乐侑神也。"[2]郭沫若读"用"为"诵"，是也。"祝诵"是祭祀仪式中沟通神明的一种手段，所诵之辞即相当于颂。刘毓庆说："'诵'本义是开册诵念，告于神明，后来就把朗诵诗歌也叫作'诵'了，再后来就干脆称诗为'诵'。'诵'之本义，遂由'颂'取而代之。"[3]占卜等宗教活动中伴有"颂辞"的唱诵，这与作为诗体的"颂"当存在一定的关联。《周礼·春官·大卜》："掌《三兆》之法……其经兆之体，皆百有二十，其颂皆千有二百。"郑注："颂，谓繇也。"贾公彦疏："云'颂谓繇'

---

[1] 参王国维《说周颂》，《观堂集林》，河北教育出版社，2001年，第64页。
[2] 郭沫若：《殷契粹编》，科学出版社，1965年，第343—344页。
[3] 刘毓庆：《颂诗新说——颂为原始宗教诵辞考》，《晋阳学刊》1987年第6期。

者，繇之说兆，若《易》之《说卦》，故名占兆之书曰繇。"①颂，占兆之繇辞也，孙诒让《周礼正义》云："卜繇之文皆为韵语，与诗相类，故亦谓之颂。"②又《周礼·占人》："占人掌占龟，以八筮占八颂，以八卦占筮之八故。"孙诒让云："颂为龟占之辞。……又《三易》爻辞亦为韵语，故通得颂名也。"③繇辞为韵语，具有一定的歌唱性，故可称为颂。如《左传·庄公二十二年》记载的一段繇辞云："凤皇于飞，和鸣锵锵。有妫之后，将育于姜。五世其昌，并于正卿。八世之后，莫之与京。"孔颖达疏："卜人所占之语，古人谓之为繇，其辞视兆而作，出于临时之占，或是旧辞，或是新造。"④此繇辞句式齐整，音韵和谐，具有鲜明的诗体特质。这些都说明，作为诗体的颂，与祭祀、卜筮等仪式中所唱诵之辞有着密切的渊源关系。

虽然颂诗内容、歌唱形态等多种特质都可以从宗教巫卜诵辞中找到渊源，但从诵辞到颂诗，却还需经过一番艺术旨趣与内在精神的蜕变。这一点正体现出周人损益殷商礼俗的努力。诵辞虽是韵语，便于念诵，但是否合乐歌唱，仍无法确知。甲骨文中常见"奏庸""庸奏""乍庸""庸用""舞庸"等，陈致认为，庸不仅指一种钟，也表示一种舞蹈、乐曲或乐舞，甚至也可以指一种祭祀中唱诵的礼辞⑤。献祭合乐时唱诵的礼辞，与颂诗已相近了，但其内容却难以考知，陈致分析《商颂·那》，指出诗中也只有"自古在昔，先民有作，温恭朝夕，执事有恪"四句可视为献祭祖先时所唱颂的礼辞。结合上章所论，笔者倾向于认为，在商代诗乐舞系统中，乐舞比歌诗有更广泛的运用，歌诗并未得到充分发展。陈致分析了商、周之际诗乐舞的转型，认为："在商、周之间的朝代更迭或在此前后的文化交流中，'庸'式

---

① 贾公彦：《周礼注疏》，北京大学出版社，1999年，第636页。
② 孙诒让：《周礼正义》，中华书局，1987年，第1926页。
③ 孙诒让：《周礼正义》，中华书局，1987年，第1960页。
④ 孔颖达：《春秋左传正义》，北京大学出版社，1999年，第268页。
⑤ 陈致：《从礼仪化到世俗化——〈诗经〉的形成》，上海古籍出版社，2009年，第90页。

舞乐肯定发生了转型。'颂'就是周朝统治者为称呼这种'庸'乐而造出来的字，并按照周人的需要对它作了改进。"① 这说明周颂与商代庸乐有音乐上的渊源关系，同时，也揭示了商周之际诗乐舞发展的新趋势。"灭商之后，周人对'庸奏'既采用，又进行了改造，并予以正名，以标榜其自身的文化，并建立自己的礼乐制度。"② 笔者认为，周人将"庸"式舞乐改进为"颂"诗歌唱的重要手段，就是致力于祭祀礼辞歌唱，将其发展为一种别具艺术特性和内在精神的独立诗体，由此开启了周代诗乐歌唱与礼乐文明活动的新篇章。

《周颂》中有不少属于祭祀礼辞的内容，如《维天之命》："维天之命，於穆不已。於乎不显，文王之德之纯。假以溢我，我其收之。骏惠我文王，曾孙笃之。"就是作为主祭者的周王以第一人称"我"的口吻献祭文王的礼辞。又如《烈文》，孔疏："诸侯助王之祭，既祭，因而戒之。诗人述其戒辞，而为此歌焉。经之所陈，皆戒辞也。"③ 与此相类，《维清》《天作》《昊天有成命》《我将》《时迈》《思文》等都是脱胎于祭神礼辞的歌唱④。这类祭祀颂诗中，既有颂赞祖先之功德，祈求神灵福佑，还有周王的自我警勉，以及对周家子弟的劝勉。如果说前者是祭祀告神自来皆有的内容的话，后者则带有鲜明的周人色彩，

---

① 陈致：《从礼仪化到世俗化——〈诗经〉的形成》，上海古籍出版社，2009年，第87页。
② 陈致：《从礼仪化到世俗化——〈诗经〉的形成》，上海古籍出版社，2009年，第66页。
③ 孔颖达：《毛诗正义》，北京大学出版社，1999年，第1289页。
④ 祝秀权《清华简〈周公之琴舞〉释读》认为："中国早期诗歌是根据现成的言辞加工创作的。它们以诗的形式记录了当时各类言辞的大体含义。《周颂》的创作方式是记，记的方式有两种：记言和记事。记言者，诰辞及祭祀诵辞诸诗是也。记事者，颂祭祀者及描写祭祀场面诸诗是也。它们虽曰'记'，但实际上两者均是创作。记事类诗篇是创作自不待言，记言类诗篇也是创作，因为它们不是实录意义上的记，而是对原始文辞——诰辞、诵辞、语辞加以概括、提炼，记其大意而已。"其所谓"记言者"，即本书所谓礼辞歌唱；"记事者"，即本书下文所论描述仪式场面的颂诗（参祝秀权《清华简〈周公之琴舞〉释读》，《山东理工大学学报[社会科学版]》2017年第4期）。

反映了周人天命、德性等观念。如《时迈》"我求懿德，肆于时夏，允王保之"，《烈文》"不显维德，百辟其刑之"，《我将》"我其夙夜，畏天之威，于时保之"，《赉》"时周之命，於绎思"等，都提出了敬天、保民、明德等立国修身的要求。这就使得《周颂》与一般的祭祀礼辞有所区别，不再仅是以乐侑神的宗教性歌唱，而是落脚到对生人内在德行的自修和崇扬上，"歌以发德"的观念也于此生成，从而赋予周人诗乐歌唱迥异于商代乐舞活动的德性色彩。正如孔颖达所言：

> 颂之作也，主为显神明，多由祭祀而为。……然颂虽告神为主，但天下太平，歌颂君德，亦有非祭祀者，《臣工》《有客》《烈文》《振鹭》及《闵予小子》《小毖》之等，皆不论神明之事，是颂体不一，要是和乐之歌而已，不必皆是显神明也。[①]

所谓"颂体不一"，正是抓住了《周颂》内部的差别与变化。祭祀颂神歌唱自是《周颂》最为正宗的部分，但《周颂》中也有与籍田、朝觐、新王登基等朝典相关的礼辞歌唱，如《闵予小子》《小毖》为登基礼上新王自我敬毖的礼辞，《敬之》为登基礼上新王与大臣的对答礼辞，《臣工》中也有周王在籍田礼上对臣工、保介、众人的诫辞。这些诗的仪式属性已不限于宗教祭典，而是向一般的朝政典礼拓展，代表了颂诗人间化、世俗化的转向。

沿着这一方向，《周颂》也从礼辞的诗化再现，更进一步关注到作为整体的仪式生活。《周颂》中有不少诗篇重在叙述和描述仪式本身，包括典礼仪注、人物威仪、礼乐器物、钟鸣鼎食等。如《执竞》"钟鼓喤喤，磬筦将将"，《丝衣》"丝衣其紑，载弁俅俅。自堂徂基，自羊徂牛。鼐鼎及鼒，兕觥其觩，旨酒思柔"，《潜》"潜有多鱼，有鳣有鲔，鲦鲿鰋鲤"，《载见》"龙旂阳阳，和铃央央，鞗革有鸧，休

---

① 孔颖达：《毛诗正义》，北京大学出版社，1999年，第1278页。

有烈光"，《有瞽》"有瞽有瞽，在周之庭。设业设虡，崇牙树羽。应田县鼓，鞉磬柷圉。既备乃奏，箫管备举。喤喤厥声，肃雍和鸣"，等等，仪式活动中耳目所及，都成为颂诗歌唱的内容。虽然这些仪式不少仍有祭祀的属性，仍以享神、祈福为归结，如《潜》"以享以祀，以介景福"，《执竞》"降福穰穰，降福简简"，《载见》"以孝以享，以介眉寿，永言保之"，但毫无疑问，其对在场仪式生活内容的关注，透露出周代歌诗礼仪化、人间性的倾向。

同时，周人从中也生发出一种德性自觉。赋唱在场的典礼中人物态度如何虔敬，威仪如何得体，器物如何修洁，酒食如何盛美，本身即可以成为敬畏神灵及祈求福佑的有效方式，因为在这些人、事、物的井然有序中，根本上体现的是周人的德行。所以，《清庙》歌唱"於穆清庙，肃雍显相。济济多士，秉文之德。对越在天，骏奔走在庙。不显不承，无射于人斯"，助祭者奔走周旋都能合乎仪度，秉有光明之文德；《我将》一面叙述以牛羊享祭文王，一面歌唱"仪式刑文王之典，日靖四方""我其夙夜，畏天之威，于时保之"，具体的典礼实践即是德行的体现。这种仪型文德的礼乐活动，本身就有"观礼"的功能。《有瞽》诗末云"我客戾止，永观厥成"，《振鹭》诗末云"在彼无恶，在此无斁，庶几夙夜，以永终誉"，都指的是殷商遗民莅临周廷观礼。这繁盛的仪式生活和威仪秩序，展示的既是周家制礼作乐所取得的成就，也是周人的盛德懿行。因此可以说，《周颂》的人间化、仪式化转向，根本上是受到周代礼乐实践拓展与"歌以发德"观念深化的促成。礼乐歌唱的这一旨趣及取径方式，在之后的雅诗歌唱中得到了更大的继承。

以上所述《周颂》的两种类型，可以归纳为：其一，转录自祭祀礼辞的颂诗，进而拓展到其他朝典上的礼辞；其二，由礼辞的诗乐再现，转为赋唱祭礼及其他朝典的仪式本身。

除此之外，《周颂》还有重要一类，即所谓"舞诗"。如上章所述，商代时期乐舞相当发达，而与舞相配之诗辞歌唱则多阙如。到了周代,"歌以发德"观念深化,诗辞歌唱渐兴,诗与乐舞因此有相生互映之势,遂有《周颂》中与舞蹈相配而用的颂诗。阮元据《毛诗序》"美盛德之形容"、《颂谱》"颂之言容"等记述,认为"颂"即"容",特指舞容,并谓:"《风》《雅》但弦歌、笙、间,宾主及歌者皆不必因此而为舞容,惟三《颂》各章皆是舞容,故称为'颂'。"① 阮元之说富有洞见,不过认为三《颂》皆有舞容,却有失偏颇,王国维等对此已有辩证。舞诗中可确定的是《周颂》中的《大武》乐章,其与舞蹈相配而歌演,《礼记·乐记》对《大武》各成的歌诗、舞容、舞位等就有详尽记述,作为有周一代诗乐舞歌演的最高代表,其歌演的盛况可以想见。至于《大武》乐章的具体诗篇,以及"象舞""勺舞""诗乐舞合一"等旧说,我们将在下文详细讨论。

在简要论述了《周颂》的三种类型后,我们发现,它们在歌诗内容、视角、歌者身份、歌演形态等方面,既有交错又有差异,并呈现出一定的源流关系。献祭神灵的礼辞歌唱,是《周颂》最本色的部分,其他朝典的礼辞歌唱,则是颂诗人间化、礼仪化的一种流衍;礼辞歌唱可能包含言语与行为的交接,具有一定的立体、互动的属性,因而与舞蹈或戏剧相接近;礼辞歌唱也可与叙述语、描述语相交错。诸如此类,都显示了《周颂》文本与歌唱形态的复杂性,它们既有共时的交叉融合,也有历时的拓展演进。相对而言,礼辞歌唱与舞诗主要流行于周初偏早时期,有关仪式场面的赋唱则出现于周初偏晚时期,其中已蕴藏着西周中期雅诗赋物歌唱的新潮。上述《周颂》在横、纵向度上的层次性,也印证了本节开头所言,旧解执着于"颂"字本义的训释,以一个概念来匡衡《周颂》诸诗的研究思路,存在一定的偏差。下文我们将进一步论述《周颂》文本与歌唱形态的丰富性,并从中透析周代礼乐歌唱的发展趋势。

---

① 阮元:《释颂》,《揅经室集》,中华书局,1993年,第19页。

第二节 从"礼辞"到"诗辞":《周颂》的导源与开新

周代典礼活动中有着言说主体、对象、功能、文本形态各异的礼辞,它们在表达仪式主旨、实现交际功能、推进仪式进程中发挥着至关重要的作用。《礼记·冠义》说"礼义之始,在于正容体,齐颜色,顺辞令",因此周人对辞令之事十分郑重,专设官职负责礼辞的撰作、诵读,有着严谨的程式和法度,如《周礼》中大祝、大史、大卜、大宰等皆参与其事。《尚书》"六体"典、谟、训、诰、誓、命,以记言为主,即保存了诸多礼辞。同样,《周颂》中也有不少篇章,其诗辞内容与礼辞多有互文,或是直接源自礼辞,或是化用自礼辞,在经过诗乐化的加工改造后,这些礼辞歌唱保留了人物的设定,通过角色分工、视角切换实现多方互动和立体展演,因此在歌唱上较之一般的礼辞诵读有更为丰富的艺术呈现。本节即以一般礼辞为参照,考察《周颂》礼辞歌诗的导源与转进,进而分析从"礼辞"演进为"诗辞"所反映的周代歌诗观念与诗乐机制的嬗变。

一、《周颂》中的礼辞歌唱

《周颂》中的礼辞歌唱十分丰富,按仪式属性可大致分为祭典与朝典礼辞两类。与祭典有关的礼辞歌唱,主要有《维天之命》《维清》《天作》《昊天有成命》《我将》《思文》等,其言说对象是祖先神灵,其诗辞内容主要包括:其一,颂美祖先之盛德功绩。如《维天之命》"於乎不显,文王之德之纯",《维清》"维清缉熙,文王之典",《天作》"天作高山,大王荒之。彼作矣,文王康之",《昊天有成命》"昊天有成命,二后受之。成王不敢康,夙夜基命宥密",《思文》"思文后稷,克配彼天。立我烝民,莫匪尔极。贻我来牟,帝命率育"。其二,继承祖先之德,以此自勉,并劝勉助祭者。如《维天之命》"假以溢我,我其收之。骏惠我文王,曾孙笃之",《时迈》"允王保之",《天作》"子孙保之",《昊天有成命》"於缉熙,单厥心,肆其靖之",

《我将》"仪式刑文王之典，日靖四方""我其夙夜，畏天之威，于时保之"。其三，仪型祖德，恭敬祭事，以祈求祖先的福佑。如《烈文》"无竞维人，四方其训之。不显维德，百辟其刑之"，《我将》"伊嘏文王，既右飨之"，《雍》"假哉皇考，绥予孝子""绥我眉寿，介以繁祉"，《载见》"率见昭考，以孝以享，以介眉寿"。这些诗辞都是献给祖先的，即使是自勉或劝勉助祭者，根本上也像是在祖先面前的宣誓，已有鲜明的面向生人的功能指向。因此，除了祭祀礼辞歌唱之外，《周颂》中还有一般朝典的礼辞歌唱：或是祭典上周王对诸侯的训诫之辞，如《烈文》；或是籍田礼上周王对臣工的劝勉之辞，如《臣工》《噫嘻》；或是登基典礼上新王的自勉、大臣对新王的劝诫之辞，如《闵予小子》《访落》《敬之》《小毖》。这些颂诗不限于祭祀，而是将一般朝典中的君臣致辞纳入颂诗之中，以面向生人的训诫为主，拓展了颂诗的内容和主题功能，周人十分重视的"歌以发德"的诗歌观念已经孕育于其中了。

　　了解了《周颂》礼辞歌唱的内容之后，我们需进一步追问，此类礼辞歌唱与实际的典礼辞令有怎样的渊源异同关系？我们知道，周人对典礼中的辞令有十分细致的要求，如《礼记·少仪》记载了吉礼、凶礼相见、宾主授受相问时的辞令，《仪礼》也记载了各种实际行礼中的辞令，常以"某"字的形式作为言说的范例，指导具体的言辞实践。可以说，礼书中这些规定的辞令，也是源自典礼实践，提炼出一定的表达范式，并通过书面撰记的方式确定和推广开来。这种辞令具有高度的程式化，体现了周贵族君子品性的素养，但仍是社交、传导等实用性的功能。相比之下，一些重要仪典中富含深意的礼辞则出于事先的撰作，周官系统中有专职人员负责。如《周礼·大祝》：

　　　　掌六祝之辞，以事鬼神示，祈福祥，求永贞。一日顺祝，二日年祝，三日吉祝，四日化祝，五日瑞祝，六日策祝。掌六祈，以同鬼神示，一日类，二日造，三日禬，四日禜，五日攻，六日说。作六辞,以通上下亲疏远近,一曰祠,二曰命,三曰诰,四曰会,五曰祷,六曰诔。

其所撰作的辞令,"六祝""六祈"对象为鬼神,"六辞"为"生人酬接之辞",举凡祭典、朝会、盟誓、聘使、丧祝、禳灾、祈年等重要典礼上的祝辞,均由祝官负责撰作简册文本[①],并祝告于神灵。祝文的撰写与祝诵,也常交由与祝官有联职关系的巫史、瞽工等来完成。如《尚书·洛诰》"王命作册逸祝册",《尚书·金縢》"史乃册祝",都是由作册史官来诵读祝文。而由瞽工来唱诵的祝文,则与《周颂》的礼辞歌唱相接近了。《周颂》内容、形式上的诸多特征,都体现了与祭祀礼辞的渊源关系。如,诗中多有颂神时的呼号语,如"於乎"(《维天之命》《烈文》《闵予小子》)、"噫嘻"(《噫嘻》)、"猗与"(《潜》)、"於绎思"(《赉》)等,都是祭祀时表示祝号、叹美的感叹辞。夏含夷认为祭祖颂诗多用语气助词"其"表达希望,用"惠""锡""贻""求"等动词来请求祖先的降福,这些都是祭祖礼辞在颂诗中的留存[②]。再如,周初颂诗多不分章、不押韵、句式不整齐等文本特征,也是袭自祝颂礼辞。清华简《耆夜》中周公"作祝诵一终,曰《明明上帝》",以及诗中"作兹祝诵"句,皆以"祝诵"称其诗,也说明了二者的渊源关系。

当然这并不意味着,瞽工只是照录实况的礼辞,不加修饰地搬唱。随着周代颂诗的发展深入,礼辞在入乐歌唱时,其形式、内容都经过必要的合乐加工。如,《振鹭》《有客》与《尚书·微子之命》[③],《闵予小子》《访落》《小毖》《烈文》《敬之》与《尚书·顾命》所载礼

---

① 故文献中常有"祝册"或"册祝"连用的表述,参詹鄞鑫《神灵与祭祀》,江苏古籍出版社,1992年,第268页。
② 参夏含夷《从西周礼制改革看〈诗经·周颂〉的演变》,《古史异观》,上海古籍出版社,2005年,第334页。
③ 参孔颖达《毛诗正义》,北京大学出版社,1999年,第1340页。

辞多能互读①，但两相比较，颂诗文本已更加整齐、协韵，可见瞽工在其间的参与。除此之外，《周颂》礼辞歌唱在主题、功能上也有所调整，体现出歌诗文本的独特命意。例如，《周礼·大祝》"作六辞"中的"祷"，郑玄引郑司农注："祷，谓祷于天地、社稷、宗庙，主为其辞也。"②并举《左传·哀公二年》卫太子蒯聩的祷辞作为例子，然观蒯聩祷辞，"敢昭告皇祖文王、烈祖康叔、文祖襄公"，提及祖先之名，只是点明祷告的对象，紧接着即是叙述事件背景，以及"敢告无绝筋，无折骨，无面伤，以集大事，无作三祖羞"的祈祷内容，此外再无言及祖先功德或自我勉励的内容。可见，一般性的祝祷所关注的重点是祈福禳灾，具有明显的功利目的。与之不同，《周颂》祭典、朝典礼辞歌唱，主要内容在于"美盛德之形容"，以及以此盛德为仪型而做自我的劝勉训诫，在修德之余才连带言及对祖先赐福的祈祷。可见，实际的祭告祝祷之辞，其形式、内容和立意在入乐时都经过瞽工的改造调整，尤其是对懿德的求勉与对祈福的顺致，最能见出颂诗改造一般礼辞、发扬"歌以发德"诗歌观念的用心所在。

二、《周颂》对礼辞歌唱的拓新

由上可见，《周颂》礼辞歌唱虽有典礼辞令为原型，但并非照唱成辞，而是基于歌诗自身的艺术特性和主题命意有所改造、整合。进而言之，"诗辞"对礼辞的转进与拓新，除了上文所述"歌以发德"观念下诗辞转向现世、人生的关怀之外，还体现在以下三个方面：

其一，将不同仪式环节、不同言说对象的礼辞，串联整合于一诗之中。以《周颂·臣工》为例，《臣工》一诗，歌于暮春时周王亲临收获小麦的籍田典礼上③。据《国语·周语》载，籍田典礼上，周王"大

---

① 参傅斯年《〈诗经〉讲义稿》，《傅斯年文集》第2卷，中华书局，2017年，第173—175页；夏含夷《从西周礼制改革看〈诗经·周颂〉的演变》，《古史异观》，上海古籍出版社，2005年，第330—332页。
② 贾公彦：《周礼注疏》，北京大学出版社，1999年，第661页。
③ 参李山《诗经析读》，中华书局，2018年，第790页。

徇"，对公卿大夫及百姓众庶有一番训诫。《臣工》一诗即写了周王的劝农礼辞，但从诗中称谓来看，"王厘尔成，来咨来茹"以第三人称称呼周王，说明此二句不是周王的唱词，而是旁观视角的交代语、叙述语。同样，"命我众人"一句，也不是周王的自揭之辞，上文"嗟嗟臣工""嗟嗟保介"都是直呼戒饬对象，此未循例作"嗟嗟众人"，可知其非周王之辞，而是乐工基于众人立场的从旁叙述语。综上可知，《臣工》一诗包含了周王对"臣工""保介""众人"的三段礼辞，其间又穿插着乐工的叙述语。如此，全诗之歌唱视角或口吻可还原如下：

　　［周王］：嗟嗟臣工，敬尔在公。
　　［乐工］：王厘尔成，来咨来茹。
　　［周王］：嗟嗟保介，维莫之春，亦又何求？如何新畬？於皇来牟，将受厥明。明昭上帝，迄用康年。
　　［乐工］：命我众人：
　　［周王］：庤乃钱镈，奄观铚艾。

首二句为周王对"臣工"所歌，次二句是乐工从旁交代周王亲临籍田，考核收成，询问考察。此是旁白叙述语，有切换场景、引出下文的效果。其后八句，周王转而询问"保介"新畬田地上来牟的长势，并言来牟之收获，有赖上帝之恩赐。其后"命我众人"一句，又当为乐工所歌的过渡语，同样起到换场、交代新的言说对象的作用。末二句是周王对"众人"所歌，劝其具备钱、镈、铚等农具，以待收割之用。据此分析，《臣工》一诗已不是简单的籍田礼辞的照录再现，而是穿插入第三人称的从旁叙述语，串联起典礼中前后不同仪节、针对不同言说对象的礼辞。这一处理使得颂诗在表意上更加丰厚、精粹，而且这种变换视角与口吻、礼辞与叙述语相交错的歌唱，还颇有错落立体之致。

　　其二，在礼辞之外，加入对仪式场面中礼乐器物、车服酒食、人物威仪等的描述语。如《雍》诗云：

> 有来雍雍，至止肃肃。相维辟公，天子穆穆。於荐广牡，相予肆祀。假哉皇考，绥予孝子。宣哲维人，文武维后。燕及皇天，克昌厥后。绥我眉寿，介以繁祉。既右烈考，亦右文母。

前四句以综观全局的视角同时提到"辟公""天子"，当是乐工的从旁描述，而后十二句则切换了视角，转为周王第一人称口吻的礼辞歌唱。值得注意的是，"雍雍""肃肃""穆穆"三个修饰词，透露出鲜明的审美意识和人间兴味，较之《臣工》叙述语的串联，歌诗自身的丰腴和情致有了更高的体现。这一点在《载见》中有更突出的反映，其诗云：

> 载见辟王，曰求厥章。龙旂阳阳，和铃央央。鞗革有鸧，休有烈光。率见昭考，以孝以享。以介眉寿，永言保之，思皇多祜。烈文辟公，绥以多福，俾缉熙于纯嘏。

"率见昭考"，其中"昭考"之称，当是出自新登基的周王口吻，《访落》中亦有"率时昭考"之语，可证。"烈文辟公，绥以多福"，与《烈文》"烈文辟公，锡兹祉福"相类，《访落》《烈文》皆为周王歌唱。可知《载见》"率见昭考"以下八句，当是周王在庙见典礼上祈福，并诫勉辟公的礼辞歌唱。而前六句则是以第三方视角写诸侯始见新王，以及朝觐典礼上威仪之盛美。"载见辟王，曰求厥章"，"辟王"成了被叙述的对象，"厥"字也是他指。至于"龙旂阳阳，和铃央央。鞗革有鸧，休有烈光"云云，逐句用韵，多用叠词，将典礼中龙旂、和铃、鞗革等"礼物"的声色光彩，写得典雅而有韵致，使得礼辞歌唱更富情境化，渲染出礼乐生活的繁盛。

由上二例可以看出，颂诗不再限于特定政教人物礼辞的单一抒唱,已逐渐由礼辞转为对典礼生活的关注和赋唱,这不仅丰富了颂诗的内容,更意味着歌唱视角的调整,歌者可以与仪式内容、进程拉开一定的距离,以一种更独立高超的姿态综览仪式的全程全景,揭明仪式的主题。我们可以通过对比《振鹭》《有客》来加深这一认识,二诗同为歌唱殷遗来周助祭,但在表现角度上却有所不同。《振鹭》诗云:

  振鹭于飞,于彼西雍。我客戾止,亦有斯容。在彼无恶,在此无致。庶几夙夜,以永终誉。

《有客》诗云:

  有客有客,亦白其马。有萋有且,敦琢其旅。有客宿宿,有客信信。言授之絷,以絷其马。薄言追之,左右绥之。既有淫威,降福孔夷。

《振鹭》称"我客",《有客》称"有客",已见出二诗语称立场的不同,前者属于主人第一人称口吻的称呼之辞,后者则是从旁叙述语。《振鹭》除了首二句描写辟雍所见,"在彼无恶,在此无致。庶几夙夜,以永终誉"几句,仍应该是脱胎于祭礼上对先代之后的训诫礼辞。而《有客》则通篇都与礼辞无涉,都出自诗人或乐官的从旁观察、叙述之语,也就是孔疏所说的"诗人因其来见,述其美德而为此歌焉","述而歌之"。一个"述"字,很好地道出了颂诗视角的转移。如果说礼辞歌唱是身在其中、嵌入式的角色歌唱,那么,这种跳出角色口吻的从旁赋述,则近似一种摄像头式、记录式的视角,将仪式中的人、事、物尽相描述、呈现。类似的赋述歌唱,在《周颂》中并非仅见,再如《潜》"猗与漆沮,潜有多鱼。有鳣有鲔,鲦鲿鰋鲤",《丝衣》"丝衣其紑,载弁俅俅。自堂徂基,自羊徂牛。鼐鼎及鼒,兕觥其觩,旨酒思柔",《有瞽》"设业设虡,崇牙树羽。应田县鼓,鞉磬柷圉。既备乃奏,箫管备举。喤喤厥声,肃雍和鸣",均是详尽描述典礼场面中的所见所闻,孔颖达也将诸诗概括为:"诗人述其事而为此歌焉。"可谓一语中的。这种转向典礼本身的赋唱,带有鲜明的人间化、世俗化的倾向[①],是此前的带有宗教政治色彩的礼辞歌唱所未曾传达的,不仅反映了颂诗创制与审美趣尚的新变,也说明乐官对包括礼辞在内的仪式的整体内容与进程有了更好的把握,歌诗自身的主体性得到进一步强化。

其三,在这种"述"的歌唱视角下,礼辞也成为被描述的对象。《执竞》一诗就含有这种被转述的礼辞,其诗云:

> 执竞武王,无竞维烈。不显成康,上帝是皇。自彼成康,奄有四方,斤斤其明。钟鼓喤喤,磬筦将将,降福穰穰。降福简简,威仪反反。既醉既饱,福禄来反。

通篇整齐的四言,并且押韵(前十句中的九句属阳部,后四句中的三句属元部),叠音词的广泛使用极尽渲染之能,展现出一派堂堂皇皇、郁郁文哉的仪式景象。诗中"钟鼓喤喤"以下数句是对仪式场面的赋唱,而"执竞武王"至"斤斤其明"七句则较为复杂,看似是对武王、成王、康王的颂美,但细析之,"自彼成康"一句的人称关系,实际上已透露出转述礼辞的痕迹。如上所述,一般的礼辞歌唱多用"我""予"等第一人称口吻,其颂美之辞是直接献给祖先,有明确的言说对象,或直称"文王""大王""后稷",或是以第二人称"尔"近指献祭对象,如《思文》:

[①] 陈致也指出:"周人的'颂'也经历了一场从宗教到功利的重大转变,并因此导致了早期诗歌在功能上从神灵世界到世俗社会的转型。"(陈致:《从礼仪化到世俗化——〈诗经〉的形成》,上海古籍出版社,2009年,第99页)

> 思文后稷，克配彼天。立我烝民，莫匪尔极。贻我来牟，帝命率育。无此疆尔界，陈常于时夏。

诗中既有祭主"我"的现身，也有直称"后稷"，或用"尔"近称后稷，都显示了献祭礼辞本有的言说关系。这种言说关系也同样出现在朝典礼辞歌唱中，如"敬尔在公"（《臣工》）、"骏发尔私""亦服尔耕"（《噫嘻》），都属于礼辞原有语称的照录。而反观《执竞》"自彼成康"，以"彼"字远指成王、康王，说明前面数句并非祭祖礼辞的照录，而是与后文"钟鼓喤喤"等句一样，都是置身于主祭者之外，从旁对包括礼辞在内的相关祭典内容的赋述。可以说，《执竞》反映了颂诗从直唱礼辞向描述仪式本身、从献祭神灵向面向仪式在场之人的转型，体现了颂诗对礼辞更大程度的超越。

与之相类，礼辞中祈福之辞也被转述成为一种叙述语。如《潜》赋述了鳣、鲔、鲦、鲿、鰋、鲤等各种鱼，后言"以享以祀，以介景福"，点明以鱼享祀并祈福的目的；《丰年》《载芟》在赋述完黍稷丰年之后，都说"为酒为醴，烝畀祖妣，以洽百礼"。"以"字表述的是享祀、祈福的目的，与前文赋述酒食的视角一样，都是一种客观陈述的立场，而有别于祭祖礼辞中的祈福语气。如《我将》"我将我享，维羊维牛，维天其右之"，就是典型的祭主面向神灵祈福的礼辞歌唱，"我"的现身，"其"字所表示的祈祷语气，都是礼辞在颂诗中的存留。而《潜》《丰年》《载芟》等诗提到祈福的目的，则与前面赋唱典礼场面、仪节的内容一样，成为整个祭礼仪注的一部分。也就是说，礼辞也以旁观者的叙述口吻被转述了。这种旁观描述、转述的姿态，说明歌者不再是仪节及其辞令的亲自操行者，他与仪式内容（包括礼辞）、仪式进程并非完全地固执在一起，而是保持一定的距离，所以可以以更高超的姿态览顾仪式全场，甚至可以跳脱出当下的仪式现场，将不同时空下的仪式内容都涵摄入颂诗中，如《载芟》《良耜》从春耕夏种写到秋收，最后才落脚到当下的祭典。这种全景式的歌唱，极大地拓宽了周代礼乐歌唱的格局，与雅诗歌唱已相去不远了。

总之，从"深入其中"到从旁赋述，体现了颂诗创制方式、歌者身份、歌唱视角等的诸多变化，正如夏含夷所说："那些较晚的诗与其说是礼仪的一部分，不如说是对这种礼仪的描述，因而它们反映出礼仪与诗歌的一种分隔——在礼仪与诗人之间。我认为这种分隔实际反映了一种社会分工专业化的倾向，而这一倾向在西周社会的其他方面也有所表现。"[①]在后文有关《周颂》舞诗歌演、歌唱主体的相关论述中，我们将再次回应这一认识。

三、附论：二《雅》、《国风》中关于人物辞令的歌唱

通过上文所述，可以见出《周颂》从礼辞中导源，同时又能有所转进和扬弃，它标示着歌诗自身主体性的增强，同时寓示着周代歌诗创作机制、歌唱形态、诗乐功能等方面的诸多新变，这些变化在后续二《雅》、《国风》中有进一步体现，其中最显著的一点即"赋唱"成为歌诗的主要表现方式，礼辞或者更宽泛的人物辞令，也都以赋唱的形式被间接呈现。

"赋"是周代歌诗的重要表现手法，但它在《诗经》中也有一个创用和流行的历史过程[②]。《周颂》礼辞歌唱，源于典礼中的辞令实践，其颂功与祈福的言说中尚未有赋的手法。如上文所论，赋法最早是在《周颂》礼辞歌唱中穿插的叙述语、描述语中发轫。赋法的引入，使礼辞的歌唱得以仪式情境化。当然，这种情境化的呈现，也使得礼辞与礼物、仪行、威仪等典礼内容趋同，都成为反映周家礼乐文明建设成就、四方诸侯来宗周"观成""观礼"的重要内容。《大雅·假乐》言"威仪抑抑，德音秩秩"，"德音"即有德之声音，指言语、教令而

---

① 夏含夷：《从西周礼制改革看〈诗经·周颂〉的演变》，《古史异观》，上海古籍出版社，2005年，第339页。
② 参拙作《仪式歌唱背景下〈诗经〉赋比兴的兴起与诗乐功能》，《诗经研究丛刊》第28辑，学苑出版社，2015年，第41—67页。

言①，"德音"与"威仪"一道成为贵族盛德著见的体现。《小雅·楚茨》"礼仪卒度，笑语卒获"，除了礼节威仪尽依法度，言语辞令也都能合乎矩矱②，在此，言语辞令也成为被"观"、被赋唱的主要对象。

因此，原本作为诗辞主体的礼辞，在赋唱的视角下成为被描述、转述的内容了，这种处理滥觞于《周颂·执竞》等诗，并在其后的雅诗中成为呈现辞令言说的主要方式。如《大雅·皇矣》诗中第五、第七章，有两段上帝对文王说的话，其辞云：

帝谓文王，无然畔援，无然歆羡，诞先登于岸。密人不恭，敢距大邦，侵阮徂共。王赫斯怒，爰整其旅，以按徂旅。以笃于周祜，以对于天下。
……
帝谓文王，予怀明德，不大声以色，不长夏以革。不识不知，顺帝之则。帝谓文王，询尔仇方，同尔兄弟。以尔钩援，与尔临冲，以伐崇墉。

《皇矣》全诗都是第三人称的叙述视角，而五、七章出现"帝"对"文王"的寄语，看似存在"帝"与"文王"的言语交接，但"帝谓文王"四字作为叙述语、交代语，也是歌辞的一部分，说明下文帝对文王的言语，也是由歌者以第三人称的姿态复述而唱出来的。这种赋说的方式，与礼辞歌唱在文本内容、结构视角上的差异是十分显著的，若是纯粹的礼辞歌唱，诗辞正文应该就是人物礼辞，而无须在前面交代言说行为的主谓宾关系。以《周颂·敬之》为例，前、后六句分别为周公、成王之辞，但正文中前六句不会冠以"周公谓王"或"周公曰"，后六句也不会冠以"王谓周公"或"王曰"的提示。言语辞令以这种被

---

① 参严粲《诗缉》，中华书局，2020年，第837页。
② 于省吾读"获（蒦）"为"矱"，"矱"与"度"之义同（参于省吾《泽螺居诗经新证》，中华书局，2003年，第90页）。

转述的方式呈现，还广见于以下这些诗篇：

《大雅·荡》："文王曰：咨，咨汝殷商。"
《大雅·云汉》："王曰：於乎！何辜今之人？"
《大雅·崧高》："王命召伯：定申伯之宅。"又："王命申伯：式是南邦。因是谢人，以作尔庸。王命召伯：彻申伯土田。王命傅御：迁其私人。"
《大雅·烝民》："王命仲山甫：式是百辟。"
《大雅·韩奕》："王亲命之：缵戎祖考，无废朕命……"
《大雅·江汉》："王命召虎：式辟四方。""王命召虎：来旬来宣。"
《大雅·常武》："王命卿士，南仲大祖，大师皇父：整我六师，以修我戎……"又："王谓尹氏，命程伯休父：左右陈行，戒我师旅。……"
《小雅·天保》："君曰：卜尔，万寿无疆。"
《小雅·楚茨》："工祝致告：徂赉孝孙……"
《小雅·出车》："王命南仲：往城于方。"又："天子命我：城彼朔方。"

这些诗都以"某曰""某谓""某命"等叙事语领起下文，这些叙事语与人物辞令同时成为歌辞的一部分，说明歌者是站在仪式活动之外，以旁观的视角复述出辞令内容，这些辞令已与其他可见可闻的典礼内容一样，都成了被描述、被转述的赋唱的客体。这种赋唱与行礼当事人嵌入仪式、第一人称自剖心迹式的礼辞歌唱相比，已大异其趣了。

这提醒我们，不能因为诗中记录了人物的发言，就不假思索地认为存在角色饰演的歌唱。以《楚茨》一诗为例，美国学者柯马丁《作为表演文本的诗——以〈小雅·楚茨〉为个案》一文就曾认为《楚茨》是表演性文本，诗篇各章由祭祀中各参与人员的发言构成，可划分为

"祝代表孝孙向尸致辞""祝向孝孙致辞""孝孙致辞""祝代表祖灵向孝孙致辞"等几个部分①。这不仅是未能准确理解"工祝致告"所领起的"嘏辞"的歌唱方式,更是无视了诗中占绝大比重的对仪式场面的赋物和叙事歌唱。"表演""发言"云云的解读,根本没有着落。后来柯氏也修正了这一不成熟的观点。与《楚茨》相类似,《大雅·既醉》一诗也存在这样的误读,如方玉润《诗经原始》认为《既醉》系祭祖礼中的"嘏词"②,林义光《诗经通解》也说:"此诗为工祝奉尸命以致嘏于主人之辞。"③但实际上,诗中还有"既醉以酒,尔殽既将""公尸嘉告"等描述语、叙述语,所谓"嘏辞"也是在"其告维何""其类维何""其胤维何""其仆维何"的设问之下答述而出。也就是说,"嘏辞"是以转述的方式得到呈现,并不存在"公尸"口吻的现身歌唱。显然,《既醉》在歌诗内容、歌唱方式与功能目的等方面都超越了"嘏辞"本身,是以更高超的姿态综合地表现祭祀典礼的仪程和主题,体现了仪式歌唱的独到品性。

延续这一风尚,风诗中民间男女的对答之辞,也常处在被"观听"的地位,以赋唱的方式被叙述出来。最典型的例子是《郑风·溱洧》:

> 溱与洧,方涣涣兮。士与女,方秉蕳兮。女曰观乎?士曰既且。且往观乎?洧之外,洵訏且乐。维士与女,伊其相谑,赠之以勺药。
>
> 溱与洧,浏其清矣。士与女,殷其盈矣。女曰观乎?士曰既且。且往观乎?洧之外,洵訏且乐。维士与女,伊其将谑,赠之以勺药。

---

① 柯马丁:《作为表演文本的诗——以〈小雅·楚茨〉为个案》,《表演与阐释:中国早期诗学研究》,生活·读书·新知三联书店,2023年,第35—98页。
② 方玉润:《诗经原始》,中华书局,1986年,第511页。
③ 林义光:《诗经通解》,中西书局,2012年,第338页。

诗中虽然出现了士、女的言语对话，但也是以"女曰""士曰"领起，且其前后又有"士与女，方秉蕑兮""维士与女，伊其相谑，赠之以勺药"，同时交代士、女二方之行为。可见，男女的言辞，与诗中的溱洧二水之景象、上巳节之礼俗场景、人物活动等内容一样，都是出自歌者全知视角的赋述，在全诗的语境中，言语亦是被观听、记述的内容之一，并不存在士、女现身来亲自对唱。《郑风·女曰鸡鸣》中"女曰""士曰"、《魏风·陟岵》中"父曰""母曰""兄曰"领起的人物对话，也可作如是观。这些人物对话，张尔岐《蒿庵闲话》有很好的分析：

> 若作女子口中语，似觉少味。盖诗人一面叙述，一面点缀，大类后世弦索曲子。三百篇中，述语叙景，错杂成文，如此类者甚多，《溱洧》《齐·鸡鸣》皆是也。"溱与洧"，亦旁人述所闻所见，演而成章。说家泥《传》"淫奔者自叙之辞"一语，不知"女曰""士曰"等字，如何安顿。①

张氏所说"旁人述所闻所见，演而成章"，也即本书所说的赋唱。而从根本上说，风诗中赋述所闻所见，正是"采诗观风"这一制度设置的应有之义。人物言辞本身就是采诗官采听的重要对象，正如《国语·晋语》所言"风听胪言于市"，韦昭注："风，采也。胪，传也。采听商旅所传善恶之言。"② 人物言辞在风诗中，正是以这种被采听的方式间接呈现的。欧阳修《诗本义》对风诗中人物言辞的记录方式有所论述，其云：

> 《诗》三百篇，大率作者之体，不过三四尔。有作诗者自述其言，以为美刺，如《关雎》《相鼠》之类是也。有作者录当时

---

① 张尔岐：《蒿庵闲话》，中华书局，1985年，第4页。
② 徐元诰：《国语集解》，中华书局，2002年，第388页。

人之言，以见其事，如《谷风》录其夫妇之言，《北风其凉》录去卫之人之语之类是也。有作者先自述其事，次录其人之言以终之者，如《溱洧》之类是也。有作者述事与录当时人语杂以成篇，如《出车》之类是也。①

如其所言，诗篇中"当时人之言""其人之言"，都是出于作者（采诗者）之采录，且常与"述事"部分前后相缀。这一观点，可以说揭示了人物言辞被风诗记录的基本途径，以及与其他内容相集合而被呈现出来的基本样貌。

进而言之，那些看似"自述之辞"的风诗，实际上也是出于"观听"的目的被记录和歌唱，因此，在人物"自述"的背后，经常还隐约存在一个"观听"者的身份，不时地跳出人物角色的限定，穿插入"观听"者的叙述、评述之语。如《卫风·氓》，朱熹《诗集传》认为是妇人"自叙其事"，但第三、四章以第三人称的语气同时称呼"女""士"，就不可能是妇人之辞。《郑笺》说："于是时，国之贤者刺此妇人见诱，故于嗟而戒之。"孔颖达也注意到诗中第三者之语的存在："言'士''女'则非自相谓之辞，故知国之贤者刺其见诱而戒之。"②可知，这两章中的评述之辞，当是"国之贤者"——在本书语境中亦即诗人或采诗官基于自身的王官立场，跳脱出前后代拟的弃妇自述口吻，插入警醒议论之语，以引起世人对婚恋中男女德行表现的省思，起到移风化俗、劝世戒人、助流政教的功能。再如《野有死麇》一诗，前两章为乐工的赋述说唱，"有女怀春，吉士诱之""有女如玉"同时交代叙述士、女二方，即可为证；而第三章"舒而脱脱兮，无感我帨兮，无使尨也吠"则是女子之辞，但考虑到上下文语境，第三章也应该是乐工的代拟，诚如钱锺书所言："设身处地，借口代言，

---

① 欧阳修：《诗本义》，《儒藏》精华编第 24 册，北京大学出版社，2008 年，第 13—14 页。
② 孔颖达：《毛诗正义》，北京大学出版社，1999 年，第 231 页。

诗歌常例。貌若现身说法（Ichlyrik），实是化身宾白（Rollenlyrik），篇中之'我'，非必诗人自道。"①可知，《野有死麕》并不具备戏剧化的饰演的特征。总之，这种自述之辞与赋述、议论之语相错杂的表现方式，仍与"采诗观风"这一功能目的息息相关。

综上，不论是仪式乐歌中的"观成""观礼"，还是讲史说唱用以历史教育，还是采诗以观风俗、听民声，周代歌诗在反映典礼生活、社会风俗、人生情感等方面都有相当广阔的观照，更倾向于站在第三方的视角来做综合的描写、叙述、抒情与议论，以更好地实现歌诗在示德、显物、酬兴、教化等方面的功能。而相比之下，礼辞歌唱那种单一视角的、存在角色设限的饰演歌唱，在表达的深广度上就存在明显的受限。也正因此，自《周颂》较晚时期作品开始，角色性、嵌入式的礼辞歌唱在《诗经》中逐渐被扬弃，置身事外的"赋唱""说唱"成为《诗经》最基本的歌唱方式。

第三节　《周颂》舞诗与所谓"诗乐舞合一"说

早期文献中多有关于诗、乐、舞关系的论述。如《左传·昭公二十五年》："乐有歌舞。"《礼记·乐记》："诗言其志也，歌咏其声也，舞动其容也，三者本于心，然后乐器从之。"《左传·襄公二十九年》载季札观乐，孔颖达疏："乐之为乐，有歌有舞。歌则咏其辞而以声播之，舞则动其容而以曲随之。"②这些记述都表明，广义上的"乐"是歌诗、器乐、舞蹈互相配合、三位一体的综合艺术。析而言之，歌诗、舞蹈都离不开器乐的伴奏，这是较易理解的，至于歌诗与舞蹈的关系，《国语·鲁语》韦昭注："诗者，歌也，所以节儛者也。"③《周礼·乐师》贾公彦疏："诗为乐章，与舞人为节，故以诗为

---

① 钱锺书：《管锥编》，中华书局，1979年，第87页。
② 孔颖达：《春秋左传正义》，北京大学出版社，1999年，第1105页。
③ 徐元诰：《国语集解》，中华书局，2002年，第205页。

舞也。"①如其所言，歌诗与舞蹈也密不可分，或是歌诗以节舞，或是合舞而歌诗，二者互相配合映衬。因此，综合言之，学界遂有"诗乐舞合一"的说法，用以描述周代典礼中诗乐舞的歌演形态。

这一说法也影响了人们对《诗经》歌唱形态的认识。《诗经·子衿·毛传》："古者教以诗乐，诵之，歌之，弦之，舞之。"认为诗乐除了弦歌、讽诵之外，还可以"舞之"。《墨子·公孟》说："诵诗三百，弦诗三百，歌诗三百，舞诗三百。"不少学者将这里的"诗三百"直接等同于《诗经》，据此认为整部《诗经》都兼具"诗乐舞合一"的歌演特征。如高亨认为："《诗》三百篇都是乐歌，歌时自然都可以配以乐器，应以舞蹈。所以《墨子》说：'舞《诗》三百。'"②杨向奎也认为："诗歌经过加工，被之音乐，是乐舞曲，《诗经》所录都是乐舞曲。"③总之，"《诗三百》都是可歌可舞的""《诗经》是诗、乐、舞合一的综合艺术"这一说法，在当前的《诗经》及艺术史、美学史等研究中可谓十分通行。可以发现，当"诗乐舞合一"用以描述"诗三百"的歌演形态时，已不是前述广义的"乐"中诗、乐、舞三位一体的"合一"关系，而是指向具体艺术实践中诗、乐、舞三者合一、配合无间的歌演形态。

诚然，作为宏观的一般性概念，"诗乐舞合一"说揭露了早期诗乐舞活动的部分情形，《礼记·檀弓》说："人喜则斯陶，陶斯咏，咏斯摇，摇斯舞。"《诗大序》也说："言之不足，故嗟叹之；嗟叹之不足，故永歌之；永歌之不足，不知手之舞之，足之蹈之也。"从发生学的角度来说，载歌载舞可谓人类艺术表达的一般形态。朱光潜论及人类诗歌的起源时也说："诗歌与音乐、舞蹈是同源的，而且在最初是一种三位一体的混合艺术。"④但具体到周代礼乐活动与《诗经》

---

① 贾公彦：《周礼注疏》，北京大学出版社，1999年，第596页。
② 高亨：《诗经引论》，《文史述林》，《高亨著作集林》，清华大学出版社，2004年，第191页。
③ 杨向奎：《宗周社会与礼乐文明》，人民出版社，1997年，第368页。
④ 朱光潜：《诗论》，上海古籍出版社，2001年，第7页。

歌演,"诗乐舞合一"是否同一时空下全程无间的配合,是否三者集于一人的"合一"等细节问题,上引诸说却未加详辨,而且,诸说以"诗乐舞合一"来描述《诗经》歌演形态,也未充分考虑《诗经》不同时期、不同诗篇体式在歌唱上的差异。笔者认为,在周代的礼乐实践与艺术观念中,舞蹈与歌诗在表现形态、艺术功能等方面存在明显的分野,这种分野在周初的颂诗中就已出现,并在其后的雅诗、风诗中进一步强化。所谓"颂为舞诗""颂为诗剧"说不仅与《周颂》作品的实情相左,也未能准确理解周人诗乐歌唱的精神主旨及其发展趋势。至于以"诗乐舞合一"描述整部《诗经》,则更是与周代礼乐歌唱的基本形态相远。下文我们就从《周颂》中的舞蹈表现说起,对以上诸说做一重新的检视。

一、"象德"与"象功":《大武》乐章中所见歌诗与舞蹈的疏离

舞蹈艺术主要通过人的肢体语言和舞位变化,并借助一定的舞具、服饰、妆扮等来表达相应的情感。舞蹈天然地具有律动和外向抒发的特性,相比之下,歌诗则更注重抒发内心情志,这与语言文字作为抽象思维的载体对宇宙、社会、人生的独特思考表达有着莫大的关系。上古口头歌谣时代先且不论,即以商代甲骨卜辞所反映的情况来看,舞蹈与歌诗的这种差异性就已有鲜明的体现,并在周代得到进一步延续和深化。

如前文所述,商代时期乐舞活动就已十分繁盛,广泛运用于祭祀、祈雨、农事、战争、献俘、侑食等典礼之中。不过,商代卜辞中恒见"奏舞""庸舞"等记载,多是舞蹈与乐奏相伴,而鲜见歌诗以配舞的记录。这恐怕不能仅以甲骨卜辞的文献性质来解释,因为若有祭祀主题的歌诗,同为宗教祭祀活动记录的卜辞不可能不做关注。这至少可以说明,商代典礼活动中乐舞与歌诗的比重是有差别的,"诗乐舞合一"的活动形态尚不具有典型性。即使以传世的《诗经·商颂》来论,也难以发现它们有"合舞"歌演的痕迹。以《那》为例,诗中"猗

与那与,置我鞉鼓。奏鼓简简,衎我烈祖。汤孙奏假,绥我思成。鞉鼓渊渊,嘒嘒管声。既和且平,依我磬声。於赫汤孙,穆穆厥声。庸鼓有斁,万舞有奕"云云,详细描述了祭祀成汤的乐舞盛况。诗中虽然赋述了乐舞,但歌者是站在第三人称的旁观视角,并非身处舞者之间、亲在舞位的载歌载舞。简言之,乐舞只是《那》诗所歌咏的内容,《那》诗本身并非"合舞"歌演。学者认为《那》即配合《大濩》乐舞的诗辞①,这种说法是经不起推敲的。因此,我们更倾向于认为,乐舞在商代典礼活动中有更高的参与和地位,而周人损益商代乐舞,即是在诗辞创制方面做出了重大推进。陈致认为:"在商、周之间的朝代更迭或在此前后的文化交流中,'庸'式舞乐肯定发生了转型。'颂'就是周朝统治者为称呼这种'庸'乐而造出来的字,并按照周人的需要对它作了改进。"②这一认识是符合商周之际乐舞与歌诗的发展趋势的,周人正是在礼辞一端即诗辞上努力,从"庸"式舞乐中发展出了颂诗歌唱。

周人灭商初期的礼乐活动就已显示出这种新的诗乐风气。据《逸周书·世俘解》载:

> 辛亥,荐俘殷王鼎……籥人九终。……癸酉,荐殷俘王士百人。……王奏庸大享一终。……王定,奏其大享三终。甲寅,谒戎殷于牧野,王佩赤白旂。籥人奏《武》。王入,进《万》,献《明明》三终。乙卯,籥人奏《崇禹生开》三终,王定。③

这是周人灭商之后的第一次礼乐活动。其连日荐庙,皆有乐作,既有

---

① 阴法鲁:《〈商颂〉的〈那〉篇和〈烈祖〉篇初探》,《阴法鲁学术论文集》,中华书局,2008年,第436页。
② 陈致:《从礼仪化到世俗化——〈诗经〉的形成》,上海古籍出版社,2009年,第87页。
③ 黄怀信、张懋镕、田旭东:《逸周书汇校集注》,上海古籍出版社,2007年,第421—429页。"谒戎殷于牧野","戎"原作"我",据卢文弨、顾颉刚校改。"籥人奏《崇禹生开》三终","三"下原有"钟",据卢文弨校删。

吹籥、奏庸这样的纯粹乐奏，也有带有曲名及意旨的乐曲演奏。其中《崇禹生开》表现大禹娶涂山女生启之事，以乐舞再现演绎历史人物故事，其是否有诗辞歌唱，文献阙如，不得而知。至于《明明》，卢文弨认为即《诗经·大雅·大明》①。清华简《耆夜》中也有《明明上帝》之诗，整理者谓《明明》很可能就是《明明上帝》的异称②。但考虑到三诗在作时、仪式属性和主题上的差别，仅以首句有"明明"二字就相比附，恐失之牵强。不过，这至少说明，以"明明"指称神明或德行，在周初当已是成语。所以，保守来说，《世俘解》中《明明》应是以"明明"起句之歌诗，虽然其具体歌辞已佚，但已见出周人在歌诗中有独到的精神寄意，相较商代诗辞歌唱之欠缺，已是一大进步。另一明证则是，"籥人奏《武》"③，此即《诗经·周颂》之《武》诗。其后周人又以此为基础，创制扩充为《大武》六成乐章，以表现周人灭商、立周、定治的开国历史。可见，牧野之战，诸所歌演虽尚属草创，但已显示出周人礼乐制作的新迹象：其一，周代乐舞再现历史、颂赞祖先功德的主题立意，与商代乐舞娱神、乐神的宗教性功能已有不同；其二，在灭商之初，周人就有创作诗辞，配合音乐与舞蹈，歌演周人的开国盛业。顺着这两大趋势，遂有代表有周一代诗乐舞最高制作的《大武》乐章。

从整体上看，《大武》乐章存在诗、乐、舞并作的形态，但具体到每一成乐章中，诗、乐、舞是否完全的"合一"，各家在理解上存在差异，这也影响到各家对《大武》乐章歌演内容、方式的认识。就现有材料来看，《礼记·乐记》描述了《大武》六成乐章的歌演情形及其对应的历史本事，而《左传·宣公十二年》载楚庄王之语，仅提

---

① 黄怀信、张懋镕、田旭东：《逸周书汇校集注》，上海古籍出版社，2007年，第428页。
② 李学勤主编：《清华大学藏战国竹简（一）》，中西书局，2010年，第154页。
③ 有学者认为此时尚未创作《武》诗，遂将此句读作"籥人奏，武王入"。相关讨论参付林鹏《西周乐官的文化职能与文学活动》，中国社会科学出版社，2016年，第15—17页。

及《大武》乐章的三首诗,分别是《武》《赉》与《桓》。因此,为了与《礼记·乐记》所载六成乐舞相对应,学者们都试图从《周颂》中钩沉出另外三首诗以凑足"六成"之数,所补诗篇有《时迈》《我将》《酌》《般》《维清》《昊天有成命》等各种异说。但细核这些诗篇,多是源于相应典礼中的礼辞歌唱,与《乐记》所述再现灭商立周之本事并不相关。另外,需检讨的一点还在于,诸家所补都是基于"诗乐舞合一"这一理论预设,认为《大武》乐章既然有六成,且每成乐舞皆有其义,必是每成都有相对应的颂诗。而另有一些学者则跳出"诗乐舞合一"的理论预设,认为舞蹈与歌诗在表现形态、主题表达、功能趣向上各有擅场,并非完全亲密无间的合一。如李山认为:"在后世的舞台上,戏剧、歌舞有舞蹈、音乐而无唱腔歌辞的现象是常见的,舞乐之外是否一定有歌乐,这要看表现的需要。"①因此他主张《大武》乐章有且只有《左传》提到的《武》《赉》《桓》三首诗,其他三成则主要依靠舞蹈动作及器乐伴奏来表现。简而言之,"始而北出",歌舞者合唱《武》诗,歌颂武王继承文王志业;"再成而灭商","着意表现的是太公的'发扬蹈厉',是《大武》乐章'示事'的部分,故而无诗"②;"三成而南",武王以第一人称的口吻歌唱《赉》,"我应受之""我徂维求定"云云,是武王自道其志;"四成而南国是疆,五成而分,周公左,召公右",则"犹如后世戏剧中的'过场',其内涵无须用诗篇特加表出";③"六成复缀以崇",歌《桓》诗,歌颂武王承应天命,天下安定丰足。如此,《大武》乐章六成的歌演,歌诗与舞蹈交错相间,有虚有实,有咏志,有象事,很好地体现了歌诗与舞蹈的不同功能,即"歌以发德"与"舞以示事"。同样,丁进也认为《大武》舞不是每一成都有歌唱的","所以那种以为诗与舞一一对应的想法并不完全正确"。④赵敏俐也注意到《大武》乐章中诗辞与舞蹈的分工,认为:"在

---

① 李山:《诗经的文化精神》,东方出版社,1997年,第153页。
② 李山:《诗经的文化精神》,东方出版社,1997年,第155页。
③ 李山:《诗经的文化精神》,东方出版社,1997年,第156页。
④ 丁进:《周礼考论——周礼与中国文学》,上海人民出版社,2008年,第248页。

《大武》乐章的表演系统中，歌词与舞蹈是各司其职的，也是互相配合的。也就是说，在《大武》乐章里，具体的叙事，由舞蹈来呈现，而歌词只承担了相应的说明与颂美的功能。"①三位先生对《大武》乐章歌诗与舞蹈交错着配合歌演的解读，不能视为"文献不足征"情况下的权宜之说，而是深有艺术的敏感，切中了周初诗、乐、舞的关系及其发展趋势。下文申而论之。

首先，《大武》乐章被称为"诗乐舞合一"的典型代表，一个重要的理论依据就是阮元《释颂》中提出的"颂为舞诗"说。阮元基于"颂"与"容"训诂相通而得出此说，但落实到三《颂》的具体诗篇，其说却有不足。如在指称范围上，"三《颂》各章皆是舞容"云云，就不符合所有三《颂》诗篇的内容和主题，王国维《说周颂》对此已有驳正②，陆侃如、冯沅君也认为阮元从"颂"通"容"的本义上考察颂的体裁，在理论上是一件事，但现存三《颂》各篇在事实上究竟如何，又是另一件事③。余冠英也认为阮说只是可供参考的一种假说，"颂中虽有舞曲，其全部是否为舞曲尚无从证明"④。而更大的问题还在于，所谓"舞诗"，舞与颂诗如何配合，尤其是舞蹈因素在颂诗文本中有何体现和影响，使其有别于风、雅而自成一体，阮说也语焉不详。其说曰：

> 《风》《雅》但弦歌、笙、间，宾主及歌者皆不必因此而为舞容，惟三《颂》各章皆是舞容，故称为"颂"。若元以后戏曲，歌者、舞者与乐器全动作也。《风》《雅》则但若南宋人之歌词、弹词而已，不必鼓舞以应铿锵之节也。⑤

---

① 赵敏俐：《论歌唱与中国早期诗体发展之关系》，《北京大学学报（哲学社会科学版）》2016年第1期。
② 王国维：《观堂集林》，河北教育出版社，2001年，第64页。
③ 陆侃如、冯沅君：《中国诗史》，山东大学出版社，2000年，第13页。
④ 余冠英：《诗经选》前言，人民文学出版社，1979年，第2页。
⑤ 阮元：《释颂》，《揅经室集》，中华书局，1993年，第19页。

其所说"歌者舞者与乐器全动作",就是"诗乐舞合一"的意思。所谓"舞容",即通过舞蹈(包括舞蹈身段、仪容、舞具、舞位等)所表现出来的仪容、形貌。要注意的是,"三《颂》各章皆是舞容",乃就颂诗内容而言;若是指颂诗的歌演形式,则当云"三《颂》各章皆有舞容"。但实际上,即使是《大武》乐章《武》《赉》《桓》三诗,也没有与"舞容"相关的诗辞内容。有鉴于此,刘师培在推衍阮说时,强调了颂诗配合舞蹈以搬演故事、再现人物的叙事功能,认为:"盖《诗》之有颂,所以形容古人之往迹而记之者也。颂列为舞,所以本歌诗所言之事,而演之者也,是犹传奇备志往迹,而复演之为剧也。"[1]于是,颂诗与"舞容"的关系就从内容层面转到了表现层面,即以舞蹈演绎颂诗所言之事,再现古人之形容与往迹。刘师培将这种歌演形态与后世的传奇戏曲相提并论,梁启超也称颂诗为"跳舞乐或剧本"[2],他们都看出了颂诗中早期戏剧萌芽的特征,较之阮说更突出了颂诗的主体性,将《诗序》"美盛德之形容"落实为一种综合的、立体的歌演活动。但细审之,"形容古人之往迹而记之""备志往迹"之类的历史叙事,也并不是颂诗的主要内容。仍以《武》《赉》《桓》为例,三诗都重在歌咏武王继承文王遗志、恪谨天命、安定天下的德业,而对灭商的经过、攻伐战争的"往迹"则殊少致意,后者主要是通过舞者的舞蹈和舞位调度来完成,如《乐记》郑注所言:"《武》舞,战象也。"可以说,在《大武》乐章中,歌诗与乐舞在立意和歌演设计上自始就有鲜明的不同,有关舞容的刻画、战事的再现叙事,并不是诗辞歌唱的重点。

其次,"诗乐舞合一"用以描述作为整体的《大武》六成乐章庶几尚可,但失之于笼统,未能注意各成乐章中歌诗与舞蹈的分工,忽视

---

[1] 刘师培:《舞法起于祀神考》,《左盦外集》卷十三,《刘申叔遗书》,江苏古籍出版社,1997年,第1641页。
[2] 梁启超:《释"四诗"名义》,《中国之美文及其历史》,《饮冰室合集》第10册,中华书局,1989年,第97页。

了二者艺术旨趣的不同。如上所述，《大武》乐章不仅存在明显的"歌以发德"与"舞以示事"的分工，而且，与周人的政治观念相合，二者在道德层面还存在鲜明的高下抑扬之分。这一点，在周人乐舞设计之初就有体现。《大武》乐章的重点并不在以舞蹈再现灭商的历程，显耀周人的武功盛威。所以《礼记·乐记》载，《大武》乐章开场之前，"久立于缀，以待诸侯之至"，"备戒之已久"，"咏叹之，淫液之"，以此表现"病不得其众"，"恐不逮事"，由此可见武王伐商前戒慎警惕的心态；在歌演过程中，"先鼓以警戒，三步以见方，再始以著往，复乱以饬归，奋疾而不拔，极幽而不隐，独乐其志，不厌其道，备举其道，不私其欲"云云，都显得相当整饬节制，其要旨不在于观兵耀武，而是归于"乐志""举道"。也就是楚庄王所说的"《武》之七德"："禁暴、戢兵、保大、定功、安民、和众、丰财。"这样深远的精神寄意，单纯靠乐奏、舞蹈、角色饰演及战争场面的再现是难以充分揭示的，须得借助诗辞的歌咏，才能道出周人灭商立国的思想旨向。可以说，"舞以示事"不仅不能代替"歌以发德"的功能，而且，在周人崇尚文德的观念中，歌诗与舞蹈之间的张力也愈加突出，"舞以示事"已然让步于"歌以发德"，或者反过来也可以说，"歌以发德"在某种程度上还节制了"舞以示事"的过度表现。

再次，除了"发德""象德"与"示事""象功"的旨趣不同，歌诗与舞蹈在歌者与舞者的身份、歌与舞兴作的场所和节次等具体歌演形态上也有不同。清代李光地《古乐经传》对此有精到论述：

> 古之歌者、舞者，盖非一人。歌则瞽矇之属，在堂上者也。舞则国子之属，在堂下者也。舞以动其容，虽貌肖而口不言也。歌以咏其事，虽赞叹之而亦非其自言也。听其歌，观其容，而其人可知。此所以为雅乐也。①

---

① 李光地：《古乐经传》，《榕村全书》第4册，福建人民出版社，2013年，第164页。

歌唱之事主要由瞽矇乐工来承担，因其在视觉上有缺陷，瞽矇不参与舞蹈之事，舞蹈主要由国子来承担，礼书中多有国子习舞、兴舞的记述；瞽矇在堂上歌唱，所谓"尚人声"是也，而舞蹈因为需要屈伸周旋、舞具展演，故在更为开阔的堂下进行；另外，在节次上二者也不是同时兴作，如《左传·襄公二十九年》孔疏所言："以贵人声，乐必先歌后舞。故鲁为季札，先歌诸《诗》，而后舞诸乐。"①总之，歌与舞在行为主体、空间、时间上都有分别，歌者于堂上坐唱，歌咏其志，但并不象舞其事，舞者于堂下舞动其容，但并不歌唱，二者分工井然，并不存在同一人载歌载舞的"合一"歌演，这与后世一人妆扮人物、以歌舞演其事的戏曲表演有着根本的不同。于此亦可见前述刘师培、梁启超之说存在偏失。

也正因此，即便是部分存在人物对答的颂诗，也仍是堂上"尚人声"的纯歌唱，不可将颂诗中的对唱与合舞歌演混为一谈。如田仲一成认为《清庙》《维天之命》《维清》三诗为"巫（工祝）与文王之尸（神保）进行的对歌与对答"，"可以设想，这种对歌是伴随着两者的对舞而进行的"。②但《清庙》属堂上瞽矇坐唱的"升歌"，诗写济济多士在文王之庙奔走助祭，全是第三方的旁观赋述，《维天之命》《维清》属献祭礼辞歌唱，三诗并未见"对歌""对舞"的表演成分。又，傅斯年通过《尚书·顾命》所载即位典礼的仪节和辞令，将《敬之》与《闵予小子》《访落》《小毖》《烈文》视作一组，定义为"嗣王践阼之舞"③。笔者认为，诸诗虽然也有人物的分设和口吻的模拟，歌唱时或有一定的言语行为的互动往来，但其核心还是在诗辞歌唱，重在以人声的方式言志、发德，与乐舞或者戏剧之妆扮人物、歌演故事、调动

---

① 孔颖达：《春秋左传正义》，北京大学出版社，1999年，第1105页。
② 田仲一成：《中国戏剧史》，云贵彬、于允译，北京广播学院出版社，2002年，第36、37页。
③ 傅斯年：《〈诗经〉讲义稿》，《傅斯年文集》第2卷，中华书局，2017年，第173页。

舞位仍有很大的不同①。至于傅斯年又将《载芟》《良耜》《丝衣》视作"稷田之舞"②，就更加无稽了。如《孔疏》所言，《载芟》等诗是"诗人述其事而作此歌焉"，根本不涉及舞容、舞位、舞具等舞蹈因素。傅说之误，仍是偏信"颂为舞诗"说所致。

综上可见，所谓"颂为舞诗""诗乐舞合一"说，不仅不符合周代诗乐舞艺术实践的实情，也不符合周人崇文尚德的精神旨趣和礼乐观念。在周代礼乐活动中，歌诗较舞蹈有更高的地位，正如《白虎通义·礼乐》所言："歌者象德，舞者象功，君子上德而下功。"受此影响，周代歌诗与舞蹈逐渐分野，呈现出此消彼长的发展趋势。所谓"舞诗"，或假设宾主、妆扮人物的"剧诗"，在《大武》乐章中虽有初步萌芽，但随后便戛然而止，未再发展起来，歌诗则从《周颂》到二《雅》、《国风》，历时不断发展演进，蔚成大观。无论是讲唱历史的大雅，还是对典礼中人、事、物等场面的赋唱，亦或是比兴与叠咏歌唱，舞蹈都未再参与其中，即使诗中有对舞蹈的描写，舞蹈也只是被歌咏的对象③，歌者、诗辞与人声才是周代礼乐歌唱活动的主体内容。总之，夸大颂诗的舞诗性质，或认为整部《诗经》都是"诗乐舞合一"的歌演形态，是不符合周人艺术观念和诗乐活动的实情的。

---

① 清华简《周公之琴舞》以"琴舞"称《敬之》诸诗，颇令人费解，因为琴及瑟为堂上"升歌"的伴奏乐器，舞皆于庭，未有以琴伴舞之用。且先秦典籍中不见"琴舞"一词，后世文献中也鲜用作音乐术语，只有宋代陈旸《乐书》中设有"琴舞"一节。因此有学者认为《周公之琴舞》是战国时期整理的写本，代表了战国中晚期楚地乐舞的表演特色，不可能是周初乐舞表演的实录（参李守奎《先秦文献中的琴瑟与〈周公之琴舞〉的成文时代》，《吉林大学社会科学学报》2014年第1期）。
② 傅斯年：《〈诗经〉讲义稿》，《傅斯年文集》第2卷，中华书局，2017年，第175页。
③ 《商颂·那》《鲁颂·有駜》《小雅·伐木》《宾之初筵》《邶风·简兮》《王风·君子阳阳》《陈风·宛丘》等诗赋述舞蹈活动，与其他被赋唱的典礼内容没有本质的区别，歌唱此诗时，并不同时兴舞。尹继美将此类诗定义为"奏舞之乐章"，即配合舞蹈而歌奏的诗乐，显然是未得要领的（参尹继美《诗管见》，《续修四库全书》第74册，上海古籍出版社，2002年，第19页）。

二、"象舞""勺舞""六大舞""六小舞""燕舞"诗乐舞关系考辨

当然，歌诗与舞蹈相分野，并不影响舞蹈在周代礼乐生活中的发展和地位，除了《大武》乐章，周代还有"象舞""勺舞""六大舞""六小舞"及"燕舞"等乐舞。这些乐舞的表演，是否存在以歌诗节舞的情形，旧说也多有分歧，特考辨如下。

关于"象舞",《周颂·维清·诗序》云："《维清》,奏象舞也。"此有二点须注意：其一，所谓"象舞"，并非一种舞蹈专名，"以其象事为舞"，皆可称为"象舞"。象舞即以舞蹈的形式象征性地再现历史、搬演故事，象征文王之武功的乐舞可以称象舞，象征武王之武功的乐舞也可以称为象舞。《诗序》认为《维清》诗乐用作"象舞"的伴奏，此"象舞"是象征文王"用兵之时刺伐之事而为之舞"；而《礼记·明堂位》《仲尼燕居》《祭统》"升歌《清庙》，下管《象》"，郑玄注："《象》，谓《周颂·武》也。"此"象舞"则是管吹《武》乐，象征武王之事。可见，作为一般性概念的"象舞"与"象乐"，并无专对性。又，《匡卣》："懿王才射卢，乍象舞，匡甫象鱻二。"郭沫若认为即是表演象舞、演奏象乐[①]，"象舞""象鱻"亦是泛泛而言。

其二，所谓"奏象舞""管象"，乃是金奏、管吹《维清》《武》诗之音乐旋律作为伴奏，并未歌二诗之辞以伴舞。郑注、孔疏对此说得很清晰：

《礼记·文王世子》："下管《象》,舞《大武》。"郑注："《象》,周武王伐纣之乐也。以管播其声，又为之舞，皆于堂下。"

《礼记·明堂位》："下管《象》，朱干玉戚，冕而舞《大武》。"郑注："《象》,谓《周颂·武》也，以管播之。"孔疏："以管播之，谓吹管播散诗之声也。……上云'下管《象》'，谓吹《大武》诗，此云'舞《大武》'，谓为《大武》之舞。"

---

① 郭沫若：《两周金文辞大系图录考释》,科学出版社,2002年,第182页。

《礼记·祭统》："下而管《象》，朱干玉戚以舞《大武》。"郑注："管《象》，吹管而舞《武象》之乐也。"

皆是于堂下管吹或金奏《维清》《武》之曲，并没有歌诗以伴舞之事。《文献通考》载姜夔《大乐议》，谓"古之乐，或奏以金，或吹以管，或吹以笙，不必皆歌诗"，"《象》《武》皆诗而吹其声"。[1]王邦直《律吕正声》也认为："曰'以管播之'，则《大武》之章，虽有其章，亦不歌也。"[2]二说可谓深得周代舞蹈配乐的真实情形。根据不同用乐需要，将诗乐的诗辞与乐曲离析而用，这在周代典礼用乐中并不鲜见，如《周礼·钟师》"凡射，王奏《驺虞》，诸侯奏《狸首》，卿大夫奏《采蘋》，士奏《采蘩》"，都只是演奏《驺虞》《采蘋》《采蘩》诸诗的音乐，取其乐曲以为射节，但并不歌唱其诗辞——毕竟《采蘋》《采蘩》的诗辞旨意也与射事毫无关系。又《仪礼·大射》"管《新宫》三终"，郑注："管，谓吹簜以播《新宫》之乐。其篇亡，其义未闻。"据《左传·昭公二十五年》"宋公享昭子，赋《新宫》"，可知《新宫》本有诗辞，但《大射》"管《新宫》三终"则仅是借用其乐曲，管吹之而已。以上诸证，足以说明《诗序》所说"奏象舞"，只是借用《维清》的音乐来伴舞，并没有歌唱其辞来配舞。而且，《维清》诗辞"维清缉熙，文王之典，肇禋，迄用有成，维周之祯"云云，也没有"舞以示事"的内容，与文王用兵刺伐之事根本无涉，朱熹《诗序辨说》即说："诗中未见奏《象舞》之意。"[3]胡承珙《毛诗后笺》也认为："《清庙》以瑟歌于堂上，《维天之命》《维清》二篇其歌之亦必在堂上。独言'下管《象》'者，以《维清》又为《象舞》之曲，或不歌而管，则在堂下耳。"[4]谓《维清》本为堂上之歌，象舞时借其乐曲管吹之以为节，而

---

[1] 马端临：《文献通考》，中华书局，2011年，第4340页。
[2] 王邦直撰，王守伦、任怀国等校注：《律吕正声校注》，中华书局，2012年，第267页。
[3] 朱熹：《诗序辨说》，《诗集传》，中华书局，2017年，第57页。
[4] 胡承珙：《毛诗后笺》，黄山书社，1999年，第1505页。

不歌其诗。此说确切无疑,与本书所论正相合。综上可知,所谓"象舞",并没有"诗乐舞合一"的歌演。

关于"勺舞",《仪礼·燕礼·记》"若舞则《勺》",郑注:"《勺》,《颂》篇,告成《大武》之乐歌也。"郑注之说,本自《诗序》"《酌》,告成《大武》也",是以"勺"通"酌","勺舞"即以《酌》诗伴唱之舞。先且不论《酌》与《大武》乐章的关系,单就《酌》与"勺舞"的关系而论,郑玄将"勺舞"与《酌》诗相对应,前人早有辩驳。严粲《诗缉》就认为"勺舞"乃成王之乐舞,"言成王能酌文武之道,以保太平之治也",而"《酌》颂言武王初则遵养,继则蹻蹻,酌其时措之宜也","是武舞之乐章,非《勺》舞之乐章矣"。①笔者认为《酌》的取义是"酌时之宜",表现的是周人对商从"养晦"到"用介"的转变,与《大武》六成乐舞前"咏叹之,淫液之"所表现的历史本事、思想主旨正相吻合,可视作《大武》乐章的序曲②。其诗辞与舞事无涉,所谓"勺舞"与《酌》诗相配之说,不足信也。

再论"六代之舞",《周礼·大司乐》"乃奏黄钟,歌大吕,舞《云门》,以祀天神"云云,郑注:"大吕为之合奏之。"贾公彦疏:"云'奏'据出声而言,云'歌'据合曲而说,其实'歌''奏'通也。知不言歌,歌据堂上歌诗。"③郑、贾认为"奏黄钟,歌大吕"中"歌""奏"相通,都指击奏二者之钟,而与堂上的歌诗无关④。可见,《云门》等六代大舞是以乐奏与舞蹈相配,而无歌诗伴舞。《周礼·乐师》所言"六小舞",亦同。《周礼·鼓人》"鼓兵舞、帗舞",《旄人》"舞散乐,

---

① 严粲:《诗缉》,中华书局,2020年,第1016、1017页。
② 参本书附论《〈周颂·酌〉诗旨及乐用探论》一文。
③ 贾公彦:《周礼注疏》,北京大学出版社,1999年,第580页。
④ 按,孙诒让认为称"歌"者,都是指堂上的人声歌唱,认为"歌大吕者,歌诗等以大吕宫起调毕曲",但他同时指出:"此奏黄钟者,为迎尸之乐,所谓先乐金奏也。歌大吕者,为降神之乐。舞《云门》者,为荐献后之合乐,合乐则兴舞也。降神之乐,不得有舞。"可知奏、歌、舞并非同一典礼时空下的艺术活动。是故,虽然孙诒让对"歌大吕"的训释与郑玄、贾公彦有异,但这也不能支持"诗乐舞合一"说(参孙诒让《周礼正义》,中华书局,1987年,第1739、1741页)。

舞夷乐",《籥师》"鼓羽籥之舞",也都是乐奏与舞蹈连言之。于此可知,诗、乐、舞三者的共同交集主要是"乐",具体说是乐曲之"节"(包括旋律与节奏),舞蹈主要通过舞具、舞者的屈伸周旋、舞位的变换来表现主题,所借重的是乐曲之"节",而不一定需有诗辞的歌唱。正如郑樵《通志二十略·文武舞序略》所言:

> 《云门》《大咸》《大韶》《大夏》《大濩》《大武》,凡六舞之名……当时皆无辞。故简籍不传,惟师工以谱奏相授耳。古之乐惟歌诗则有辞,笙、舞皆无辞。……大抵汉魏之世,舞诗无闻。至晋武帝泰始九年,荀勖曾典乐,更文舞曰《正德》,武舞曰《大豫》,使郭夏、宋识为其舞节,而张华为之乐章。自此以来,舞始有辞,舞而有辞,失古道矣。①

这一认识可谓深谙古代歌诗与舞蹈相分野的关系,至于《乐府诗集》中所收汉代以下的"舞曲歌辞",不仅其舞蹈不复周代乐舞之旧貌,而且这些所谓"舞诗"所歌咏的,多不含有舞蹈所拟象的本事,而是流于赋写场面、比兴寄怀,已与一般的歌诗无大差别了。总之,不可据后代变异的所谓"舞诗"来逆推认为《诗经》时代有"诗乐舞合一"的歌演形态。

最后再论"燕舞"。与"象舞""六舞"等不同,"燕舞"广泛运用于燕、射等典礼中,其形式和基调都更为燕适和乐。据《周礼·旄人》:"凡祭祀宾客,舞其燕乐。"贾疏:"'舞其燕乐',谓作燕乐时,使四方舞士舞之以夷乐。"此时所舞,是以夷乐伴奏。夷乐,为鞮鞻氏所掌,《鞮鞻氏》"掌四夷之乐与其声歌",郑注:"四夷之乐,东方曰《韎》,南方曰《任》,西方曰《株离》,北方曰《禁》。……言'与其声歌',则云'乐'者,主于舞。"可知《旄人》所说的"舞其燕乐",是

---

① 郑樵:《通志二十略》,中华书局,1995年,第935页。

以主于舞的"四夷之乐"来伴舞，而与"声歌"无关。又，《仪礼·燕礼·记》："……遂合乡乐。若舞，则《勺》。"郑注："既合乡乐，万武而奏之，所以美王侯，劝有功也。"这是为卿大夫有王事之劳而设的燕礼，故升歌等皆与常燕不同，在合乐之后又有"勺舞"。此"勺舞"亦即"燕舞"之属，如前所述，"勺舞"与《酌》诗无关，并无歌诗伴唱。而从行文看，这里的"勺舞"在"合乡乐"之后，当是舞于"无算乐"中。传统关于"无算乐"的理解，多认为是就歌诗而言，但实际上只要是足以尽欢酬兴，歌诗之外，或单纯的器乐演奏，或随兴而舞，不拘内容、形式，都可以在无算乐中进行。《诗经》中就有无算乐时"燕舞"的记载。如《鲁颂·有駜》："振振鹭，鹭于下。鼓咽咽，醉言舞。于胥乐兮。"《郑笺》："君以礼乐与之饮酒，以鼓节之，咽咽然至于无算爵，则又舞燕乐以尽其欢。君臣于是则皆喜乐也。"孔疏："醉始言舞，故知至于无算爵，则有舞尽欢。"① 夏味堂《诗疑笔记》曰："此'醉言舞'，当在无算乐时，第升歌、间、合诸诗，皆不闻有舞节，岂凡乐皆可以舞应之？或于无算乐外自献其所素习者，第为人舞以尽欢欤？"② 诚如所言，"燕舞"作于"无算乐"时，意在尽欢而已。又，《小雅·伐木》"坎坎鼓我，蹲蹲舞我"，《小雅·宾之初筵》"舍其坐迁，屡舞仙仙""乱我笾豆，屡舞僛僛""侧弁之俄，屡舞傞傞"，所咏也是"燕舞"的场景。无论是乐工起舞以酬兴，还是主宾自起舞以尽兴，都属于无算乐中应有之事③。

参诸史实，我们也可以找到相关例证。《晏子春秋·内篇杂上》："晋平公欲伐齐，使范昭往观焉。景公觞之，饮酒酣……范昭佯醉，

---

① 孔颖达：《毛诗正义》，北京大学出版社，1999年，第1394页。
② 夏味堂：《诗疑笔记》，《续修四库全书》第64册，上海古籍出版社，2002年，第706页。
③ 胡宁认为《楚辞·九歌·东君》"展诗兮会舞"、《国语·周语》"王子颓饮三大夫酒，子国为客，乐及遍舞"，"会舞""遍舞"也是发生在"正歌"已备、用乐"唯欲"、酒酣耳热的"无算乐"中（参胡宁《楚简诗类文献与诗经学要论丛考》，中华书局，2021年，第84页）。

不说而起舞,谓太师曰:'能为我调成周之乐乎?吾为子舞之。'"① 范昭即是在"无算爵"醉酣之际自起舞,用作伴舞的也只是太师调奏的"成周之乐",而非歌诗。又,《左传·襄公十六年》:"晋侯与诸侯宴于温,使诸大夫舞,曰:'歌诗必类。'"此"大夫舞"也很可能发生在无算乐时,至于舞时要与歌诗相类,俞樾《茶香室经说》认为:"《楚辞·九歌·东君篇》曰'展诗兮会舞,应律兮合节',王逸注曰:'言乃复舒展诗曲,作为雅颂之乐以应舞节。'然则歌诗必类,承使大夫舞而言,与寻常赋诗不同,盖古者舞与歌必相类,自有一定之义例,故命大夫以必类。"② 竹添光鸿《左传会笺》曰:"歌、舞连文,盖即命诸大夫以所歌之诗为舞节。"③ 二氏都认为歌、舞需合乎一定义例而并作。那么,这是否可以算作"诗乐舞合一"的佐证呢?笔者认为,这是无算乐时"燕舞",其与歌诗并作属于兴之所至时的随机行为,并不是周代歌诗与舞蹈的常态,其诗原本入乐时并不合舞而歌,此时的"燕舞"也不是有规定舞容、舞节的"正舞"。另外还需讨论的是,《国语·晋语》:"优施饮里克酒。中饮,优施起舞。……乃歌曰:'暇豫之吾吾,不如鸟乌。人皆集于苑,已独集于枯。'""中饮",即饮中,优施也可能是在"无算爵""无算乐"时作此歌舞。不过,优施作为俳优之属,主于滑稽、调谑、戏弄④,里克即怀疑其为"戏言",因此,优施的歌舞行为,并不能与正统的瞽矇乐工相比况,而且,优施歌舞属于即兴行为⑤,也与正规典礼中的歌舞活动有所不同,不具有典型

---

① 张纯一:《晏子春秋校注》,中华书局,2014年,第246—247页。
② 俞樾:《茶香室经说》,《续修四库全书》第177册,上海古籍出版社,2002年,第585页。
③ 竹添光鸿:《左传会笺》,辽海出版社,2008年,第388页。
④ 王国维《宋元戏曲考》:"优人之言,无不以调戏为主。优施鸟乌之歌,优孟爱马之对,皆以微词托意,甚有谑而为虐者。"(参王国维《宋元戏曲考》,《王国维论剧》,中国戏剧出版社,2010年,第3页)
⑤ 王国维《宋元戏曲考》:"于言语之外,其调戏亦以动作行之,与后世之优,颇复相类。"可知,优施所谓"舞",不过简单即兴的肢体动作,并非雅正典重之舞(参王国维《宋元戏曲考》,《王国维论剧》,中国戏剧出版社,2010年,第3页)。

性,不能作为周代礼乐活动中"诗乐舞合一"的佐证,其形态更接近于战国秦汉时俗乐舞中歌舞相和或自歌自舞的情形①,从中也可以看出雅乐系统与俗乐系统中歌诗、舞蹈二者的分合升降之势。

因此,我们再来看《乐府诗集》"舞曲歌辞"题解,郭茂倩将舞分作"雅舞""杂舞":"雅舞用之郊庙、朝飨,杂舞用之宴会。"②周代"象舞""六舞""勺舞"等当属"雅舞","燕舞"当为"杂舞"之属。"雅舞"一经创制,渐趋经典,代代沿用,少有赓作③,而"杂舞"则能因时发展,推陈出新,其形式不像"雅舞"那般度数谨严,其主题也不限于"示事""象功",而以燕乐娱情、抒兴取欢为主。是故如上所述,无算乐时"燕舞",也可以载歌载舞,唯取尽欢。当然,对歌诗而言,这种合舞而歌已超出了它原有的诗乐主题和既定的乐仪乐节,而流衍为一般性的兴致抒发与氛围渲染。随着审美风尚的变化,以及受注疏家经典阐释与礼乐构建的影响,汉魏以下新兴创作了"舞曲歌辞",但颇为吊诡的是,这些"舞诗"或是颂美盛德,或是赋写礼乐场面,或是比兴抒怀,其实与舞蹈本事、舞容、舞节并没有多少内容关联④。可见,所谓"舞诗",不唯不合周代礼乐之古制,如郑樵所言,"舞而有辞,失古道也",而且其改制创新,踵事增华,也名实不副,并未实现所谓的"诗乐舞合一"。

---

① 如《史记·留侯世家》:"戚夫人泣,上曰:'为我楚舞,吾为若楚歌。'"《史记·高祖本纪》:"酒酣,高祖击筑,自为歌诗曰:'大风起兮云飞扬,威加海内兮归故乡,安得猛士兮守四方!'令儿皆和习之。高祖乃起舞,慷慨伤怀,泣数行下。"《汉书·外戚传》:"延年侍上起舞,歌曰:'北方有佳人,绝世而独立,一顾倾人城,再顾倾人国。宁不知倾城与倾国,佳人难再得。'"
② 郭茂倩:《乐府诗集》,中华书局,1979年,第753页。
③ 郭茂倩《乐府诗集·舞曲歌辞·雅舞》:"周存六代之乐,至秦唯余《韶》《武》。汉魏已后,咸有改革,然其所用,文武二舞而已,名虽不同,不变其舞。故《古今乐录》曰:'自周以来,唯改其辞,示不相袭,未有变其舞者也。'"(郭茂倩:《乐府诗集》,中华书局,1979年,第753页)
④ 较为特殊的是,"舞曲歌辞"中有《公莫巾舞》,文本中含有指示角色、伴奏、歌唱、身段动作等舞台表演的提示语,但这是"声辞杂写"所致,它们并不是歌唱的歌辞正义。

综上所论，周代礼乐活动中诗、乐、舞三者并没有真正的"合一"。歌诗与舞蹈相分野，是周代礼乐发展建设中具有重大意义的一次嬗变，背后寓含着周人政治、道德、礼乐、艺术等方面的深刻寄意。前人对歌诗与舞蹈在功能意旨、歌演主体、歌演时空、歌演方式上的差异未加明辨，以"诗乐舞合一"来描述《诗经》的乐用形态，是与周代礼乐歌唱的精神旨趣相违背的，故特发覆如上。

第四节　颂诗的歌演主体及其职能演变

《礼记·仲尼燕居》曰："制度在礼，文为在礼，行之其在人乎！"人是礼乐活动的行为主体，歌者（包括舞者）是诗篇付诸歌唱的直接参与者，也是诗歌意义的最初传达者。如上所述，《周颂》内容形式、歌演形态十分丰富，且存在历时的发展变化，这也综合体现在参与歌演人员的构成及职能分工上。《周颂》歌唱之事，体大事繁，参与人员众多，其中既包括职业的乐官群体，也包括王公国子等周贵族，他们不仅参与到颂诗创制与歌唱的各个环节，在同一组或一首颂诗歌唱中也有不同歌者的多方参与，而且这种参与和分工也与颂诗的嬗变一致，呈现出比重不一的发展变化。本节我们就从歌者的角度入手，考察其人员构成、职能分工及其变化，以期对《周颂》的歌唱形态以及周代诗乐的发展演变有更切实的认识。

一、王公臣子

所谓"礼乐相须以为用，礼非乐不行，乐非礼不举"[①]，礼、乐之事多有交融，二者在具体行进与参与人员上未必存在明确的界限，是故音乐活动也不全是乐官之事，凡是身处礼乐活动现场的人员如周王、臣工、国子等，都以一定的方式参与其中。这一点在《周颂》的

---

① 郑樵：《通志二十略》，中华书局，1995年，第883页。

歌演中体现得尤为明显，这既与颂诗自身的属性有关，也是周初礼乐制度、官制发展的阶段性反映。

我们首先来讨论周王在颂诗歌演中的参与情况。早在商代，商王就亲自参与乐舞之事，卜辞中常见"王其舞"的记载，体现了商王在乐舞活动中至关重要的政教身份。与之相同，周王也亲自参与一些乐事。如《逸周书·世俘解》载："王奏庸大享一终，王拜手稽首。王定，奏其大享三终。"又清华简《耆夜》篇中亦有周武王"举爵酬毕公，作歌一终曰《乐乐旨酒》""举爵酬周公，作歌一终曰《輶乘》"的记载，《周公之琴舞》中也有"成王作敬伬，琴舞九絉"。礼书中也有周王参与乐舞活动的相关记录。

《礼记·明堂位》："朱干玉戚，冕而舞《大武》。"孔疏："王着衮冕，执赤盾玉斧而舞武王伐纣之乐也。"

《郊特牲》："朱干设锡，冕而舞《大武》。"孙希旦《礼记集解》："天子祭宗庙，舞《大武》，则王亲在舞位，执朱干、玉斧，以象武王。"①

《祭义》："天子袒而割牲，执酱而馈，执爵而酳，冕而总干，所以教诸侯之弟也。"郑注："冕而总干，亲在舞位，以乐侑食也。"

《祭统》："及入舞，君执干戚就舞位，君为东上，冕而揔干，率其群臣，以乐皇尸。"

《通典》："古制，天子亲在舞位。"又曰："自九献之后，（王）遂降，冕而抚干，舞《大武》之乐以乐尸。"②

《大武》乐章歌演的是周人灭商立周的历史，《礼记·乐记》中就描述了武王"总干而山立""天子夹振之而驷伐""久立于缀，以待诸侯之

---

① 孙希旦：《礼记集解》，中华书局，1989年，第679页。
② 杜佑：《通典》，中华书局，1988年，第1167、1367页。

至"等舞容。按照上引《礼记》各条所载，《大武》乐章中的武王形象当是由后代的周王来扮演，天子亲在舞位，身着衮冕，手执朱干玉斧，再现武王灭商的烈绩。周王以天子之尊，亲在舞位，似乎有损君威，那么，是否有可能由其他人员代拟扮演武王形象呢？我们知道，在祭礼中由"尸"来扮演先王以受享，但"尸"在典礼中只负责受享，并不言语①，且如上引《礼记·祭统》所载，"皇尸"与"君"同时在场，"皇尸"是《大武》乐章的献侑对象，并不参与歌演。周王亲在舞位歌演，以乐"皇尸"，正体现出《大武》乐章所表现的内容、主题之宏大郑重，须由后代周王亲自参演，才足够表达出对武王烈绩的颂美赞叹之情。《祭统》"君执干戚就舞位，君为东上"云云，王夫之《礼记章句》谓"此所言君者，摄君象也"②，认为由他人代演，似乎未得其实。

《大武》乐章作为有周一代乐舞的最高代表，后代周王参与歌演，有其特殊性。至于《周颂》中其他祭典或朝典中采用"周王"第一人称口吻的礼辞歌唱，在其制作之初也应由周王亲自歌唱，而不应由尸或瞽矇乐工来代拟歌唱。如《维天之命》"假以溢我，我其收之。骏惠我文王，曾孙笃之"，屡次自称"我"，即是祭主自身政教身份的彰显。"我文王"的表达，更有与文王神志相感通的亲切感。再如《雍》"假哉皇考，绥予孝子""绥我眉寿，介以繁祉。既右烈考，亦右文母"，也必是作为祭主的周王所歌，"予孝子"与"皇考""烈考""文母"如此谦恭的指称，乐工是不堪代替歌唱的。同样，《周颂》中新王登基礼中的"予小子"的歌唱，如《闵予小子》"闵予小子，遭家多难，嬛嬛在疚"，《访落》"维予小子，未堪家多难"，语极沉痛；《闵予小子》"维予小子，夙夜敬止"，《敬之》"维予小子，不聪敬止"，又是天命在躬、恭敬自任的决心表露。诗中所写孤儿无依之状，思慕追孝之情，勤勉图治之志，须得嗣王亲唱，方能达其心志，传其真情。又，清华简《周公之琴舞》"成王作敬毖，琴舞九絉"，其中第一絉即

---

① 《诗经·板》孔疏："祭时之尸，以为神象，故终祭而不言。"
② 王夫之：《礼记章句》，岳麓书社，1991年，第1152页。

《周颂·敬之》一诗，简文补充了我们对该诗歌唱情境的认识，成王亲自现身参与《敬之》歌唱，当无疑也。因此，笔者认为重要祭典、朝典上周王第一人称的礼辞颂诗，当由周王亲自歌唱，而非乐工代歌，这是由相关典礼与歌诗内容所含政教意义的重要性决定的。

同理，《周颂》中也有王公大臣的参与。《大武》乐章就有太公、周公、召公的参与，《乐记》所记"发扬蹈厉，太公之志也。《武》乱皆坐，周、召之治也""五成而分周公左，召公右"云云，是其舞容。《大武》乐章制作之初，周公、召公尚健在，其首次演出可能即是他们本人亲自现身演出，后代递演《大武》则可能由其后人扮演。当然，这已属后世的乐用流传问题，就本书所关注的歌诗创制之初时的歌唱来论，周初股肱大臣亲自参与颂诗歌演，当是无疑问的。另外，清华简《周公之琴舞》中包括《敬之》在内的九絉颂诗，也有周公的歌唱①；清华简《耆夜》亦记载了周公歌《赑赑》《明明上帝》《蟋蟀》。诸诗的创制背景、歌唱方式及内容都记述得十分详细，为我们了解周初大臣参与歌诗活动提供了具体的案例。

我们发现，王公大臣亲自歌演，都属于上文所说的礼辞的"赋形"歌唱。这种礼辞歌唱富含政教意义，歌者与礼辞原本发言人的身份一致，可以保证诗辞内容与意义传达的直截与一贯。周贵族自身所具备的礼乐修养，也保证了王公亲自歌唱的可行性。他们在身为国子时，就接受了系统的诗乐教育，《周礼》大司乐、师氏、大师等都有教国子诗乐舞之职，其教学内容包括乐语、乐德、乐舞、乐仪、乐器演奏等等。可以说，周贵族自国子时所接受的诗乐教育，以及积累的丰富的乐舞实践经验，都为他们日后在各种典礼仪式中得体自如的辞令应答、诗辞唱诵提供了保障。王公大臣参与颂诗的歌舞，本身也是周代礼乐建设和诗教、乐教成果的体现。

---

① 关于《周公之琴舞》中成王与周公参与歌唱及其分工情况，参本书附论《〈周公之琴舞〉"启+乱"乐章结构探论》一文。

二、国子

论及周代的诗教、乐教,其对象除了专业性的乐官系统,更有贵族子弟,即国子。国子接受诗乐教育,大体包含三方面内容:其一,德义教育。《周礼·大司乐》:"以乐德教国子:中、和、祗、庸、孝、友。"《周礼·大师》:"教六诗:曰风,曰赋,曰比,曰兴,曰雅,曰颂,以六德为之本。"此所谓"六德",即"中、和、祗、庸、孝、友"之德①。可知德义教育的重要载体是歌诗,也可以说,国子诗教的重要内容是德义教育。故《国语·楚语》曰:"教之《诗》,而为之导广显德,以耀明其志。"其二,乐语教育。《周礼·大司乐》:"以乐语教国子:兴、道、讽、诵、言、语。"《礼记·内则》:"十有三年,学乐诵《诗》。"主要是关于《诗》之文辞诵习、语说的教学,以此培养国子成人之后在行政、外交、典礼等活动中专对应答言说的能力,所谓"不学《诗》,无以言"。《国语》《左传》所载周贵族出使时赋诵、引说《诗》语,均是"乐语"之教的成果。其三,乐仪、乐舞之教,其中乐舞之教是主体。《周礼·大司乐》:"以乐舞教国子:舞《云门》《大卷》《大咸》《大韶》《大夏》《大濩》《大武》。"《乐师》:"掌国学之政,以教国子小舞。凡舞,有帗舞,有羽舞,有皇舞,有旄舞,有干舞,有人舞。教乐仪,行以《肆夏》,趋以《采荠》,车亦如之,环拜以钟鼓为节。"《籥师》:"掌教国子舞羽吹籥。"《大胥》"掌学士之版,以待致诸子",郑玄引郑司农说:"学士,谓卿大夫诸子学舞者。"也说的是国子乐舞教学之事。如果说乐德、乐语之教主要是诗教之事,那么,乐仪、乐舞之教更多属于乐教的范畴。礼乐相须为用,进退升降、出入步趋,俱作乐以节仪,故国子需习晓相关乐仪之事,方能成为有威可畏、有仪可象的君子。至于乐舞活动,则更是国子在成人之前参与礼乐活动的重要内容。文献中对此多有记述,《礼记·内则》:"十有三年……舞《勺》。成童,舞《象》,学射御。二十而冠……舞

---

① 孙诒让《周礼正义》:"此六德疑当为《大司乐》'以乐德教国子'之中、和、祗、庸、孝、友。"(孙诒让:《周礼正义》,中华书局,1987年,第1846页)

《大夏》。"《周礼·大司乐》："帅国子而舞。"贾公彦疏："凡兴舞，皆使国之子弟为之，但国子人多，不必一时皆用，当递代而去，故选当用者，帅以往为舞之处也。"① 又《周礼·大胥》："凡祭祀之用乐者，以鼓征学士。"贾公彦疏："祭祀言'凡'者，则天地宗庙之祀用乐舞之处，以鼓召学士，选之，当舞者往舞焉。"② 虽然也有其他人员参与舞蹈之事，如野人之能舞者，《旄人》"掌教舞散乐，舞夷乐，凡四方之以舞仕者属焉"，贾公彦疏："野人能舞者，属旄人。"其员众寡无定数③。与旄人有官联的舞师，《舞师》"凡野舞，则皆教之"，也教野人舞。又《韎师》"掌教韎乐，祭祀则帅其属而舞之，大飨亦如之"，郑注："舞之以东夷之舞。"当也是东夷之人舞之。凡此四方之舞者，非专职周官，且因其位卑，唯舞散乐、夷乐、六大舞、六小舞等重要乐舞仍主要由国子担任。总之，可以确定的是，周代除了由大司乐、乐师、舞师、旄人、司干等掌教舞、掌舞器之外，具体参与舞蹈者，在《周官》中并无专官，瞽矇乐工又因有生理缺陷不便参与肢体舞蹈，舞蹈场面宏大，八佾之数盛多，舞队舞位繁复，国子们遂成为舞蹈之事的不二人选。

国子参与舞蹈之事，其中与《诗经》歌演相关的参与，要数有周一代最大的乐舞代表《大武》乐章。如上所述，《大武》乐章是《诗经》中少有的具有诗乐舞一体歌演特征的作品，除周王和大臣外，国子也在其中有重要参与。他们作为周家子弟，主要是扮演追随周武王伐商的将士。我们看一下《礼记·乐记》对《大武》乐章各成舞容、舞列、舞步、舞具等的描述。在正式歌舞之前，会"先鼓以警戒，三步以见方"，孔疏："谓作武王伐纣《大武》之乐，欲奏之时，先击打其鼓声，以警戒于众也。欲舞之时，必先行三步以见方，谓方将欲舞，积渐之

---

① 贾公彦：《周礼注疏》，北京大学出版社，1999年，第591页。
② 贾公彦：《周礼注疏》，北京大学出版社，1999年，第604—605页。
③ 《周礼·春官叙官》："旄人，下士四人，舞者众寡无数。"

意也。"①表现的是乐舞前"备戒""病不得其众""恐不逮事"的情境，持续时间较久，伴着"咏叹""淫液"的吟唱，其节奏缓慢，声调深长，与其后六成乐舞表现伐商之急促冽练的风格形成鲜明对比。一番蓄势之后，正式进行六成的乐舞。与灭商立周的历史事件相仿，舞队行进有一定的舞位和方向，如乐舞开始前，舞队"久立于缀"；"始而北出"，舞阵由南向北出场，象征武王从盟津出发北伐；"三成而南"，象征武王克纣而南还；"五成而分，周公左，召公右"，这一成周公、召公各自率领舞队、左右分列前进，象征的是周、召分陕而治、辅助成王的史事；"六成复缀以崇天子"，是舞队拥护着周成王回到乐舞初始的位置上，其象征意义则如孙希旦所言："象周公、召公既成治功，而归其功于天子，以尊崇之。"②最后，"《武》乱皆坐"，指歌完《桓》诗，回到第一缀位，舞者两足皆跪坐于地，"复乱以饬归"，是象征"以文止武"之义③。此外，舞者有一定的舞具，并有一定的击刺动作，以再现战事。如将舞之时，武王"冕而总干"，似山不动摇；舞队行进时，天子与大将亲自执铎以夹军众，振铎以为舞者之节。而国子们则"駟伐"，郑注："駟当为四，声之误也。《武》舞，战象也。每奏四伐，一击一刺为一伐。《牧誓》曰：'今日之事，不过四伐五伐。'"④国子们在音乐的伴奏下击刺前进，四刺为一节，其势十分盛威，舞蹈动作、阵势正是《牧誓》所载历史实情的再现。《牧誓》又曰："尚桓桓，如虎如貔，如熊如罴。"都可见出国子们所饰演的将士在《大武》伐商乐舞中勇猛英武、奋疾迅速的形貌。《乐记》说："执其干戚，习其俯仰诎伸，容貌得庄焉；行其缀兆，要其节奏，行列得正焉，进退得齐焉。"可知《大武》乐章舞容、舞步之整肃有节、声势壮大。

---

① 孔颖达：《礼记正义》，北京大学出版社，1999年，第1113—1114页。
② 孙希旦：《礼记集解》，中华书局，1989年，第1024页。
③ 到孔子时，"《武》坐，致右宪左"（意为右膝抵地，左膝仰起），则是行武杀伐之象，是故孔子说"非《武》坐也"（参孙希旦《礼记集解》，中华书局，1989年，第1022、1024页）。
④ 孔颖达：《礼记正义》，北京大学出版社，1999年，第1134页。

由上可知，国子主要作为群体形象在《大武》乐章中饰演众将士。这是由《大武》乐章的主题决定的，年轻的国子们通过舞蹈的演习得以了解国史、敦肃德行、知习礼仪。正如杜佑《通典》所言："昔唐虞讫三代，舞用国子，欲其早习于道也。"①

至于《大武》乐章中的歌诗演唱，是否也有国子参与呢？进而论之，国子所受诗教、乐教是否也有以备礼乐歌唱的目的？他们有没有参与到《诗经》其他诗篇的歌唱？笔者认为，国子并不参与礼乐歌唱之事。

先就《大武》乐章中的歌唱来说。从《大武》乐章歌诗自身所反映的情况来看，第三成《赉》当是周王以武王的口吻来歌唱，"我应受之""我徂维求定"中第一人称"我"的视角可证。至于《武》《桓》二诗，"於皇武王""允文文王""嗣武受之"与"桓桓武王"，均以第三人称指称武王、文王，可知不是周王"赋形"歌唱。结合相关文献，笔者认为，国子并未参与《武》《桓》的歌唱，二诗当由瞽矇乐工司唱。其证据见于《礼记·乐记》"极幽而不隐"，孔疏："谓歌者坐歌不动，是极幽静而声发起，是'不隐'也。"②可知，此歌者并不随着舞队的行进而歌，而是坐歌不动，这自然是因为瞽矇目盲行动不便之故。这也进一步印证了前文所驳"诗乐舞合一"说，歌、舞在参与主体、空间位置上都有显著的分化。

再就国子所受诗教、乐教来看，如上所论，乐仪、乐舞之教，没有歌诗相关的内容；乐德、乐语之教，也主要是以《诗》为道德、辞令教育的载体，即偏重、撷取的是《诗》中的德义精华，而非诗乐歌唱等技艺之事。《礼记·文王世子》"春诵夏弦"，孔疏："谓口诵歌乐之篇章，不以琴瑟歌也。"③《内则》："十有三年，学乐诵《诗》。"亦言"诵《诗》"，其"学乐"应是"夏弦"、乐仪之类的学习。总之，国子学

---

① 杜佑：《通典》，中华书局，1988年，第3718页。
② 孔颖达：《礼记正义》，北京大学出版社，1999年，第1114页。
③ 孔颖达：《礼记正义》，北京大学出版社，1999年，第627页。

《诗》，主于口诵、习义，并不务于声诗歌唱。这从根本上是由周贵族在行政执礼中对《诗》的实际运用需求决定的。《国语》《左传》中所载周贵族引诗、说诗、赋诗，都属于乐语之用，赋诗虽带有一定腔调，但也是偏于咏诵，而非正统的合乐而歌。如《周礼·春官叙官》郑注所言："凡乐之歌，必使瞽矇为焉。"① 这既是瞽矇擅长之事，也是周代诗乐体制发展到一定程度的必然要求。是故，国子学习诗乐、参与礼乐，自然就有所偏重，而不与专职瞽矇类乐官相争胜，摄其官事。

不过，一些特殊的礼乐歌唱，瞽矇因目盲无法观顾仪节的进程，则可能由国子歌唱。如《周礼·乐师》"及彻，帅学士而歌彻，令相"，贾疏："歌彻之时，歌舞俱有，谓帅学士使之舞，歌者自是瞽人歌《雍》诗也，彻者主宰君妇耳。"② 贾公彦以为瞽人与国子歌、舞分工明确，而孙诒让《周礼正义》则谓："曾钊云：'学士非专为舞而不歌，下《大胥职》云"秋颁学合声"，声即歌也。其合之者，正预习之以待祭祀耳。'案，曾谓学士不专为舞是也。窃谓歌诗虽是瞽矇专职，当彻之时，盖小师帅瞽矇，乐师帅学士咸相和而歌，二官为联事也。"③ 不同于"正歌"由瞽矇在堂上坐唱，"歌彻"需顾及彻事，故可能有国子的辅助。又，《礼记·投壶》："乐人及使者、童子皆属主党。"郑注："乐人，国子能为乐者。"孔疏："云'乐人，国子能为乐'者，以国子习乐，故云'国子能为乐者'。欲明此乐人非瞽矇、视瞭之徒，以其能与主人之党而观礼，故知非作乐瞽人也。"④ 孙希旦《集解》："乐人，奏乐之人，谓若击鼓、击磬者。而弦歌之人，自大师以外，或不用瞽矇，即以私臣、公有司及弟子之习于乐者为之，亦谓之乐人也。"⑤ 也提到了此乐人需观礼，故知非瞽人所能胜任。

---

① 贾公彦：《周礼注疏》，北京大学出版社，1999年，第440页。
② 贾公彦：《周礼注疏》，北京大学出版社，1999年，第600页。
③ 孙诒让：《周礼正义》，中华书局，1987年，第1809页。
④ 孔颖达：《礼记正义》，北京大学出版社，1999年，第1576页。
⑤ 孙希旦：《礼记集解》，中华书局，1989年，第1397页。

不过，可以确定的是，上述国子参与歌唱，并非常事①，而且尤其关键的是，二者都属于诗乐流传后的情形，并没有反映在诗乐创作上，即在诗创制之初即以国子为歌者，以国子为口吻视角量身定做。因此，依本书绪论所言，国子歌唱之事并不在本书研究范畴之内。回到"正在进行时"的《周颂》创制与歌唱，我们在歌演主体这一向度上看到了一个重大转型，即瞽矇乐工成为周代诗乐歌唱的主体。

三、瞽矇乐工

据文献所载，周初的乐官有一部分来自殷商，《史记·殷本纪》："殷之大师、少师乃持其祭乐器奔周。"《周本纪》："太师疵、少师彊抱其乐器而奔周。"这体现了商周乐官制度的承继关系，乐官所具有的宗教性职能也在周代得以延续②。文献中常有"瞽史""巫瞽"并称的情况。如《国语·周语》："吾非瞽史，焉知天道。"韦昭注："瞽史，大师，掌知音乐风气，执同律以听军政，而诏吉凶。史，大史，掌抱天时，与大师同车，皆知天道也。"③《礼记·礼运》："王前巫而后史，卜筮瞽侑，皆在左右。"这都说明瞽工与巫史具有共同的文化渊源，瞽工通过乐声沟通人神，其所唱的祭献之辞就包含对祖先德行功绩的赞颂。不过，因为《周颂》中祭典、朝典的礼辞歌唱还未详细敷述祖先功德，而且，其诗辞化自相应典礼的诵辞，具有特殊的政教意义，多由王公现身歌唱，所以瞽矇乐工在颂诗礼辞歌唱中参与并不多。

瞽矇乐工参与《周颂》歌唱，主要是在周初较晚时期描绘典礼场

---

① 按，《周礼·大师》："大射，帅瞽而歌射节。"可知瞽人也能合于射节而歌。投壶与射相类，投壶礼中由国子歌唱，并非常事，当是出于投壶礼仪简省的考虑。

② 据周原出土《史墙盘》《痶钟》《痶簋》等微史家族青铜器，裘锡圭认为微氏在西周时专司容礼，且其威仪有五十种之多。江林昌认为微史家族在商朝担任巫史职务，从事朝廷祭祀乐舞工作，在音乐机关"商容之间"掌管"商颂"的整理承传业务。在商亡后，该家族如同太师、少师一样"持祭乐器"奔周，周王朝仍任命其为巫史瞽师之官（参裘锡圭《史墙盘铭解释》，《文物》1978年第3期；江林昌《中国上古文明考论》，上海教育出版社，2005年，第454、455页）。

③ 徐元诰：《国语集解》，中华书局，2002年，第83页。

面的颂诗上。这一具有选择性的参与背后,实际上与周代礼乐建设、诗乐歌唱的发展大势密切相关。如我们所知,这些瞽矇乐工大多有着殷商文化背景,这对他们入周以后参加礼乐活动难免有所影响。我们看《周颂·有瞽》:

> 有瞽有瞽,在周之庭。设业设虡,崇牙树羽。应田县鼓,鞉磬柷圉。既备乃奏,箫管备举。喤喤厥声,肃雍和鸣,先祖是听。我客戾止,永观厥成。

首句"有瞽有瞽,在周之庭",特提"在周之庭",说明瞽矇乐工本非周人旧有政典系统的人员,《韩诗外传》就说:"《诗》曰:'有瞽有瞽,在周之庭',纣之余民也。"诗中所陈崇牙、鞉乐器,亦是殷商的音乐旧制①。末句"我客戾止"指的是宋国的殷商遗民来到周廷,《振鹭》《有客》二诗也称殷遗为"客"。因此,"永观厥成"一句就有向殷遗展示周代礼乐建设成就的意味了,诗中详述各种乐器之陈设、演奏,描摹其形,赞叹其声,矜喜自豪之情溢于言表。正如范处义《诗补传》所言:"乐作之始,而我客适戾至,遂得观我周乐之成。盖诗人以我客观乐为周之盛也。"②周人的这一心理和动机,在《大雅·文王有声》中也有体现,首章"遹观厥成",说的就是"包括异姓在内的各国诸侯,来西周的都城参加祭祀并且观礼"③。而据学者研究,《有瞽》《有客》《文王有声》都是西周中期之作,这一时期正是周宋关系改善、走向文化融合的重要时期④。为了更好地展示周人在各方面所

---

① 《礼记·郊特牲》云"殷楹鼓""殷之崇牙",楹鼓即鞉鼓,《商颂·那》"置我鞉鼓""鞉鼓渊渊",正合商代乐制。崇牙,殷之簨簴名,孔疏:"谓于簨上刻画木为崇牙之形以挂钟磬。"
② 范处义:《诗补传》,《景印文渊阁四库全书》第 72 册,台湾商务印书馆,1986 年,第 388 页。
③ 李山:《诗经析读》,中华书局,2018 年,第 666 页。
④ 参李山《诗经析读》,中华书局,2018 年,第 797—798 页。

取得的成就，颂诗中兴起对典礼仪式内容、场面、威仪等的描述。如《雍》"有来雍雍，至止肃肃，相维辟公，天子穆穆"，《载见》"载见辟王，曰求厥章，龙旂阳阳，和铃央央，鞗革有鸧，休有烈光"，都有向包括二王之后宋、杞在内的四方诸侯展示周代礼乐盛况的意味。《载见·郑笺》："'曰厥章求'者，求车服礼仪之文章制度也。"这些典礼中聚集着周王朝与其他政治文化背景的不同人群，交织着"观成"与"展显"两种仪式功能和目的。一方面，四方诸侯来周朝觐时怀有"观成""观礼"的目的[①]；另一方面，王朝也有意借此展示礼乐建设的成就，以此强化宗周在文化上的权威地位。了解了这种心理机制，也就不难理解为什么歌诗热衷于赋写仪式场面、礼物、威仪等内容了。而这种赋物歌唱，瞽矇乐工显然是最佳的歌者人选。他们自身兼具多重文化背景，可以秉着更开放的姿态，在王朝与方国之间更好地实现多元政治文化的互动和交融。因此，诗中既有对仪式内容的赋写，也有抽离出当下仪式活动的更灵活的观照，既有基于王朝立场对礼乐政教意义的宣扬，也有站在诸侯、宾客视角对礼乐的观摩和效仿，更有基于乐官第三方视角的从旁观察和评论。总之，瞽矇乐工这种介于主宾之间、出入于仪式内外的姿态，使得"赋唱"可以最大程度地实现"观成"与"展显"的双重功能。

以上从文化渊源上论述了瞽矇乐工在赋写典礼场面的颂诗中参与歌唱的便利，实际上这已透出，瞽矇乐工在颂诗歌唱中参与比重的增加，本质上是周代歌诗内容、功能、体式自身发展演进的要求。礼辞歌唱因多与祭祀、朝典等富有政教性的活动相关，只能由王公大臣亲自歌唱。"舞诗"富有角色身份和舞蹈身段，多由王公、国子歌舞饰演，瞽矇乐工因生理缺陷也难以参与。而如上文所述，出于对歌诗主体性的追求，颂诗开始超越礼辞歌唱，同时，在"歌以发德"观念的影响下"舞诗"也被扬弃，这都促成了周初偏晚时期、以赋唱仪式场

---

① 参姚小鸥《诗经三颂与先秦礼乐文化的演变》，商务印书馆，2019年，第210页。

面为主要内容的颂诗的流行，颂诗的人间化、世俗化更加突显，而宗教性则不断减弱，这为瞽矇乐工的广泛参与提供了契机。马银琴分析说："在继续向上天祈祷福寿的同时，周人原本发自内心的对天命的信崇与依赖随着其行为的典礼化、程序化而逐渐减弱。与此同时，通过这种程序化的典礼行为表现出来的现实社会的尊卑秩序，亦即'礼'，却逐渐成为祭祀活动中人们关注的中心。"[①] 祭祀颂歌的唱祷也因此由周王亲自唱颂，转为"由周王与其他的'诗人'（'尸''祝'）共同完成（如《雍》），或由'诗人'独自完成（如《执竞》《载见》）"[②]。其所谓"诗人"，在本书的论述中即瞽矇乐工。因此可以说，瞽矇乐工在颂诗中参与比重的增加，既是歌诗主体性不断突显时，歌诗在内容、体式与音乐上寻求突破的结果，也是周代礼乐生活不断人间化、程式化对诗乐歌唱提出的要求。这一发展趋势在西周中期愈发显著，遂而催生出雅诗的兴起，瞽矇乐工也成为之后诗乐歌唱的主体。

---

① 马银琴：《两周诗史》，社会科学文献出版社，2006年，第168页。
② 马银琴：《两周诗史》，社会科学文献出版社，2006年，第167页。

第三章
"诗世之教":《大雅》的历史述赞与讲史说唱

上章所论,已见出《周颂》内部诗篇在主题内容、创制方式、歌唱方式上的差异,尤其是以瞽矇乐工为歌唱主体、描述典礼场面的颂诗,已经预示了西周中期雅诗歌唱的诸多新变。而传统《诗经》研究将"正雅"之作与《周颂》一道,都视作周初"制礼作乐"的成果,这是失之平面化的,实际上,雅诗的内容、体式、精神主旨与颂诗有着显著差异。从颂诗向雅诗的诗体演进,不仅是周代歌诗自身拓新、演进的结果,更是西周中期政治文化、礼乐活动臻至繁盛对仪式歌唱提出的新要求,这一认识正得到周代历史与礼制研究、《诗经》断代研究的有力支持。考察雅诗兴起的原因、雅诗主题趣尚与功能的转型、创制方式与乐用形态的新变,对认识周代诗乐发展的内外动因与礼乐精神的形成都有重要的意义。

第一节 西周中期礼乐大备背景下雅诗的兴起

西周中期穆王、恭王时期是周代政治、军事、文化的繁荣时代,并且逐渐形成了具有周人特色的礼乐制度,与之相一致,诗乐体制、内容、功能也发生了从颂诗到雅诗的嬗变。雅诗在西周中期兴起并迎来歌唱高潮,在深度和广度上更充分地展现了周人礼乐生活与德性精神的形态面貌。下面我们将从西周中期政治、文化、礼制的诸多变化,来讨论雅诗的兴起及其所代表的周代礼乐歌唱的新风尚。

一、民族认同与历史意识的高涨:从"雅"的字义说起

历代关于雅诗的理解,有"王政"说、"乐器"说、"纪事"说、"声乐"说等,然诸说皆未能概括雅诗全貌及本质属性,前面绪论中已言之。要了解雅诗的兴起及其所呈现的新风尚,还得从"雅"的独特文化属性说起,即雅诗代表了周人自身历史文化认同的增强。而这一认同,是通过对其自身历史的追认而实现的,其起点是重彰周、夏同源的历史关联,其结点则是归于追溯民族起源和追赞祖先功迹。这是在西周中期时代大背景下,雅诗兴起的文化心理原因。

我们首先需要解答的是,"雅"之为"雅"的得名缘由。实际上,早期文献中"雅"多称为"夏"。《墨子》称大小《雅》为"大夏""小夏",《墨子·天志下》云:"于先王之书《大夏》之道之然:'帝谓文王,予怀明德,毋大声以色,毋长夏以革,不识不知,顺帝之则。'"①所引诗出自《大雅·皇矣》。《孔子诗论》第二简:"《大夏》,盛德也,多言。"②其备用残简亦云:"《小夏》,亦德之少者也。"③可见,春秋战国时期,古书犹以"夏"称"雅"。"雅""夏"为同音假借字,文献中屡见互通的例子。王引之在《读书杂志·荀子》"君子安雅"条云:

> "譬之越人安越,楚人安楚,君子安雅",引之曰:"雅"读为"夏","夏"谓中国也,故与"楚""越"对文。《儒效篇》"居楚而楚,居越而越,居夏而夏"是其证。古者"夏""雅"二字互通。故《左传》"齐大夫子雅",《韩子·外储说右篇》作

---

① 孙诒让:《墨子閒诂》,中华书局,2001年,第218页。
② 马承源主编:《上海博物馆藏战国楚竹书(一)》,上海古籍出版社,2001年,第127页。
③ 刘信芳:《孔子诗论述学》,安徽大学出版社,2003年,第12页。

"子夏"。①

梁启超《释"四诗"名义》补充认为:"风雅之'雅',其本字当作'夏'无疑。《说文》:'夏,中国之人也。'雅音即夏音,犹言中原正声云尔。"②朱东润、孙作云也举了多条材料证明"夏""雅"可互通,雅诗即"夏诗",并认定雅诗为西周时期陕西镐京王畿一带的诗③。而需要进一步追问的是:为什么要以"夏"来命名周人的这一部分诗?笔者认为,这并不是简单地以地理及流行于一地的音乐风貌来命名,其背后更反映出周人对周、夏两族历史文化渊源的认同。

考古材料证明,夏人曾在晋东南一带活动,而钱穆等史家的研究表明,周人的发祥地就在这里。钱穆在《周初地理考》中考证说:《诗经·公刘》篇"于京斯依""于豳斯馆"及《史记》中庆节"国于豳"中的"京"和"豳",都在汉代的临汾一带。"豳""邠"古近字,皆得名于汾水。《括地志》云闻东有周阳古城,闻喜北有稷山,《汾水注》云稷山上有稷祠,山下有稷亭,当与后稷有关。《汾水注》曰汾水又西与古水合,古公亶父以此水域为封地而得名。《孟子·梁惠王下》载太王"去邠,逾梁山,邑于岐山之下居焉",梁山即汾水西边的吕梁山。通过对历史地理沿革的考证,钱氏认为周族源于汾水东南,至公刘后北迁居古水流域,至古公亶父时期才又迁至岐山④。邹衡也认为先周文化最初源于山西的光社文化⑤。夏含夷从卜辞中考证出周与羌、

---

① 王念孙:《读书杂志》,上海古籍出版社,2015年,第1671页。
② 梁启超:《释"四诗"名义》,《中国之美文及其历史》,《饮冰室合集》第10册,中华书局,1989年,第96页。
③ 参朱东润《诗大小雅臆说》,《诗三百篇探故》,上海古籍出版社,1981年,第65—67页;孙作云《说雅》,《诗经与周代社会研究》,中华书局,1966年,第336—340页。孙作云在文中还引《左传·襄公二十九年》,季札闻歌《秦风》,曰:"此之谓夏声。"周东迁后,秦人居周故地,此处"夏声"透露了大、小夏(雅)流行的地域范围。
④ 参钱穆《周初地理考》,《古史地理论丛》,生活·读书·新知三联书店,2004年。
⑤ 参邹衡《论先周文化》,《夏商周考古学论文集》,科学出版社,1980年。

亘、吾方、古、戉、沚等地名相关，其所处地域亦相近，而羌、亘等地大多位于山西省黄河和汾水之间，即所谓河东地区①。除了地缘相近外，考古出土也证明周、夏文化的近亲关系。王克林通过分析山西汾水下游的晚期龙山文化、今夏县的东下冯文化至西周各阶段的陶器的类型特征和渊源关系，证明周族在文化上曾受到夏文明的影响②。方述鑫认为周民族之源头为夏，其在甲骨文和早期文献中被称为土方，而其最初的居住地点为唐杜，即唐土，此地名在甲骨文中屡见，为今山西之地③。

可见，周人祖先曾在山西一带活动，并与夏民族有着密切的接触往来，周、夏两个民族实有历史地理、文化谱系上的渊源。文献材料也显示了周人对周、夏文化同源关系的认同。据《逸周书·世俘解》记载，武王克商后向祖先献祭时奏《崇禹生开》，刘师培说："'崇禹'即夏禹，犹鲧称崇伯也。开即夏启。《崇禹生开》当亦夏代乐舞，故实即禹娶涂山女生启事也。"④在周家的祭祖典礼上演奏关于夏代帝王诞生的乐舞，周、夏两族的渊源不言自明。《尚书·周书》《逸周书》中周人以"夏"来统称广大华夏之地上的诸侯各国，如《尚书·康诰》："用肇造我区夏，越我一二邦以修。"《君奭》："惟文王尚克修和我有夏。"《逸周书·度邑解》："自洛汭延于伊汭，居阳无固，其有夏之居。""区夏"，即"夏域"；"有夏"，指中国华夏区域及其诸侯各国，于此可见出周人文化观念中对"夏"的认同。周人还直接以"夏"自称，从而证明自己拥有受命于天的正统地位。如《尚书·立政》："帝钦罚之，乃伻我有夏，式商受命，奄甸万姓。"是说上帝使

---

① 参夏含夷《早期商周关系及其对武丁以后殷商王室势力范围的意义》，《古史异观》，上海古籍出版社，2005年，第4—9页。
② 参王克林《略论夏文化的源流及其有关问题》，《夏史论丛》，齐鲁书社，1985年，第79、80页。
③ 参方述鑫《姬周族出于土方考》，陕西历史博物馆编：《西周史论文集》，陕西人民教育出版社，1993年，第345—349页。
④ 刘师培：《周书补正》，《刘申叔遗书》，江苏古籍出版社，1997年，第744页。

我有周代商受命。在《诗经》中也两次提到"时夏",《时迈》"我求懿德,肆于时夏",《思文》"无此疆尔界,陈常于时夏",朱熹《诗集传》:"夏,中国也。"① 是周人以"夏"称其治域。《大雅·皇矣》"不长夏以革",也是以"夏"代指周域②。《诗经》中周人又自称"时周",如《周颂·赍》"时周之命",《般》"於皇时周""时周之命","时"皆为冠词,有学者认为,"时夏"与"时周"同义,都是周人自称③。

  以上都见出周人对夏在政治、文化上的自觉追认,这在周初实有确立自身政统的用意。西周初立,周人从西陲蕞尔小邦,一举灭商,成为天下共主。如《周书》各诰书所显示,周人戒惧恭敬,具有强烈的忧患意识。为了巩固政权,周人在思想观念上努力为自身政权的合法性寻求天道与历史文化的支持:一方面是重建天道观,崇信"天命靡常,惟德是辅",这为解释殷商覆灭找到了天道的支持,也对周人执政提出了新的道德要求;另一方面则是追认周、夏的渊源关系,上文所引文献中"有夏""区夏""时夏"等,无不是这种心理寄意的体现,其具体实践则是营建东都雒邑。周武王就曾经想"营雒邑于天下之中",并到中岳嵩山祭天,四望度邑。林沄认为《天亡簋》记载的就是这一次武王到嵩山祭天、度邑的仪式。其铭曰:"乙亥,王又大豊(禮),王凡四方④,王祀于天室。""天室"即嵩山太室山。"凡四方",释"凡"为磬,"凡四方"即"望四方",即《度邑解》之"四望"⑤。《何尊》也说"隹武王既克大邑商,则廷告于天",且第一次出现"中国"二字。可见武王选择在"天下之中""有夏之居"的中岳嵩山

---

① 朱熹:《诗集传》,中华书局,2017年,第342页。
② 参孙作云《说雅》,《诗经与周代社会研究》,中华书局,1966年,第338页。
③ 参朱东润《诗大小雅说臆》,《诗三百篇探故》,上海古籍出版社,1981年,第66页;孙作云《说雅》,《诗经与周代社会研究》,中华书局,1966年,第338页。
④ 林沄认为:"'四方'的'四'字,只铸出三横画而其下适有一画的空隙处,徐同柏、于省吾均认为是积画的'四'字而缺了一画,所言甚是。"(林沄:《天亡簋"王祀于天室"新解》,《林沄学术文集》,中国大百科全书出版社,1998年,第171页)
⑤ 参林沄《天亡簋"王祀于天室"新解》,《林沄学术文集》,中国大百科全书出版社,1998年,第171页。

祭天,有着深刻的政治寄托。在这里向天下诸侯宣示:我们周人在夏的故地、天下的中心建立政权,是得到天命认可的,远承的是夏代的政统。因此,周人政权就占有了天命、道德、历史的合法性,周代政治、经济、军事、文化、礼制等一系列政策也在这一理念下有效地推行于全国。如刘雨《西周金文中的"周礼"》所说:"在西周时,王室的主要政治活动仍以丰京、镐京和荟京等周原老家一带地点为核心来进行,只是遇有重大政令、任命和重要会见需向全国颁布时,才派特使去'天下之中'的成周发布。"① 这些政治举措和仪式行为,都是基于华夏认同以建构"天下"观念,从而强化周人统治的一种表现,而体现在诗乐上,则是"雅诗"这一具有特殊文化命意和主题内容的诗体的兴起。

如上所述,雅诗之被称作"夏诗",实有其历史地理、文化谱系上的渊源,而我们将雅诗兴起与周人对夏族的认同相关联,与其说是基于历史地理、考古出土等史实层面的渊远联系,毋宁说这更是周人自身族群归属、文化认同、历史建构等观念活动在诗乐上的反映。那么,周、夏同源对周代歌诗的影响,何以单单体现在雅诗这一诗体上呢?何以到西周中期又再一次成为周人时代精神建构所汲取的渊远传统呢?这与西周中期周人政治文化和礼乐建设的新格局有关。

到西周中期,周国建国百年,国力大盛,在政治、军事上也展示出大国的雄心壮志,并且建立了具有自身特色的礼乐制度,周人的精神格局也走出周初的局促戒慎,显得更为宏阔而自信。因此,如果说周初对夏的认同是出于倚重、攀附的心理,到西周中期则更具自主意识。如追溯周人的始祖后稷,与大禹一道在虞廷贡职,一个随山刊木、治水平土,一个开荒种地、粒食天下,从而营造周人与华夏伟大传统的关联②。《尚书·皋陶谟》记载了禹的一段话:"洪水滔天,浩浩怀山襄陵,下民昏垫。予乘四载,随山刊木,暨益奏庶鲜食。予决九

---

① 刘雨:《西周金文中的"周礼"》,《金文论集》,紫禁城出版社,2008年,第134页。
② 参李山《〈诗经〉的创制历程》,中华书局,2022年,第258—264页。

川,距四海,浚畎浍距川。暨稷播,奏庶艰食鲜食。懋迁有无化居。烝民乃粒,万邦作乂。"在这个历史节点上,夏、周两民族共襄盛举,抚定天下。如果说周初对夏的认同尚是模糊的,那么这时周、夏同源的观念有了更具体的历史依据,从而变得更为明朗、饱满,周人的主体精神也变得更为深广、厚重。如《大雅·文王有声》"丰水东注,维禹之绩",将周王在丰水上修建辟雍与历史上大禹治水相联系,紧接着就是对周王的赞颂:"四方攸同,皇王维辟,皇王烝哉。"周人昂扬的精神气概于此可见。西周中期铜器《燹公盨》也印证了周人这一精神状态。铭文共九十八字,叙述了大禹治水、建立夏国、相地而征、为政以德等内容。器主"燹公",裘锡圭、刘雨、张永山、冯时、陈英杰等释作"豳公",豳在陕西扶风栒邑西南,乃先周故地。《大雅·公刘》"度其夕阳,豳居允荒""笃公刘,于豳斯馆",公刘始迁居于豳,豳是周人发祥之地,所以,《豳公盨》之豳公极有可能是周王族的某位公卿贵戚。姬姓的豳公在铜器铭文中祖述禹迹,表明周人对周、夏同源关系的认同程度。此外,《尚书·皋陶谟》《禹贡》"随山刊木"、《吕刑》"禹平水土,主名山川",与《豳公盨》一样都是关于大禹治水的记载。而且,《豳公盨》在用词上也与传世的周代文献十分相近,《豳公盨》说"敷土",而《尚书·禹贡》说"禹敷土",《商颂·长发》也说"禹敷下土方";《豳公盨》有"随山浚川",更与《禹贡·序》的用词完全相同。而据李山考证,《禹贡》《益稷》《吕刑》与《长发》皆为西周中期的作品①。可见,西周中期的历史文献对周、夏渊源关系有过更深入的建构,较之周初,这里面周人的主体精神也更加得到彰扬。

周人将眼光投向历史,把过去与现实连在一个序列上,从而与夏族建立了更深的历史联系,并从深远的传统中汲取时代所需的精神支

---

① 参李山《〈尚书〉"商周书"的编纂年代》,《西北师范大学学报(社会科学版)》2011年第6期;李山《〈商颂〉作于"宗周中叶"说》,《北京师范大学学报(社会科学版)》2003年第4期。

持。作为广大民众所共居的区域,"夏"及"中国""天下"等观念发挥文化辐辏的作用,促使不同族群走向融合①,形成共同的情感价值的认同,周人的政治礼制、精神意识也由此打开新的格局。李零在《论燹公盨发现的意义》一文中认为:"'夏'不仅是一种地域狭小、为时短暂的国族之名,而且还成为后继类似地域集团在文化上加以认同的典范,同时代表着典雅和正统('雅'可训'正'),与代表'野蛮'的'夷'这个概念形成对照,为古代'文明'的代名词。"②《商颂·长发》中歌颂"洪水芒芒,禹敷下土方",正说明"夏"的文化意义已得到包括商人在内的全体民众的崇奉。在面临大洪水的生存挑战时,禹、契、弃率领各自的族群,表现出同心同德的精神,周人正是在这一历史节点上,重新追溯,巧妙地利用"华夏""天下""禹迹"等观念,将不同族群抟聚为一个整体,从而在"有夏之区"上构建起一套新的政治权力秩序与文化价值体系。

  这种从历史中获得当代启示的努力,成为西周中期普遍的思潮。因此,反映在观念活动上,西周中期兴起了修撰史书的风气,一些夏商时期的传说、西周早期的诰辞都在这一时期重新得到修撰③。再如,西周中期开始频繁举行册命礼仪,在册命辞中不忘追溯祖先的德行、官职,可见家族和祖先的历史对现世荣禄的重要意义。其中,最为典型的要数恭王时器《史墙盘》,铭文详细叙述了王室和微史家族世系,赞美了历代周王和微史祖先的功德。这与周王朝追溯先公先王历史功德的寄意是一致的。也正是在高涨的历史意识下,雅诗这一新的诗体应运而生,述赞祖先功德也成为雅诗兴起最先歌唱的内容。如《大雅·生民》《公刘》《绵》《皇矣》《文王》《大明》等诗,赞颂了后稷

---

① 傅斯年举例说,西周中季的《大雅》诗"全不是《周颂》中遵养时晦(即兼弱取昧义)的话,乃和平的与诸夏共生趣了。又周母来自殷商,殷士祼祭于周,俱引以为荣,则与殷之敌意已全不见"(傅斯年:《中国古代文学史讲义》,《傅斯年文集》第2卷,中华书局,2017年,第87页)。
② 李零:《论燹公盨发现的意义》,《中国历史文物》2002年第6期。
③ 参李山《西周礼乐文明的精神建构》,河北教育出版社,2014年,第424—440页。

播百谷、公刘迁豳、太王迁岐、文王受命、武王伐商等周家发展史上具有里程碑意义的大事。这些诗篇帙宏大，体式雍容，祖先被还原为历史中平实而富有生命力的创业英雄，祖先的美政懿德为周家后世子孙所树立的典范，是具有现实感召力的。如果说，《周颂》之"美盛德之形容"，除了假借舞容的再现，更多尚是对盛德的概念化呈现和祝祭式的叹美，如"维天之命，於穆不已。於乎不显，文王之德之纯"，"维清缉熙，文王之典"，"昊天有成命，二后受之。成王不敢康，夙夜基命宥密"，等等，那么雅诗则以述赞先公先王之光辉功德为主要内容，诗中祖先的形象更加丰满，更富有历史的人文性，周家子孙在对祖先的历史追怀中也更能获得具体可感的精神指引。在这样的思想观念下，述赞祖先成为雅诗最初的内容，形成了有别于颂诗的独特品性，而追根溯源，这些新变都首先源于西周中期历史观念的强化，"雅（夏）"作为这一思潮的开端，也很自然地被用以命名"雅"这一新兴诗体。

二、西周中期的"制礼作乐"与雅诗的兴起

周代诗体从颂到雅的演进，与宗周礼乐制度建设的进程相一致，二者都在西周中期迎来了变革的契机。传统的研究过于崇信周初周公"制礼作乐"，而随着金文等新材料的出土和研究的深入，有关殷周之际礼制变革的程度、周代礼乐制度大体完备的时间等问题也得到重新的讨论。

《左传·文公十八年》季文子说"先君周公制周礼"，《史记·周本纪》也说周公"兴正礼乐，度制于是改"，《逸周书·明堂解》《尚书大传》《礼记·明堂位》等文献也有周公"制礼作乐"的记载。礼书中记述的商、周礼制的各种差异，传统学者也多将其归为周公损益殷礼的成果。近代以来，对商、周之际变革的认识进一步加深，其中最有名的论断是王国维《殷周制度论》，在文中他开宗明义地提出："中国政治与文化之变革，莫剧于殷周之际。"具体体现在：立子立嫡之制及

由此而生的宗法及丧服之制度、封建子弟之制、君天子臣诸侯之制、庙数之制、同姓不婚之制①。郭沫若也从社会制度和思想文化方面指出商、周之际的社会革命②。邹衡则从考古文物的角度进行比较，认为"先周文化与晚商文化是绝然不同的两种文化"③。许倬云也从世界文化比较研究的角度，指出殷周之际是个大变局的时代④。诚然，殷周鼎革之际，周人在政治制度、思想观念等方面都有一番大的改弦易辙。但正如《论语·为政》所言："周因于殷礼，所损益可知也。"周人起于蕞尔小邦，文化根基本较殷商薄弱，建国之初，诸事未定，也无暇投入礼乐建设，更何况从现实的统治需要来看，当务之急是妥善处理与广大殷遗的关系。对此，周人采取了较为和缓有序的文化过渡政策，任用殷遗，因袭殷礼，分封诸侯时也入乡随俗，充分照顾旧殷文化的差异，如《左传·定公四年》记载，周初分封诸侯时，命鲁、卫始封者伯禽、康叔"皆启以商政，疆以周索"。因此，周公"制礼作乐"的工作，可能仅是举其大纲，至于细微之事，固当有待后世增华。如邵懿辰《礼经通论》所言："礼本非一时一世而成，积久服习，渐次修整，而后臻于大备。旁皇周浃而曲得其次序，大体固周公为之也，其愈久而增多，则非尽周公为之也。"⑤金文、考古材料的出土也相继证明，周初的礼制变革在总体上并没有想象的那么剧烈。就以祭祖礼来说，陈梦家《古文字中之商周祭祀》说："周金文中之祭名，十九因于商。"⑥刘雨考察了西周金文中所见祭祖礼，发现"周初几乎全盘继承了殷人祭祖礼仪的名称"，西周金文的二十种祭祖礼中有十七种是殷、

---

① 参王国维《殷周制度论》，《观堂集林》，河北教育出版社，2001年，第288页。
② 参郭沫若《中国古代社会研究》，《郭沫若全集》历史编第1卷，人民出版社，1982年，第21页。
③ 参邹衡《论先周文化》，《夏商周考古学论文集》，科学出版社，2001年，第308页。
④ 参许倬云《中国文化与世界文化》，贵州人民出版社，1991年，第93—105页。
⑤ 邵懿辰：《礼经通论》，顾颉刚主编：《古籍考辨丛刊》第2集，社会科学文献出版社，2009年，第427页。
⑥ 陈梦家：《古文字中之商周祭祀》，《陈梦家学术论文集》，中华书局，2016年，第51页。

周同名的①。而随着周代政治、军事、文化等各方面国势的增强，周人自身文化建设的意识与力量也不断自觉，待到西周中期建国百年之际，终于迎来"周礼"粲然大备的成型时期。正如刘雨在另一篇文中所言：

> 观察西周金文，周初述及的礼制多沿袭殷礼，而周礼多数是在穆王前后方始完备。盖西周初年，四方不静，强大的殷遗势力和周围众多异族邦国始终没有停止和周人的武装对抗，为维护新生政权，周公即使有精力制礼作乐，也无暇将其付诸实施。只是到了穆王时代，四海承平，国力强盛，才可能将礼制建设提到日程上来。②

周礼至西周中期方始完善大备，有赖于金文等新材料的辅证研究，已成为当前学界的普遍共识。陈梦家较早从金文材料中注意到西周中期礼制变革，在《西周铜器断代》中列举了西周中期诸多礼制变化，如：西周中期始有完备的右者与史官代宣王命的制度；"作册"改为"内史"；赏赐方面，西周初年主要赏赐金、贝，西周中期起更多的是命服、武具和车具③。陈汉平在分析了八十多例册命金文后，认为："西周前期虽有册命制度，但其礼仪似尚未形成固定格式，至少在铸器铭文文例中尚未见有固定格式。而西周中期以后，册命礼仪渐形成一种固定格式，至少在铸器铭文文例中已见此种格式。如纪时纪地，礼仪位置，右者傧相，史官代宣王命等制度已经固定。"④日本学者白川静也认为，正是在昭穆时期，"以酒、食、射为中心的礼

---

① 刘雨：《西周金文中祭祖礼》，《金文论集》，紫禁城出版社，2008年，第45页。
② 刘雨：《西周金文中的"周礼"》，《金文论集》，紫禁城出版社，2008年，第147页。
③ 陈梦家：《西周铜器断代》，中华书局，2004年，第147页。
④ 陈汉平：《西周册命制度研究》，学林出版社，1986年，第25页。

仪，到这个时期才差不多有了完整的仪节"①；籍田典礼，也在昭穆时期焕然大备；这个时候，彝器纹饰还出现了"大凤纹"，以代替殷商流行的饕餮、虺龙纹②。郭宝钧也认为穆王以后铜器纹饰开始摆脱殷代习气，表现出周人自己的风格③，并指出穆王以后器类、器形上的新变，最典型的如酒器减少，爵、斝、觯、角皆绝迹，而食器增加，出现新器如簠、豆等，在器物组合上存在从早期"重酒的组合"向中期以后"重食的组合"的转变④。刘雨结合大量金文材料，爬梳出西周中期礼制变革的一些迹象，如相见礼，"在西周早期，王及贵族间交际的礼仪尚比较简朴。入中期后，礼仪逐渐繁复起来，交际中讲究贿赠贽币，其种类又视身份和性别有所不同"⑤。飨礼，西周早期还沿袭殷礼，用酒，西周中期后才形成有别于殷人的飨礼，用醴。刘雨认为："周人这种重威仪，轻饮食，以'用醴'为特征的大飨之礼，大约形成于穆王时，此前则尚沿用殷礼。"⑥同样，射礼作为一种复杂的礼仪制度，也"可能是在穆王时期完善起来的"⑦。另外，西周的职官制度也以西周中期为转折，张亚初、刘雨《西周金文官制研究》指出西周早期与中晚期官制在官职名称、机构设置、职掌权限等方面都有明显的不同，其分界线以穆王时期为界，西周中后期与《周礼》六官的职官

---

① 白川静：《金文的世界：殷周社会史》，温天河、蔡茂哲译，联经出版事业公司，1989年，第88页。
② 参白川静《金文的世界：殷周社会史》，温天河、蔡茂哲译，联经出版事业公司，1989年，第78—81页。
③ 郭宝钧《商周铜器群综合研究》："西周前期纹饰，仍以兽面纹、夔纹、龙纹、鸟纹、蝉纹、蛇纹等动物纹为主，每幅各有一个中点；几何形纹次之，亦多有一中点。到后期则动物纹退处陪衬地位，而以长带形波浪纹、连贯的重环纹、鱼鳞纹、垂鳞窃曲纹等代之，纹幅中不皆有中点，亦不用云雷底纹，表面勾勒纹的三叠，一改殷代的严肃神怪或富丽豪华，而为简净质朴、疏朗条畅的风格，显出周人自己的习尚。"郭先生认为穆王的末叶即是前后期的分界所在（郭宝钧：《商周铜器群综合研究》，文物出版社，1981年，第67页）。
④ 参郭宝钧《商周铜器群综合研究》，文物出版社，1981年，第62—67页。
⑤ 刘雨：《西周金文中的"周礼"》，《金文论集》，紫禁城出版社，2008年，第135页。
⑥ 刘雨：《西周金文中的"周礼"》，《金文论集》，紫禁城出版社，2008年，第137页。
⑦ 刘雨：《西周金文中的"周礼"》，《金文论集》，紫禁城出版社，2008年，第143页。

体制更相近①。

　　以上所述,真正意义上的"制礼作乐",经历了近百年的漫长历史过程,至昭穆时代才逐渐完成,周人特色的礼乐制度在西周中期才大体完备。与之相一致,作为礼乐活动重要内容的仪式乐歌,其内容、体式、主体、审美风尚等也有诸多新变,下面我们就结合西周中期整体的礼乐环境及歌诗自身的内在演进,来探讨雅诗的兴起与诸种变化。

　　其一,礼乐生活的勃兴对仪式歌唱有了更丰富的需求。这一点,我们可以从此期青铜乐钟的发展及铭文的相关信息得到证明。周代乐悬制度中乐钟主要有甬钟、镈和钮钟三种,其中镈出现年代较早,但主要流行于南方,至春秋战国时代才流行于中原地区,钮钟出现较晚,至春秋中晚期时才开始盛行,甬钟则是西周至春秋早期时乐悬编钟的主体,几乎与雅乐制度及《诗经》歌唱的兴盛相始终。曹玮、魏京武认为,"西周乐制是伴随着编钟制度的出现而形成的","正是编钟制度的形成,以编钟制度为中心的西周乐制才得以确立"。②编甬钟在音乐表现上的进步,也深刻影响了诗乐音乐效果和歌诗体式的发展。音乐考古发现,西周早期甬钟多为三件一组,编钟的音阶和音列还不规范,组合较为简单,而且尾音绵长,每钟只发一音,不能形成旋律,音域狭小,故早期甬钟的演奏效果是极为单调而绵长的。这种宏伟而清疏的钟声也许正符合早期颂诗舒缓的格调追求。而西周中期以后随着穆王时代礼制的成熟,编钟发展到八件三组的规模,编列组合扩大,音域得以拓展,发音更为稳定,清脆纯正,尾音缩短,更富有节奏感和旋律感③。与早期钟乐的舒缓肃穆不同,西周中期钟乐的世俗性和娱乐性大大增强,青铜乐钟的铭文也体现了这一点。如《邢叔采钟》"用喜乐文神人,用祈福录寿,每鲁。其子孙永日鼓乐

---

① 张亚初、刘雨:《西周金文官制研究》,中华书局,1986年,第141页。
② 曹玮、魏京武:《西周编钟的礼制意义》,《南方文物》1994年第2期。
③ 参李纯一《中国上古出土乐器综论》,文物出版社,1996年,第201页。

兹钟，其永宝用"，乐钟除了娱神降神之外，还可以作为子孙的燕乐日用。《虘钟》"用追孝于己伯，用享大宗，用乐好宾"，也是祭神与飨宾并用。《郑井叔钟》"奠（郑）井弔（叔）乍（作）灵钟，用妥（绥）宾"，乐钟已经完全在日常燕饮生活中用于宴乐娱宾。钟铭中常见"龢钟""协钟""灵钟""宝钟"等，表达和协、美好、珍贵之义，于此也可见周人在礼乐熏染下对平和安乐、雍容雅正等精神气质和审美风尚的追求。

歌诗的发展与之相一致。颂诗之较晚的作品如《敬之》《闵予小子》《载见》《臣工》《噫嘻》《载芟》《良耜》等诗中，就开始从宗教祭祀逐渐转移向对新王即位、诸侯朝觐、王公籍田等仪式生活的歌唱，但受颂诗体式的限制，其在表现仪式生活方面都还不够广阔、平实，不足以满足这个时代焕然大备的礼乐生活的表达需求。因此，歌诗从内容、体式、主题、风调上都需要另开新境，雅诗歌唱便由此应运而生。

其二，雅诗大大增强了对仪式生活歌唱的深广度，其诗体所表现出的语言文字功能的开拓，与西周中期青铜铭文等书写文本所体现出来的相关发展趋势相一致。我们知道，殷商青铜器铭文简单，青铜器表现的重点乃是那些具有强烈象征意味的纹饰，即使是表明氏族属性的族徽文字，其用意也不外乎此。而随着殷周鼎革，金文中添加了社会政治方面的新内容，如出现了作器者、祭祀者的名字，铭文记述作器的原因——归结于作器者的功耀及因此受到的赏赐。白川静认为这意味着彝器铭文"成为一种新秩序的表现"[①]。艾兰认为这象征着商、周间从"神话传统"向"历史系统"的转变[②]。至西周中期，铭文的文字表达功能更加强化，如《班簋》《㝬鼎》《史墙盘》《癲钟》《豳公盨》等铭文篇幅长，句式整饬，四字句开始流行，音韵和谐，显示了周人

---

① 白川静：《西周史略》，袁林译，三秦出版社，1992年，第92页。
② 参巫鸿《中国古代艺术与建筑中的"纪念碑性"》，李清泉、郑岩译，上海人民出版社，2009年，第75页。

在文章体式与语言修辞上的自觉努力①。巫鸿认为这是周人精神从神灵向世俗的转型,与青铜纹饰的"观看"功能的减弱相反,这象征着西周中期"文字的胜利"②。同时,铭文还出现程序化的特征,郭宝钧总结出其固定格式:"(1)纪时(完全的用年、月、月象、日辰等四事),(2)纪地(某宫、某庙),(3)傧见(某右、某书、某受策命),(4)命词(叙旧勋、加新职、勉以勿废朕命),(5)赏赐(秬鬯、玉帛、车马、兵戈、旗章、田邑、臣鬲等),(6)礼成(拜稽首受策命出),(7)报答(对扬休命),(8)纪念(作彝追享),(9)祝福永宝(本身万寿、子孙永宝)。"③其中最具程序化的要数嘏辞部分,常见的如"万年""眉寿""多福""永命""无疆""嚻嚻巆巆""严在上,翼在下""子子孙孙永宝用"等④,这种"套语化"的表达习惯,说明了典礼渐趋完备定型背景下社会共同的语言审美追求。

这一文字热情也延及礼乐歌唱,西周中期大雅诗篇在这一热情下蓬勃而起,大雅篇幅宏大,诗有分章,多用四言句式,整饬工稳⑤,用韵整密和谐,声调抑扬,已非早期简短无韵的颂诗所能比。雅诗对祖先历史功绩的述赞,对典礼仪式中人物、礼器、威仪等的"赋物"歌唱,都极大发挥了语言在叙述、描述方面的功能,给仪式在场者以听

---

① 参陈世辉《金文韵读续辑》,《古文字研究》第5辑,中华书局,1981年,第169—190页;陈邦怀《西周金文韵读辑遗》,《一得集》,齐鲁书社,1989年,第70—95页。
② 参巫鸿《中国古代艺术与建筑中的"纪念碑性"》,李清泉、郑岩译,上海人民出版社,2009年,第75、77页。
③ 郭宝钧:《商周铜器群综合研究》,文物出版社,1981年,第68、69页。
④ 参徐中舒《金文嘏辞释例》,《徐中舒历史论文选辑》,中华书局,1998年。
⑤ 陈致认为:"四言诗句的定型,以及入不入韵实际上与西周乐钟的使用,以及音乐的发展有很大关系。特别是西周礼乐中最重要的乐器编甬钟,在西周穆王时期以后才出现了《周礼》中所描述八件一组、与编磬和镈共同使用的范式。也是穆王时期以后,才真正使用乐钟正侧鼓双音成四声音阶的旋律效果。青铜器铭文特别是钟镈铭文上长篇韵文的出现恰恰是在这个时候。……在西周中期,伴随着音乐的使用和祭祀礼辞的发展,中国的四言体诗开始逐渐形成,并且格式化。"(参陈致《从〈周颂〉与金文中成语的运用来看古歌诗之用韵及四言诗体的形成》,陈致主编《跨学科视野下的诗经研究》,上海古籍出版社,2010年,第21页)

觉声乐的感动，也部分弥补了歌诗中舞蹈肢体、排场道具等视觉呈现减弱的不足。如叶舒宪所说："雅诗产生于颂诗之后，从篇幅和叙事成分的增加上都可看出表演性的剧诗唱词如何藉语言叙述功能的展开而向史诗的方向演进。……原来在仪式歌（ritual songs）中戏剧性地演示的故事现在用韵文来表达并且得到客观记录。"① 可以说雅诗诗体的兴起和流行，正是"歌以发德"观念下"文字的胜利"。

其三，仪式空间与仪式角色的新变。典礼仪式需要在一个特定的仪式空间中进行，一切与仪式相关的礼器、威仪、辞说、仪节都在这一场景情境中综合、立体地展现。仪式空间不仅整体地烘托了仪式的情境氛围，其富有象征意义的局部细节也影响仪式主题的表达与仪式效果的实现。是故，仪式空间的新变也必然会引起仪式歌唱内容、方式的诸多变化。

论及西周中期仪式空间的拓新，莫过于辟雍的修建。辟雍对周代仪典与诗乐的创制、展演与演进，有着举足轻重的影响，值得特别关注。甲骨卜辞中已有"雍"字，指沼泽或临水之地②，卜辞多有商王到"雍"田猎的记录，如："成申卜，王田雍，往来无灾，壬子卜，王田雍，往来无灾。"（《前》2·362）"辛亥卜，贞，王田雍，往来无灾，王占曰，吉。"（《甲》478）而作为礼乐建筑的辟雍的修建，则要晚到西周穆王时期③。金文文献对此有记录，麦方尊是仅有的刻有"辟雍"二字的西周铜器④，其铭文云：

---

① 叶舒宪：《诗经的文化阐释——中国诗歌的发生研究》，湖北人民出版社，1994年，第265、266页。
② 徐中舒《甲骨文字典》："雍，从隹从囗，或又从乀（水旁）。囗本作〇，即环形，或作㕣，即连环形。"（徐中舒：《甲骨文字典》，四川辞书出版社，2003年，第397页）
③ 白川静《西周史略》认为，辟雍之建，在西周昭穆之际。李山则考证认为辟雍乃是周家立国百年大祭周文王而造的礼乐建筑，具体时间在穆王时期（参李山《〈诗〉"辟雍"考》，《河北师范大学学报[哲学社会科学版]》2003年第4期）。
④ 关于麦方尊的年代，唐兰定为昭王时器（参唐兰《西周青铜器铭文分代史征》，上海古籍出版社，2016年，第255—259页）。

> 雩若翊（翌）日，才（在）璧雝（辟雍），王乘于舟，为大
> 豊（礼）。王射大龏（鸿），禽（擒）。侯乘于赤旂舟从。死（尸）
> 咸。之日，王以侯内（入）于寝。

铭文记载了周王在辟雍乘舟行大礼，射获大鸿雁，并将其荐纳于寝庙。辟雍环水，故金文中也称作"大池"①，如：

> 《遹簋》："隹六月既生霸，穆穆王才（在）葬京，乎（呼）
> 渔于大池。王卿（飨）酉（酒），遹御亡遣。"
> 《井鼎》："辛卯，王渔于䢼池，乎（呼）井从渔，攸，易
> （锡）鱼。"
> 《公姞鬲》："隹十又二月既生霸，子中渔䢼池，天君蔑公姞，
> 使赐公姞鱼三百。"

可知，周王与周贵族常在辟雍中进行渔射等活动。另外，金文材料也显示周家贵族子弟常在辟雍中习射，《静簋》铭文云：

> ……丁卯，王令静嗣（司）射学宫，小子眔服眔小臣眔尸
> （夷）仆学射。雩八月，初吉庚寅，王吕（以）吴㚔、吕刚（刚）卿
> （佮）㪔盩启、邦周射于天（大）池。静学（教）无罪（斁）。……

王任命静在学宫中教习射艺。杨树达说："学宫者，所谓天子之大学曰辟雍者是也。"亦即下文之"大池"②。可见，文献中关于辟雍为周代教育贵族子弟的大学的说法，并非虚言。《礼记·射义》中有"泽

---

① 郭沫若《两周金文辞大系图录考释·遹簋》："'大池'，亦见《静簋》，当即辟雍之灵沼，《麦尊》'王乘于舟为大豐'之处。"（郭沫若：《两周金文辞大系图录考释》，科学出版社，2002年，第55页）
② 杨树达：《积微居金文说》，中华书局，1997年，第168—169页。

宫"①，孙希旦以为即辟雍②。可知射艺是辟雍教育的基本内容之一。而上引金文也显示，辟雍中除了渔射，祭祀、朝政、燕飨等仪式活动也常相并行，辟雍礼仪已经十分丰富，且已高度礼乐化。李山总结说："辟雍的作用是多方面的：以其为'国子'们学习音乐、射御的场所言，是教育机构；以其为贵族们举行燕射、飨礼的场所言，是公益设施；以其为召集国老'定兵谋'的场所言，是议事机关；以其为接待朝拜诸侯、接受战争献俘的场所言，又是大政典礼的场地。辟雍属于整个贵族阶层，是保护文化、接续传统、显示国体的重大建筑。它的建造，是西周中期礼制变革的一部分。"③

辟雍在西周中期仪式生活中占有重要的地位，大大拓宽了周代典礼仪式的局面，也直接或间接地影响了周代歌诗的内容、体式及歌演形式。如白川静所说："洋洋颂声和雅声，大约是以辟雍礼仪为中心而兴盛起来的。这的确是一个礼乐兴盛的时代。"④具体来看，《周颂·振鹭》"振鹭于飞，于彼西雍"，已提到辟雍。但颂诗体制短小，表达力有限，雅诗以其更丰富的内容和饱满的热情，跟进了对辟雍系列礼仪的歌唱。《大雅·文王之声》歌唱了穆王修建辟雍之盛举；《灵台》描写了辟雍中的灵台、灵囿、灵沼，以及矇瞍于此奏乐的情景；《凫鹥》写宴享神尸，言及水与水鸟，也指明此"绎祭"是在辟雍中举行。《行苇》中所歌燕射、择宾、养老等礼，也与辟雍的仪式功能相符，也可能是在辟雍举行。同样，《小雅·菁菁者莪》中蒿类水草"莪"、水中高地"阿""沚""陵"，以及"泛泛杨舟，载沉载浮"，其环境也与辟雍相合。《毛序》曰："《菁菁者莪》，乐育材也。"与辟雍的大学性质也相吻合，可知《菁菁者莪》写的是国子在辟雍拜见周王的乐歌。此外，雅诗中常言及鱼、水鸟、水草、泛舟，如《鱼丽》《鱼

---

① 《礼记·射义》："天子将祭，必先习射于泽。泽者，所以择士也。已射于泽，而后射于射宫，射中者则得与于祭，不中者不得与于祭。"郑注："泽，宫名也。"
② 孙希旦：《礼记集解》，中华书局，1989年，第1447页。
③ 李山：《诗经析读》，中华书局，2018年，第660页。
④ 白川静：《西周史略》，袁林译，三秦出版社，1992年，第70页。

藻》《采菽》等都有可能是在辟雍行礼时以眼前所见之物与事赋唱入诗。可见，修建辟雍带来了礼乐活动的繁荣，赋予雅诗更厚实的歌唱内容。白川静指出："《周颂》《大雅》等与王室有关的《诗》之古老部分，如上述，大约都是辟雍礼乐时代遗诗之流传。……辟雍礼乐时期，大约是诗篇与乐章、舞乐的创作时期。"①

辟雍带来的礼乐繁荣，不仅从内容、体式上促成了雅诗诗体的演进，也在仪式空间上促成了诗乐歌唱方式的改变。英国学者罗森的见解有助于我们对这一问题的理解。她通过观察青铜器纹饰，发现西周中期的仪式空间的某些新变，说：

> 西周早期铜器相对较小而且复杂。要充分欣赏它们，至少有时候它们应该在近距离内被观察。有理由认为宗教仪式可能是一种相对来讲私人的事情，由与青铜器相关的少数人举行。西周后期的铜器通过纯粹的数量和组合，来达到它远距离的影响。它们的表面不再装饰极小的细节。弦纹成波浪条饰的流行主题不再有利于近距离的观察。它们相对粗糙的纹饰不妨从更远处来看。而且，编钟引进了一个新的因素——使用青铜器以演奏音乐。成排的大型青铜器奇观和编钟音乐的影响，暗示了在当时有比从前更多数量的人群亲眼目睹了宗教仪式，很可能有礼貌地远远站着。②

西周中期青铜纹饰变得疏朗，这暗示仪式可能在更为开阔的场所举行。辟雍四周环水，形如璧环，其仪式空间也十分开阔宏大，这与罗森的说法可以暗合。仪式空间的阔大对歌唱的影响是十分明显的，首先对歌唱的音效有了更高的要求，需要较大空间来陈列的大型编钟，

---

① 白川静：《西周史略》，袁林译，三秦出版社，1992年，第73、74页。
② 罗森：《中国古代的艺术与文化》，孙心菲等译，北京大学出版社，2002年，第143页。

其宏阔的声音也正好满足音乐音响的效果需求，上文所述西周中期编钟的发展正是应着这样的需求而生；其次，仪式空间的扩大，也可能伴随着仪式参与人员的增加，而且如上引《遹簋》《公姞鬲》《静簋》所示，参加辟雍典礼的遹、公姞、静都不是姬姓人员①，《振鹭》歌唱的也是周王于辟雍接待宋国宾客，这与西周中期周人与异姓族群不断融合的趋势是一致的，这说明辟雍中参与仪式的人员十分广众，仪式变得更具开放性，"展演"也成为仪式歌唱的主要功能目的。再次，职业化的乐工成为雅诗歌唱的主体，这意味着仪式乐歌的政教属性正在减弱。周初礼辞颂诗由王公亲自参与歌舞，以便于表达特定的政教意义，而雅诗多是乐工视角的歌唱，或为渲染仪式气氛，或为酬兴助乐，诗歌的性质和功能已有明显不同。最后，可以肯定的是，礼乐活动的繁复，诗乐歌唱的专业化，也使得王朝的乐工队伍不断扩大，并且有可能按照仪式类型分成数组或集团。《周礼·春官叙官》："瞽矇，上瞽四十人，中瞽百人，下瞽百有六十人。"又，《论语·微子》记述周室崩坏时宫廷乐人四散状况："大师挚适齐，亚饭干适楚，三饭缭适蔡，四饭缺适秦，鼓方叔入于河，播鼗武入于汉，少师阳、击磬襄入于海。"由此逆推，可见礼乐繁盛时代乐工集团之庞大和分工之细。白川静据此推测，仪式乐歌由不同的乐师或其集团司唱、传承，诗篇也因此分为数组，乐歌的编次最早也因此而形成②。

综上，西周中期周人对自身的民族认同与历史意识高涨，形成了富有周家特色的礼乐制度和审美旨趣，这些因素综合作用，促成了雅诗歌唱的兴起。雅诗以讴歌周人的德性精神与历史功绩为主题，以表现繁文的礼乐生活为主要内容，下文我们就主要从大雅的述赞诗和小雅的燕饮诗展开，以具体认识西周中期礼乐繁盛时代仪式歌唱的相关问题。

---

① 《遹簋》"用乍文考父乙尊彝"，显示遹应是殷遗；《静簋》与《静方鼎》为同一人器，《静方鼎》"用乍父丁宝尊彝"，这也表明静是殷遗在周朝司职者。
② 参白川静《西周史略》，袁林译，三秦出版社，1992年，第96—98页。

第二节 《大雅》诗乐功能与乐用方式的转型

《礼记·表记》曰:"殷人尊神,率民以事神,先鬼而后礼,先罚而后赏,尊而不亲。……周人尊礼尚施,事鬼敬神而远之,近人而忠焉,其赏罚用爵列,亲而不尊。"商、周的祖先观念与祭祖礼制存在明显的差异。在《周颂》中,周人颂美祖先功德,进行道德训诫,已形成了"歌以发德"的歌诗观念。而随着西周中期祖先观念与祭祖礼的变化,颂诗的体式、内容、功能已不能跟进新的时代精神和诗乐需求,于是大雅之作应时而兴。《大雅》中多有述赞周人祖先的诗篇,下文我们将具体分析其创制的时代背景以及由此带来的周代诗乐歌唱的诸多新变。

一、西周中期祭祖礼的演变与《大雅》述赞诗

甲骨卜辞记载了商人繁复的祭祖礼,最典型的是所谓的"周祭"制度,即用翌、祭、㲼、劦、肜五种祀典按照一定谱系对其祖先周而复始地祭祀,其祭祀仪节繁复,次序严谨而且十分频繁,几乎每天必祭,每旬必祭,每年必祭①。商人之所以如此近乎"淫祀"地祭祖先,有其深刻的心理原因和动机。在商人的观念中,祖先神灵拥有作祟降祸的神力,为此,商人不仅在祭祀频率、祭祖对象上十分泛肆,而且常以大量的牺牲甚至人牲为祭品,以此讨好祖先神灵,以求福佑。也正是仗着自身的权力与财富,商人在祭祖礼中缺少足够的道德反省,其对政权的保有也缺少足够的忧患意识,所以商纣至死还妄言"我生不有命在天"(《尚书·西伯戡黎》),在商代的天道思想中有此言论是不足为奇的。

殷商政权终致覆灭,周人以小邦周战胜大殷商,不论是出于对新

---

① 周祭制度最早由董作宾发现,后来陈梦家、岛邦男、许进雄等学者都有过研究,常玉芝的《周祭制度研究》一书更是系统考证了周祭中先王先妣的祭祀次序、五种祀典的祭祀周期,对周祭祀谱进行了复原。

获政权之合法性解释的需要，还是出于稳固政权的需要，都有必要对天命观与祖先观念做出新理解。是故《尚书·康诰》言"惟命不于常"，《君奭》"天不可信，我道惟宁王德延"，《蔡仲之命》"天命靡常，惟德是辅"，都认为天命是绝对的、超越的、客观的、普遍的、公平的，并不以人的意志为转移，一味地淫祀也不能保证天命在己。同时，天命又是无常的、变动不居的，只能通过"德"上的努力才能获得天命的眷顾，而商人政权的丧失，正是因为他们"不敬厥德，乃早坠厥命"(《尚书·召诰》)。这一认识，一方面为周家的新政权提供了合法的天道支持，周革殷命乃是奉行上天的旨意，《康诰》云"天乃大命文王，殪戎殷，诞受厥命"，《召诰》亦云"天既遐终大邦殷之命"；另一方面也对周家后世子孙提出更高的道德要求，天下唯有德者能居之，周初诰命、颂诗反复训示的谨慎戒惧、敬天保民、修德正身，其立意也正是基于此。

天命观的变化，直接影响了周人的祖先观念和祭祖礼。因为天命是绝对的意志，祖先神灵也不能左右天命，使其永保政权，故祖先对子孙的眷顾也超越了世间血亲伦理的法则，而是建立在德之上。正如《左传·僖公五年》宫之奇所述：

> 臣闻之，鬼神非人实亲，惟德是依。故《周书》曰："皇天无亲，惟德是辅。"又曰："黍稷非馨，明德惟馨。"又曰："民不易物，惟德繄物。"如是，则非德民不和，神不享矣。神所冯依，将在德矣。

祖先神灵并不因为子孙所供献的黍、稷、牲、玉多么盛美，而是因为子孙的德行才享祀、降福。"惟德是依""明德惟馨""惟德繄物""神所冯依，将在德矣"云云，都表明神对生人之德的要求。因此，周初颂诗主于颂赞祖先功德，以及对自我的道德劝诫。如《清庙》"济济多士，秉文之德"，《维天之命》"於乎不显，文王之德之纯"，《烈文》

"不显维德，百辟其刑之"，《时迈》"我求懿德，肆于时夏，允王保之"，等等，都显示了祭祖礼与祭祖诗在德上的一致追求。体现在具体的祭祖礼制上，周人也在沿袭殷礼的基础上逐渐发展出周人特色的祭祖礼：如金文显示周人所祭对象没有超出三代的，这与殷人遍祀先公先王的制度明显不同；一些祭祀的地位、规模、频率、范围及具体的仪节，在殷、周间有所不同；禴、祠、尝为周人独有之祭祖礼；祭祀用牲尚赤；祭典用尸、祝等也是周人祭祖礼独创[1]。与前述殷周礼制发展的大趋势一致，周代祭祖礼仪逐渐形成周家的风格，其时间节点也是从穆王时期开始。其中最有特色、最有外延影响的要数禘祭。

禘祭在殷代是较次要的祭礼，在西周却被改造成祭祖大典[2]。刘雨在考察诸多铜铭后认为，"金文所记禘礼多行于西周前期（包括穆王），尤以穆王时代为盛"，并举《大盂鼎》《墙盘》《姬寏母豆》所详记王室与宗族谱系，认为"这种宗谱在周人看来至关紧要，每次祭祀祖先时都要重新审视肯定一番，以免昭穆秩序发生混乱"。[3]这反映了周人宗族观念的强化。《礼记·中庸》："宗庙之礼，所以序昭穆也。"《礼记·祭统》亦云："夫祭有昭穆。昭穆者，所以别父子、远近、长幼、亲疏之序而无乱也。是故有事于大庙，则群昭群穆咸在，而不失其伦，此之谓亲疏之杀也。"禘祭祖考，审序昭穆，正是维系宗统的重要手段。而据马银琴研究，一昭一穆、祖孙同昭同穆的昭穆制度虽然在周初即有萌芽，但其制度的确立也是在穆王之世。"随着时世推移，文王、武王先后超出了近世三代之祖的祭祀范围，而政治上仍然存在着推崇文武的强烈需求"，为了解决这一矛盾，周人通过优化祭祖礼，将周初就已存在的配天而祭的郊祭与近亲三代的庙祭融会整合，形成了以"天子七庙"为核心的昭穆制度。《周颂》中不见祭祀穆

---

[1] 刘雨：《西周金文中的祭祖礼》，《金文论集》，紫禁城出版社，2008年，第45页。
[2] 如金文中禘祭之行并不限于王，诸侯和贵族也可禘祭祖考；禘祭在金文中不分殖祫，不禘天地；禘祭也不是四时之祭；等等（参刘雨《西周金文中的祭祖礼》，《金文论集》，紫禁城出版社，2008年，第28、29页）。
[3] 刘雨：《西周金文中的祭祖礼》，《金文论集》，紫禁城出版社，2008年，第30页。

王及以后诸王的颂歌,正是与周代祭祖礼的这一变革有关,与之相应,"言王政之所由兴废"的雅乐也从西周中期开始走向繁荣兴盛①。这一认识揭示了西周中期颂、雅诗体分立、消长的趋势及其原因。

如前所述,周初颂诗着力建立德与天命之间的联系,以为文王受命、武王克商的合法性提供依据。尤其是在周国甫立,根基未稳、殷周对立尚未消除的历史情形下,把德作为普适于天下的意识形态加以推崇和宣扬,是十分适用的。相比之下,过于具体地颂扬文王、武王的文韬武略,显然是不利于当时的建国形势和政权合法性的建构的。因此,我们看《周颂》多是对文王受命与周家文德的宣扬,并以此自勉自警,而作为事件的历史功绩则未多刻画。即使像《大武》乐章这样的鸿篇巨制,也不对开国史事做全景式的描写、叙述,而是在"歌以发德"的歌唱中显扬灭商立周的精神内涵与历史价值。"总干山立""发扬蹈厉"的象事舞蹈,也在这一精神笼罩下有意消解、弱化它的暴戾形象。因此,可以说,在西周初期,天道的观念明显胜过历史的观念,对祖先的颂美让位于对作为整体的德的崇信,祖先的形象是模糊的、虚化的,其个体的具体功绩在"皇天无亲,惟德是辅"的训示下也是不值夸示的。

如果说周初的天道信仰是一种有效而经济的守成良方的话,那么,到周家建国百年的穆王时期,周王朝在政治、思想、礼制、军事等方面都取得了更大的成就,功成定治,周人的民族认同感和自信心也随之高涨。很显然,周初以德配天命的纯概念化宣扬,已不足以激起王朝建设所需的精神力量,因此,他们将视野转向了深广的历史,这是西周中期历史意识、人文理性精神兴起的重要动因。白川静从西周中期世官制形成的角度,分析了这一时期册命金文及雅诗中普遍兴起的追溯祖先功德的现象。他说:

---

① 马银琴:《殷周祭祖礼的因革与〈周颂〉的礼乐性质》,《中原文化研究》2021年第1期。

西周时期的官职世袭制自此时（引者按，指共王、懿王时）确立了体制，以王朝为中心的贵族社会逐渐形成。官职世袭制确立，贵族社会形成，这些秩序的根基——祖祭——也随之大行其道。《大雅》《小雅》亦即"二雅"的世界由此展开。这种秩序与繁荣几乎全都植根于先人功业的成果，从而先王与祖先的传说物语大多诗篇化。《大雅》中的祖王物语，想来也是在此一背景当中产生。①

正是在这一仪式歌唱的目的指引下，《大雅》诗篇更加具体地讲述周家的发展史，颂赞祖先的功德，更侧重于塑造具体可感的祖先形象及其德行功绩的典范意义。祖先卓著的英雄事迹、健旺的生命力都给后人以精神感召，它不再是一个混沌的道德概念，而是在历史中确曾立下不灭的功绩、可供后代追摹的饱满的生命个体。

我们可以举《生民》一诗，来理解这一时期《大雅》述赞诗的立意与气象。《生民》述说了周人始祖感天而生、屡遭遗弃而不死的传奇经历，以及在稼穑上的天赋异禀，从而成为农神，为周家的兴旺奠定了基础。诗中十分详尽地记述了后稷的出生、成长、稼穑的技艺以及后人对他的祭祀，全诗洋溢着对周始祖及周人族群健旺生命力的礼赞，感情充沛，文势畅达。与《周颂·思文》相比，后稷的形象更为饱满，其德行功绩也更加感人生动。如，《思文》只言及"立我烝民""贻我来牟"，但《生民》却花了大幅的笔墨对其稼穑之德做了详尽述赞：

……蓺之荏菽，荏菽旆旆。禾役穟穟，麻麦幪幪，瓜瓞唪唪。

诞后稷之穑，有相之道。茀厥丰草，种之黄茂。实方实苞，

---

① 白川静：《诗经的世界》，黄铮译，四川人民出版社，2019年，第153页。

>实种实褎。实发实秀,实坚实好。实颖实栗,即有邰家室。
>
>诞降嘉种,维秬维秠,维穈维芑。恒之秬秠,是获是亩。恒之穈芑,是任是负,以归肇祀。

其记事、状貌均十分细致入微,叠词和排比的广泛运用,文采斐然,声乐美盛,对庄稼长势的描写,更见出农耕活动中的蓬勃生机以及人在天地间的主体性,这些诗歌体貌和精神气象,都是《思文》所不具备的。此外,还有一点值得关注的是"以归肇祀",毛、郑皆解作后稷始郊祀于天。至于后稷为何能够郊祀天,毛认为是尧所特命,郑以为后稷为二王之后。但后稷生前即使有功,也根本不可能主祭天,正确的理解应该是指后稷耕种嘉谷,收获任负而归,始以供祭祀之用。钱澄之《田间诗学》曰:"肇,始也。言此四种,可以供酒醴粢盛之用。前此祀典所未有。至后稷降种,于是内外百神之祀,始用之以祭。明此礼始于唐虞,而寔后稷开之也。"① 是也。而紧接着"以归肇祀",《生民》最后两章直接将视线拉回到现实的祭祀后稷的典礼上:

>诞我祀如何?或舂或揄,或簸或蹂。释之叟叟,烝之浮浮。载谋载惟,取萧祭脂,取羝以軷。载燔载烈,以兴嗣岁。
>
>卬盛于豆,于豆于登。其香始升,上帝居歆,胡臭亶时。后稷肇祀,庶无罪悔,以迄于今。

旧说多将此解作后稷祀天之礼,以"我祀"为后稷自我。但前后文都是他称"后稷",而无后稷以"我"自称的用法,因此,从语称上看,这个"我"应是指后代主祭后稷的周王自称。《田间诗学》引殷大白说:"我祀,为时王之时言也。自后稷始,以嘉谷供祀,我子孙今日踵而行之。"② 顾镇《虞东学诗》:"七章承'肇祀'来,特加'我祀'别之,

---

① 钱澄之:《田间诗学》,黄山书社,2005年,第728—729页。
② 钱澄之:《田间诗学》,黄山书社,2005年,第729页。

明为今王之祀也。"① 姜炳璋《诗序补义》亦曰："七章'我祀',言得天下之后我之祀后稷也。"② 可知末两章是歌者在述赞后稷功德之后,对当下祭祀后稷的仪式程序、场面的赋唱。最后"后稷肇祀,庶无罪悔,以迄于今"三句,更是将历史的视角落实到了当下的周国,言自后稷以嘉谷肇祀以来,周家子孙世修其业,不敢失坠,以至于今③。可以说《生民》具有鲜明的历史的视角和时代的关怀,周人从对始祖后稷的述赞和追思中,激发起"慎终追远"的虔敬之情。这种从历史中汲取时代所需的精神动力的努力,表明了周代人文理性精神的再一次唤醒。马银琴说:"在这样的理性关注下,现实社会中现实的人的行为受到了诗人们前所未有的重视,先公先王创业开国、保守天下的光辉业迹也在这样的理性关注下又一次焕发出了现实的意义,于是出现了创作和写定纪祖颂功之歌的又一次高潮。与周初乐歌注重歌颂祖先文德及其以德感天而受天命等内容不同,这一时期创作和写定的颂功之歌,除了继续颂扬文王受命的神话之外,祖先、时王实实在在的文功武略成为其中最基本的内容。"④ 如《公刘》述赞公刘率众迁移豳地、开疆创业;《绵》述赞古公亶父率领周人从豳迁往岐山周原,奠基周家大业;《皇矣》歌颂太王、太伯、王季之德,以及文王伐密、伐崇之功;《思齐》歌颂周人先妣太任、周姜、太姒之德;《文王》歌唱文王"受命作周"(《诗序》);《大明》写王季娶太任、生文王,再写文王娶太姒、生武王,最后写武王灭商立周。与《生民》相同,这些述赞先公先王卓著功勋德业的雅诗,都有意从历史歌唱中认清周人自身传统

---

① 顾镇:《虞东学诗》,《景印文渊阁四库全书》第 89 册,台湾商务印书馆,1986 年,第 645 页。
② 姜炳璋:《诗序补义》,《景印文渊阁四库全书》第 89 册,台湾商务印书馆,1986 年,第 297 页。
③《礼记·表记》引"后稷兆祀,庶无罪悔,以迄于今",郑玄注:"言祀后稷于郊以配天,庶几其无罪悔乎,福禄传世,乃至于今。"认为是后人祀后稷,与《郑笺》"后稷肇祀上帝于郊"迥异,当以《表记》郑注为是。
④ 马银琴:《两周诗史》,社会科学文献出版社,2006 年,第 168 页。

和新的发展目标。

这些纪祖颂功的雅诗,还有一个鲜明的特征,即诸诗的核心主题主要是围绕文王以明德而受命作周这一重要事件。《文王》"文王在上,於昭于天。周虽旧邦,其命维新",《文王有声》"文王受命,有此武功",《大明》"有命自天,命此文王",《皇矣》"天立厥配,受命其固",《灵台·诗序》"文王受命,而民乐其有灵德,以及鸟兽昆虫焉",诸诗都是对"文王受命"的颂赞。关于文王德行的颂赞更是十分习见,如《文王》"亹亹文王,令闻不已""穆穆文王,於缉熙敬止",《大明》"维此文王,小心翼翼。昭事上帝,聿怀多福。厥德不回,以受方国",《文王有声》"文王有声,遹骏有声""文王烝哉",等等。足见始受天命的文王在周人历史认识中的崇高地位,以至于一些颂赞先公、先妣的诗,也都落脚到文王身上。如《绵》主要是述赞古公亶父迁岐,但末章又言及文王平虞芮之讼,得贤臣之助,遂而王业益大。《皇矣》叙太王、太伯、王季之德,但后四章"帝谓文王"云云,都是"设为天命文王之词"①,故如《诗序》所言"天监代殷莫若周,周世世修德莫若文王",文王才是全诗的主脑。《思齐》叙写周家代有贤妇,但落脚点在于"文王所以圣"(《诗序》)。《大明》赞颂了王季、太任、文王、太姒及武王,但文王无疑是其中的枢纽人物,"强调正是他,上有贤母,身有贤妻,下育贤子,是周家获得天命圣王。就是说,歌颂克商武王的《大明》篇,其实是'文王受命'这个主题的一个延伸部分"②。武王克商,肇兴于文王自不必说,太王、王季之被追王,也是因为文王。因此可以说,诸诗不吝笔墨地颂扬先公先王,无不是以文王为枢纽而"推本"言之。《生民·诗序》"文、武之功起于后稷",《绵·诗序》"文王之兴,本由太王",《思齐·诗序》"文王所以圣也"云云,都是切中肯綮的。正如宋人王柏《诗疑》所说:"一部诗原头本于文王一人,上推后稷、公刘以来,下及后妃、大夫妻,以

---

① 朱熹:《诗集传》,中华书局,2017年,第283页。
② 李山:《西周礼乐文明的精神建构》,河北教育出版社,2014年,第210页。

至后王、诸侯，皆以文王受命兴周之故。"①刘始兴《诗益》亦曰："《大雅》诗有只美一人者，有兼美数人者，其诗皆相因而次，所谓以文王为本而上下推之者。"②李山结合西周中期礼制与周人精神的转型，认为在周家受命百年之际，穆王有过一次以文王为中心的大祭祖先的典礼，由此创作了大量颂赞文王的雅诗，认为："穆王时期的'雅颂'创作，是一个丛生的状态，许多诗篇根须牵连，丛聚在文王这一大祭对象的焦点上。"③这些说法都有助于我们认识《大雅》诸述赞诗创制的典礼背景及相互关系。

二、《大雅》述赞诗的"诗世之教"与"讲史说唱"

以上论述了西周中期祖先观念与祭祖礼变革背景下《大雅》述赞诗的兴作情况，这些述赞诗以纪祖颂功为主要内容，取法历史，仪型先祖，所谓"反本修古，不忘其初者也"（《礼记·礼器》），因此，其歌唱的功能指向也十分明显，即面向周家子孙做"诗世之教"。这是前述西周中期兴起的历史意识在礼乐歌唱中的体现。通过与颂诗相比较，我们将更深刻地理解雅诗的诸多新变。

颂诗的性质决定了它是祭祖典礼上面对神灵的歌唱，尤其是礼辞类颂诗，多是祭主第一人称的献祭口吻，而所献祭的对象除了直呼"文王""武王"外，更有用第二人称"尔"的，如《思文》"立我烝民，莫匪尔极""无此疆尔界"，《武》"耆定尔功"，尔汝之称，殊显直致，人神之间献享关系十分明显。即使是赋唱祭典中酒食、礼器、乐器及人物仪节威仪的颂诗，也仍以神灵为献唱的对象，意在通过表现"礼物"之盛美、子孙之虔诚，来娱神降神，祈求神佑。而到《大雅》述赞诗中，祖先之懿德烈绩成为歌唱的内容，诗中历史人物的形象、事

---

① 王柏：《诗疑》，顾颉刚主编：《古籍考辨丛刊》第1集，社会科学文献出版社，2010年，第282页。
② 刘始兴：《诗益》，《续修四库全书》第63册，上海古籍出版社，2002年，第209页。
③ 李山：《西周礼乐文明的精神建构》，河北教育出版社，2014年，第210页。

迹、言语等，都是歌者站在全知视角、以第三人称的口吻做间接的呈现。如果说颂诗中歌者舞者通过"赋形"扮演来再现祖先事迹、自言心志，带有一定戏剧性的话，那么，《大雅》述赞诗的这种从旁描摹、叙说和转述，则可以称之为"讲史说唱"。二者既有一定关联，又有显著差异。李山注意到《大雅》述赞诗与相关《颂》诗存在一定的对应关系。如《思文》与《生民》相对应，都是颂美后稷盛德；《天作》与《绵》《皇矣》相对应，都是颂美太王、文王迁岐安居的壮举。他认为："有些内容一致的雅颂诗篇，在创制的当初，本系同一祭祖大典的乐歌，只是由于其间存在着'神听'与'人听'的分别，才一归于颂，一归于雅。"① 这一认识从创作动因和功能指向的角度指出了雅、颂两种诗体的分流。

与此相关，李山还结合考古材料和诗文本内证，认为这些《大雅》述赞史诗乃是祭祖时面对宗庙壁图所作的"图赞"歌唱②。这一解读富有启发，与上文所论《大雅》"讲史说唱"的形态可以相参理解。相关出土材料及传世文献，也可补充李文中宗庙墙壁上绘有祖先形象与事迹的论点。《无叀鼎》："隹九月既望甲戌，王各于周庙，述于图室。"《善父山鼎》："隹卅又七年正月初吉庚戌，王才周，各图室。"周庙中有"图室"，其所藏的图当包括祖先形象与历史事迹等内容。如《矢敦铭》："王省武王、成王伐商图，遂省东国图。"此图有可能

---

① 李山：《〈诗·大雅〉若干诗篇图赞说及由此发现的〈雅〉〈颂〉间部分对应》，《文学遗产》2000 年第 4 期，第 29 页。而在此前，宋代黄櫄、清代尹继美也有论及雅、颂相配而用这一现象，如黄櫄认为："在《生民》则为《雅》，在《思文》则为《颂》。盖《生民》特言其事，而《思文》则祀后稷之乐章也。《生民》为叙事之辞，《思文》为告事之辞，此雅、颂之所以异与？"尹继美认为："此诗（引者按，指《生民》）与《思文》同为郊祀所用，疑《思文》用于正祭，此诗用于祭末尔。"又论《文王》与《我将》，曰："此诗（《文王》）与《我将》同为宗祀明堂所用，此诗疑用于飨神之初，《我将》曰'既右飨之'，殆用于飨神之后也。"（李樗、黄櫄：《毛诗集解》，《通志堂经解》，江苏广陵古籍刻印社，1993 年，第 495 页。尹继美：《诗管见》，《续修四库全书》第 74 册，上海古籍出版社，2002 年，第 74、78 页）
② 李山：《〈诗·大雅〉若干诗篇图赞说及由此发现的〈雅〉〈颂〉间部分对应》，《文学遗产》2000 年第 4 期。

绘有武王、成王伐商的历史场景。郭沫若云:"两图字当即图绘之图。古代庙堂中每有壁画,此所画内容为武王、成王二代伐商并巡省东国时事。"①《大明》写了武王伐商等内容,或即据此周庙"画室"中"武王、成王伐商图"而歌。《淮南子·主术训》载:"文王、周公观得失,遍览是非,尧、舜所以昌,桀、纣所以亡者,皆著于明堂。"高诱注:"著犹图也。"②也说明周初明堂中画有关于古帝王道德善恶的历史图像。又《孔子家语·观周》载:"孔子观乎明堂,睹四门墉有尧、舜之容,桀、纣之象,而各有善恶之状,兴废之诫焉。又有周公相成王,抱之负斧扆,南面以朝诸侯之图焉。"③可知图像作为历史知识与政治道德教化的重要载体,在早期文化传播中扮演着重要的角色。直到汉代,宗庙壁画中仍常绘有古圣贤的历史图像,如东汉嘉祥武梁祠就绘有三皇五帝等古帝王人物壁画。其中有与周代相关者,刻画一妇女立于树下,旁有榜题曰:"囗生后稷。"此图表现的即是《生民》"诞置之平林,会伐平林"的图景,《生民》为"图赞"诗亦由此得一证据。又,武梁祠绘有一条鱼,旁有榜题曰:"白鱼,武王渡孟津,中流入于王舟。"④白鱼入舟是周武王得天命的祥瑞,据《史记·周本纪》:"武王渡河,中流,白鱼跃入王舟中,武王俯取以祭。既渡,有火自上复于下,至于王屋,流为乌,其色赤,其声魄云。"可见,图像与文字文本相配,形成一种图文共生或互证的关系,这是早期文本生成与流传过程中十分显著的文化现象。我们最熟知的《天问》,据王逸《楚辞章句》:"(屈原)见楚有先王之庙及公卿祠堂,图画天地山川神灵,琦

---

① 郭沫若:《矢簋铭考释》,《金文丛考补录》,《郭沫若全集》考古编第 6 卷,科学出版社,2002 年,第 103 页。王晖《从西周金文看西周宗庙"图室"与早期军事地图及方国疆域图》(《陕西师范大学学报[哲学社会科学版]》2012 年第 1 期)一文对西周"图室"的内容、功能有更细致的讨论,可参。
② 何宁:《淮南子集解》,中华书局,1998 年,第 695 页。
③ 陈士珂:《孔子家语疏证》,凤凰出版社,2017 年,第 80 页。
④ 参巫鸿《武梁祠:中国古代画像艺术的思想性》,岑河、柳扬译,生活·读书·新知三联书店,2006 年,第 105 页。

玮僪佹,及古贤圣怪物行事。周流罢倦,休息其下,仰见图画,因书其壁,何而问之。"①据此,《天问》亦可谓楚国宗庙壁画的一种"图赞"文本。《大雅》史诗与周庙壁画的图文赞注关系,与《天问》情形几乎全同,二者时代相距不远,这可进一步证实《大雅》"图赞"说的合理性。

而从诗乐歌唱的角度来看,"图赞"歌唱也与上文所论从颂到雅的发展大趋势相一致。"图赞"歌唱延续的正是颂诗中兴起的以第三人称视角赋唱仪式场面的风气。壁画上的人物形象、光辉事迹、活动场景、山川宫室景象等,都在歌者与听者目前,因而取得一种图文并茂、视听俱佳的歌唱效果。与早期颂诗相比,"图赞"的讲史说唱多由职业化的瞽矇乐官来承担,他们以一种近乎全知的视角叙说周家史迹,在叙事、描写上灵活多变,更少受时空的限制,还不时穿插入对历史人物和事迹的品评,从而以更积极的姿态介入对周家子孙的历史道德教育之中。与颂诗祭歌唱给神听不同,《大雅》述赞诗是讲唱给生人听的,意在通过祖先事迹的说唱,以对周家子孙进行"诗世"之教。这才是《大雅》述赞诗的根本立意所在,反映了西周中期礼制与思想变革之下,歌诗功能、目的的深刻转型。

而实际上,"诗世"之教这一歌诗功能的转向,也与其主要歌者瞽矇乐工自身的文化职能相关。乐官与史官在文化职能上多有交集,先秦典籍也多有瞽史、工史、诗史并称的记载,如《国语·周语》:"吾非瞽史,焉知天道。"《楚语》:"临事有瞽史之导。"《鲁语》:"工史书世。"韦昭注:"世,世次先后也。工诵其德,史书其言也。"《礼记·玉藻》:"动则左史书之,言则右史书之,御瞽几声之上下。"这些文献都反映了乐官与史官之间的官联属性。《晋语》中姜氏引《瞽史之纪》"唐叔之世,将如商数",董因引《瞽史记》"嗣续其祖,如谷之滋,必有晋国",均为四言体,与《诗经》体式相似,也佐证了早期

---

① 洪兴祖:《楚辞补注》,中华书局,1983年,第85页。

诗、史间的近源关系。邹汉勋《读书偶识》："《诗》亦多是史官所作，《序》言史克作《鲁颂》。《大戴礼记·投壶篇》记雅声、间歌三篇，有《史辟》《史义》《史见》《史童》《史谤》《史宾》，咸以作者之名名篇，如《巷伯》《召公》之类。"①可见，瞽、史官联来创制诗篇尤其是历史题材的诗篇，自有其传统。顾颉刚分析瞽、史之职能及其所掌文献的关系，认为："盖史之所作而瞽之所歌也，不则瞽闻其事于史而演其义于歌者也。《楚辞》之《天问》，《荀子》之《成相》，大、小《雅》及三《颂》纪事之篇章，诗也，而皆史也，非瞽取于史而作诗，则史袭瞽之声调、句法而为之者也。"②

了解了这一背景，我们再来看《周礼·瞽矇》"讽诵诗、世奠系"之职。郑玄引杜子春说："世奠系，谓帝系，诸侯卿大夫世本之属是也。小史主次序先王之世，昭穆之系，述其德行。瞽矇主诵诗，并诵世系，以戒劝人君也。故《国语》曰：'教之《世》，而为之昭明德而废幽昏焉，以休惧其动。'"③是小史作世系，瞽矇诵之，用以劝诫人君，其内容、功能都与上述《大雅》述赞诗相近，所以熊朋来《五经说》明言：

> 彼瞽者何所见于世系哉？亦是就所诵诗中言之，如玄鸟生商、生民肇周、公刘居豳、古公居岐，历历能记其所讽诵之诗。④

是《大雅·生民》《公刘》《绵》《皇矣》等周家史诗，即瞽矇所诵的"世奠系"之属。李光地《古乐经传》说："奠系，谓前代一定之谱系也。此谓人君燕居之时，则讽诵诗章，又世次历代之奠系以戒劝

---

① 邹汉勋：《读书偶识》，中华书局，2008年，第75页。
② 顾颉刚：《"左丘失明"》，《史林杂识初编》，中华书局，1963年，第224页。
③ 贾公彦：《周礼注疏》，北京大学出版社，1999年，第616页。
④ 熊朋来：《五经说》，《景印文渊阁四库全书》第184册，台湾商务印书馆，1986年，第303页。

之。"①也是认为诵世系是为了戒劝周贵族,即所谓的"诗世之教"。是故《国语·楚语》曰:"教之《世》,而为之昭明德而废幽昏焉,以休惧其动。教之《诗》,而为之导广显德,以耀明其志。"《世》即《周礼·瞽矇》所诵"世奠系",上引杜子春注即有引述,徐元诰《国语集解》也引陈瑑说:"教之《世》,即《周官·小史》所奠之世系。"②而"教之《诗》",韦昭注:"导,开也。显德,谓若成汤、文、武、周、邵、僖公之属,《诗》所美者。"③此处的《诗》教专指有关先公先王美政懿德的史诗,通过这些历史歌唱用来"导广显德,以耀明其志"。又,《大戴礼记·卫将军文子》曰:"夫子之施教也,先以诗世。"孔广森《大戴礼记补注》:"诗世者,诵其诗,论其世也。《周礼》曰:'讽诵诗、世奠系。'"④这些记载都透露出,《大雅》中类似周家史诗的诗篇,由瞽矇歌唱,用于对周家子孙进行历史、道德教育。

那么,具体而言,这些诗篇歌于什么典礼场合呢?笔者认为,当是在祭礼之后合族"燕私"的"道古""合语"环节。

周代祭祖礼一般仪程包括:祭前占卜、肃戒、准备物品;正式祭祀时杀牲、烹煮祭品、盛放祭器、阴厌、缭尸、馂、阳厌、送尸,之后又有同族燕饮活动⑤。金文材料可为此提供证明,如《应侯禹盨》:"应侯禹肇作厥丕显文考釐公尊彝,用绥朋友,用宁多福。"《杜伯盨》:"杜伯作宝盨,其用享孝于皇神祖考,于好朋友。"《乖伯归夆簋》:"用作朕皇考武乖几王尊簋,用好宗庙,享夙夕,好朋友雩百诸婚媾。""朋友"即同族兄弟⑥,在享孝宗庙祖考后"绥朋友",指的就是祭祖后"燕私"同族兄弟。《小雅·楚茨》也记述了"送尸"之后,"诸

---

① 李光地:《古乐经传》,《榕村全书》第4册,福建人民出版社,2013年,第44页。
② 徐元诰:《国语集解》,中华书局,2002年,第485页。
③ 徐元诰:《国语集解》,中华书局,2002年,第485页。
④ 孔广森:《大戴礼记补注》,中华书局,2013年,第119页。
⑤ 参刘源《商周祭祖礼研究》,商务印书馆,2004年,第157—164页。
⑥ 参朱凤瀚《商周家族形态研究》(增订本),天津古籍出版社,2004年,第292—297页。

父兄弟,备言燕私。乐具入奏,以绥后禄。尔肴既将,莫怨具庆。既醉既饱,小大稽首"。《毛传》:"燕而尽其私恩。"《郑笺》:"燕所以尊宾客,亲骨肉也。"可知祭后有燕,其目的在于强化周族认同,"乐具入奏"说明"燕私"时也有乐歌活动。考虑到祭礼"燕私"的仪式属性、参与人群的特殊性,此时歌唱赞述周家祖先功德的"史诗"再合适不过了。这一点可以从礼书所载"合语""道古"的仪节得到印证。《仪礼·乡射礼·记》:"古者于旅也语。"又,《礼记·文王世子》:"凡祭与养老乞言,合语之礼,皆小乐正诏之东序。"这里的"合语之礼",郑玄注:"合语,谓乡射、乡饮酒、大射、燕射之属也。"而据孔颖达疏,"其实祭末及养老,亦皆合语也"。是诸礼至旅酬之时,皆有"合语之礼"①。而"合语"的主要内容,则主要就旅酬之前所唱"正歌"而发②,《文王世子》曰:"反,登歌《清庙》。既歌而语,以成之也。言父子、君臣、长幼之道,合德音之致,礼之大者也。"郑注:"既歌,谓乐正告正歌备也。语,谈说也。歌备而旅,旅而说父子君臣长幼之道,说合乐之所美,以成其意。"③可以说,这种"合语""语说"活动是《诗》早期传授、阐释的重要方式,《周礼·大司乐》"以乐语教国子:兴、道、讽、诵、言、语"中的"语",或即主要依托这样的情境展开教学,当然"合语"之礼不限于大司乐,视学、养老等礼中天子、老成人及公卿大夫等都可以参与《诗》的语说,其语说内容,既有诗旨义理的解说,也有诗中所涉历史本事的演绎,即《礼记·乐记》所说的:"君子于是语,于是道古,修身及家,平均天下。"孙希旦《礼

---

① 陈澔《礼记集说》就说:"合语,谓祭及养老,与乡射、乡饮、大射、燕射之礼,至旅酬之时,皆得言说先王之法,会合义理而相告语也。"(陈澔:《礼记集说》,中国书店,1994年,第174页)
② 故语说之礼,由大乐正主持,《文王世子》:"大乐正学舞干戚,语说,命乞言,皆大乐正授数。"又,"授数(篇章之数)"云云,说明"语说"是有具体歌诗文本作为依凭的。
③ 孔颖达:《礼记正义》,北京大学出版社,1999年,第650页。

记集解》:"道古昔之事也。"① 此类"道古"内容,作为所语说歌诗的历史化阐说,是早期诗教、诗歌阐释的成果,同时,据此内容也可以很便利地加工改编为历史题材的歌诗②。如此,"合语"就从一种歌诗的阐发机制,演变为一种歌诗创制机制。又,熊朋来说:"既歌而语以道古,瞽矇所谓'世奠系'。……'世奠系',其道古者也。"③ 直接认为"道古"的内容即是瞽矇所诵的"世奠系",亦即《大雅》有关纪祖颂功的"史诗"。质言之,"合语""道古"之礼为《大雅》述赞诗提供了素材内容和创作的语境机制,也为《大雅》述赞诗的乐用呈现及其"诗世之教"功能的实现创造了条件。

正因为《大雅》述赞诗处于祭毕"燕私"旅酬"合语"的礼乐情境,以面对周家子孙进行"诗世之教"为目的,故而在回望历史、颂祖纪功的同时,更有对当下仪式现场的描述以及诗史教育主题的阐发。正如"文化记忆"理论所理解,记忆并不是为了追寻一段绝对意义上的过往历史,尝试重构或具象化过去发生的事件,而是将当下与过去对接起来,借助过去建构当下。扬·阿斯曼认为,"记忆不仅重构着过去,而且组织着当下和未来的经验","通过对自身历史的回忆、对起着巩固根基作用的回忆形象的现时化,群体确认自己的身份认同",④ 从而确立和维系自身的文化传统。因此,如上文所分析,《生民》从叙述后稷的神奇生长经历、稼穑技艺,经由"以归肇祀"一语,时空陡然拉回到对当前祭祀后稷的仪式现场的描述,最后"后稷肇祀,庶无罪悔,以迄于今"更是会通古今,在历史追怀中寄寓道德与礼仪的

---

① 孙希旦:《礼记集解》,中华书局,1989 年,第 1014 页。
② 可参祝秀权《周礼乐语之教与〈大雅〉部分诗篇的创作及其与〈周颂〉的对应关系》,《中华文化论坛》2018 年第 1 期;《周代乐语教育与中国诗的产生》,《湖南科技大学学报(社会科学版)》2020 年第 5 期。
③ 熊朋来:《五经说》,《景印文渊阁四库全书》第 184 册,台湾商务印书馆,1986 年,第 303 页。
④ 扬·阿斯曼:《文化记忆:早期高级文化中的文字、回忆和政治身份》,金寿福、黄晓晨译,北京大学出版社,2015 年,第 35、47 页。

训教，体现了《大雅》述赞诗的现实关怀。我们还可以以《思齐》一诗来做说明：

> 思齐大任，文王之母。思媚周姜，京室之妇。大姒嗣徽音，则百斯男。
>
> 惠于宗公，神罔时怨，神罔时恫。刑于寡妻，至于兄弟，以御于家邦。
>
> 雍雍在宫，肃肃在庙。不显亦临，无射亦保。
>
> 肆戎疾不殄，烈假不瑕。不闻亦式，不谏亦入。
>
> 肆成人有德，小子有造。古之人无斁，誉髦斯士。

诗前二章歌唱周人代有贤妇，文王之德能协和神人，修齐治平。后三章旧说仍解作颂文王之德，但细审之，乃是落脚到祭礼的当下劝诫和祈愿。其理由如下：其一，《周颂·雍》"有来雍雍，至止肃肃"，指来周庙之助祭者颜色雍和肃敬，《思齐》"雍雍在宫，肃肃在庙"，语与之同，亦当指宗庙中祭祀诸人，而非指文王①；其二，"不显亦临，无射亦保"，指祖先神灵光明显赫，降临于祭礼，助祭子孙敬肃其事，无有厌倦，语义与《周颂·清庙》"不显不承，无射于人斯"相近。且《清庙》首二句"於穆清庙，肃雍显相"，也是以"肃雍"形容周庙中助祭之人。于此亦可证《思齐》后三章歌唱的是祭祀文王的典礼，而非指文王自身在宫庙中敬的神情。其三，第四章以"肆"字起句，《毛传》："肆，故今也。"承接上章，言以文王为仪型，有文王之福

---

① 孔颖达疏毛义："文王之德行，雍雍然甚能和顺，在于室家之宫；其容肃肃然能恭敬，在于先祖之庙。言文王治家以和，事神以敬。"疏郑义："其群臣雍雍然尚和顺者，乃助养老而在辟廱宫也；肃肃然尚恭敬者，乃助祭在王宗庙也。"（孔颖达：《毛诗正义》，北京大学出版社，1999年，第1012、1013页）朱熹《诗集传》："言文王在闺门之内则极其和，在宗庙之中则极其敬。"（朱熹：《诗集传》，中华书局，2017年，第280页）按，毛、朱都将"雍雍""肃肃"归之于文王，郑玄则归之于群臣），与笔者归之于助祭者，庶几近之。

佑，故现今周国大治，大疾殄绝，大罪远离，纳用善言。第五章亦以"肆"字起句，朱熹《诗集传》："古之人，指文王也。……承上章，言文王之德见于事者如此，故一时人材皆得其所成就。盖由其德纯而不已，故令此士皆有誉于天下，而成其俊乂之美也。"①据此可知，后二章都是指文王之德的影响，或者说，体现的是祭祀文王这一仪式本身的意义，所谓"作人""教士"，都指的是文王既殁之后的遗泽②。综上，《思齐》一诗，与《生民》一样都融合了历史与现实，在颂美祖先的同时加入对当下祭祀现场的描述与祭礼意义的阐扬。这反映了《大雅》述赞诗中宗教色彩已逐渐减弱，代之而起的是对仪式本身与人生道德的关注，人文色彩更加深刻，仪式生活本身成为礼乐歌诗的主体内容和精神所在。

因此我们在《大雅》中还看到更多赋唱仪式生活的内容，如，《灵台》赋写灵囿中的麀鹿、白鸟，灵沼中的鱼，辟雍中乐器陈设、钟鼓演奏等情形；《棫朴》"济济辟王，左右趣之。济济辟王，左右趣之""济济辟王，左右奉璋。奉璋峨峨，髦士攸宜"，赋写郊祀祭天典礼上的威仪秩序；《行苇》赋写设筵、授几、献酢、洗爵、奠斝、荐醢、燔炙、歌噩、射箭、敬老、祈寿等，仪节有序，繁而不乱；《生民》"或舂或揄，或簸或蹂。释之叟叟，烝之浮浮。载谋载惟，取萧祭脂，取羝以軷。载燔载烈，以兴嗣岁""卬盛于豆，于豆于登。其香始升，上帝居歆"，从准备祭品写到献祭和神灵歆享，层层铺叙，秩序井然。这些诗的内容已不限于祭神之事，而是从神灵转向对当下的仪式生活本身的关注，展现的是典礼中礼物的盛美、周贵族的"威仪抑抑，德音秩秩"（《大雅·假乐》），尤其是对酒食肴馔的关注，比祭毕"燕私"时"道古"歌唱更进一步，更将礼乐歌唱的兴趣转向燕饮本身，如《旱麓》"瑟彼玉瓒，黄流在中""清酒既载，骍牡

---

① 朱熹：《诗集传》，中华书局，2017年，第281页。
② 竹添光鸿《毛诗会笺》："作说者由文王既殁之后追溯之，称为古之人，于义何妨？"（竹添光鸿：《毛诗会笺》，凤凰出版社，2012年，第1741页）可参。

既备",《行苇》"或献或酢,洗爵奠斝。醓醢以荐,或燔或炙,嘉肴脾臄""酒醴维醹,酌以大斗",《既醉》"既醉以酒,尔肴既将""笾豆静嘉",《凫鹥》"凫鹥在泾,公尸在燕来宁。尔酒既清,尔肴既馨。公尸燕饮,福禄来成",《泂酌》"泂酌彼行潦,挹彼注兹,可以饎饘",都是对酒食的描述,其中实已孕育了燕饮歌唱的兴起。礼乐生活的盛美与秩序,在钟鸣鼎食中展露无遗,礼乐"声教"进一步发展,遂迎来《小雅》燕饮歌唱的繁华。

第四章
《小雅》燕饮诗与周代礼乐歌唱的繁盛

《礼记·礼运》曰:"夫礼之初,始诸饮食。"饮食不仅是简单地满足口腹之需,更是贵族仪式典礼上不可缺少的环节,举凡祭祀、射礼、朝觐、聘礼、献凯等礼典,都离不开饮食活动,而且,一些重要的典礼如飨礼、燕礼、食礼、乡饮酒礼,主要就是通过饮食活动来传递仪式的主题意义。雅诗中大量燕飨题材的诗乐,令人印象十分深刻。虽然"以乐侑食"的礼俗一早就有,但以诗乐的方式歌赞饮食生活,却需要别样的情怀。西周中期燕饮诗的兴起,与这一时期燕飨礼制的新变息息相关,反映了周人对燕飨活动及其精神意旨的全新理解,周代礼乐歌唱的内容、体式及审美趣尚也因此进入新的阶段。

第一节 "显物"与"合好":西周中期燕饮诗的兴起与旨意

我们先从西周中期燕飨礼制的新变谈起。金文材料证实西周中期饮食活动发生了诸多新变。例如,殷人尚酒,飨礼用酒(如《宰甫卣》《尹光鼎》),周初金文中也有飨礼用酒的记载(如《征人鼎》),尚沿袭殷人的仪注。而到了西周中期后,周人飨礼开始用醴,《穆公簋盖》《长由盉》《师遽方彝》《大鼎》《三年痶壶》等都行"飨醴"。醴是一种速酿的酒,酒精度低。飨礼用醴,只是象征性地浅尝辄止,

《礼记·聘义》曰:"酒清,人渴而不敢饮也。"可知,醴更多起到"以成礼节"的仪式功能。《左传·成公十二年》"享以训共俭",杜注:"享有体荐,设几而不倚,爵盈而不饮,肴干而不食,所以训共俭。"刘雨分析了殷、周间飨礼的转变,认为:"周人这种重威仪,轻饮食,以'用醴'为特征的飨礼,大约始于穆王时,在此之前则沿用殷人礼仪。"① 另外,飨礼的仪式主题与意义也发生新变,飨礼行礼范围开始扩大与转移。在商代,飨礼多用以祭祀祖先。如,"大乙事,王其飨"(《合集》27125)、"庚子,王飨于祖辛"(《合集》23003)、"甲午,贞王叀祀飨"(《合集》34445)、"翌乙酉其登祖乙,飨"(《合集》27221)。而西周青铜器中,飨礼已很少用于祭祀祖先②,绝大部分是用于宴飨生人,如"用飨朋友"(《趞曹鼎》)、"用飨宾"(《沫叔昏簋》)、"用飨王逆洀(造)事"(《矢令簋》)③、"用飨王出内(人)事(使)人眔多朋友"(《卫鼎》),燕飨人群十分广泛,其在政治礼制活动中的作用也更加突出;或用于出征凯旋(《征人簋》《虢季子白盘》);或用于封建诸侯(《宜侯矢簋》);或用于巡视地方(《效卣》《效尊》);或用于大射(《遹簋》《长由盉》);或用于赏赐臣工使者(《师遽方彝》《三年瘐壶》);或用于答谢宿卫(《大鼎》)④。可知,自西周中期开始,飨礼的宗教意义逐渐减弱,成为更具政治、伦理性质的社会活动。

与此相应,《诗经》中燕飨歌唱也出现了功能属性的转移,逐渐从祭祖歌唱的附庸独立出来,燕飨活动自身成为歌诗表现的主体内容。《周颂·丰年》《潜》《载芟》《丝衣》等诗提及酒醴鱼牲,都属于荐祖献祭之用。《大雅》中也仍是如此,如《泂酌》,《诗序》:"言皇天

---

① 刘雨:《西周金文中的飨与燕》,《金文论集》,紫禁城出版社,2008年,第64页。
② 如《伯旜簋》:"旜其万年宝,用卿(飨)孝。"《仲柟父鬲、簋》:"用敢卿(飨)孝于皇且(祖)丂(考)。"《沈子它簋》:"用飨卿(飨)己公。"西周金文中多用"亯"(享)字表达祭祀鬼神之义。
③ "逆洀"指来往的使者,与"出入使人"义近,属于僚友(参唐兰《西周青铜器铭文分代史征》,中华书局,1986年,第254页)。
④ 刘雨:《西周金文中的飨与燕》,《金文论集》,紫禁城出版社,2008年,第67页。

亲有德、飨有道也。"孔疏曰:"言使人远往酌取彼道上流潦之水,置之于大器而来,待其清澄,又可挹彼大器之水,注之此小器之中,以灌沃米饎,以为饎之酒食。以此祭祀,则天飨之。此薄陋之物,皇天所以飨之者,以此设祭者是乐易之君子,能有道德,为民之父母,上天爱其诚信,故歆飨之。"①诗所言皆是飨祀神灵之事。《左传·隐公三年》曰:"潢污行潦之水,可荐于鬼神,可羞于王公。"故诗人以"行潦"为兴。可知"泂酌彼行潦""可以饎饎""濯罍""濯溉"所言酒食之事,都还不脱离祭礼属性,其诗与《旱麓》《棫朴》《既醉》《凫鹥》等祭毕燕饮之诗一样,反映了《大雅》中燕飨之事及其歌唱尚未获得主体的地位。而《小雅》中有关飨礼的记述,其仪式功能已经渗透到周代政治的各个层面。如《吉日》写周王田猎,卒章"以御宾客,且以酌醴",《毛传》:"飨醴,天子之饮酒也。"是以飨醴宴饮诸侯群臣;《采菽》写诸侯来朝,而王朝加以赐命并为之设飨礼,如孔疏所言:"古者天子之赐诸侯,必设飨礼,则以礼作乐。"②诗中"采菽采菽,筐之筥之""觱沸槛泉,言采其芹",所采菽、芹即用于飨宾客,《郑笺》:"菽,大豆也。采之者,采其叶以为藿。三牲牛、羊、豕芼以藿。王飨宾客,有牛俎,乃用铏羹,故使采之。"以上二诗反映了飨礼在政治礼乐活动中功能、地位的提升。为此,《小雅》还创制了专门表现飨礼的诗篇《彤弓》。诗云:

> 彤弓弨兮,受言藏之。我有嘉宾,中心贶之。钟鼓既设,一朝飨之。
> 彤弓弨兮,受言载之。我有嘉宾,中心喜之。钟鼓既设,一朝右之。
> 彤弓弨兮,受言櫜之。我有嘉宾,中心好之。钟鼓既设,一朝酬之。

---

① 孔颖达:《毛诗正义》,北京大学出版社,1999年,第1124页。
② 孔颖达:《毛诗正义》,北京大学出版社,1999年,第901页。

《诗序》:"《彤弓》,天子赐有功诸侯。"《郑笺》:"诸侯敌王所忾而献其功,王飨礼之,于是赐彤弓一,彤矢百,玈弓矢千。凡诸侯,赐弓矢然后专征伐。"与《采菽》之附带述及赐命礼后飨宾之事不同,《彤弓》写周王赐有功诸侯以弓矢,但其重点已落脚到飨礼上。"钟鼓既设",与文献所载飨礼迎送宾时"金奏"相合。"一朝飨之""一朝右之""一朝酬之",诗三章叠咏,细致深切。孙诒让《诗彤弓篇义》:"此'右'即《左传》之'宥',亦即《国语》之'酢宥'。盖非侑币,而即报饮之酢也。首章飨之,即献;次章右之,即酢。合之三章云'酬之',正是献酢酬之礼。"①诗中有关献酢酬、行乐之礼的记载,与《仪礼·乡饮酒礼》所记仪节基本相同,而据杨宽的观点,飨礼为高级的乡饮酒礼,乡饮酒礼源于古老的氏族聚落的会食,而后推行于国都,天子、诸侯也成为行礼的主人②。《遹簋》说:"惟六月既生霸,穆穆王在莽京,呼渔于大池,王乡酒。""乡酒",可理解为穆王在辟雍举行乡饮酒礼,或直接即是乡(飨)礼。《说文》释"廱"说"天子飨饮辟廱",正与《遹簋》所载相合③。据此,上引《采菽》中有"泛泛杨舟,绋纚维之"句,表明其飨宾之礼可能即在辟雍举行。

飨礼大多用于朝典、外交等重大场合,气氛郑重,务重威仪,礼重而体严,不尚酒食,爵盈而不饮,所以训恭俭,一般宾客之事较少使用,金文中属于王室"大飨礼"的也只有十一件,其他标有"飨"者,都是诸侯邦国所行,其等级较王室大飨礼低一级,而与燕礼接近了④。而燕礼则礼轻而情洽,以饮为主,燕则尽醉,爵行无算,所以示慈惠,行礼多在路寝,脱屦升坐,以尽其欢⑤。可见燕礼更能充分展现周人钟鸣鼎食的仪式生活,《诗经》中的燕礼歌唱也因此更为流行。如《鹿鸣》是"君与臣下及四方宾宴,讲道修政之乐歌"(《仪

---

① 孙诒让:《籀庼述林》,中华书局,2010年,第69页。
② 参杨宽《西周史》,上海人民出版社,2003年,第754—766页。
③ 参杨宽《西周史》,上海人民出版社,2003年,第748页。
④ 参刘雨《西周金文中的"周礼"》,《金文论集》,紫禁城出版社,2008年,第139页。
⑤ 参许维遹《飨礼考》,《清华学报》第14卷第1期,1947年,第119—154页。

礼·燕礼》郑注），《常棣》是"燕兄弟"（《诗序》），《伐木》是"燕朋友故旧"（《诗序》），《蓼萧》是"诸侯朝于天子，天子与之燕，以示慈惠"（《诗集传》），《湛露》是"天子燕诸侯"（《诗序》），《鱼丽》《南有嘉鱼》《南山有台》为"燕飨通用之乐"（《诗集传》），等等。与飨礼诗乐相比，燕饮诗更专注于歌唱燕饮之事本身，诗歌的内容、主题都与燕饮紧密相关：或写酒食肴馔之丰盛、琴瑟歌舞之燕乐，或写主宾间情款之和洽，以及令德福寿的祝福。正如《国语·周语》所言："饫以显物，宴以合好。"①"显物"与"合好"很好地概括了燕飨诗的内容和功能主题，下文分而论之。

　　首先，从"显物"一端来看，如前所述，歌诗对于物的关注，在较晚的《周颂》作品中已有体现，如《有瞽》《载见》《执竞》《丝衣》《潜》等对各种"礼物"的赋唱，"赋"的手法于此发端。而到雅诗中，"赋物"歌唱更加流行，这既是周代典礼人间化、凡俗化发展的一种体现，也是周代仪式生活臻至繁盛时自然而有的诗乐结果。这一点在燕饮诗中尤其突出，我们看《鹿鸣》"我有嘉宾，鼓瑟鼓琴。鼓瑟鼓琴，和乐且湛。我有旨酒，以燕乐嘉宾之心"，《常棣》"傧尔笾豆，饮酒之饫"，《伐木》"酾酒有藇，既有肥羜，以速诸父。……於粲洒扫，陈馈八簋。既有肥牡，以速诸舅""酾酒有衍，笾豆有践，兄弟无远。……有酒湑我，无酒酤我。坎坎鼓我，蹲蹲舞我。迨我暇矣，饮此湑矣"，《鱼丽》"鱼丽于罶，鲿鲨。君子有酒，旨且多"，《南有嘉鱼》"南有嘉鱼，烝然罩罩。君子有酒，嘉宾式燕以乐"，《湛露》"厌厌夜饮，不醉无归"，《宾之初筵》"笾豆有楚，殽核维旅。酒既和旨，饮酒孔偕。钟鼓既设，举酬逸逸"，《鱼藻》"鱼在在藻，有颁其首。王在在镐，岂乐饮酒"，等等。如果说《大雅》的"赋陈其事"，是在广远的历史时空背景中关注到现实政治与仪式生活中的人、物、事，那么，《小雅》燕饮诗的"铺写其物"，则更具人间化的倾向，直

---

① 《礼记·王制》孔颖达疏曰："《国语》云：'王公立饫，则有房烝。'其所云饫，即谓飨也。立而成礼，谓之为饫也。"是"饫"即飨礼。

接将人们的视线投注到钟鸣鼎食的凡俗生活,"赋物"所表现的仪式生活的繁盛,本身成了礼乐的意义所在。

这种审美趣尚的形成,实际上反映了礼乐背后周人独特的文化心理。法国人类学家莫斯有关"礼物"的论述有助于我们对"赋物"歌唱的理解。莫斯在《礼物》一书中注意到,古式社会中赠礼和回礼都是一种义务性的行为。莫斯将这一社会行为称为"竞技式的总体呈献"(Potlatch),或所谓"夸富宴""散财宴"。在这种总体的呈献机制中,人们慷慨地交换、消费礼物,从中获得荣誉、地位,并在这种共享和施舍中建立牢固的宗族情感,实现群体的凝聚与团结。这里的"礼物"既是经济的、政治的、法律的,也是宗教的、道德的、贵族式的,是具有神圣仪式性质与审美意味的[①]。杨向奎认为莫斯之说与周代的礼乐精神颇有相通之处[②]。"礼(禮)"字本身也体现了对"物"的依托、凭借,礼与义的确立正是在对"礼物"的授与受、贡与赐、献与颁等互动关系中建立的,因此我们看到,周人执着于对"礼物"的品类、等级、规制的明辨,致力于"礼物"中礼义价值的阐发,最终意欲达到的乃是依托于"礼物"所建立的文明生活和伦理秩序。不论是人与神的交往,还是人与人的交往,都有意通过"礼物"实现人神、人际的交接。我们可以《国语·周语》中的一段文字来加深这一认识:

> 今我王室之一二兄弟,以时相见,将和协典礼,以示民训则,无亦择其柔嘉,选其馨香,洁其酒醴,品其百笾,修其簠簋,奉其牺象,出其樽彝,陈其鼎俎,净其巾幂,敬其祓除,体解节折而共饮食之。于是乎有折俎加豆,酬币宴货,以示容合好,胡有孑然其效戎狄也?夫王公诸侯之有饫也,将以讲事成章,建大德,昭大物也,故立成礼烝而已。饫以显物,宴以合

[①] 莫斯:《礼物——古式社会中交换的形式与理由》,汲喆译,上海人民出版社,2005年。
[②] 杨向奎:《宗周社会与礼乐文明》,人民出版社,1997年,第244—250页。

好，故岁饫不倦，时宴不淫，月会、旬修、日完不忘。服物昭庸，采饰显明，文章比象，周旋序顺，容貌有崇，威仪有则，五味实气，五色精心，五声昭德，五义纪宜，饮食可飨，和同可观，财用可嘉，则顺而德建。古之善礼者，将焉用全烝？

从"择其柔嘉"到"共饮食之"，周人之所以对饮食相关之"物"投注极大的热情和虔敬，就在于此中可以"讲事成章，建大德，昭大物"，可以"示容""显物""合好"。如此，钟鸣鼎食，酒馔歌舞，往来献酬，进退揖让，应对周旋，在仪式的整体情境中就都获得了一种神圣的、道德的、审美的意味。于此，我们也就理解了燕饮诗"赋物"歌唱的心理机制。就以《鱼丽》一诗来说，其诗义实际上十分浅显，但却以重章叠咏的形式，津津乐道于典礼中鱼、酒的盛多旨美，无非想要表明"美万物盛多，能备礼也"（《诗序》）。"物其多矣，维其嘉矣""物其旨矣，维其偕矣""物其有矣，维其时矣"，很好地道出了周人对理想之物的理解。物对于燕饮主题及礼乐精神的传达，有着至关重要的意义，所以即使像"瓠叶""兔首"这样的至薄之物，也"不以微薄废礼焉"（《瓠叶序》），仍郑重其事地"采之亨之""炮之燔之""燔之炙之"，与君子共饮食之。又，《左传·隐公三年》："涧、溪、沼、沚之毛，蘋、蘩、薀、藻之菜，筐、筥、锜、釜之器，潢、汙、行潦之水，可荐于鬼神，可羞于王公。……《风》有《采蘩》《采蘋》，《雅》有《行苇》《泂酌》，昭忠信也。"孔疏："溪、沼言地之陋，蘋、藻言物之薄。"虽然其地、其物十分陋薄，但《采蘩》《采蘋》《泂酌》等详举备述之，其原因正如杜预注所言，"义取于不嫌薄物"，"义取虽行潦可以共祭祀也"，"虽薄物皆可为用"。[①] 不论物之贵贱，皆可昭忠信、建大德，正是在这一心理机制下，"显物"不仅是燕饮诗的表现手段，也成为燕饮歌唱的目的本身。

[①] 孔颖达：《春秋左传正义》，北京大学出版社，1999年，第74、76页。

其次，从"合好"一端来看，《礼记·乐记》说："钟鼓管磬，羽籥干戚，乐之器也。屈伸俯仰，缀兆舒疾，乐之文也。簠簋俎豆，制度文章，礼之器也。升降上下，周还裼袭，礼之文也。"礼、乐之"器"与"文"，所反映的正是物和人的关系。如果说"显物"是对礼乐诸器的赋陈和矜示，那么，"合好"则是纷繁的礼乐器物中展示的一种理想的人伦秩序。因此，我们在燕饮诗的"赋物"歌唱之余，更看到对人伦"合好"的咏赞。《鹿鸣》歌咏君臣上下"和乐且湛"；《常棣》歌咏"妻子好合，如鼓瑟琴。兄弟既翕，和乐且湛"；《伐木》宴请"兄弟""诸父"及"诸舅""朋友"，涉及多种社会伦理关系；《蓼萧》"既见君子，我心写兮。燕笑语兮，是以有誉处兮"，写诸侯见到天子时的欢畅。这些燕饮诗十分周全地歌咏了天子、诸侯、臣卿、兄弟、朋友、夫妇、姻戚、宗老、学子等人群的协合、和乐、恩好。白川静从西周中期贵族社会秩序的建立与维护的角度，分析了燕饮歌唱这一价值导向的生成。他认为，"共懿期的时代，西周贵族社会之秩序业已形成，世袭制也已确立，宗法制复与其政治体制结合，正迈入了安定繁荣的时期，《诗经》大小雅中，传诵着洋洋雅声的祭事诗及飨宴诗系统的作品，大概就是从这个时候成立起来的"[①]，"通过祖祭与随后的聚餐，加强同族的结合，求得族内的亲和。在此机会中，提高了同族意识，强化了连带关系，这乃是维持贵族社会秩序的方法"[②]。燕饮活动对"合好"伦理精神的追求，正可以部分消解不同邦国、族群、等阶、年齿之间不同权力文化主体的差异，实现一种"等差的秩序"。正如李山所分析："宴饮诗歌中不断出现的对兄弟人伦、君臣大义的吟咏，其主旨则更在于强调个体对整体的依存，以及整体对个体存在前提的赐予。宴饮活动中诚然有诸多的礼仪节度，但际会的人们，在有序的饮食与鼓乐声中，从精神上超越仪式的规矩，消除等级的差异

[①] 白川静：《金文的世界：殷周社会史》，温天河、蔡哲茂译，联经出版事业公司，1989年，第125页。

[②] 白川静：《诗经的世界》，黄铮译，四川人民出版社，2019年，第159页。

才是'宴以合好'的最终目标。宴饮在际会的和谐中，呈现了周朝社会的生命根基。"①

从燕饮诗的歌者身份、歌唱姿态上，我们也能看出燕饮诗追求"合好"、消除差异的用意。燕饮诗几乎全由乐工来歌唱，这一方面是由于瞽矇乐工的政治文化属性，在族群融合的大背景下由他们来唱宴乐嘉宾之诗更具有象征意义；再者，不像王公、国子等有特定的政教身份，乐工在燕饮歌唱中可以有更开放、自由的发挥，既可以代言周王朝，也可以代言嘉宾，更可以独立于具体的政治身份，纯粹以歌者的身份总览全局，表达所有典礼在场者的情感。如《南有嘉鱼》"南有嘉鱼，烝然罩罩。君子有酒，嘉宾式燕以乐"，诗中"君子"（指周王）与"嘉宾"同现，表明诗是基于乐工把握全场的视角。另外，乐工也可以穿梭于不同仪式身份之间，如《彤弓》"彤弓弨兮，受言藏之。我有嘉宾，中心贶之。钟鼓既设，一朝飨之"，首两句是从嘉宾一方着眼②；而"我有嘉宾，中心贶之"则转为周王立场；末两句赋唱钟鼓之设、献宾之礼，则又转为乐工对整体飨礼仪节的从旁赋述③。一首诗中，乐工的歌唱视角发生多次转移，以一种开放自由的姿态，顾及典礼上主宾各方的心理情感，正可以最大程度地实现"合好"之情。因此，诗中一些人称称谓也都是群体性的，如"嘉宾"；即使是乐工代言的第一人称"我"，也可指作为整体的周王朝，或作为群体的所有宾客；再如诗中"君子"，也可指称所有在场者。如《南山有台》"南山有台，北山有莱。乐只君子，邦家之基。乐只君子，万寿无期"，旧说对"君子"所指解说有歧，《诗序》以为"乐得贤"，故"乐只君子"指天子对贤人嘉宾的祝祷，朱熹《诗集传》、刘瑾《诗传通释》等都遵从此说；而吕祖谦《读诗记》、严粲《诗缉》、姚际恒《诗

---

① 李山：《诗经的文化精神》，东方出版社，1997年，第80页。
② 《毛传》："言，我也。"孔疏："既受之，我当于家藏之。"即使如《郑笺》释"言"为"王策命"之辞，"藏之、载之、櫜之"也是嘉宾发出的行为。
③ 从"既"字可以看出，钟鼓之设、飨、右、酬之礼都是已然之事，应该是乐工对整个飨礼的通盘把握。

经通论》等则以"君子"指天子,"乐只君子"为臣工祝祷天子之辞。实际上,与《蓼萧》《菁菁者莪》"既见君子"含有明确的主客关系不同,《南山有台》纯是乐工的第三方视角,故"乐只君子"云云当是着眼于参加宴会的所有贵族人物,指称的是一个模糊泛化的整体。李山说:"诗中每章起句都是'南山''北山'对举,正象征宴饮中的主与客。宗族社会中天子举行的宴享本意在强调内部的团结,并不将君臣等级放在首位,而是强调他们的等同。出自乐工的祝祷,既可理解为臣对君的祝祷,又可理解作君对臣的祝祷。"① 同理,《湛露》"显允君子,莫不令德""岂弟君子,莫不令仪",这里的"君子"也当包括周王、诸侯等在内的所有主宾,"莫不"二字也说明其所统摄群体的广泛性,就像"令德""令仪"之精神内涵具有普适性一样。乐工这种着眼于燕礼全场人员的歌唱,表达的是集体的情感与价值,不论是仪节本身,还是燕语中的劝侑和祈愿,在主宾之间都是双向互动和同等适用的,这正是周邦上下和同、合好一体的最好体现。

  燕饮诗这种意在追求和同、合好的精神,也使得它获得了普适性的乐用价值,故而可以不限于特定的群体,推广运用到周邦上下不同等阶的燕飨礼中,成为"通用之乐"。朱熹根据礼书用乐的记载,认为《鹿鸣》之三为"上下通用之乐","本为燕群臣嘉宾而作,其后乃推而用之乡人也",② 用于"间歌"的《鱼丽》《南有嘉鱼》《南山有台》也是"燕飨宾客上下通用之乐"。朱子所论,是周代歌诗经典化之后的用乐情形,但这些歌诗之所以能够通用,自然是由燕饮诗自身的价值导向所决定的,其所追求"合好"的精神本身即意在消弭不同等阶之间的节别,而且,歌诗内容中也未有明示特定等阶的人称称谓或名物,"君子""嘉宾"都是泛指,诗中所言琴、瑟、笙、簧、鱼、酒也都是燕礼通用之物,即便是《南山有台》中"万寿无期""万寿无疆"

---

① 李山:《诗经析读》,中华书局,2018年,第428页。
② 朱熹:《诗集传》,中华书局,2017年,第156页。

等祝祷语，也是周代社会普遍的祈愿之辞，故可通用于上下①。总之，与《周颂》《大雅》含有特殊的政教属性不同，《小雅》燕饮诗的"上下通用"，大大促成了周代礼乐的推广与流衍，同时也宣示着周人礼乐生活人间化、普世化的一大胜利。

第二节 "比兴"与"套语"：燕饮诗创制的新变

"诗六义"中的赋、比、兴，在歌唱的视角下更应被视为歌诗创制与歌唱的技法。诸家解释中，朱熹从三者与所咏之"物"的关联上着眼，富有启发。《诗集传》云："赋者，敷陈其事而直言之者也。""兴者，先言他物以引起所咏之辞也。""比者，以彼物比此物也。"②三者的区别在于与物相关联的紧密程度上，赋多是直接就当下所闻所见之事物，铺陈其事，赋写其物，而相比之下，比、兴所咏之物，《周礼·大师》郑司农注曰"比者，比方于物也；兴者，托事于物"③，都未必是当下感官所及之物，而是假借外物，有所兴发。虽然比、兴有显、隐之别④，但与赋"直陈其事，不譬喻者"相对，二者"同是附托外物"，故而后人也多以"比兴"连称⑤。

---

① 刘瑾《诗传通释》："此诗上下通用之乐，当时宾客容有爵齿俱尊足当之者，盖古人简质，如《士冠礼》祝辞亦云'眉寿万年'，又况古器物铭所谓'用蕲万寿''用蕲眉寿''万年无疆'之类，皆为自祝之辞，则此诗以万寿祝宾，庸何伤乎？"（刘瑾：《诗传通释》，北京师范大学出版社，2013年，第400页）
② 朱熹：《诗集传》，中华书局，2017年，第2、3、5页。
③ 贾公彦：《周礼注疏》，北京大学出版社，1999年，第610页。
④ 刘勰《文心雕龙·比兴》："毛公述传，独标兴体，岂不以风通而赋同，比显而兴隐哉？"孔颖达《毛诗正义》："比之与兴，虽同是附托于物，比显而兴隐。"
⑤ 前人有"比兴之别"的论题，但多是从呈现效果上区分，如"比显而兴隐"（《文心雕龙·比兴》《毛诗正义》卷一）、"比意虽切而却浅，兴意虽阔而味长"（《朱子语类·诗·纲领》）等，但在创作手法上，两者却"同是附托于物"（《毛诗正义》卷一），又有"兴多兼比"（吕祖谦《吕氏家塾读诗记》卷二）、"兴而比也"（《诗集传·汉广》）、"比而兴也"（《诗集传·氓》）等情况，可知"比""兴"多有相通，因此，本书为论述方便，不做细致区分，统作"比兴"而论。

从与物关联程度来区分赋、比、兴，道出了周代歌诗创作的一个事实，即不论诗歌所咏之物是否当下在场感知所能及，周代诗乐都十分流行以咏物为切入点，进而导入所要表达的乐歌主题。这是自早期歌谣以来即已形成的思维习惯和审美传统，从这一层面上来看，赋、比、兴可以理解成一种诗歌如何咏物以导入主题的方法。不过需要注意的是，这种从咏物切入歌唱、导出乐章主题的手法，在《诗经》中并非一早就有，它们在颂、雅、风中也并非均衡分布[①]，它们的兴起和流行，是周代歌诗发展到一定阶段、为满足特定仪式歌唱的需要而有的产物。以"赋"为例，《周颂》之礼辞歌唱就不应视为赋的手法，如前文所述，"赋"发端于描述仪式场面的颂诗，而繁荣于雅诗尤其是以"显物"为目的的燕饮诗中。"赋物"歌唱充分展现了仪式生活的繁盛与秩序，它本于典礼上所闻见的钟鸣鼎食、仪节礼物、人物威仪，出发点与落脚点都围绕当下在场的仪式，源于仪式，又归于仪式。虽然较之颂诗礼辞歌唱之有角色视角的限定，这种第三方"赋唱"已与仪式拉开距离，显示出一定的独立自主性，但仍因太过执于仪式中的物，铺陈繁称，而显得过于平铺、沉冗和板滞，少有妙想兴发之趣。这多少有些难孚燕饮诗意在合欢尽兴的需求，为纾此困，周代歌诗在"赋"之外另辟蹊径，"比兴"于此应时而生。

《周颂·振鹭》"振鹭于飞，于彼西雍"，《毛传》标为"兴"，但实际上乃是实写于西雍所见鹭飞场景[②]，朱熹《诗集传》改为"赋"，是也。《大雅·棫朴》《旱麓》，朱熹《诗集传》标"兴也"，但"芃芃棫朴，薪之槱之""瞻彼旱麓，榛楛济济"，实际上也是"赋"，是旱麓燔柴祭天典礼上所见实景的赋写。可知，《周颂》《大雅》诗中所咏事、物，都还是根植于仪式现场，这种"赋物"是仪式歌唱人间化转型的一种开拓，彼时比兴之法尚未兴起。直到《小雅》燕饮诗，我们

---

① 如黎靖德编《朱子语类》说："盖不是赋，便是比；不是比，便是兴。"
② 马瑞辰训为鹭羽之舞蹈，亦是赋写。马瑞辰：《毛诗传笺通释》，中华书局，1989年，第1072页。

才看到游离于礼仪之外、更具发散性的比兴表达。这之间诗法表达的转换，可以从毛公、朱熹对《小雅·鱼丽》赋、兴的不同标注中看出。毛公以鳣、鲨、鲂、鳢、鰋、鲤六鱼为燕飨礼中实际所荐之羞，而朱熹改标为兴，则鱼只是作为珍馐之代表入诗，至于所荐是否实有此六鱼，都是未必然的，诗人以众鱼起兴，只为显示品物之盛多、主人之殷勤①。同理，《南山有台》以"南山有X，北山有Y"起兴，一共提及了台、桑、杞、栲、枸、莱、杨、李、杻、楰十种树木，这无论是从地理学、植物学，还是从现场仪式环境来看，都不太可能是诗人眼前实见；再如《菁菁者莪》"菁菁者莪，在彼中阿""在彼中沚""在彼中陵"，据陆玑《疏》"生泽田渐洳之处"之说，则莪在阿中、陵中都非实写，诗只是以莪之盛貌来兴说"君子能长育人材"（《诗序》）。可见，与"赋物"歌唱相比，比兴已超越仪式现场所见所闻的限制，而从更广远的时空和文化环境中撷取合适的物象。仪式歌唱因此别开生面，瞽矇乐工也借着比兴中所积淀的知识传统和审美表达习惯，在歌唱中获得了更为自主的发挥。

学界对比兴思维的内在理路已有不少研究，其中不少从"兴"字构形说起。如陈世骧认为"兴"字本义是象拟四只手举物之状，诗歌之"兴"即指"初民合群举物旋游时所发出的声音"②。周策纵则认为殷商甲骨文中的"兴"都是祭名，是一种歌乐舞合一的活动，或持盘歌舞，或围绕盛物的承盘而歌舞，或是敲着盘而歌舞，进一步演变则发展出禷祭"𢍰"（兴）陈祭物时的歌祝之辞，通过述诵仪式中的酒食肴馔、车马服饰、乐舞器具等"礼物"，以表达祈祷、纪念或欢庆之情③。陈、周二氏都是从"兴"字字形中所含物象来探析兴义，但如其

---

① 《诗集传》："燕飨所荐之羞，而极道其美且多，见主人礼意之勤，以优宾也。"（朱熹：《诗集传》，中华书局，2017年，第171页）
② 陈世骧：《原兴：兼论中国文学的特质》，《陈世骧文存》，辽宁教育出版社，1998年，第155页。
③ 周策纵：《古巫医与六诗考——中国浪漫文学探源》，上海古籍出版社，2009年，第132—143页。

所论,"兴"所依托的仍限于在场仪式中的所有之物,这实际上乃是《诗》六义之"赋",与连类引譬的"兴"并不是一个概念。可见从字源学角度分析,并不能探得《诗经》"兴"法的真正要领。为此,现代一些学者从神话学、文化人类学的角度对"兴"提出的新解,值得关注。如,赵沛霖继承了闻一多等学者从原始宗教和图腾崇拜出发解释"兴象"起源的研究思路,认为"兴"是物象与有关观念内容之间的习惯性联想,是出于一种深刻的宗教原因而形成的艺术形式和方法[1]。叶舒宪则认为"兴"之连类引譬是神话宗教思维的产物,最早在《易》"象"中就已经体现出这种审美的"诗性智慧"[2]。巫瞽通过对自然、天时、物象、人事等消息变化的详察,发挥象征、联想、隐喻等思维方式,察微知著,预知吉凶[3]。《诗经》"兴"思维方式的运用,正是源于乐官知识系统中积淀的具有深远传统的信仰观念和审美经验。在这一知识系统中,鸟、兽、草、木、虫、鱼等都是带有强烈象征、隐喻意味的物象符号,它们在未经亲自交接的情况下就可以进入诗乐,与当下的现实境遇、仪式情境、乐章主题发生意义关联[4]。正如陈世骧所言:"这些(引者按,指'兴句')来自于一个古老而普遍的共同惯例之源,而并非诗人灵感来临之时各自眼前的所见之景。"[5]

而我们要进一步追问的则是,"兴"作为具有深厚积淀的知识传统与思维习惯,既然在早期歌唱和《易》之爻辞中就有运用,何以

---

[1] 赵沛霖:《兴的源起——历史积淀与诗歌艺术》,中国社会科学出版社,1987年。
[2] 叶舒宪:《诗经的文化阐释——中国诗歌的发生研究》,湖北人民出版社,1994年,第404页。
[3] 叶舒宪:《诗经的文化阐释——中国诗歌的发生研究》,湖北人民出版社,1994年,第404页。
[4] 文献中巫、瞽常连称,瞽工也具有听风知律、预知吉凶的职能,如"瞽告有协风至",天子乃耕田(《国语·周语》);舜祖虞幕能"听协风,以成乐物生"(《国语·郑语》);大司乐奏"六乐"以致羽物、裸物、鳞物、毛物、介物(《周礼·大司乐》)。
[5] 陈世骧:《诗经的普遍意义》,转引自王靖献《钟与鼓——〈诗经〉的套语及其创作方式》,谢谦译,四川人民出版社,1990年,第13页。

要晚到雅诗燕饮歌唱才被引入《诗经》呢？乐官在燕饮歌唱中引入古老的比兴手法，是出于怎样的考虑？它能为燕饮歌唱提供哪些便利？"口头诗学"中的"套语"理论为我们理解这一问题提供了思路。

"套语"指的是"在相同的韵律条件下被用来表达某一给定的基本意念的一组文字"①。这一诗学理论最早由哈佛大学古典文学教授米尔曼·帕里（Milman Parry）在20世纪30年代提出，后经其学生阿伯特·洛尔德（Albert Lord）发展扩充为一套完整的批评体系。虽然"套语"概念最早是针对《荷马史诗》提出的，但在《诗经》《楚辞》、乐府诗中也常见陈陈相因的习语表达，因此，"套语"理论在分析中国诗歌创作、乐用与传播机制时仍有一定的适用性。王靖献最早将"套语"诗学理论引入《诗经》研究中，在《钟与鼓——〈诗经〉的套语及其创作方式》一书中，王靖献用"套语"与"主题"两组概念分析《诗经》文本，"套语"用来构成诗行，而"主题"（又可称作"典型场景""旨式"）则是歌者在展开诗乐时不可抗拒地闪现在他心中的意念组合，是更大的"套语"结构，每一个"主题"本身就足以产生出套语化的诗句。王靖献分析了歌者在运用"主题"创作时的心理机制及其取得的效果：

> 主题反映了某一给定时期的诗人某一特殊类型的直觉方式，它既适用于史诗作品，也适用于抒情诗。在这两类诗体中，它都能唤起歌手与听众对其共同的"系统思想储藏库"（argumentorum sedes）的回忆，从而使他们都统一起来。在运用主题的套语创作中，诗人歌手之所以借助于一现成的主题惯例，准确地说，并不是因为它能帮助延长他正在创作的诗篇，而是因为对他经过训练的审美感受能力来说，这个惯例看来像是适合于那一包含着既定事件或情绪的场景。②

---

① 王靖献：《钟与鼓——〈诗经〉的套语及其创作方式》，谢谦译，四川人民出版社，1990年，第51页。
② 王靖献：《钟与鼓——〈诗经〉的套语及其创作方式》，谢谦译，四川人民出版社，1990年，第123—124页。

确切地说,"主题"首先是"歌手的记忆手段","它可使口述歌手免于逐字逐句地去死记硬背故事的劳苦",同时,从歌唱效果来看,"主题"在特定的诗歌传统中"获得某种内在的效力,能够为有经验的听众预示诗歌的情绪","引起听众的'条件反应'"。① 在王靖献的概念界定中,"主题"即相当于中国传统诗学中的比兴②,他认为:"作为'兴'而用于完成典型场景的主题,来自于普遍流行的知识或信仰之源中,它常用于引起广泛联想之目的,而超越了包含于诗本身之中的字面意义。"③ "普遍流行的知识或信仰之源"说,与我们上文将比兴理解作"具有深厚积淀的知识传统与思维习惯"不谋而合。正是在此深厚的积淀下,比兴为乐官歌唱提供源源不断的灵感想象和意象素材,比兴所起咏的物象并不一定是乐工眼前亲历的实景实事,而是平时贮存于乐工记忆中的现成的套语结构。对比兴传统的良好掌握,有助于乐工歌唱更为便捷地展开,尤其是当遇到临场即兴歌唱的时候,套语化的比兴可以马上唤起乐工对同类主题、情境的联想,同时,听众也能获得即时的感动,王靖献称这一效果为"联想的全体性"(totality of association)④。这种"联想的全体性",即比兴所具有的传统、惯性的审美力量,可以使乐工的歌唱与听众的欣赏同时获得各种便利。

而值得关注的还在于,《诗经》的"套语"化程度也呈现出诗体与时代的差异,据王靖献统计,《颂诗》与《大雅》的套语化程度还较低,分别为13.1%、12.9%,而《小雅》则达到22.8%,呈现出明显的套语

---

① 王靖献:《钟与鼓——〈诗经〉的套语及其创作方式》,谢谦译,成四川人民出版社,1990年,第147、24页。
② 王靖献说:"所谓'主题',或'典型场景',或'旨式'与中国抒情艺术中的所谓'兴'几乎完全是同一回事。"(王靖献:《钟与鼓——〈诗经〉的套语及其创作方式》,谢谦译,四川人民出版社,1990年,第125页)
③ 王靖献:《钟与鼓——〈诗经〉的套语及其创作方式》,谢谦译,四川人民出版社,1990年,第137页。
④ 王靖献:《钟与鼓——〈诗经〉的套语及其创作方式》,谢谦译,四川人民出版社,1990年,第155页。

化倾向①。与此相一致的是，比兴手法也正是发轫于《小雅》燕饮歌唱。两相参看，可知其中预示着《小雅》燕饮诗创作的某些新变。

首先，从《诗经》中"套语"现象的分布来看，"套语"在《小雅》诗中呈上升趋势，这是西周中期以下周代语言表达的普遍倾向，我们在西周中期以下的金文中也看到这一倾向，这与这一时期愈渐程序化的仪式生活密切相关。如西周中期以下，周王朝频繁举行册命仪式，形成了完备而富有程序化的册命礼仪，正是在这一情境下，册命金文呈现出高度的"套语"化表达。同样，正是因为这一时期燕饮活动及燕饮歌唱的盛行，诗乐内容也呈现出明显的程序化和"套语"倾向，其内容无外乎歌唱典礼中酒食的丰盛、主宾的殷情融洽、美好的祝愿。如"我有嘉宾"（《鹿鸣》《彤弓》）、"德音孔昭/胶"（《鹿鸣》《隰桑》）、"君子有酒"（《鱼丽》《南有嘉鱼》《瓠叶》）、"嘉宾式燕以敖/以乐/以衎"（《鹿鸣》《南有嘉鱼》）、"乐只君子"（《樛木》《南山有台》《采菽》）、"既见君子"（《蓼萧》《菁菁者莪》《頍弁》《隰桑》）、"和乐且湛/濡"（《鹿鸣》《常棣》）、"万寿无疆/无期"（《天保》《南山有台》《楚茨》《甫田》）、"君子万年"（《瞻彼洛矣》《鸳鸯》《既醉》）等等。"套语"运用，成为诗乐的关键因素，它展现的不是诗乐的个性，而是作为整体的燕饮活动的气氛，正如王靖献所言："评价一首诗的标准并不是'独创性'，而是'联想的全体性'。"法国汉学家葛兰言也分析说：

> 主题毕竟只是主题，只是一个要塞进歌谣里的固定程序。它们构成了一种固定不变的图景，即使主题与所要表达的感情联系在一起，其目的也不是要将感情独特化，反而是如我们所看到的，是要把感情与普遍的风俗联系在一起。②

---

① 参王靖献《钟与鼓——〈诗经〉的套语及其创作方式》，谢谦译，四川人民出版社，1990年，第56、59页。
② 葛兰言：《古代中国的节庆与歌谣》，赵丙祥、张宏明译，广西师范大学出版社，2005年，第74、75页。

可知，作为仪式中的歌唱，诗乐受到仪式主题的强大牵引，人们全都在一个纯粹程序化的背景里，体验着完全相同的集体共有的情感，"套语"也因此成为表达这种集体共同情感的最佳方式。

其次，从《诗经》中比兴的兴起来看，正是因为燕饮诗对集体情感的关注，"套语"的运用又指向更高程度的"主题"表达。"主题"代表了典型场景所能唤起的典型情感，这正是仪式程序化达到一定程度后诗乐歌唱的自觉追求，也是在审美传统与习惯下不自觉的选择。正是在这一诗乐背景下，比兴在程序化、主题化的燕饮歌唱中登场，它不仅关系到诗章的内容与结构，更奠定了诗乐的氛围与感情基调。以《小雅·鹿鸣》一诗为例，诗歌重在表达主宾的盛情厚德，而诗以"呦呦鹿鸣，食野之苹"起兴，正是因为在乐官的知识系统中有此"呦呦鹿鸣，食野之苹"的典型意象，而且乐官也十分明了这一意象所隐喻的典型情感，这一隐喻的情感正与燕饮的仪式主题相合，故而，乐官十分顺畅地撷出此兴句，为某个特定的情境和主题做必要的渲染或暗示；同时，二章"呦呦鹿鸣，食野之蒿"、三章"呦呦鹿鸣，食野之芩"的叠咏，又通过意象的反复、微调，推进诗乐歌唱的展开，这也就是王靖献所说的"套语模式中的替换程序"[①]，歌者也因此越来越少依赖于记诵，在即兴歌唱中获得极大的便利。

比兴有"取义""不取义"两种区分，这一方面是因为年代久远，意义索解成为困难，再者也是因为比兴本来就多是即兴、发散性的使用，只是乐工为了便于歌唱的便宜之计，在这一瞬间连类而及的联想中，显明一点的则与主题有意义关联，而含糊一点的就只是诗乐韵律的感应。尤其在即兴口头创作中，音乐与韵律是决定性的，语义反而是其次的，洛尔德说："某一词通过其声音暗示出另外一个词，一个

[①] 王靖献引《故事的歌手》中的一段论述，说："只有当某一特定套语以其基本模式贮藏于歌手心中之时，这一套语本身才是重要的。而当达到了这种境地，则歌手就越来越不依赖于记诵套语，而是越来越依赖于套语模式中的替换程序。"（王靖献：《钟与鼓——〈诗经〉的套语及其创作方式》，谢谦译，四川人民出版社，1990年，第19页）

词组暗示出另一个词组，不仅是由于其意念或意念的某一特殊顺序，而且也是由于其音响功能。"① 总之，不论比兴与诗乐主题是否有意义关联，在韵律上都是和谐的，这足以说明，在歌者运用比兴时，韵律起到了既指引又约束的双重作用。也就是说，比兴作为歌者便于歌唱的便宜之举，它本身是适应性的、非自主的，是在惯有的仪式乐歌的韵律中一种讨巧的应用。这种既有的音乐韵律，大到所谓主旋律的音乐元素，小到规律性出现的押韵与韵脚，对"因乐作诗"的仪式乐歌的指导尤其明显。美国学者苏源熙在《〈诗经〉中的复沓、韵律和互换》一文中将此称为"典型韵律"（typical rhymes），并分析了"典型韵律"对比兴的影响：

> 正是每诗节结尾的韵承担着最大的主题意义。……第一个韵脚（引者按，即比兴的韵脚）预示了第二个韵脚，但不能替代它。如果重新安排，将第三、四行诗句放在一、二行诗句之前，这有悖于《诗经》悠久的传统。韵脚语音上的相似性遮蔽了两段诗节主题上的不尽相同。……尽管在读者的实际经验中，似乎是第一韵决定第二韵；但从创作者的角度来看，主题以及第二韵，才起决定性作用。《国风》的创作者，无疑先决定了最后一段诗节的韵律，然后才选择一个合适的"兴"，来传递所需的开篇韵律。"兴"并非诗的主题，但诗却假托它是，至少在韵律的持续上如此。……它们不是原因而是托辞，出现在诗歌中的托辞完全依赖于显著的结果，即第四行的韵律。②

虽然从诗歌文本的呈现上看，比兴在前，貌似决定着整首诗的韵律；

---

① 洛尔德：《故事的歌手》，转引自王靖献《钟与鼓——〈诗经〉的套语及其创作方式》，谢谦译，四川人民出版社，1990年，第62页。
② 苏源熙：《〈诗经〉中的复沓、韵律和互换》，《中国美学问题》，卞东波译，江苏人民出版社，2009年，第256页。

但实际上在乐工或诗人潜意识里，是先已设定了某一特定的仪式主题以及与此相适应的、惯用的"典型韵律"，因此，歌者在选择起兴之句时，首先应该考虑的是要使兴句合乎"典型韵律"的规范。久而久之，这种潜藏的"典型韵律"成为乐官制乐与歌唱时的基本修养，"对于《诗经》任何一个有才能的创作者，他们催发主题上专属韵系的能力也可以当作他们创作技巧的一部分。一旦这些韵系成为语音上、主题上相似的单元，它们在诗歌中的存在就会被奉为神圣：一首关于神圣王权的诗歌，如果不包括这些韵系中某些成员，则会被认为是不合标准的"[①]。也即是说，比兴在诗乐中的运用，是乐官出于歌唱的便利而做的巧妙适应，它服务于歌唱，而根本上则受到"典型韵律"的指引、约束。在"典型韵律"的指引下，乐工巧妙地利用"套语"或比兴展开歌唱，听众也在程序化、主题化的仪式音乐中更直接、强烈地升华出集体情感——这正是仪式乐歌所欲强化、追求的。

综上所述，燕饮诗中引入比兴手法，给周代歌诗的内容体式、生成机制与歌唱形态带来了巨大的嬗变。回到本节开头所勾勒的周代诗乐的发展趋势，可以说，比兴手法使得诗乐与仪式更加拉开了距离，乐工逐渐摆脱仪式的时空局限，拥有更大的自主性，尤其是与比兴经常相伴而用的重章叠调的兴起，更是促进了这一趋势的发展。

第三节　重章叠调：乐工燕饮歌唱的便利之策

与比兴一样，重章叠调在《诗经》中也并非一早就有，而是有一个明显的从兴起到流行的过程。过去学者对《诗经》重章叠调的研究已十分深入，但多是关于类型的现象分析，至于这种乐歌体式流行的原因、功能及具体呈现形态，学界还没有透彻的研究，一些研究思路和观点也还存在一些偏差。例如，20 世纪 20 年代顾颉刚、魏建功等

[①] 苏源熙：《〈诗经〉中的复沓、韵律和互换》，《中国美学问题》，卞东波译，江苏人民出版社，2009 年，第 264、265 页。

关于复沓与歌谣关系的争论，顾先生主张复沓是乐官根据入乐歌唱的需要对乐章做的加工，而魏建功则强调重奏复沓是歌谣本有的常见表现手法①。两方观点各有论证依据，但其实是各得一偏。《诗经》中的风诗，已是入乐之后的文本遗存，已融合歌谣与仪式乐章的双重因素，因此，今本《国风》中习见的重章叠调体式，已难以确切分辨是歌谣传统还是乐官加工所致。后来的研究者也大多在歌谣的范畴内讨论重章叠调，或是追索重章叠调的宗教巫祝传统，或是探论重章叠调的"劳动"说起源及与农耕文明的关系，或是论析重章叠调中的朴素辩证法思想，等等②。这些讨论多局限在《国风》内，而没有关注《诗经》中重章叠调的最初兴用情况，也没有讨论重章叠调被引入王朝仪式歌唱的内外原因。诚然，重章叠调确以《国风》中运用尤多，但它的发轫却远早在《国风》之前，因此，我们在讨论重章叠调时，不能仅将视线投射到荒远的歌谣传统，而应该通观整部《诗经》，着眼于《诗经》文本本身所显示的重章叠调的使用情况，在周代仪式歌唱的历时嬗变中，探析重章叠调从兴起到流行的历史脉络及其内外动因。

在上文有关燕饮诗中比兴兴起的论述中，我们已经发现一个突出的文本现象，即重章叠调这一诗乐体式也在燕饮诗中兴起。《大雅·凫鹥》《洞酌》是较早出现重章叠调体的诗篇。《凫鹥》如其诗中"公尸燕饮"所示，为绎祭燕尸之诗；《洞酌》从诗中"饎饎""濯罍""濯溉"看，亦与燕飨仪式相关。我们可以用《凫鹥》来加以分析。《凫鹥》其诗五章，各章属纯叠咏体，仅替换个别字词，其义一也。而郑玄用三家《诗》之义，以"在泾""在沙""在渚""在潀""在亹"分别指燕祭宗、四方万物、天地、社稷山川、七祀之公

---

① 参顾颉刚《从〈诗经〉中整理出歌谣的意见》、魏建功《歌谣表现法之最要紧者——重奏复沓》，《古史辨》第3册下编，上海古籍出版社，1982年。
② 参褚斌杰《〈诗经〉叠咏体探颐》，《诗经研究丛刊》第1辑，学苑出版社，2001年；王晓平《〈诗经〉迭咏体浅论》，《内蒙古师院学报（哲学社会科学版）》1982年第2期；李明远《〈诗经〉的重章叠句艺术浅论》，《语文学刊》2009年第6期；方学森《〈诗经〉复沓艺术生成的文化成因》，《铜陵学院学报》2007年第1期。

尸。欧阳修《诗本义》驳郑说："其曰'凫鹥在泾''在沙'，谓公尸和乐，如水鸟在水中及水旁，得其所尔。在沙、在渚、在潨、在亹，皆水旁尔，郑氏曲为分别，以譬在宗庙等处者，皆臆说也。"① 方玉润《诗经原始》也说："水虽有五，唯泾是名。其余沙、渚、潨、亹，皆从泾上推说，犹言泾之旁，泾之涯，泾之涘耳。"② 可知"在泾""在沙""在渚""在潨""在亹"只是作为歌诗起兴的兴辞，并非完全写实，它们之间也没有主次轻重之分，郑注之失正是源于对兴体与重章叠调的误读。除《大雅·凫鹥》《泂酌》之外，《小雅》中大量燕饮诗如《鹿鸣》《伐木》《鱼丽》《南有嘉鱼》《南山有台》《蓼萧》《湛露》《菁菁者莪》《瞻彼洛矣》《裳裳者华》《鸳鸯》《鱼藻》《隰桑》《瓠叶》等，也都体现了比兴与重章相伴而用的关系③。对此，我们要追问的是，重章叠调为何要晚到燕饮歌唱中才兴起？它与比兴相伴而用，又能为乐工歌唱提供怎样的便利？它反映了仪式乐歌创制与歌唱的哪些变化？下文试论之。

　　《周颂》中并无明显的韵律与分章情况，当然更没有重章叠调，这也说明并非诗章短小就有发展出重章叠调的要求④。而到雅诗阶段，《大雅·大明》《皇矣》《绵》《生民》《公刘》等述赞诗，多以叙事和记述的手法、以时空推移为线索来展开诗文本，因此章句间的衔接出于歌诗艺术考虑的情况较少⑤，此时并未出现重章叠调体。因此，笔者认为，燕饮歌唱中引入重章叠唱，当与燕饮的仪节进程及"合好""尽欢"的仪式情感表达有着密切的关系。正如孔颖达《毛诗

---

① 欧阳修：《诗本义》，《儒藏》精华编第24册，北京大学出版社，2008年，第105页。
② 方玉润：《诗经原始》，中华书局，1986年，第513页。
③ 虽然西周后期重章叠调也有以"赋"的手法组织诗章的，如《大雅·民劳》（亦是出于乐工蕃衍，见本书第六章），但重章叠调与比兴手法相配而用，无论是从兴起的时间上，还是从使用程度上，内中原因和功能都更值得探究。
④ 如褚斌杰《〈诗经〉叠咏体探颐》就认为因内容比较单一、形式简短，因此，《国风》常采取回环往复的叠唱，以增加词义，延长歌唱时间。
⑤ 其中较有修辞痕迹的，如《大雅·文王》《大明》《下武》《既醉》以顶针格承接上下章，或者如《笃公刘》均以"笃公刘"一句作为诗章的开始。

正义》所说:"诗本畜志发愤,情寄于辞,故有意不尽,重章以申殷勤。"① 严粲《诗缉》也说:"大抵寂寥短章,其首章多寄兴之辞,次章以下则多申复咏之,以寓不尽之意。"② 指的就是重章叠调细腻、周致、蕴藉的表达效果,正好渲染气氛,用来表达燕飨活动中主宾间的殷切情款,其回旋往复的叠咏,也与主宾之间进退周旋、觥筹交错、往来献酬的仪节相合拍。例如,上文分析的《彤弓》一诗,诗三章正好与一献之礼的献、酢、酬三个环节相对应,也即是说,三章叠咏与主宾之间举爵相酬、往来有秩的仪节,正相呼应,若合符节。这可以算是燕饮歌唱中十分巧妙的一种艺术布局。在《小雅·瓠叶》中,重章叠调与一献之礼也形成了完好的合拍关系:

> 幡幡瓠叶,采之亨之。君子有酒,酌言尝之。
> 有兔斯首,炮之燔之。君子有酒,酌言献之。
> 有兔斯首,燔之炙之。君子有酒,酌言酢之。
> 有兔斯首,燔之炮之。君子有酒,酌言酬之。

诗四章叠咏,首章是总挈之章,"君子有酒,酌言尝之",孙诒让以为"尝"是主人馈具之事,在飨前;后三章"君子有酒,酌言献之""君子有酒,酌言酢之""君子有酒,酌言酬之",则是敷写一献之礼,张彩云曰:"一物而三举之者,以礼有献酢酬故也。"③ 有献、有酢、有酬,正备一献之礼。故《左传·昭公元年》载:"赵孟赋《瓠叶》,穆叔曰:'赵孟欲一献。'"赵孟赋诗断章,乃是直接从诗中"献之""酢之""酬之"取义,所以穆叔一闻即知其欲行"一献"之礼。

综上,《彤弓》《瓠叶》二诗都在诗中明言了燕飨礼中献、酢、酬的仪节,诗的各章可能就是配合"一献之礼"献、酢、酬的仪节而唱,

---

① 孔颖达:《毛诗正义》,北京大学出版社,1999年,第39页。
② 严粲:《诗缉》,中华书局,2020年,第10页。
③ 转引自陈子展《诗经直解》,复旦大学出版社,1983年,第843页。

各章句式、节奏整齐，反复叠咏，与主宾间献、酢、酬的反复劝侑正好合拍。我们可以再通过分析《仪礼·士冠礼》所载祝辞和醮辞的章句结构，来加深了解重章诗辞与仪节相配而唱的关系。《士冠礼》所载祝辞，摘引如下：

> 始加，祝曰：令月吉日，始加元服。弃尔幼志，顺尔成德。寿考惟祺，介尔景福。
>
> 再加，曰：吉月令辰，乃申尔服。敬尔威仪，淑慎尔德。眉寿万年，永受胡福。
>
> 三加，曰：以岁之正，以月之令，咸加尔服。兄弟具在，以成厥德。黄耇无疆，受天之庆。

其醮辞如下：

> 醴辞曰：甘醴惟厚，嘉荐令芳。拜受祭之，以定尔祥。承天之休，寿考不忘。
>
> 醮辞曰：旨酒既清，嘉荐亶时。始加元服，兄弟具来。孝友时格，永乃保之。
>
> 再醮曰：旨酒既湑，嘉荐伊脯。乃申尔服，礼仪有序。祭此嘉爵，承天之祜。
>
> 三醮曰：旨酒令芳，笾豆有楚。咸加尔服，肴升折俎。承天之庆，受福无疆。

所载祝辞、醮辞是典型的诗歌体式，都为四字句，其中一些句子也同见于《诗经》，如"介尔景福"见于《小明》《既醉》，"笾豆有楚"见于《宾之初筵》，说明其虽为礼辞，但与《诗》有亲密的渊源关系。因此我们看四章醮辞，"旨酒既清""旨酒既湑"与"旨酒令芳"，"嘉荐令芳""嘉荐亶时"与"嘉荐伊脯"，"始加元服""乃申尔服"与"咸加尔服",有着明显的重章结构,且所祝内容从"寿考"到"万年"再到"无疆",逐章强化。而有意思的是,《士冠礼》在三章祝辞前面都有"始加""再加""三加"的节次提示语,四章醮辞也有"醮辞""醮辞""再醮""三醮"的节次提示语,这说明类似重章之辞的唱诵是分别对应于加冠、醮的各个仪式环节的。由此可以推知,上文所举《彤弓》《瓠叶》诗中明言"一献之礼"献、酢、酬的三个环节,也应当从相应仪节之礼辞中脱胎而来,删去礼辞前的节次提示语,就成了我们所见的重章文本。出土文献中保存的一些诗章,也可以看出重章与燕饮献酬的关系。如清华简《耆夜》中"王夜爵酬毕公,作歌一终曰《乐乐旨酒》",其后四句作"方臧方武,穆穆克邦。嘉爵速饮,后爵乃从",紧接着"王夜爵酬周公,作歌一终曰《輶乘》",其后四句作"方臧方武,克燮仇雠。嘉爵速饮,后爵乃复",①二者形成重章关系,且诗中"后爵乃从/复"自揭了歌诗所在的爵酬的节次。再如《清华简·五纪》载有"三管三歌,散军之仪",其中《武壮》《正匡》二歌也有鲜明的重章特征,其文曰:

  管曰《武壮》,后歌曰:昭昭大明,大明行礼,如日之不死。
  管曰《正匡》,后歌曰:昭昭奚明,奚明行义,如月之不徙。②

这也说明,重章歌唱与散军之仪的节次是相对的,若删去相关乐用信息,只存留诗辞内容,就是一首整齐的重章歌诗。这正是《诗经》"文本化"即"去乐化"的基本操作,但正因删去了重章歌唱所在的仪节信息,也致使重章的文本形态和乐歌功能难以得到彰显③。

---

① 清华大学出土文献研究与保护中心主编,李学勤编:《清华大学藏战国竹简(一)》,中西书局,2010年,第150页。
② 清华大学出土文献研究与保护中心主编,黄德宽编:《清华大学藏战国竹简(十一)》,中西书局,2021年,第129页。
③ 关于周代歌诗的"文本化",可参本书附论四《论周代歌诗的"文本化"——兼论〈诗经〉中复杂文本的成因》一文。

同时，《士冠礼》《耆夜》《五纪》中的重章歌辞也提醒我们，虽然我们今天可以一气呵成地阅读诗辞，但并不代表各个诗章在典礼歌唱时也是不间断的——这种错觉当是由动态、立体的歌唱在经过静态、平面的"文本化"之后造成的。事实上，礼、乐相须为用，诗乐的歌唱须与相应仪节的行进相配合。礼书等文献显示，燕飨礼中主宾在献、酢、酬之际有着多次的"乐作""乐阕"，如：

《仪礼·燕礼·记》："若以乐纳宾，则宾及庭，奏《肆夏》。宾拜酒，主人答拜而乐阕。公拜受爵而奏《肆夏》，公卒爵，主人升，受爵以下而乐阕。"

《礼记·郊特牲》："卒爵而乐阕。"孔疏："宾至庭，乐作，乃至。主人献宾，宾受爵，啐酒，拜，告旨，而乐止。宾饮讫，酢主人。主人受酢毕，主人献公而乐作，公饮卒爵而乐止。是'卒爵而乐阕'也。"

如金鹗《古乐节次差等考》所言，"每节奏一章，三节则三章也"，"礼乐相为表里，宾酢主人，礼之一节也，乐依之而为一节；主人献宾，礼之一节也，乐亦当依之为一节"。[①] 如《郊特牲》孔疏所示，献酢之际多次的"乐作"与"乐止"，最便捷的方式就很有可能是通过文本与音乐都具有高度复沓性的重章叠调来实现的。《彤弓》《瓠叶》之诗，既然是专为燕飨礼而作的仪式乐歌，且诗中明言"一献之礼"，则它们各章与献、酢、酬各仪节相对应，自然是十分便于乐工操作，且能很好地传达主宾间殷勤绸缪之意。从这个角度来说，重章叠调可谓适应燕饮仪式情境和乐用要求的最佳歌唱手段。

这也说明燕饮诗作为"以乐宥食"的歌唱，其乐章结构需保持一定的弹性，以便依随仪节的行进而有所调适；同时，燕饮诗用作"通

---

① 金鹗：《古乐节次差等考》，《求古录礼说》，《续修四库全书》第110册，上海古籍出版社，2002年，第371页。

用之乐"，在不同仪式场合、面对不同主宾人群时，针对礼仪的尊卑隆杀也应有繁简的区别变化。如，《左传·襄公四年》"穆叔如晋，晋侯享之，奏《肆夏》之三，不拜"，金鹗认为，"盖诸侯燕聘宾，惟用《肆夏》一章，而两君相见及天子享诸侯，乃得备三章"①，是故穆叔不拜。可见，在不同等级的仪式中，同一段乐曲也会有演奏章数的不同。乐曲如此，歌诗也不例外，如《仪礼·大射》载"歌《鹿鸣》三终"，郑注："歌《鹿鸣》三终，而不歌《四牡》《皇皇者华》，主于讲道，略于劳苦与咨事。"认为"歌《鹿鸣》三终"不同于"歌《鹿鸣》之三"，是指《鹿鸣》一诗歌唱三遍。黄以周《礼书通故》也指出"《鹿鸣》之三"与"《鹿鸣》三终"的差异，说："《鹿鸣》之三、《文王》之三，以诗之篇数言。升歌三终、笙入三终之类，以乐之节奏言。"②所以《大射》"歌《鹿鸣》三终"，当从胡培翚《礼记正义》引胡肇昕说："射略于燕，故只歌《鹿鸣》三终，就《鹿鸣》一篇而三次歌之也。……下文'乃管《新宫》三终'，亦就《新宫》一篇而三次以管奏之也。"③又，《仪礼·乡射礼》"歌《驺虞》若《采蘋》，皆五终"，贾公彦疏曰："大夫、士皆五节，一节一终，故云'五终'也。"④黄以周亦谓"非更有五篇。"至若尹继美《诗管见》引《唐会要》，又有"乡饮乐章，有歌《鹿鸣》三终、《鹊巢》三终"，"《嘉鱼》四奏，《关雎》五奏"者。⑤可见，配合相应的仪节，同一首诗歌可以歌唱几遍。以上诸诗都属叠咏体，若不将诗篇乐章视作固定文本，其歌几终，与同一曲式叠咏几遍，其性质是一样的，效果也别无二致。

又，《礼记·投壶》记有击鼓之节的鼓谱："薛鼓：取半以下为投

---

① 金鹗：《古乐节次差等考》，《求古录礼说》，《续修四库全书》第110册，上海古籍出版社，2002年，第371页。
② 黄以周：《礼书通故》，中华书局，2007年，第1799页。
③ 胡培翚：《仪礼正义》，江苏古籍出版社，1993年，第837页。
④ 贾公彦：《仪礼注疏》，北京大学出版社，1999年，第280页。
⑤ 尹继美：《诗管见》，《续修四库全书》第74册，上海古籍出版社，2002年，第105页。

壶礼，尽用之为射礼。"是投壶礼所用鼓节为射礼之半。孙希旦《礼记集解》曰："每奏诗一终为一节，而鼓节与之相应，每奏诗一终则鼓亦一终也。然鼓节可以增减，而诗篇长短有定，投壶鼓节用射节半，其歌诗之法未知何如。意者诗辞虽有一定，而其长言咏叹之间，固有可舒可蹙者与？"① 鼓节可以根据仪式等级作自由伸缩，孙希旦由此推论歌诗之法，也可根据仪等或舒徐，或急蹙。这一认识合乎诗乐歌唱的一般规律，但孙氏未达一间的是，他认定诗篇长短有定，只能做歌唱节奏速度的调整，殊不知在乐用时代，诗文本还没完全定型，文本在结构和内容上自身即具有这样的调适机能。重章叠调就是这种调适机能的重要手段，它的兴起和流行，正好为乐工根据仪式的进展程度、仪等的尊卑隆杀来调整乐章的章数提供了方便。

燕饮诗在歌唱繁简程度上的这种机动性，更加体现在仪式乐歌的"无算乐"环节。"无算乐"见于《仪礼·乡饮酒礼》《乡射礼》《燕礼》《大射礼》，是配合"无算爵"仪节的乐用。与"正歌"之有限定的歌诗及乐次不同，"无算乐"在歌唱内容和形式上都更为灵活自由，歌诗的范围、次序、遍数及奏唱方式等没有严格的限定，可以不拘章法，随心所欲，唯在取欢尽兴而已。这里我们有必要对"无算乐"的歌诗范围做一讨论。《仪礼·乡饮酒礼》郑注"无算乐"曰："燕乐亦无数，或间或合，尽欢而止也。"又《燕礼》郑注："升歌、间、合无数也，取欢而已，其乐章亦然。"郑注之原意，"盖谓奏乐不定依献酬之节，或用间歌，或用合乐，无一定之数，主宾尽欢，爵止而乐始止也"②，乃是就歌唱方式而言。而后人误读郑注，认为"无算乐"乃是就前面"正歌"中升歌、间歌、合乐诸诗再次歌唱，只是歌唱这些诗的次第、遍数、方式上有所不同而已。如明代李之藻《頖宫礼乐疏》就有无算乐"叠奏"之说：

---

① 孙希旦：《礼记集解》，中华书局，1989年，第1396页。
② 胡培翚：《仪礼正义》，江苏古籍出版社，1993年，第408页。

（正歌）音节繁多，行礼既久，奏乐复迟，虽强有力者，或将乘倦心而和敬之有忒，《仪礼》曰"乡乐惟欲"，注谓《周南》《召南》六篇之中惟所欲作，义避国君，则省《鹿鸣》《鱼丽》；礼存尚齿，则《皇华》《四牡》之诗不作，可焉。或于歌、笙、间、合，每诗取首章而余诗用于无算爵、无算乐之时，量晷之永短、客之多寡而酌用之。朝不废朝，夕不废夕，夫亦不失古人之意矣。①

又曰：

礼既绸缪，乐依操缦，全诗俱用，日恐不给，故每诗先及首章，余俟留宾进羞无算爵、无算乐之顷而更迭奏之，其必更迭奏之者，晷短则止，宾倦则止，乡乐惟欲，非必俟其篇之竟也。②

李氏的意思是，"正歌"时只歌诗之首章，至"无算乐"时则就"正歌"诗篇"更迭奏之"，"无算乐"的歌诗仍不出"正歌"范围。显然这是不符合周代仪式乐歌的真实情况的，若只在"正歌"二十余首诗上变换花样，就不会推进周代五百年礼乐歌唱的出新和繁荣。正如方苞《仪礼析疑》所言："无算乐不限于间、合之所歌明矣，必于正歌中取之，则不得为无算，如以叠奏为无算，则复而厌矣。"③"无算乐"必是在歌诗范围和歌唱方式上"唯所欲"，超出"正歌"之所限，才能取得"取欢""尽欢"的歌唱效果，显示出其独特的艺术价值。

"无算乐"的歌诗范围已明，我们再来看所谓"无算"如何与重章

---

① 李之藻：《頖宫礼乐疏》，《景印文渊阁四库全书》第651册，台湾商务印书馆，1986年，第309页。
② 李之藻：《頖宫礼乐疏》，《景印文渊阁四库全书》第651册，台湾商务印书馆，1986年，第320页。
③ 方苞：《仪礼析疑》，《景印文渊阁四库全书》第109册，台湾商务印书馆，1986年，第49页。

叠调体相互借重。对此，李之藻的见解倒是给我们很大启发。如其所言，"音节繁多，行礼既久，奏乐复迟，虽强有力者，或将乘倦心而和敬之有忒"，所以"晷短则止，宾倦则止"，而"无算乐"的设置，正好方便乐工更机动地适应歌唱时长的限制，照顾听众的欣赏趣味和兴致。清代程廷祚也推测说："若篇长句冗，则歌者之声将不能继，而操乐器者亦唯恐卧，况此三篇，使相继而奏，则为时甚久，宾主皆缀其礼文，愀然相对，思乐之阕而不可得，有是理乎？古人或于每篇择一二章歌之则可，今亦未敢取定也。"①这种"断章而歌"的情形，在相对自由的"无算乐"中，当是十分正常的操作。郑玄注"无算乐"时就举了季札观乐为例，说："此国君之无筭。"料想鲁国乐工不可能为季札完整歌唱《诗》三百篇，有可能只歌了部分诗篇，但更大的可能应该是缩略地歌唱诸诗的部分诗章，此即所谓"无算"之用。《左传》《国语》中也有乐工择要歌唱某诗之某章的记载。如《左传·襄公十四年》："孙文子如戚，孙蒯入使。公饮之酒，使大师歌《巧言》之卒章。"又，《国语·鲁语》："公父文伯之母欲室文伯，飨其宗老，而为赋《绿衣》之三章。"由下文"诗所以合意，歌所以咏诗也。今诗以合室，歌以咏之，度于法矣"云云，可知此"赋"即是歌，也是断章而歌《绿衣》的第三章。这些都说明"无算乐"中的歌诗具有动态的伸缩性，乐工在歌唱某诗某章时有充分的自主权。很显然，重章的乐章特征最可以为乐工的随机发挥提供方便：重章叠调往往具有相同的句数、整齐的句式、相似的旋律、类同的内容，因此若歌唱时间有限、主宾兴致阑珊，乐工即可以不歌尽全诗，只取重章中的数章歌之，这并不影响诗义表达和歌唱效果，即使在今天的舞台歌唱中，也常有原

---

① 程廷祚：《青溪集》，黄山书社，2004年，第37页。

本两段的重章歌词只唱一段的情况①。当然，反之亦然，若时间充裕、兴致盎然，乐工在重章所确定的曲式之上，变换个别字词，也可以便利地蕃衍出新的诗章。

早期《诗》的出土，为我们认识重章叠调这一特征与功能提供了绝好的例证。安大简《召南·驺虞》较今本多叠咏了一章"彼茁者苢，一发五麆。于嗟纵乎"②。这是十分奇特的文本现象，在传世文献和出土文献中多出一整章的异文是前所未见的。结合重章的特征和功能，我们推测安大简《驺虞》多出一章，很可能是某次重章歌唱的反映，即在某一歌唱情境中，为了更好地申纾情款，《驺虞》复沓了三遍③。又，湖北荆州王家嘴 M798 号出土战国楚简《诗经》，在每一诗篇之后有对该诗分章的总结，记为"×章成篇"，其中有与《毛诗》有异者，如简 2654 "可（兮）₋。《出亓（其）》，六言、三章【成篇■}"④，今本《郑风·出其东门》作"《出其东门》二章，章六句"。可知，简本较今本多出一章，《出其东门》为重章体，我们可以想见其多出一章的大体内容。又，简本《周南·汉广》简本一诗记作"《汉广》二章成

---

① 孙楷第《绝句是怎样起来的》论述汉魏六朝的乐舞歌演中有"摘唱"的形式，其云："若依文全唱，不但唱的人费力，即听的人亦费时。因此，乐工在某种情形之下，可以不唱全文，只摘取文字最精彩声音最美的一二解唱。"并举《白鸠舞歌》为例，谓晋时七解，齐乐所奏是第一解，梁朝奏此曲，又在齐乐基础上敷衍为二解，二解具有重章的特征（孙楷第：《沧州集》，中华书局，2018 年，第 434 页）。按，孙说所论"摘唱"形式与可摘取的各解的文本特征，与本书所论周代重章的歌唱形态、乐章功能颇可相参。
② 黄德宽、徐在国主编：《安徽大学藏战国竹简（一）》，中西书局，2019 年，第 97 页。
③ 又，安大简《诗》等文献中还存在诸多与《毛诗》章次异次的现象，这些诗篇中重章叠调体占比 86.1%，这也可以从重章的上述音乐特征上加以解释。可参本书附论《〈诗经〉章次异次考论》一文。
④ 蒋鲁敬、肖玉军：《湖北荆州王家嘴 M798 出土战国楚简〈诗经〉概述》，《江汉考古》2023 年第 2 期。

篇"①，可知简本《汉广》较今本少了一章，简本首章与今本同，当是今本重章的二、三章只存留了其中的一章。以上三例充分说明，重章叠调这一乐章体式具有灵活的伸缩性。

总之，重章叠调的这种伸缩性，正好可以在"无算乐"中为乐工所利用，便于他"量晷之永短、客之多寡而酌用之"。这说明，在动态的歌唱情境中，重章的章数、章次都可能有所变动，《诗》所记录的重章文本，可能只是历史上某次歌唱或多次歌唱经典化之后的文本形态。一位优秀的乐工应该根据仪式的规格、进程、主宾的兴致等现场情况，从容地做出临场的随机应变，这种能力尤其随着燕饮歌唱的流行而被更高地要求，重章叠调正是应着这样的要求，在燕饮诗中兴起并在其后的仪式乐歌中大行其道。由此，我们也就理解重章叠调与比兴并时而兴、相伴为用的功能和意义了。比兴的创作路径，是乐官先有意欲表达的主题，再在主题的意义、韵律的指导下，撷取相合的比兴之辞，但因为主题与比兴意象的对应性是开放、多元的，换言之，在同一仪式乐歌主题的指引下，乐工可以根据需要，通过变换相关比兴之辞，即可以生成章句结构高度相似的新乐章，这就形成了重章叠调。从这一角度来看，比兴与重章叠调的功能是一致的：比兴作为"歌手的记忆手段"，可以使乐官免却记诵之苦，便于临场即兴的发挥；同样，重章叠调在比兴的基础上，十分便于衍生出新的诗章，也可以使乐工在仪式歌唱中有更随机、即兴、自主发挥的可能。归结起来可以说，比兴与重章都是为适应乐工歌唱之机动性的需求而发展出来，而这种歌唱的机动性，自然是以"合好""尽欢"的燕饮歌唱尤为突出。

以上我们结合周代诗乐发展的大背景，对重章叠调体式兴起的仪

---

① 戎钰：《湖北"六大"终评项目——荆州王家咀 798 号战国楚墓》，《江汉考古》微信公众号 2022 年 5 月 10 日发表，https://mp.weixin.qq.com/s?__biz=MzI4NjY0NzE0MQ==&mid=2247486788&idx=1&sn=a2fb769dd94c3b744b4a4182ec0f3114&chksm=ebd8fb4edcaf725827c1a9abefcc00fa775e57804e4e0d706664cf12a5ec9f819e51a85e51e4&scene=27，访问日期：2024 年 9 月 23 日。

式背景、诗乐功能做了综合考察。简而言之,重章叠调并非仅仅为了延长歌唱时间、丰富诗义内容,它在《诗经》中出现,是周代仪式歌唱发展到一定程度的产物。从重章叠调与比兴、燕饮诗、无算乐的相互关系来看,重章叠调在燕饮诗中兴起,乃是应着燕飨仪节的行进节奏和仪式主题表达的需要而生,"无算乐"适情尽欢的诗乐情境,更是为重章叠调提供了绝佳的发挥空间。同时,我们发现,在燕饮歌唱中,周代歌诗已开始经典化之路,仪式歌唱的基本"乐节"开始出现,尤其是"无算乐"的不断扩容,成为诗乐拓新的重要推动力,深刻影响了其后歌诗的创制和歌唱机制。

第五章
周代典礼用乐"乐节"的形成

  二《雅》中除了述赞诗、燕饮诗之外,尚有一些反映射猎、落成、农事、视朝、饮至、册命等典礼的仪式乐歌,它们亦是为特定的仪式用乐而专门制作,在歌诗内容、形式、主题、功能上都与相关典礼仪式密切相关。魏源说:"圣人制作之初,因礼作乐,因乐作诗。"① 这些"特制"的诗乐,对与其紧密相关的典礼来说,都是所谓"正歌"。在此典礼中,"礼乐相须以为用,礼非乐不行,乐非礼不举"②。不过,因为一些典礼不常行用,或因诗中有特定的等阶、人物本事的限制,这些歌诗并不频繁地被歌唱,流传的广度也十分受限,因此渐趋边缘;而另一些诗则因主题流行,内容中也未见明显的等级限制,因而可以被广泛传唱,上文提到燕饮"通用之乐"就是典型代表。所谓"通用",不仅指通用于天子、诸侯、卿大夫等不同等阶,还指通用于不同的典礼仪式。前者体现了周代礼乐在广大周邦上下的推广,而后者更多体现了诗乐内部经典化的过程。这种诗乐经典化的过程,不仅伴随着不同歌诗流传时地位的升降分化,还伴随着歌诗从创制之初的本义向乐章义的迁移、衍变,象征着周代歌诗创制与乐用机制的新变。

---

① 魏源:《诗古微》,岳麓书社,1989 年,第 27 页。
② 郑樵:《通志二十略》,中华书局,1995 年,第 883 页。

第一节 "上取""下就"说商兑

据《仪礼》及《国语》《左传》等文献记载,周贵族典礼用乐有一套规定的"乐节",包括"金奏""升歌""笙入""间歌""合乐"及"无算乐"等,各乐节所用之诗也呈现出高度的程式化和通用性。但上述文献反映的多是春秋时期诸侯、卿大夫的用乐节次情况,至于宗周时期,天子用乐的乐节及所用歌诗的情形,则未有直接的文献材料。对此,学者们多根据《仪礼》等所载,将《诗经·风》、《小雅》、《大雅》与《颂》以等差的原则划分为乡大夫、诸侯、天子所用之"正乐",总结出"上取""下就"的体例,以此来逆推天子的乐节及所用歌诗,最后建构出一个等差分明又不失上下互通的周代各贵族用乐体系。

周代礼乐自有一套上下互通的制度,文献所载诸侯、卿大夫用乐乐节及歌诗,当渊源自周天子,所谓"礼乐征伐自天子出"。其中,王朝的天子礼乐无疑处于"通用之乐"之典范的地位。因此,基于不同爵等的用乐等差,依照"上取""下就"的原则来逆推天子乐节的研究,不仅与《诗经》作为王朝礼乐的整体属性相违背,也不合乎诗乐通用的一般程序,存在本末倒置的明显弊失。有鉴于此,下文我们将重审"上取""下就"之说,再以《仪礼》等所载"通用之乐"为基点,讨论宗周天子用乐"升歌""笙入""间歌""合乐"诸乐节的形成。

所谓"上取""下就"之说,最早出于郑玄。《仪礼·乡饮酒礼》郑注:"《小雅》为诸侯之乐,《大雅》《颂》为天子之乐。乡饮酒升歌《小雅》,礼盛者可以进取也。燕合乡乐,礼轻者可以逮下也。"[①] 其说之依据在于,《乡饮酒礼》《乡射礼》皆言"乃合乐《周南·关雎》《葛覃》《卷耳》,《召南·鹊巢》《采蘩》《采蘋》",而《燕礼》则言"遂歌乡乐《周南·关雎》《葛覃》《卷耳》,《召南·鹊巢》《采蘩》《采蘋》",

---

① 贾公彦:《仪礼注疏》,北京大学出版社,1999年,第152页。

行文不同，贾公彦分析说："饮酒不言'乡乐'者，以其是己之乐，不须言'乡'，故直言'合乐'。此燕礼是诸侯礼，下歌大夫士乐，故以'乡乐'言之。"① 因而得出风为乡乐，是乡大夫之乐。郑玄《诗谱》曰："其用于乐，国君以小雅，天子以大雅，然而飨宾或上取，燕或下就。"② 孔颖达也指出其中排序原理："风既定为乡乐，差次之而上，明小雅为诸侯之乐，大雅为天子之乐矣。"③ 所以《仪礼》所载诸侯、乡大夫燕、射诸礼用乐，各有"上取""下就"的体例：诸侯燕礼，"升歌""笙入""间歌"用己乐《小雅》，以其礼轻，故"合乐"则"下就"用乡大夫之乐；而乡饮酒礼以其礼盛，"合乐"用己乐《国风》，而"升歌""笙入""间歌"则"上取"用诸侯《小雅》之乐。曹元弼就此总结说："上取、下就，总以飨宾燕臣为衡。"④ 至于乡射，志在射，略于乐，故不"升歌""笙入""间歌"，唯"合乡乐"不略，用其正乐；大射亦同，不"笙入""间歌"，更不"下取"合乡乐，唯不略其正乐，"歌《鹿鸣》三终""下管《新宫》三终"而已。

根据以上所述诸侯、乡大夫用乐情形，学者们又总结出一定的等差体例，并以此来逆推天子的乐节用乐：其一，"合乐"所用之乐，皆下"升歌"一等。《左传·襄公四年》叔孙豹言"三《夏》，天子所以享元侯也；《文王》，两君相见之乐"，郑玄《诗谱》据此推而得出："天子飨元侯，歌《肆夏》，合《文王》；诸侯歌《文王》，合《鹿鸣》。"依其例，"合《文王》"当指合《文王》之三，"合《鹿鸣》"同；其二，"笙入""间歌"所用之乐，与"升歌"同等。《仪礼·乡饮酒礼》郑注在讨论完天子飨元侯、诸侯及诸侯相与燕时"升歌""合乐"用乐之后，说"其笙、间之篇未闻"，而贾公彦则疏曰："乡饮酒礼笙、间之乐前与升歌同在《小雅》，知元侯及国君相飨燕，笙、间亦同升歌

---

① 贾公彦：《仪礼注疏》，北京大学出版社，1999年，第276页。
② 孔颖达：《毛诗正义》，北京大学出版社，1999年，第544页。
③ 孔颖达：《毛诗正义》，北京大学出版社，1999年，第544页。
④ 曹元弼：《乡饮酒燕礼升歌合乐并天子以下飨燕用乐大例述》，《礼经学》，北京大学出版社，2012年，第298页。

矣。"① 认为笙、间与升歌同出自《周颂》或《大雅》，只是其篇名未得闻。现将各礼之乐节制表如下，"㊣"代表用其正乐，"↑"代表"上取"，"↓"代表"下就"：

表 1　周代典礼用乐"上取""下就"表

典礼	升歌	笙管		间歌	合乐	备注
		笙入	下管			
乡饮酒礼	《鹿鸣》《四牡》《皇皇者华》↑	《南陔》《白华》《华黍》↑		《鱼丽》《由庚》；《南有嘉鱼》《崇丘》；《南山有台》《由仪》↑	《关雎》《葛覃》《卷耳》；《鹊巢》《采蘩》《采蘋》㊣	
乡射					《关雎》《葛覃》《卷耳》；《鹊巢》《采蘩》《采蘋》㊣	
大射	《鹿鸣》《四牡》《皇皇者华》㊣		《新宫》三终㊣			
诸侯燕群臣	《鹿鸣》《四牡》《皇皇者华》㊣	《南陔》《白华》《华黍》㊣		《鱼丽》《由庚》；《南有嘉鱼》《崇丘》；《南山有台》《由仪》㊣	《关雎》《葛覃》《卷耳》；《鹊巢》《采蘩》《采蘋》↓	
诸侯燕四方之宾	《鹿鸣》《四牡》《皇皇者华》㊣		《新宫》三终㊣		《关雎》《葛覃》《卷耳》；《鹊巢》《采蘩》《采蘋》↓	据《仪礼·燕礼·记》

---

① 贾公彦：《仪礼注疏》，北京大学出版社，1999 年，第 177 页。

（续表）

典礼	升歌	笙管		间歌	合乐	备注
		笙入	下管			
天子燕群臣及聘问之宾	《鹿鸣》《四牡》《皇皇者华》①	《南陔》《白华》《华黍》①		《鱼丽》《由庚》；《南有嘉鱼》《崇丘》；《南山有台》《由仪》①	《关雎》《葛覃》《卷耳》；《鹊巢》《采蘩》《采蘋》①	
天子飨元侯	《肆夏》之三①	（《周颂》）正		（《周颂》）正	《文王》《大明》《绵》正	
元侯相燕①	《清庙》①		《象》《武》①		《文王》《大明》《绵》①	据《礼记·仲尼燕居》，两君相见升歌《清庙》，下管《象》《武》，而论者又据"合乐"下"升歌"，推出其合乐《文王》之三。
天子飨诸侯	《文王》《大明》《绵》正	（《大雅》）正		（《大雅》）正	《鹿鸣》《四牡》《皇皇者华》①	
诸侯相燕	《文王》《大明》《绵》①	（《大雅》）①		（《大雅》）①	《鹿鸣》《四牡》《皇皇者华》正	与天子飨诸侯同，唯"上取""下就"之义异

上表中，后五类用乐皆出于推演。综合论之，以上所列，其立论

---

① 《毛诗》孔疏："元侯相于，亦与天子于元侯同，不歌《肆夏》，避天子也。"不歌《肆夏》，而歌《清庙》者，据《礼记·郊特牲》孔疏："元侯自相享，亦歌《颂》合《大雅》，故《仲尼燕居》'两君相见，升歌《清庙》'是也。"又，《毛诗》孔疏："《仲尼燕居》云：'大飨有四焉。两君相见，升歌《清庙》，下管《象》。'彼两君元侯相于法也。"（孔颖达：《礼记正义》，北京大学出版社，1999年，第777页。孔颖达：《毛诗正义》，北京大学出版社，1999年，第546页）

的基点是以"合乐""合乡乐"措辞之不同,认为《风》为乡大夫之乐,进而将《小雅》《大雅》与《颂》分属为诸侯之乐、天子之乐,又据《乡饮酒礼》《燕礼》中"升歌""笙入""间歌""合乐"所反映的"上取""下就"的原则,推导出天子飨燕元侯、诸侯、群臣及元侯相享、诸侯相享的乐节用乐情况。但实际上,《乡饮酒礼》《乡射礼》息司正时,皆云"乡乐唯欲",也言"乡",这说明"以其是己之乐,不须言'乡'"的文例并不可信,"合乐"或"合乡乐"只是各随文势的互文,并不能因此得出《风》《小雅》及《大雅》《颂》各为乡大夫、诸侯、天子之乐的划分,因此,《乡饮酒礼》《燕礼》各乐节中所谓"上取""下就"的体例也就无从谈起,由此建构的用乐尊卑等差体系,以及逆推得出的天子各乐节用乐,也就只有经学的意义,而与历史实情相悖了。以下逐一论之:

其一,郑玄《诗谱》"天子飨元侯,歌《肆夏》,合《文王》"说,是据《左传·襄公四年》《国语·鲁语》所载晋侯享叔孙穆子用乐之事得出的,但郑玄以"金奏《肆夏》之三"为"升歌",却存在问题,王国维对此有驳论:

> 原郑所以为此说者,彼据《乡饮酒礼》《燕礼》凡合乐所用之诗,皆下升歌一等,遂推之天子享元侯与诸侯相见,以为皆如是。因以《左氏》内、外传之金奏《肆夏》为升歌,工歌《文王》为合乐。不知金奏自金奏,升歌自升歌,合乐自合乐。内、外传明云:"金奏《肆夏》之三,工歌《文王》之三。"则所云"天子合《大雅》"者无据矣。[1]

实际上,《礼记·仲尼燕居》曰:"两君相见,升歌《清庙》。"王国维认为这是鲁得用天子之制,也就是说,天子见元侯亦当"升歌《清庙》",

---

[1] 王国维:《释乐次》,《观堂集林》,河北教育出版社,2001年,第52页。

而无"升歌《肆夏》"之礼①。又,《礼记·文王世子》《明堂位》《祭统》《仲尼燕居》"升歌《清庙》"皆与"下管《象》""舞《大武》"前后言之,而无"间歌""合乐",王国维说:"《礼》经、传上言'下管'者,下必言'舞',而不言'间歌''合乐'。其言'间歌''合乐'者,皆不言'舞',是二者可以相代。又案:天子、诸侯祭祀、宾客之礼皆有舞,则以用舞者为重,用'间歌''合乐'者为轻矣。"②可知"升歌《清庙》"时,皆配以下"管"和"舞",无"间歌""合乐"之事。这也证明上表中所推衍天子飨元侯、元侯相燕"合《文王》"之说,与事实不符。

其二,《诗谱》"(天子飨)诸侯歌《文王》,合《鹿鸣》"之说,亦可商榷。《左传·襄公四年》:"《文王》,两君相见之乐也。"《鲁语下》:"夫歌《文王》《大明》《绵》,则两君相见之乐也。"郑玄"诸侯歌《文王》"说得于此,可也。但文献中并没有"合《鹿鸣》"的用例,郑玄"歌《文王》,合《鹿鸣》"说,当是将《国语·鲁语》"今伶箫咏歌及《鹿鸣》之三"误解为"合乐",王国维解释其因,说:"伶、箫并言,或为合乐之证"③。其实,《左传·襄公四年》:"晋侯享之,金奏《肆夏》之三,不拜。工歌《文王》之三,又不拜。歌《鹿鸣》之三,三拜。"叔孙豹因"《肆夏》之三""《文王》之三"非大夫所当用,不拜,乐工因此改"歌《鹿鸣》之三",并未循着"工歌《文王》之三"所开启的乐节行进到"合乐"环节,因此,并没有形成"歌《文王》,合《鹿鸣》"相对应的乐用。孔颖达疏曰:"于《文王》已言'工歌',《鹿鸣》又略不言'工',互见以从省耳。"④可见,"歌《鹿鸣》之三",与"工歌《文王》之三"乐节相同,都属于"升歌",《礼书》中称"工歌"也都指"升歌",从无以"工歌"指"合乐"者。升歌《鹿鸣》之三,叔孙豹

---

① 黄以周《礼书通故》:"天子飨元侯奏《肆夏》之三,元侯飨诸侯止奏《肆夏》之一,其金奏既异矣,升歌同用《清庙》可也。"认为其异在金奏《肆夏》有所隆杀,而升歌则同用《清庙》(黄以周:《礼书通故》,中华书局,2007年,第1797页)。
② 王国维:《释乐次》,《观堂集林》,河北教育出版社,2001年,第57页。
③ 王国维:《释乐次》,《观堂集林》,河北教育出版社,2001年,第53页。
④ 孔颖达:《春秋左传正义》,北京大学出版社,1999年,第829页。

拜，正合乎"天子、诸侯燕群臣及聘问之宾，皆歌《鹿鸣》"之礼。据此，《诗谱》"诸侯歌《文王》，合《鹿鸣》"亦不能成立，其说也是建立在"合乐下升歌一等"的体例上，牵合误解《国》《左》晋侯享叔孙豹用乐之事而成。上文所驳"歌《肆夏》，合《文王》"所建立的升、合等差关系，也是"合乐降升歌一等"体例的误推。《左传》明言"工歌《文王》之三"，"《文王》之三"并无"合乐"之用①。

综上，不论是天子，还是诸侯，均无"合《文王》"或"合《鹿鸣》"之用，《仪礼》"合乐"与"合乡乐"，只是"互见以从省耳"，并没有义例上的差别。也就是说，"合乐"有且只有合"乡乐"。这其实涉及二《南》入乐的背景和机制问题。详见下文。

其三，贾公彦据乡饮酒礼"笙入""间歌"与"升歌"同在《小雅》，进而推断天子飨元侯、诸侯及诸侯相燕，其"笙入""间歌"也同在《大雅》或《周颂》。然则，文献中从未见《大雅》或《周颂》用作"笙入""间歌"的诗篇，所谓"笙诗"有且只有《小雅》中的《南陔》等六首。郑玄感叹"其笙、间之篇未闻"，足见其说更多是出于理论的推想，在《诗经》中难有确证。正如王国维所说："古天子诸侯之礼重者，皆但有升歌、下管、舞，而无间歌、合乐。"②上文提到升歌《周颂·清庙》时，皆配以管《象》、舞《大武》，管则不笙，二者互相替代，故此时根本没有"笙入""间歌"二乐节。可知，"笙、间之诗皆与升歌同等"这一体例也不全适用，不可推之太过。

综上可见，基于《乡饮酒礼》《燕礼》各乐节用乐所总结出的风、雅、颂之等差及"上取""下就"之法，所逆推出的天子各乐节用乐情况，其立论的根基和推衍的思路都是存在问题的。王国维即说："郑由《乡饮酒礼》《燕礼》以推天子之合乐，其根据未免薄弱。"③实际

---

① 黄以周《礼书通故》也认为："《国语》云：'夫歌《文王》《大明》《绵》，两君相见之乐也。'歌谓升歌，非合乐也。"并批阮元、金鹗"合乐《文王》"之说，"牵强旧文，附会臆说"（黄以周：《礼书通故》，中华书局，2007年，第1797页）。
② 王国维：《释乐次》，《观堂集林》，河北教育出版社，2001年，第53页。
③ 王国维：《释乐次》，《观堂集林》，河北教育出版社，2001年，第53页。

上,无可争辩的是,《颂》与二《雅》皆出于周王朝的制作,属于天子之乐,至如二《南》,亦是"正始之道,王化之基",也是通过王朝主导的"特制"与"采录"两种创制渠道进入王朝礼乐的。《燕礼》《乡饮酒礼》所载诸侯大夫用乐,实乃诗乐以王朝颁赐的方式自上而下推广、下移后的情形,基于乡邦用乐所得出的"小雅为诸侯之正乐""风为乡大夫之正乐"说,有违《小雅》、二《南》作为王朝礼乐的整体属性,其所构建的"上取""下就"的用乐等差之法,也是本末倒置,无法逆推、重构出天子用乐的真实全貌。所谓"夫制礼自士始,用乐亦然"的推论基点①,显然也是有悖于宗周礼乐"自天子出"这一生成机制和推广程序的。可以明确的是,宗周时期的诗乐只有一条主线,即以王朝为诗乐创制的主要执行者,以王朝诗乐歌唱为典范而适度推广、下移,遂而形成具有一定普适性的"通用之乐"。《仪礼·燕礼》《乡饮酒礼》等所载诸侯、乡大夫所用诗乐,都是通用自天子,也就是说,宗周时期天子用乐就已形成了"升歌""笙入""间歌""合乐"诸乐节及所用之诗②。因此,以这些"通用之乐"为基点,讨论宗周天子典礼用乐"升歌""笙入""间歌""合乐"的形成以及其中的礼乐机制,方是顺畅的研究途径。

第二节 燕饮歌唱背景下"笙入""间歌""升歌"的形成

前人已有论及,"下管"与"笙入"二者可以相代,而管重于笙③,"下管"后有舞,而无"间歌""合乐",可见管、舞在周代礼乐中较为

---

① 曹元弼:《乡饮酒燕礼升歌合乐并天子以下飨燕用乐大例述》,《礼经学》,北京大学出版社,2012年,第300页。
② 《仪礼·乡饮酒礼》《燕礼》中乡大夫与诸侯各乐节歌诗全同,皆通用自天子,可知天子所用歌诗也应该与二者相同,绝无二致。所谓"上下通用"之义,于此可见。
③ 李光地《古乐经传》:"盖管重于笙,《虞书》《周礼》'下管'、《礼记》'升歌《清庙》,下而管《象》',皆重乐也。"(李光地:《古乐经传》,《榕村全书》第4册,福建人民出版社,2013年,第109页)

隆重，在适用范围上有较严的限制，难以普泛推广，而"笙入""间歌"与"合乐"则更具普泛性，诗篇也最为稳定、程式化。其间的原因，还得从它们形成的背景和乐歌主题说起。

《南陔》《白华》《华黍》《由庚》《崇丘》《由仪》，有乐无辞，而其义则《诗序》有述："《南陔》，孝子相戒以养也。《白华》，孝子之洁白也。《华黍》，时和岁丰，宜黍稷也。《由庚》，万物得由其道也。《崇丘》，万物得极其高大也。《由仪》，万物之生各得其宜也。"① 后三笙诗与《鱼丽》《南有嘉鱼》《南山有台》相间，其《序》与《鱼丽序》"美万物盛多，能备礼也"的表述十分相似，后者极言燕饮礼中酒食肴馔之盛多美备，又《南有嘉鱼》《南山有台》亦纯为燕饮歌唱而作，据此，《由庚》《崇丘》《由仪》三笙诗咏"万物"，正属于燕饮诗乐常见的"显物"主题的表达，《华黍》咏谷物丰稔，与之相通，《南陔》《白华》主于讲论道德，和序伦理，也与燕饮诗乐"合好"主题相合。于此可知，"笙入""间歌"九诗都与燕饮歌唱相关，在"合好""显物"的燕饮主题下得以上下通用，《乡饮酒礼》《燕礼》"笙入""间歌"歌奏此九诗，必是承自天子燕饮用乐。

而从《鱼丽》《南有嘉鱼》《南山有台》的内容来看，三诗本为燕饮而作，"诗篇除了用于宴会之外，别无它用"②，也就是说，其诗之本义与乐章义完全相合，属于仪式乐歌"因礼作乐，因乐作诗"的典型制作，其用于燕礼的"间歌"环节是十分顺畅的，甚至可能是一早即有的设计。再从诗中语词的时代性来看，《南山有台》"万寿无期""万寿无疆""遐不眉寿""遐不黄耇"等嘏辞，在金文中主要流行于西周中期后③。又，《穆天子传》载："壬辰，邠公饮天子酒，乃歌《闗天》之诗，天子命歌《南山有毳》，乃绍宴乐。"④ 檀萃、洪颐煊、陈

---

① 关于"六笙诗"原本是否有诗辞，历来众说不一，但即便无辞，纯为笙曲，也不影响它有曲义，故《诗序》所言"六笙诗"之义，或有所本，不一定出自汉儒杜撰。
② 李山：《诗经析读》，中华书局，2018年，第428页。
③ 参徐中舒《金文嘏辞释例》，《徐中舒历史论文选辑》，中华书局，1998年。
④ 王贻樑、陈建敏：《穆天子传汇校集释》，中华书局，2019年，第232页。

逢禄都释"臺"为"臺",二字形近。是《南山有臺》即《南山有台》①。《穆天子传》一书虽有夸诞不实,但杨树达、唐兰、杨宽等结合《班簋》等金文材料②,证实了《穆天子传》的史料价值。据此可知《南山有台》作于穆王时期。又,《鱼丽》《南有嘉鱼》的内容和风调,体现的也是西周中期燕飨礼制大备、燕饮歌唱高涨时的诗乐成果。

综上,"笙入""间歌"所用诗篇皆与燕饮主题相关,且从其本义到入乐后的乐章义并未发生迁移,其乐歌功能也主于酬兴宥食、和乐合好,故自天子至于大夫皆可上下通用,而少经变更。这种一贯、专一、普泛的乐歌属性,也使得"笙入""间歌"在仪式歌唱繁盛的西周中期就已较早定型。这一点我们可以通过对比"升歌"而得知。

"升歌"在诸乐节中最为隆重,这自然是因为它处于"正歌"之首,其诗与行礼之义最相关,其主题也最为典重。《礼记·祭统》曰:"夫祭有三重焉:献之属莫重于祼,声莫重于升歌,舞莫重于《武宿夜》,此周道也。"此升歌当指升歌《清庙》。《礼记·仲尼燕居》:"升歌《清庙》,示德也。"《礼记·郊特牲》亦曰:"工升歌,发德也。"郑注:"以《诗》之义,发明宾主之德。"③都说明"升歌"在"贵人声"、重视"歌以发德"的周代诗乐活动中,占有至关重要的地位。不过,在颂诗时代,"升歌《清庙》"之后,继之以"下管《象》",并以"舞《大武》"压轴,前后活动的重点乃是在"示事""象功"的乐舞。显然,在当时歌诗与舞蹈地位升降的趋势中,"升歌"尚未充分发展,也尚未形成后世通行的"升歌三终"的组歌——文献中没有"升歌《清庙》之三"的用例,实际上如前文所论,"升歌《清庙》"之后"下管《象》",是管奏《维清》之曲以为象舞之节,并不歌唱《维清》之诗。因此可以说,在颂诗时代,"升歌"的乐节及其地位都尚未定型,"升歌《清

---

① 王贻樑、陈建敏:《穆天子传汇校集释》,中华书局,2019年,第234页。
② 参杨树达《毛伯班簋跋》,《积微居金文说》,中华书局,1997年,第169页;唐兰《西周青铜器铭文分代史征》,中华书局,1986年,第365页;杨宽《〈穆天子传〉真实来历的探讨》,《西周史》,上海人民出版社,2003年,第603—622页。
③ 孔颖达:《礼记正义》,北京大学出版社,1999年,第776页。

庙》"也难说是"升歌"最典型的乐节形态。

至于《国语》《左传》中叔孙豹所言，升歌"《文王》之三"为"两君相见之乐"，清代刘始兴《诗益》有辨析：

> 《大雅·文王》篇乃周公述文王之德以戒成王，盖非为朝会、燕飨乐歌作者。……又如两君相见，是以诸侯会诸侯耳，而歌陈戒天子之诗，凡篇中对天子语，其于诸侯义奚取？若然歌之，则与三家乎何异？①

刘氏认为两君相见时升歌"《文王》之三"，是春秋时礼乐崩坏之后的乱用、僭用，其诗本义与朝会、燕飨主题无涉，更不能自天子通用、下移为诸侯相见之乐，不可与"升歌《鹿鸣》之三"等而视之，后者"燕饮群臣诸诗，篇中自具燕饮意，而不及时事，乃是为燕饮乐歌作者"②，用于"升歌"正当其所。这提醒我们，"升歌"乐节及所用诗的确定，应当从其最初设定的功能目的和所用诗篇的乐章义上去探求。上文所论，"笙入""间歌"乐节及所用诗乐就是在燕飨歌唱的需求之下确定的，诗之本义即其入乐的乐章义，因此，笔者认为"升歌"也应该是在天子燕飨用乐的目的下趋于定型的，"升歌"最典型、最核心的乐用当为"升歌《鹿鸣》之三"。

"升歌《鹿鸣》之三"，包括《小雅·鹿鸣》《四牡》《皇皇者华》三诗。其中，《鹿鸣》为纯正的天子燕群臣嘉宾之诗，诗中既盛道旨酒币帛之美、琴瑟笙簧之乐，更言"人之好我，示我周行""德音孔昭，视民不恌，君子是则是效"，用于燕礼的"升歌"中，在表达主宾殷切和乐之余，更与"升歌发德"的乐节功能相合。《乡饮酒礼》郑注：

---

① 刘始兴:《诗益》，《续修四库全书》第63册，上海古籍出版社，2002年，第337、338页。
② 刘始兴:《诗益》，《续修四库全书》第63册，上海古籍出版社，2002年，第337、338页。

"《鹿鸣》，君与臣下及四方之宾燕，讲道修政之乐歌也。此采其已有旨酒，以召嘉宾，嘉宾既来，示我以善道。又乐嘉宾有孔昭之明德，可则效也。"正如郑注所言，燕饮礼"升歌"所需要、所特重的内容、意旨，《鹿鸣》诗中皆有。与《鱼丽》《南有嘉鱼》《南山有台》专为"间歌"特制一样，《鹿鸣》也可以说是为燕饮"升歌"乐节而特制，其诗本义与乐章义都未发生迁移，二者共同反映了"间歌""升歌"这两个乐节最初设定时的形态。而相比之下，《小雅·四牡》《皇皇者华》的加入，最终形成"升歌三终"之制，则代表了周代歌诗创制与入乐机制的一些新变。

从诗歌内容和基调来看，《四牡》《皇皇者华》创作时代较《鹿鸣》为晚，而与周宣王时期的《采薇》《出车》《杕杜》相近[①]。《四牡》写的是王政衰乱，使臣困于王事，无暇家居安处、奉养父母；《皇皇者华》写的是使臣驱驰于路，四方征询，私怀不能顾及。从"我心伤悲""我马维驹"等诗句来看，二诗都是使臣自作，以歌其苦。这是其创作之初的本义，但在被采诗入乐后，其更为人所习知的却是它们的乐章义。这种诗义的迁移，在后文论到乐官"采诗入乐"加工时还会谈及，此处，我们主要关注以下问题：《四牡》《皇皇者华》是在什么样的用乐需求和入乐机制下被纳为仪式中的歌唱的？包括同时期的《采薇》《出车》《杕杜》，它们与仪式繁盛时代"因礼作乐，因乐作诗"的仪式乐歌已大为不同，其入乐后又是因为什么机缘被列为"正小雅"之诗的[②]？更进一步，《四牡》《皇皇者华》二诗能升格成为诸礼中通用的"升歌"，取得非凡地位，又有哪些内外的原因？这三个问

---

① 《四牡》与《采薇》等三诗诗句多同，如"王事靡盬，不遑启处"，又见于《采薇》；"王事靡盬，我心伤悲"，又见于《杕杜》；"王事靡盬，不遑将父"，亦与《杕杜》"王事靡盬，忧我父母"义近。

② 《采薇》《出车》《杕杜》三诗，《毛诗》以为文王时诗，今多从三家《诗》以为宣王时诗，但今古文《诗》中诸诗的篇次皆同，与《四牡》《皇皇者华》一样，都属于所谓"正小雅"之诗。笔者撰有《〈韩诗外传〉所见〈韩诗〉篇次考——以熹平石经〈鲁诗〉、海昏侯墓〈诗〉为参照》一文，可参。

题的回答，将逐步接近我们所追问的"升歌《鹿鸣》之三"形成的真实动因。

从燕礼的行用对象和功能来看，郑玄《仪礼目录》云："诸侯无事，若卿大夫有勤劳之功，与群臣燕饮以乐之。"贾公彦疏："案上下经注，燕有四等。《目录》云诸侯无事而燕，一也；卿大夫有王事之劳，二也；卿大夫又有聘而来，还与之燕，三也；四方聘客与之燕，四也。"① 可知燕饮之设，有"无事"与"有事"之分。一般的纯燕饮活动及为特定礼仪功能而设的祭毕之燕、养老、射礼之燕等，都属于"无事而燕"，如《鹿鸣》《伐木》《鱼丽》《南有嘉鱼》《南山有台》等；而后三种都属于"有事"之"劳燕"，包括王臣有勋劳而为设燕、使臣出聘四方而还与之燕、四方宾客来聘而与之燕，要之，皆主于"劳燕"，慰其劳苦，劝其忠勤。可见，燕礼除了钟鸣鼎食、一派和乐的"无事而燕"，更有奖善悯劳、通达上下之情、平衡私恩与公义的"劳燕"，这是燕礼本有的人文关怀和仁厚精神。《四牡》《皇皇者华》等诗能被采集成为燕饮典礼中的歌诗，正是受到燕礼自身所具有的这一仪式功能的促成。是故，《四牡》被用作"劳使臣"，《皇皇者华》被用作"遣使臣"，《采薇》被用作"遣戍役"，《出车》被用作"劳还率"，《杕杜》被用作"劳还役"。可以看出，礼乐歌唱所积淀的文明传统，即使在衰乱之世仍发挥它柔性的力量，将征臣的劳苦之声涵摄为仪式乐歌，并在燕饮礼中公开宣唱之。正如《国语·鲁语》所说："《四牡》，君之所以章使臣之勤也。"一个"章"字，很好地道出了王朝采听民声并以礼乐的形式宣著之的良苦用心，这既表明了王朝劝慰征臣的诚意，更是对礼乐和叙群伦、抚慰社会人心之传统的绝好运用。正如李山所言："单独看诗篇，确实表达了一种伦理上的悖论，有悲剧冲突的性质。然而，若把诗篇放回到宴饮典礼上来观察，则所谓的'悲剧冲突'恰是宴会典礼意欲加以消除的对象。就是说，诗篇

---

① 贾公彦：《仪礼注疏》，北京大学出版社，1999年，第248页。

恰恰以对使臣忠孝不得两全之苦恼情绪的歌唱，来传达社会对为国而忘家的使臣的体恤。"① 相比于一般衰乱之世对下层悲苦之情忌惮、遮蔽甚至抹除，这种姿态实质上体现的是对礼乐文明制度的自信。可以说，这些诗的乐章义，与燕礼主题相得益彰，其被列为"正小雅"之诗，可谓适得其所。

我们还可进一步精确地说，《四牡》等诗应是作于宣王早期。《史记·周本纪》曰："宣王即位，二相辅之，修政，法文、武、成、康之遗风，诸侯复宗周。"王朝气象为之一振，史称"宣王中兴"。《小雅·车攻》《吉日》《斯干》《无羊》等都是反映这一历史大势而"特制"的仪式乐歌。可以说，仪式乐歌在宣王朝早期迎来最后一次创作高潮，也正是在这一礼乐复兴之势中，《四牡》《采薇》等诗中征臣的心声才不被湮没，被采集入乐，且可以"堂而皇之"地列为燕乐歌诗。可以说，此时礼乐传统尚能发挥其柔性力量以实现社会自愈，而时过境迁，西周后期的政治与礼乐几经顿挫，彼时的征役诗就只能归入"变小雅"，别有风调，别有境遇了。

再次回到"升歌"的问题，以上分析表明，"升歌"乐节最早可能在宣王早期时才形成，比"笙入""间歌"乐节的成型相对较晚，后者反映的是礼乐繁盛时代钟鸣鼎食的一派祥和盛景，而"升歌《鹿鸣》之三"的定型，则体现了仪式歌唱顺应政治礼制的时代变迁，在歌诗来源与主题功能上的一种开拓，或者也可以说，这是礼乐由盛及衰转型时期仪式歌唱的一种救赎，在燕礼本有的"劳燕"的功能中，将燕饮歌唱导向对更广阔社会群体的关注，希望能借此"抚平社会共同体与个体之间龃龉矛盾，以达致社会整体的精神和谐"②。因此，《四牡》《皇皇者华》被冠以"正小雅"的殊荣，并在至关重要的"升歌"中歌唱，也就不难理解了。至此，《鹿鸣》《四牡》《皇皇者华》作为一个有机的乐歌整体，三诗并用，形成一种主题多元、相互映衬补充的礼

---

① 李山：《诗经析读》，中华书局，2018年，第394页。
② 李山：《诗经析读》，中华书局，2018年，第428页。

乐格局。显然,"升歌《鹿鸣》之三"于此时以这样的方式成型,使得礼乐歌唱的意义内涵更加深厚,更富有感人生动的人文关怀,也正因此,"《鹿鸣》之三"得以在周邦上下四方通用传唱开来。

第三节 "合乐"的形成与二《南》的"入乐"

与"升歌"相比,"合乐"与"间歌"在"正歌"诸乐节中等级较轻,如大射礼主于射而略于乐,故但有"升歌",而略去"间歌""合乐"。其他重礼也都是"但有升歌、下管、舞,而无间歌、合乐"[1]。这当与"间歌""合乐"偏于酬兴助乐而与礼仪之本旨较为疏远有关。随着周代乐舞与歌诗此消彼长的发展,管、舞与笙、歌之间也出现升降之势,"间歌""合乐"较之管、舞有了更广泛的运用,尤其是当燕饮活动及其歌唱在各种典礼中的权重不断增强时,主于酬兴助乐的"间歌""合乐"更是成为时兴的乐用环节。简言之,"间歌""合乐"都是随着燕饮歌唱的流行而形成的,其所用歌诗也是为表达燕饮之合好、和乐的主题而设的。

根据上文所论,"合乐"即"合乡乐","乡"字之是否省文,并无特殊义旨。各种典礼中"合乐"所歌,皆为"《周南·关雎》《葛覃》《卷耳》,《召南·鹊巢》《采蘩》《采𬞟》"六诗。所谓"合乐《文王》""合乐《鹿鸣》"之用,乃根据"上取""下就"用乐等差法推出的臆说,不仅与《文王》《鹿鸣》自身的主题和惯常之用相违,更是对"合乐"这一乐节的功能属性的误解。据《仪礼·乡饮酒礼》郑玄注:"合乐,谓歌乐与众声俱作。"贾公彦疏:"谓堂上有歌瑟,堂下有笙磬,合奏此诗,故云众声俱作。"[2]"合乐"在诸乐节中用乐最繁盛,堂上堂下诸器并作,众工合唱,乐声洋洋盈耳,正能表达燕饮活动时主宾间的情好款洽。那么,"合乐"是在什么用乐情境和机缘下转而取

---

[1] 王国维:《释乐次》,《观堂集林》,河北教育出版社,2001年,第53页。
[2] 贾公彦:《仪礼注疏》,北京大学出版社,1999年,第175页。

用以《关雎》《鹊巢》等为代表的二《南》诗篇的呢？这反映了周代诗乐创制和入乐机制怎样的新变？下文试论之。

首先我们得简要论述《关雎》《鹊巢》等六诗及二《南》诸诗的创制来源。与十三《国风》不同，二《南》被认为是"风之始"，其中不少诗篇有浓重的仪式乐歌属性。傅斯年认为："二《南》各篇，如《关雎》为结婚之乐，《樛木》《螽斯》为祝福之词，《桃夭》《鹊巢》为送嫁之词，皆和当时礼制有亲切关系，不类其他《国风》咏歌情意之诗，多并不涉于礼乐。《小雅》的礼乐在燕享、相见、成室、称祝等，二《南》的礼乐在婚姻、备祀（《采蘋》《采蘩》）、成室、称祝等，礼乐有大小，而同为礼乐。"① 此外，《麟之趾》为颂美宗族子孙之诗，《采蘩》《采蘋》为美后夫人敬奉祭祀之诗，《何彼襛矣》为颂美王姬下嫁诸侯之诗，《驺虞》为美虞官之诗，均是为特定的仪式用乐而作。它们的仪式属性和主题多与《小雅》相近，而且，二者还有不少相近的诗辞。如《南有樛木》"南有樛木，葛藟累之"，与《小雅·南有嘉鱼》"南有樛木，甘瓠累之"语义皆同；《南有樛木》"乐只君子，福履绥之"，《小雅·南山有台》《采菽》亦多言"乐只君子"，《小雅·鸳鸯》也有"福禄绥之"句。又，《何彼襛矣》"何彼襛矣？唐棣之华。曷不肃雍？王姬之车"，与《小雅·采薇》"彼尔维何？维常之华。彼路斯何？君子之车"，也语意相近；《何彼襛矣》"其钓维何？维丝伊缗"，与《小雅·采绿》"之子于钓，言纶之绳。其钓维何？维鲂及鱮"也可参照。对此，清代尹继美《诗管见》就认为："（二《南》）其诗有出于周、召特制者，有出于国中南国之讴谣而经周、召采录者。"② 正是因为出于"特制"，二《南》本身就暗含了用于典礼歌唱的功能，《关雎》《鹊巢》等诗被用作燕饮"正歌"的"合乐"环节，也就不足为奇了。

当然，其被用于"合乐"，自然是与其独特的音乐风调有关。有

---

① 傅斯年：《〈诗经〉讲义稿》，《傅斯年文集》第 2 卷，中华书局，2017 年，第 179 页。
② 尹继美：《诗管见》，《续修四库全书》第 74 册，上海古籍出版社，2002 年，第 12、13 页。

关"南"之所指,旧说多有分歧,或从风教流行的角度言之,认为"南,言化自北而南也"(《诗序》);或从音乐角度言之,认为二《南》得之于南国,音乐上有南土的风调;或认为"南"是一种乐器;更有学者认为"南"为歌诗之一体①。诸说不一,但"南"在音乐上自成风格,却是无疑的。相对于十三《国风》来说,其时代较早,多出于"特制",尚多受仪式乐歌之传统的浸溉,自然有所不同;而相对于《小雅》来说,二《南》虽也有出自"特制"者,但整体上更多受到南地音乐风调的影响,《小雅·鼓钟》"以雅以南,以籥不僭",以"南"与"雅"对言之,足以说明二《南》的音乐独具风格。

我们虽无法再追想其具体音乐风貌,但有证据可以证明,周人对以二《南》为代表的音乐新风是十分喜好的。一个典型的案例就是《小雅·出车》与《召南·草虫》存在高度的互文。《小雅·出车》第五章"喓喓草虫,趯趯阜螽。未见君子,忧心忡忡。既见君子,我心则降",与《草虫》首章几乎全同;第六章"春日迟迟,卉木萋萋。仓庚喈喈,采蘩祁祁",又见于《豳风·七月》。在《出车》存在互文的这两章之后,还接有"赫赫南仲,薄伐西戎""执讯获丑,薄言还归。赫赫南仲,狝狁于夷"的诗句,其主题、风调与前面互文部分有较大差异。这可以说明,当是《出车》中植入了当时流行的《草虫》中的成辞旧曲,而不是《草虫》袭用了《出车》的第五章再叠咏成篇。《出车》在雄壮奋扬的宏大叙唱中,忽穿插入思妇之辞,不论在主题表达还是音乐风貌上都变得更加丰富,平添了不少趣致。如竹添光鸿所言:"忽插入一段室家之思,以慰其私,何限烟波。……盖诗人构词,或取通用之语,故适同耳。"②白川静也认为《出车》套用了《草虫》,认为:"此类章句都是以插入的方式进行运用的。由此观之,在作为贵族社会之诗的《小雅》之中,也应该采入了这些民谣的章句。"又说:"在《小雅》之诗中采入的民谣只限于'二南'之诗,这或许表明,二

---

① 参张西堂《诗经六论》,商务印书馆,1957年,第101—106页。
② 竹添光鸿:《毛诗会笺》,凤凰出版社,2012年,第1086页。

南之地距离西周之都很近,与宗周(今西安)和成周(今洛阳)之间亦多往来,故而其诗早就在西周的贵族社会流行开来。由此也可知道,'二南'之诗当是用为宫廷的乐章。"①从《出车》的例子中,我们可以得出几点认识:其一,《出车》为周宣王时诗,此时《草虫》已被采集入乐,并已在王朝礼乐中流行开来,甚至影响了新的雅诗内容和音乐。其二,二《南》中的诗篇,不论是出于"特制"还是"采录",其进入王朝礼乐早在宣王朝之前②,应是源于礼乐歌唱繁盛时代的内在需求。可以说,这既是周代礼乐上下推广到一定程度后的拓新,也是仪式用乐尤其是燕饮歌唱中贵族审美趣尚新变后的一种选择。

如前所述,周代礼乐以一种典雅的方式,实现人神、不同族群、君臣上下、长幼贵贱之间的和谐;同时,礼乐还形成一股具有深远向心力的精神力量,向更广阔的民间社会渗透,在行之有序的仪式生活中,民众与王朝搭建起精神共振的纽带。这是周王朝礼乐文明在更广大地域上的胜利。而与自上而下的制度推广相对应,周代礼乐的突破在于,王朝还通过一定的沟通渠道,采集民间的风土人情、谣谚民舆,将其纳入王朝的仪式活动中,以乐歌的形式上达于周王。二《南》之采录即是出于礼乐制度的这一设置。除了政治与制度层面的支持外,二《南》风诗之进入王朝礼乐歌唱,也迎合了西周中期以下燕饮歌唱趋于娱情享乐的审美转型,象征着周乐出现由整肃的雅乐向

---

① 白川静:《诗经的世界》,黄铮译,四川人民出版社,2019 年,第 82 页。
② 另有两个证据:其一,《小雅·南有嘉鱼》,《毛传》:"江汉之间,鱼所产也。"范处义《诗补传》直言:"南,指周南也。"而《南有嘉鱼》与《周南·南有樛木》皆为祝福之辞,文句也多同,这说明周南之音乐也与周南风物一道,进入王朝仪式生活与雅乐歌唱之中。其二,《小雅·鼓钟》诗中"以雅以南",已以"雅""南"并称。《韩诗》《齐诗》以《鼓钟》为昭王时诗;白川静认为《鼓钟》是一首挽歌,是临近淮水之人的送葬诗;李山也认为《鼓钟》是周昭王在淮水为阵亡将士安魂的乐歌,孙作云则认为《鼓钟》为周宣王大会诸侯于淮上的乐歌。先且不论《鼓钟》的确切作时,《南》诗最晚在宣王朝时就已进入王朝礼乐歌唱,则是可以肯定的(诸说参王先谦《诗三家义集疏》,中华书局,1987 年,第 746 页;白川静《诗经的世界》,黄铮译,四川人民出版社,2019 年,第 146 页;李山《诗经析读》,中华书局,2018 年,第 554 页;孙作云《论二雅》,《诗经与周代社会研究》,中华书局,1966 年,第 380、381 页)。

轻松的乡乐、由正歌正乐向散歌散乐的发展趋势①。也就是说，正是仪式歌唱自身发展孕育出了采风的契机。前辈学者对此早有认识，如苏雪林认为，"当时周室原保有雅颂，或有爱好乐歌的君王不以此数为满足"，遂有乐官的采集风谣之事②。李春青也认为西周中叶之后兴起的采风行为，有部分是出于"王室和贵族们娱乐的需要"，"贵族们被礼仪的乐舞培养起来的审美需求逐渐增强，难免对原有的、老旧的乐舞渐生厌烦，于是就希望有新的东西来满足审美的需要"。③ 正是在这一审美转型和乐用需求之下，王畿附近的二《南》风诗率先引起乐官们的注意，被采撷入乐。与因循传统、渐趋程序化的仪式乐歌不同，二《南》风诗植根于天地间人们的生产生活，源于普通民众的朴素情感，更为平实切近，深情动人，其音乐风调更是与庙堂之音大异其趣，对王朝雅乐是很大的补充和调剂，令人耳目一新。这一点可以从乡饮酒礼、乡射礼之次日"息司正"的用乐上得到证明。据《乡饮酒礼》《乡射礼》载，息司正时"乡乐唯欲"，郑注："不歌《雅》《颂》，取《周》《召》之《诗》，在所好。"息司正之礼较前一日乡饮酒、乡射正礼轻，故所歌不依正礼"正歌"诸节之节次、诗篇，而是就二《南》诸诗——不限于"合乐"六诗④，唯所欲而歌。这正好说明，二《南》在诸《国风》中率先进入宗周礼乐系统，主要是迎合了典礼中娱情的功

---

① 何定生：《诗经今论》，台湾商务印书馆，1986年，第8页。
② 苏雪林：《诗经杂俎》，台湾商务印书馆，1995年，第5页。
③ 李春青：《诗与意识形态》，北京大学出版社，2005年，第107页。
④ 按，李之藻《頖宫礼乐疏》卷九："乡乐者，周、召二《南》之乐惟所择而用也。"魏源《诗古微》："曰'乡乐唯欲'，则二《南》自首三篇外，亦可随意歌之。但不及变风、二《雅》，故不云'无算'。"二氏亦认为"乡乐"当指二《南》整体，是也。而《仪礼·乡饮酒礼》郑注说："乡乐，《周南》《召南》六篇之中，唯所欲作，不从次也。"但如果仍限于《关雎》《鹊巢》等六诗，仅是不从其次，则尚难称"唯欲"。又，敖继公《仪礼集说》："乡乐者，凡《国风》皆是也。"是又放宽到整个十五《国风》，但乡饮酒礼、乡射礼息司正用乐当早于诸《国风》的入乐时代，显然敖说也不合适（李之藻：《頖宫礼乐疏》，《景印文渊阁四库全书》第651册，台湾商务印书馆，1986年，第316页。魏源：《诗古微》，岳麓书社，1989年，第28页。敖继公：《仪礼集说》，上海古籍出版社，2017年，第168页）。是故，笔者认为"乡乐唯欲"当是就二《南》整体而言，礼书中所谓"乡乐"并非指称所有《国风》，而是特指二《南》。详见下文论述。

能需求。二《南》在内容主题、仪式功能尤其是"采诗入乐"发生机制上的这些独特性，使其有别于其他《国风》而有"正风"的殊荣。

综上，我们来总结"合乐"《关雎》《鹊巢》等六诗的相关问题：其一，"合乐"的形成时间当在仪式歌唱正盛未衰之际，下限在周宣王时期；其二，之所以取用《关雎》等作为"合乐"歌诗，主要是因为这六首诗——不论是出于"特制"还是"采录"——整体上所带有的南地音乐风调，与"合乐"所追求的音乐效果十分契合；其三，旧说多称二《南》诸诗本为"房中乐"或"乡乐"，后乃移为燕乐"合乐"之用①，根据前文的论述，实际上也是本末倒置了。下面略做辨析。

有关"房中乐"的讨论，历来已有很多，其焦点主要集中在房中乐之"房中"的确切所指，二《南》之为房中乐的原因，作为房中乐的二《南》与燕乐、乡乐的关系，房中乐是否用钟磬等问题。实际上，"房中乐"这一概念有一个流变的过程。《仪礼·燕礼·记》载："若与四方之宾燕……有房中之乐。"《王风·君子阳阳》"右招我由房"，《毛传》："国君有房中之乐。"这里所说的"房中之乐"还只是一般性的表述，指于房中所用之乐。如敖继公《仪礼集说》所言："奏之于房，故云房中之乐，盖别于堂上、堂下之乐也。"② 房中用乐，只为表明亲昵欢燕之意，其所用之诗未必限于二《南》，所用之人未必限于后夫人，《燕礼·记》用房中之乐以燕四方之宾，即是明证。而郑玄在《周南召南谱》及《燕礼·记》注中，则明确将"房中之乐"解作具有特殊指向的"房中乐"：其用乐群体为"后、夫人之所讽诵，以事其君子"，"后妃夫人侍御于其君子，女史歌之，以节义序故耳"；所

---

① 如尹继美《诗管见》卷二曰："是以《关雎》所用者广，其入房中乐者，本用也；入饮、射、燕等乐者，移用也。"又曰："二《南》诗言夫妇者十居八九，故为房中之乐。……通用于乡饮酒礼、乡射礼，故亦谓之乡乐，又通用于燕礼、飨礼、祭礼，又通用于籥舞，而用浸广矣。盖乐章有本用，有移用，二《南》本为房中乐。"（尹继美：《诗管见》，《续修四库全书》第74册，上海古籍出版社，2002年，第21、28页）
② 敖继公：《仪礼集说》，上海古籍出版社，2017年，第330页。

歌之诗则具体到《周南》《召南》，原因乃在于二《南》诸诗多言后妃妇人之德，有利于"正夫妇""节义序"；又因为用乐场所和群体的特殊性，用乐形式被认为只"弦歌《周南》《召南》之诗，而不用钟磬之节也"。于是，周代一般意义上的"房中之乐"，遂被解释成有所特指的"房中乐"，二《南》之诗也被引申到后妃夫人之德的主题上去阐释，且被认为本就是为了妇德教育而专门制作的。

但细核之，所谓"房中乐"的诸种妇人属性，并没有来自二《南》歌诗文本内部的支持。首先，二《南》中多有与妇人主题不相关的诗篇，如《兔罝》《汉广》《汝坟》《麟之趾》《殷其雷》《驺虞》等，有学者认为它们与战争主题有关[①]，二《南》并非全言妇人闺房之德。就以"《关雎》之三"中的《卷耳》来说，其本为征役之诗，其创制及采诗入乐的情形也应该与上文所论《小雅·四牡》《皇皇者华》相同。若是采集征夫思妇哀苦之诗用于教妇德，可谓"何其忍也"，绝非礼乐文明所有。《诗序》所言"后妃之志，又当辅佐君子，求贤审官，知臣下之勤劳。内有进贤之志，而无险诐私谒之心，朝夕思念，至于忧勤也"，也是受所谓"房中乐"的影响，而与《卷耳》入乐本义相去甚远。其次，郑注"房中乐"不用钟磬之说，后代多有争论，但《关雎》就明言"钟鼓乐之"，这即使不能说明《关雎》非为"房中乐"而作，至少能说明"房中乐"不用钟磬、为妇人专用等属性，在歌诗中并没有依据。因此，因其作乐于房中，故称作"房中之乐"，似更为切中概念的核心，至于是诸侯、卿大夫燕飨时用，还是后夫人所用，以及是否用钟磬，都是因人因时的变通而已。正如贾公彦疏所言："既名房中之乐用钟鼓奏之者，诸侯、卿大夫燕飨亦得用之，故用钟鼓。妇人用之，乃不用钟鼓，则谓之房中之乐也。"[②] 从这个角度来说，"房中之乐"本质上其实也只是燕乐的一种形态。所以《周礼·磬师》"教缦乐、燕

[①] 参李山《〈诗·二南〉中的几首战争诗篇》，《诗经研究丛刊》第31辑，学苑出版社，2011年。
[②] 贾公彦：《仪礼注疏》，北京大学出版社，1999年，第152页。

乐之钟磬",郑注:"燕乐,房中之乐,所谓阴声也。二乐皆教其钟磬。"郑玄将此"燕乐"释作"房中之乐",指出了二者在根本属性上的相通,其时有钟磬之用,也与一般燕乐无异,所不同者,唯于房中作燕乐,更显亲昵欢燕而已。

通过上面的讨论,我们可以得知,二《南》之诗的内容、主题、适用群体、乐章功能都不必然与妇德相关,被称作"房中乐",并非其创制和入乐之初的本来属性。"房中之乐"歌二《南》,与一般意义上的"燕乐"之用并无本质差异,至于有所特指的"房中乐",则又是"房中之乐"适用于特殊群体的一种形态[①]。以上种种乐用形态,根本上反映的是二《南》作为燕乐被创制、采录而进入王朝礼乐之后,以更灵活的乐用方式,在更广大人群间推广、流行的情形。同理,所谓二《南》为"乡乐"的称呼,既不表明二《南》来源于乡邦,也不是指其本为乡大夫之乐。更准确的理解,应该是指二《南》所咏的意旨具有普遍的价值,自上而下广泛流行于乡邦,也就是郑玄《周南召南谱》所说的:"风之始,所以风化天下而正夫妇焉,故周公作乐,用之乡人焉,用之邦国焉。或谓之房中之乐者,后妃夫人侍御于其君子,女史歌之,以节义序故耳。"孔疏:"周公制礼作乐,用之乡人焉,令乡大夫以之教其民也;又用之邦国焉,令天下诸侯以之教其臣也。欲使天子至于庶民,悉知此诗皆正夫妇也。"[②]这说明,二《南》从创制到入乐的过程,背后的动力机制都来自王朝的礼乐建设,其在不同地域与人群间的乐用,从始至终也都是源于王朝礼乐自上而下的推广。《诗谱》"或谓之房中之乐者"云云,一个"或"字,充分说明不论是"房中之乐"还是"房中乐",都只是燕乐的一种乐用形态。正如孙诒让《周礼正义》所言:"燕乐用二《南》,即乡乐,亦即房中之乐。盖乡人用之谓之乡乐,后夫人用之谓之房中之乐,王之燕居用之谓之

[①] 参姚苏杰《论周代"房中之乐"的两种形态及钟磬问题——兼论其与乡乐、燕乐的关系》,《音乐研究》2020年第1期。
[②] 孔颖达:《毛诗正义》,北京大学出版社,1999年,第5页。

燕乐，名异而实同。"①明晰了此意，我们就不应据二《南》流衍之后的"房中乐"或"乡乐"形态，倒过来理解二《南》之来源、主题、流行群体等问题。

以上我们讨论了宗周时期王朝典礼用乐中"升歌""笙入""间歌""合乐"的形成及其所用歌诗，分析了燕饮歌唱的用乐需求、审美转型对诸乐节形成的促成作用。也正是因为燕饮歌唱主题的普泛性，这些乐节及所用歌诗才得以下移为诸侯、乡大夫所用，形成"通用之乐"。综上可以说，燕饮歌唱在周代诗乐制度中具有不寻常的意义，为典礼用乐乐节的定型、推广及经典化提供了重要的动力。

---

① 孙诒让：《周礼正义》，中华书局，1987年，第1883页。

第六章
"变雅"创制与入乐机制的新变

西周中期是周代政治、军事的强盛时期,周代典礼仪式也于此时粲然大备。雅诗热情歌赞这个时代,展现了周代贵族繁盛的仪式生活与"终和且平"的精神基调,同时,从礼乐传统中孕育出的采风制度也开始采撷二《南》风诗,《关雎》《鹊巢》等还成为燕饮歌唱的"合乐"诗篇,体现了礼乐歌唱在周代乡邦上下更普遍的互动和流行。而时过境迁,随着西周末期社会政治与礼仪制度的衰败,王朝面临深重的内忧外患,雅诗仪式乐歌失去了仪式生活与情境的基本支持,代之而起的,是对政治、战争、民生等社会困厄的歌唱,雅诗的创制及歌唱方式由此迎来重大的嬗变。

第一节 仪式乐歌的式微与"变雅"的兴作

雅诗仪式乐歌反映了贵族钟鸣鼎食之礼乐生活的繁盛,而随着各种典礼程式和规制的逐渐完备,仪式歌唱也表现出高度的程式化,其内容不外乎赋唱典礼中的礼器、酒食、乐舞、人物威仪等,比兴与重章的配合运用更是不断强化了周人的审美习惯和情感共鸣。总之,仪式乐歌所具有的较强的衍生功能,一方面展现了礼乐生活的繁盛,很好地满足了礼乐和同情感表达的需要,但另一方面,这种程式化的集体情感的表达，也反映出仪式乐歌在表现生活、抒情言志上的某种疲态，从诗乐内部已不易突破既有的程式，另开出礼乐歌唱的新生面。尤其是随着"升歌""间歌""合乐"等乐节的形成，"正歌"诸诗在不同爵等、仪典中"通用"而逐渐经典化，而另一部分歌诗则逐渐被边缘化，被整合、划入"无算乐"中偶尔才被歌唱，"无算乐"也因此成为一个未限定的、开放的歌唱空间，容纳了众多非常用的仪式乐歌。这种情况下，仪式乐歌达到相对稳定、饱和的状态，其续作的必要性也就大为削弱了。

以上所析，是仪式乐歌自身在发展过程中出现的式微。但更大的隐患，还在于西周后期社会政治和礼乐制度发生激变，钟鸣鼎食的时代开始消歇，仪式乐歌的创制和歌唱失去了必要的礼乐情境。自西周中期以来，周王朝就已隐藏着社会的隐忧。《国语·周语》："穆王将征犬戎，祭公谋父谏曰……王不听，遂征之，得四白狼、四白鹿以归。自是荒服者不至。"周穆王耀武观兵，四方征伐，"肆其心，周行天下"（《左传·昭公十二年》），以致诸侯不睦，荒服不至。《史记·周本纪》云："诸侯有不睦者，甫侯言于王，作修刑辟。……命曰《甫刑》。"《汉书·匈奴传》亦云："周道衰，而周穆王伐畎戎，得四白狼、四白鹿以归。自是之后，荒服不至，于是作《吕刑》之辟。"这一表述，暗示了严刑峻法的制作与礼乐兴衰之间的内在张力，穆王后期礼乐制度所维系的社会秩序已然出现了松动，礼乐对四方诸侯、戎夷的感召、绥化已经大大削弱。周恭王时，据《国语·鲁语》载："周恭王能庇昭、穆之阙而为恭。"韦昭注："昭王南征而不反，穆王欲肆其心，皆有阙失。言恭王能庇覆之，故为恭也。"[1]恭王能改先王之过，王朝尚能保持平稳发展。但至其子懿王时，《史记·周本纪》："懿王之时，王室遂衰。"《汉书·匈奴传》亦载："至穆王之孙懿王时，王室遂衰，戎狄交侵，暴虐中国，中国被其苦。诗人始作，疾而歌之。"

---

[1] 徐元诰：《国语集解》，中华书局，2002年，第205页。

周王朝已出现衰微之势。夷王时，《后汉书·西羌传》："夷王衰弱，荒服不朝。"《易林·未济》亦载："狁匪度，治兵焦获。侵镐及方，与周争疆。元戎其驾，衰及夷王。"[①]周王朝受到戎狄的侵虐，这种外患终西周之世，一直对周王朝构成巨大的压力。金文材料也显示，西周中期后半段以下，王朝战争已由此前开疆辟土的积极扩张转为抵御入侵的消极防御[②]。据《敔簋》，南淮夷已经内伐至中原伊、洛之间；《多友鼎》"广伐京师"；《小雅·六月》亦云"狁匪茹，整居焦获。侵镐及方，至于泾阳""薄伐狁，至于大原"，夷狄已经逼近京畿腹地，对周王室的安全构成严重威胁。除了政治军事上的受挫，西周后期在礼制上也多有失乱的情况。如《礼记·郊特牲》："觐礼，天子不下堂而见诸侯。下堂而见诸侯，天子之失礼也，由夷王以下。"《史记·楚世家》也说："当周夷王之时，王室微，诸侯或不朝，相伐。"可见，夷王时天子的权威已大损，而诸侯则不断得势。到了周厉王时，暴虐侈傲，专利监谤，《左传·昭公二十六年》王子朝说："至于厉王，王心戾虐，万民弗忍，居王于彘，诸侯释位，以间王政。"清华简《系年》："厉王大虐于周，卿士、诸正、万民弗忍于厥心，乃归厉王于彘。"最终国人叛，厉王出奔于彘。《国语·周语》："厉始革典。"韦昭注："厉王无道，变更周法。"说的也是自厉王以下，王朝的旧有典章制度频遭变革。即使号称"中兴"的宣王，在礼制上也多有悖乱之举，如"不籍千亩""料民于太原"（见《国语·周语》）等。

在诸多失礼行为中，对整个王朝社会影响最为深远的，要数周初

---

① 尚秉和：《焦氏易林注》，《尚秉和易学全书》第 2 卷，中华书局，2020 年，第 1133 页。
② 刘雨《西周金文中的军事》从战事用语上看出："带有上伐下语意的如征、狩、克、弋等多用于西周早期，带有防守、抵御语意的如成、御等则多用于西周中晚期，这也从一个侧面说明西周中晚期周人所处的被动局面。"又总结说："综观晚期的战争，多为防御性质，主动出征较少，有不少是异族入侵，严重威胁其生存时，才组织抵抗，这也反应出西周王室逐步走向衰败的历程。"（刘雨：《金文论集》，紫禁城出版社，2008 年，第 86、110 页）

以来一直奉行的嫡长子继承制的破坏。据《史记·周本纪》："懿王崩，共王弟辟方立，是为孝王。孝王崩，诸侯复立懿王太子燮，是为夷王。"这是西周唯一出现的嫡长子继承制的变例。而"诸侯复立懿王太子燮"一语，说明夷王能够重掌政权，乃是诸侯与王室派系间多方力量较衡的结果，这也说明王室因自身失礼，已权威受损，而诸侯则势力渐强，并开始干预王位。除了王室的继承制度遭到破坏，周王还对诸侯国继承问题进行了干预。据《史记·齐世家》，周夷王听信谗言，"烹哀公而立其弟静，是为胡公"。齐自太公以下都是"父死子继"制，周夷王主谋的这一违礼行为，导致了齐国长期的内乱。后来齐哀公的少弟山杀胡公，尽逐胡公子，自立为献公。夷王又命师旂"羞追于齐"（《五年师旂簋》）。到宣王末年，胡公的子孙又杀了献公之子厉公。另一事件是，周宣王立鲁武公少子戏为懿公，后懿公遭弑，宣王于是伐鲁，《史记·鲁世家》说："自是后，诸侯多畔王命。"① 可见西周末年王室继统失序，自乱纲常，失信于天下，诸侯多叛，最终幽王宠幸褒姒，废嫡立庶，更是直接导致宗周的倾覆。

王国维《殷周制度论》说："周人制度之大异于商者，一曰立子立嫡之制，由是而生宗法及丧服之制，并由是而有封建子弟之制、君天子臣诸侯之制。"又曰："周人嫡庶之制，本为天子、诸侯继统法而设，复以此制通之大夫以下，则不为君统而为宗统，于是宗法生焉。"② 可见嫡长子继承制对西周政体、礼制及整个社会上下宗法制的形成，具有重要的意义。西周前叶的繁盛和稳定，实有赖于这一宗法秩序的有序稳固。所以《常棣》《伐木》等诗都着力宣扬和维护这一礼法秩序。而到西周末期，王朝及诸侯的继统遭到破坏，宗族的纠纷也愈加突出，如五年、六年《琱生簋》二器记载琱生与同族召伯虎之间

---

① 鲁国实行"父死子继"的周代继承制，《公羊传》《史记·鲁世家》所谓的"一继一及""兄终弟及"并非"鲁之常也"（参钱杭《周代宗法制度史研究》，学林出版社，1991年，第130—144页）。

② 王国维：《观堂集林》，河北教育出版社，2001年，第288、291页。

发生财产纠纷。同宗尚且如此,不同宗族间的经济、土地纠纷更是普遍了,可参《散氏盘》《大克鼎》《曶鼎》《曶从鼎》《鬲比盨》等器铭。《小雅·何人斯》对此也有反映,据王先谦《诗三家义集疏》:"鲁诗之说是以暴公与苏公因争阋田构讼,而苏公作此诗以刺之也。……大抵西周末造,朝臣竞利营私,风气日下,以尹氏太师而有与人争田之讼,其他更无论矣。"① 这些共同说明西周后期社会结构出现震荡,宗族共同体开始崩裂,周初以来仪式乐歌所宣扬的宗法伦理秩序已荡然无存。我们看到的是:《小雅·黄鸟》"此邦之人,不我肯谷。言旋言归,复我邦族",流离失所,不见收容,这是脱离宗族之人的遭遇;《角弓》"兄弟昏姻,无胥远矣""此令兄弟,绰绰有裕。不令兄弟,交相为愈",言疏远兄弟而亲近小人;《我行其野》"昏姻之故,言就尔居。尔不我畜,复我邦家",姻亲关系败坏至此,已不复"合二姓之好""附远别厚"(《礼记·郊特牲》)的旧义。宗族制度所维持的伦理秩序是礼乐文明的精神来源,如今这一精神的缺失,使得西周末期的典礼仪式不再和乐、合好,仪式乐歌的创制和歌唱也因此浸息。

以燕饮歌唱为例,燕饮歌唱是仪式乐歌的重要内容,通过歌唱酒食的丰盛、主宾间的盛情,展现贵族燕饮生活的繁盛和礼乐文明的和乐。扬之水说:"燕饮诗从来不是酒酣耳热之际的尊前唱酬,而是表现着饮宴所系连的礼乐盛衰乃至盛衰之际的邦国之命运。"② 而到西周末年,王政衰微之际,燕饮生活与燕饮诗歌唱的精神也发生了很大陵替。惠周惕《诗说》对此有很好的评论:

> 宴飨,小节也,而《礼》详载之;饮食,细故也,而《诗》屡言之,何也?先王所以通上下之情,而教天下尊贤亲亲之意也。《鹿鸣》燕群臣,《常棣》燕兄弟,《伐木》燕友朋。群臣、兄弟、友朋得其所而天下治矣。于是为之宾主以尽其欢,为之揖让百拜

---

① 王先谦:《诗三家义集疏》,中华书局,1987年,第710页。
② 扬之水:《先秦诗文史》,中华书局,2009年,第179页。

以习其礼，为之琴瑟钟鼓以和其心，为之酒监酒史以防其失，为之司射诱射以分别其贤不肖。盖明示以欢欣交愉之情，而隐折其骄悍不驯之气，使之反情和志，怡然自化而不知。此圣人治天下之微权也。自宴享之礼废，而上下之情不通。《宾之初筵》作，于是天子无嘉宾；《頍弁》之诗作，于是天子无兄弟；《瓠叶》之诗作，于是天子无友朋。怀疑抱隙，相怨一方，而天下遂自此多故矣，谁谓饮食乃细故哉？①

我们看《宾之初筵》，《诗序》云："幽王荒废，媟近小人，饮酒无度，天下化之，君臣上下沉湎淫液，武公既入而作是诗也。"诗之第四章"宾既醉止，载号载呶。乱我笾豆，屡舞僛僛。是曰既醉，不知其邮。侧弁之俄，屡舞傞傞"，穷形尽相地刻画了酒醉失礼的丑态。《頍弁》，《诗序》云："《頍弁》，诸公刺幽王也。暴戾无亲，不能宴乐同姓，亲睦九族，孤危将亡，故作是诗。"诗中"岂伊异人？兄弟匪他""岂伊异人？兄弟具来""岂伊异人？兄弟甥舅"，反问句中正见出燕饮礼亲亲之谊的淡薄。卒章"死丧无日，无几相见"，更显得消沉感伤，已不再见燕饮的款洽和乐。《左传·昭公二十八年》云："唯食忘忧。"《礼记·曲礼上》亦云："当食不叹。"《頍弁》悲音凄凄，唯有人生沉暮之叹，尽是王朝衰败之气了。

　　以上是西周末期政治礼制激变下，歌诗内容、精神所发生的嬗变。如《汉书·礼乐志》所说："周道始缺……王泽既竭，而诗不能作。"仪式乐歌的浸微，实是周代社会激流下的必然趋势。西周末期不仅失去了仪式内容的生活素材，更失去了阐扬诗乐精神的仪式语境②。"礼崩乐坏"最早即从这个时代开始。《六月·诗序》论说了"正小雅"之废，曰：

---

① 惠周惕：《诗说》，《丛书集成初编》，中华书局，1985年，第29—30页。
② 这只是就大趋势而言，西周末期宣王时期仍有为仪式而作的诗乐，但其属性、功用也已大异其趣，详参下文。

《鹿鸣》废则和乐缺矣。《四牡》废则君臣缺矣。《皇皇者华》废则忠信缺矣。《常棣》废则兄弟缺矣。《伐木》废则朋友缺矣。《天保》废则福禄缺矣。《采薇》废则征伐缺矣。《出车》废则功力缺矣。《杕杜》废则师众缺矣。《鱼丽》废则法度缺矣。《南陔》废则孝友缺矣。《白华》废则廉耻缺矣。《华黍》废则蓄积缺矣。《由庚》废则阴阳失其道理矣。《南有嘉鱼》废则贤者不安，下不得其所矣。《崇丘》废则万物不遂矣。《南山有台》废则为国之基队矣。《由仪》废则万物失其道理矣。《蓼萧》废则恩泽乖矣。《湛露》废则万国离矣。《彤弓》废则诸夏衰矣。《菁菁者莪》废则无礼仪矣。小雅尽废，则四夷交侵，中国微矣。

《诗序》的这段论述，对《鹿鸣》诸诗之废所意味的礼乐精神的沦丧，把握得十分深刻到位。其云"小雅尽废，则四夷交侵，中国微矣"，道出的正是仪式乐歌浸微所暗含的社会危机，即王朝共同体之伦理秩序的瓦解。《诗大序》曰："王道衰，礼义废，政教失，国异政，家殊俗。"在这样的社会洪流下，诗体、诗风进入了新的局面：诗由仪式性的赋写、颂赞和祝祷转为控诉社会时局的黑暗，揭露世道人心的衰败，嗟叹个体生命的惨遇；诗歌由仪式典礼上的集体歌唱，转为对个体情感意志的表达；诗歌的情感基调也由钟鸣鼎食、歌舞酬兴的燕乐合好，变为对时政昏暗、命运悲苦的怨怒和哀告，即《诗大序》所谓的"明乎得失之迹，伤人伦之废，哀刑政之苛，吟咏性情，以风其上"。"以风其上"成为后期歌诗的主要功能指向，《史记·周本纪》说："王室遂衰，诗人作刺。"《汉书·匈奴传》也说："中国被其苦，诗人始作，疾而歌之。"足以见得，虽然在西周后期政治礼制变局下，仪式乐歌已失去了必要的环境，但歌诗的创制并没有因此完全消歇，而是在既有的礼乐传统之上另翻新调，激发出周代歌诗创制与入乐机制新的活力，礼乐歌唱也因此进入新的阶段。

第二节　"是用大谏"：讽谏诗的创制与入乐

二《雅》的政治讽谏诗本为公卿大夫的忧愤之作，它们通过一定的"献诗"和"献曲"渠道，在特定的典礼乐节中合乐歌唱，从而实现其政治讽谕功能。这些诗与"因礼作乐，因乐作诗"的《雅》《颂》正声不同，其内容、主题皆是感于时政，缘事而作，如孔颖达所说："其诗皆王道衰乃作，非制礼所用。"[①]可以说，讽谏诗在创制和入乐上已形成一套新的诗乐机制。那么，为了适应西周后期政治、礼制的变化，这一新的诗乐机制具体是如何展开的呢？是如何依托并接续了此前所积淀的诗乐传统，又注入了哪些新的礼乐精神和时代关怀？下文试论之。

一、讽谏传统与讽谏诗的兴起

"谏"作为一种政治言说，古已有之。《诗经·思齐》："不闻亦式，不谏亦入。"青铜铭文《大盂鼎》："敏朝夕入谏。"又曰："敏谏罚讼。"《速盘》："致（匡）谏谏克。"又曰："谏辪（乂）四方。"《番生簋》："用谏四方。"《作册封鬲》："谏辪四国。"《大克鼎》："谏辪王家。"清华简《周公之琴舞》："咨尔多子，笃其谏劢。"又，《周礼·保氏》"掌谏王恶"，《司谏》"掌纠万民之德而劝之朋友"，《大戴礼记·保傅》"有进膳之旌，有诽谤之木，有敢谏之鼓，鼓夜诵诗，工诵正谏，士传民语"，都是有关周代谏说制度的记述。再如《国语·周语》中召穆公劝谏厉王弭谤时所说：

> 故天子听政，使公卿至于列士献诗，瞽献曲，史献书，师箴，瞍赋，矇诵，百工谏，庶人传语，近臣尽规，亲戚补察，瞽史教诲，耆艾修之，而后王斟酌焉，是以事行而不悖。

---

① 孔颖达：《毛诗正义》，北京大学出版社，1999年，第548页。

这说明西周王朝存在完整的谏说制度，谏说行为贯彻于整个贵族官僚系统的各个职官，且各职官结合自身职事有不同的进谏方式。类似的记载还见于《左传·襄公十四年》："自王以下，各有父兄子弟以补察其政。史为书，瞽为诗，工诵箴谏，大夫规诲，士传言，庶人谤，商旅于市，百工献艺，故《夏书》曰：'遒人以木铎徇于路，官师相规，工执艺事以谏。'"又，《左传·襄公四年》载魏绛之言："昔周辛甲之为大史也，命百官，官箴王阙。"所谓"官箴"，孔颖达疏："言官箴者，各以其官所掌而为箴辞。"魏绛所举《虞人之箴》，即是虞人以猎为箴。又，《国语·楚语》载左史倚相言："在舆有旅贲之规，位宁有官师之典，倚几有诵训之谏，居寝有亵御之箴，临事有瞽史之导，宴居有师工之诵。"可知，周代官制设置中实即暗含着进谏制度，连虞人、旅贲、亵御等小臣也有进谏的职责，更遑论在朝的公卿大夫了。

所不同的是，一般的百工多结合其职事、就近取譬地进谏，而公卿大夫则结合自身的文化修养以及对政事的参与和深度理解，在进谏时更专注于言语上的功夫，谏言也因此更富含政教内涵和修辞色彩。如《国语·周语》中祭公谋父、召穆公、芮良夫、虢文公、仲山甫对周王的进谏，就常引据历史典故、格言古训，以训诫天子，补察时弊。其中让人印象深刻的是祭公谋父谏穆王征犬戎，其文曰：

> 不可。先王耀德不观兵。夫兵戢而时动，动则威，观则玩，玩则无震。故周文公之《颂》曰："载戢干戈，载櫜弓矢。我求懿德，肆于时夏，允王保之。"

祭公谋父以《周颂·时迈》所颂周武王灭商后聚敛干戈，韬藏弓矢，常求美德，保有天下，陈说"先王耀德不观兵"之义。其后又陈说"先王之于民""先王之德""先王之制""先王之训"等义，以谏穆王。与之相类似，《周语上》载芮良夫谏周厉王，亦引《周颂·思文》"思文后稷，克配彼天，立我蒸民，莫匪尔极"和《大雅·文王》"陈锡载周"，陈述后稷、文王能"布利"，以劝诫厉王勿"专利"。以上二例，一方面说明周贵族接受了良好的诗教，这对其政治品格和言说方式的形成起到了深刻的影响；另一方面也说明作为颂美先王嘉言懿行的《雅》《颂》正声，本身即内置了劝善谏恶的功能。故《国语·楚语》说："教之《诗》，而为之导广显德，以耀明其志。"又，《周礼·大司乐》提到"以乐语教国子：兴、道、讽、诵、言、语"，即是培养国子更好地掌握《诗》语，以用于政治言说。其中的"道"，郑注："道，读曰导。导者，言古以剀今也。"贾公彦疏："若《诗》陈古以刺幽王、厉王之辈皆是。"[1]上文祭公谋父、芮良夫诵《诗》以谏，即属于"道"的乐语之用。再如"语"，指语说《诗》旨，阐发其中有益于时政的意义。孙诒让《周礼正义》曰：

> 凡宾客飨射旅酬之后，则有语，故《乡射记》云"古者于旅也语"。《文王世子》云："凡祭与养老乞言合语之礼，皆小乐正诏之于东序。"又云"语说命乞言，皆大乐正授数"。又记养三老五更云："既歌而语以成之也，言父子君臣长幼之道，合德音之致，礼之大者。"注云："语，谈说也。"《乐记》子贡论古乐云："君子于是语。"《国语·周语》云："晋羊舌肸聘于周，单靖公享之，语说《昊天有成命》。"皆所谓乐语也。[2]

"合语""语说"《诗经》，是周贵族在政治典礼中十分重要的言说活动。"合语"时，自然会涉及历史、伦理、道德等方面的教诲、规谏，诚如《礼记·乐记》所言："君子于是语，于是道古，修身及家，平均天下。"孙希旦解释说："语，谓乐终合语也。道古者，合语之时，论说父子、君臣、长幼之道，并道古昔之事也。"[3]以上文献，可以看出

---

[1] 贾公彦：《周礼注疏》，北京大学出版社，1999年，第676页。
[2] 孙诒让：《周礼正义》，中华书局，1987年，第1724、1725页。
[3] 孙希旦：《礼记集解》，中华书局，1989年，第1014页。

周人受《诗经》浸溉之深,尤其诗教十分注重"乐语"资源的运用,使得诵《诗》以谏成为周贵族政治谏说的基本方式。

除了公卿大夫,掌管《诗》乐的瞽矇乐官也肩负着讽诵《诗》来进行劝谏的任务。《周礼·瞽矇》有"讽诵诗"之职,郑司农注:"讽诵诗,主诵诗以刺君过,故《国语》曰'瞍赋矇诵',谓诗也。"[1]《尚书·益稷》:"工以纳言,时而飏之。"《伪孔传》:"工,乐官,掌诵诗以纳谏,当是正其义而飏道之。"[2]《国语·楚语》:"临事有瞽史之导,宴居有师工之诵。"皆是明证。总之,《雅》《颂》正声中蕴藏着先王的政治智慧与道德典范,乐工歌唱它们,不论是正面地劝勉,还是隐晦地陈古讽今,其劝谏的功能都是诗乐内置的、应有的效用——更何况这些诗辞中本身就含有劝诫的内容。这种劝谏的方式,在政治与礼乐昌明的时代即已酝酿形成。就以《关雎》一诗为例,三家《诗》认为周康王晏朝,故大臣作《关雎》以刺之[3]。但实际上,三家《诗》所论乃是《关雎》用作讽谏的"乐语"之用而已,贺贻孙《诗触》对此有分析:

> 此诗所谓刺讽者,非讽文王、大姒,乃以讽夫不能为文王、大姒者也。如《女曰鸡鸣》,而《序》曰"刺不悦德也";"大车槛槛",《序》曰:"刺周大夫也。"后世有不能法古者,则诗人陈古诗以讽之。故程大昌曰:"所谓'周道阙而《关雎》作'者,盖以奏乐谓之作,犹'始作翕如'之作。"周道既阙,后妃之教衰,故奏此诗以讽刺之。[4]

---

[1] 贾公彦:《周礼注疏》,北京大学出版社,1999年,第616页。按,郑玄注:"讽诵诗,主谓廞作柩谥时也。讽诵王治功之诗,以为谥。"与先郑不同。王引之、孙诒让等以先郑为是。
[2] 孔颖达:《尚书正义》,上海古籍出版社,2007年,第167页。
[3] 参王先谦《诗三家义集疏》,中华书局,1987年,第4—5页。
[4] 贺贻孙:《诗触》,《续修四库全书》第61册,上海古籍出版社,2002年,第493—494页。

这一认识是符合《关雎》的原有义旨和功能的。与之相类,《鲁诗》将《鹿鸣》认作大臣刺"仁义凌迟"之诗①,也是误将"乐语"之用认作诗的创作,如《鹿鸣》自身所示,"人之好我,示我周行""我有嘉宾,德音孔昭,视民不恌,君子是则是效",诗辞中本即隐含着正面的劝勉、训教。这说明,乐工唱诵"正诗"以作劝讽,不论是在诗乐功能的原初设定上,还是在实际的礼乐活动和政治言说中,都是完全合理且有效的。

综上可以说,歌诗与讽谏言说相结合,是周代礼乐与政治良性互动的应有之义,"以诗为谏"的谏说方式孕育于"正诗"之中,并不是晚到西周后期讽刺诗兴起时才有。正如魏源所说,"平居既以导中和,节性情","有时于常乐而寓箴规之义"。②过常宝也说:"附着在燕饮礼仪上的献诗讽谏,由礼仪传统提供了合法性,周王难以阻止或责罚这种行为。其实,周公制礼作乐的实践,就包括了利用仪式或由宗教人员对王侯进行训诫的权利,因此,献诗讽谏受到这一传统的庇护,它是周公礼乐教化思想在晚周历史背景下的新发展。"③不过,"以(正)诗为谏"传统的形成和效用的实现也有其条件,它需要有相对清明的政治环境,需要有和谐文雅的典礼仪式为依托,更需要有礼乐文明所塑造的君臣上下共同的政治、道德、价值认同为先导。以上条件若能满足,"以诗为谏"的传统并不必然促成讽谏诗的创制和运用。相反,恰恰是礼乐的崩坏,既有的"正诗"已不足以劝善诫恶,这才催生出直揭时弊的讽谏诗。例如《左传·昭公十二年》载:"昔穆王欲肆其心,周行天下,将皆必有车辙马迹焉。祭公谋父作《祈招》之诗,以止王心。……其诗曰:'祈招之愔愔,式昭德音。思我王度,式如玉,式如金。形民之力,而无醉饱之心。'"《祈招》还主要是从正面加以规诫、劝勉,但到西周后期,公卿大夫愤于时政的败坏,则更多

---

① 参王先谦《诗三家义集疏》,中华书局,1987年,第551页。
② 魏源:《诗古微》,岳麓书社,1989年,第28页。
③ 过常宝:《制礼作乐与西周文献的生成》,中国社会科学出版社,2015年,第256页。

是直陈王阙了，两者的兴作背景、内容和功能效果已发生明显转变。正如郑玄《六艺论》所说：

> 诗者，弦歌讽谕之声也。自书契之兴，朴略尚质，面称不为谄，目谏不为谤，君臣之接如朋友然，在于恳诚而已。斯道稍衰，奸伪以生，上下相犯。及其制礼，尊君卑臣，君道刚严，臣道柔顺，于是箴谏者希，情志不通，故作诗者以诵其美而讥其过。①

从歌诗一端来说，王朝政治德行的败坏，歌诗从颂美转向讥过，反映了歌诗内容与劝讽方式的转换；而从谏说一端来说，谏辞与诗乐相结合，则是在西周后期谏说制度破坏、正常的进谏渠道闭塞的背景下，谏者利用周初以来所积淀的礼乐传统另辟出的一种新的言说方式。

西周后期谏说制度的破坏，在诸多文献中都有反映。《国语·周语》记载了召穆公、芮良夫、仲山父、虢文公的谏言，而厉王、宣王、幽王皆拒而不听。尤其是厉王使卫巫监谤，严禁舆论，钳制民口，致使"国人不敢言，道路以目"，此时，召穆公所述古代明王所设的理想的进谏机制已经完全失效。正如《国语·晋语》所说："兴王赏谏臣，逸王罚之。"二《雅》中不少诗篇也反映了西周后期恶劣的谏说环境，主要体现在两方面：

其一，周王不用老成忠信之士，不听《诗》《书》法度之言，而任用小人，听信谗言。《雨无正》"如何昊天，辟言不信"，《郑笺》："如何乎昊天！痛而诉之也。为陈法度之言不信之也。""昊天"指周王而言。《桑柔》言"听言则对，诵言则醉"，《郑笺》："贪恶之人，见道听之言则应答之，见诵《诗》《书》之言则冥卧如醉。"《诗》《书》等法度之言完全不被听用。《小旻》亦言"哀哉为犹，匪先民是程，匪大

---

① 见《诗谱序》孔颖达疏引（孔颖达：《毛诗正义》，北京大学出版社，1999年，第5页）。

犹是经。维迩言是听，维迩言是争"，《郑笺》："哀哉！今之君臣谋事，不用古人之法，不犹大道之常，而徒听顺近言之同者，争近言之异者。"古人之法，弃之不用，其结果则是谗佞之言大行其道。即使如《荡》所云"虽无老成人，尚有典刑。曾是莫听，大命以倾"，《抑》云"於乎小子，告尔旧止。听用我谋，庶无大悔"，诗人劝、谏并用，语带警告，周王也不以为意，无动于衷。《抑》又云"於乎小子，未知臧否。匪手携之，言示之事。匪面命之，言提其耳"，《郑笺》："'於乎'，伤王不知善否。我非但以手携掣之，亲示以其事之是非。我非但对面语之，亲提撕其耳。此言以教道之勤，不可启觉。"诗人一片拳拳至诚之心，苦口婆心，感人至极，但实际效果则是"诲尔谆谆，听我藐藐。匪用为教，覆用为虐"，《郑笺》："我教告王，口语谆谆，然王听聆之藐藐然忽略，不用我所言为政令，反谓之有妨害于事，不受忠言。"二《雅》还揭露了君子信谗、谗人巧言潛人的丑状恶行。如《巧言》"盗言孔甘""蛇蛇硕言，出自口矣。巧言如簧，颜之厚矣"，痛斥了谗潛之人的巧舌如簧，厚颜无耻。《正月》"好言自口，莠言自口"，《郑笺》："善言从女口出，恶言亦从女口出。女口一耳，善也恶也同出其中，谓其可贱。"揭露了小人的出尔反尔。《巷伯》"缉缉翩翩，谋欲潛人"，刻画了谗人相谋而潛人的丑恶嘴脸。《雨无正》"哿矣能言，巧言如流，俾躬处休"，孔疏："若世之所谓能言者，以巧善为言，从顺于俗，如水之转流。理正辞顺，无所悖逆。小人之所不忌，使身得居安休休然。"谗人得志安处，无由惩治，而君子则不幸遭谗，深受迫害。《十月之交》"无罪无辜，谗口嚣嚣"，《郑笺》："时人非有辜罪，其被谗口见椓潛嚣嚣然。"《正月》"民之讹言，亦孔之将"，《郑笺》："人以伪言相陷，人使王行酷暴之刑，致此灾异，故言亦甚大也。"都揭露了小人讹言流行的恶劣影响。

其二，因为周王昏聩，忠信之士进说无途，因言获罪成为西周后期政治生态中十分常见的现象，二《雅》深刻反映了这一时期人们心中萦绕的政治言说的焦虑。《雨无正》"凡百君子，莫肯用讯"，《郑笺》:"众在位者,无肯用此相告语者。言不忧王之事也。"在位者避谈政事,噤口不言以明哲保身。《板》"天之方懠,无为夸毗。威仪卒迷,善人载尸",《郑笺》:"王方行酷虐之威怒,女无夸毗以形体顺从之,君臣之威仪尽迷乱。贤人君子则如尸矣,不复言语。时厉王虐而弭谤。"贤人君子如同祭典上的"尸",饮食而已,不发言语,对时局沉默以对,噤若寒蝉。二《雅》不少诗篇还表达了郁积于胸、言说无由的苦闷。《雨无正》"哀哉不能言,匪舌是出,维躬是瘁",《毛传》:"哀贤人不得言,不得出是舌也。"《巷伯》"慎尔言也,谓尔不信",《郑笺》:"女诚心而后言,王将谓女不信而不受。"又,《桑柔》"匪言不能,胡斯畏忌",《郑笺》:"贤者见此事之是非,非不能分别皂白言之于王也。然不言之,何也?此畏惧犯颜得罪罚。"言辄得罪,成为当时卿大夫难以摆脱的普遍的言说困境。对此,一些忠诚亢直之士坚持自己的政治操守,矢志不渝,不平则鸣,努力在噤厉的局境中挺立,他们除了不满于谏说渠道的闭塞,还表达了寻求言说突破的激切诉求,如《板》"犹之未远,是用大谏",明言讽谏之意。《民劳》"王欲玉女,是用大谏",则是一边给周王"戴高帽",一边表达劝谏。《桑柔》"虽曰匪予,既作尔歌",《郑笺》:"女虽抵距己言,此政非我所为。我已作女所行之歌,女当受之而改悔。"既表达了讽谏之意,还毫不客气地对周王的自我逃遁予以揭露。

以上所举二《雅》讽谏诗,足以说明西周后期政治言说环境的禁锢程度,诗人执着于对这一言说困境及当时朝堂众生相的揭露,带有一种"自我指涉"的意味,愈发突显出这些讽谏诗突破困局的难能可贵。而这种突围之所以能够实现,实有赖于礼乐歌唱所积淀的传统,具体来说,仍是"以诗为谏"传统所提供的特殊的言说效应。前文论及,"以诗为谏"在礼乐繁盛时代的"正诗"唱诵中即已酝酿,其良好的讽谏效果的实现,除了歌诗自身的内容可为典范之外,还有赖于整体的仪式歌唱情境的支持,即有别于一般性的言语直谏,合乐而歌的谏说方式更有细雨微风般的讽谕效果。《诗大序》:"主文而谲谏,言之者无罪,闻之者足以戒。"《郑笺》:"主文,主与乐之宫商相应也。谲谏,咏歌依违,不直谏。"①所谓"主文"即指合乐而歌,依托于声乐,重在婉陈,"依违而谏","不直言君之过失"。"谲谏"时,不仅谏者足以表明温柔敦厚的忠恕之心,被谏者也可以不失体面。这种"谲谏"方式最早也应是在"正诗"讽谏中发轫,它所具有的雅正得体又不失委婉蕴藉的言说效果,是在"乐主和同"的整体诗乐情境的熏染和影响下取得的,是歌诗乐用形态和政教功能的进一步拓展。流衍至西周后期,在言路闭塞的情况下,这种言者与闻者之间容有回旋空间的"谲谏"方式,正好可以为政治谏说提供一条突围的路径,避免了直谏可能带来的君臣间的紧张、冲突,最大程度地实现"言之者无罪,闻之者足以戒"的效果。最典型的例子就是芮良夫作《桑柔》,据《潜夫论·遏利篇》:"昔周厉王好专利,芮良夫谏而不入,退赋《桑柔》之诗以讽。"②正是正常进谏渠道的受阻,才催生出"依违而谏"的《桑柔》之诗。从这一例子中,可以见出西周后期政治谏说所面临的普遍困境,以及卿大夫创制讽谏诗以寻求言说突破的一般情形。

于是,"谲谏"就从《诗》作为"乐语"资源、推广用于政治讽谏的一种语用方式,转变为一种能够促成讽谏诗创制,并保障其实现谏说功能的诗乐生发机制。《巷伯》"寺人孟子,作为此诗。凡百君子,敬而听之",《四月》"君子作歌,维以告哀",《桑柔》"虽曰匪予,既作尔歌",都明确交代了讽谏言说与乐歌呈现的结合。这说明,虽然遭遇了西周后期政衰礼崩的困厄,但雅诗创作并未消歇,周初以来《雅》《颂》正声所蕴蓄的诗乐传统,仍发挥它的调适和新拓能力,在"谲谏"的庇护之下巧妙地将讽谏时政的内容纳入诗乐,从而开创出周代歌诗创制和歌唱的新机制。

---

① 孔颖达:《毛诗正义》,北京大学出版社,1999年,第13页。
② 王符:《潜夫论》,上海古籍出版社,1978年,第30页。

二、从"献诗"到"献曲"：讽谏诗的生成与歌唱

概而言之，《诗经》讽谏诗寄寓于仪式歌唱，以实现其言说目的，但公卿大夫在作诗之初，并不以合乐歌唱为第一要务，因此，作为可以入乐歌唱的文本，《诗经》中的讽谏诗很可能已不是公卿列士"献诗"的原貌。《大雅·卷阿》"矢诗不多，维以遂歌"，《毛传》："明王使公卿献诗以陈其志，遂为工师之歌焉。"《国语·周语》"公卿至于列士献诗，瞽献曲"，韦昭注："瞽，乐师。曲，乐曲。"又《左传·襄公十四年》"瞽为诗"，孔颖达疏："使瞽人为歌以风刺，非瞽人自为诗也"，并引《周语》韦昭注佚文曰："公以下至上士，各献讽谏之诗，瞽陈乐曲献之于王。"①这些材料都说明，讽谏诗中诗人与歌者、诗歌创作与入乐歌唱已分属不同的行为主体：先是公卿列士作诗，献给瞽工乐师，再由乐师比于声律，谱成乐曲，最后在相应的典礼上被之管弦，施诸歌唱，以完成讽谏②。也正是因为公卿列士与瞽工两重行为主体在讽谏诗创制、歌唱的前后参与，综合作用于诗文本，遂造成讽谏诗文本的复杂形态。

我们先来考察公卿列士所献原诗的创作情况和文本面貌。我们知道，《雅》《颂》仪式乐歌多是"因礼作乐，因乐作诗"，乐处于第一位的统摄地位，乐工甚至可以根据歌唱的需要做自主、即兴的发挥。而讽谏诗的创作则抽离仪式的范畴，不再以歌唱为首要目的，多是感于时政之衰变而作，《史记·周本纪》曰："王室遂衰，诗人作刺。"《汉书·匈奴传》亦曰："中国被其苦，诗人始作，疾而歌之。"诗之所言，多是个体生命在衰乱时局中的遭遇和感受，此时具有独立情感意志的

---

① 孔颖达：《春秋左传正义》，北京大学出版社，1999年，第927、928页。
② 按，《国语·周语》中召穆公所言，意在说明百官、百工乃至庶人都有进谏的责任，"公卿至于列士献诗"与"瞽献曲"似乎并无承接关系，但参考《左传·襄公十四年》"瞽为诗"孔疏及所引《周语》韦昭注佚文，可知"瞽献曲"是在"公卿至于列士献诗"的基础上进行的，二者存在先后协作的关系，这与后文"史献书，师箴"等进谏行为是有显著差别的。又，《大雅·卷阿》"矢诗不多，维以遂歌"，《毛传》："明王使公卿献诗以陈其志，遂为工师之歌。"工师亦是以公卿所献之诗为歌。

"诗人"形象已突显出来。《雅》《颂》正声表达的主要是仪式中集体的情感意志,故诗人的身份往往不彰显,如孔颖达所言:"盖以正诗天下同心歌咏,故例不言耳。"①但到"变雅"时代,一些诗的结尾已写明诗人姓名,如《节南山》:"家父作诵,以究王讻。"《巷伯》:"寺人孟子,作为此诗。"《崧高》:"吉甫作诵,其诗孔硕。"《烝民》:"吉甫作诵,穆如清风。"再据《诗序》,《民劳》《荡》为召穆公所作,《宾之初筵》《抑》为卫武公所作,《桑柔》为芮伯作,《板》《瞻卬》《召旻》为凡伯所作,等等。"诗人"独立身份的彰显,从根本上反映的是诗歌主体性的增强,以及诗、乐分途的趋势。陈世骧注意到公元前八、九世纪百年间雅诗中"诗"字的出现,认为这是诗歌"从舞蹈、歌永、诗辞之混合,渐到诗为言辞之独立观念","表示诗之为语言艺术之意识渐渐醒觉,它虽作来仍是歌的形式而可入乐,但已觉有超乎音乐的本身独立性"。②马银琴也认为:"'诗'字的造字本义应为规正人行、使之有法度的言辞,也就是说,'诗'字是在指代讽谏之辞的意义上产生出来的。"③文献中有关西周后期刺诗兴作的描述,突显的都是"诗"字本有的讽谏怨刺之义,从而将"诗"与"乐""歌""曲"等所指区别开来。前引《周语》"公卿至于列士献诗,瞽献曲","诗"与"曲"相对而言,反映的正是讽谏诗中诗与乐的分疏。因此,《诗经》讽谏诗作为入乐的歌诗,实际上已是公卿列士"献诗"与瞽工"献曲"前后参与、交互作用的结果,这一点我们可以通过讽谏诗与相关平行文本的对比来加以认识。

就平行文本而言,我们固然找不到讽谏诗在入乐前的所谓"前文本",不过,清华简《芮良夫毖》为芮良夫针对时弊所作的训诫之辞,《诗经·桑柔》一诗亦为芮良夫刺厉王之作,二者的作者、主题、

---

① 孔颖达:《毛诗正义》,北京大学出版社,1999年,第696页。
② 陈世骧:《中国诗字之原始观念试论》,《陈世骧文存》,辽宁教育出版社,1998年,第22、12页。
③ 马银琴:《周秦时代诗的传播史》,社会科学文献出版社,2011年,第222页。

功能高度一致，但文本形式的差异也十分显著，对比分析二者之异同，正可以见出一般性的讽谏之作演进为讽谏诗所需要的入乐的基本工序。

学界对《芮良夫毖》属于《书》类文献抑或《诗》类文献，尚存争论。笔者认为，从"毖"这一文体及《芮良夫毖》所呈现出的文本特征来看，仍当以《书》类文献为是。《尚书·酒诰》云"厥诰毖庶邦庶士越少正、御事""予惟曰：汝劼毖殷献臣"，王念孙《广雅疏证》以为毖"皆戒敕之意也"①。《酒诰》又云"汝典听朕毖"，此"毖"用作名词，指戒敕之辞。《芮良夫毖》言"芮良夫乃作毖再终"，可知其毖文与《酒诰》周公所作毖辞一样，都属于《书》类文献。而主《诗》类文献者，认为《芮良夫毖》毖文为韵文，当为诗语，甚而根据用韵情况给毖文做了分章②，但实际上，典礼辞令用韵是不足为奇的③。又，"终"既可以是音乐术语，诗乐歌奏一次为一终，也可以用来指一章有始有终的文本。如清华简《耆夜》中《乐乐旨酒》《輶乘》《赑赑》《蟋蟀》四诗皆称"作歌一终"，简文又曰"作祝诵一终，曰《明明上帝》"，可知"祝诵"之辞与"歌"一样都可以称作"终"，"终"并非歌诗的特称。是故，《芮良夫毖》毖文称"再终"，并不意味着它就是《诗》类文献。而更大的证据还在于，与入乐的《桑柔》相比，《芮良夫毖》显示出更多非诗乐体式的特征。陈鹏宇《清华简〈芮良夫毖〉套语成分分析》一文对此有详细考察。陈文从套语理论的角度，考察得出《芮良夫毖》与《桑柔》中的《诗》类套语成分所占比重分别为28.2%、45.5%，而《芮良夫毖》中的非《诗》类套语也占了24.7%，两下比照，说明《桑柔》的歌诗属性要远高于《芮良夫毖》。另外一个显著特征则是《桑

---

① 王念孙：《广雅疏证》，中华书局，2004年，第132页。
② 参马楠《〈芮良夫毖〉与文献相类文句分析及补释》，《深圳大学学报（人文社会科学版）》2013年第1期。
③ 如赵平安认为《芮良夫毖》为《尚书》类文献，只是劝诫之言以韵文形式出现，并举《五子之歌》为例（参赵平安《〈芮良夫毖〉初读》，《清华简研究》第2辑，中西书局，2015年）。

柔》有歌诗常用的比兴手法，如"菀彼桑柔，其下侯旬""四牡骙骙，旟旐有翩""如彼溯风，亦孔之僾""瞻彼中林，甡甡其鹿""大风有隧，有空大谷"等，而《芮良夫毖》中没有起兴，通篇都是以直陈的方式论事说理。陈宇鹏因此认为："《芮》没有用起兴，说明它的结构是事先构思好的，这是典型的文人作品。换句话说，《芮》是'写'出来的，而不是'歌'出来的。"又说："《芮》或'毖'这种体裁确实像是散文化的诗——虽然持续用韵，却没有用比兴；虽然采用诗类套语，但非诗类套语也占相当大比重，如用'譬只若'引起比喻，用'必……以……'结构的条件复句等，都是典型的散文的特征。"最后得出结论："《芮》可能是献诗制度下，芮良夫呈进的一篇规谏性质的作品，类似后世谏臣的表奏，这种体裁叫做'毖'。"①

笔者认同陈宇鹏对《芮良夫毖》文本性质、特征的分析，而需要补充的是，与其说《桑柔》与《芮良夫毖》的不同是芮良夫创作时就已经有清晰的文体区分，毋宁说《桑柔》中的诗乐风貌是瞽工对芮良夫所献谏书进行入乐加工时赋予的。尤其是《桑柔》中的比兴手法和重章结构，它们是乐工为了便于组织诗章、强化乐歌属性和主题而惯用的手法。至于一般性的谏文，则更追求质直明切，发散性的起兴和繁复的叠咏反而不利于论题的集中和精准。因此，我们有理由相信，《桑柔》并非芮良夫所献原诗，其所进献的有可能仅是类于《芮良夫毖》或《逸周书·芮良夫解》一样的谏文，虽有韵语但尚不具备歌诗的体式，须得经过乐工做入乐加工，才最终成为我们所见到的《桑柔》文本。《大雅·民劳》亦可作如是观，其诗完全叠咏，且是赋的叠咏，这些乐章面貌都不应是召穆公所献原文所具有，而应是乐工蕃衍其文、反复咏唱的结果。《荡》后七章均以"文王曰咨，咨汝殷商"起句，反复申说，同时也保存着明显的散文痕迹，我们也怀疑可能改编

---

① 陈鹏宇：《清华简〈芮良夫毖〉套语成分分析》，《深圳大学学报（人文社会科学版）》2014年第2期。

自一篇《书》类文献①。《云汉》也可能改编自宣王的祷雨礼辞。诗于首章以"倬彼云汉，昭回于天，王曰"领起下文，下文都属于宣王雩祭典礼中的祷雨之辞，诗中对旱情的描述、对民苦的忧恤都是宣王原辞所有，而非仍叔所述。正如方玉润所说："此一篇禳旱文也。而《序》谓'仍叔美宣王'，姚氏讥其'未有考'。然使其实有所考，而篇中所言亦非美王意，乃王自祷词耳。"②方氏所言甚是。《云汉》与其说是仍叔之作，毋宁说是宣王"禳旱文"的改编入乐。

以上《芮良夫毖》与《桑柔》的比照，见出一般性谏文演进至入乐讽谏诗所可能出现的文本变异，反映了"公卿至于列士献诗"与"瞽献曲"之间错综互渗、叠加复合的情形。其中，瞽工无疑是总持全局的关键人物，他们不仅承担谱曲和献唱之事，更促成了讽谏诗文本的最终整合、成型。

除了平行文本之间的对照，我们在讽谏诗内部也发现了乐工整合文本的痕迹，这主要体现在卒章的"乱辞"中。如《节南山》卒章："家父作诵，以究王讻。式讹尔心，以畜万邦。"《郑笺》："大夫家父作此诗而为王诵也。"孔疏："作诗刺王，而自称字者……此家父尽忠竭诚，不惮诛罚，故自载字焉。"③郑、孔都认为是家父自己标明诗人身份。但实际上，诗的前九章都是第一人称"我"的视角，如"我瞻四方""我王不宁"，但卒章则转为第三人称视角，点明作诗之人是"家父"。这一人称视角的转变，表明卒章很有可能并非原诗所有，而是乐工在歌诗结尾，跳出家父的第一人称口吻，以自身的立场从旁揭明《节南山》的作者及"以究王讻"的讽谏目的。同样，《巷伯》卒

---

① 陈子展认为，这是"声讨纣王的一篇有韵的檄文，正和《泰誓》《牧誓》相类。只因为它是韵文，所以就被编次在《诗经》里"。这是十分有见地的。不过，《荡》的诗韵未必是所据原文本有，而是在改编入乐时才被赋予。诗首章与后七章的结构、视角不一，也应该是在改编时后加的，起到切中时事、揭明本旨的作用（陈子展：《诗三百解题》，复旦大学出版社，2001年，第1030页）。
② 方玉润：《诗经原始》，中华书局，1986年，第548页。
③ 孔颖达：《毛诗正义》，北京大学出版社，1999年，第706页。

章"杨园之道,猗于亩丘。寺人孟子,作为此诗。凡百君子,敬而听之",希望仪式在场的君子好好聆听寺人孟子之诗,其曲式结构、人称视角与前面的诗章不同,也应是乐工在原诗末尾加上的"乱辞",以总撮大义,交代原诗的作者和讽谏之义。而且,"杨园之道,猗于亩丘"两句,也是乐工惯用的兴辞,与原诗所用的赋法不同,也是出自乐工之手。又,《四月》末章"山有蕨薇,隰有杞桋。君子作歌,维以告哀",与前文"胡宁忍予""我独何害""我日构祸""宁莫我有"的第一人称视角不同,也是乐工在原诗末尾加的"乱辞"。这种乐工跳脱出原诗人称和情境的"乱辞",在《崧高》卒章"吉甫作诵,其诗孔硕。其风肆好,以赠申伯"、《烝民》卒章"吉甫作诵,穆如清风。仲山甫永怀,以慰其心"中也能见到。这些共同反映了西周后期讽谏诗所具有的"合成文本"的性质。可以说,在歌诗创作与入乐歌唱分离之后,乐工成为诗文本最终整合、定型的决定性人物。

了解了讽谏诗文本的生成过程之后,我们再来讨论它的歌唱问题,即讽谏诗编排入乐后,是在怎样的仪式情境下付诸歌唱,又是如何借音乐的庇护来实现"谲谏"的效果的?

西周中期以来,仪式乐歌已粲然大备,并逐渐形成固定的乐节,仪式上的"正歌"也基本定型和经典化。诸多未能进入"正歌"的诗乐,都被归入"无算乐"中歌唱,"无算乐"因此成为一个未限定的、开放的乐节,为这些诗乐提供"用武之地",也因此促成新的诗乐得以继续创制。从实际的乐用效果来看,献酬正礼和"正歌"有繁复的程序、规定的次数、严格的等级、节制的饮乐,而"无算爵"时上下交亲,觥筹交错,和气融融,唯求醉饱,相应地,"无算乐"也没有次数、套数的限制,或间或合,或歌全诗,或歌某章,没有定数,是对"正歌"的有效补充和调剂。如何定生所说:"从上文'燕'的轻松,与'飨'紧张的强烈对比,我们才可以更充分的看出'无算乐'的重要和意义来。……'庶羞'和'无算爵',也正是个开怀的吃喝,而最顺理成章的，自然是'无算乐'的成为这时娱乐的顶点了。"① 在尽欢、娱宾的主题下，只要是可以酬兴助乐、应景切题的仪式乐歌，都可用于"无算乐"中。也就是说，"无算乐"本身作为礼乐歌唱繁盛的产物，其设立之初，本是用于安顿诸多未入"正歌"的仪式乐歌的，这些仪式乐歌与"无算乐"的尽欢主题也是相契合的。魏源《诗古微》："以《仪礼》正歌言之，则不但变诗不得与，即正者亦有不得与，何者？周公时未有变风、变雅，而已有无算乐。则知凡乡乐自《樛木》《甘棠》以下诸诗，《大雅》召康公诸诗，《周颂》成王诸诗，亦止为房中、宾、祭之散乐。"② 这是礼乐繁盛时代"无算乐"的歌诗情形。

而当时过境迁，"无算乐"自由开放、不拘格套的优势，意外地为诗人所借重，为其抒发郁怀隐忧提供了合宜的空间。此时的"无算乐"脱离了最初的宴享娱乐功能，诗人利用其自由、开放的乐用情境，将其演变为申诉个人意志的有利渠道，讽谏诗的创作和歌唱因此有了达成的可能。前代学者对此已有认识，孔颖达认为变雅"或无筭之节所用，或随事类而歌"③。魏源举证说："卫献公宴孙蒯，使太师歌《巧言》之卒章；鲁宴庆封，使工为之诵《茅鸱》，其诗皆在变风、变雅，则又于燕享无算乐中而或有讽刺之事焉。"④ 尹继美也认为变诗"为燕饮无算爵之乐章，及瞽矇讽诵君侧之所用"⑤。顾颉刚分诗乐为"典礼中规定应用的"与"典礼中不规定应用的"，"无算乐"无疑属于"典礼中不规定应用的"诗乐，其中不妨有愁思和讽刺之作。⑥

那么，"无算乐"为讽谏诗的歌唱提供了哪些便利呢？我们可以

---

① 何定生：《诗经与乐歌的原始关系》，《定生论学集——诗经与孔学研究》，幼狮文化事业公司，1978年，第82页。
② 魏源：《诗古微》，岳麓书社，1989年，第178页。
③ 孔颖达：《毛诗正义》，北京大学出版社，1999年，第544页。
④ 魏源：《诗古微》，岳麓书社，1989年，第28页。
⑤ 尹继美：《诗管见》，《续修四库全书》第74册，上海古籍出版社，2002年，第20页。
⑥ 顾颉刚：《论〈诗经〉所录全为乐歌》，《古史辨》第3册下编，上海古籍出版社，1982年，第656页。

通过《小雅·宾之初筵》了解"无算乐"时歌唱讽谏诗的具体情境和效果。尹继美《诗管见》说："此诗所陈皆无算爵时之事，此诗所用乃无算乐时之歌也。"① 诗前两章赋写燕射初筵时主宾之肃敬，笾豆殽核旨酒之备，籥舞嘉乐之和奏，祖神之乐享，皆井然有序，湛乐融融。三章则着重写燕饮之事，其初尚能"温温其恭"，"威仪反反、抑抑"，而到"无算爵"时则"既醉"矣，主宾们变得"威仪幡幡、怭怭"，"舍其坐迁，屡舞仙仙、僛僛、傞傞"，"载号载呶"，手舞足蹈，喧闹耍疯，仪态尽失，狼藉一片了。《毛诗序》以此诗为"卫武公刺时"，是卫武公参加王朝的燕射礼，亲历了仪式前后秩序的巨大反差②，当看到"无算爵"时主宾如此之醉态，卫武公愤慨地讥刺道："既醉而出，并受其福。醉而不出，是谓伐德。饮酒孔嘉，维其令仪。"末章的诗法从赋写转为议论："凡此饮酒，或醉或否。既立之监，或佐之史。彼醉不臧，不醉反耻。式勿从谓，无俾大怠。匪言勿言，匪由勿语。由醉之言，俾出童羖。三爵不识，矧敢多又。"卫武公的讽谏之义于此最后揭出。秦氏《诗测》云："玩'既醉而出'四句，应是武公侍酒于王，见同列之人醉而失礼，故作此讽之。"③ 是也。卫武公身处仪式中，以当下情境入诗，遂有对燕射礼节、礼物的赋写；而到"无算爵"时，主宾的丑陋醉态引发他的激愤，遂又在"无算爵""无算乐"时发出如上警语。总而言之，《宾之初筵》源于"无算爵"时所见，而又返于"无算乐"中歌唱，反映了西周后期讽谏诗创作与歌唱的真实情态。

至于"无算乐"中表达讽谏之意，其效果也十分突出。"无算乐"时君臣主宾上下情洽而无间，讽谏诗行乎其间，既可以在凝滞的正式进谏渠道之外获得言说的机会，同时，这种言说也可以在尽欢的气氛

---

① 尹继美：《诗管见》，《续修四库全书》第74册，上海古籍出版社，2002年，第71页。
② 孔颖达、欧阳修等皆以前二章为陈古，后三章为刺时，然诗中并未有古今相对之明文，且诗从射礼写到初筵再到"无算爵"，节次分明，愈递进而醉态愈甚，应该就是卫武公在仪式中亲历所见，缘事而作，借此讽谏，并无陈古刺今之义。
③ 转引自王礼卿《四家诗恉会归》，华东师范大学出版社，2009年，第1453页。

下缓解直谏的阻力。如《左传·襄公二十七年》载，齐庆封来聘，"叔孙与庆封食，不敬。为赋《相鼠》，亦不知也"，杜注："庆封不知此诗为已，言其暗甚。"又，襄公二十八年庆封来奔，"叔孙穆子食庆封，庆封泛祀。穆子弗悦，使工为之诵《茅鸱》，亦不知"。按我们的理解，与其将庆封的"不知"理解成对《相鼠》《茅鸱》之诗不熟知，不如理解为庆封未能领会《相鼠》《茅鸱》"刺不敬"之义。之所以会如此，并非因为庆封不学无术，而是庆封在燕饮中唯求尽欢，以致未能察觉歌唱中隐藏的讽谏义。这也从反面证明，在"无算乐"中歌唱讽谏诗可取得隐约、迂回的表达效果。虽然其讽谏效果有所折扣，但讽谏诗正可利用这一难得的间隙，在西周后期恶劣的政治言说环境下取得突破，同时又能保证"言之者无罪，闻之者足以戒"。又如，《左传·襄公十四年》："孙文子如戚，孙蒯入使。（卫献）公饮之酒，使大师歌《巧言》之卒章。大师辞，师曹请为之。初，公有嬖妾，使师曹诲之琴，师曹鞭之。公怒，鞭师曹三百。故师曹欲歌之，以怒孙子，以报公。公使歌之，遂诵之。"杜注："恐孙蒯不解故。"竹添光鸿《左传会笺》："歌有音节，故难骤晓，诵无音节，故易猝明。此诵之异于歌处。"[1] 是师曹故意为了激怒孙蒯，改"歌"为"诵"，以不带乐节的诵读，来使《巧言》卒章的讽刺之义更简明显露。这是师曹反其道而行之，言下之意，在一般情况下讽谏诗合乐而歌，正可以取得隐晦的"谲谏"效果。

这里也有必要补充讨论一下，讽谏诗是被诸管弦的合乐而歌，抑或仅是略带腔调、抑扬顿挫的讽诵？文献对此的记述，似乎存在一定的模糊性，如《周礼·瞽矇》"讽诵诗，世奠系，鼓琴瑟"，郑注："讽诵诗，谓暗读之，不依咏也。"又，《左传·襄公十四年》"工诵箴谏"，《国语·周语》"师箴，瞍赋，矇诵"，《国语·晋语》"工诵谏于朝"，《国语·楚语》"宴居有师工之诵"，《大戴礼记·保傅》"鼓史

---

[1] 竹添光鸿：《左传会笺》，辽海出版社，2008年，第325页。

诵诗，工诵正谏"，都是以"诵"称谏，似有别于常规的合乐而歌。笔者认为，以上文献以"诵"称谏，多是散言之，与合乐弦歌并不矛盾，如《瞽矇》郑玄即注："虽不歌，犹鼓琴瑟，以播其音，美之。"《周语上》"矇诵"，韦昭注："《周礼》，矇主弦歌讽诵。"仍是认为"诵"与"弦歌"相通。再者，这些文献虽然称"诵"，但其所诵并不限于讽谏诗，若是一般的谏文，合有诵赋之用，正如《左传·襄公十四年》孔疏所言："诗辞自是箴谏，而箴谏之辞，或有非诗者，如《虞箴》之类，其文似诗而别。且谏者万端，非独诗箴而已。诗必播之于乐，余或直诵其言，与歌诵小别。"①若是讽谏诗，自然仍是播于乐，合乐而歌。上引《左传·襄公十四年》"使大师歌《巧言》之卒章"，就是明证，师曹改"歌"为"诵"，乃变通而用，实属反常。至于《诗经》作为"乐语"资源被"兴、道、讽、诵、言、语"，用以箴谏，实际上是《诗经》功能拓广之后的移用，且其行为主体也由瞽工转为周贵族，都不能反映讽谏诗最初入乐歌唱的情形。因此，笔者认为，讽谏诗的乐用形态仍以《诗大序》"主文而谲谏"所述最为贴切，郑注："主文，主与乐之宫商相应也。谲谏，咏歌依违，不直谏。"可称确解。

综上所论，在西周后期特殊的政治礼制背景下，讽谏诗逆势兴起，借礼乐歌唱的传统实现谏说的突破。讽谏诗创制与入乐机制的诸多新变，反映了周代礼乐所具有的自新和拓展能力，诗乐歌唱也因此得以实现新的转进和绵延。这一时期除了公卿列士所献的政治讽谏诗，《雅》诗中还有一系列采自民间的征役诗。采诗制度的兴起及转型，从另一个向度将周代诗乐推向新的阶段。

第三节 "采诗观风"的转向：《小雅》征役诗的采集与入乐

周人以武力灭商，周公、成王继而平定四方，周国方始安定。对

---

① 孔颖达：《春秋左传正义》，北京大学出版社，1999年，第928页。

这段开国史事，周人制作了《大武》乐章以表纪念、赞颂。但六成乐舞中已存在"歌者象德，舞者象功"（《白虎通义·礼乐》）的区分，周王朝更为崇尚的乃是诗歌的"象德"功能，如楚庄王所言的《武》有"七德"："禁暴、戢兵、保大、定功、安民、和众、丰财"（《左传·宣公十二年》），也主要是通过歌诗来加以宣扬。可以说，正是周人"崇德""修文"的政治道德观念，使得周代诗歌对战争的表现相当节制。周初在忧患局势下是如此，即使到西周中期王朝繁荣时代，周家已取得了卓卓武功，但在崇尚文德的礼乐精神下，王朝的武功和荣耀也是不值得矜夸的。所以《周语·国语》记载，穆王将征犬戎，祭公谋父谏曰："不可，先王耀德不观兵。"并引《时迈》"载戢干戈，载櫜弓矢。我求懿德，肆于时夏，允王保之"为谏，体现了周人对战争的基本态度。是故，虽然西周军事战功卓著，金文等材料也显示王朝有一套系统的军礼仪注[①]，且军礼中也不乏音乐活动，如军队振旅、献捷时奏用"恺乐"[②]，但仅是单纯的乐器演奏，而没有专门制作歌诗来表现王朝战功与声威。这说明，在礼乐文明"终和且平"的特殊禀性、歌诗"象德""尚文"的审美精神的影响下，战争题材的歌诗在周代礼乐歌唱中始终是受限的[③]。

相反，我们在《诗经》中更多看到的是对战争造成的社会创伤、人伦废坏的悲叹和反思。尤其是到西周后期，外患日亟，戎狄交侵，

---

① 青铜铭文显示，在出征前有定谋、治兵、观兵、军祭、誓师等仪式，战后有凯旋、振旅、饮至、献俘等仪式，各仪式中又有详尽的仪注。以献俘礼为礼，如《小盂鼎》所显示，大的仪注就有告献、讯酉、折酉、献馘、燎祭、告成、饮至、祭祖、献俘获、赏赐等十余项（参刘雨《西周金文中的战争》《西周金文中的周礼》，《金文论集》，紫禁城出版社，2008年，第94—97、121—125页）。
② 如《周礼·大司乐》："王师大献，则令奏恺乐。"郑玄注："大献，献捷于祖。恺乐，献功之乐。郑司农说以《春秋》晋文公败楚于城濮，《传》曰：'振旅恺以入于晋。'"《镈师》："军大献，则鼓其恺乐。"
③ 此特指与战争仪式普遍适应的、具有广泛适用性的诗乐，不包括专为某一具体战役、某人战功而作的诗乐，如《六月》《采芑》《江汉》《常武》等诗，其时代背景、制作情形已有变异，详见本章第四节。

暴虐中国，中国被其苦，遂有《小雅》中诸多反映征夫思妇心声的征役诗。不同于国家英雄主义的宏大战争叙事，征役诗表现的是社会最基层的家庭和个体因战争而遭受的种种苦痛：社会的离乱、家园的破坏、劳役的不均、孝养的难尽、夫妇的分离等等。征夫思妇感于时事，发言为诗，这固然是诗歌创作的一般情形，但这些征役诗缘何能够进入历史的视野，采编入《诗》，却需要来自周代礼乐精神与诗乐机制的深厚支持。一方面，受礼乐文明影响，周代社会素来厌恶战争，即使在衰乱之世，礼乐和同的精神也还发挥它温柔的力量，将目光转投到那些辗转四方、奔劳王事的征夫及其家室身上，倾听这个离乱社会中最需慰藉的群体的劳苦心声；另一方面，王朝礼乐传统中业已存在的采诗制度，正好为这些民间下情的上达、进入贵族礼乐提供了渠道，采诗制度也在时代激流的鼓荡下，将歌诗的视野推向更广阔的社会人生。

前文已述及，早在仪式歌唱繁盛的时代就已存在"采诗观风"的制度，二《南》中的部分诗就是在这一制度下被采集入乐，补充、调剂了王朝仪式乐歌的内容和风调。可以说，采诗制度是周代礼乐自身内置的、意欲通过风教以实现上下互通的一种设计，并不限于衰乱之世的观风，如上博简《孔子诗论》所说："邦风其纳物也，溥观人俗焉，大敛材焉。其言文，其声善。"[①] 观风在价值倾向上仍是相对中正的。而随着时势的变迁，仪式乐歌的旧梦业已破灭，采诗也因此转向对乱政变风的采录，即《汉书·艺文志》所说的："古有采诗之官，王者所以观风俗，知得失，自考正也。"《诗大序》："国史明乎得失之迹，伤人伦之废，哀刑政之苛，吟咏情性，以风其上。"表明讽谏时政已成为西周后期采诗观风的主要目的。清华简《芮良夫毖》有"龏（恭）天之畏（威），载聖（聽）民之䛦（谣）"之文[②]，可见芮良夫采

[①] 马承源主编：《上海博物馆藏战国楚竹书（一）》，上海古籍出版社，2001年，第129页。
[②] 李学勤主编：《清华大学藏战国竹简（三）》，中西书局，2012年，第145页。

听"民谣",与其献诗、献诗的行为一样,都反映了芮良夫对时政的忧虑以及讽谏的目的。在据传为芮良夫所作的《大雅·桑柔》中,我们就听到了来自民间的声音。其诗二、三、四章曰:

　　四牡骙骙,旟旐有翩。乱生不夷,靡国不泯。民靡有黎,具祸以烬。於乎有哀,国步斯频。
　　国步蔑资,天不我将。靡所止疑,云徂何往?君子实维,秉心无竞。谁生厉阶,至今为梗?
　　忧心殷殷,念我土宇。我生不辰,逢天僤怒。自西徂东,靡所定处。多我觏痻,孔棘我圉。

与《桑柔》其他章芮伯体国忧世、恺切忠悫的口吻不同,这三章更多一己小我的怨苦嗟生之辞,朱熹《诗集传》曰:"自此(引者按,指第二章)至第四章,皆征役者之怨辞也。"①是也。其辞当是出自芮伯所采录,并被糅合进芮伯自作诗之中,从而更好地实现讽谏时政的意图。于此可见,采诗与献诗在功能目的上是相通的。有学者认为,西周后期高涨的采诗行为很可能是当时贵族上层所策动,意在通过采集民意以讽谏时政,对抗王权②。这一认识可谓精当,其背后有着古风民主和周人天命观念的支持。《尚书·泰誓》说"天听自我民听",《酒诰》"天畏棐忱,民情大可见",采听民风民情是执政者感知天意流行、预知吉凶、自我考鉴的重要手段。《国语·晋语》也说:"古之王者,德政既成,又听于民……风听胪言于市,辨袄祥于谣……问谤誉于路。"韦昭注:"风,采也。胪,传也。采听商旅所传善恶之言。"③统治者"听于民",对民间舆情谣谚保持警觉,采听风谣也因此带有强烈的政教讽谕

---

① 朱熹:《诗集传》,中华书局,2017年,第316页。
② 参李山《礼乐大权旁落与"采诗观风"的高涨——"王官采诗"说再探讨》,《社会科学家》2014年第12期。
③ 徐元诰:《国语集解》,中华书局,2002年,第388页。

功能。从这个角度来说,西周后期采诗行为出现高涨,从乐歌审美目的转向政教讽谕目的,与公卿大夫献诗一样都是出于对时代政治的回应,二者共同反映了西周后期诗乐创制方式和功能的嬗变。

　　上文已论及,讽谏诗反映了西周后期诗人创作与乐工歌唱的分离,《小雅》征役诗与之一致,而入乐程序则更为复杂。首先,因为公卿大夫的诗乐修养高,熟悉仪式生活,讽谏言说本身也内化于仪式生活中,所以,讽谏诗可以比较顺畅地融入仪式歌唱中,原诗文本在合乐时改动相对较小。而征役诗采自民间,语言驳杂,形式参差,乐工须得经过较大的"比其音律"的润色工作,方能合乎乐唱的要求。其次,征夫思妇之诗,多忧生劳怨、有失恭顺之辞,乐官将其采入仪式歌唱时,需得在乐章主题、情感基调、伦理价值上做出整体的把握、协调,方合乎"温柔敦厚"的诗教精神。《诗大序》说"变风发乎情,止乎礼义。发乎情,民之性也;止乎礼义,先王之泽也",诗所达到的"情"与"礼义"的平衡,与其说是"变风"原诗具备如此高的觉悟,毋宁说是乐工基于礼乐精神对原诗调整后的结果。征役诗中留存了乐工加工的痕迹,尤其是诗中存在的人称语态、情感价值的错综出入,为我们考察征役诗从采诗到入乐前后的变化留下了罅隙。

　　《小雅》中的征役诗,绝大部分保存了原诗的面貌,如诗中常见第一人称"我"的人称语态,就是征夫思妇自抒胸臆、自我嗟叹的创作①。但另外也有一些诗,内部存在人称语态和情感基调的错综不一,就很有可能是乐工入乐时对原诗文本进行加工所致。我们举例加以

---

① 关于征役诗中"我"的第一人称视角,是出于征夫自道,还是乐官代言,学界有不同认识。笔者认同大部分学者的观点,认为征役诗多为征夫自作。这既与西周末期出现"诗人"、兴起"言志"的诗学方向一致。乐官独立创作的征役题材歌唱是有的,如《渐渐之石》,但更多的还是征夫自抒胸臆,且诗中征夫遭遇、情感之凄苦真切,也非乐官旁观者所能模拟。当然诗中也间杂有乐官的视角和言辞(详见下文),但一概归为乐官代言,既抹杀了征夫在抒情言志上的自主性,也无视采诗制度的存在,无视从民间到王朝、从征夫自作到乐官入乐加工这一诗乐上升机制,而以诗中多见"套语",遂认为并非个体性创作,则更是不知风诗传统,不足辩矣。

说明。

其一，在征役诗前面，加入"引子"。以《小雅·皇皇者华》为例，其诗云：

> 皇皇者华，于彼原隰。驶驶征夫，每怀靡及。
> 我马维驹，六辔如濡。载驰载驱，周爰咨诹。
> 我马维骐，六辔如丝。载驰载驱，周爰咨谋。
> 我马维骆，六辔沃若。载驰载驱，周爰咨度。
> 我马维骃，六辔既均。载驰载驱，周爰咨询。

诗后四章完全叠咏，赋体，而首章则不入叠咏，属兴体；而且，后四章"我马"云云是征夫第一人称的视角，而首章"驶驶征夫"则以第三人称称呼征夫，属于旁观者的视角。歌诗结构、手法和人称视角的这些出入，表明首章与后四章在创作上存在一道明显的沟堑，有可能后四章是征夫第一人称的原诗，而首章则是乐工在入乐时为渲染情境、点明主题而加的内容。杨荫浏将首章视为"引子"，指出与后四章在音乐上的不同，但根本上这是由乐官对原诗文本入乐处理造成的。至于有学者将首章视为错简[①]，虽也看出了文本的不协，但未探究其真正的成因，忽视了"采诗入乐"过程中的多重程序对诗文本的影响。

其二，在诗末加入了"乱辞"，以点明讽谏之意。如《小明》，其诗云：

> 明明上天，照临下土。我征徂西，至于艽野。二月初吉，载离寒暑。心之忧矣，其毒大苦。念彼共人，涕零如雨。岂不怀归？畏此罪罟。
>
> 昔我往矣，日月方除。曷云其还？岁聿云莫。念我独兮，我

---

① 参孙作云《诗经的错简》，《诗经与周代社会研究》，中华书局，1966年，第410—412页；袁梅《错简质疑》，《诗经异文汇考辨证》，齐鲁书社，2013年，第869页。

事孔庶。心之忧矣，惮我不暇。念彼共人，睠睠怀顾。岂不怀归？畏此谴怒。

昔我往矣，日月方奥。曷云其还？政事愈蹙。岁聿云莫，采萧获菽。心之忧矣，自诒伊戚。念彼共人，兴言出宿。岂不怀归？畏此反覆。

嗟尔君子，无恒安处。靖共尔位，正直是与。神之听之，式谷以女。

嗟尔君子，无恒安息。靖共尔位，好是正直。神之听之，介尔景福。

诗共五章，前三章章十二句，后二章章八句。在诗法上，前三章以描写、抒情为主，而后两章则转为议论，且叠咏方式亦与前三章不同。余冠英以为"前后情调不一致，语气不相贯，似乎后二章是拼入的部分"①。我们的理解是，后二章是乐工将《小明》入乐歌唱，在歌唱最后加入的对仪式在场"君子"的训诫之语。这一理解，首先有得于"神之听之"一句的提示。《伐木》篇亦有"神之听之，终和且平"一语，马瑞辰训"神"为"慎"，认为经文并无求通神明之意，"神之"与"听之"相对成文，文献中"神"训"慎"者多见，并引《蜀志》郤正《释讥》"《诗》有靖恭之叹，乃神之听之而道使之然也"，以为即此诗"神"训"慎"之理解②。马说一扫旧说尘障，故《小明》末二章，可以理解成是对在场"君子"所说，希望他们谨慎、恭敬地聆听征夫之诗，告诫他们"无恒安处，靖共尔位，正直是与"，应该居安思危，保持恭敬与正直。因此，后两章可以看成是乐工加的"乱辞"，揭明前面所唱三章歌诗的意义与现实所指，这一处理与讽谏诗《巷伯》末章"乱辞"——"凡百君子，敬而听之"有同样的效果。

以此例之，笔者怀疑《北山》后三章亦为乐工所加"乱辞"，其

---

① 余冠英：《关于改诗问题》，《古代文学杂论》，中华书局，1987年，第39页。
② 参马瑞辰《毛诗传笺通释》，中华书局，1989年，第507页。

诗云：

> 陟彼北山，言采其杞。偕偕士子，朝夕从事。王事靡盬，忧我父母。
>
> 溥天之下，莫非王土。率土之滨，莫非王臣。大夫不均，我从事独贤。
>
> 四牡彭彭，王事傍傍。嘉我未老，鲜我方将。旅力方刚，经营四方。
>
> 或燕燕居息，或尽瘁事国。或息偃在床，或不已于行。
> 或不知叫号，或惨惨劬劳。或栖迟偃仰，或王事鞅掌。
> 或湛乐饮酒，或惨惨畏咎。或出入风议，或靡事不为。

诗前三章章六句，"忧我父母""我从事独贤""嘉我未老，鲜我方将"表明，其为征夫第一人称自道之辞[①]；而后三章章四句，章句句式一变，诗法也转为议论，以十二个"或"字顺势直下，劳逸对举，两两相形，以照应其前征夫自道"役使不均"（《诗序》）的主题。因此，从人称、章句、诗法上判断，我们猜测《北山》一诗可分为两截，前三章为征夫自作，后三章则是乐官在典礼上歌唱此诗时所加，乐官可能正好见仪式在场诸公之情状，"或燕燕居息""或息偃在床""或不知叫号""或栖迟偃仰""或湛乐饮酒""或出入风议"，与劳苦的征夫形成鲜明反差，有见于此，有感而发，才出此讽谏之语。十二"或"字叠用连下，何楷、姚际恒认为当为一章[②]，以此作为全诗"乱辞"，揭明诗旨，十分精辟警策。

其三，乐官赋予征役诗以仪式的"乐章义"。征役诗创作之初重在言志，并未以仪式歌唱为虑。而要将征役诗纳入王朝雅诗，乐官除

[①] 《毛传》："士子，有王事者也。""偕偕士子"作为征夫自谓劳王之事，亦可。
[②] 参何楷《诗经世本古义》，北京大学出版社，2023年，第1336—1338页；姚际恒《诗经通论》，中华书局，1958年，第226页。

了要对"言辞不雅驯"做必要修饰，还得清楚入乐的讽谏目的，同时，乐官也希望发挥礼乐的柔性力量，通过征役诗的入乐歌唱传达王朝的意识形态，加深社会民众与王朝的共鸣和认同。这是自上而下发起的采诗行为的意义所在，因此，乐工在歌唱时把握好征役诗"乐章义"的情感价值导向，就显得尤有必要。仔细分析《小雅》征役诗，可以看到乐工确实做了这一情感价值导向的工作。以《绵蛮》为例，其诗云：

> 绵蛮黄鸟，止于丘阿。道之云远，我劳如何。饮之食之，教之诲之。命彼后车，谓之载之。
>
> 绵蛮黄鸟，止于丘隅。岂敢惮行，畏不能趋。饮之食之，教之诲之。命彼后车，谓之载之。
>
> 绵蛮黄鸟，止于丘侧。岂敢惮行，畏不能极。饮之食之，教之诲之。命彼后车，谓之载之。

诗首章"我劳如何"，显示这是征人自叹劳苦，而"饮之食之，教之诲之。命彼后车，谓之载之"中六"之"字，意为"他"，指的就是前面的征夫。因此，可能的情况是，《绵蛮》诗各章之前四句是征夫自作，乐官采诗入乐时，在各章末都加入了叠咏"饮之食之，教之诲之。命彼后车，谓之载之"，以体现仪式歌唱中王朝对征夫的眷顾、慰劳。如此，诗在入乐后就不再仅仅表现征夫自叹辛劳，而是具有了仪式层面的"乐章义"。宋代王质《诗总闻》谓后四章为贤者"闻其告劳而旋生悯心"[1]。方玉润《诗经原始》亦曰："此王者加惠远方人士也。"其义近之。又曰："然则国家宜何如加惠而体恤之乎？夫亦曰'饮之食之'，使内无所忧；'教之诲之'，使学有所就；更命后车以载之，使其利用宾王者无所惮其劳，则野无遗贤，而国多俊士矣。"[2] 方说是也，准确

---

[1] 王质：《诗总闻》，《丛书集成初编》，中华书局，1985年，第251页。
[2] 方玉润：《诗经原始》，中华书局，1986年，第467页。

揣摩到了乐官加入章末叠咏的深切意味①。从这一层意义上看,《绵蛮》在仪式歌唱中也可看作"劳还役"之诗,其"乐章义"与《小雅·杕杜》正相同。《小雅·杕杜》诗中也有乐官的良苦用心,其诗云:

> 有杕之杜,有睆其实。王事靡盬,继嗣我日。日月阳止,女心伤止,征夫遑止。
>
> 有杕之杜,其叶萋萋。王事靡盬,我心伤悲。卉木萋止,女心悲止,征夫归止。
>
> 陟彼北山,言采其杞。王事靡盬,忧我父母。檀车幝幝,四牡痯痯,征夫不远。
>
> 匪载匪来,忧心孔疚。斯逝不至,而多为恤。卜筮偕止,会言近止,征夫迩止。

从首章"继嗣我日"、二章"我心伤悲"、三章"忧我父母",可知这部分内容是征夫自述久役不得归的忧苦。但是,各章的后三句却用第三人称称"征夫",可见已不是诗人自谓;又,"女心伤止"也是以第三人称写思妇心情,从"女心""征夫"两方都顾及的语气来看,应该是乐官所加,是乐官以全知的视角对征夫、思妇情状的描写。可见,乐官在将《杕杜》入乐时做了加工,遂造成诗中杂糅有征夫与乐官双重视角的歌唱。除了上述称谓不一致所显示的痕迹外,还可以找出两个理由:其一,从用韵上来看,各章后三句皆是单独为韵,首章"阳部",二章"脂微合韵",三章"元部",四章"脂部"②,与各章前四句韵皆不协。可见各章后三句皆独立于前四句,其前后两部分原初并非一体。其二,从诗义上看,各章前四、后三句情感正好相反,前为征夫自述,其情忧苦伤悲,而后三句的情绪则相对明朗得多,"征夫遑

---

① 另,竹添光鸿《毛诗会笺》,程俊英、蒋见元《诗经注析》也都注意到前后四句在立意、视角上的差异,可参。

② 参王力《诗经韵读》,上海古籍出版社,1980年,第261页。

止""征夫归止""征夫不远",都给人重聚的希望,尤其是末章,前四句是诗人模拟在家妇人悬望之情,"孔疚""多恤"表明此时征夫情绪变得更为悲沉,而后三句则以"卜筮"为转契,将笔锋一转,"会言近止,征夫迩止",忽又生希望,令人欢欣。很明显,各章前四、后三句的感情基调是不协调的,不是一人所作,后三句乃乐官增修,调整了原诗的感情基调。如《诗序》所说:"《杕杜》,劳还役也。"在"劳还役"的仪式上歌唱征夫原作,可以体现王朝对征夫及其家妇的理解和体恤;而乐官所做的修饰,正是为了使征役诗的感情基调与"劳还役"的仪式乐章主题更加吻合。整合之后的《杕杜》歌于庆祝还役的典礼上,抚慰征夫之勤苦,也提醒人们不忘旧苦,保持忧患戒慎。一首风诗入乐而有多重的时空处境和情感,可见乐官的苦心,也体现了礼乐歌唱涵容社会情绪、弥合社会裂痕的柔性力量。

我们在其他诗中也发现了杂有不同角色身份、不同情感基调的歌唱,这也可能是出自乐官的后期糅合。最典型的代表是《小雅·出车》,其诗云:

> 我出我车,于彼牧矣。自天子所,谓我来矣。召彼仆夫,谓之载矣。王事多难,维其棘矣。
> 我出我车,于彼郊矣。设此旐矣,建彼旄矣。彼旟旐斯,胡不旆旆?忧心悄悄,仆夫况瘁。
> 王命南仲,往城于方。出车彭彭,旂旐央央。天子命我,城彼朔方。赫赫南仲,玁狁于襄。
> 昔我往矣,黍稷方华。今我来思,雨雪载途。王事多难,不遑启居。岂不怀归?畏此简书。
> 喓喓草虫,趯趯阜螽。未见君子,忧心忡忡。既见君子,我心则降。赫赫南仲,薄伐西戎。
> 春日迟迟,卉木萋萋。仓庚喈喈,采蘩祁祁。执讯获丑,薄言还归。赫赫南仲,玁狁于夷。

如《诗序》所言，《出车》为"劳还率"之诗，是慰劳、抚恤出征狎狁的将士的歌诗。我们首先感到疑惑的是，全诗前后情调的错综不一。前三章以第一人称"我"的视角叙述了自己受命"出车"。从诗中人称看，有"王""天子"，有"南仲"，有"仆夫"，从诗中屡称"赫赫南仲"看，南仲是此次出征狎狁的统帅，"我"则是南仲部下的将帅[①]，是《出车》的原始作者。前三章"自天子所""王命""召彼仆夫"等，确实是将帅的辞气，不同于一般征夫。其叙述出车、设旐、建旄、城方，声势盛大，赫赫威严，同仇敌忾，不似悲凄愁苦之状。但诗之后三章却另作别调，四章"昔我往矣，黍稷方华。今我来思，雨雪载途"，与《采薇》"昔我往矣，杨柳依依。今我来思，雨雪霏霏"同一格调，是征夫在外离忧之心曲；"王事多难，不遑启居。岂不怀归？畏此简书"，也大异于前三章的盛壮激昂，显得伤感畏怯。五章"喓喓草虫，趯趯阜螽。未见君子，忧心忡忡。既见君子，我心则降"，与《召南·草虫》同辞，欧阳修以为是室家妇人之语[②]，方玉润也认为是"忽从其室家一面写其未能即归"[③]。这在全篇中显得相当突兀。同样，卒章"春日迟迟，卉木萋萋。仓庚喈喈，采蘩祁祁"，亦见于《豳风·七月》，也是女子之辞。

那么，何以《出车》前后情绪不一致？后面为何又出现这么密集的"套语"，且有妇女口吻的歌唱？何以五、六章"女辞"后又都以"赫赫南仲"收束？这些奇突参差的文本现象，很可能是因为《出车》从将帅所作原诗入乐为《诗经》最终唱本时，已辗转多手。其中，乐工对原诗的介入当是主要原因：诗前三章为"我"自述"出车"经历，如方玉润所言，"大略此诗作于当时征夫，后世王者采以入乐，用劳

[①] 郑玄、何楷、胡承珙等皆以诗中"我"指代不一，有我文王、我南仲、我西戎之诸侯等之分，体例混缪，对于其失，王礼卿《四家诗恉会归》辨之甚详（参王礼卿《四家诗恉会归》，华东师范大学出版社，2009年，第1107、1108页）。
[②] 参欧阳修《诗本义》，《儒藏》精华编第24册，北京大学出版社，2008年，第55页。
[③] 方玉润：《诗经原始》，中华书局，1986年，第344页。

还率以酬其庸"①。而在入乐歌唱时，为仪式"乐章义"表达的需要，乐工做了诗章词句、情绪上的修正与协调，运用现成习用的套话化表达②，且设置了室家女子口吻的歌唱。王靖献认识到这一前后差异，认为《出车》"通过对表现军容盛况的意象与暗示归还心情的主题的对称的'并列'"，交织着"社会精神与怜悯之心、同仇敌忾与个人感情之间的冲突"③。那么乐工为何要在将帅慷慨激奋的原诗之后作此忧思沉落的变调呢？对此，我们也应该从仪式主题表达效果的追求上加以理解。所谓"哀兵必胜"，周朝仪式乐歌并非一味的宏大叙事、主旋律，它并不回避消沉哀痛之声，在庆祝凯旋胜利的"劳还"典礼上，歌唱过往的征役之苦，交织着悲喜两重情绪，下到征夫士卒，上到王公大臣，所有仪式在场者听到此曲时，内心都将情难自已，泛起复杂的滋味。这既体现了王朝对征夫所付出牺牲的铭记，也是忆苦思甜，警戒世人应珍惜来之不易的胜利。乐官对《出车》情感的处理，正好与《杕杜》相反，但殊途同归，都是从情上细细揣摩，这正是周代礼乐精神的动人之处。如《礼记·礼运》所云"圣人作则……礼义以为器，人情以为田"，人情是礼乐开出文明之花的基本土壤。

在另一首著名的征役诗《采薇》中，我们也可以看到两种歌者口吻、两种情感基调的交汇，其诗云：

采薇采薇，薇亦作止。曰归曰归，岁亦莫止。靡室靡家，猃狁之故。不遑启居，猃狁之故。

采薇采薇，薇亦柔止。曰归曰归，心亦忧止。忧心烈烈，载饥载渴。我戍未定，靡使归聘。

采薇采薇，薇亦刚止。曰归曰归，岁亦阳止。王事靡盬，不

---

① 方玉润：《诗经原始》，中华书局，1986年，第343页。
② 《出车》的套语表达，参王靖献《钟与鼓——〈诗经〉的套语及其创作方式》，谢谦译，四川人民出版社，1990年，第95—102页。
③ 王靖献：《钟与鼓——〈诗经〉的套语及其创作方式》，谢谦译，四川人民出版社，1990年，第102页。

遑启处。忧心孔疚,我行不来。

　　彼尔维何?维常之华。彼路斯何?君子之车。戎车既驾,四牡业业。岂敢定居?一月三捷。

　　驾彼四牡,四牡骙骙。君子所依,小人所腓。四牡翼翼,象弭鱼服。岂不日戒?玁狁孔棘。

　　昔我往矣,杨柳依依。今我来思,雨雪霏霏。行道迟迟,载渴载饥。我心伤悲,莫知我哀。

诗的前三章完全叠咏,都以"采薇"起兴,且前四句为女子采薇思夫之辞,后四句则转为征夫久役不得归之辞,"我戍未定,靡使归聘""忧心孔疚,我行不来"可证。但第四、五章则转为第三人称旁观的赋唱,写车马壮盛,器械精好,军容整饬,上下齐心,一派昂扬振奋之气,与前三章之哀婉悲凄风调迥异,显然不是一人之辞。我们不禁揣测,第四、五章是乐工采录《采薇》原诗后将其入乐,在"遣戍役"的仪式上歌唱时所添加,大有整肃军容、鼓舞士气的作用,显然,这不是征夫思妇所能想见。乐工这样的处理,造成诗前后歌唱视角、情感基调的不一致,这看似是对原诗的侵害,但从仪式主题的表达来看,却有意外的歌唱效果。我们看到《采薇》诗中融合了多重情境、情绪和角色身份,交织着家与国、怀乡与战争、悲怨与雄壮的情感主题。这体现了基于礼乐立场的战争叙事与抒情的复杂性,对私情的尊重与悯怀,对公义的宣扬,对乐章义的揭明,都是征役诗入乐后必不可少的组成部分,任何单独偏向一方的抒唱,对仪式主题的表达来说都显得单薄。显然,"采诗入乐"的这些处理,背后都有乐官出于礼乐精神的良苦用心。

　　综上,我们分析了乐官采集征役诗用以"观风俗,知得失,自考正"的初心,更举例论证了乐官在"采诗入乐"时,既"比其音律",又增补"引子""乱辞",更有基于礼乐精神和仪式主题而对征役诗"乐章义"的揭明与协调,尤其是末一项,显示出《小雅》征役诗与

《国风》不同的精神内涵，说明至少在西周后期，周代政治与礼乐制度尚能自我协调，发挥对世道人心的维系作用，乐官仍努力将民间的心声涵摄进旧有的礼乐传统中加以引导和劝抚，如《四牡》《皇皇者华》《采薇》《杕杜》等诗甚至被升格成"正小雅"之诗，其用在典礼歌唱中的"乐章义"反而成为其被接受的主流义旨。当然，除了这些征役诗之外，二《雅》也还存在《六月》《采芑》《江汉》《常武》等诗，其对宣王朝攻伐猃狁、蛮荆、淮夷等战争的歌咏，又是另一番景况，体现了王朝礼乐的某些畸变。

第四节　公卿赞歌：王朝礼乐的畸变

讽谏诗与征役诗是西周后期雅诗创作的主流，但仪式乐歌也并未就此消歇。《史记·周本纪》载："宣王即位，二相辅之，修政，法文、武、成、康之遗风，诸侯复宗周。"宣王革除弊政，任用贤臣，励精图治，使周王朝政治、军事、经济、礼制一度得到重振。《汉书·匈奴传》曰："是时四夷宾服，称为中兴。"《诗经》中不少宣王时期的雅诗，反映了"宣王中兴"这一时代大势，如《车攻》写宣王会诸侯于东都，《吉日》写宣王田猎，《斯干》写宣王兴建宫室，《无羊》写宣王时牧业的恢复，《六月》《采芑》《常武》《江汉》写征伐猃狁、淮夷、徐方。可见，宣王时期有过一番大的诗乐制作①，这些诗篇都与特定的典礼仪式相关，在西周末期讽谏诗、征役诗的主流之外，难得地延续了仪式乐歌的传统。

但与盛周时期相比，这些仪式乐歌还是受到了西周后期政治与礼乐发展总体趋势的深刻影响，在歌诗性质、内容、体制、风貌上体现出鲜明的时代特征。作为共有的趋势，宣王朝雅诗与典礼仪式已貌合神离，其仪式乐歌的属性已经发生变异，而且，更耐人寻味的是，虽

---

① 参孙作云《论二雅》，《诗经与周代社会研究》，中华书局，1966年，第376—391页。

然《诗序》将诸诗统归于"美宣王"的主题下,但仔细揣摩诗之辞情,我们发现,作为"中兴之主"的宣王并非诗歌颂赞的主体。如《六月》赞美尹吉甫北伐猃狁有功;《采芑》写方叔南伐蛮荆,赞美其师旅雄武壮盛之势;《崧高》记申伯封于谢之事,诗中褒扬了申伯的才干与德行;《韩奕》描写韩侯册命典礼的壮盛,饱含赞美之情;《江汉》赞颂召穆公平定淮夷有功而受封赐;《烝民》赞颂仲山甫的功绩与德行。这些歌诗都将热情更多投注到歌颂公卿大臣的功德上,宣王俨然退居其后了。傅斯年就说:"《崧高》《烝民》《韩奕》《江汉》《常武》五篇皆发扬蹈厉,述功称伐者,只《常武》一篇称周王,余皆诵周大臣者。"① 白川静《诗经的世界》也注意及此,他说:"编录于《大雅》最后的数篇,并非歌咏王室的物语,而是歌咏诸豪族的传承,都是宣王朝的诗篇。"② 这一诗歌现象的兴起,反映了宣王朝仪式乐歌已经发生畸变,其背后实际上寓示着西周末期深刻的社会隐忧。为方便讨论,我们将此类诗篇命名为"公卿赞歌"。

一、"公卿赞歌"背后王室与公卿间的政治生态

宣王时期政治、军事、经济的中兴,确实多有赖于公卿大臣和地方诸侯的力量。如宣王时青铜器《兮甲盘》《虢季子白盘》《四十二年逨鼎》《师寰簋》等,都反映了宣王倚重公卿大臣以攻伐猃狁、荆楚的情形。上引诸诗更说明,征伐猃狁、蛮荆、淮夷诸役,皆是公卿大臣之功,宣王并未亲征。《毛诗正义》引王基说:"《六月》使吉甫,《采芑》命方叔,《江汉》命召公。"宣王皆未亲征。又引王肃说:"《常武》王不亲行,故《常武》曰'王命卿士,南仲大祖,太师皇父',非王亲征也。又曰'王奋厥武''王旅啴啴',皆统于王师也。又'王曰还归',将士称王命而归耳,非亲征也。"③ 我们举《小雅·六月》为例

---

① 傅斯年:《〈诗经〉讲义稿》,《傅斯年文集》第 2 卷,中华书局,2017 年,第 191 页。
② 白川静:《诗经的世界》,黄铮译,四川人民出版社,2019 年,第 154 页。
③ 孔颖达:《毛诗正义》,北京大学出版社,1999 年,第 632 页。

加以说明,《诗序》以为"宣王北伐",而《郑笺》则以为王并未亲征,陈启源、胡承珙从《郑笺》,以为一、二章是写宣王检阅教练之事,并非亲征[1];马瑞辰亦认为:"据诗云'以匡王国''以佐天子',则知王不亲征。"[2]而更有意味的是,"王于出征,以佐天子"中"王"与"天子"并提[3],两者不可能都是指宣王,那么,此"王"有可能就如丁山所论:"所谓'王于出征'之王,明系诸侯称王者。《六月》之诗,明为诸侯纪功之作。"[4]顾颉刚亦曰:"首二章连言'王于出征',似吉甫在其本国亦称王者,否则'王于出征,以佐天子'一句,便讲不通。"[5]诸侯称王,在金文中虽有见,但多指边地的异姓诸侯[6],而此时在朝大臣尹吉甫亦可称"王",足见其权势之盛。

由此可知,宣王朝雅诗以赞颂公卿大臣之功德为内容,有其历史的事实依据。《诗序》将此类"公卿赞歌"都归美于宣王,不仅显得简单机械,也未探得此中政治与礼乐制度嬗变的真正历史讯息。质言之,"公卿赞歌"实质上反映了西周后期王室势力衰弱、权臣力量蹿升的政治生态。

西周后期王室与权臣豪族间势力的消长,还得从周代世族世官制说起。在西周初期,初行封建,氏族屡分屡迁,还不利于形成稳固强大的世族世官。大致到昭穆时期,氏族"迁移开始停滞,从留在洛阳或长安的家族集团内部出现了'家'的意识,家族观念逐渐得到重视"[7]西周中期金文册命礼中常见命其继承祖考旧职,可做证明。世

---

[1] 参陈启源《毛诗稽古编》,《儒藏》精华编第29册,北京大学出版社,2011年,第407页;胡承珙《毛诗后笺》,黄山书社,1999年,第838页。
[2] 马瑞辰:《毛诗传笺通释》,中华书局,1989年,第541页。
[3] 王引之《经传释词》读"王于出征"为"王聿出征",以驳《郑笺》"王曰:令女出征伐玁狁"之说(参王引之《经传释词》,岳麓书社,1984年,第23页)。
[4] 丁山:《古代神话与民族》,商务印书馆,2005年,第31页。
[5] 顾颉刚:《郊居杂记(四)》,《顾颉刚读书笔记》卷三,《顾颉刚全集》第18册,中华书局,2011年,第244页。
[6] 参王国维《古诸侯称王说》,《观堂别集》,河北教育出版社,2002年,第779页。
[7] 伊藤道治:《中国古代王朝的形成》,江蓝生译,中华书局,2002年,第224页。

族世官制在这一时期开始形成,成为西周政制的重要法则①。但是,世族世官制的有效运行是以周王作为天下宗主的绝对权威为前提的。到了西周后期,四夷交侵,王朝势力主要局限于陕西附近,已无土地、财力再施分封。领主间的土田争执、经济倾轧也因此不断激化,《曶鼎》《散氏盘》所反映的土地、经济诉讼可为证。世家豪族在兼并中不断坐大,其经济势力的膨胀甚至侵蚀到了王室利益。如《卯簋盖》记荣伯命其家臣卯"死嗣荥宫荥人",可见此时作为故都、有文王宗庙、辟雍的荥邑已是荣伯的私有领地。又,周王朝后期可封的土地减少,转而委任直辖地内的民政、经济管理权,如《颂鼎》让颂"官嗣成周贮廿家,监嗣新造贮,用宫御",《善夫山鼎》命山司宪地的贮,《兮甲盘》命兮甲司成周、四方之积以及淮夷的贡赋,可见周家的经济命脉也掌控在大臣手中。周王室除了经济上遭到侵食外,天子礼制也不断陵替,频遭僭越。比如,周王要到权臣宗庙行礼②,受王赏赐而只"对扬"自己上司③,王官变为大贵族的私臣④。又如,天子命服"朱芾",诸侯"赤芾",金文多以赤芾赐诸侯公卿,而《毛公鼎》《番生簋》却赐朱芾,《采芑》中宣王任命方叔,亦是"朱芾斯皇"。"国之大事,在祀与戎",而《毛公鼎》"用岁用政",毛公有岁祭、专征之权,可见其权柄之重⑤。列鼎制度中,天子用九鼎八簋,而函皇父组器

---

① 参朱凤瀚《商周家族形态研究》(增订本),天津古籍出版社,2004年,第390—396页。
② 如《师晨鼎》《师俞簋盖》《谏簋》"王在周师录宫",师录即《师瘨簋盖》中的"司马井白伯亲",任军事要职,王要赴其宫举行册命,足见其势力。
③ 《柞钟》记柞受王赐物并被命"司五邑甸人事",柞不"对扬王休",而是"对扬仲大师休",郭沫若说:"这明明是知有恩的仲大师,而不知有王了。"(郭沫若:《扶风齐家村器群铭文汇释》,《金文丛考补录》,科学出版社,2002年,第350页)又如,《师𧽤鼎》,师𧽤受到王的册命赏赐,却先感谢伯大师,然后才是周王;《师望鼎》,师望之职是"虔夙夜出纳王命",其为王臣,却自称"大师小子师望"。
④ 伊藤道治《西周王权的消长》一文对此有专门论述(参伊藤道治《中国古代王朝的形成》,江蓝生译,中华书局,2002年,第109—126页)。
⑤ 参杨宽《西周史》,上海人民出版社,2003年,第476页;陈梦家《西周铜器断代》,中华书局,2004年,第300页。

有"豕鼎降十又一、簋八、两罍、两壶",都超过周王的规格。《叔专父簋》"叔专父乍奠季宝钟六、金尊盨六、鼎七",一次制作彝器多达十九件,可见其富豪的程度。因此,有学者认为,史称厉王"专利","他这种被指责的'妄为'可能只不过是为了挽救王朝的衰亡而加强王室财政的一种努力而已"[1],其结果是使得周王室与渭河流域贵族阶级的冲突不断升级,最终导致厉王在豪族逼迫下丧权,出奔于彘。诸如此类,都见出西周末期周王室日渐衰微,世家豪族不断强盛,这成为西周后期政治格局的主要特征。两者势力的消长,也成为影响西周后期政治生态的主要动因。这一形势积重难返,即使是号称"中兴"的宣王,"内有拨乱之志"(《云汉序》),外御强侮,也未能扭转这一局势。

"公卿赞歌"就是在这一政治生态中兴起,大有"喧宾夺主"之势。试看,《烝民》二章"仲山甫之德,柔嘉维则。令仪令色,小心翼翼。古训是式,威仪是力",对仲山甫的溢美之辞,已经无以复加;更为突出者,首章"天监有周,昭假于下。保兹天子,生仲山甫",从"天"的高度确认仲山甫的崇高地位的合理来源,已不知置天子于何地了。《崧高》首章思路亦同于此,"崧高维岳,骏极于天,维岳降神,生甫及申"云云,亦是假借天的权威以崇显申伯的政教地位。据《周颂·时迈》《般》及《天亡簋》,武王在灭商后曾祭祀嵩山,宣示周家承受天命,以此确认其政权的合法性[2],而此时,这一政治言说却为权臣所效仿。诸如此类,诚如白川静所分析:"在这被称为'宣王中兴'的时代,表面上再现了周之盛时,但此时周王朝并未恢复实力,一直在混乱时代挣扎的豪族势力,不过是拥戴周王室,求得一时的小康。宣王亲政十余年后,王朝的威令已经无法推行。宣王十二年记载

---

[1] 李锋:《西周的灭亡——中国早期国家的地理和政治危机》,上海古籍出版社,2007年,第156页。
[2] 参林沄:《天亡簋"王祀于天室"新解》,《林沄学术文集》,中国大百科全书出版社,1998年。

了北伐成功的虢季子白盘以后，就再也没有记述宫廷廷礼的金文器物出现，便足以证明这一点。于是，诗篇中止于《大雅》最后数篇歌咏豪族之家的记录，洋洋的《大雅》之音遂成绝唱。"①

二、"公卿赞歌"的私人属性

以上论述了"公卿赞歌"兴作的政治历史背景，这背后不仅涉及王室与权臣政治权力的升降变化，其与盛周仪式乐歌的内容、风格大异其趣，也透露出周代诗乐创制与歌唱的诸多新动向。

如上所述，西周后期仪式乐歌的歌唱对象发生了很大变化。同为颂赞诗，《大雅·生民》《公刘》《绵》《皇矣》《大明》等歌颂的是周家先祖的丰功伟绩，是对祖先做历史的追怀，表达的是"慎终追远"的虔诚与肃敬，寄托了作为整体的周家的祈祷与祝佑，并借此对周家后世子孙进行历史、道德及礼乐的教育。在这样的祭祖歌唱中，包括周天子在内的生者个体的功绩与德行是不值得夸示的。而"公卿赞歌"则毫不保留地赞颂生者，且歌颂的是公卿大臣而非周王。这在整部《诗经》中显然十分另类。如果说，仪式乐歌抒发的是典礼中合乐和谐的集体情感，那么，"公卿赞歌"则是对特定家族历史、个人功绩的赞述，诗歌成为某些人、某些家族的私有之物。这类诗虽不乏仪式场景、礼物、礼辞的描述，但诗中多是夸示繁物、鼓吹气势、虚饰道德，完全是另一番精神基调。

这就涉及这些诗篇的创制情况。我们知道，西周后期，"王道衰，礼义废，政教失，国异政，家殊俗"（《诗大序》)，仪式乐歌因失去了基本的仪式生活与仪式精神的支持而逐渐式微，代之而起的，是以讽谏诗、征役诗为主要内容的"变雅"之作。具有独立意志的"诗人"也在这时开始出现，他们不再受典礼仪式的限制，转而关注更为广阔的社会政治和个体生命。这是对仪式的超越，但也正因此，诗人失去了

---

① 白川静：《诗经的世界》，黄铮译，四川人民出版社，2019年，第166、167页。

宗周礼乐文明所规范的仪式秩序的精神指导。"公卿赞歌"虽然表面上仍属于仪式乐歌，但已明显逸出了王朝礼乐的范畴。我们不甚清楚这是周王迫于权臣而为其作赞歌，还是大臣的族人或陪臣的私自创作。但是，可以肯定的是，"公卿赞歌"沦为私家的作品，是诗歌向权力妥协的一种表现。这反映了西周后期政道衰微、礼崩乐坏的历史境况，乐官抱其器而奔散，或适诸侯，或入公卿之门，在王朝礼乐之外，向不同的权力主体靠近①。

在二《雅》内部，我们也察觉到乐官（或诗人）在诗乐表达与政治权力之间的纠结。如《常武》"大师皇父，整我六师，以修我戎。既敬既戒，惠此南国"，"大师皇父"作为六军统帅，威震四方。但《小雅·十月之交》中也有"皇父卿士"，其诗云："抑此皇父，岂曰不时？胡为我作，不即我谋？彻我墙屋，田卒污莱。曰予不戕，礼则然矣。""皇父孔圣，作都于向。择三有事，亶侯多藏。不憖遗一老，俾守我王。择有车马，以居徂向。"诗人却不留情面地斥责这位皇父勾结权贵、擅权营私。严粲《诗缉》说："知有私邑，不复知有王室，皇父所谓孔圣者如此。"②《十月之交》中的"皇父"与《常武》之"皇父"是什么关系，孔颖达曰："《十月之交》皇父擅恣，若为厉王则在此之先，若为幽王则在此之后，皆相接连，与此皇父得为一人。或皇氏父字，传世称之，亦未可知也。"③不论两位"皇父"是否同为一人，至少二人为同一家族的世官，且出土铜器中有函皇父组器，皇父为其妻琱娟作了"豕鼎降十又一、簋八、两罍、两壶"，可以看出皇父家族的炽盛。若此，《常武》与《十月之交》在大小《雅》中一褒一贬，岂

---

① 李山认为《崧高》《烝民》"虽明确标'吉甫作诵'，看似诗文自赏，却可能是一种'掠美'，就是说，诗篇未必是尹吉甫亲自所为"，"只是因为尹吉甫这样的大人物，是送别典礼的主持者，乐工才将诗篇归功于尊贵典礼主持者。这颇有'献媚'之嫌。"于此一事，可见西周后期诗乐生态之一斑（参李山《〈诗经〉文学的宣王时代》，《文学遗产》2020年第5期）。
② 严粲：《诗缉》，中华书局，2020年，第577页。
③ 孔颖达：《毛诗正义》，北京大学出版社，1999年，第1250页。

不怪哉？同样《祈父》《节南山》《雨无正》《板》《荡》《抑》等诗也严厉批判了朝廷的诸位权臣。这样两组感情色彩极端矛盾的诗并见于二《雅》中，这说明西周后期存在着两种价值观念、诗乐机制指导下的诗人创作。两者间，我们更愿意相信，忠介之士对权臣的讽谏诗更贴近西周后期的政治实情，而"公卿赞歌"则更有可能是出自豪族世家的私家手笔。白川静说："这些列为《大雅》最后部分的诗篇，歌咏的是当时有力的诸侯廷臣之家的荣光，应该由这些家族传承下来。"① 认为这些诗的创作和传承都是由私家完成的。这一认识是十分敏锐的。

对此，我们有具体诗篇为证。先看《六月》一诗，诗从备战、启程、应战写到获胜、凯旋、燕饮，写了北伐狁的始末。最后"文武吉甫，万邦为宪"，点明此次北伐的主帅实为尹吉甫，尹吉甫即是《六月》赞颂的主角。而从卒章我们更可以见出此诗的创作背景，其辞云：

吉甫燕喜，既多受祉。来归自镐，我行永久。饮御诸友，炰鳖脍鲤。侯谁在矣？张仲孝友。

明代何楷认为："此章有二燕，首二句是饮至之燕，'来归'以下，则吉甫自叙其契阔，而私燕以相乐也。"② 清代钱澄之《田间诗学》从之③。姚际恒《诗经通论》云："吉甫有功而归，燕饮诸友，诗人美之而作也。"又曰："私燕曰饮，'炰鳖脍鲤'亦非燕礼所设也。"④ 方玉润也认为："盖事本北伐，而诗则作自私燕。"⑤ 以上诸说揭示了诗歌的本事及其创作的仪式背景，都说明《六月》带有明显的私人性质。方玉润又曰："盖吉甫成功凯还，归燕私第，幕府宾客，歌功颂烈，追述其

---

① 白川静：《诗经的世界》，黄铮译，四川人民出版社，2019 年，第 171 页。
② 何楷：《诗经世本古义》，北京大学出版社，2023 年，第 1027 页。
③ 参钱澄之：《田间诗学》，黄山书社，2005 年，第 451 页。
④ 姚际恒：《诗经通论》，中华书局，1958 年，第 189 页。
⑤ 方玉润：《诗经原始》，中华书局，1986 年，第 361 页。

事如此。……此诗乃幕宾之颂主将,自当以吉甫为主,宣王则不过追述之而已。"①方玉润说颇有见地,而可以进一步推论的是,《六月》的诗人可能就是末章的"我"。"来归自镐,我行久远",旧说一般理解为吉甫从镐京燕饮、受祉归来。但诗歌前面都是以客观的视角叙述吉甫北伐猃狁之事,第五章也以第三人称的视角称赞"文武吉甫,万邦为宪",所以,卒章"来归自镐,我行久远"不应转变成吉甫以第一人称自道其事,而应该是"我"——作诗之人的记述之辞,若此,则不妨将"归"字作"馈"解,"来归自镐"即自镐来馈,指"我"从镐京来给吉甫馈赠周王的赏赐,以供其私宴诸友。

诗歌结尾又提到"张仲孝友","张仲"与吉甫、与诗人"我"是什么关系?诗人为何要在诗末提到"张仲"?这也显得十分特异。我们不禁想到欧阳修《醉翁亭记》文末:"太守谓谁?庐陵欧阳修也。"这与《六月》的结尾十分相似。所以,笔者推断,"我"就是张仲,即《六月》的作者。诗末自署其名——如《节南山》《巷伯》《崧高》《烝民》所示,符合西周后期诗歌创作的惯常。而此"张仲",《汉书·古今人表》作"张中",次在宣王之世。《易林·离之坎》云:"《六月》《采芑》,征伐无道,张仲、方叔,克胜饮酒。"又《小过之未济》云:"《六月》《采芑》,征伐无道,张仲、方叔,克敌饮酒。"②可知,此次尹吉甫北伐猃狁,张仲也率兵出征。而且巧的是,欧阳修《集古录》、薛尚功《钟鼎款识》都载有《张仲簠铭》,其铭曰:"用飨大正,歆王宾,馈具召飤张仲,受无疆福,诸友飱飤具饱,张仲畀寿。"马瑞辰、陈子展皆认为大概张仲因为有资格参与宴饮,感到荣幸,而作簠为铭,以作纪念。③又,铭文言"诸友",与诗"饮御诸友"相合,这也透露《六月》可能出于张仲之手。以上虽是推测,但可以肯定的是,

---

① 方玉润:《诗经原始》,中华书局,1986年,第361页。
② 尚秉和:《焦氏易林注》,《尚秉和易学全书》第2卷,中华书局,2020年,第554、1107页。
③ 参马瑞辰《毛诗传笺通释》,中华书局,1989年,第545页;陈子展《诗三百解题》,复旦大学出版社,2001年,第667页。

《六月》以尹吉甫为歌颂主体，诗歌的仪式情境是在吉甫宴饮诸友的私宴上，《六月》诗的私人属性是可以无疑的。

了解了这些公卿赞歌的私人属性，我们也就不难理解《六月》《采芑》《江汉》《常武》等诗为何对尹吉甫、方叔、召伯虎、大师皇父等公卿大臣之武功如此铺扬矜夸了。上一节论到周代基于礼乐的立场，多以同情悲悯之心表现战争对社会人群的伤害，很少正面歌唱战争威武雄壮，更无意于塑造战争英雄人物。但如李山所言，以上诸诗"不仅夸诞，而且遮蔽。因而这些战争诗篇的情调自然会一改之前的沉郁、忧伤，变为对武力的宣示，对战事的津津乐道乃至激昂慷慨。夸诞遮蔽的诗篇归根结底，反映出的是对战争态度的改变，是对礼乐精神的更改。质言之，战争诗篇写作已经由王朝安抚社会的礼乐嬗变为贵族意趣的抒发"，"于是，战争诗篇只强调武力与胜利，而不再为被战争卷入的普通士卒及其家庭抒情。诗篇变成了有韵律的'勋绩铭'"。[①] 这不能不说是礼乐精神的一种沦丧。歌诗与青铜器一样，成为私人纪功之物，而巧的是，这些"公卿赞歌"诗体正好与西周册命金文十分相似，二者在制作和功能上的关系也值得探讨。

三、"公卿赞歌"与册命金文的关系

我们知道，西周中期的青铜器，其功能已由通神之器转变成社会身份和等级的标志，铭文也从早期的纪念祖先转为对个人功绩的记述，铭文夸赞的主要是奉献者的现世荣耀，而不是祖先的功德。也就是说，铭文越来越注重于描写宗教奉献背后的原因——奉献者因为何种功绩而作此明器（或直接就是生活用器），以及生人所受册命、赏赐的地点、时间、程序、赐物等内容。这样，铭文由宗教性的文献，变成一种个人化的非宗教性的记述。[②]

---

① 李山：《〈诗经〉文学的宣王时代》，《文学遗产》2020年第5期。
② 参巫鸿《中国古代艺术与建筑中的纪念碑性》，李清泉、郑岩译，上海人民出版社，2009年，第68—71页。

与此趋势一致，相较于此前赞颂诗，西周后期"公卿赞歌"赞颂祖先功德的诗辞也明显减少，而更多是矜夸自己现世所取得的功绩、享有的盛誉。另外，十分巧的是，这类"公卿颂赞"在内容和体式上也多是依着册赏仪式的进行而展开的。如，《崧高》写宣王册封申伯于谢的过程：

>……王命召伯，定申伯之宅。登是南邦，世执其功。
>
>王命申伯，式是南邦。因是谢人，以作尔庸。王命召伯，彻申伯土田。王命傅御，迁其私人。
>
>……王锡申伯。四牡蹻蹻，钩膺濯濯。
>
>王遣申伯，路车乘马。我图尔居，莫如南土。锡尔介圭，以作尔宝。往近王舅，南土是保。
>
>……王命召伯，彻申伯土疆。以峙其粻，式遄其行。

诗中多处反复以"王命""王锡""王遣"来结构全诗，详尽记述了宣王封建申伯于谢、赏赐申伯、命召伯替申伯营谢等命辞。严粲《诗缉》观察到这一点，说：

>此诗多申复之辞，既曰"王命召伯，定申伯之宅"，又曰"申伯之功，召伯是营"；既曰"南国是式"，又曰"式是南邦"；既曰"于邑于谢"，又曰"因是谢人，以作尔庸"；既曰"王命召伯，彻申伯土田"，又曰"王命召伯，彻申伯土疆"；既曰"谢于诚归"，又曰"既入于谢"；既曰"登是南邦，世执其功"，又曰"南土是保"；既曰"四牡蹻蹻，钩膺濯濯"，又曰"路车乘马"。此诗每事申言之，寓丁宁郑重之意。[1]

---

[1] 严粲：《诗缉》，中华书局，2020年，第909页。

可以说,《崧高》诗化地转述了封建申伯的册命内容,反复言之,其矜夸的情态跃然纸上。同样,《烝民》一诗写王命仲山甫筑城于齐,怀柔东方诸侯。诗歌也化用了册命辞:

> 王命仲山甫:式是百辟,缵戎祖考,王躬是保。出纳王命,王之喉舌。赋政于外,四方爰发。
> 肃肃王命,仲山甫将之。……
> ……王命仲山甫,城彼东方。

《崧高》《烝民》都是吉甫所作,《诗序》"美宣王"说,是被诗中多处"王命"之辞所迷惑,其实诗人只是通过转述册命辞、描写册命仪式的隆重,以体现申伯、仲山甫之受王重任,其实,"美申伯""美仲山甫"才是诗旨所在。诗中"申伯之德,柔惠且直。揉此万邦,闻于四国""仲山甫之德,柔嘉维则。令仪令色,小心翼翼。古训是式,威仪是力"等赞美之辞,更是透露了这一点。朱熹《诗集传》抛弃"美宣王"说,认为是吉甫为申伯、仲山甫饯行而作诗[①]。是也。了解了这一背景,我们大致可以淡化《崧高》《烝民》二诗的王朝色彩,而视作僚友之间的私相唱和、劳慰,如诗中"仲山甫永怀,以慰其心",宋人陈少南谓"僚友之间赋诗以相娱乐"[②],庶几近之。钱澄之《田间诗学》也认为《烝民》是"僚友之间赋诗以相娱乐",谓《崧高》"朋友之义,无以为赠,唯应赠之以言,此即后世饯行赋诗之首唱矣"[③]。十分允当。

再如《韩奕》一诗,诗首章写韩侯入朝,受天子册命:"韩侯受命,王亲命之:缵戎祖考,无废朕命。夙夜匪解,虔共尔位,朕命不易。干不庭方,以佐戎辟。"王质《诗总闻》:"自'缵戎祖考'至'以

---

① 参朱熹《诗集传》,中华书局,2017年,第324页。
② 刘瑾:《诗传通释》,北京师范大学出版社,2013年,第715页。
③ 钱澄之:《田间诗学》,黄山书社,2005年,第818页。

佐戎辟',当是册命之辞。"①第二章详细记录了所受赐物:"淑旂绥章,簟茀错衡,玄衮赤舄,钩膺镂钖,鞹鞃浅幭,鞗革金厄。"第三章则写朝觐结束后韩侯回国,"显父饯之,清酒百壶。其殽维何?炰鳖鲜鱼。其蔌维何?维笋及蒲。其赠维何?乘马路车。笾豆有且。侯氏燕胥",一一数说了酒食、赠物。后三章写韩侯回国后娶亲,对迎亲、韩国物产等又做一番铺叙赋写。从诗歌内容可以看出,《韩奕》对"礼物"的详尽记述,其矜夸之气远甚于《崧高》《烝民》二诗,而从诗的叙述线索来看,朝觐受命后归国结婚,已与王朝典礼无关,而诗中却尽情歌唱,这也显示《韩奕》一诗不是出于王朝诗人之手,而可能是韩侯门下诗人所作,其作诗的原因也与青铜器一样,意在夸耀与纪功。

  我们知道,册命礼在西周中期兴起,册命辞被铸于青铜器上,作为家族的荣耀传之子孙后代以做纪念,但将册命辞转写入诗,却是一个特殊的诗乐现象。册命典礼显然是与被册命者更为休戚相关,对于王朝而言,自然不必为了赐命某人某物而再专门为此作一首诗来歌颂纪念,即便在仪式乐歌繁盛的西周中期,也未出现这样的诗乐体式。反倒是在仪式乐歌式微的西周末期,在"公卿赞歌"中出现此类册命辞,对此,我们只能将其理解作是出自受册命者的私人创制。如上所述,《崧高》《烝民》为僚友之间私下里赠诗酬唱,《韩奕》是出于韩侯家族的自我颂唱,也就是说,此类"公卿赞歌"也同青铜器一样,成为世家豪族的私人作品。

  "公卿赞歌"的这一文本性质和创制情形,在《江汉》一诗中有更鲜明的体现。《江汉》前二章写召穆公伐淮夷有功,后四章则完整保留了册命辞:

    江汉之浒,王命召虎:式辟四方,彻我疆土。匪疚匪棘,王

---

① 王质:《诗总闻》,《丛书集成初编》,中华书局,1985年,第305页。

国来极。于疆于理，至于南海。

　　王命召虎：来旬来宣。文武受命，召公维翰。无曰予小子，召公是似。肇敏戎公，用锡尔祉。

　　厘尔圭瓒，秬鬯一卣。告于文人，锡山土田。于周受命，自召祖命。虎拜稽首，天子万年。

　　虎拜稽首，对扬王休。作召公考，天子万寿！明明天子，令闻不已。矢其文德，洽此四国。

诗中转述了宣王册命、赏赐穆公的具体情形，尤其是"虎拜稽首""天子万年""虎拜稽首，对扬王休。作召公考，天子万寿"，与金文几乎别无二致。《诗集传》对此早有察觉，敷演其意曰："此叙王赐召公策命之词。言锡尔圭瓒秬鬯者，使之以祀其先祖。又告于文人，而锡之山川土田，以广其封邑。""言穆公既受赐，遂答称天子之美命，作康公之庙器，而勒王策命之词，以考其成，且祝天子以万寿也。"并引古器物铭为证，云："'邢拜稽首，敢对扬天子休命，用作朕皇考龚伯尊敦。邢其眉寿，万年无疆。'语正相类。"①元人刘瑾《诗传通释》亦曰："以《考古图》观之，疑此章皆是述其勒铭庙器之词。"②方玉润直接将《江汉》定性为"召穆公平淮铭器也"，云："此似一篇召伯家庙纪勋铭……首二章叙平淮之功甚略，后二章述庆赏报塞之义极详。反覆祝颂，郑重赓飏，歌咏不已，则其归重后层可知。中兴复旧典，旬宣远猷，皆设为王命之词，以便归功祖德，亦无非为后半作势，岂非庙器铭哉？"③巧的是，出土青铜器中有《召伯虎簋》，与《江汉》诗文正可对读，郭沫若对此有精到的论析：

　　此铭所记与《大雅·江汉》乃同时事，乃召虎平定淮夷、归

---

① 朱熹：《诗集传》，中华书局，2017年，第329页。
② 刘瑾：《诗传通释》，北京师范大学出版社，2013年，第725页。
③ 方玉润：《诗经原始》，中华书局，1986年，第562页。

告成功而作。诗之"告成于王",即此之"告庆";诗之"锡山土田,于周受命",即此之"余以邑讯有司,余典勿敢封",邑即所受之土田,典即所受之命册,"勿敢封"者谓不敢封存于天府也;诗之"作召公考,天子万寿",即此之"对扬朕宗君其休,用作烈祖召公尝簋"。"考"即簋之借字,古本同音字也。①

两两对读,甚是相称,郭沫若《周代彝铭进化观》一文甚至直接认为:"《江汉》一诗实亦簋铭之一也。"②不过,就文体来说,《江汉》与青铜铭文还是有差异的,如首二章"江汉浮浮,武夫滔滔。匪安匪游,淮夷来求。既出我车,既设我旟。匪安匪舒,淮夷来铺"等赋写,就非簋铭所有,可能的情况应该是诗人根据青铜铭文做了必要的诗化转写。至于诗人为谁,《诗序》"尹吉甫美宣王能兴衰拨乱,命召公平淮夷",认为诗人是尹吉甫,但并没有其他依据;《诗集传》"宣王命召穆公平淮南之夷,诗人美之",亦失之笼统。方玉润驳斥二说,认为:"盖自铭其器耳。"③陈子展《诗经直解》引《礼记·祭统》:"夫鼎有铭,铭者自名。自名以称扬其祖之美,而明著之后世者也。"认为:"据诗称召虎或虎,亦可证其为召伯虎作簋、自作自名矣。"④所论是也。

综上所述,宣王时期"公卿赞歌"已等同于册命金文,成为记载个人、家族荣耀的纪念性的纪功录,或历历细述战功,或实录册命命辞,或不遗巨细地数说所受赏赐。诗歌性质、内容、创制方式的这些变化,也必然引起诗乐功能属性与各项机制的变化。可以说"公卿赞歌"的歌唱性已变得薄弱,有可能仅作为赋诵,或像青铜礼器一样,不轻易示人,作为案头的文本仅作纪念之用。也就是说,诗歌也与铜器铭文撰写一样,出于公卿或其权力集团内部诗人之手,诗歌成为私

---

① 郭沫若:《两周金文辞大系图录考释》,科学出版社,2002年,第307页。
② 郭沫若:《青铜时代》,人民出版社,1954年,第317页。
③ 方玉润:《诗经原始》,中华书局,1986年,第562页。
④ 陈子展:《诗经直解》,复旦大学出版社,1983年,第1038页。

人属物，最多只是用于家族内部的祭祀或宴饮典礼上，或者直接用于脱离仪式乐唱的赋诵，它不具有普遍适应性，不可被其他人冒用、效仿，更不可能如盛周不少仪式乐歌一样，成为通行于不同阶等、不同家族的"通用之乐"了。

综上，"公卿赞歌"与宣王中兴的整体历史大势、时代精神相关，但如上所述，其在内容、形式特征、功能属性上的诸多特异，与西周后期流行的"变雅"一致，反映的却是西周后期诗乐发展的普遍趋势，象征着西周王朝礼乐的畸变：

其一，仪式歌唱消歇。随着西周后期政治局势和仪式情境的变迁，讽谏诗、征役诗成为西周后期诗歌的主要代表。与《雅》《颂》正声从内容到形式、从创制到乐用都深受仪式影响不同，"变雅"之诗不仅摆脱仪式内容与主题的框束，转为揭露更为广阔深重的社会政治时局，而且，歌唱也不再成为诗歌的第一要务，至少在作诗之初，并不以用于歌唱为首要的功能目的。与此相类似，"公卿赞歌"虽然表面上与仪式还有相当的关联，但如上所揭，其仪式属性如册命礼仪局限于特定某一公卿大臣，与仪式乐歌和合、同乐的普世精神大相径庭；甚至，"公卿赞歌"等同于册命金文一样的纪念性的案头文本，它的歌唱属性也已大为减弱。这与西周后期仪式歌唱消歇的整体趋势是一致的。

其二，诗乐从集体的歌唱转向个体表达。仪式乐歌的内容多与典礼仪式上的"礼物"、仪节、人物威仪相关，展现了周贵族仪式生活的繁盛，传唱出神人、君臣、主宾之间"和同""合好"的仪式精神。这种和谐秩序，不仅是诗乐的内容核心，也是诗乐所追求的精神主题。在礼乐歌唱中，不同族群、爵位、阶等、年齿的人群尽可能消弭他们的个体差异，为一种共同的周家精神所感动。可以说，仪式乐歌是周家的集体歌唱，是作为整体的周家精神的大合唱。而当"王道衰，礼义废，政教失，国异政，家殊俗"（《诗大序》）之际，仪式乐歌式微，"变雅"之诗由仪式典礼上的集体歌唱转向对个体情感意志的表达,具有独立情感意志的"诗人"形象开始挺立。《诗经》中交代诗人名字的诗篇也就在这一时期出现,其中就有《崧高》《烝民》《六月》这类"公卿赞歌",而如上所述,"公卿赞歌"具有鲜明的私人属性,它不仅是歌赞在世的某位公卿个人,还有可能是出自公卿门下某位诗人之手,这样的诗歌与仪式乐歌所追求的和同精神大异其趣,不再具有普适性,已成为"私家之乐"。这与西周后期诗歌转向个体表达的整体趋势相一致,也更加昭显出这种个体表达倾向所带来的畸变,即礼乐不再"自天子出",乐官或诗人在王朝礼乐之外,向不同的权力主体靠近,王朝雅乐及其所传达的和同、合好精神就此终结。

"公卿赞歌"作为宣王朝诗乐的异声,与周代礼乐繁盛时代的仪式歌唱有本质区别,虽然表面上一片颂赞和声,但暗藏的却是特定政治生态下的权势消长,反映出西周后期礼崩乐坏的整体困境。也正因此,它们被归入"变雅"之列,此间实有微言大义在焉。

第七章
《国风》的时代：礼乐下移后的春秋诸侯诗乐

"所谓文明，是指人们的所思、所感、所为，以及他们赋予这些思想、情感和行为的价值。"①礼乐文明，正是周代贵族生活与精神的核心，渗透于周家政治仪式与日常生活的各个层面。举凡祭祀、朝典、燕饮、射御等典礼，都有礼乐歌唱，或为追远道古，或为酬兴助乐，传唱出作为整体的周人与周王朝的情感意志。而到西周末期，"王道衰，礼义废，政教失"，虽然仪式乐歌的创制与歌唱浸微，但礼乐传统仍发挥其涵摄力，将更为深广的各类社会、人生主题纳入礼乐歌唱。直到宗周倾覆，平王东迁，宗周礼乐的传统和权威遭到陵替，"礼乐征伐自诸侯出"，诗乐的创制与歌唱机制也迎来最后一次重大嬗变，《诗经》由此进入了大放异彩的风诗时代。

第一节　东周政治礼俗背景下的诸侯自主诗乐

《诗经》雅颂中保存了周王朝郊庙、燕飨、会朝等典礼乐歌，《小雅》中采自民间的征役诗也主要局限在王畿、王事上②，而要论西周时期地方诸侯的诗乐，十三《国风》中据传作于西周的诗篇仅占少

---

① R. H. 巴洛：《罗马人》，黄韬译，上海人民出版社，2000年，第5页。
② 参孙作云《说二雅》，《诗经与周代社会研究》，中华书局，1966年，第394—400页。

数[①]。对此,有几大问题值得思考:其一,西周时期诸侯国的诗乐创制和歌唱情况如何,何以《诗经》未有反映?是否说明西周时期诸侯国诗乐未得到充分发展,其原因何在?其二,采诗始于西周时期,但当时并未在地方诸侯国中普遍执行,列国风诗的大范围采集要晚到春秋时期,其中又有怎样的历史动因?这两个问题归结于,何以诸侯诗乐要在春秋时期才迎来它的繁荣时代?对此,我们还得从东周王朝与列国政治、礼制、风俗的变迁中寻求解释。

一、"自天子出":西周诸侯国礼乐的来源

周人以武力灭商,其立国面临的一个大难题就是,如何以西陲蕞尔小邦管理广大地域上复杂的人群。面对此境,周人利用政治化的血缘关系,"封建亲戚,以蕃屏周"(《左传·僖公二十四年》),由此确立了周代政治的基本格局。在文化上,周王朝采取较为宽松包容的政策,对殷商礼俗多有承袭,地方诸侯国也能因地制宜,如《左传·定公四年》载,周成王封伯禽、康公于鲁、卫,"启以商政,疆以周索";封唐叔于晋,"启以夏政,疆以戎索"。《史记·齐世家》载:"太公至国,修政,因其俗,简其礼,通商工之业,便鱼盐之利,而人民多归齐,齐为大国。"这一方面是出于周初政治形势的考量,以较为保守温和的策略融合异族,从而避免文化礼俗上激起反弹;另一方面也是因为周文化自身并未繁盛到足以辐辏其他文化人群的程度。

而到西周中期,周王朝建国百年,在政治军事、经济生产、文化礼制等方面都已充分发展,对地方诸侯的影响也在自觉不自觉间更为主动、强势。征伐与礼乐是周王朝与诸侯加强联络、强化认同的主要方式,所谓"礼乐征伐自天子出"。在对抗夷狄的战争中,周王与畿

[①] 十三《国风》中属于西周的作品,据《诗序》,有《邶风·柏舟》《鄘风·柏舟》《卫风·淇奥》《齐风·鸡鸣》《还》《唐风·蟋蟀》《秦风·车邻》《陈风·宛丘》《东门之枌》《衡门》《桧风》四首及《豳风》诸诗,在《国风》中所占比例甚小,况且《诗序》的历史解读、断代也多有疑义,未可全据。

内外诸侯休戚与共,诸侯有义务在军事、经济上协助周王的征伐。如《史密簋》记载了齐国军队协助王朝的师俗、史密伐东方的五个土著部族,《师袁簋》记载了齐、纪、莱等封国参加以王朝师袁为总指挥的伐淮夷的战役。甚至在自身安全未受威胁的情况下,诸侯国也需要协防王朝,随王出征。如《晋侯苏钟》记载了周王东征山东夙夷,而召集山西的晋侯协助王室作战,充当周军的先锋。可见,封建制构建了一个向最高权力中心周王朝汇聚的所谓"以蕃屏周"的政治军事体系。如李峰所说,地方封国并非独立的王国,而是西周王朝在地方的积极代理者,它们有义务向周王提供军事协助,而更具象征意义的则是诸侯到宗周觐见周王,参加王朝的政治典礼①。这就要论到周代礼乐活动的文化辐辏力量了。

如果说战争以一种非意愿的强力方式将周国上下抟聚成一个统一的整体,那么,周代礼乐则以更为柔性、潜移默化的方式,在情感与价值观念上统合广大区域内的族群。我们知道,周代社会存在严格的礼制等级,燕饮、射御、朝觐等典礼中都存在一种"等差的秩序",处在整个秩序最高端的周王正是通过一系列的仪式活动,体现和强化自身的权威地位。这一点在册命礼中有鲜明的体现。册命礼主要有两类情形,一是新王对先王旧臣重新册命,二是受命者嗣命,承袭祖考的旧职,周王对其重新进行册命。这两类册命都属于原职的重新册命②,因此,它首要注重的乃是其中寓含的政治象征意义:即在权力变动之际,重新确认周王与诸侯、臣属之间的等级关系,只有经过周王的重新册命,受命者才具有合法地位。册命仪式中有一个细节,《四十三年逨鼎》《膳夫山鼎》《毛公鼎》《师询簋》等器铭有"受令册,佩以出,反入(纳)觐璋(或觐圭)",即在册命礼仪的最后,受册命者带着书有王命的简册退出中廷,然后又返回中廷向王献纳圭璋。

---

① 参李峰《西周的政体——中国早期的官僚制度和国家》,生活·读书·新知三联书店,2010年,第268页。
② 参陈汉平《西周册命制度研究》,学林出版社,1986年,第136页。

《诗经》对此也有歌咏，如《大雅·韩奕》："韩侯入觐，以其介圭，入觐于王。"《大雅·崧高》："锡尔介圭，以作尔宝。"这一仪式行为的象征意义，如《白虎通义·瑞贽》引《尚书大传》所言："诸侯执所受圭与璧，朝于天子。无过者，复得其圭以归其邦；有过者，留其圭，能正行者，复还其圭。"①可见，周王册命时，郑重其事，将圭璋作为一种政治信物来赋予和制约臣下的政治权益与义务，目的是"显示王权的至高无上，以使臣下对王权产生敬畏之心"②。

册命礼仪的另一重要意义还在于传播王朝的"礼物"。礼书中有天子"九赐"之说，《左传·昭公十五年》亦曰："诸侯之封也，皆受明器于王室。"又曰："夫有勋而不废，有绩而载，奉之以土田，抚之以彝器，旌之以车服，明之以文章。"这在西周诸侯国的出土青铜器中有所体现。李学勤《西周时期的诸侯国青铜器》一文分析了卫、鲁、燕、密、蜀、宜、夨等国青铜器，认为"诸侯国青铜器很多和周王朝的器物形制相同，在器形、纹饰和工艺上都看不出明显的特点"，"在西周广大疆域上存在的这项共同性，反映出周朝政治、经济、文化上的统一"。③张剑《西周诸侯国的青铜礼器》分析了卫、燕、鲁、应、夨、滕、虢、晋、宜、蜀十国青铜器，也认为西周诸侯国铜器不论是器类组合，还是器形、纹饰，都与周王室青铜礼器存在同一性④。可见，宗周青铜礼器在列国具有重要的典范作用，而且有部分诸侯青铜器就是在镐京地区生产、制作，随着周王的颁赐才散播到四方诸国。因此，松丸道雄认为，有铭铜器的铸造与分配实际上构成了周王用以控制铜器接受者——地方诸侯的一种政治制度以及对君臣关系的

---

① 陈立：《白虎通疏证》，中华书局，1994年，第354页。
② 王治国：《四十三年逨鼎铭文所反映的西周晚期册命礼仪的变化》，朱凤瀚主编：《新出金文与西周历史》，上海古籍出版社，2011年，第304页。
③ 李学勤：《西周时期的诸侯国青铜器》，《新出青铜器研究》，文物出版社，1990年，第33、34页。
④ 参张剑《西周诸侯国的青铜礼器》，宋镇豪等主编《西周文明论集》，朝华出版社，2006年，第140页。

再次确认与强调①。是故，颁赐"礼物"就不仅是王朝在经济生产、工艺制作上占有优势的一种体现，更是在政治上强化王朝权威、确立地方封国与王朝的臣属关系的一种象征。如《左传·成公二年》所言："唯器与名，不可以假人，君之所司也。名以出信，信以守器，器以藏礼，礼以行义，义以生利，利以平民，政之大节也。"周王朝正是通过"器"与"名"将众多方国与人群维持在一套严密而规整的政治体系中，从而在政治、经济、文化上确立权威的地位。也正因此，西周列国原生态的礼俗文化，不论是因为无意的遮蔽，还是出于有意的过滤或鄙弃，都在正统的周礼洪流中成为潜流。

王朝的这种权威在礼乐的适度推广中得到了更好的强化。所谓"礼乐征伐自天子出"，宗周礼乐文明所体现的文雅与和谐、威仪与秩序，对四方诸侯的感召是不言而喻的。各地诸侯来宗周朝觐、助祭，本身就有"观礼""观乐"之意。《载见》云"载见辟王，曰求厥章"，《有瞽》云"我客戾止，永观厥成"，《文王有声》云"遹观厥成"，都是明证②。鲁襄公二十九年，季札还在鲁国"请观于周乐"，因为彼时"周礼尽在鲁"。故可以想象的是，西周时诸侯亦当欣然前往镐京观礼、观乐，学习借鉴宗周的礼乐制度。而在王朝这一方，礼乐的推广、下移的重要渠道即是向地方诸侯赏赐乐器、乐工。《左传·定公四年》载，周公"分康叔以……大吕"，"分唐叔以……密须之鼓……沽洗"，"大吕""沽洗"皆钟名，可知周初就有钟鼓等乐器的颁赐。《礼记·王制》："天子赐诸侯乐，则以柷将之。赐伯子男乐，则以鼗将之。"俞樾以"乐则"连读，为天子"九赐"之一③，"乐则"指乐悬之制。可知，除了具体的乐器颁赐，诸侯轩悬等乐制也须得经过天子的赏赐和准许才具有合法意义。金文中也记载了乐器、乐工的赏赐，如《大

---

① 参松丸道雄《西周青铜器製作的背景》，《西周青铜器とその国家》，东京大学出版会，1980年，第122—129页。
② 参姚小鸥、李文慧《〈周颂·有瞽〉与周代观乐制度》，《文艺研究》2012年第3期。
③ 参俞樾《群经平议》，《续修四库全书》第178册，上海古籍出版社，2002年，第314页。

克鼎》"易女史小臣、霝、龠、鼓、钟","霝、龠、鼓、钟"与"史小臣"并列,可知是司霝、龠、鼓、钟四种乐器的乐工。《柞伯簋》"易柷见（椟）",整理者认为:"柷即柷,柷亦作椌,为乐器。'见'……亦可释为管或椟（训小鼓）,均为乐器。"①李学勤释"见"为"虎",柷虎即柷敔②,亦为乐器。再如《师㝨簋》"易女……钖钟一肆（肆）",《多友鼎》"易女……汤钟一辥（肆）……",《公臣簋》"易女……钟五……",皆为乐器之赐。直到春秋时,《左传》《国语》也多有诸侯对大夫赐乐器、乐工的记载③。正如白川静所说:"乐人之赏赐与彝器、乐器之分赐相同,意味着允许其使用礼仪乐舞,被作为一种特别的宠荣。"④这必然带来王朝礼乐的适度下移。

除了乐器、乐工的赏赐,诗乐作为礼乐文明的精华,它的颁赐更富有尊宠的意味。《礼记·乐记》:"故天子之为乐也,以赏诸侯之有德者也。德盛而教尊,五谷时熟,然后赏之以乐。"最典型的例子就是周成王为表彰周公的勋劳,特赐鲁国配用天子之乐⑤。又,《小雅·鹿鸣》之三、"六笙诗"及《鱼丽》《南有嘉鱼》《南山有台》等本为天子燕群臣之乐,但它们在《仪礼·燕礼》《大射礼》《乡饮酒礼》中已被准许为诸侯、大夫所用,这种"通用"很有可能也是出自天子的"赐乐",是周代礼乐自身所允许的适度推广、下移的结果。言下之意,"上下通用"也并不意味着可以随意僭用,《左传·襄公四年》

---

① 王龙正、姜涛、袁俊杰:《新发现的柞伯簋及其铭文考释》,《文物》1998年第9期。
② 李学勤:《柞伯簋铭考释》,《文物》1998年第11期。
③ 如《左传·襄公十一年》,晋侯以乐之半赐魏绛;《国语·晋语》则载"公赐魏绛女乐一八,歌钟一肆"。礼书中还有君之乐人前往大夫家襄办盛礼的记载,也可以算作君赐乐工的一种情形（参胡匡衷《仪礼释官》,中华书局,2020年,第31页）。
④ 白川静:《西周史略》,袁林译,三秦出版社,1992年,第99页。
⑤ 《礼记·祭统》云:"周公既没,成王、康王追念周公之所以勋劳者,而欲尊鲁,故赐之以重祭。……夫大尝禘,升歌《清庙》,下而管《象》,朱干玉戚以舞《大武》,八佾以舞《大夏》,此天子之乐也。"《礼记·明堂位》亦云:"命鲁公世世祀周公,以天子之礼乐。……季夏六月,以禘礼祀周公于大庙……升歌《清庙》,下管《象》,朱干玉戚,冕而舞《大武》。皮弁素积,裼而舞《大夏》。"

载晋侯享叔孙豹,"金奏《肆夏》之三,不拜,工歌《文王》之三,又不拜",其原因在于"《三夏》,天子所以享元侯也,使臣弗敢与闻,《文王》,两君相见之乐也,臣不敢及",可知诗乐下移自有一套法则。对此,清代刘始兴《诗益》有一段论述,可谓发人所未发:

> 古者列国诸侯不得僭作天子雅颂之诗,孔子曰:"天下有道,礼乐征伐自天子出;天下无道,礼乐征伐自诸侯出。"此之谓也。其有天子赐诸侯乐者,或亦借歌天子之诗。《仪礼》诸侯燕、射歌《小雅·鹿鸣》以下是也。此其事,盖周之盛代已有之。成王赐鲁伯禽天子礼乐,其明验也。(鲁赐天子礼乐,尊周公也。他国之赐不同,未尝直赐天子礼乐也,然既已受赐,则亦借歌天子乐章矣,诸侯不得自作诗故也。)然已非当日作诗本意,而后世诸侯、大夫僭用天子雅乐之渐,其即始于此矣。但由今合考《鹿鸣》《四牡》《皇皇者华》《鱼丽》《南有嘉鱼》《南山有台》诸篇,其诗虽为天子燕饮乐歌而作,然篇内未有明指。(此诸篇语意,未有明指天子言者。)即以诸侯燕、射借歌之,犹属周室变礼之初,其义稍为近王,而非若后世僭歌《文王》《大明》诸诗之失礼蔑义为尤甚也。……夫子论次三百篇,而以《鹿鸣》诸诗冠《二雅》首,与周室宣幽以上、文武以下之诗同编,所以追述当日制作之本意,明其为天子乐章,而非诸侯以降之所得僭歌,复明著其说于《论语》,(如云"正乐,雅颂得所",及讥三家舞佾、歌《雍》,并上所引"天下有道"云云。)以示天下后世圣人正乐之深心,不亦千载而如见也夫。①

刘氏所言甚是,揭示了天子诗乐下移为诸侯所通用的情形。参考上文关于乐节的相关论述,可以说这种诗乐下移、通用在西周时期即已发生,是周代礼乐制度本身所内置、允许的。了解及此,西周诸侯国诗

---

① 刘始兴:《诗益》,《续修四库全书》第63册,上海古籍出版社,2002年,第340页。

乐活动的内容与来源，也就可以概见了。

  由上可知，宗周在礼乐文化上的权威地位，从精神实质到形式内容都对地方封国的文化形成巨大的示范和教化作用，天子以"赐乐""颁诗"的方式赋予诸侯合乎自身等爵的诗乐使用权。因此，根据以上的分析，对于西周时期诸侯国诗乐作品的缺失，与其理解为文献阙载或因年代久远而流失，毋宁说当时诸侯国只是有所减杀地借用了王朝的礼乐，其本身并没有发展出自主的诗乐。也就是说，在"礼乐征伐自天子出"的时代，诗乐的创作与青铜器的制作一样，都是王朝用于强化权威地位的一种手段，其制作权未可轻易假人。因此，据《鲁颂·駉·诗序》载："《駉》，颂僖公也。僖公能遵伯禽之法，俭以足用，宽以爱民，务农重谷，牧于坰野，鲁人尊之，于是季孙行父请命于周，而史克作是颂。"鲁僖公、文公年间东周王室权威已大损，鲁国创作颂美鲁僖公的《駉》诗，尚且需要请命于周王，由此可以推想西周王道兴盛时期，诸侯国自主创制诗乐要面临怎样的礼法设限了。

  综上可以说，西周时期诸侯国富有自身特色的诗乐创制，在合法性和可行性上都受到限制，未能充分发展，不仅符合列国历史、礼制需要而特制的仪式乐歌十分有限，反映方国风俗的风诗也没能充分采录，这才是十三《国风》中鲜见西周时列国歌诗的根本原因。因此，崔述《读风偶识》质疑采诗制度，谓"何以前三百年所采殊少，后二百年所采甚多"[①]，就显得不明就里，未能从社会礼俗和诗乐制度的变迁上探析其真正的原因了。

二、"异政殊俗"：东周诸侯国诗乐的自主发展

  时过境迁，历史进入东周时代，周王礼乐权威地位沦落，周礼失去其普遍规范性，诸侯国中被遮蔽的地方风俗开始勃兴，这一系列

---

① 崔述：《读风偶识》，《崔东壁遗书》，上海古籍出版社，1983年，第543页。

的内外变化使得诸侯国获得了特制和采录诗乐的自主权利。正如《毛诗序》所言:"王道衰,礼义废,政教失,国异政,家殊俗。""异政殊俗"很好地概括了春秋时期列国政治、文化的基本特征,春秋时期《国风》繁荣正是基于此。

首先,就社会风俗而言,春秋时期列国地域文化开始逸出周礼的范畴,大放异彩。如《汉书·地理志》描述郑国风俗:"武公与平王东迁,卒定虢、会之地,右洛左泲,食溱、洧焉,土狭而险,山居谷汲,男女亟聚会,故其俗淫。"颜师古注:"谓仲春之月,二水流盛,而士与女执芳草于其间,以相赠遗,信大乐矣,惟以戏谑也。"①《白虎通·礼乐》亦曰:"郑国土地民人,山居谷浴,男女错杂,为郑声以相诱悦怿,故邪僻,声皆淫色之声也。"②《郑风·将仲子》《褰裳》《狡童》《溱洧》等诗反映的即是郑地"俗淫""邪僻"之风。再如卫国,《汉书·地理志》云:"卫地有桑间、濮上之阻,男女亦亟聚会,声色生焉,故俗称郑卫之音。"故有《桑中》《静女》写男女幽会相奔,《新台》《鹑之奔奔》《墙有茨》写卫宣公、宣姜的淫行。可见,春秋列国上下周礼废弛、风俗浇薄之一斑,而在史家的叙述中,这与地方礼俗的勃兴尤其是殷商遗俗的复苏是相互消长的,如:

《国语·郑语》:"谢、郏之间……未及周德。"

《汉书·地理志》:"康叔之风既歇,而纣之化犹存,故俗刚强,多豪桀侵夺,薄恩礼,好生分。"

《史记·货殖列传》:"中山地薄人众,犹有沙丘纣淫地余民,民俗懁急,仰机利而食。丈夫相聚游戏,悲歌忼慨,起则相随椎剽,休则掘冢作巧奸冶,多美物,为倡优。女子则鼓鸣瑟,跕屣,游媚贵富,入后宫,遍诸侯。"

《汉书·礼乐志》:"自雅颂之兴,而所承衰乱之音犹在,是

---

① 班固:《汉书》,中华书局,1962年,第1653页。
② 陈立:《白虎通疏证》,中华书局,1994年,第97页。

谓淫、过、凶、嫚之声。"颜师古注："言若周时尚有殷纣之余声。"

它们都注意到商、周礼俗的兴替。诚然，风俗是一定地域内特定人群在历史传统、文化经验上积淀而成的生活习性的汇总，它具有深远的渊源，扎根于人们记忆的深处，殷商遗俗虽然在西周礼乐兴盛时一度湮没无闻，但并未完全汰尽，其遗绪尚潜于民间，"纣之化犹存""沙丘纣淫乱余民""殷纣之余声"云云，说明这些古老的习俗在适当的文化气候下仍会重新复苏，如周人所鄙弃的人牲人祭的恶习，在春秋时就有沉渣泛起[①]；嫡长子继承制、同姓不婚制等周人立国的根本性制度，也屡遭破坏。总之，春秋列国变坏礼制的行为，《春秋》不绝于书，若摆脱以周礼为中心的论调，可以说列国已进入纷呈错杂、多元开放的"风俗的时代"。

"风俗的时代"为列国风诗的兴起提供了丰富的素材和宽松的文化环境，采诗制度也顺应时势，发生了适度的新变。西周时期采诗者不论是专职的乐官，还是秉政的公卿大夫，或是行走四方、采访地方政事风俗的行人、诵训、训方氏等，都属于王官系统，其所采也主要在王畿、王事上，而未深入四方诸国[②]，故诸诗皆编入《小雅》。而王室东迁后，诸侯各自为政，采诗也由王朝主导转为列国自主执行。范家相《诗渖》曰："东迁以后，巡狩不行，列国之史官犹录其本国之诗以待采择。"[③]甚至《国风》的采编、纂辑及颁行，也不再由王官从事，而可能出自春秋霸主之手。钱澄之在《田间诗学》"诗总论"中首发此

[①] 《左传》在僖公十九年、僖公二十一年、文公六年、宣公十五年、成公二年、成公十年、昭公十年、昭公十一年、昭公十三年、定公三年都有相关记载。

[②] 少见的例外可能是《小雅·大东》一诗，据《诗序》："《大东》，刺乱也。东国困于役而伤于财，谭大夫作是诗以告病焉。"则此诗由东方的谭国大夫所作，"以告病"云云似乎说明此诗是通过"陈诗""献诗"，自下而上纳入王朝雅乐的，与"王官采诗"仍有差别。

[③] 范家相：《诗渖》，《景印文渊阁四库全书》第88册，台湾商务印书馆，1986年，第596页。

论，曰：

> 先王盛时，凡列国之《风》，诸侯采之以贡于天子。天子受之，列于乐官，而于其中施赏罚焉。自东迁以后，巡狩述职之典不行，诸侯不贡诗，太史不陈诗久矣。然吾观变风之作，大抵皆春秋时事。周太师类能歌之，意必桓、文主盟，率诸侯共尊周室，修复故事。惟时天子虽不巡狩采风，诸侯犹时贡其风谣，以存述职之遗意。不然，春秋列国之诗，何犹领诸周之乐官而播诸列国大夫之口耶？①

春秋霸主虽以力取胜，但名义上他们仍以礼义相持、"以力假仁"，推崇宗周以来王道政治的旧有秩序。齐桓公尊王修礼，其霸业就多得利于此。《左传·僖公七年》曰："齐侯修礼于诸侯，诸侯官受方物。"孔颖达疏："王室盛明之时，每国贡有常职。天子既衰，诸侯惰慢，贡赋之事无复定准，故霸主总帅诸侯，尊崇天子，量其国之大小，号令所出之物。"②可见齐桓公尊奉天子权威，谨守周礼，"方物"指各地所出特产，其中包含地方风诗也未为不可。齐桓公"九合诸侯，一匡天下"，辑合列国风诗，这也是其霸业美名的重要内容。《邶》《鄘》《卫》《郑》《齐》所歌也主要集中在齐桓公霸业时期前后，而且，据《诗序》，《木瓜》一诗更与齐桓公直接相关，是卫人为感谢桓公救卫而作。故魏源亦引而伸之，谓"《卫风》终于《木瓜》，所以著齐桓攘狄之功"，"《卫风》终于《木瓜》，大都皆文公以前，齐桓所陈于王朝"。③这些都可见出春秋时采诗活动的新变化。

其次，在诗乐制度上，春秋时"礼乐征伐自诸侯出"，诸侯国结

---

① 钱澄之：《田间诗学》，黄山书社，2005年，第19页。
② 孔颖达：《春秋左传正义》，北京大学出版社，1999年，第350页。
③ 魏源：《诗古微》，岳麓书社，1989年，第270、274页。马银琴也认为《诗》在齐桓公时有过一次结集，其中即包括辑合列国风诗一事（参马银琴《两周诗史》，社会科学文献出版社，2006年，第386—396页）。

合本国历史、仪式和风俗情况，在继承王朝礼乐体制的同时，也多有自主构建。诸侯国很有可能接受了自宗周来奔的乐工。如《邶风·简兮》写伶官在卫国公庭歌演"万舞"的盛况，《诗序》认为"刺不用贤也。卫之贤者仕于伶官，皆可以承事王者也"，但伶官多为世官之职，不一定存在贤者沉沦、仕于贱职的情况，诗的末章交代了伶官们的身世："云谁之思？西方美人。彼美人兮，西方之人兮。"此"美人"即上文的"硕人"，可见，他们是曾经在王朝任过职的乐官人群，随着宗周覆灭，奔散到列国①。《论语·微子》载，礼崩乐坏的鲁国"大师挚适齐，亚饭干适楚"等等。可以想见，这类事情在两周之际也曾发生过②。因此，也可以说，春秋诸侯国通过多种方式，或是僭用，或是继承了宗周的礼乐制度及诗乐遗产，尤其是这些奔散到诸侯国的旧京乐官人群，他们深谙诗乐创制与歌唱之道，为春秋列国礼乐的自主建设做出了重大贡献。

因此，春秋诸侯国诗乐不再以天子颁诗、赐乐为主要来源渠道，开始根据本国的历史和典礼仪式需要，"特制"仪式乐歌。清代尹继美《诗管见》对此有精到论述，曰："《诗》虽三百，约言之不过特制、采录二端而已。颂者，尽出于特制也。雅者，大半出于特制也。风者，大半出于采录也。"③《国风》中的"特制"之诗："《唐》之《山有枢》，《秦》之《车邻》，乐章之侑辞也……《东山》之奏凯，《渭阳》之饯饮，《著》之新昏，《驷驖》之田猎，《采蘋》之祭祀，皆特制也。"④

---

① 天子失官，官学及典籍随之散播四国，文献多有记载，如《左传·昭公十五年》："辛有之二子董之晋，于是乎有董史。"杜注："辛有，周人也，其二子适晋为大史。"孔疏："僖二十二年传曰：'平王之东迁也，辛有适伊川。'则辛有平王时人也。"是董史于两周之际奔晋。《左传·昭公二十六年》："王子朝及召氏之族、毛伯得、尹氏固、南宫嚚奉周之典籍以奔楚。"有学者认为厉王奔彘时，史官、卜官、乐官等也随之流散，逃奔晋国（参段颖龙《从清华简〈耆夜〉看毛诗〈蟋蟀〉之成因与〈诗经〉早期的流传》，《河北师范大学学报[哲学社会科学版]》2018年第1期）。
② 参李山《诗经析读》，中华书局，2018年，第103页。
③ 尹继美：《诗管见》，《续修四库全书》第74册，上海古籍出版社，2002年，第18页。
④ 尹继美：《诗管见》，《续修四库全书》第74册，上海古籍出版社，2002年，第9页。

具体来论，结合诗篇内容与情感基调来看，《国风》中"特制"之诗主要可以分为两类：其一，颂赞诸侯明君贤人。如：

《淇奥·诗序》："美武公之德也。有文章，又能听其规谏，以礼自防，故能入相于周，美而作是诗也。"

《定之方中·诗序》："美卫文公也。卫为狄所灭，东徙渡河，野处漕邑。齐桓公攘戎狄而封之。文公徙居楚丘，始建城市而营宫室，得其时制，百姓说之，国家殷富焉。"

《缁衣·诗序》："美武公也。父子并为周司徒，善于其职，国人宜之，故美其德，以明有国善善之功焉。"

《淇奥》赞美卫武公"有匪君子，如切如磋，如琢如磨，瑟兮僩兮，赫兮咺兮"，文辞典雅，格调雍容，其赞美之情溢于言表，极有可能出自卫国卿大夫之手。无怪乎季札观周乐时感慨："美哉，渊乎！忧而不困者也，吾闻卫康叔、武公之德如是，是其《卫风》乎？"当然，由于对《国风》整体判断的偏差，《诗序》多以"变刺"说曲解了不少原本带有明显赞美意味的诗篇。如《郑风·羔裘》：

羔裘如濡，洵直且侯。彼其之子，舍命不渝。
羔裘豹饰，孔武有力。彼其之子，邦之司直。
羔裘晏兮，三英粲兮。彼其之子，邦之彦兮。

诗中赞美了君子服饰之盛美，有德有力，正直忠诚，根本看不出讽刺的意味。《左传·昭公十六年》载子产赋《羔裘》，韩宣子曰："起不堪也。"杜预注："取其'彼己之子，舍命不渝''邦之彦兮'，以美韩子。"[①] 也是以《羔裘》为称赞颂美之诗，而《诗序》"刺朝也。言古

---

① 孔颖达：《春秋左传正义》，北京大学出版社，1999年，第1353页。

之君子，以风其朝焉"云云，对诗文本义视而不见，在"变刺"的阐释套路下只能以"陈古刺今"的方式来迂曲解说。这种情况并不少见，再如《曹风·鸤鸠》明言"淑人君子，其仪一兮。其仪一兮，心如结兮"，《诗序》却煞有介事地说"刺不壹"。《卫风·硕人》赞美了夫人庄姜家世之贵、仪容之美、车服之盛、邦国之富，应该是卫庄公与庄姜结婚典礼上的仪式乐歌①，此时根本看不出《诗序》所说的"庄姜贤而不答，终以无子"，足见《诗序》说之牵强附会，颠倒始末。《诗序》这种站在道德正确的后人视角，来给历史事件、人物品性加以美刺的解说方法，未必能贴合歌诗创作当下的真实情境。再以《齐风·猗嗟》为例，《诗序》以为"刺鲁庄公也。齐人伤鲁庄公有威仪技艺，然而不能以礼防闲其母，失子之道，人以为齐侯之子焉"，对此方玉润有很好的驳论：

> 此齐人初见庄公而叹其威仪技艺之美，不失名门子，而又可以为戡乱材。诚哉，其为齐侯之甥也！意本赞美，以其母不贤，故自后人观之而以为刺耳。于是纷纷议论，并谓"展我甥兮"一句以为微词，将诗人重厚待人本意尽情说坏。是皆后儒深文苛刻之论有以启之也②。

方氏之说可取，《猗嗟》本为"特制"的美诗，这是符合其创制之初的本义的。同样，《郑风·大叔于田》是专门制作的赞美大叔在射猎典礼上"多才而好勇"的乐歌，《叔于田》"洵美且仁""且好""且武"，也对大叔不吝赞美，甚至用"洵"字反复强调此美辞之笃定诚恳，虽

---

① 方玉润《诗经原始》："此卫人颂庄姜美而能贤，非闵之也。……诗盖咏其新昏时耳。"（方玉润：《诗经原始》，中华书局，1986年，第176页）
② 方玉润：《诗经原始》，中华书局，1986年，第240页。

不排除出自大叔之党徒的虚夸①，但并不影响其颂美的本意，只是后来大叔事败，才给诗篇贴上了刺诗的标签。又，《唐风·椒聊》，《诗序》谓"君子见沃之盛强，能修其政，知其蕃衍盛大，子孙将有晋国焉"，有鉴于此，故作诗以"刺晋昭公"。先且不论是否与曲沃桓叔或晋昭公有关②，单从诗辞"彼其之子，硕大无朋""硕大且笃"来看，直是诗人赞美之辞，《诗序》"君子见沃之盛强"云云，所言不虚，但又何以见得君子是基于晋国立场来警示晋昭公呢？总之，若着眼于诸侯国"特制"之诗的礼乐环境、创制动因，《国风》部分诗作的性质、情感倾向和价值都将得到重新认识。

其二，赞美诸侯国政治礼制、典礼仪式的盛美。上文论及春秋时期诸侯国各自为政，礼制上多有自主更新，为此诸侯国也特制了诗乐以歌颂、纪念之。这在新兴的诸侯国中尤其明显。如秦国，秦仲、庄公、襄公三世效忠周室，但至襄公时始被周平王封为诸侯。秦原来杂处于戎狄之间，文化相对落后，被封为诸侯后，居周故地，礼仪、文化才焕然兴起，《秦风·车邻》《驷驖》《小戎》就是秦国为此番礼仪振兴特制的诗乐：

《车邻·诗序》："美秦仲也。秦仲始大，有车马、礼乐、侍御之好焉。"

《驷驖·诗序》："美襄公也。始命，有田狩之事，园囿之乐焉。"

《小戎·诗序》："美襄公也。备其兵甲，以讨西戎。……"

诗中洋溢着秦人始备车马、礼乐、侍御、狩猎等礼仪而欣喜鼓舞之

---

① 王质：《诗总闻》："仁慈也，好和也，武毅也，三者人之所归，太叔段何以当之，当是其徒夸为之辞。"（王质：《诗总闻》，《丛书集成初编》，中华书局，1985年，第71页）
② 朱熹《诗序辨说》："此诗未见其必为沃而作也。"（朱熹：《诗序辨说》，《诗集传》，中华书局，2017年，第36页）

情。确如季札所言："此之谓夏声。夫能夏则大，大之至也，其周之旧乎！"所谓"夏声"，既是言其能"戎狄之音而有诸夏之声"，也指其诗乐有宗周雅乐的遗韵。傅斯年说："秦与周同地，虽异世而有同者，《秦风》词句每有似《小雅》处。"① 《车邻》《驷驖》《小戎》三诗即是其例。同样的，《秦风·终南》歌"君子至止，锦衣狐裘。颜如渥丹，其君也哉""君子至止，黻衣绣裳。佩玉将将，寿考不忘"，与雅诗的格调也无二致，此诗创作背景是襄公"能取周地，始为诸侯，受显服，大夫美之"，是专门为封建受命服而作的仪式乐歌，并无《诗序》所言有"戒劝"之意②。与此相近的，《唐风·无衣》，《诗序》云："美晋武公也。武公始并晋国，其大夫为之请命乎天子之使，而作是诗。"是也，所谓"请命"，是请王赐以命服，即诗中所歌。"不如子之衣，安且吉兮""不如子之衣，安且燠兮"，表达了新兴之国对获得周王礼法承认的渴望、欣喜。而朱熹以为"武公杀君篡国，大逆不道"，"《序》乃以为美之，失其旨矣"③，反而是置身诗乐创作语境之外的臆说。又，中原故国卫国险被戎狄所灭，在齐桓公攘夷下，卫文公复国后又有一番礼乐制作。《鄘风·定之方中》对此有所赞颂，《诗序》言"文公徙居楚丘，始建城市而营宫室，得其时制，百姓说之，国家殷富焉"，故此诗也可视作卫国的仪式乐歌。

以上二类诸侯自主特制的诗乐，多与祭颂、燕饮、射猎等仪式情境相关，其内容也不外乎歌赞功绩德行、人物威仪，赋唱车马服舆、饮食肴馔等，其创制之初即以在相关典礼上入乐歌唱为目的。这些"特制"之诗的内容、性质、基调、创作机制，与王朝雅诗仪式乐歌并没有本质不同，可以说是王朝诗乐在诸侯国的延续，或者说是一个缩微，从中可以见出诸侯国拥有礼乐自主权之后的基本诗乐生态。

---

① 傅斯年：《〈诗经〉讲义稿》，《傅斯年文集》第 2 卷，中华书局，2017 年，第 228 页。
② 姚际恒《诗经通论》："按，此乃美耳，无戒意。"（姚际恒：《诗经通论》，中华书局，1958 年，第 141 页）
③ 朱熹：《诗序辨说》，《诗集传》，中华书局，2017 年，第 36 页。

诸侯国除了具备类于王朝雅诗体式和功用的诗乐之外，甚至还可能存在类似颂一类的诗乐。苏辙《诗集传》就说："鲁以诸侯而作颂，世或非之，余以为不然。诗有天子之风，有诸侯之风；有天子之颂，有诸侯之颂，二者无在而不可，凡为是诗者，则为是名矣。……颂之为诗，本于其德而已。故天子有德于天下，则天下颂之；诸侯有德于其国，则国人颂之。"① 诸侯五庙，祭祀时当有相关的祭祖歌诗，鲁国既受赐天子之赐，得用天子宗庙之乐，升歌《清庙》、下管《象》、舞《大武》，但到鲁文公时，季孙行父尚请命于周，命史克作《閟宫》《泮水》等美僖公之颂诗。以此推之，春秋时其他诸侯国想必也有宗庙颂诗之制作——不论是否请命于天子。对此，赵德引《山堂考索》曰："颂之为体，非徒天子用之，诸侯之臣子，凡所以说颂其国者，亦得而用之。"② 钱澄之《田间诗学》亦引石庄（即陈弘绪，著有《诗经解义》，已佚）之说，可为参考：

列国凡有宗庙，必有宗庙之诗，诗必皆以颂为名，不特鲁有之也。鲁之异于列国者，升歌《清庙》，下管《象》舞耳。凡太史陈风，采民间之歌谣而已。诸侯自咏叹其祖功宗德，于民风无涉，故天子不得而见。然则列国之颂，何其绝不一出，曰逸诗多矣，安知无雅颂杂乎其间？《王制》曰："天子赐诸侯乐，则以柷将之；赐伯子男乐，则以鼗将之。"《乐记》曰："天子之为乐也，以赏诸侯之有德者也。德盛而教尊，五谷时熟，然后赏之以乐。"此赐之天子者也，不则自为之者也，若《駉》《駜》《泮》《閟》，鲁也，他国可以类已。③

---

① 苏辙：《诗集传》，《续修四库全书》第56册，上海古籍出版社，2002年，第186—187页。
② 赵德：《诗辨说》，见朱倬《诗经疑问·附编》，北京师范大学出版社，2013年，第516页。
③ 钱澄之：《田间诗学》，黄山书社，2005年，第24—25页。

尹继美《诗管见》也认为《诗经》之存有《鲁颂》，并非贬鲁，谓：

> 称道功德则为颂，何国无之。善则归君，善则称亲，臣子之大义，岂天子而禁人称颂其君上与其祖考乎？范文子成室，张老歌之，君子称其善颂。大夫犹有颂，而谓诸侯无之乎？诸国之颂不存者，由风有采，而颂无采也。鲁之颂独存者，由三百篇皆鲁乐之诗也。①

尹氏解答了独存《鲁颂》而无他国之颂的原因，其实，《诗经·国风》中虽无名颂之诗，但颂美之诗如《淇奥》之美卫武公、《定之方中》之美卫文公，其与《鲁颂》之美鲁僖公也相差不远。惠周惕《诗说》曰："不得以风诗专属之诸侯，雅、颂专属之天子。"②所言是也。总之，春秋时期列国诗乐内容、类型并不能以今本《诗经》所见为限。

以上通过对《国风》中"特制"之诗的发覆，传统有关"风、雅、颂与诸侯、天子相对应"、"诸侯无雅诗"、"《国风》民歌"说、"十三《国风》为变风"等旧说都将受到挑战。笔者认为，《国风》中兼具类似于王朝颂、雅、风的三类诗，其来源也包括"特制"与"采录"两条渠道，这都是承袭自王朝的诗乐制度，所谓"礼乐征伐自诸侯出"，《国风》即是王朝礼乐制度下移、诸侯获得诗乐自主权之后结出的硕果。

第二节　风诗的生成：从"采风"到"入乐"

上一节论述了春秋时期诸侯国自主发展诗乐的情况，其中对列国"特制"之诗的发覆，有助于我们了解诸侯国的诗乐生态。不过，无可否认的是，自西周晚期以来，"因礼作乐，因乐作诗"的雅乐逐渐式微，诗乐的视域逐渐下移，春秋诸侯虽也特制了符合本国典礼乐用

---

① 尹继美：《诗管见》，《续修四库全书》第74册，上海古籍出版社，2002年，第16页。
② 惠周惕：《诗说》，《丛书集成初编》，中华书局，1985年，第6页。

的仪式乐歌，但采自民间、代表"新声""新乐"的风诗才是当时诗乐的主流，更符合贵族一般的审美需求。那么，发轫于西周的采诗制度，到春秋时在执行主体、操作程序等方面有哪些调适？尤其受到勃兴的礼俗风情和新的审美趣尚的影响，采诗的功能、目的和择取标准又有哪些新变？《国风》中的风诗作为入乐的乐章文本，多大程度上保存了风俗和风谣的本来面貌，又经过了乐工哪些层面的改造？下文试论之。

一、审美娱乐与政教讽谕：春秋时期"采风"的两种功能目的

自清代崔述以来，"采诗"说曾被认为是汉儒臆说而遭到广泛质疑。直到《孔子诗论》的出土，采诗活动在周代确实存在才终成定谳。不过，需要辨明的是，汉儒有关采诗制度的相关论述，也难免受汉代经学视野的影响，尤其是关于采诗功能的论述，都指向政教的功能。如《史记·乐书》："以为州异国殊，情习不同，故博采风俗，协比声律，以补短移化，助流政教。"《汉书·艺文志》："古有采诗之官，王者所以观风俗，知得失，自考正也。"采诗成了王者观知民情俗变、考黜政绩得失的一种政教行为。《公羊传·宣公十五年》何休注说，王者通过采诗，可以"不出牖户，尽知天下所苦"。一个"苦"字，道出了"采诗观风"的倾向性：所采多是衰世之诗，所观多是变乱之风。但实际上，如前文所论，周代礼乐制度本身就内置了申抒下情、实现上下互通的机制，采诗制度在礼乐繁盛时代就已滥觞，因此，"采诗观风"不限于衰乱之世的变乱之风，其初亦有纯粹出于仪式歌唱的审美需要而采撷的风谣，二《南》即是这一审美驱动下的采诗成果，其主题和音乐风调都是对雅颂庙堂之音的调剂和补充。而到西周后期政治衰乱、礼乐崩坏之际，采诗以备考知得失、讽谕时政的功能才不断突显，《小雅》中征夫思妇劳苦愁怨的诗就是在这一机制下被采录的。因此可以说，西周时期不同阶段的采诗就有出于审美娱乐与政教讽谕两种不同的功能和目的，这两种采诗机制也延续到了春秋列国的自主

采诗活动中。以下试分论之。

其一，纯粹出于审美娱乐目的的采诗。民间风谣具有浓郁的乡土风俗，绚烂多彩，发乎本心，出乎天籁，或歌咏自然时令，或歌咏生产劳作，或歌咏男女恋情，它们往往具有渊远的流传历史和广泛的民间受众，凝聚了民众生产生活、人伦日常的体验和智慧。如《卫风·木瓜》"投我以木瓜，报之以琼琚。匪报也，永以为好也"，是关于"礼尚往来"的民间谣谚，《大雅·抑》"投我以桃，报之以李"反映的也是这一古老礼俗，可见这一表达乃是社会上下流传已久的习语。又，《豳风·伐柯》"伐柯伐柯，其则不远。取妻如何？匪媒不得"，讲的是"就近取则"的道理，同样在《齐风·南山》中也歌唱"析薪如之何？匪斧不克。取妻如之何？匪媒不得"，《国语·越语》载范蠡也说："先人有言曰：'伐柯者其则不远。'"清华简《芮良夫毖》也有"緐先人有言，则威虐之，或因斩柯，不远其则"之语。可见，"伐柯"的譬喻是"先人"基于生产生活而得出的智慧，作为古训俗谚一直在民间传诵，采诗官肯定其音乐与思想的价值，将其采集入乐，也可谓是一种雅正的"观风俗"了。

此类反映淳朴民风礼俗、渊源有自、流传广泛的风诗，在《国风》中不乏其例，而且有些还明显受到周礼的影响，是王道风教的遗存。这些流风遗韵，在礼乐崩坏的春秋之际尤能引起采诗官们的感动，遂而采撷入乐。如《郑风·女曰鸡鸣》《齐风·鸡鸣》有夫妇"警戒相成之道"（《诗序》）。又，《汉书·地理志》云："《齐诗》曰：'子之营兮，遭我虖峱之间兮。'又曰：'俟我于著乎而。'此亦其舒缓之体也。吴札闻《齐》之歌，曰：'泱泱乎，大风也哉！其太公乎？国未可量也。'"[①] 季札闻《齐风》感叹"泱泱大风"，班固评《齐风》诗体舒缓，都是立足于积淀久远的齐国礼俗传统而得出的，《地理志》即言"其土多好经术，矜功名，舒缓阔达而足智"。我们可以以《还》《卢令》

---

① 班固：《汉书》，中华书局，1962年，第1659页。

《著》三诗为例加以论证。《还》曰:

> 子之还兮,遭我乎峱之间兮。并驱从两肩兮,揖我谓我儇兮。
>
> 子之茂兮,遭我乎峱之道兮。并驱从两牡兮,揖我谓我好兮。
>
> 子之昌兮,遭我乎峱之阳兮。并驱从两狼兮,揖我谓我臧兮。

《诗序》:"刺荒也。哀公好田猎,从禽兽而无厌。国人化之,遂成风俗。"但细揣诗义,"还""茂""昌"都是赞美之辞,"揖我谓我儇(好、臧)兮"云云也尽显恭敬礼让。因此姚际恒《诗经通论》认为:"《序》谓'刺哀公',无据。按田猎亦男子所有事,《豳风》之'于貉''为裘',《秦风》之'奉时辰牡',安在其为'荒'哉?且此无'君、公'字,乃民庶耳,则尤不当刺。"① 郝懿行《诗问》直接称《还》"美让也",谓:"古者田猎礼让,蒐狩习威仪,虽驰逐原野,犹相推贤能焉。"② 二氏之说立足于文本,与《汉书·地理志》所论"尊贤智,赏有功""矜功名"之齐俗是相吻合的,诗人正是本着"观美俗"的目的采录《还》诗。与《还》相似,《齐风·卢令》也赞美齐俗尚田猎,而又能"美且仁""美且鬈""美且偲",但《诗序》亦以"陈古以风""刺荒"解之,颇为周折。方玉润说:"此诗与公无涉,亦无所谓'陈古以风'意。盖游猎自是齐俗所尚,诗人即所见以咏之。"③ 再说《著》诗,正面写亲迎之礼,也是齐国婚姻礼俗的直接写照,而《诗序》则无视文本,言"刺时不亲迎"。无怪乎姚际恒批驳《诗序》:"按此本言亲迎,必欲

---

① 姚际恒:《诗经通论》,中华书局,1958 年,第 117 页。
② 郝懿行:《诗问》,《郝懿行集》第 1 册,齐鲁书社,2010 年,第 636 页。
③ 方玉润:《诗经原始》,中华书局,1986 年,第 236 页。

反之为刺,何居?若是,则凡美者皆可为刺矣。"①李光地《诗所》、郝懿行《诗问》亦谓为"美亲迎"之诗②。这也说明其时齐国尚能行此正礼,采诗官美其俗而采之。而且,这些诗在音乐上也十分具有地方风调,《还》《著》各句皆以语气词"兮""乎而"结尾,正有"舒缓""泱泱"之风调。可知,无论从观风俗还是采风调的角度,《齐风》诸诗都颇有可采的价值。

以上这些诗篇反映了春秋诸侯国中尚有王化的流衍、古风的遗存。是故,季札观乐,感叹《唐风》"思深哉,其有陶唐氏之遗民",杜注云:"有尧之遗风,忧深思远,情发于声。"又感叹《秦风》"此之谓夏声,夫能夏则大,大之至也,其周旧乎",也是有见于《秦风》中保存了宗周礼俗风教之旧。这些应该都是采诗官特别珍视、有意采撷存留的。也正因此,《国风》中不免有怀念宗周旧俗旧礼之诗,即《诗大序》所谓的"达于事变而怀其旧俗也"。如《桧风·匪风》歌咏"顾瞻周道,中心怛兮""顾瞻周道,中心吊兮""谁将西归,怀之好音",陈子展说:"此诗'周道',疑为二义双关。一谓周之政令,周之王道、文武之道。是也;一谓周行,通道,大路。是也。"③表达了东方小国桧国之民怀周思古之情。《曹风·下泉》"忾我寤叹,念彼周京(京周、京师)",表达的也是这一情绪,朱熹《诗集传》:"王室陵夷而小国困弊,故以寒泉下流而苞稂见伤为比,遂兴其忾然以念周京也。"④又如《邶风·简兮》末章"云谁之思?西方美人。彼美人兮,西方之人兮",方玉润以为是贤者"不禁有怀西京盛世,而慨然想慕文武成

---

① 姚际恒:《诗经通论》,中华书局,1958年,第117页。
② 李光地《诗所》:"旧说刺时不亲迎。妇及婿门,始见其俟己也。详章中无刺意,且《礼》奠雁而归,则俟于门,乌知其非亲迎乎?或是俗废昏礼,而此人犹行之,盖美辞也。"(李光地:《诗所》,《榕村全书》第2册,福建人民出版社,2013年,第196页)郝懿行《诗问》亦以为"美亲迎也"(郝懿行:《诗问》,《郝懿行集》第1册,齐鲁书社,2010年,第637页)。
③ 陈子展:《诗经直解》,复旦大学出版社,1983年,第450页。
④ 朱熹:《诗集传》,中华书局,2017年,第138页。

康之至治不复得见于今日，因借美人以喻圣王，而独寄其遐思焉"①。这些都说明，春秋时王泽风教在民间尚有回响，这些民间谣谚被"采诗入乐"，体现了采诗官对宗周社会文明的眷念和追慕。

当然，相比这些周礼的流风遗俗，更加吸引春秋贵族和采诗官注意的，还是各地勃兴的新风、新乐。如，"卫地有桑间濮上之阻，男女亦亟聚会，声色生焉"（《汉书·地理志》），遂有《邶风·静女》《鄘风·桑中》等男女幽会之诗；"溱洧之水，男女聚会，讴歌相感"（许慎《五经异义》），遂有《郑风·山有扶苏》《狡童》《褰裳》《溱洧》等诗；"大姬无子，好巫觋祷祈鬼神歌舞之乐，民俗化而为之"（郑玄《诗谱》），遂有《陈风·宛丘》《东门之枌》诸诗。正如《宛丘》《东门之枌》所咏，"坎其击鼓，宛丘之下。无冬无夏，值其鹭羽"，"子仲之子，婆娑其下""不绩其麻，市也婆娑"，人们如痴如狂地沉浸在歌舞之中，甚至可以"弃其旧业，亟会于道路，歌舞于市井"（《东门之枌·诗序》）。这些新风、新乐都已逸出周礼的规范，但时人趋之若鹜、乐此不疲，即使诸侯卿大夫也概莫能外。较早的如秦穆公，据《论衡·谴告》载："秦缪公好淫乐，华阳后为之不听郑、卫之音。"再如齐景公，《晏子春秋·谏上》载"齐景公夜听新乐而不朝，晏子谏"，歌人虞"以新乐淫君"②，晏子执拘之。在当时，像虞一样的乐工，采作新声、新乐以迎合君主娱听趣味，应是常有之事。在晋平公身上也有类似的情形，《国语·晋语》载"晋平公说新声"，其具体事例在《韩非子·十过》中有详细的记载：

> 昔者，卫灵公将之晋，至濮水之上，税车而放马，设舍以宿。夜分，而闻鼓新声者而说之，使人问左右，尽报弗闻。乃召师涓而告之曰："有鼓新声者，使人问左右，尽报弗闻，其状似

---

① 方玉润：《诗经原始》，中华书局，1986年，第141页。
② 张纯一：《晏子春秋校注》，中华书局，2016年，第16页。按，《文选·啸赋》李善注引《晏子春秋》"虞公善歌，以新声感景公"，与此可相参。

鬼神，子为我听而写之。"师涓曰："诺。"因静坐抚琴而写之。师涓明日报曰："臣得之矣，而未习也，请复一宿习之。"灵公曰："诺。"因复留宿，明日而习之，遂去之晋。晋平公觞之于施夷之台，酒酣，灵公起曰："有新声，愿请以示。"平公曰："善。"乃召师涓，令坐师旷之旁，援琴鼓之。未终，师旷抚止之，曰："此亡国之声，不可遂也。"平公曰："此道奚出？"师旷曰："此师延之所作，与纣为靡靡之乐也。及武王伐纣，师延东走，至于濮水而自投。故闻此声者必于濮水之上。先闻此声者其国必削，不可遂。"平公曰："寡人所好者音也，子其使遂之。"师涓鼓究之。[①]

这段史料详细记载了"采风"的前后过程和两种不同音乐审美立场的交锋。首先，如师旷所言，这段乐曲源远流长，竟然始自商纣时期。《史记·殷本纪》亦载："于是使师延作新淫声，北里之舞，靡靡之乐。"此乐曲在民间潜流了五百多年，至春秋时重现濮水之上，并立即耸动人听，流行开来。其次，文献还说明，"采风"不限于采现成的歌谣，如师涓一样的采音乐曲调也是应有之事。而这些所谓"新淫声""靡靡之乐"之被采集，很有可能就是出自统治者的授意，如卫灵公命师涓"听而写之"，并带到晋国搬演翻唱，且得到了晋平公的喜欢。这一"采风"的缘起及诸人的后续反应，说明卫灵公、晋平公等贵族对"新声"的喜好，才是它们被采集入乐的直接推动力。再次，师旷对"新声""新乐"的鄙斥态度，是基于周代礼乐的标准和瞽矇乐工的职业传统。《国语·晋语》还记载了师旷对"晋平公说新声"的一番劝谏："夫乐以开山川之风也，以耀德于广远也。风德以广之，风山川以远之，风物以听之，修诗以咏之，修礼以节之。夫德广远而有时节，是以远服而迩不迁。"这都说明，传统诗乐观念在春秋时受到

[①] 王先慎：《韩非子集解》，中华书局，1998年，第62页。

了"新声""新乐"的严重冲击,瞽矇乐官系统内部也出现分化,如师涓及歌人虞等乐官就趋新随流①,采录和传唱"新声""新曲",他们并未在道德、审美上超脱于主流的趣尚。

因此可以说,采诗官采集这些反映民间时兴风俗、流行新声的风诗,更多是出于博闻博趣的娱乐目的,以广视听,以新耳目,从而迎合、满足贵族的审美喜好,而未必在政教、道德上有过多独立、自觉的寄意。对比来看,真正出于讽谏目的的采诗,如《鄘风·相鼠》、《魏风·伐檀》《硕鼠》《王风·黍离》《葛藟》《魏风·葛屦》《唐风·杕杜》等,诗中都有明显的讽刺内容和价值倾向,而上文所述的那些风俗诗则更多是直叙的姿态,如《溱洧》一诗,采诗官以旁观者的视角记述了郑国上巳日男女会于溱、洧之上,相约涉河、互赠芍药、讴歌对答的场景,生动烂漫,带有浓厚的世俗风情,十分符合贵族博闻博趣的审美需求。后儒基于周礼的固有立场,做出"刺乱""刺淫""刺乱"等说,但身在时局中的采诗官却未必有这样的道德自觉。除了从旁直叙式的"采风",还有直录风谣原辞的采诗,如《萚兮》《狡童》《褰裳》等,朱熹将其视为"淫奔之女自作之辞",但对于这些"淫诗"何以能被乐官采编入《诗》,且孔子"恶郑声"却又未予删去,朱熹的解释就显得颇为周折了:"盖不如是,无以见当时风俗事变之实,而垂鉴戒于后世,固不得已而存之。"②又曰:"孔子删《诗》所以兼存,盖欲见当时风俗厚薄,圣人亦以此教后人。"③即这些"淫诗"作为反面教材,也足以"惩创人之逸志"。但采诗又因此从"刺淫"陷入"宣淫"的阐释困境。而朱熹则认为:"看《诗》大体要得无邪,盖三百篇中,善可为法,恶可为戒耳,不是言作诗者皆无邪

---

① 《左传·襄公十五年》载,郑国以师茷、师慧纳赂于宋,师慧自称"淫乐之矇"。于此可知,师慧所掌也可能是当时流行的新声俗乐。
② 朱熹:《诗序辨说》,《诗集传》,中华书局,2017年,第25页。
③ 朱鉴:《诗传遗说》,《通志堂经解》第7册,江苏广陵古籍刻印社,1993年,第573页。

思也。"①又曰："读之者思无邪耳，作之者非一人，安能思无邪乎？"②于是，将"思无邪"的道德压力从当事人、作者转移给了读者。要之，"刺淫"与"淫诗"说之失，都在于将"采风"单一地理解成以政教讽谕为目的，未能结合春秋时礼俗文化背景和贵族审美趣尚的变化，对采诗的真正动因有确切的理解。而如前所述，"采风"实际上自宗周时就有音乐审美和政教讽谕两种动力机制，但后儒对前一种诗乐自身的拓新需求和能力，显然是重视不足的。"采风"被赋予了太多的微言大义，在十三《国风》"变风"的标签下，"观风俗"都成了观恶俗，一些美善雅正的风诗都被解释成"陈古刺今"的刺诗。另外，风诗中惯用的比兴手法，也常被曲解成寓有"刺变"目的的特殊修辞，如《郑风·山有扶苏》《萚兮》《狡童》《褰裳》等诗与时事相比附，成了"刺忽"之诗；《王风·采葛》之"采葛""采萧""采艾"被解释成"惧谗"③，其实，这只是风诗中习见的采摘以表思念的歌唱④。可见，基于对采诗目的的不同认识，学者们对风诗主旨、音乐性质的理解也将产生根本性的偏差。这也说明重新认识审美娱乐目的的采诗，具有重要的意义。

总之，春秋时期传统礼乐松弛，地方风俗勃兴，"新声""新乐"流行，贵族好之不已，乐官出于迎合贵族音乐趣尚的"采风"因此大行其道。正如白川静《诗经的世界》所言，春秋时期从宗教神灵与氏

---

① 朱鉴：《诗传遗说》，《通志堂经解》第7册，江苏广陵古籍刻印社，1993年，第572页。
② 朱鉴：《诗传遗说》，《通志堂经解》第7册，江苏广陵古籍刻印社，1993年，第573页。
③《毛传》："兴也。葛所以为絺绤。萧所以共祭祀。艾所以疗疾。"《郑笺》："兴者，以采葛喻臣以小事使出；彼采萧者，喻臣以大事使出；彼采艾者，喻臣以急事使出。"从"葛""萧""艾"的功用中发挥出"小事""大事""急事"之意，进而生发出"臣无大小使出者，则为逸人所毁，故惧之"。
④ 参葛兰言《中国古代的节庆与歌谣》，赵丙祥、张宏明译，广西师范大学出版社，第32页；王靖献《钟与鼓——〈诗经〉的套语及其创作方式》，谢谦译，四川人民出版社，1990年。

族礼法社会中解放出来,"进入了历史世界之中,每个人都于此第一次获得了自由。感情得到解放,爱恋与悲伤可以自由抒发。在新的视角下,自然是新鲜的,人们的感情也变得鲜明。这是人类在历史上首次经历的新生时代。人类追求共同的情感,遂将这种喜悦和悲伤形诸歌咏"①。《国风》中相当一部分反映世俗风情的风诗,就是在这一文化背景下歌唱出来,并被采编入《诗》。

其二,出于政教讽谕目的的采诗。《诗大序》训"风"有"风化""风教""风刺"之义,都是从自然风之风行天下、风化万物的特征而来,但这一具有浓厚政治道德教化意味的概念,还有更为古老的观念渊源。

甲骨文以"凤(𠃊)"字假借为"风"——卜辞中未见"凤"作凤鸟之凤用的情况,而"凤"可以假借作风雨之风,乃是因为凤凰举翅飞扬则风生,所以还在"𠃊"旁加点作"𠃊"形,表示风动尘起之意②。卜辞中多有关于风的记载,这不仅是因为风影响着人们的农业生产和起居生活,还在于人们在观念层面对风有更为超越、抽象的理解。卜辞中有"于帝史风二犬"(《卜辞通纂》398)、"王𡪄帝史"(《卜辞通纂》64),这透露了在商人宗教观念中,风乃是上帝的使者③。《甲骨文字诂林》按曰:"殷人崇尚鬼神,已形成较为系统之上帝观念。举凡风雨丰歉、灾疾祸福,均视为或神或祖主之。天帝与人王,具有同等之威严,亦有臣正供其驱使,'帝使风'即其一例。"④风中预示着天地自然物候变化的讯息,故人们连类认为风是传达上帝命令的使者,预示着事物事态的发展风向、趋势,吉凶祸福都可从风的讯息中观察得知。所以,卜辞中多有祭祀风神的记载,如常见的"甹(宁)风",就

---

① 白川静:《诗经的世界》,黄铮译,四川人民出版社,2019年,第5页。
② 鸟与风的意义观念,文献中多有透露,如《山海经·南山经》云:"又东四百里,至于旄山之尾。其南有谷,曰育遗,多怪鸟,凯风自是出。"又《大荒西经》云:"有弇州之山,五彩之鸟仰天,名曰鸣鸟,爰有百乐歌舞之风。"
③ 郭沫若:《殷契粹编》,科学出版社,1965年,第562页。
④ 于省吾主编:《甲骨文字诂林》,中华书局,1996年,第1714页。

是一种定息止风的祭祀活动。卜辞中又有著名的"四方风",陈梦家认为:"此四方风名,乃风神之名,犹后世称风神为飞廉或屏翳。"①饶宗颐进而认为卜辞中"四方风"名的记载,"即风占之滥觞"②。《合集》14295片卜辞将商王祭四方风与"生二月哉有聖(聽)"同刻,饶宗颐将"聖"读为"聽"③,"聽风"以占卜凶祸,是商代十分重要的一项神职活动。卜辞中多见商王、乐师占卜"亡聽""有聽"的记录④,此种"听风"活动背后所传达的宗教意义,已与后世作为音乐风谣的"风"义产生了关联。

以"风"指称音乐、风调,文献中多有记载。如《国语·周语》"瞽师音官以省风土",是乐官吹律以听"协风"、知农时,可知自然的风与音乐义的风之间的关联。又《左传·成公九年》:"乐操土风。"《左传·昭公二十一年》:"天子省风以作乐。"《国语·晋语》:"夫乐所以开山川之风也。"以及《国语·周语》和《左传》中襄公二十九年、昭公二十年、二十五年提到的"八风",这些"风"都指音乐而言⑤。因此,"风占"自然也就包括"听风",即通过采听地方歌谣、风调以察微知著,预卜吉凶。如《周礼·保章氏》:"以十有二风察天地之和,命乖别之妖祥。"郑注:"十有二辰皆有风,吹其律以知和否。"《国语·周语》"瞽史知天道",韦注云:"瞽史,大师,掌知音乐风气,执同律以听军声而诏吉凶。"⑥又,《周礼·大师》"大师,执同律以听军声,而诏吉凶",郑玄注引《兵书》,论说了"大师吹律合音"的具体原理。具体的事例,见于《史记·律书》载:"闻声效胜负……武王

---

① 陈梦家:《殷虚卜辞综述》,中华书局,1988年,第241页。
② 饶宗颐:《殷代贞卜人物通考》,香港大学出版社,1959年,第490页。"风占",汉代称之为"风角","风角谓候四方四隅之风,以占吉凶也"(《后汉书·郎顗传》李贤注),《山海经》《史记·天官书》《论衡·变动篇》都有记载和论述。
③ 饶宗颐:《四方风新义》,《中山大学学报(社会科学版)》1988年第4期。
④ 参沈建华《卜辞中的"听"与"律"》,《东岳论坛》2005年第3期。
⑤ 参王引之《经义述闻》,江苏古籍出版社,2000年,第369页。
⑥ 徐元诰:《国语集解》,中华书局,2002年,第83页。

伐纣，吹律听声。"再如《左传·襄公十八年》载，楚国侵郑，晋国师旷曰："吾骤歌北风，又歌南风，南风不竞。"杜注："歌者，吹律以咏八风。南风音微，故曰'不竞'也。师旷唯歌南北风者，听晋、楚之强弱。"①都是乐官通过歌听四方之风，以预知政治兴衰、战争胜败。又，《国语·晋语》："古之言王者，德政既成，又听于民……风听胪言于市，辨祅祥于谣……问谤誉于路。"韦昭注："风，采也。胪，传也。采听商旅所传善恶之言。"②与商代将风视为"帝使"一样，统治者"听于民"，重视对民间舆情、谣谚的采听，对此保持恭敬警惕之心，正是因为风谣中暗寓着天命的流行、政治盛衰的讯息，这也就是《尚书·泰誓》所说的"天听自我民听"。

正是基于此，衰乱之世的统治者对风谣背后所含政教讯息尤为重视。如，清华简《芮良夫毖》："龏（恭）天之畏（威），载聖（聽）民之䋣（谣）。"③芮良夫将恭敬天威与采听民谣相提并论，以此来讽谏。《国语·郑语》中史伯提到宣王时流行一则童谣，其文曰：

> 且宣王之时有童谣，曰："檿弧箕服，实亡周国。"于是宣王闻之，有夫妇鬻是器者，王使执而戮之。

一则看似凭空而起的童谣，却预言了周国国祚兴亡的讯息，无怪乎宣王听闻后要将售卖檿弧箕服的夫妇都杀掉，以此来遏止这一预言的发生。《左传》中多有以谣谚预言时政和人生运势的事例，这应该是源于当时人对风谣的普遍信仰，而非仅是后世史家神秘书写的一种策略。也正是基于风谣背后的这一宗教与政教意涵，风谣才为人所重视，被采录下来并上达朝廷，成为大臣讽谏或天子自我资鉴的重要参考。"采诗观风"也在音乐审美之外生发出政治讽谏的功能目的，也

---

① 孔颖达：《春秋左传正义》，北京大学出版社，1999年，第953页。
② 徐元诰：《国语集解》，中华书局，2002年，第388页。
③ 李学勤主编：《清华大学藏战国竹简（三）》，中西书局，2012年，第145页。

即《汉书·艺文志》所说的"观风俗，知得失，自考正"。

回到《诗经》之中。《小雅》中"风诗"多是下层民众自道其苦，发一己之劳怨，所谓的"饥者歌其食，劳者歌其事"，而对上层政治的劝讽反而不是他首要想表达的——就如同他们并未想象自己的劳苦之歌会被采集到王朝仪式中去歌唱一样。而且，因为此时王朝礼乐尚能发挥它温柔的力量，乐官在"采诗入乐"时还努力以周代礼乐本有的恤勤、悯劳、和同的精神去抚慰、调和民众的怨情，弥合社会的裂痕，这一点在《采薇》《出车》《杕杜》等诗中有鲜明体现，前文已有论述。因此可以说，西周时期的"采诗入乐"尚在王朝礼乐的整体统摄之下进行，所谓"下以风刺上"也还在礼乐秩序中有节有度地表达。其间，乐官对风诗文本内容与主题导向的把控，无疑起着主导性的作用。

而发展到春秋时期，诸国异政，礼崩乐坏，采诗以讽谏也随之进入了新的历史语境。礼乐在规范社会秩序、协和社会情绪上的作用愈发式微，因此，此时风诗中"伤人伦之废，哀刑政之苛"的用意也更加明显。如《邶风·北门》"已焉哉！天实为之，谓之何哉"，是哭天抢地的控诉；《鄘风·相鼠》"相鼠有皮，人而无仪。人而无仪，不死何为"，是不留情面的讽刺；《魏风·葛屦》"维是褊心，是以为刺"，直白地表明讽刺之意；《伐檀》"不稼不穑，胡取禾三百廛兮？不狩不猎，胡瞻尔庭有县貆兮？彼君子兮，不素餐兮"，直接讽刺"素餐"的统治者；《硕鼠》也以是"硕鼠"讽刺统治者的贪婪敛财。此时的民间歌唱，已不再仅是西周时征夫思妇怨叹一己之苦的歌唱，而是触及了政治、经济、军事、礼俗、宗族伦理等更为深重的社会危机。因此，民众的讽刺歌唱也更为直白犀利，乐官基于礼乐歌唱主题进行文本修润、价值引导的入乐加工也越来越少，《国风》中的讽刺诗也因此存留了更多本色的内容。

而相比之下，《国风》中出自公室贵族之手的讽刺诗，反而更加隐晦一些。如卫诗中众多讽刺庄公、庄姜、州吁、宣公、宣姜等荒淫乱政的诗，或是当局者的自揭，如《邶风·柏舟》《绿衣》《日月》《终风》等；或是旁观者的暗讽，如《新台》《二子乘舟》《墙有茨》《君子偕老》《鹑之奔奔》等。但无论何种，春秋贵族的此类讽刺诗，与西周《小雅》讽谏诗相比，有两个明显的特点：其一，"谏"的意味更淡。《小雅》讽谏诗有鲜明的政治指向，从中能看出诗人的政治诉求，谏正、劝诫的意味更加强烈，如《板》"犹之未远，是用大谏"、《抑》"诲尔谆谆""听用我谋，庶无大悔"；而春秋贵族之诗则重在"刺"，即揭露、抱怨、讽刺公室政治伦理的腐败混乱，诗人中并没有正面表达思想主张和政治理想。也就是说，春秋贵族的讽刺诗"所破"多于"所立"，这也反映了春秋政治环境下，诗乐所能实现的政治改良的诉求正逐渐地萎缩；其二，《小雅》讽谏诗多赋陈其事，直说其理，而春秋贵族讽刺诗则更加隐晦，更多借助比兴手法。比如《绿衣》言"绿衣黄里""绿衣黄裳"，"以比贱妾尊显而正嫡幽微"（《诗集传》）；《齐风·南山》言"葛屦五两，冠绥双止"，寓指"物各有偶，不可乱也"（《诗集传》），以讽刺齐襄公与文姜乱伦；再如《邶风·新台》的"蘧篨""戚施"，《陈风·墓门》的"棘""鹗"等等，都是很隐晦地运用比兴的隐喻义，讽刺贵族的丑恶德行。而耐人寻味的是，同一时期的民间讽刺诗却更多是直抒胸臆，直斥时政。这背后的反差，可能跟民间讽刺与贵族讽刺不同的创作环境有关，下层民众创作之初并未设想会被采诗入乐，故能够直言无忌，而贵族则身处政治漩涡之中，多所顾忌，所以才采取如此迂回的表达。

最后我们再讨论一下采诗官的身份问题。如果说出于音乐审美目的的"采风"多由乐官担任，那么，讽谏目的的采诗者则涉及更为广泛的王官群体。汉人在论述"王官采诗"时，对"王官"的具体身份职属众说不一，有"太师"（《礼记·王制》）、"国史"（《诗大序》、《郑志》答张逸）、"遒人使者"（刘歆《与扬雄书》、《说文·丌部》）、"行人"（《汉书·食货志》）、"男年六十、女年五十无子者"（《公羊传·宣公十五年》何休注）等不同说法①。另外，在采诗时间、程序等细节上，诸家论述也存在差异。这足以说明采诗在周代未必系统化、制度化，而更多是作为王朝礼乐、政教与民间实现上下互通的一种渠道，在诸多王官职属中灵活地施行。如《周礼》有"大行人"一职，其职掌中有一项："九岁属瞽史，谕书名，听声音。"指大行人巡行于诸侯，将采集的歌谣汇总给瞽史，再由瞽史"谕书名，听声音"。又有"小行人"一职，巡行四方，将地方礼俗政事教治等辑为五书，上传于天子，使其"周知天下之故"。这与班固《汉书·食货志》"行人振木铎徇于路，以采诗，献之太师，比其音律，以闻于天子"，两者的程序、效应皆若合符节。又，刘歆《与扬雄书》"三代周秦轩车使者、遒人使者以岁八月巡路，㪄代语僮谣歌戏"，扬雄《答刘歆书》"尝闻先代𬨎轩之使，奏籍之书，皆藏于周秦之室"，孙诒让认为"𬨎轩之使"即行人②。另如《周礼·诵训》"掌道方志，以诏观事，掌道方慝，以诏辟忌，以知地俗"，《周礼·训方氏》"掌道四方之政事，与其上下之志，诵四方之传道"，《周礼·行夫》"掌邦国传遽之小事、媺恶而无礼者"，这些王官行走于诸侯邦国，将所掌握的地方政事、方志、风俗情形汇报给周天子。金文中也常见西周王室派使者巡视地方，称作"省"③。这都说明，周代存在着一套沟通地方与中央、采录和传达民间舆情的官僚系统。

　　《小雅》所采征役诗，涉及周国广阔的地域，也可证明采诗行为的多方参与。如《采薇》《出车》是伐狎狁的歌唱，《四月》是伐江汉南国的歌唱，《大东》是遥远的东方谭国大夫"困于役而伤于财"的歌唱，《黍苗》言"悠悠南行"，《渐渐之石》言"武人东征"，《何草不黄》

---

① 参张西堂《诗经六论》，商务印书馆，1957年，第78、79页。
② 孙诒让《周礼正义》："𬨎轩之使即行人，此五物之书即𬨎轩使者奏籍之书也。盖大则献五物之书，小则采诗及代语僮谣歌戏，与大行人象胥谕言语、协辞令，属瞽史谕书名、听声音，事略相类。"（孙诒让：《周礼正义》，中华书局，1987年，第3008页）
③ 参刘雨《西周金文中的"周礼"》，《金文论集》，紫禁城出版社，2008年，第132页。

言"经营四方",征夫四方征伐,辗转奔波,具有极大的流动性。我们可以推知,采诗官也同样奔走四方,亲临征夫所处境地,才能采集到这些征役诗,他们很可能就是随军出征的王官,甚至就是公卿将帅本人。如《出车》以第三人称称主帅("王命南仲""赫赫南仲")与仆夫("召彼仆夫""仆夫况瘁"),同时自言"自天子所,谓我来矣""天子命我,城彼朔方",出征前能受天子直接任命,可知诗人身份并不低。很巧的是,《出车》的四、五、六章就采录或者说糅合进了征夫思妇之辞。这说明,公卿大夫除了作诗以献之外,也可以同时是采诗者。换句话说,献诗本身就不排斥采自民间的元素。

公卿自作献诗中援引、穿插入谣谚,不足为奇,在《诗经》中不乏其例。如《大雅·板》"先民有言:询于刍荛",就引了先民之言入诗,且"询于刍荛"这一谚语本身即在表达对下民的尊重。《大雅·烝民》"人亦有言:柔则茹之,刚则吐之","人亦有言:德輶如毛,民鲜克举之",孔疏:"人亦有俗谚之常言。"① 可知所引之言具有一定的民间性。《大雅·荡》"人亦有言:颠沛之揭,枝叶未有害,本实先拨",其对自然界树木生长衰败习性的观察和总结,取譬贴切,质朴深刻,也可能是采自民间的谚语。同样,《桑柔》"人亦有言:进退维谷",同为芮良夫作的清华简《芮良夫毖》也有"民亦有言曰:谋无小大,而器不再利,屯可与忨,而鲜可与惟"之语,又曰"緊先人有言,则威虐之,或因斩柯,不远其则"②,与《豳风·伐柯》"伐柯伐柯,其则不远"文、义相近。可见,芮良夫在创作时采录、参考了民间俗谚,前文举《桑柔》二、三、四章出于芮良夫所采"征役者之怨辞"亦是显证。以上都是明确自揭了俗谚来源的,其他一些未明言的语句,或许也有民间来源。如,《小雅·小弁》"无逝我梁,无发我笱,我躬不阅,遑恤我后",就可能来自民间风谣,《邶风·谷风》亦有此四句;《小雅·大东》"纠纠葛屦,可以履霜",亦见于《魏风·葛屦》;《大

---

① 孔颖达:《毛诗正义》,北京大学出版社,1999年,第1222页。
② 李学勤主编:《清华大学藏战国竹简(三)》,中西书局,2012年,第145—146页。

雅·抑》"投我以桃，报之以李"，也与《卫风·木瓜》辞句、语意相近；《小雅·车舝》婚姻诗中"陟彼高冈，析其柞薪"，类似的比兴也见于《周南·汉广》《齐风·南山》《豳风·伐柯》。我们虽不排除是后者袭用了雅诗的陈辞，但若说贵族接触到民间久为流传的谣谚，在自作诗中糅合进了风谣的片段，从公卿大夫献诗与采诗两种机制的互动参与来看，也完全有这样的可能。而且如学者所言，西周末期采诗活动的高涨，本身就有可能是当时贵族公卿所策动，意在通过采集民意以讽谏时政，对抗王权[①]。

下至春秋时期，卿大夫也引谣谚舆诵对答君主，实现自己的政治言说。如《左传·僖公七年》孔叔引谚语"心则不竞，何惮于病"，劝说郑文公"下齐以救国"；《国语·晋语》叔詹引谚语"黍稷无成，不能为荣。黍不为黍，不能蕃庑。稷不为稷，不能蕃殖。所生不疑，唯德之基"，劝郑文公杀晋文公。如果说此类谚语尚有可能来自口耳相传，那么一些针对特定事件的谣谚，则可能是出于卿大夫的亲自采录。如《左传·僖公五年》卜偃答晋献公克虢之期，引童谣"丙之晨，龙尾伏辰。均服振振，取虢之旂。鹑之贲贲，天策焞焞，火中成军，虢公其奔"以为说。杜预所注："童龀之子，未有念虑之感，而会成嬉戏之言，似若有冯者，其言或中或否。博览之士，能惧思之人，兼而志之，以为鉴戒，以为将来之验，有益于世教。"[②] 此必是卜偃亲自听闻的童谣，因其寓有天机，故采录之以备献公之问。《晏子春秋》中还记录了晏子采录歌谣以谏齐景公的完整过程。其文曰：

晏子使于鲁，比其返也，景公使国人起大台之役，岁寒不已，冻馁者乡有焉，国人望晏子。晏子至，已复事，公延坐，饮酒乐。晏子曰："君若赐臣，臣请歌之。"歌曰："庶民之言曰：

---

① 参李山《礼乐大权旁落与"采诗观风"的高涨——"王官采诗"说再探讨》，《社会科学家》2014年第12期。
② 孔颖达：《春秋左传正义》，北京大学出版社，1999年，第345页。

'冻水洗我，若之何！太上靡散我，若之何！'"歌终，喟然叹而流涕。公就止之，曰："夫子曷为至此？殆为大台之役夫？寡人将速罢之。"①

晏子将听到的国人苦于劳役的歌谣采录下来，在齐景公前歌之以谏，歌时还明确交代所歌为"庶民之言"。这是春秋时期公卿大夫亲自采诗以谏的具体案例，这些谣谚虽然未能进入《诗经》系统，但它们曾作为政治言说的材料，被卿大夫所采集和利用，却是不争的事实。《国风》讽谏风诗的采录机制也当作如是观。

综上，"王官采诗"的行为主体，既有具有专业素质的巫瞽史官，也有"行人"一类奔走四方、沟通上下的官员，还有直接参与朝政的公卿大夫。这些采诗官并非都属于乐官系统，未必专职采诗。除了采诗官身份未定，采诗时间、地点、执行程序、采择之目的标准等都还没有定制，因此可以说，采诗行为在周代一定存在，但并未形成完整严密的采诗制度。是故，我们所见《小雅》《国风》中的风诗，在内容、性质、功能上都有明显的差异，时空分布上也不均衡。这都说明，风诗无论是作为朝堂礼乐的一种扩充，还是作为政治言说的一种舆论支持，都应该在周代诗乐的整体发展历史中加以观照，虽然在采诗来源这一端上不齐，但在入乐一端上却自有其一以贯之的传统和脉络可寻。

二、乐官"采诗入乐"时的文本加工与政教评述

不论是出自什么身份的采诗官，风谣采集之后，都统归于乐官，由乐官进行必要的入乐加工。正是经过了乐官入乐的加工，风诗才显示出与《国语》《左传》等所存谣谚大不一样的文本形态和礼乐属性。在《小雅》征役诗中，我们已讨论了乐工基于仪式歌唱的形式和主题而做的入乐加工，而《国风》的入乐工作则显得更为复杂，这主要是

---

① 张纯一：《晏子春秋校注》，中华书局，2016年，第78—79页。

因为《国风》风诗来源地域更加广泛，原初文本与音乐风貌更为繁复多样，乐官将其入乐的动因和标准也更为复杂。大体言之，乐官入乐工作主要有以下三方面。

其一，文辞音律上的修润。《国风》风诗采自诸侯各国，各地风谣原本在语音、文字（文词、语汇、语法）上的差异十分显著，《说苑·善说》所载《越人歌》，鄂君子晳须得经过"越译"的翻译才能领会其义，就是显证。《周礼》有"象胥"之职，夷狄之使来聘时，掌"协其礼，与其辞，言传之"，即担任翻译之事。《礼记·王制》也说："五方之民，言语不通，嗜欲不同，达其志，通其欲。东方曰寄，南方曰象，四方曰狄鞮，北方曰译。"寄、象等都是四方译官名。这都说明四方语音差异之大，须有专职官员翻译。不过，当时还存在一种"雅言"，能够为王朝与地方、四方诸侯之间聘使、盟会等活动的顺畅交流提供保障[①]。

《论语·述而》："子所雅言，《诗》《书》执礼，皆雅言也。"孔安国注："雅言，正言也。"刘台拱《论语骈枝》："夫子生长于鲁，不能不鲁语，惟诵《诗》、读《书》、执礼，三者必正言其音。"[②]可见，《诗》当以通行的雅言诵习之，或者说，《诗》本即是雅言的经典文本，《雅》《颂》自不必言，十五《国风》采自四方各国，但却高度协调统一，未见明显的方言差异。可见，《国风》从原初夹杂乡音俗语的民间风谣到作为乐章的风诗，应有过一个"雅言"化的过程。缪钺在《周代之"雅言"》一文中说：

> 《诗经》三百五篇，除《周颂》三十一篇，尚余二百七十四篇。统计此二百七十四篇用韵之处，共一千六百五十四（据段玉

[①] 参付林鹏《周代的文化认同与文学交流——以音乐制作、言语传译为中心》，《中国社会科学》2020年第5期。

[②] 刘台拱：《论语骈枝》，《续修四库全书》第154册，上海古籍出版社，2002年，第292页。

载《六书音韵表》四）。《诗》三百篇，以时论，上下五百年，以地言，纵横十余国，且当时作诗，皆本唇吻自然之音，非若后世之有韵书，而在一千六百五十四处用韵之中，异部合韵者仅约九十条，其余均在同部，可见当时必有一种标准语，即所谓"雅言"，为诗人所据，故虽绝国殊乡，用韵乃不谋而合。①

缪先生认为《诗》之合韵是周人推行雅言的结果，当时必有一种通行的雅言，诗人据以作诗，所以即使绝国殊乡，也音韵统一和谐。此说用于解释《雅》《颂》中贵族、王官作诗尚可，但风诗流行于乡野间巷，出自匹夫匹妇之口，他们的歌咏发乎天籁，脱口成诵，未必具备运用雅言的能力和自觉。因此，我们今天所见《国风》文本的统一整齐，"与其解释为周人推行雅言的结果，不如解释为王朝采诗制度下采诗官绝多来自'雅言'即周人方言区，他们采集加工诗篇不自觉地使用了自己的方言，更有说服力"②。屈万里也认为，"《国风》有一部分是贵族和官吏们用雅言作的诗篇，而大部分是用雅言译成的民间歌谣"，"把口头歌谣译成雅言的人，很可能是乐官"。③这是十分中肯的。钱穆也认为诸国风诗必是"经一番雅译工夫，然后乃能获得当时全国各地之普遍共喻"④。这个"雅译"的工作，主要就由乐官来完成。《周礼·大行人》"王之所以抚邦国诸侯者……七岁属象胥，谕言语，协辞命；九岁属瞽史，谕书名，听声音"，指大行人巡行于诸侯，将采集的歌谣交给象胥，最后再汇总由瞽史"谕书名，听声音"，郑玄注："书名，书之字也，古曰名。"可知瞽史担任了这一文字转写、翻

---

① 缪钺：《周代之"雅言"》，《古典文学论丛》，浙江大学出版社，2009年，第11页。
② 李山：《"采诗观风"及其意义的再探讨》，《诗经研究丛刊》第24辑，学苑出版社，2013年。
③ 屈万里：《论国风非民间歌谣的本来面目》，《书佣论学集》，台湾开明书店，1969年，第213页。
④ 钱穆：《读〈诗经〉》，《中国学术思想史论丛》第1册，安徽教育出版社，2004年，第138页。

译方音的工作。《史记·乐书》说:"州异国殊,情习不同,故博采风俗,协比声律。"《汉书·食货志》亦曰:"孟春之月,群居者将散,行人振木铎,徇于路以采诗,献之太师,比其音律,以闻于天子。"统协方音、修润文辞,当即是乐官"协比声律""比其音律"之最基础的初步工作。

其二,文本内容与形式的修改、调整。乐官"比其音律"的工作还包括从诗乐歌唱的角度,将原本徒歌的风谣改编成适合歌唱的"乐章"。较之方音俗语的"雅言"化工作,这一改编对风诗文本内容和形式的变动更加显著。《国风》风诗中还留存了这种改编的痕迹。如以王官所熟知的套语、题材加入风谣。《邶风·谷风》中有"泾以渭浊,湜湜其沚"一句,在卫国风诗中言及陕西的泾水、渭水,十分蹊跷。对此,俞平伯分析说:

> 如郑玄说此两句,以为"绝去所经见",固属想当然之谈。即我悬测为当时有此谣谚,亦觉勉强。因邶去泾、渭,地约千里,邶人作诗当言淇水、河水,何得远及泾、渭。说为实叙固远情理,即说为譬喻,亦觉其取喻之迂远;且出之民间弃妇之口,则尤觉其不伦。诗中之比兴往往因所见而启发,是为通例;而今独不然,何耶?①

俞先生认为这是经过文人的润饰,即我们理解的乐官的加工。乐官以其所习见的泾、渭之水来就近譬喻,十分顺畅贴切。《小雅·谷风》也是弃妇题材的歌唱,可见乐官对这一主题内容是十分熟悉的,因此在处理卫国弃妇歌唱时,就很自然将王畿一带熟悉的景物带入诗中。另,《邶风·谷风》中有"毋逝我梁,毋发我笱,我躬不阅,遑恤我后"四句,亦见于《小雅·小弁》,这不太可能是弃妇受《小弁》影响

---

① 俞平伯:《读诗札记》,《俞平伯全集》第 3 卷,花山文艺出版社,1997 年,第 54 页。

而有此内容,更大可能应该是乐官在入乐时加入了其所熟习的、符合当前语境的歌诗陈辞。

再如,关于《国风》中常见的重章叠咏,顾颉刚认为是乐工在风谣徒歌的基础上做出"申述""复沓"的结果①。这一观点在当时曾引起广泛讨论。如前文所论,重章叠唱是乐工便于组织诗章、渲染情感的惯用手法,所以虽不否认徒歌有复沓的可能,但从合乎仪式用乐的需要来看,对风谣进行复沓叠咏,确乎是乐工"比其音律"时很有可能会做的加工。余冠英对此有论:"《诗经》各篇音韵差不多一律,句式主要是四言,而散见于先秦子史的'逸诗'都不像这样整齐谐适。《诗经》里还有不少相同的句子重复出现于许多诗篇,如'之子于归','彼其之子','王事靡盬','有杕之杜'等等,这些诗篇产生于不同的地区,不同的阶层,原作者彼此借用诗句是不大可能的,当然更不可能有这样多次的偶同巧合。这些现象都是后来统一加工的结果。"②除了方言、文字方面的修改,还有"增减章节,分割拼凑之类的修改","拼凑的缘故应是增加章句以合乐,有时节取甲诗加入乙诗,被节取的诗有时就在流传的三百五篇之中"。③余先生所论极是。尤其风诗的这种统一加工,是最有可能也是最有必要的,而任其事者自然是精熟乐语、深谙乐事的乐官。

总之,今传《国风》风诗已经不是民间歌谣的本来面目,这一论断应该不至于产生争议。更何况所谓的"采诗"未必都是采集现成的风谣,《国风》中很大一部分风诗其实是乐工采集民间素材后的再创作,相当于今天的"报告文学"。因此,风诗中既可以保留风谣原有的一些片段,也可以穿插入乐官视角的叙事之语,甚至通篇都出自乐官的赋述。欧阳修《诗本义》较早注意到诗中歌唱视角的复杂性:

---

① 参顾颉刚《从〈诗经〉中整理出歌谣的意见》《论〈诗经〉所录全为乐歌》,《古史辨》第3册,上海古籍出版社,1982年。
② 余冠英:《关于改诗问题》,《古代文学杂论》,中华书局,1987年,第29页。
③ 余冠英:《关于改诗问题》,《古代文学杂论》,中华书局,1987年,第34、36页。

> 《诗》三百篇，大率作者之体，不过三四尔。有作诗者自述其言，以为美刺，如《关雎》《相鼠》之类是也。有作者录当时人之言，以见其事，如《谷风》录其夫妇之言，《北风其凉》录去卫之人之语之类是也。有作者先自述其事，次录其人之言以终之者，如《溱洧》之类是也。有作者述事与录当时人语杂以成篇，如《出车》之类是也。①

"自述其言"者，接近于照录原辞，较多保存风谣原貌；"录当时人之言以见其事"，就已经是采诗官采录其言其事，有再创作的痕迹了；至于"述其事"同时又"录其人之言"的文本，则多有杂糅，采诗官在其间有一番剪裁、点缀，这类风诗在《国风》中多有存留。如《召南·野有死麕》，前二章中"有女怀春，吉士诱之""有女如玉"，"士""女"两方同表，是第三人客观全局的视角，应是乐官的转述之辞。而末章"舒而脱脱兮，无感我帨兮，无使尨也吠"，诗中第一人称"我"，说明这是当事人之语，"乃述女子拒之之辞"②。如此，一首诗中就出现了采诗者与当事人（风谣原生形态时的歌者）多重声音的错综呈现，歌至第三章时，乐官需由采诗官"述其事"的视角切换成模拟女子情态的口吻。

而更大的改造，则是把风谣歌唱完全化为乐官视角的赋述之辞。如，郑国上巳日青年男女于在溱洧之上相会的礼俗，其间伴有男女讴歌对唱③。但《溱洧》一诗并非男女对歌之辞的直录，全诗都是乐官的视角，前面"溱与洧，方涣涣兮。士与女，方秉蕑兮"，交代了场景和人物形态；最后"维士与女，伊其相谑，赠之以勺药"，也是"士""女"二方并提，他们都是被叙述的对象。诗中男女对歌之辞，

---

① 欧阳修：《诗本义》，《儒藏》精华编第24册，北京大学出版社，2008年，第13—14页。
② 朱熹：《诗集传》，中华书局，2017年，第20页。
③ 参葛兰言《古代中国的节庆与歌谣》，赵丙祥、张宏明译，广西师范大学出版社，2005年，第119、120页。

虽可以标点为:"女曰:'观乎?'士曰:'既且。''且往观乎?洧之外,洵訏且乐。'"但"女曰""士曰"作为角色提示语,已经嵌入了文本,如此,《溱洧》就不再是男、女原生态对唱的再现,而是经过乐官的转述,全诗只有乐官全景式的、旁观者的赋述视角,风谣歌唱之辞与风土风俗一道都被当成"采风"的素材,被再创作为一首新的入乐"乐章"。

乐官这种出入于原生态的风谣,加入自己叙述之语,将所闻所见化入新的风诗文本,演而成章的手法,还见于《郑风·女曰鸡鸣》。诗中也以"女曰""士曰"的形式引出男女之辞,根据诗义可以做如下的人物分设:

女曰:"鸡鸣。"士曰:"昧旦。""子兴视夜,明星有烂。将翱将翔,弋凫与雁。

"弋言加之,与子宜之。宜言饮酒,与子偕老。琴瑟在御,莫不静好。

"知子之来之,杂佩以赠之。知子之顺之,杂佩以问之。知子之好之,杂佩以报之。"

"子兴视夜"以下,全为女子之辞①。但与《溱洧》一样,"女曰""士曰"既已嵌入诗乐正文,就不是分设男女二方、带有一定戏剧性的人物言语交接的对唱,而皆是由乐官赋述其辞。张尔岐《蒿庵闲话》对此有很好的分析:

此诗人拟想点缀之辞。若作女子口中语,似觉少味。盖诗

---

① 此从朱熹说。王质《诗总闻》亦曰:"大率此诗妇人为主辞,故'子兴视夜'以下皆妇人之辞。"而钱锺书《管锥编》则以为:"'子兴视夜'二句皆士答女之言;女谓鸡已叫旦,士谓尚未曙,命女观明星在天便知。"(参朱熹《诗集传》,中华书局,2017年,第80页;王质《诗总闻》,中华书局,1985年,第77页;钱锺书《管锥编》,中华书局,1979年,第104页)钱说今不取。

人一面叙述，一面点缀，大类后世弦索曲子。《三百篇》中述语叙景，错杂成文，如此类者甚多，《溱洧》《齐·鸡鸣》皆是也。"溱与洧"，亦旁人述所闻所见，演而成章。说家泥《传》"淫奔者自叙之辞"一语，不知"女曰""士曰"等字，如何安顿。①

《溱洧》即是"一面叙述，一面点缀"的典型，其谓《女曰鸡鸣》"子兴视夜"以下非全为女辞，也有一定道理，如"琴瑟在御，莫不静好"，综叙夫妇琴瑟和鸣，和静安好，就可能是乐官所加的"拟想点缀之辞"，若作女子自谓之辞，则显得颇为矫情了。《诗经》中还有《齐风·鸡鸣》一诗，也写夫妇晨起时对话的情境，但其诗与《女曰鸡鸣》有完全不同的歌唱视角，《鸡鸣》是直接记录夫妇的对答之辞，钱锺书谓之"直记其事，不着议论意见"②。诗中不见"女曰""士曰"的角色提示语，不存在第三方视角的转述，在实际歌唱时可以完全还原为男女对唱的方式。两相比较可以发现，乐官对《女曰鸡鸣》有更大的改动，使得原本男女第一人称的对话，因叙述点缀之辞的加入，变得更为丰富有致。经此处理，乐官的主体性更加明显，"观风俗"的意味也得到了更充分的体现。《魏风·陟岵》亦可作如是观，不赘。

其三，乐官加入评述之语，体现王官的价值立场与道德评判。以上所论已能充分说明，乐官将民间风谣改造成入乐的"乐章"之后，歌诗的内容、视角、情境都已非风谣的本来面貌，可以说，后人都是在乐官过滤后的视角下"观风俗"，"听声音"。所以乐官在风诗中除了加入叙述点缀之辞，还有更富有立场的评述之语，以体现作为王官对此风谣、风俗的价值立场与道德评判。这种意识形态的渗透，是乐官在"采诗入乐"活动中最大的介入。这一点在政教讽谕目的的采诗中有鲜明体现。采诗作为沟通中央与地方、传达舆情的有效方式，一

---

① 张尔岐：《蒿庵闲话》，《丛书集成初编》，中华书局，1985 年，第 4 页。按，张氏说《齐风·鸡鸣》有不妥，《鸡鸣》诗人只做客观实录，未有点缀之辞。
② 钱锺书：《管锥编》，中华书局，1979 年，第 88 页。

方面有助于执政者"观风俗,知得失,自考正"(《汉书·艺文志》),另一方面执政者也通过风诗的入乐歌唱,发挥礼乐风教的功能,"补短移化,助流政教"(《史记·乐书》)。因此,乐官在"采诗入乐"时也就难免渗透进一些王官的政教理念,加入评述之语。

前文我们已论述乐官基于礼乐精神对民间怨情的抚恤和调剂,如《小雅·采薇》《杕杜》《绵蛮》等所示。同样,乐官在《国风》中也有这样的努力。如《唐风·杕杜》:

> 有杕之杜,其叶湑湑。独行踽踽,岂无他人?不如我同父。嗟行之人,胡不比焉?人无兄弟,胡不佽焉?
>
> 有杕之杜,其叶菁菁。独行睘睘,岂无他人?不如我同姓。嗟行之人,胡不比焉?人无兄弟,胡不佽焉?

流浪者以"杕杜"起兴,感慨自己的孤独无助,这是流浪者第一人称的歌唱。而后四句中"人无兄弟",一般理解为仍是作者自指①,但将"人"理解为说话人自指,在《诗经》及先秦其他典籍都无此用法。此处不说"我无兄弟",而说"人无兄弟",则"人"应是他指,是以第三人称的口吻称呼流浪者。"嗟行之人",也当是以第三人称口吻嗟叹踽踽独行的流浪者,而不是"我"嗟叹其他行路之人②。如此,则末四句已不是前面流浪者第一人称"我"的歌辞,而应该是乐官新加的句子。"比",辅也;"佽",助也。后四句意为:"嗟!这道路上的行人,为什么不辅助他呢?人家没有兄弟,为什么不帮助他呢?"这是乐官在流浪者的悲歌后,加入的同情体恤之辞,也是呼吁之辞,乐官借此"采风"表达对民间穷困无依者的关注。

此外,乐官还对风诗中一些风俗现象做价值观上的拨正,传达

---

① 如高亨《诗经今注》以及程俊英、蒋见元《诗经注析》即作此训。
② 如《郑笺》:"君所与行之人,谓异姓卿大夫也。"方玉润《诗经原始》:"'行之人'即上'他人'。"二说均非是。

正确的伦理道德观念，最典型的要数《卫风·氓》。《氓》是一首弃妇诗，朱熹认为是妇人以第一人称的语气"自叙其事，以道其悔恨之意也"①。但我们也发现，第三、四章出现了第三方的声音：

> 桑之未落，其叶沃若。于嗟鸠兮，无食桑葚。于嗟女兮，无与士耽。士之耽兮，犹可说也。女之耽兮，不可说也。
> 桑之落矣，其黄而陨。自我徂尔，三岁食贫。淇水汤汤，渐车帷裳。女也不爽，士贰其行。士也罔极，二三其德。

诗中妇人都以"我"自称，以"子""尔"称男子。这里同时出现"女""士"，显然不是妇人原有之辞。而且，全诗工于叙事，但"于嗟女兮！无与士耽。士之耽兮，犹可说也。女之耽兮，不可说也""女也不爽，士贰其行。士也罔极，二三其德"云云，却带有明显的议论意味。在上下文叙述中，忽插入此警语，不太可能是由"当局者迷"的妇人说出。考虑到人称、语气及上下文语境，笔者认为，这两章中的评述之辞，应该是乐官基于自身的王官身份做出的劝诫之语。《郑笺》说："于是时，国之贤者刺此妇人见诱，故于嗟而戒之。"孔颖达也看出了此间第三者声音的存在，说："言'士''女'则非自相谓之辞，故知国之贤者刺其见诱而戒之。"②王质《诗总闻》亦谓："此言初谋之时，旁观亦有不可之意，其辞婉委周悉，当是有识有虑者也。"③所谓"国之贤者""有识有虑者"，在本书的论述语境中，即是乐官之属。乐官在弃妇的泣歌中嵌入此道德评价，以期引起世人对这一社会现象的深刻思考，实现易风化俗、劝世戒人、助流政教的目的。

这种政教议论的介入，还见于《唐风·蟋蟀》一诗。诗之前四句

---

① 朱熹：《诗集传》，中华书局，2017年，第57页。
② 孔颖达：《毛诗正义》，北京大学出版社，1999年，第231页。
③ 王质：《诗总闻》，《丛书集成初编》，中华书局，1985年，第56页。

都是表达及时行乐，但后四句则强调"好乐无荒"。这之间的不一致，一般都被认为是诗人既劝及时行乐，又能节制而自反。但这种理解还是显得前后不一，姚际恒也说："每章八句，上四句一意，下四句一意。上四句言及时行乐，下四句又戒无过甚也。苏氏以其前后不类，作君、臣告语之辞，凿矣。"① 姚氏见出了诗义的不协调，而苏辙之说也确实失之过凿，以我们的理解，不妨将后四句看作是乐官在旁观立场对可能出现的放逸行乐之风的拨正。如此，诗义层次也就分明而顺畅了，"良士瞿瞿""良士蹶蹶""良士休休"云云，更是乐官眼中一个"良士"在享乐问题上的正确态度。这一道德君子的模范塑造，也体现了乐官通过采诗实现劝世教化的努力。另外，《邶风·雄雉》一诗，前二章完全叠咏，第三章虽不叠咏但情感仍相连贯，末章"百尔君子，不知德行。不忮不求，何用不臧"忽插入一段议论，与前三章不协，余冠英就此认为"前三章都是相思之词"，"第四章忽然对一般'君子'讲起'德行'来"，"口吻类乎说教，既与上文意义不相贯，也与思妇之辞不相类"，认为末章乃是拼凑进去的。② 余先生的见解十分敏锐。末章在形式、口吻上确实不类妇人所言，"百尔君子"的称呼，已不是前面妇人所怀的"展矣君子"之个体，更是针对一个广泛的群体，类乎《小雅·巷伯》"凡百君子，敬而听之"云云。因此，与余先生的拼凑说略有不同，笔者认为，在入乐歌唱的语境下，《雄雉》末章更像是乐官在歌唱完前三章之后加入的"乱辞"，以起到警世劝世的作用。

《孔子诗论》第三简曰："（邦风）其言文，其声善。"其能"言文""声善"，很大一部分有赖于上述乐官对风诗文辞音律、歌唱内容、形式结构、情感价值的入乐加工。经过这些处理，乐官以第三方的姿态出入于风诗，容叙事、抒情、析理于一体，参差错落，富有情致理趣。总之，风诗已非民间歌谣的本来面目，而是经过了从"采

---

① 姚际恒：《诗经通论》，中华书局，1958年，第130页。
② 余冠英：《关于改诗问题》，《古代文学杂论》，中华书局，1987年，第36页。

风"到"雅译""入乐"等一系列进化,最后才成为我们所见编入《诗经·国风》的"乐章"。其中,乐官的前后参与无疑起到了主导性、决定性的作用。

第三节 《国风》的音乐风貌与乐用情境

《国风》诗篇有"特制"与"采录"两大来源。诸侯特制之诗,与王朝雅颂仪式乐歌性质相近,而采录的风诗,则更多体现了春秋时期"新声""新乐"的音乐风貌。不过需特别注意的是,风诗经过了乐官的入乐加工,作为仪式上合乐歌唱的"乐章",必然受到仪式主题情境、用乐规范等的影响,因而在音乐歌唱上又体现出不同于原生态风谣的特点。因此,我们既要了解风诗之所以被称作"风"的民间风调本色,也要重视其作为仪式"乐章"的属性。

一、风诗的"新乐"本色与"乐章"属性

传统经学家囿于"正变"说,对《国风》诗义与音乐属性都有很大误解。孔子出于维护《雅》《颂》正声的立场,主张"放郑声","恶郑声之乱雅乐也",后儒也因此对以"郑卫之音"为代表的风诗音乐表示鄙夷,视之为"靡靡之乐""乱世之音""亡国之声"(《礼记·乐记》)。其极端者甚至因此否定十三《国风》的入乐属性。如朱熹《诗序辨说》说:"《二南》《雅》《颂》,祭祀朝聘之所用也。《郑》《卫》、桑、濮,里巷狭邪之所歌也。夫子之于《郑》《卫》,盖深绝其声于乐以为法,而严立其词于《诗》以为戒。……今不察此,乃欲为之讳其《郑》《卫》、桑、濮之实,而文之以雅乐之名,又欲从而奏之宗庙之中、朝廷之上,则未知其将以荐之何等之鬼神,用之何等之宾客,而于圣人为邦之法,又岂不为阳守而阴叛之耶?"[①]其说之失,一是过度崇信

---

① 朱熹:《诗序辨说》,《诗集传》,中华书局,2017年,第25页。

"正变"说，未能了解《国风》中亦有"特制"的仪式乐歌；二是对春秋时期"采诗入乐"的真正动因缺乏真切了解，实际上，当时有很大一部分风诗正是乐官出于审美娱乐目的、迎合贵族对"新声""新乐"的喜好而采集。显然，站在时局之外，对当时的音乐风尚做出过度的道德指摘，摒弃风诗音乐在当时的历史境遇，是无助于认识《国风》歌唱的真正风貌的。因此，我们将从风诗本有的"新声""新乐"属性出发，立足于周代诗乐的发展历史，评价其音乐特色和价值。

上一节引述了春秋贵族喜好"新声""新乐"的相关记载，至于"新声""新乐"的具体音乐形态，可以参考《礼记·乐记》中子夏对魏文侯的一段对答：

> 魏文侯问于子夏曰："吾端冕而听古乐，则唯恐卧。听郑卫之音，则不知倦。敢问古乐之如彼，何也？新乐之如此，何也？"子夏对曰："今夫古乐，进旅退旅，和正以广，弦匏笙簧，会守拊鼓。始奏以文，复乱以武。治乱以相，讯疾以雅。君子于是语，于是道古，修身及家，平均天下。此古乐之发也。今夫新乐，进俯退俯，奸声以滥，溺而不止，及优侏儒，獶杂子女，不知父子。乐终不可以语，不可以道古。此新乐之发也。今君之所问者乐也，所好者音也。夫乐者，与音相近而不同。"文侯曰："敢问何如？"子夏对曰："夫古者天地顺而四时当，民有德而五谷昌，疾疢不作而无妖祥，此之谓大当。……今君之所好者，其溺音乎？"文侯曰："敢问溺音何从出也？"子夏对曰："郑音好滥淫志，宋音燕女溺志，卫音趋数烦志，齐音敖辟乔志。此四者，皆淫于色而害于德，是以祭祀弗用也。……"

子夏、魏文侯之世，上距风诗时代只有百年，音乐风尚虽不免又有新变，但大体而言，其所讨论仍可视作春秋时"古乐""新乐"两种音乐形态的普遍情形。所谓"古乐"是指以《雅》《颂》正声为代表的仪式乐歌，而"新乐"则是春秋以来流行的民间音乐。在子夏的论述中，"新乐"与"古乐"在主题立意、音乐风貌、歌奏技巧上都有显著不同：其一，"古乐"歌演谨严有度，文辞雅正，重在"歌以发德"，故"乐终可以语，可以道古"；而"新乐"则沉溺于声乐，往而不返，不经意于诗辞对人德性情感的感发，或有淫邪不雅之辞入曲，甚至根本没有诗辞①，只有"溺音"，所以子夏说魏文侯"所好者音也"，而不是"通伦理"的乐，以致"乐终不可以语，不可以道古"；其二，"古乐"是和平中正、节欲修德的，而"新乐"则主于娱人动听，声乐淫妙，泛滥无节，令人意志消靡，所谓"郑音好滥淫志，宋音燕女溺志，卫音趋数烦志，齐音敖辟乔志"，孔疏："郑国乐音好滥相偷窃，是淫邪之志也。宋音所安唯女子，所以使人意志没矣。卫音既促且速，所以使人意志烦劳也。齐音既敖很辟越，所以使人意志骄逸也。"②《左传·昭公元年》记载医和视晋平公疾，曰："先王之乐，所以节百事……于是有烦手淫声，慆堙心耳，乃忘平和，君子弗听也。""先王之乐"可以"节百事"，而"新声"繁复无节，有损人的身心健康，晋平公正因"说新声"（《国语·晋语》）而致病；其三，"古乐"之歌演吹奏，皆出于瞽矇乐官系统，有着严正的政教立场和审美标准，而"新乐"之歌演，则多用俳优、侏儒，糅杂男女③，务在耳目声色之娱，调笑戏弄，与瞽矇乐工所遵循的礼乐传统相去甚远。尤其值得注意的是，"新乐"中"女乐"的参与对传统诗乐的影响。《左传》《国语》《论语》

---

① 前引卫灵公好濮上新声，命师涓写之，即是纯乐曲。顾炎武《日知录》曰："古人琴瑟之用，皆与歌并奏……若乃卫灵公听新声于濮水之上，而使师延（阎若璩注：'延当作涓。'）写之，则但有曲而无歌，此后世徒琴之所由兴也。"（顾炎武著，黄汝成集释：《日知录集释》，上海古籍出版社，2006年，第287页）
② 孔颖达：《礼记正义》，北京大学出版社，1999年，第1125页。
③ 郑玄注："獶，狝猴也。言舞者如狝猴戏也，乱男女之尊卑。"王引之《经义述闻》卷三十二释"獶"为"糅，杂也"。可从。

等文献都记载了春秋时用"女乐"的情形①。"女乐"主要用于燕乐,非礼乐传统所有,其与"新声""新乐"的流行一样,都代表着诗乐风尚的新变。

以上所述"新声""新乐"的风格,涉及内容主题、诗乐关系、演奏技艺、歌者身份等。这些新变也具体地体现在《国风》风诗的歌唱上。如音乐风格方面,《左传·襄公二十九年》中季札观乐,评论《邶》《鄘》《卫》"美哉渊乎",《齐风》"美哉泱泱乎,大风也哉",《豳风》"美哉荡乎",《郑风》"美哉,其细已甚",《魏风》"美哉沨沨乎"。依杜注,季札所评或从政教上说,或从音乐上说,而竹添光鸿则认为:"上下文称'美哉者'甚多,皆称其乐之声音,非赞其政。上文歌《周南》《召南》,曰'美哉',杜云:'美其声。'此解极当。"②是也。这些音乐评价中,如《郑风》之"细",《汉书·地理志》臣瓒注:"谓音声细弱也。"可能指的是《郑风》的歌唱靡滥不振,也即《乐记》说的"郑音好滥淫志"。《郑风·山有扶苏》《萚兮》《狡童》《褰裳》等诗情巧美媚,烂漫戏谑,其在音乐上或许就有"细"的特色。《齐风》"美哉泱泱乎",杜注:"泱泱,弘大之声。"《汉书·地理志》举《还》《著》二诗为例,说明"其舒缓之体",又,《齐风》多见齐人矜功尚勇之俗,这些表现在音乐上应该就是泱泱宏大之声,《乐记》说"齐音敖辟乔志",也应该与此相关。

再就歌者身份来看,《国风》风诗中不少女子之辞,可能已由女乐歌唱了。前述《小雅·采薇》《出车》等也有女子之辞,但用作"遣戍役""劳还率"的仪式乐歌时,则由瞽矇乐工来代拟歌唱,女乐在乐官系统中并没有位置。而到春秋时期,贵族追求声色享乐,"新

---

① 《左传》载襄公十一年,郑人赂晋侯"女乐二八";昭公二十八年,梗阳人"大宗赂(魏献子)以女乐"。《国语·晋语》:"郑伯嘉来纳女工妾三十人、女乐二八、歌钟二肆及宝镈、辂车十五乘。公锡魏绛女乐一八、歌钟一肆。"《国语·越语》,范蠡言以"玩好女乐"遗吴。《论语·微子》:"齐人归女乐,季桓子受之。"《史记·秦本纪》载,秦穆公以"女乐二八遗戎王","以夺其志"。

② 竹添光鸿:《左传会笺》,辽海出版社,2008年,第387页。

声""新乐"的流行在一定程度上刺激了"女乐"参与风诗的歌唱。民间风谣中常见女声独唱或男女对唱,《郑风·萚兮》"叔兮伯兮,倡予和女",说的就是男女互相唱和,《溱洧》也记述了男女对歌的场景。上文提到的《齐风·鸡鸣》,就保存了民间男女对唱的实况,其中的女声部分,在"采诗入乐"后就很有可能由女乐来歌唱。再如《邶风·式微》:

式微式微,胡不归?微君之故,胡为乎中露!
式微式微,胡不归?微君之躬,胡为乎泥中!

《毛序》以此诗为黎侯避狄失国,流寓于卫,其臣劝归之作。但从诗辞中,见不出这一层意思,倒是孙作云的解释饶有趣味。孙作云解释"微"为天黑之意,与《邶风·柏舟》"胡迭而微"、《小雅·十月之交》"彼月而微,此日而微"之"微"义同。《式微》各章前两句为男子之词,说:"天黑了,您为什么还不回去?"后两句则为女子回答男子之词,说:"若不是为了您,我哪里会在露地/泥地里呆着呢!"一问一答,很好地把男女燕昵之情烘托出来①。再如《唐风·绸缪》一诗,钱锺书从歌者人称中分析,认为:"此诗首章托为女之词,称男'良人';次章托为男女和声合赋之词,故曰'邂逅',义兼彼此;末章托为男之词,称女'粲者'。……譬之歌曲之'三章法'(ternary thematic scheme):女先独唱,继以男女合唱,终以男独唱,似不必认定全诗出一人之口而斡旋'良人'之称也。"②风诗中女声之辞(独唱或对唱)的增多,以及女乐的流行,不能不说是民间风谣在入乐后的一种留存。

当然,《国风》风诗也只是部分地存留了民间音乐的形态,它既已入乐,就受到仪式用乐的整体规范,上节所论乐官对歌诗内容、结

---

① 孙作云:《诗经的错简》,《诗经与周代社会研究》,中华书局,1966年,第408页。
② 钱锺书:《管锥编》,中华书局,1979年,第120—121页。

构、主题的入乐加工，就是显证。这也使得风诗在保留风谣本色的同时，融入了诸多仪式乐章的音乐特征。

就乐歌曲式而言，较之《小雅》燕饮诗中一个曲调变换个别字词的常规叠咏，风诗中的重章叠调发展出更丰富的变体。贺贻孙《诗触》录梅道人之说，较早从诗乐角度探析重章的诸种变体，颇多新意：

> 诗之分章，为合乐之节奏故分也。①有首章同叠者，如《鹿鸣》《君子于役》《二子乘舟》《大叔于田》《东门之墠》《曹风·鸤鸠》等诗，则合乐在起初，合乐既毕，歌吹乃行，犹今曲调之"前腔"也；②有末章同叠者，如《汉广》《北门》等诗，则合乐在结末，歌吹将毕而后众乐起而和之，犹今曲调之"合尾"也；③有首尾同叠者，如《麟趾》《驺虞》《殷其雷》《黍离》《桑中》《伐檀》等诗，则首尾俱合乐，犹今曲调之"合唱"也；④有首章另一体制，而后乃同叠者，如《关雎》《卷耳》《行露》《车邻》等诗，则合乐在后，犹今曲调之"引子"也；⑤有前数章同叠而后章另一体制者，如《葛覃》《采蘩》《何彼秾矣》《静女》《大车》《子衿》《鸡鸣》等诗，则合乐在前，歌吹孤行于后，犹今曲调之"煞尾"也；⑥有首尾另一体制，而中间数章同叠者，如《候人》《九罭》《卷阿》《云汉》等诗，犹今曲调"起煞相应"也。①

贺氏以风诗为例归纳出六种重章变体，论述了各种体式歌唱与伴乐的方式，并以后代"前腔""引子""煞尾""合唱"等戏曲术语加以形象比对。从引文中可知，贺氏归纳的主要依据是看"同叠"（即相当于重章叠调）与否、"同叠"的类型、"同叠"的位置，以及这些情况的

---

① 贺贻孙：《诗触》，《续修四库全书》第61册，上海古籍出版社，2002年，第502页。序号及着重号为引者加。

组合形态。其结论或有不妥，但从诗文本结构讨论其歌唱形态的研究思路却是富有启发意义的。杨荫浏《中国古代音乐史稿》就延续此思路，归纳出《诗经》十种曲式，如"一个曲调的后面或前面用副歌"，"一个曲调的几次重复之前，用一个总的引子"，"一个曲调的几次重复之后，用一个总的尾声"，①等等。这些曲式中，所谓"副歌"的曲式值得关注，《汉广》《麟之趾》《殷其雷》《驺虞》《北门》《北风》《鄘风·柏舟》《芄兰》《木瓜》《黍离》《王风·扬之水》《缁衣》《褰裳》《溱洧》《园有桃》《魏风·杕杜》《有杕之杜》《椒聊》《采苓》《黄鸟》《晨风》《权舆》等，都是"一个曲调的后面用副歌"。这种章末同辞的"副歌"，与其前内容多有差异，可能正如贺贻孙所言"歌吹将毕而后众乐起而和之"，即以合唱的形式歌之。顾颉刚在论《汉广》时也说："此诗每章八句，而三章中下四句皆同，且所同之句皆不协韵。可以猜想，每章前四句为独唱而后四句为合唱。"又论《黍离》曰："亦三章，章八句，而前四句一韵，后四句每章皆同，自为两韵。并可想象每章前四句为一人独唱，后四句为全班合唱，其性质犹之高腔中之帮腔也。"②此种章末同辞的"副歌"，带有鲜明的仪式歌唱痕迹，很有可能不是风谣原貌，而是出自乐工入乐时的设计。诗辞意义的前后失联可以印证这一点。仍以《汉广》为例，各章章末都有"汉之广矣，不可泳思。江之永矣，不可方思"的"副歌"，但此"副歌"在主题上仅与首章"南有乔木，不可休息；汉有游女，不可求思"相接，后二章"翘翘错薪，言刈其楚/蒌。之子于归，言秣其马/驹"与之均无意义关联。很显然，这很有可能是乐工为了入乐歌唱的效果，而牺牲了诗义表达的连贯性。这种情况也见于《豳风·东山》的章首同辞"副歌"中。《东山》各章皆以"我徂东山，慆慆不归。我来自东，零雨其濛"开头，从往日徂东、久不得归，说到今日零雨，自东来归。这四

---

① 杨荫浏：《中国古代音乐史稿》，人民音乐出版社，1981年，第57—61页。
② 顾颉刚：《汤山小记（二一）》，《顾颉刚读书笔记》卷九，《顾颉刚全集》第24册，中华书局，2011年，第388、389页。

句"副歌",唯与第一章"我东曰归,我心西悲"意义相承,至于二章"果臝之实,亦施于宇"、三章"鹳鸣于垤,妇叹于室"、四章"仓庚于飞,熠耀其羽"云云,写田园荒芜、夫妇团聚、年轻士卒新婚等,都是征夫东归后之事①,与"我徂东山,慆慆不归。我来自东,零雨其濛"在时空情境、内容主题上都有断层。可见,《东山》各章章首的同辞"副歌",反复歌之,也更多是出于歌唱效果的追求而设。以上二例也可以佐证顾颉刚有关风诗的重章结构出自乐工的入乐加工这一论断②。

如果说乐工对重章的蕃衍比次,是风诗为了适应仪式歌唱的需要而做的改编加工,那么,还有一种情况则是,风诗以其独特的内容和音乐风貌,在入乐时被融入"特制"的仪式乐歌之中。如《秦风·小戎》:

> 小戎俴收,五楘梁辀。游环胁驱,阴靷鋈续。文茵畅毂,驾我骐馵。言念君子,温其如玉。在其板屋,乱我心曲。
>
> 四牡孔阜,六辔在手。骐駵是中,騧骊是骖。龙盾之合,鋈以觼軜。言念君子,温其在邑。方何为期?胡然我念之。
>
> 俴驷孔群,厹矛鋈錞。蒙伐有苑,虎韔镂膺。交韔二弓,竹闭绲縢。言念君子,载寝载兴。厌厌良人,秩秩德音。

---

① 旧说多将后三章之事,认为是出于征夫悬想,其实也是受首四句"我徂东山,慆慆不归。我来自东,零雨其濛"的影响,认为征夫仍处在此一情境。殊不知这四句反复歌之,主要起到渲染情绪的作用,是出于音乐表达而加,后三章主体部分的叙事内容、时空语境其实都已经有所推进、切换。
② 章前或章后用无意义关联的"副歌",在仪式乐歌中不乏其例。如《公刘》每章皆以"笃公刘"起句,而这一起句与下文文义并无实质联系,很可能"笃公刘"是众口合唱,之后则转入乐工的正文歌唱。再如,《文王有声》各章章末都缀以"某王烝哉"句,也都是出于仪式主题和歌唱效果而设计。这种类似"帮腔"的合唱,或有某种宗教表达的效果,在典礼上歌呼祖先之名,反复叠唱,其声悠长,正好用以感召神灵陟降。

《诗集传》曰:"从役者之家人,先夸车甲之盛如此,而后及其私情。盖以义兴师,则虽妇人亦知勇于赴敌,而无所怨矣。"①但一个妇人能如此熟知秦国车马兵甲之制,殊为奇异。且诗章前六句赋物,整饬严密,艰奥直质,而后四句言怀,蕴藉隽永,哀而不伤。前后语气、情调也不和协,姚际恒云:"一篇之中,气候不齐,阴晴各异。"②后代学者对此虽然多有解释,但终显隔阂③,反倒是《诗序》"国人则矜其车甲,妇人能闵其君子",注意到了诗句前后视角的差异。以笔者的理解,《小戎》各章前六句应是特制之诗,其意旨即《诗序》所说的"美襄公也,备其兵甲,以讨西戎";而各章后四句"言念君子"云云,则为女子第一人称"我"的思夫之辞,乃是采录的风诗。经此糅合,全诗章法错综,刚柔相济,既有恺乐昂扬庄严的气概声势,也有征妇忧思伤怀的温情款语,国家意志与家庭伦理两种情感相互交织,豪迈的大合唱与深情的女声独唱交错呈现,富有独特的艺术价值。乐官的这一处理,与前述《小雅·采薇》《出车》十分类似,都是为了更好地表达"劳还役"的乐章义④。从这个角度来看,季札《秦风》"此之谓夏声"的评论,用在《小戎》上可谓允当。

以上我们考察了风诗音乐中存留的"新乐"本色,以及入乐后作为"乐章"的新风貌,那么紧接着需要思考的是,包括风诗在内的《国风》是否还纳入宗周时所形成的典礼乐节之中歌唱?是否已经完全逸出了礼乐歌唱的既有统绪,发展出全新的乐用形态?笔者认为,虽然《国风》音乐及当时贵族的审美趣味已迥异于《雅》《颂》正声,

---

① 朱熹:《诗集传》,中华书局,2017年,第115页。
② 姚际恒:《诗经通论》,中华书局,1958年,第140页。
③ 如刘玉汝《诗缵绪》:"秦人性强悍,尚勇敢,又值犬戎之变,而事战斗,其平居暇日,所以修其车马器械,以备战伐之用者,无不整饰而精致。故家人妇女亦皆习见而熟观之。"(刘玉汝:《诗缵绪》,北京师范大学出版社,2012年,第422页)钟惺《诗经评点》亦曰:"虽是文字艰奥,亦由当时人人晓得车制。虽妇人女子,触目冲口,皆能成章。车制不传,而此等语始费解矣。"(转引自张洪海辑著《诗经汇评》,凤凰出版社,2016年,第309页)
④ 丰坊《子夏诗传》:"襄公遣大夫征戎而劳之,赋《小戎》。"可参。

但乐官系统仍在《国风》的采集创制、协比声律、采编入《诗》及乐用传播等活动中起着主导性的作用,《国风》的歌唱也仍是在乐官所传习的礼乐传统之内呈现,更明确地说,是在"无算乐"中歌唱。

二、"无算乐"中《国风》的乐用形态

西周雅乐繁盛时期,众多未进入"正歌"的仪式乐歌被归入"无算乐"中歌唱,西周后期,不拘格套、意在尽欢的"无算乐"也为讽谏诗等"变雅"提供了合宜的乐用场合。可见,"无算乐"在歌唱内容、形式及审美上都具有很强的开放性、包容性、适应力,这促成了周代歌诗的发展、演进,列国风诗因此被采集和入乐,礼乐歌唱的传统也因此在春秋之世得以延续,未致中辍。

前人对于《国风》之入乐歌于"无算乐",早有认识。如孙希旦《礼记集解》说:"列国之乐,虽不用于祭祀宾客之正乐,然至无算乐皆用之,《周礼》所谓'燕乐''缦乐'是也。"① 魏源《诗古微》说:"汉时雅乐可歌者八篇,而《白驹》《伐檀》与焉,则变《风》《雅》之入散乐明矣。……卫献公宴孙蒯,使太师歌《巧言》之卒章;鲁宴庆封,使工为之诵《茅鸱》,其诗皆在《变风》《变雅》,则又于燕享无算乐中而或有讽刺之事焉。"② 皮锡瑞说:"变风、变雅皆当在无算乐之中。"③ 何定生也说:"'无算乐'就是诗篇之出于诗人吟咏或民间歌谣,而用于燕饮最后的乐次,借以娱宾的散歌,凡三百篇中不用于正歌之诗篇者皆属之。"④ 这些认识都注意到"无算乐"的仪式情境与歌唱特征。下面我们从《国风》娱乐与讽谏两种功能的诗篇,分别讨论它们在"无算乐"中的歌唱情况。

因审美娱乐目的采录的风诗,与"无算乐"尽欢娱宾的乐节属

---

① 孙希旦:《礼记集解》,中华书局,1989年,第1017页。
② 魏源:《诗古微》,岳麓书社,1989年,第28页。
③ 皮锡瑞:《诗经通论》,《经学通论》,中华书局,1954年,第55页。
④ 何定生:《诗经与乐歌的原始关系》,《定生论学集——诗经与孔学研究》,幼狮文化事业公司,1978年,第85页。

性正相吻合,其人"无算乐"中歌唱可谓适得其所。如前引《韩非子·十过》记载,晋平公宴卫灵公,"酒酣,灵公起。公曰:'有新声,愿请以示。'""酒酣"之际,当即"无算爵"时,此时卫灵公请示"新声",应该就是在"无算乐"中,其目的也只为尽欢娱宾而已。魏文侯"听郑卫之音,则不知倦"(《礼记·乐记》),想必也是在"无算乐"的盈盈乐声中,流连忘倦,畅然不休了。我们从一些歌诗内部也可以发现用于"无算乐"的痕迹。如《秦风·车邻》:

有车邻邻,有马白颠。未见君子,寺人之令。

阪有漆,隰有栗。既见君子,并坐鼓瑟。今者不乐,逝者其耋。

阪有桑,隰有杨。既见君子,并坐鼓簧。今者不乐,逝者其亡。

陈奂《诗毛氏传疏》:"'并坐'与'鼓瑟'不连读。《燕礼》,鼓瑟在堂上,有'工坐'之文,或据之以解诗'并坐'为乐工并坐,然鼓簧在堂下,诗亦言'并坐',将作何解乎?"① 可知"并坐"并非指乐工,而应是君臣"并坐"。那么,燕礼中君臣"并坐"在什么环节呢?据《仪礼·乡饮酒礼》:"说屦,揖让如初,升,坐。乃羞。无算爵。无算乐。"《燕礼》:"宾反入,及卿大夫皆说屦,升就席。公以宾及卿大夫皆坐,乃安。羞庶羞。大夫祭荐。司正升受命,皆命:'君曰无不醉。'宾及卿大夫皆兴,对曰:'诺。敢不醉!'皆反坐。"可知,至"无算爵""无算乐"时,主宾皆脱屦并坐,欢燕无间,与此前献、酢、酬及旅酬之礼时的恭谨,一张一弛间大有反差。郑玄注曰:"至此盛礼俱成,酒清肴干,宾主百拜,强有力者犹倦焉。张而不弛,弛而不张,非文武之道。请坐者,将以宾燕也。"贾公彦疏:"自旅以前

---

① 陈奂:《诗毛氏传疏》,凤凰出版社,2018年,第365页。

立行礼,是盛,自此后无算爵,坐以礼。"①从"立行礼"到"脱屦",安燕而当坐,燕饮自此进入"无算爵""无算乐"环节。据此可知,《车邻》所歌,正是燕饮礼"无算乐"的奏乐情景,于此际吟咏"今者不乐,逝者其耋""今者不乐,逝者其亡",正有劝宥主宾尽欢行乐之意。《车邻》表现的正是"无算"的仪式内容与主题寄意,其歌唱情境也当在"无算乐"环节。

与《车邻》相类的,还有《唐风》的《蟋蟀》《山有枢》二诗。《蟋蟀》"蟋蟀在堂,岁聿其莫。今我不乐,日月其除",也是"欲其及时以礼自虞乐也"(《诗序》),"及时行乐"的主题寄意正是"无算爵""无算乐"所着力追求的。而"无已大康,职思其居。好乐无荒,良士瞿瞿"云云,则是在"尽欢"的同时,乐官对"义归于正"的强调。同样,《山有枢》也是"无算乐"中劝宥之辞,劝其尽早享用"衣裳""车马""钟鼓",末章"子有酒食,何不日鼓瑟?且以喜乐,且以永日",更是希望在钟鸣鼎食中"为乐以延引此日",这与其说是"刺俭不中礼",毋宁说是"无算爵""无算乐"劝宥之常辞,上引《秦风·车邻》"今者不乐,逝者其耋/其亡"亦是。《小雅·頍弁》也唱"死丧无日,无几相见。乐酒今夕,君子维宴",如朱熹《诗序辨说》所说:"《序》见诗言'死丧无日',便谓'孤危将亡',不知古人劝人燕乐,多为此言,如'逝者其耋''他人是保'之类。且汉魏以来乐府犹多如此,如'少壮几时''人生几何'之类是也。"②此论十分通达,此类人生苦短、及时行乐的悲慨或者说纵乐,在"无算乐"的尽欢情境下是很自然会发出的。

除了娱乐性的风诗歌于"无算乐",《国风》中一些寄托讽谏之意的诗篇,也歌于"无算乐"中。如《秦风·权舆》的讽谏之意,本身可能就是在"无算爵""无算乐"的当下生发的。《诗序》曰:"《权舆》,刺康公也。忘先君之旧臣,与贤者有始而无终也。"诸家无异解。诗

---

① 贾公彦:《仪礼注疏》,北京大学出版社,1999年,第158—159页。
② 朱熹:《诗序辨说》,《诗集传》,中华书局,2017年,第48页。

中"夏屋渠渠,今也每食无余""每食四簋,今也每食不饱",说明此诗是诗人有感于今日宴会"礼意疏薄,设馔较少"(《毛诗正义》),故在自由不拘的"无算爵""无算乐"情境中歌之,以抒发失落之情,微寄讽意①。这种乐用情境和效果,与"变雅"讽谏诗之歌于"无算乐"一样,此不赘述。

不过,值得注意的是,"无算乐"的自由开放、不拘格套,也可能导致诗篇歌唱性的逐渐淡薄。这一点主要体现在导源于"无算乐"的"赋诗"活动中。何定生对"赋诗"与"无算乐"的渊源关系有所论述,他认为:"'赋诗'一事,实从燕礼的'无算乐'推延而来。"②"无算乐"意在尽欢,不拘格套,赋诗活动对仪式、音乐的疏离,正是缘此而来,尤其是"断章赋诗"的方式,正是从"无算乐"中"断章而歌"发展而来③。因此可以说,春秋赋诗正是从"无算乐"的用乐形态中开始酝酿,赋诗风气的兴盛甚至有后来居上之势。何定生指出:"春秋时代的'赋诗'风气,也可视为'无算乐'的一种转形活动,或与乐歌兼行,有时也代替了'无算乐'的节次。"④比如,赋诗的行为主体由专职的乐工转为更广泛的公卿大夫,赋诗重在"言志",虽可能带有一定腔调,但已与合乐歌唱有所区别,这些都不免对"无算乐"有反向的影响。尤其是有一类"赋自作诗",更加说明了春秋时部分诗篇一早就以赋诵的方式呈现。如《左传·隐公三年》载:"卫庄公娶于齐东宫得臣之妹,曰庄姜。美而无子,卫人所为赋《硕人》也。"孔颖达疏:"此赋谓自作诗也。……郑玄云:'赋者,或造篇,或诵古。'然则赋有二义。此与闵二年郑人赋《清人》,许穆夫人赋《载驰》,皆

---

① 吴懋清《复古录》曰:"秦康公时,燕飨之礼渐至菲薄,受其飨者,作是歌以叹之。"(转引自张树波《国风集说》,河北人民出版社,1993年,第1102页)
② 何定生:《从乐章到谏书看诗经》,《诗经今论》,台湾商务印书馆,1969年,第19页。
③ 参过常宝《春秋赋诗及"断章取义"》,《文艺研究》2019年第4期。
④ 何定生:《诗经与乐歌的原始关系》,《定生论学集——诗经与孔学研究》,幼狮文化事业公司,1978年,第91页。

初造篇也。其余言赋者，则皆诵古诗也。"①再如《左传·文公六年》，秦穆公殉三良，"国人哀之，为之赋《黄鸟》"。除了《左传》所载的这几例之外，笔者认为，《国风》中不少诗篇也可能出自燕飨或外交场上贵族的承答言志之辞，属于"赋自作诗"。如《秦风·渭阳》为秦康公送舅舅重耳入晋，送至渭阳时，张筵饯行，酒酣之际，秦康公即兴赋诗言怀，"我送舅氏，曰至渭阳。何以赠之？路车乘黄"云云，不可能是提前预写，临歧仓促，也不可能当场交给乐工谱曲配器入乐，更可能的情况是，"在心为志，发言为诗，情动于中而形于言"，由秦康公自己有节奏地吟诵而出。这种特定情境下的"赋自作诗"，俨然成为春秋时期一种新的歌诗生成与运用方式。这些诗作，既有酬答唱和，如《邶风·燕燕》《秦风·渭阳》等；也有自我感喟，如《邶风·柏舟》《绿衣》《日月》等；还有有为而发的劝诫讽谏，如《唐风·羔裘》和《秦风·晨风》《权舆》等。它们多是诗人在一定的仪式场合上触事感物，抒情言志，临场即兴而作，"赋诗"即是其最初的呈现方式，至于最后怎么改编成合乐歌曲，甚至是否曾入乐再次传唱，都是未必然的事。

总之，诗、乐分途之势，在《国风》歌唱内部已开始显现，其端倪就在"无算乐"中。"无算乐"意在尽欢，歌唱内容与形式都可以"唯欲"，不拘格套，最自由的则可以和着节奏歌诵，且未必托于专业乐工，卿士大夫可自己歌诵，甚至即兴作诗赋诵，用以言志，诗的音乐属性因此不断减弱。再则随着赋现成之诗、"断章取义"的流行，仪式中诗乐的自主创生能力进一步削弱，《诗》也由此走上了语言、义理之途，逐渐成为趋于完成的、过往的"经典"。

---

① 孔颖达：《春秋左传正义》，北京大学出版社，1999 年，第 79 页。

结语
《诗经》礼乐歌唱的内在机制与精神旨趣

  《诗经》作为周代礼乐歌唱的精华，绵延了五百余年，经历了颂、雅、风不同诗乐体式的发展演进，涉及祭祀、燕飨、朝觐、农事、军事、婚恋等各种典礼及民间礼俗的歌唱，举凡人与神、人与自然、人际之君臣、父子、夫妇、兄弟、友朋等各种凡圣关系，都在诗乐歌唱中体现出一种文明的秩序和精神。这种文明的秩序和精神，既包括正面展示的礼乐的繁盛、人物的威仪、伦理的和谐、德性的崇扬，也包括对社会时政的忧患、对弱小群体的同情、对民意人心的尊重、对民间风俗的包容。可以说，《诗经》歌唱见证了商周转型、西周中期礼乐繁盛、西周后期王教衰微、春秋诸侯异政、四方风俗勃兴等不同时期政治、礼俗、人心的沉浮嬗变，与之相适应，诗乐观念与体式、歌诗创制与入乐机制、礼乐精神与审美趣味等也有不断的新变。

  正是基于此，本书所做的《诗经》歌唱研究，既意在展示周代礼乐歌唱在内容、主题、表现手法等方面的丰富性，同时也以历时的考察，体现礼乐歌唱顺应时流，不断适应、拓新的深厚内蕴。通过这种横向与纵向、微观与具象、文本与制度相结合的研究，更全面立体地展现《诗经》歌唱的丰富面貌。下面我们再从三个方面来总结《诗经》礼乐歌唱的内在机制与精神旨趣。

一、礼乐歌唱充满德性的光辉，富有人文关怀

我们素以"礼乐文明"来称呼周代政治、人伦道德、审美形态等社会精神。与殷商文明相对比，周代礼乐文明更加突显出它的历史价值，这一点在《诗经》中有最深刻的体现。与商代乐舞娱神、乐神的宗教功能不同，周初自《大武》乐章开始就已出现歌诗与乐舞的分野趋势，"歌以发德"成为周人歌诗的核心观念，因而《周颂》的祭祖、朝典礼辞歌唱都体现出浓厚的崇文、尚德的精神，从宗教向人生德性的回归，成为此后周代歌诗发展的主要面向。自《周颂》较晚时期作品开始关注仪式生活本身，到西周中期雅诗繁荣，周代歌诗逐渐完成礼乐化、人间化、凡俗化的转向。《大雅》述赞祖先之功德，从献神祭歌转为对周家子孙做讲史说唱，"诗世之教"促成了歌诗内容、体式、说唱方式的重大变化。《小雅》燕饮歌唱更加代表了周代礼乐生活及其歌唱的繁荣，周人津津乐道于燕饮诗"显物"与"合好"的生活秩序和伦理精神。在钟鸣鼎食、一派和乐的情境中，周代礼乐歌唱达到了郁郁文哉、洋洋大观的景象。如《礼记·文王世子》所言："乐，所以修内也；礼，所以修外也。礼乐交错于中，发形于外，是故其成也怿，恭敬而温文。"这种礼乐精神，已然内化为周人的一种文化品性。

即使到了西周末年，周王朝面临深重的内忧外患，但深入人心的礼乐传统、政治伦理、道德观念，仍在一定程度上规范着政治社会的秩序，卿士大夫仍冀望能在礼乐传统中实现自己的合理诉求。因此，虽然政教衰微乱，《雅》《颂》正声式微，但歌诗创作和歌唱并没有因此中辍，"变雅"和《国风》中仍不乏对文德政治理想的笃信、对旧有礼乐秩序的回望、对民间悲苦心声的倾听。王朝并不漠视这些声音，而是以开放包容的姿态将这些政治讽谏诗、征役诗纳入"无算乐"中歌唱。因此，这些歌诗也被赋予了礼乐的属性，既在精神内涵上浸染着人文关怀，以礼乐的方式弥合社会人心的裂痕，也在形式上依托于仪式歌唱的一系列范式来呈现。

从这个角度来说,《诗经》能成为周代礼乐文明成就的最高代表,在于它能摆脱娱神祈神的宗教魅惑,不耽溺于贵族生活的声色享乐与太平粉饰,而能在"歌以发德"的诗乐观念下蓄积出人文精神的觉醒,文质兼备,历久弥新。

二、礼乐歌唱是一种展演形态,具有普世的经典价值

礼乐作为一种生活,它首先是物质的,仪式意义的实现离不开"礼物"的物质支持。《礼记·礼器》:"礼也者,物之致也。是故昔先王之制礼也,因其财物而致其义焉尔。"宫室、鼎俎、酒食、肴馔、车马、服饰、乐器舞具的形制、功能、位次、数量、组合等,都富有深意,人们借由各种"礼物",以合宜的仪容、仪行、言语,建立起和谐的仪式秩序。所谓的"观礼""观乐",也离不开对仪式中人与物的关注。《礼记·乐记》曰:"钟鼓管磬,羽籥干戚,乐之器也。屈伸俯仰,缀兆舒疾,乐之文也。簠簋俎豆,制度文章,礼之器也。升降上下,周还裼袭,礼之文也。故知礼乐之情者能作,识礼乐之文者能述。""器"与"文"相对应,正是通过物与人两个层面来展现礼乐精神。因此,周代歌诗在"赋物"歌唱之上,更有对人物威仪、秩序、德行的关注,对人际之间和乐、合好伦理精神的宣扬。正如扬·阿斯曼所说:"文化记忆并不是单一附着在文本上,而是还可以附着在舞蹈、竞赛、仪式、面具、图像、韵律、乐曲、饮食、空间和地点、服饰装扮、文身、饰物、武器等之上,这些形式以更密集的方式出现在了群体对自我认知进行现时化和确认时所举行的仪式庆典中。"① 除了"仪式的展演"(rituelle Inszenierung),扬·阿斯曼认为,"集体成员的共同参与"(kollektive Partizipation)对"构建统一体、提供行动指

---

① 扬·阿斯曼:《文化记忆:早期高级文化中的文字、回忆和政治身份》,金寿福、黄晓晨译,北京大学出版社,2015年,第54页。

南方面（即规范性的和定型性的）"①，也起到至关重要的作用。确实，在周代礼乐歌唱中，王公卿士、百官有司乃至下民百姓，都以一定的方式参与到礼乐歌唱活动当中，他们既是歌诗活动的参与者，同时，他们揖让周旋、屈伸俯仰、缀兆舒疾等仪行，也受到他人的注目，随时有可能进入诗乐，成为被歌咏的对象。所以，在礼乐歌唱中，人们往往兼具歌唱者、被歌唱者、欣赏者等多重身份，尤其在《周颂》、"变雅"和风诗之中，各行为主体综合参与到歌诗的创制和歌唱中，使得歌诗文本和歌唱形态呈现出复杂的面貌。而这正是周代礼乐歌唱有别于后代世俗化、娱乐化、专业化歌唱艺术的本质所在。

也正因此，周代歌诗不再是局限于特定瞽工群体运用、保存、传习的音乐文本，诗中所咏唱的祖先之德、先王之法、抑抑威仪、秩秩德音等，具有普遍的精神价值，为周代社会上下所共同学习和奉行。诗教、乐教因此成为周代贵族教育的重要内容，其中既有歌舞弦乐方面的技艺学习②，以备典礼歌舞活动上的参与；也有诗辞文本方面的学习，作为参政论政、外交聘燕等活动上的论说资助③；更将《诗》视作德义之府，作为贵族君子"成人""成德"所当效法的典范④。经由诗教、乐教的推广、深化，《诗》不仅在乐歌层面得到普遍传诵，更

---

① 扬·阿斯曼：《文化记忆：早期高级文化中的文字、回忆和政治身份》，金寿福、黄晓晨译，北京大学出版社，2015年，第51页。
② 如《周礼·大司乐》言："以乐舞教国子：舞《云门》《大卷》《大咸》《大韶》《大夏》《大濩》《大武》。"《礼记·内则》："十有三年，学乐诵《诗》，舞《勺》。"《礼记·文王世子》："春诵夏弦，大师诏之。"
③ 如《周礼·大司乐》言："以乐语教国子：兴、道、讽、诵、言、语。"郑注："兴者，以善物喻善事。道，读曰导。导者，言古以剀今也。倍文曰讽，以声节之曰诵，发端曰言，答述曰语。"可知，"乐语"皆用于政治与典礼上言说。故《论语·季氏》亦曰："不学《诗》，无以言。"《论语·子路》："诵诗三百，授之以政，不达；使于四方，不能专对，虽多，亦奚以为？"
④ 如《左传·僖公二十七年》言："《诗》《书》，义之府也；《礼》《乐》，德之则也。"《国语·楚语》："教之《诗》，而为之导广显德，以耀明其志。"《周礼·大司乐》："以乐德教国子：中、和、祗、庸、孝、友。"《周礼·大师》："教六诗……以六德为之本。"

在诗辞义理层面被赋予普世的价值，开始了最初的经典化过程。可以说，这一经典化之路，是礼乐歌唱自身所孕育的，同时也是尚文崇德的观念下周人对诗、乐不同品性的自觉分殊和萃取。

三、礼乐歌唱能够顺时调适，具有自主自足的生发能力

周代诗乐歌唱能够持续五百余年而不辍，还得益于诗乐制度自身所具有的强大调适能力。颂、雅、风的历时递兴，赋比兴与重章等不同表现手法的因时而兴，献诗、采诗等诗乐机制的拓新，等等，都展示出礼乐歌唱的内在生机。

在周初颂诗中，我们就看到了歌诗对祭祀、朝典礼辞的诗化突破，颂诗一方面存留了浓厚的仪式属性，又在内容、主题和呈现方式上体现出独特的主体性，从而与一般的言语活动和文本拉开距离。这里面已体现出此后歌诗发展的两条动力机制：一是歌诗与仪式若即若离的关系，这一关系贯穿于周代礼乐歌唱的始终，可以说，周代礼乐歌唱的发展、演进，正是从与仪式属性的分合即离中获得了持续的动力；二是瞽矇乐工在诗乐活动中的主体地位，《周颂》对典礼礼辞的超越，已体现出瞽矇乐工在诗乐创制和歌唱中的主体地位，在雅诗歌唱与"变雅"、风诗的入乐歌唱中，乐官更是起到了至关重要的主导作用。

首先，从歌诗与仪式的关系上来说，在较晚的《周颂》中，赋唱仪式场面已开始成为歌诗的主体内容，随着西周中期礼乐制度的粲然大备，雅诗对典礼生活有更细致全面的表现。述赞诗、燕饮诗都是为相应的祭祀、燕饮典礼而特制，其歌唱内容与主题都受到典礼仪式的限定，成为典型的"仪式乐歌"，即魏源所说的："圣人制作之初，因礼作乐，因乐作诗。"[①] 而与周初礼辞颂诗之歌者嵌入仪式内部的"赋形"歌唱不同，雅诗主要以第三人称视角从旁"赋唱"，歌者虽然身处仪式中，却不参与仪式行为，而是以旁观者的姿态与仪式拉开一定距

---

① 魏源：《诗古微》，岳麓书社，1989年，第27页。

离,因此,瞽史乐工在述赞诗的"讲史说唱"中,可以出入于历史与当下仪式之间,穿插入道德评述,以实现对周家子孙的历史教育。燕饮诗中发展出重章叠唱的形式,以更好地尽欢酬兴,同时又引入比兴手法,乐工因此得以超越仪式的时空限制而有更自主的发挥。这些都见出雅颂乐歌在仪式内容、主题的规范限定内发掘歌诗审美特性与表现手法的努力。

仪式乐歌虽因西周后期政教衰乱而式微,但礼乐歌唱并没有中断,"变雅"的政治讽谏诗、征役诗以新的方式接续了仪式歌唱,它们的内容和形式虽已逸出仪式的范畴,但在入乐时仍有赖于仪式整体氛围与程序提供的便利,来实现诗人自我怀抱的言说。若无仪式歌唱所提供的旧有范式,讽谏诗的创制和歌唱将无所立足。同样,采诗活动不论是出于审美娱乐目的,还是出于政教讽谕目的,乐官在入乐时都以合乎仪式歌唱为标准,进行"比其音律"的加工,或是基于礼乐风教的立场渗入道德性的评述。总之,仪式既是周代诗乐创制的起点,也是诗乐歌唱呈现的最终场域,同时,颂、"正雅"、"变雅"、风不同诗体的递兴和诗乐机制的嬗变,更是从歌诗与仪式关系的即离分合中得到了内在的动力。

其次,从瞽矇乐官的参与来说,他们作为职业人群,最能赋予歌诗作为音乐文本的根本属性,同时诗乐活动又不是封闭的、限于特殊职业群体的,王公卿士以及民间众庶都以各种方式参与到活动之中,从而实现歌者与诗人、歌诗创制与歌唱之间的多方互动,而无疑的是,乐官在整个歌诗活动中处于中心枢纽的地位。

当然,这一协作互动机制也有一个形成的过程。礼辞颂诗多源于典礼实践的辞令,也多由王公"赋形"亲唱,以传达特定的政教意义;瞽矇乐官主要是在较晚的颂诗和雅诗中成为参与主体。祭祖诗、燕饮诗中乐官多以第三人称的旁观姿态对典礼做"赋物"歌唱,较少出现因多重行为主体的先后参与而造成文本驳杂参差的现象。而且,在燕饮歌唱中,乐工借助比兴和重章的手法而有更为自主、即兴的发挥,歌诗文本体现出较大的流动性。

而到"变雅"时代，诗渐渐从乐中松脱出来，以公卿大夫、征夫思妇为主体的"诗人"开始独立言志，诗歌的创作与歌唱相分离，当然，乐官也不只是简单地代为歌唱，这些原始的"诗"只有经过乐官入乐的文本改造和"乐章义"的赋予，才最终成为一篇完全意义上的"歌诗"。也就是说，今天所见《诗经》中的讽谏诗、征役诗，实际上均有乐官或多或少的参与。乐官的这一介入常造成歌诗文本内部人称语态、情感意志的奇突不统一，给歌诗文本意旨、歌唱形态的研究带来困难。同样，在"采诗入乐"中，乐官除了"比其音律"，也会在诗中介入评述语，或者在采集民谣、民风素材的基础上自作新诗，这些都使得原始风谣、风俗在风诗中常以复杂、交错的面貌呈现。这也说明，所谓的"观风俗，知得失，自考正"，都是在乐官的艺术加工和价值过滤之后实现的。了解了这些，我们对"《诗》为乐章"[①]这一属性才会有更准确的认识，乐官在其中的重要性不言而喻。也正是基于此，本书所做的《诗经》歌唱研究，对乐官在上述诗乐活动的多方参与、前后流变才特为留意。

最后要说的是，正是上述《诗经》礼乐歌唱的内在机制与精神旨趣，使得周代礼乐歌唱持续五百余年，弦歌不辍，也使得从颂、雅到风不断演进，它们虽然体式、内容、格调各异，但均在纳入礼乐歌唱后被赋予了共同的品性。而当春秋后期，礼乐歌唱陵迟，歌诗不再续作，乃至战国时期赋《诗》活动也都浸息。这盛衰之间的原因耐人深思，除了社会、政治、礼俗方面的外因，诗乐内部的原因也值得重视：音乐体式、审美趣尚的变迁是一方面，同时，《诗》成为相对稳固的集合体，渐趋封闭定型，《诗》文本的性质、功能、流传方式发生改变，这些都促进了《诗》的早期经典化，而礼乐时代的《诗》也就此谢幕，成为不可续得的旧梦了。

---

① 孔颖达：《毛诗正义》，北京大学出版社，1999年，第547页。

附论一
《周颂·酌》诗旨及乐用探论

《大武》乐章是再现周代开国历史的歌舞剧。但由于古乐湮没，文献不足，后人对《大武》乐章的歌唱诗篇、歌演方式等具体情形，已难得其详。在仅有的文献中，《左传·宣公十二年》载楚庄王提到了《大武》乐章的"卒章"[①]"三章""六章"，《礼记·乐记》也记述了《大武》乐章"六成"乐舞的结构、内容与表现情境。这两则材料弥足珍贵，学者多据此认为《大武》乐章由六章或六成组成，但《左传》仅明示了《武》《赉》《桓》三首，另外三首诗篇已不可确知，所以，从明代何楷，清代魏源、龚橙，到王国维、孙作云、高亨、阴法鲁、王玉哲、杨向奎、姚小鸥等学者，都试图从《诗经·周颂》中搜寻出另外三首诗，以凑足"六成"之数，各家说法纷纭，莫衷一是。

在诸说中，均包含《周颂·酌》一诗，但其所在乐次，则从第一成到第六成皆有其说。《酌》诗或被定为《大武》乐章之第一成（孙作云、阴法鲁说），或第二成（何楷、魏源、龚橙、李炳海说）、第三成（王国维说）、第四成（杨向奎、姚小鸥说）、第五成（牟应震、高亨说）等，是《大武》乐章诸说中所在乐次歧异最大、最无定论的一首诗。

综核诸说，可以发现，各家立论的分歧主要在于对《左传·宣公

---

① "卒章"，或作"首章"，参马瑞辰《毛诗传笺通释》，中华书局，1989年，第1089页。

十二年》《礼记·乐记》所载《大武》乐章相关论述的采信程度和阐释角度的不同。笔者认为，在现有条件下，这两段文献虽不详备，但弥足珍贵，是研究《大武》乐章十分重要的早期材料，不可轻易变乱。如《左传·宣公十二年》记述《大武》乐章之"卒章"（《武》）、"三章"（《赉》）、"六章"（《桓》）的乐章结构及诗篇，其中"卒章"《武》，朱熹《诗集传》曰："《春秋传》以此为《大武》之首章也。"[①] 马瑞辰《毛诗传笺通释》曰："'卒章'，盖'首章'之讹。朱子《集传》云《春秋传》以此为《大武》之首章，盖宋人所见《左传》原作首章耳。"[②] 揆诸一般的引用体例，引用同一材料，引用的先后顺序就是原文的次序。则《武》为"首章"，在三章《赉》、六章《桓》之前，亦不为无据。因此，如孙作云、阴法鲁将《酌》定为《大武》乐章之首章[③]，王国维将《酌》定为《大武》乐章之三章[④]，就缺乏文献依据，不足采信了。

再如《礼记·乐记》关于《大武》乐章六成乐舞的记述，是研究《大武》乐章各章内容、主题、表演艺术的重要材料，但有学者却以文献晚出而一并摒弃之[⑤]，或有选择性地采用和阐释，致使整套六成乐舞前后支离。就《酌》而言，李炳海将《酌》定为《大武》乐章第二成，认为表现的是"再成而灭商"的史实，"揔干而山立""发扬蹈厉""夹振之而驷伐"是其舞容，再现了牧野之战上武王、太公及众将士的形象和杀伐场面[⑥]。然而，我们从《酌》诗中却难以捕捉到表现这些场景的形象和身段。

---

① 朱熹：《诗集传》，中华书局，2017年，第351页。
② 马瑞辰：《毛诗传笺通释》，中华书局，1989年，第1089页。
③ 参孙作云《周初大武乐章考实》，《诗经与周代社会研究》，中华书局，1966年，第259页；阴法鲁《诗经中的舞蹈形象》，《阴法鲁学术论文集》，中华书局，2008年，第422页。
④ 参王国维《周〈大武〉乐章考》，《观堂集林》，河北教育出版社，2001年，第61页。
⑤ 如杨向奎认为这是汉初儒生演习武舞时的评语，认为解释《大武》不能依据《乐记》（参杨向奎《宗周社会与礼乐文明》，人民出版社，1997年，第347页）。
⑥ 参李炳海《〈诗经·周颂〉大武歌诗论辩》，《陕西师范大学学报（哲学社会科学版）》2008年第9期。

同理，将《酌》定为第四成或第五成，其诗义与"四成而南国是疆，五成而分周公左，召公右"也不相符。这两种观点的误区，都是受《诗序》影响，《诗序》"《酌》，告成《大武》也，言能酌先祖之道，以养天下也"云云，《酌》因此被理解成凯旋庆功和告庙之诗。又高亨将《酌》定为第五成，其主要依据竟然是《酌》诗中有"尔公"二字，正与《乐记》"周公左，召公右"相合，这样的论证逻辑应该是欠严密的。高亨又引《仪礼·燕礼·记》"若舞则《勺》"，郑注："《勺》，颂篇，告成《大武》之乐歌也。"认为《酌》即是《勺》，是配合童子文舞的诗，正好用于《大武》乐章之第五成，以象征伐商胜利后的和平、文治[①]。这一论断也值得商榷。南宋学者严粲在《诗缉》中对《酌》与《勺》的关系有过很精到的论述，认为二者不是同一诗乐，《勺》是成王之乐，而《酌》用于表现武王用兵创业，"是武舞之乐章，非《勺》舞之乐章矣"。严氏还认为：

> 《勺》舞言成王能酌文武之道，以保太平之治也；此《酌》颂言武王初则遵养，继则蹻蹻，酌其时措之宜也。……讲师见此颂名《酌》，遂以"酌祖道，养天下"之说搀入之，此正说成王之《勺》，非武王之《酌》也，兼此诗所言"遵养"，亦非谓养天下也。[②]

可知，《酌》非《勺》，今本《酌·诗序》亦不足据。因此，将《酌》认为是象征和平文治之诗、用于第五成的观点，也就难以成立了。

又，王国维将《酌》定为第三成，魏源将《酌》定为第二成[③]，均次于《武》之后，也是受《酌·诗序》"告成《大武》"一句影响。但实际上，"告成《大武》"，应是整套《大武》乐章制成之后，献演于太庙，

[①] 参高亨《周代大武乐考释》，《文史述林》，清华大学出版社，2004年，第90页。
[②] 严粲：《诗缉》，中华书局，2020年，第1017页。
[③] 参魏源《诗古微》，岳麓书社，1989年，第388页。

特为此另作《酌》诗，以告其成，即《郑笺》所说："周公居摄六年，制礼作乐，归政成王，乃后祭于庙而奏之。其始成告之而已。"《孔疏》："作《大武》之乐既成，而告于庙。作者睹其乐成，而思其武功，述之而作此歌焉。"①可知，"告成《大武》"云云，不仅不能作为《酌》次于《武》的证据，而且说明《酌》诗根本就不在《大武》六成之列，《大武》六成之乐舞作为一个整体，其完成在《酌》诗之前。以上，皆是由《酌·诗序》之误植、误解，所引发的《酌》列为《大武》乐章的种种说法，《酌·诗序》告成之说既已不成立，则《酌》次于《武》后诸说，皆可废去了。

综上，诸家说法或是脱离早期文献所述《大武》乐章之乐舞结构，或是偏信《诗序》之说，故对《大武》乐章整套乐舞的乐用情形缺乏整体的观照，对《酌》诗义和主旨的理解也多有可商之处。基于此，下文将立足于《酌》诗文本的训解，结合相关文献，对《酌》诗诗旨及其乐用再做探论。

首先，关于诗题"酌"字的训解。《酌》诗云：

於铄王师，遵养时晦。时纯熙矣，是用大介。我龙受之，蹻蹻王之造。载用有嗣，实维尔公允师。

《毛序》："言能酌先祖之道，以养天下也。"《鲁诗》《齐诗》理解与此大同②，但朱熹、方玉润等认为从诗文中并不能看出"先祖之道""养天下"这一层含义③。因此，诗题之所以命名为"酌"，学者们也纷纷做

---

① 孔颖达：《毛诗正义》，北京大学出版社，1999年，第1369页。
② 参王先谦《诗三家义集疏》，中华书局，1987年，第1055页。
③ 朱熹《诗序辨说》："诗中无'酌'字，未见'酌先祖之道以养天下'之意。"（朱熹：《诗序辨说》，《诗集传》，中华书局，2017年，第59页）方玉润《诗经原始》："诗本云养晦待时，而《序》偏云'养天下'，诗本云酌时措之宜，而《序》偏云'酌先祖之道'，语语相反，何以解经？"（方玉润：《诗经原始》，中华书局，1986年，第624页）

出新的解释。朱熹认为《酌》"不用诗中字名篇，疑取乐节之名"。王质《诗总闻》也认为"诗无'酌'字，亦无酌意"，"酌"是"烁"字之误，即首句"於铄王师"之"铄"，"灼""铄"古字通用①。不过，诗题不用诗中之字，亦非仅见，王质改字为说，以求诗题与诗辞相合，反显得周折迂远，其必要性仍可存疑。因此，《诗序》虽不可成立，但《酌》诗之义仍不可尽废"酌"字。笔者认为，"酌"字斟酌之义，其实就含在诗的前四句中。

"遵养时晦"，毛、郑训"时"为是，以"晦"指商纣，或言"率此师以取是暗昧之君"，或言"养是暗昧之君，以老其恶"（孔疏语）。其说牵强支离，实际上，"时晦"与下文"时纯熙"相对成义，毛、郑分开解释，遂使其中暗含的"酌"的含义不能显明。"时"字当如字解，苏辙《诗集传》曰：

> 有於铄之师而不用，退自循养，与时皆晦，晦而益明，其后既纯光矣，则天下无不助之者。……方其不可而晦，见其可而后王之，此所以为酌也。②

又，朱熹《诗集传》曰：

> 其初有於铄之师而不用，退自循养，与时皆晦。既纯光矣，然后一戎衣而天下大定。③

清代陈仅《群经质》曰：

> "遵养时晦"，时止而止也；"时纯熙矣"，时行而行也。动静

---

① 参王质《诗总闻》，《丛书集成初编》，中华书局，1985年，第332页。
② 苏辙：《诗集传》，《续修四库全书》第56册，上海古籍出版社，2002年，第185页。
③ 朱熹：《诗集传》，中华书局，2017年，第357页。

> 不失其时，所谓酌也。①

林义光《诗经通解》亦曰：

> 言前者遇时晦昧，则顺天而修德；其后遇时光明，乃可以有为也。②

诸说可从。"遵养时晦"，指在局势昏晦不明的时候，能够依循形势，养晦待时；"时纯熙矣，是用大介"，指待到时势光明，则可以用兵③。可知，"时"为全篇诗旨之重点所在④，如上解释，不仅文义顺畅，而且也使"酌"字有了着落⑤，《酌》歌唱的正是周武王韬光养晦、酌时而伐商之事。以上是从训诂与诗义上，说明《酌》诗"酌时措之宜"的主题。

其次，从历史本事上，周武王对商政策经历了由"养晦"到"用兵"的转型，也与《酌》诗主题相符。据《史记·周本纪》，武王在伐商前二年，曾在盟津观兵：

> 是时，诸侯不期而会盟津者八百诸侯，诸侯皆曰："纣可伐矣。"武王曰："女未知天命，未可也。"乃还师归。

当时伐商时机尚未成熟，因此，武王还师，"遵养时晦"。两年之后，"闻纣混乱暴虐滋甚"，才"是用大介"，有牧野伐商之战。这一历史

---

① 转引自刘毓庆《诗义稽考》，学苑出版社，2006年，第3909页。
② 林义光：《诗经通解》，中西书局，2012年，第416页。
③ 朱熹《诗集传》："介，甲也，所谓'一戎衣'也。"孙作云、王宗石亦作此解（参孙作云《周初大武乐章考实》，《诗经与周代社会研究》，中华书局，1966年，第259页；王宗石《诗经分类诠释》，湖南教育出版社，2001年，第930页）。
④ 朱公迁《诗经疏义会通》曰："此篇重在'时'字。"王礼卿《四家诗恉会归》："'时'为全篇神理所在。"
⑤ 姜炳章《诗经补义》："两'时'字，便有'酌'字之意。"

本事,与《酌》诗密合无间,故《酌》诗,如严粲《诗缉》所言:"言武王初则遵养,继则蹻蹻,酌其时措之宜也。"① 钱澄之《田间诗学》亦言:"武王于孟津未会之先,时犹宜晦,故遵之以养时晦。时既至矣,人心同而天命集,是谓纯熙,熙与晦对。"② 方玉润亦以《酌》为"美武王能酌时宜"之诗。③ 钱、方二氏可谓深得《酌》诗之旨意。

再次,《左传·宣公十二年》载晋国士会引用《酌》诗,亦是取其"斟酌时宜"之义以立说。其文曰:

> 见可而进,知难而退,军之善政也。兼弱攻昧,武之善经也。子姑整军而经武乎,犹有弱而昧者,何必楚?仲虺有言曰:"取乱侮亡。"兼弱也。《汋》曰:"於铄王师,遵养时晦。"耆昧也。《武》曰:"无竞维烈。"抚弱耆昧,以务烈所,可也。

士会在此处引《酌》诗,用以说明"耆昧"之意,俞樾《群经平议》曰:"《集解》曰:'耆,致也,致讨于昧。'樾谨按,致讨于昧,不可但曰'致昧'。《释文》:'耆音旨,徐其宜反。'今以义求之,当从徐音,读为耆老之耆。耆者,养也。此引《诗》'遵养时晦'而释之,昧字释《诗》'晦'字,则耆字释《诗》'养'字可知矣。耆得训养者,耆犹艾也。《尔雅·释诂》曰:'耆、艾,长也。'是耆与艾同义。又曰:'艾,养也。'艾为养,则耆亦得为养矣。"④ 俞樾将二书相参,并从训诂上说明,"耆昧"即"养晦"也,士会引用《酌》诗,来说明用兵贵在"观衅

---

① 严粲:《诗缉》,中华书局,2020年,第1017页。
② 钱澄之:《田间诗学》,黄山书社,2005年,第924页。
③ 方玉润:《诗经原始》,中华书局,1986年,第623页。
④ 俞樾:《群经平议》,《续修四库全书》第178册,上海古籍出版社,2002年,第415页。

而动""见可而进,知难而退",①正是发挥了《酌》诗审时度势、酌时而动的道理。

最后,从《逸周书》相关篇章中,可知"酌时""养晦"确实是周初重要的用兵策略。《逸周书·文酌》说"聚有九酌",《大武解》说"侵有七酌",《允文解》更有"遵养时晦,晦明遂语,于时允武"之语,与《酌》诗十分相近。潘振《周书解义》曰:"遵养时晦,言有师不用,退自循养,与时俱晦也。晦明,晦极则明,犹言乱极思治也。语,告将帅也。于时信当用武,不必晦也。"②"遵养时晦"一语,与《酌》全同;"晦明",即《酌》"时纯熙矣";"于时允武"即《酌》"是用大介",二者文辞、意义大同。而"晦明遂语,于时允武",指诏告将帅,可以用武,将其与《酌》诗相联系,也暗示我们,《酌》诗可能就是诏告诸侯将帅出兵的誓师之辞。

依着这样的情境来理解,《酌》的诗义也就更为明朗了。"於铄王师,遵养时晦。时纯熙矣,是用大介",是宣告周家对商的政策开始由"养晦"转为"用大介"。"我龙受之,蹻蹻王之造",林义光训"龙"作"龏",即古"恭"字,"我恭受之,受此纯熙之时也。我,我王也"。③"蹻蹻",武貌。"王之造",读为王之曹,指周王的兵众④。从"王之造"可知,"我龙受之"之"我"不是武王自我,而应该是第三人

---

① 杜预将"耆昧"解释作"致讨于昧",一方面是承袭了毛、郑之说,也是受了前文"攻昧"的影响。但实际上,士会这里是有区分的。竹添光鸿《毛诗会笺》引清人蔡启盛之说,对此辩证说:"《左传》杜解云:'耆,致也。'案,训耆为致,是相传之古说,而以致为致讨,则征南(引者按,指晋伐楚)失其旨矣。士会意不欲战,故将弱与昧析言之,引仲虺言而释以兼弱,是宜急取,此为客意;引此诗而释以耆昧,是宜有待,此为主意。观下文终之以抚弱耆昧,而先縠之必欲战者,即斥曰不可,此显然可见。"(参竹添光鸿《毛诗会笺》,凤凰出版社,2012年,第2238—2239页)按,蔡氏深得士会引诗之意,故此处"耆昧"即"养晦",仍作韬光养晦之意解为上。
② 黄怀信、张懋镕、田旭东:《逸周书汇校集注》,上海古籍出版社,2007年,第101、102页。
③ 林义光:《诗经通解》,中西书局,2012年,第417页。
④ 参高亨《诗经今注》,上海古籍出版社,1984年,第505页。

称指称"我武王"或"我有周"。"载用有嗣,实维尔公允师","嗣",于省吾说:"金文嗣、辭通用。辭、治古今字。"①"尔公"是指会集的四方诸侯,《小雅·白驹》有"尔公尔侯,逸豫无期"句。"允",以也,用也②,"师",指军队。末二句意为:我周家能够治有天下,实在有赖于你们诸位诸侯率用军队一起攻伐纣王啊。依着这样的训解,《酌》诗大意如下:

啊,周王壮美的军队,能够在昏晦的时候退自循养,待到时势光明了,则可以大举用兵伐商了。我有周恭敬地承受了这样光明的时机,有这么勇武的周王的军队。要天下得到治理,实在是有赖于你们诸位诸侯协同出师伐商!

通过以上对"酌"题取义、周初伐商前后政治军事局势、先秦引用《酌》诗的分析,《酌》诗的诗义主旨变得显豁。综合言之,《酌》诗乃是正式伐商前,面对四方诸侯将士的歌唱,诗中宣告周家对商政策的转变,也展示周此时恭受天时、上下齐心的气势,带有一定的誓师的意味。

显而易见,《酌》诗与《大武》六成乐舞的表现主题、象征意义都不相符,将其置于《大武》乐章的任何一成都不妥帖。那么,基于以上所论《酌》诗的历史本事、诗义主旨,《酌》的乐用情境和歌唱方式是怎样的呢?

如上所述,《酌》表现的是周人对商政策从"遵养时晦"到"是用大介"的前后转型,可以说,《酌》作为誓师之辞,自此拉开了武王伐商的序幕。因此,虽然《酌》不在《大武》乐章六成乐舞之列,但却与武王伐商之事前后紧密相连,因此,笔者认为《酌》可视为《大武》

---

① 于省吾:《泽螺居诗经新证》,中华书局,2003年,第63页。
② 参王引之《经传释词》,岳麓书社,1984年,第19页;马瑞辰《毛诗传笺通释》,中华书局,1989年,第1118页。

乐章的一个引子，歌于第一成"始而北出"正式伐商之前。这一论断可以从《礼记·乐记》关于《大武》乐章的相关论述中得到印证，其文曰：

> 宾牟贾侍坐于孔子，子与之言，及乐，曰："夫《武》之备戒之已久，何也？"对曰："病不得其众也。""咏叹之，淫液之，何也？"对曰："恐不逮事也。""发扬蹈厉之已蚤，何也？"对曰："及时事也。""《武》坐，致右宪左，何也？"对曰："非《武》坐也。""声淫及商，何也？"对曰："非《武》音也。"子曰："非《武》音，则何音也？"对曰："有司失传也。若非有司失其传，则武王之志荒矣。"子曰："唯，丘之闻诸苌弘，亦若吾子之言是也。"宾牟贾起，免席而请曰："夫《武》之备戒之已久，则既闻命矣。敢问迟之迟而又久，何也？"子曰："居，吾语女。夫乐者，象成者也。总干而山立，武王之事也。发扬蹈厉，太公之志也。《武》乱皆坐，周、召之治也。且夫《武》，始而北出，再成而灭商，三成而南，四成而南国是疆，五成而分周公左，召公右，六成复缀以崇天子。夹振之而驷伐，盛威于中国也；分夹而进，事蚤济也；久立于缀，以待诸侯之至也。"

这一段文献为学者所常引，据以考察《大武》乐章六成乐舞的演出情形，然大家都没注意到，在正式的六成乐舞演出之前，有一段很长的序曲。孔子、宾牟贾也十分清楚这一序曲的存在，并在问答中反复探讨了序曲的象征意义与音乐风格，其本事、主题、艺术效果与上文所论《酌》均若合符节。

具体而言，在序曲中，乐舞人员皆"久立于缀，以待诸侯之至也"，再现的是周武王正式"北出"伐商前于盟津会集诸侯之事。这与《酌》诗的历史背景是一致的。在"北出"伐商前歌唱《酌》诗，召集四方诸侯，宣誓对商"用介"，既为"备戒"，也为"得众"，可以鼓舞士气,展现志在必胜的信念,正好作为《大武》乐章的引子、序曲,为其后表现伐商立周的六成乐舞蓄足气势。

在序曲中,"先鼓以警戒",同时伴随着"咏叹""淫液"之声,据郑玄注:"咏叹、淫液,歌迟之也。"可知此时并非单纯的器乐演奏,而是伴有人声的乐诗歌唱,其歌唱节奏迟缓,声调深长,所谓《武》之备戒之已久""迟之迟而又久",意在表现武王"病不得其众也""恐不逮事也"。这与《酌》诗的情感主题、歌唱风格也十分吻合。《酌》表现周对商从"养晦"转为"用介"的政策转变,用作《大武》乐章的序曲,"咏叹之,淫液之",正好可以充分表明周人长久以来斟酌时宜、戒慎警惕、韬光养晦的精神意志。就歌唱方式而言,《酌》诗中的"王之造",表明这不是周武王第一人称的歌唱,"我龙受之"也泛指"我武王"或"我有周",因此《酌》诗应是第三人称视角的合唱。全体合唱使得音乐节奏更为迟缓,声调更为深长,这与《乐记》"咏叹之,淫液之""迟之迟而又久"的音乐效果也相合。

以上探索了《酌》诗的历史本事、诗旨主题,同时,对其乐用情形做了试探。与旧说相比,本文着重分析《酌》诗题的取义和诗旨主题,还原《酌》诗的历史背景,突出"遵养时晦,时纯熙矣,是用大介"三句中所寓含的周人对商政策的转型,从而突破前人将《酌》置于《大武》乐章六成之列的诸说。此外,旧有诸说多未重视《乐记》"咏叹之,淫液之""恐不逮事""迟之迟而又久""久立于缀,以待诸侯之至"云云所寓含的情感意旨和艺术呈现,即没有注意到《大武》六成乐舞之前可能存在引子或序曲。当然,"引子"或"序曲"只是强为之名,这一术语未见于先秦文献记述,但与之相对,先秦诗乐中前有"启",后有"乱",又,乐府诗中前有"艳",后有"趋"。这都说明,从乐歌体制上也并不排除《大武》乐章存在"引子"或"序曲"之类诗乐的可能。更何况,如上所述,《酌》诗用作《大武》乐章序曲,在历史本事、诗歌主旨、歌唱效果上都十分妥帖。

附论二
《周公之琴舞》"启+乱"乐章结构探论

  《周公之琴舞》保存了多首逸诗，它们在同一仪式情境、仪式主题下以组歌的形式歌唱，且各絉内部又呈现"启+乱"的乐章结构。这些乐章内容和形式未见于其他文献，提供了周代诗乐歌唱的诸多新信息，具有重要的研究价值。

  李学勤《论清华简〈周公之琴舞〉的结构》一文最早对"琴舞九絉"的结构做了分析，李先生首先厘清所谓"周公作""成王作"，"不一定是该诗直接出自周公、成王，就像《书序》讲'周公作《立政》'，而《立政》开头便说'周公若曰'，显然是史官的记述一样，我们不可过于拘泥"[①]。因此，李先生结合诗歌意义的分析，区分了成王"琴舞九絉"中成王、周公两种口吻，其中"元纳启""三启""五启""六启""七启"为成王之辞，"再启""四启""八启""九启"为周公之辞[②]。后来一些学者又提出新的理解，如"再启"，李守奎认为是成王

[①] 李学勤:《再读清华简〈周公之琴舞〉》，《绍兴文理学院学报（哲学社会科学）》2014年第1期。
[②] 李学勤:《论清华简〈周公之琴舞〉的结构》，《深圳大学学报（人文社会科学版）》2013年第1期。

之辞①;"四启",赵敏俐、姚小鸥认为是成王之辞②;"九启",姚小鸥认为是成王之辞。诸如此类,说明各粎角色归属问题本身即存在一定的张力,有待进一步探讨。

笔者发现,诸家解释虽然不一致,但在考虑每粎的角色归属时,都是将某一粎完全归于周公或者成王,而各粎内部明显分为"启""乱"两部分的乐章结构,似乎未引起学者的注意。但既然简文呈现为"启+乱"的乐章结构,其中应当有一些特殊的考虑。我们不禁要追问:乐章为什么要作"启""乱"的区分?它们在表达指向上有何关联和差异?这一乐章结构对诗义的表达有何帮助?在乐用时又呈现出哪些特殊形态?这些问题,不仅与上述角色归属问题息息相关,也影响到对《周公之琴舞》文本属性、意旨的理解。因此,作为一个重要的文本提示,"启+乱"这一特殊的乐章结构,成为深入探析《周公之琴舞》不可回避的问题。学界对此尚未有细致的探讨,笔者试图就这些问题略陈管见,以就教于方家。

第一节　从"乱曰"与《周颂·敬之》入手

"启+乱"的乐章结构,对乐歌的旧有认识提出了一个挑战,不仅"启"不见于其他文献记载,传世文献对"乱"的记述,也未能很好解释《周公之琴舞》中"乱"的乐章功能。我们先来看传统意义上的"乱"。

《诗经》中有"乱"章,《国语·鲁语》《论语·泰伯》《礼记·乐记》等文献都有记载。《国语·鲁语》韦昭注曰:"凡作篇章,义既成,撮其大要以为乱辞。……曲终乃更,变章乱节,故谓之乱也。"③《楚

---

① 李守奎:《清华简〈周公之琴舞〉与周颂》,《文物》2012年第8期。
② 赵敏俐:《〈周公之琴舞〉的组成、命名及表演方式蠡测》,《文艺研究》2013年第8期。姚小鸥:《〈周公之琴舞〉诸篇释名》,《中国诗歌研究》第10辑,社会科学文献出版社,2014年。
③ 徐元诰:《国语集解》,中华书局,2002年,第205页。

辞》王逸注也说:"乱,理也,所以发理词指,总撮其要也。"①故传统一般认为,"乱"是乐章的结束部分,起到总撮大要、卒章显志的作用。因是对前文的总结,故而"乱"的篇幅一般较为精短。但《周公之琴舞》之"乱"却不合乎这一传统认识,首先"乱"在篇幅上并不精短,有些甚至长于"启";其次,"乱"也并没有总撮大要、卒章显志的功能。但《周公之琴舞》中的"乱"既然被称为"乱",则应与《诗经》《楚辞》的"乱"存在某种相通之处,那么,两者究竟在何种意义上相通呢?要回答这个问题,需要我们对"乱"的意义功能提出新的认识。

"乱"广泛运用于周代诗乐中,但因为诗乐分途、文献阙失,《诗经》中确切指明的"乱辞",只见于《商颂·那》篇。据《国语·鲁语》记载,《那》的"乱辞"为"自古在昔,先民有作,温恭朝夕,执事有恪"四句。但此四句之后还有"顾予烝尝,汤孙之将"两句,以"乱者,乐之终""乱者,乐之卒章"绳之,《鲁语》所载《那》诗"乱辞"恐有误。元人赵德《诗辨说》由此入手,认为:"《那》与《烈祖》二诗皆五章,章四句,以韵考之可见,独第五章各加'顾予烝尝,汤孙之将'二句以为乱辞。"②赵氏以同见于《商颂·烈祖》卒章的"顾予烝尝,汤孙之将"为"乱辞",笔者认为其说可从,一则"顾予烝尝,汤孙之将"确为卒章,二则此章对前文赋写仪式场面的内容也有点明主旨的作用,三则卒章二句用韵亦与前文有异,符合韦昭"变章乱节"之说。这也意味着"乱"的歌唱方式可能发生了某种变化。

循着这一思路,我们发现《诗经》有不少诗篇的卒章也有"乱"的这种特征。比如《大雅·崧高》《烝民》、《小雅·节南山》《巷伯》《小明》等诗的卒章,不仅有总撮大要、卒章显志的功能,而且从文本中也能推测其歌唱方式是有变化的。比如,《节南山》末章"家父

---

① 洪兴祖:《楚辞补注》,中华书局,1983年,第47页。
② 赵德:《诗辨说》,见朱倬《诗经疑问·附编》,北京师范大学出版社,2013年,第520页。

作诵,以究王讻。式讹尔心,以蓄万邦",郑笺、孔疏都认为是家父自己标明诗人身份,但更为通达的理解可能是,"家父作诵"并非家父自称,乃是乐工之语。因为诗歌前九章以第一人称"我"行文,如"我瞻四方""我王不宁",都是诗人家父的口吻;而到末章忽然转作旁观视角,则是乐工在唱完家父的讽谏诗之后,跳出"家父"第一人称的歌唱口吻,以"乱"的形式交代诗篇作者,点明讽谏之意。这就是说,"乱"不仅有卒章显志的功能,也意味着歌者角色视角的转变。无独有偶,这种歌唱角色转变的情况,在《小明》的篇末章节中也有所体现。《小明》前三章每章十二句,是征夫以第一人称叙述、感叹征役之苦,如"我征徂西,至于艽野""昔我往矣,日月方除""念我独兮,我事孔庶";而后二章与前三章相比,则有较大变化,每章只有六句,诗法也由叙述转为议论,显示出"变章乱节"的特点,"嗟尔君子,无恒安息。敬共尔位,好是正直。神之听之,介尔景福"云云,更像是乐官在唱完征夫之辞后,对歌唱现场的君子们的劝诫,亦是卒章显志,可视为全诗的"乱辞"。显然,这里的"乱"也发生了由征夫到乐官的角色口吻的转变。

综上,笔者认为,传统对"乱"的认识是有局限的,"乱"不仅仅有总撮大要、卒章显志的功能,"乱"章在音乐韵律、歌唱方式、歌者角色口吻上,也与前文有所不同。正如韦昭所注:"曲终乃更,变章乱节。""乱"即意味着转变,这也可从"乱"字的训诂上得到参证。"乱"字有变更、变换之义,如:

《礼记·王制》:"乱名改作。"郑玄注:"乱名改作,谓变易官与物之名,更造法度。"

《左传·襄公十年》:"余恐乱命。"杜预注:"既成改之为乱命。"

《汉书·终军传》:"上乱飞鸟。"颜师古注:"乱,变也。"

可知，在一些情况下，"乱"有标识歌者角色转换的功能，或者说，"乱"正是歌者角色口吻转换的文本提示语。

基于以上对《诗经》"乱"的新认识，再来看《周公之琴舞》"启＋乱"的乐章结构，我们不禁追问，琴舞中的"乱"是否也意味着歌唱角色的转换呢？

李学勤曾说："要想正确了解《周公之琴舞》的时代和性质，不妨先从《敬之》入手，因为该篇经过注疏讨论，在若干方面可以作为我们研究的参考依据，可以避免凿空的弊病。"① 按照这一思路，《敬之》歌唱角色问题的合理分析，将为我们考察其他各阕"启＋乱"结构提供很好的参照例证。令人惊喜的是，《敬之》即成王"琴舞"第一阕，传统解释就已注意到诗中存在角色转换的情况。《敬之》其辞曰：

> 敬之敬之，天维显思，命不易哉。无曰高高在上，陟降厥士，日监在兹。维予小子，不聪敬止。日就月将，学有缉熙于光明。佛时仔肩，示我显德行。

历代对《敬之》解释不一，或认为是"群臣进戒嗣王"，或认为是"成王自箴"，可见诗中人称口吻存在一定的张力。朱熹察觉到诗前后六句诗义、辞气的不同，认为前六句是"成王受群臣之戒而述其言"，后六句为成王"自为答之之言"②。但"述其言"云云，仍是成王所歌。这一理解还是太过周折。相比而言，欧阳修据文求义，最为通达，他直接提出前六句为"群臣戒成王"之辞，后六句为"成王答群臣见戒之意，为谦恭之辞"③。傅斯年又将《敬之》与《尚书·顾命》对读，发

---

① 李学勤：《再读清华简〈周公之琴舞〉》，《绍兴文理学院学报（哲学社会科学）》2014年第1期。
② 朱熹：《诗集传》，中华书局，2017年，第353页。
③ 欧阳修：《诗本义》，《儒藏》精华编第24册，北京大学出版社，2008年，第132页。

现《敬之》与《顾命》所载周王登基典礼的仪程、礼辞十分契合①。夏含夷更进一步将《敬之》前、后六句分别与《顾命》中"今王敬之哉""惟予一人钊报诰"之君臣对答之辞相对应②。由此可知,《敬之》乃是成王登基大典上君臣双方的对唱,前六句是大臣(实即周公)教戒成王之辞,后六句为成王的自勉之辞。

这一认识,考虑到《敬之》诗辞大意、人物语态、仪式情境等综合因素,其研究思路和结论曾广为学界称引。但清华简《周公之琴舞》的面世,却似一下子打破了这一认识。因为简文明言"成王作儆毖,琴舞九絉",其中就有《敬之》篇,因此学者们又几乎一致地修正君臣对答说,以《敬之》通篇为成王之辞。但实际上,这种看法还是显得十分武断。首先,第一絉明确标示"启""乱",即意味着前、后六句在文本上可能存在某些差异,很显然,当前学界的认识,没有充分重视也未能合理解释这一文本特征;其次,如李学勤所言,"成王作"云云,不可拘泥理解。既然所谓成王"琴舞九絉"中也有周公之辞,何以第一絉就非得因为前面"成王作"云云,就断为成王之辞,而不可能如传统解释,为周公、成王对答之辞呢?可见,即使有《周公之琴舞》的面世,也未可遽然推翻《敬之》为君臣对答之辞的旧说,且"启""乱"的对应结构,反而更加印证了文本内部的某种对答关系。我们通过审核成王"琴舞"其他各絉的情况,将进一步确证这一认识。

第二节 《周公之琴舞》"启""乱"轮唱模式分析

划分各絉"启""乱"的角色归属,除了依据各部分的辞章大意,

---

① 傅斯年:《〈诗经〉讲义稿》,《傅斯年文集》第2卷,中华书局,2017年,第173—175页。
② 夏含夷:《从西周礼制改革看〈诗经·周颂〉的演变》,《古史异观》,上海古籍出版社,2005年,第331、332页。

还需着重把握周王、成王在人称语态、意义指向上的不同。大体来说，成王初登基，且年龄尚幼，因此，辞意更多是自儆；而周公则既有对成王的儆毖，也有对群臣的儆毖，所谓"周公作多士儆毖"，展现了一位辅政大臣、开国元老的深度关切。是故，此前的研究将"诸尔多子""咨尔多子"亦归为成王之辞，显然是不太符合人物口吻和仪式语境的。而有些辞意、口吻没有明显角色属性，我们则主要通过简文内部及《诗》《书》等相近语例作为辅助依据加以判断。

下面我们就从文本释读出发，结合成王、周公的语态情志，参考文献内外的语例运用，充分考虑"启＋乱"乐章结构的提示作用，对成王"琴舞"各阕角色归属做一探析。

元纳启曰：无悔享君，罔坠其孝，享惟慆帀，孝惟型帀。

第一阕：

元纳启曰：敬之敬之，天惟显帀，文非易帀。毋曰高高在上，陟降其事，卑监在兹。乱曰：迵我夙夜不逸，敬之，日就月将，教其光明。弼持其有肩，示告余显德之行。

第二阕：

再启曰：假哉古之人，夫明思慎，用仇其有辟。允丕承丕显，思攸亡斁。乱曰：已，不造哉！思型之，思罷强之，用求其定。裕彼熙不落，思慎。

"用仇其有辟"，"其有辟"是周公面对群臣远指成王，如李学勤所言，"这是举前代良臣为例，说他们都能善于'仇其有辟'即辅助君主。这自然是针对朝臣多士的，不会是成王儆惩自己"①。"允丕承丕显，思攸亡斁"，与《周颂·清庙》"不显不承，无射于人斯"意同，也是周公劝勉群臣之语。可知"再启"应属周公之辞。而到了"乱曰"部分，则可能换作成王歌唱。"不造哉"，《周颂·闵予小子》亦有"遭家不造"，《郑笺》曰："造，犹成也。……遭武王崩，家道未成。"这明显应该是成王初登基时自况之语，非周公所能言。又"思型之，思毖强之"，即《我将》"仪式型文王之典"，是成王自勉之辞。"用求其定"，"用"，以也，亦即《赉》"我徂维求定"之意，指安定天下四方，也应是成王自勉之辞。"裕彼熙不落"，即不坠前人之光。"思慎"是成王重言周公"夫明思慎"，进一步确认此絉的章旨。

第三絉：

> 三启曰：德元惟何？曰渊亦抑，严余不懈，业业畏忌，不易威仪，在言惟克。敬之！乱曰：非天廞德，緊莫肯造之。夙夜不懈，懋敷其有悦。裕其文人，不逸监余。

"乱"中"夙夜不懈"即"夙夜不逸"；"裕其文人"，"文人"即西周金文常见的"前文人"，指的是先公先王；"不逸监余"，对第一絉"乱曰"的"卑监在兹"而言，"余"是成王自称。可知第三絉"乱曰"为成王之辞。而与之相对，"三启"则为周公之辞。"德元"，《书·召诰》中有"其惟王位在德元"，《孔传》："其惟王居位在德之首。""德元惟何"云云，是周公设问，阐发王德，以此儆惩成王。"不易威仪，在言惟克"，整理者认为与《大雅·抑》"慎尔出话，敬尔威仪"意同；"敬之"亦同于"元纳启"的"敬之敬之"，都是周公劝勉成王之辞。又一说，黄杰认为，按《尚书》语例，"惟克"后常接动词，当以"惟克敬之"为句，"在言"即"兹言"，即指上文"曰渊亦抑，严余不懈，业

---

① 李学勤：《论清华简〈周公之琴舞〉的结构》，《深圳大学学报（人文社会科学版）》2013 年第 1 期。

业畏忌,不易威仪"①。"兹言,惟克敬之",做一收束,更见出周公谆谆教导之意。

第四絉:

四启曰:文文其有家,保监其有后。孺子王矣,丕宁其有心。懋懋其在位,显于上下。乱曰:遹其显思,皇天之功。昼之在视日,夜之在视辰。日入皋举不宁,是惟宅。

"其有后",是周公指称成王。"孺子王矣"为周公称成王之辞,李学勤引《尚书·立政》为证②,是也。而"乱曰"则应从姚小鸥之说,视作成王之辞,其中"昼之在视日,夜之在视辰",整理者引清华简《说命下》"昼女视日,夜女视辰,时罔非乃载"相参,读"女"如字,姚小鸥另读作"汝",即"汝昼视日,汝夜视辰"之倒装,在《说命下》为君主对傅说的命辞,在此"乃成王之自勉,其中,'之'为介词,'在'为察视之意,较'昼女(汝)视日,夜女(汝)视辰'显礼敬之意"③。此说可从。

第五絉:

五启曰:呜呼!天多降德,滂滂在下,攸自求悦,诸尔多子,逐思忱之。乱曰:桓称其有若,曰享答余一人,思辅余于艰,乃惎惟民,亦思不忘。

"乱"中"余一人""辅余于艰"为成王自谓,无疑;"亦思不忘",同

---

① 黄杰:《再读清华简(三)〈周公之琴舞〉笔记》,简帛网 http://www.bsm.org.cn/?chujian/ 5990.html,访问日期:2024年9月23日。
② 李学勤:《论清华简〈周公之琴舞〉的结构》,《深圳大学学报(人文社会科学版)》2013年第1期。
③ 姚小鸥:《〈周公之琴舞〉诸篇释名》,《中国诗歌研究》第10辑,社会科学文献出版社,2013年。

于《闵予小子》之"继序思不忘",皆为嗣王之辞。但"五启"中"诸尔多子","多子"一词见于殷墟卜辞及《尚书·洛诰》《逸周书·商誓》等文献,指朝臣及诸侯。"天多降德,滂滂在下,攸自求悦,诸尔多子,逐思忧之",大意是指天降德于有周,广敷下土,汝诸侯大臣,当厚信己德,自求容悦。这与《周颂·烈文》"不显维德,百辟其刑之,於乎前王不忘"意义十分相近,应该是周公在成王登基礼上对诸侯公卿的劝诫之辞。李学勤认为整觚皆为成王之辞,然成王登基时年龄尚幼,以"多子"称呼拥有政治资历和权势的诸侯朝臣,辞气恐有不当。且《周公之琴舞》中,成王初即位,其辞更多是自勉、自警以及恳请群臣辅弼自己,似乎也不应强势要求诸侯大臣"攸自求悦""逐思忧之",但由辅政的周公提出,则合乎情势。故以第五觚"启"为周公之辞,即简文所谓"周公作多士儆毖",是辅政元老对"多士""多子"慕德修敬的劝诫之辞;"乱"为成王之辞,是新王恳请诸侯大臣辅佐自己治国安民。"启"与"乱",一警惕,一虔慕,语气正相对应,合乎这一情境下周公、成王的身份口吻。

第六觚:

> 六启曰:其余冲人,服在清庙,惟克小心,命不夷歇,对天之不易。乱曰:弼敢荒在位,宠威在上,警显在下。呜呼!式克其有辟,用容辑余,用小心,持惟文人之若。

"六启"中"余冲人",即《尚书·盘庚》《金縢》《大诰》中的"予冲人",是成王自称之辞。而"乱曰"为周公之辞,"弼敢荒在位,宠威在上,警显在下",即第四觚"懿懿其在位,显于上下"之意,同为周公劝导成王之语;"呜呼"以下周公转而劝诫群臣,"式克其有辟"与第二觚"用仇其有辟"同,"其"字是远指成王。

第七觚:

七启曰：思有息，思熹在上，丕显其有位，右帝在落，不失惟同。乱曰：遹余恭害忌，孝敬非怠荒。咨尔多子，笃其谏劝，余逯思念，畏天之载，勿请福之愆。

同上第五絉，"乱"中"咨尔多子"亦当周公之辞，劝勉公卿大夫敬畏天命，黾勉王事，多建善言。周公亦自言忧思国运，敬畏天命，不敢荒怠。根据上文所揭"启""乱"相对的规律，"七启"应为成王之辞，成王自言前文人在上帝之左右，丕显其有位，吾当勤勉不逸，保息养民，悦于上天，方能神人和同①。"启"是成王自我"儆毖"之辞，出自祭主嗣王之口，合乎语境。

第八絉：

　　八启曰：佐事王聪明，其有心不易，咸仪謐謐，大其有谟，匀泽恃德，不畀用非雍。乱曰：良德其如台？曰享人大……罔克用之，是坠于若。

"八启"中"佐事王聪明"，表明这是周公之辞。又，黄杰认为此句当读作"嗟！时王聪明"，是周公对成王的赞美之词②。如作此读，"启"也属周公之辞。而"乱"中因为简文缺失十四到十五字，我们没有更多信息判断其所属，按上文所揭规律，我们仍将其归为成王之辞。

第九絉：

　　九启曰：呜呼！弼敢荒德，德非惰而，纯惟敬而，文非动而，不坠修彦。乱曰：遹我敬之，弗其坠哉，思丰其复，惟福思

---

① 《国语·周语》："凡神人以数合之，以声昭之，数合声和，然后可同也。"韦昭注："同，谓神人相应也。"简文之"同"即此意。
② 黄杰：《初读清华简（三）〈周公之琴舞〉笔记》，简帛网 http://www.bsm.org.cn/?chujian/5955.html，访问日期：2024年9月23日。

庸，黄耇惟盈。

"九启"中"粥（弗）敢荒德"，即第六紪"启"中"粥敢荒在位"；"文非动帀"即"元启"中"文非易帀"；"九启"中"帀"作为句尾语气词，周公琴舞"元纳启"中亦凡二见。诸如此类，都表明"九启"是周公儆毖成王之辞。《尔雅·释诂》曰："美士为彦。""不坠修彦"即不失善美之士，是劝勉成王要敬德求贤。是故李学勤以为周公儆毖多士之辞，亦欠妥。至于"乱"言"遹我敬之"，则是成王自"我"之辞，承上总而言之，回到"敬"的主旨。

以上，分析了《周公之琴舞》各紪"启""乱"的角色划分情况，其歌唱的角色分属如下所示：

元纳启、元纳启（周公）　乱（成王）
再启（周公）　　　　　　乱（成王）
三启（周公）　　　　　　乱（成王）
四启（周公）　　　　　　乱（成王）
五启（周公）　　　　　　乱（成王）
六启（成王）　　　　　　乱（周公）
七启（成王）　　　　　　乱（周公）
八启（周公）　　　　　　乱（成王）
九启（周公）　　　　　　乱（成王）

经过这一分析，我们再回过来响应本文开头提出的几个问题。《周公之琴舞》之所以采用"启＋乱"的结构，与成王即位典礼本身的复杂性密切相关。傅斯年、夏含夷援引《尚书·顾命》，也证明了册命典礼上各方辞令的丰富性。因此，《周公之琴舞》要表现这一仪式内容和主题，采用"启＋乱"的轮唱模式，正好可以更加周全妥帖地传达仪式中各方人物的情志。这一轮唱中，既有周公与成王的对答，见于第一絉、第三絉、第四絉、第九絉，但也有周公儆毖多士、成王自儆，这种情况则周公与成王未有对答互动，故本文称"启＋乱"中有轮唱，而非对唱。当然，这也显示出周公在成王、多士之间的桥梁作用：作为成王的摄政，他可以代替幼王儆毖多士；作为辅政大臣，儆毖新王也是其职责所在。或许，也正是因为周公在整套诗乐活动中的核心地位，简文才被冠以"周公之琴舞"之名。

第三节　所谓周公"琴舞九絉"再认识

除了发现"启＋乱"中存在的轮唱模式之外，上述研究还让我们对所谓周公"琴舞九絉"有了新的认识。

《周公之琴舞》曰："周公作多士儆毖，琴舞九絉。"但简文中只存了"元纳启"的四句。那么，周公"琴舞九絉"的真实面貌怎样呢？学界对此多有讨论，有学者认为当时确实完整歌唱了两组"琴舞"共十八首诗，但《周公之琴舞》主要记录成王的诗舞，对周公之诗舞有所省略[1]；也有学者认为当时只歌唱了周公"琴舞"的"元纳启"，作为成王"琴舞九絉"的引子而已，故而简帛没有全部记录[2]；还有学者认为在简帛写定时代，周公"琴舞九絉"就因年久而散失，故而残缺[3]。这些观点，实际上都认为周公"琴舞九絉"原先确有其数，李学勤总结说："《周公之琴舞》原诗实有十八篇，由于长期流传有所缺失，同时出于实际演奏吟诵的需要，经过组织编排，成了现在我们见到的结构。"[4]不过，李先生在《新整理清华简六种概述》中又有另一种观点，认为简帛记录的就是一部完整的特殊的"琴舞九絉"，"并不意味着

---

[1] 李守奎：《清华简〈周公之琴舞〉与周颂》，《文物》2012年第8期。
[2] 李守奎：《清华简〈周公之琴舞〉与周颂》，《文物》2012年第8期。
[3] 赵敏俐：《〈周公之琴舞〉的组成、命名及表演方式蠡测》，《文艺研究》2013年第8期。
[4] 李学勤：《论清华简〈周公之琴舞〉的结构》，《深圳大学学报（人文社会科学版）》2013年第1期。

简文周公所作缺失了八篇"①。蔡先金认同此说,并从简的形制及背题简号、篇题、第二阕的"通启"记载以及"序"与"用乐"角度做了充分论证,认为《琴舞》通体是一篇完整的乐章,是成王与周公合作而成②。

笔者认同李、蔡二先生的观点,并基于前文对"启+乱"轮唱模式的分析,对此略做补证。

如上所揭,《周公之琴舞》完整保存有且仅有九首诗,只是第一阕有两个"元纳启",呈现为"元纳启+元纳启+乱"的结构。只不过,李、蔡二先生仍以第二个"元纳启"为成王之辞,但如上文所分析,两个"元纳启"都是周公之辞,二者实为一体,均标为"启",歌唱时前后相续,未见人称转换,这也加强论证了本文所论"启+乱"轮唱模式的合理性。至于"元纳启"分开两处,则是因为二者分别针对多士、成王来说:"无悔享君,罔坠其孝,享惟慆帀,孝惟型帀",忠于君,孝于亲,是周公对朝臣多士而言,即"周公作多士儆毖"之谓;"敬之敬之"以下,则是周公转为劝诫成王,故而于其前重复"元纳启"以接续之。

这又涉及两段"序"的问题,即何以同一典礼上组诗的"序"要分开记述?如前所论,所谓"成王作儆毖,琴舞九阕"乃成王、周公合作而成,并非都是成王之作。"启+乱"轮唱模式的揭示更是确认了两者的均衡参与。因此,所谓"周公/成王作琴舞九阕"的说法,就不可太过拘泥,因为既然不能得出成王曾独立作过九首诗的结论,那么,也就没必要去求证周公是否有"琴舞九阕"——不管是否曾作过,还是作过但没记录或遗失。在材料不足的情况下,更为通达的理解,应该是周公、成王合作了"琴舞九阕"。至于简文为何要将"周公作多士儆毖""成王作儆毖"分开来"序",一是为了区分周公、成

---

① 李学勤:《新整理清华简六种概述》,《文物》2012年第8期。
② 蔡先金:《清华简〈周公之琴舞〉的文本与乐章》,《西北师大学报(社会科学版)》2014年第4期。

王两个行为主体的参与，同时也是为了突显两者表达指向上的差异。"九絉"中"元纳启"（前四句）、"再启"、"五启"、六絉"乱"、七絉"乱"、"八启"都是周公对"多士"的儆毖，占周公之辞近三分之二，这一比例足以说明为何第一"序"要特别突出"多士"二字。相反，成王在"九絉"中，确如整理者所言，"成王所作儆毖九篇内容主要为自儆"①，因此需另冠一"序"，以与周公表达指向相区别。

综上，本文充分重视"启＋乱"这一特殊乐章结构的提示作用，试图以此为切入口，打开解读《周公之琴舞》的枢纽。在具体思路上，则是通过分析《诗经》之"乱"有转换角色这一功能，以此为关联，参照《周颂·敬之》君臣对答的传统解释，发现《周公之琴舞》"启""乱"中确实存在周公、成王两方轮唱的痕迹，这一认识可从简文的诗辞旨意、语例运用、人称语态上得到印证。在揭示了"琴舞九絉"的轮唱模式之后，再看周公"琴舞"的"元纳启"，就可以与成王"琴舞"的"元纳启"相贯串，都是周公之辞，由此可进一步确认，《周公之琴舞》中只有周公、成王合作的"琴舞九絉"，所谓周公"琴舞九絉"并无其数。以上所论还仅是初探，但充分考虑"启＋乱"乐章结构的提示作用，对增进了解《周公之琴舞》的文本属性、结构、意旨及歌唱形态，仍是十分有意义的。

---

① 李学勤主编：《清华大学藏战国竹简（三）》，中西书局，2012年，第135页。

附论三
周代歌诗"乐本"形态探论

由于时代久远、文献湮没,周代诗乐的具体歌唱情形,后人已难得其详,《诗经》作为周代诗乐留存于世的精粹,成为我们了解周代诗乐活动与诗乐机制的重要渠道。近年来,学者们试图通过《诗经》文本中留存的歌唱信息,来考察《诗经》歌唱形态以及周代诗乐制度,取得了不少重要的研究突破。较之过去流于《诗经》乐歌属性的泛泛之论,这已是一条扎实有据的研究路径。但是,一个不可回避的问题是,今天我们看到的《诗经》,已经是高度"文本化"、经典化之后的文本,与乐用形态下的歌诗文本相比,二者在性质、体裁、内容、形式等方面都已大相径庭。可以说,今本《诗经》已损失了大量的乐用信息,甚至偏离了乐用形态下的诗乐形貌,因此,借由《诗经》文本来探讨周代歌诗乐用的相关问题,难免会有隔阂,甚至偏差。

正是有鉴于此,我们有必要追问,周代是否存在另外一种服务于具体乐用、在技术操作层面具有实际指导意义的歌诗文本?此类歌诗文本较之今本《诗经》,其内容可以更丰富,除诗辞之外,举凡有助于诗乐歌唱、乐器演奏、乐舞表演及诗教、乐教等活动的信息都可以涵盖其中,其记述方式也可以辅助使用一些专业性音乐术语、符号、图谱或技术说明文字。我们称这一类性质和功能的歌诗为"乐本"歌诗。笔者认为,对"乐本"歌诗概念的揭橥,考察其可能形态,有利于了解仪式歌唱语境下周代歌诗创制、乐用和流传的真实情形，通过分析"乐本"歌诗与今本《诗经》的离合异同关系，也有助于探讨《诗经》"文本化"、经典化的过程及其得失。

第一节　周代"乐本"歌诗之存在

可值注意的是，现存的先秦音乐文献主要是关于音乐美学、乐舞史等的宏观论述，如《礼记·乐记》、《国语·周语》"（周景）王将铸无射"章、《左传·襄公二十九年》"季札观乐"、《吕氏春秋·古乐》等。相较之下，真正涉及乐器演奏、歌舞乐谱、歌诗的具体歌唱程序、歌唱方式的记载，却少之又少。我们不禁要问，在先秦时期，是否存在此类服务于具体乐用、在技术操作层面具有实际指导意义的"乐本"文献？为什么此类音乐文献历史上留存很少？

众所周知，乐在"六艺"中占有重要地位，然乐类文献却甚少留存，《汉书·艺文志·六艺略》只记了六家一百六十五篇，但除了《乐记》二十三篇中残存的十一篇之外，其余皆已亡佚。对此，《艺文志》解释道："周衰俱坏，乐尤微眇，以音律为节，又为郑、卫所乱，故无遗法。"颜师古注曰："言其道精微，节在音律，不可具于书。"是说因为音律精微，难以用文字等符号记载下来。张舜徽《汉书艺文志通释》则说："盖六艺之中，其他皆赖有文字记载而得永传，独乐仪乐舞，重在演习，弦歌声律，尤贵口授，非求之于书也。其师亡则其道绝，乐之不传于后，非无故矣。"[①] 是说乐舞声律重在口传心授，无须借助书册传承。据此二说，音乐技艺的操作、教学、传承，似乎在可能性和必要性上都甚少诉诸文字，此类音乐文献鲜少存世，是客观历史即是如此，而非因为文献亡佚。

这一认识值得商榷，根据现有文献，笔者认为当时是切实存

---

① 张舜徽：《汉书艺文志通释》，华中师范大学出版社，2004年，第220页。

在"乐本"文献的。如,《礼记·投壶》保存了射礼、投壶礼上"鲁鼓""薛鼓"的鼓谱:

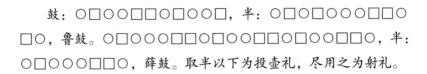

分别用"○""□"表示击鼙、击鼓。"鲁鼓""薛鼓"有相应的记谱方式,先秦乐用中占有重要地位的钟磬、琴瑟、笙管等各类乐器,应该也有相应的演奏乐谱。《汉书·艺文志·六艺略》著录的《雅琴赵氏》《雅琴师氏》《雅琴龙氏》,可能即是关于雅琴不同流派技法或琴谱的"乐本"文献。又,据《韩非子·十过》记载:

卫灵公将之晋,至濮水之上,税车而放马,设舍以宿。夜分,而闻鼓新声者而说之,使人问左右,尽报弗闻。乃召师涓而告之,曰:"有鼓新声者,使人问左右,尽报弗闻。其状似鬼神,子为我听而写之。"师涓曰:"诺。"因静坐抚琴而写之。①

"听而写之""抚琴而写之"云云,说明师涓对听闻的新声做了曲谱的记录,故后又为晋平公"援琴鼓之",重奏新声。这是先秦时期古琴记谱活动的实例,也是"采风"活动的实例。所谓"采风",既包括诗辞采录,也包括乐曲、乐调的采录。师涓对"新声"的记录,正反映了周代采录乐曲、乐调的具体实践。风诗的广泛采集、新声的普遍流行,都有赖于一套行之有效的音乐采集和记录方式,由此足见先秦时期音乐记述方式的功能和流行程度。

以上诸例说明,口传心授与记于书册完全可以并行不悖,虽然乐

---

① 王先慎:《韩非子集解》,中华书局,1988年,第62页。

道精微，但无论是出于实际乐用操作的需要，还是出于音乐采集、传习的需要，先秦乐官都有必要、也有能力发明出一套系统、有效的音乐记述方式。

具体到歌诗方面，乐工歌演应该也有所用的"乐本"。《汉书·艺文志·诗赋略·歌诗》著录有《河南周歌诗》七篇、《河南周歌声曲折》七篇、《周谣歌诗》七十五篇、《周谣歌诗声曲折》七十五篇，王先谦《汉书补注》："此上诗声、篇数并同。声曲折，即歌声之谱，唐曰律句，今曰板眼。"①陈国庆《汉书艺文志注释汇编》说得更明白："声曲折，即今日唱歌之乐谱。"②可见，乐工歌演时有乐谱可依，并非完全依赖于口耳相传③。即使部分瞽矇乐工无法诉诸视觉，可能无须依凭乐谱，但对参与舞蹈、演奏以及乐教、诗教的人员来说，"乐本"文献在歌演和传承时仍具有不可代替的指导和规范作用。举例而言，《礼记·乐记》关于《大武》乐章六成舞位图的说明，即是一例。再如，上博简《采风曲目》用宫巷、讦商、徵和、讦羽等乐律名缀属39首歌曲篇目，正如整理者所言，"《采曲曲目》可能是楚国历史上某一时期流行的或有意编集的歌曲曲目"，"这是乐官依据五声为次序并按各自不同乐调类别整理采风资料中众多曲目的一部分，每首歌曲弦歌时可依此类别定出歌腔"。④据此，《采风曲目》可视作流传于楚国乐官中的一种"乐本"歌诗文献，用以指导乐工的

---

① 王先谦：《汉书补注》，中华书局，1983年，第894页。
② 陈国庆：《汉书艺文志注释汇编》，中华书局，2006年，第182页。
③ 可资参照的是《隋书·经籍志·乐部》，著录了乐论、论录、乐府声调、乐谱、琴谱、乐薄、乐悬、曲名等著作共四十二部，一百四十二卷，通计亡书，合四十六部，二百六十三卷。这些文献中，如《新杂漆调弦谱》一卷、《乐谱》四卷、《乐谱集》二十卷等，都是乐谱类文献。又，《隋书·经籍志·总集部》著录了多部歌诗集，如《古歌录钞》《晋歌章》《吴声歌辞曲》《三调诗吟录》《奏鞞铎舞曲》等，从其书名看，即可知具有鲜明的歌诗文本性质，是典型的"乐本"歌诗集。隋代所保存的音乐文献和当时的音书记述能力的情况，于此可见一斑，这一成就应该是中国古代音乐自先秦以来长期发展、积累的结果。
④ 马承源主编：《上海博物馆藏战国楚竹书（四）》，上海古籍出版社，2004年，第161、162页。

演奏、歌唱活动。而且，简文中的曲目，从其篇题看接近于《诗经》的风诗，其中第一简《硕人》更是与《诗经·卫风·硕人》同名，虽不能确定是否即是《诗经·硕人》，但也可以推知，《诗经》中这些乐诗，其"乐本"形态想必也标识有类似的乐律术语。又，湖北荆州王家嘴798号战国楚墓出土的竹简中，有160支左右竹简"内容均为数字、天干及其它少量笔画简单之字符的不同排列、组合，且有分栏的情况，似带有一定的节奏感"，"还有少量简文以'公之大和''中和''大櫜'等词语结尾"。整理者推测"这类简文是一种失传的先秦乐谱"。[1] 清华简《五音图》《乐风》也是两种前所未见的古乐书佚籍，书中含有"宫""商""角""徵""羽"五声及与"上""大""小""右""左""逝""反"等修饰词的组合，其性质、功能、乐律体系等学界已有不少讨论[2]，但仍存在诸多未解的疑难。

上述传世文献和出土文献，已足以推知先秦时乐工所用"乐本"文献之切实存在，其内容既有乐曲的调式标识，也有乐奏、歌唱的曲谱，以及舞蹈表演的舞位图，等等。因此，我们并不能以现今所见"乐本"文献的稀少，就怀疑当时没有能力或没有必要生成这样的文献，更不能过度强调周代诗乐歌演活动的口头诗学特征，认为在当时还没有写定的歌诗文本，进而质疑《诗经》文本的写定和经典化过程。

第二节　周代"乐本"歌诗的可能形态

纯粹意义上乐工所用的"乐本"歌诗及歌诗集，我们已经无缘得

---

[1] 荆州博物馆：《湖北荆州王家嘴798号楚墓发掘简报》，《江汉考古》2023年第2期。
[2] 可参黄德宽《清华简新发现的先秦礼、乐等文献述略》，《文物》2023年第9期；贾连翔《清华简〈五音图〉〈乐风〉两种古乐书初探》，《中国史研究动态》2023年第5期；程浩《清华简中两种乐书的文本复原与功能蠡测》，《出土文献》2023年第4期；胡其伟《清华简〈五音图〉的初步研究》，《出土文献》2023年第4期；李卿蔚《清华简〈乐风〉相关问题研究》，《出土文献》2023年第4期；陈民镇《清华简〈五音图〉论略》，《中国文化研究》2023年冬之卷。

见了。在文献阙如的情况下，我们仅能通过传世文献与出土文献中的相关记载，了解"乐本"歌诗的可能形态和乐用情形；同时，《诗经》胎始于乐用形态下的歌诗唱本，虽然经历了"文本化"、经典化的过程，但"乐本"的呈现方式及其所体现的诸多诗乐传统，仍然在《诗经》中有所遗留，因此《诗经》仍是我们探析歌诗"乐本"形态最切近的文本参照。当然，通过对比今本《诗经》与"乐本"歌诗，"乐本"歌诗的独特性及《诗经》"文本化"所带来的变异，也将得到清晰的呈现。

以下我们就分"诗题""笙诗""乐章""诗序"四个方面，考察周代"乐本"歌诗的可能形态。

一、诗题

《诗经》之题名，皆袭自"乐本"。赵德《诗辨说》说："今古之乐，雅、郑虽不同，然题自记其声，而词自述其意，题与辞不相干，至今然也。"[①]一般而言，周代歌诗之命名，多取诗之首句或诗中某句之某字为题。诗之题名与正文之诗辞旨意，没有意义关联[②]，这与后代诗人之重"诗义"的命名方式不同。甚至，有可能其命名之初与"记声"功能也没有关系，更多是乐用时一种因便就简的命名方式[③]。也正因此，在乐用情境下，诗题也具有一定的随意性，并非固定不变，而是多有异名，甚至并非所有诗篇都有诗题[④]，这都说明诗题在乐用情境下并不

---

① 赵德：《诗辨说》，见朱倬《诗经疑问·附编》，北京师范大学出版社，2013年，第518页。
② 尹继美《诗管见》卷七《论诗篇题》曰："诗题之有意义存者，亦仅矣。"（尹继美：《诗管见》，《续修四库全书》第74册，上海古籍出版社，2002年，第104页）
③ 如清华简《耆夜》中《乐乐旨酒》《輶乘》《赑赑》《明明上帝》《蟋蟀》四诗，诗题皆取诗之首章，而在书写时，都用重文符号"="表示。于此可知这种命名方式之方便、省简。
④ 如近出安徽大学藏竹简《诗经》，除《甫（鄘）》标记首篇名为《白（柏）舟》，《魏》标记首篇名为《葛娄（屦）》之外，其他《国风》各篇皆不书篇名（参徐在国《安徽大学藏战国竹简〈诗经〉诗序与异文》，《文物》2017年第9期）。

是那么至关重要。

当然，当这一诗题所代表的音乐风调流行开来，诗题也会逐渐成为一种音乐范式。《诗经》中多见同题之歌诗，如《柏舟》，同见于《邶风》《鄘风》；《谷风》，同见于《邶风》《小雅》；《扬之水》，同见于《王风》《郑风》《唐风》；等等。虽也是因为诸诗首句之起兴相同，但作为一种习惯性表达，在音乐上也应该有某些关联，如元代刘玉汝《诗缵绪》所言：

> 诗为乐章，《国风》用其诗之篇名，亦必用其乐之音调，而乃一其篇名者，所以标其篇名音调之同，使歌是篇者即知其为此音调也。①

与之相似，而稍有变通者，如《郑风》有《叔于田》《大叔于田》，皆以"叔于田"起句，而后一篇诗题特加一"大"字以别之。刘玉汝从音乐角度做了分析：

> 恐二《叔于田》所咏之人不辨，故特以"大"而别之欤？不然则又或者以文辞、曲谱之长短为篇异，故加"大"以别之欤？不然均称为《叔于田》何不可，而必欲如是耶？②

"大"字指示出二诗在音乐表现上的区别。以上诸例，都见出《诗经》诗篇题名有"记声"功能。

《诗经》中还有一些诗题，则可能直接与乐节相关，如《酌》《赉》《般》等，其题名在诗中没有对应的文字，朱熹解释其命名原则说："此诗（引者按，指《酌》）与《赉》《般》，皆不用诗中字名篇，疑取

---

① 刘玉汝：《诗缵绪》，北京师范大学出版社，2012年，第391页。
② 刘玉汝：《诗缵绪》，北京师范大学出版社，2012年，第397页。

乐节之名。"① 所谓"乐节",我们已难以确知具体所指,但必然是标识了歌诗的某种乐用信息。后世乐府中仍有以声、舞命名乐曲的习惯,如顾炎武所言:"乐府中如《清商》《清角》之类,以声名其诗也;如《小垂手》《大垂手》之类,以舞名其诗也。以声名者必合于声,以舞名者必合于舞。"② 近世乐曲《四合》《三六》《快六板》《中花六板》等,仍是此法。

综上可知,今本《诗经》之篇名,或隐或显地展现和保留了乐用时的原始面貌。不论是因便就简的一般命名,还是指示一定乐用信息的命名,这类诗题在"乐本"形态中就已形成,且一直延续到《诗经》中。

二、"笙诗"

"笙诗",指《诗经·小雅》的《南陔》《白华》《华黍》《由庚》《崇丘》《由仪》六篇,其在乐用时主要通过笙奏来表现。其中,《南陔》《白华》《华黍》三篇奏于乡饮酒礼、燕礼、乡射礼的"笙入"环节,《由庚》《崇丘》《由仪》三篇奏于"间歌"环节。

今本《诗经》中,这六篇笙诗仅有篇名而无诗辞,何以会造成这种现象,历来纷争不一:《毛序》认为"有其义而亡其辞",《郑笺》认为"孔子论《诗》,雅、颂各得其所,时俱在耳。篇第当在于此,遭战国及秦之世而亡之,其义则与众篇之义合编,故存"③。是指原本有诗辞而后亡佚。至宋代刘敞《七经小传》、郑樵《六经奥论》、朱熹《诗集传》、王质《诗总闻》、洪迈《容斋随笔》等,则以"亡"为"无",认为笙诗原本即无辞。其主要证据是,《仪礼》所言笙诗之用,"曰笙,曰乐,曰奏,而不言歌,则有声而无词明矣"④。对此,主前说者如毛

---

① 朱熹:《诗集传》,中华书局,2017年,第357页。
② 顾炎武:《日知录集释(全校本)》,黄汝成集释,上海古籍出版社,2006年,第286页。
③ 孔颖达:《毛诗正义》,北京大学出版社,1999年,第609页。
④ 朱熹:《诗集传》,中华书局,2017年,第170页。

奇龄就反驳说，"曰奏"者未必即是有声无辞，以《周礼·钟师》"凡射，王奏《驺虞》，诸侯奏《狸首》，卿大夫奏《采蘋》，士奏《采蘩》"为证，谓此"皆以歌为奏"，"奏与乐皆有诗"。① 但以笔者之见，《驺虞》《采蘋》《采蘩》固然有诗，但曰"奏"只能说明这三首诗既可歌，又可奏，因不同场合的需要，歌、奏各有偏重，但不能就此说明奏即是歌，不然"间歌《鱼丽》，笙《由庚》"，歌与笙就没有分别了。

即使退一步讲，且不论原本是否有诗辞，笙诗在乐用中首重笙乐之声，这是无可置疑的。因此，今本《诗经》仍存留笙诗之题名，必是乐工所据"乐本"有此曲目。若是原本即无诗辞，那么，笙诗在"乐本"中可能就只有笙奏的曲谱②，只是因其在乡饮酒礼等典礼中的重要地位，故笙曲的题名还保留在《诗经》之中，而乐谱则被未被收录；若原本有诗辞，则是因为笙诗首重笙乐之声，诗辞不常被歌唱，遂渐致失传③。至于其失传时间，若在《诗经》结集之前，则是"乐本"在"文本化"时没有删汰干净，空留其诗题；若诗辞失传在《诗经》结集之后，当然也无害笙诗首重乐声的"乐本"本质。

至于笙诗之有诗义，王质《诗总闻》认为《笙诗序》乃据笙诗题目附会而来："《南陔》，南者夏也、养也，陔者戒也，遂以为'孝子之

---

① 毛奇龄：《白鹭洲主客说诗》，转引自冯浩菲《历代诗经论说述评》，中华书局，2003年，第139—141页。
② 如郑樵《诗辨妄》："但有其谱耳。"朱熹《诗集传》："古经篇题之下必有谱焉，如《投壶》鲁、薛鼓之节，而亡之耳。"朱倬《诗经疑问》亦曰："《由庚》以下逸诗既有声无词，则乐谱也。"（郑樵：《诗辨妄》，顾颉刚主编《古籍考辨丛刊》第2集，社会科学文献出版社，2009年，第277页。朱熹：《诗集传》，中华书局，2017年，第170页。朱倬：《诗经疑问》，北京师范大学出版社，2012年，第482页）
③ 可为佐证的是，《周礼·钟师》"凡射，王奏《驺虞》，诸侯奏《狸首》，卿大夫奏《采蘋》，士奏《采蘩》"，其中《狸首》一诗已失传，但参照《驺虞》等三诗，其初当亦有诗辞。又，《仪礼·燕礼》《大射》"管《新宫》"，郑注："管，谓吹籥以播《新宫》之乐。其篇亡，其义未闻。"《左传·昭公二十五年》"宋公享昭子，赋《新宫》"，可知《新宫》原本也有诗辞。但因为《狸首》《新宫》通常只奏其曲，不歌其诗（《采蘋》《采蘩》二诗本义与射事无关，亦仅是借用其乐曲），久而久之，诗辞就渐被人忽忘了。《南陔》等六笙诗也有可能因为这种原因而失传。

戒养'。《白华》，白者洁也，华者采也，遂以为'孝子之洁白'。《华黍》则以'时和岁丰，宜黍稷'言之，盖不'时和岁丰'，则黍无华也。……由庚者，道也，遂以为'万物有道'。崇者高也，丘者大也，遂以为'万物极高大'。仪者，宜也，遂以为'万物得宜'。"①郑樵也认为："此六章有题无诗，作《序》者但考两字，便率意作一篇之序。"②对此，笔者认为乐曲自可以通过乐声来表情达意，不必有诗辞始有诗义。且《毛诗序》所言诗义，未必即是凿空杜撰，亦有可能是承袭自"乐本"，详见下文"诗序"一节。

总之，今本《诗经》尚存笙诗的题名，不能不说是"乐本"形态在今本《诗经》中的遗存。从中亦可逆知"乐本"中必有笙诗，笙谱应是其主体内容。同时，"乐本"中也应还有金奏、管奏（如《九夏》《新宫》《狸首》）等首重器乐之声的乐曲曲谱。

三、乐章

毋庸置疑，《诗经》的章句结构深受歌唱属性的影响。杨荫浏归纳了《诗经》的十种乐章"曲式"，如最为常见的纯叠咏体，以及叠咏与"引子""尾声""副歌"等的组合③。这些乐章形式都是乐工为适应特定的仪式歌唱需要而发展出来的。可以说，今本《诗经》章句大体承袭了"乐本"乐章的形貌。

但不可否认的是，相对于"乐本"形态，《诗经》在"文本化"时已经删略了不少乐章的信息。参照同具乐歌属性的《楚辞》、乐府诗，可以印证这一认识。《楚辞·离骚》《涉江》《哀郢》《怀沙》《招魂》

---

① 王质：《诗总闻》，中华书局，1985年，第169页。
② 参李樗、黄櫄《毛诗集解》，《通志堂经解》第7册，江苏广陵古籍刻印社，1993年，第384页。
③ 杨荫浏：《中国音乐史稿》，人民音乐出版社，1981年，第57—61页。

有"乱曰"云云，《抽思》有"少歌曰""倡曰""乱曰"云云①，《远游》有"重曰"云云②，乐府中也常见"乱曰""艳""趋""和声""送声"等，诸如此类，皆是一定乐节、乐体的标记语。而在《诗经》文本中，此类乐章标记语均已被删除。就以"乱"为例，虽然《国语·鲁语》《论语·泰伯》《礼记·乐记》都论到过"乱"，"乱"是周代诗乐的一种乐章形式，顾颉刚曾说："《诗》三百篇中乱辞当甚多。"③但在今本《诗经》中，"乱辞"都没有特出的标识。传世文献中唯一明示的"乱辞"仅见于《国语·鲁语》，其指出《商颂·那》的"乱辞"为"自古在昔，先民有作，温恭朝夕，执事有恪"。《诗经》对"乐本"歌诗乐章信息的删略，于此可见一斑。

清华简《周公之琴舞》为我们提供了绝佳的对比案例。《周公之琴舞》记载了周公、成王所作"琴舞九絉"，每絉皆以"启曰""乱曰"分别标示所属歌诗。"启""乱"作为乐章结构或歌唱方式的标识语，直接嵌入歌诗文献中，这是典型的"乐本"形态的歌诗文献④。其中与今本《诗经》最可对比者，是成王"琴舞"的第一絉，其辞与《诗经·敬之》当属同一歌诗文本。《周公之琴舞》第一絉中，分两截标示"元内启曰""乱曰"，而《诗经·敬之》则连成一章，未做任何乐章的标识、区分，以致单从诗辞中难以探析《敬之》一诗的乐章结构和歌唱方式。这一例子，可谓"乐本"歌诗"文本化"的一个典型缩影。周代歌诗曲

---

① 洪兴祖《楚辞补注》："此章有少歌，有倡，有乱。少歌之不足，则又发其意而为倡，独唱而无与和也，则总理一赋之终，以为乱辞云尔。"朱熹《楚辞集注》："少歌，乐章音节之名，《荀子·佹诗》亦有小歌，即此类也。倡，亦歌之音节，所谓'发歌句'也。"（洪兴祖：《楚辞补注》，中华书局，2008年，第139页。朱熹：《楚辞集注》，上海古籍出版社，2015年，第109、110页）
② 林云铭《楚辞灯》："重曰，亦歌之音节。"蒋骥《山带阁注楚辞》："重，乐节之名。"（参金开诚、董洪利、高路明《屈原集校注》，中华书局，1996年，第687页）
③ 顾颉刚：《法华读记（四）》，《顾颉刚读书笔记》卷五，《顾颉刚全集》第20册，中华书局，2011年，第117页。
④ 参姚小鸥、孟祥笑《试论清华简〈周公之琴舞〉的文本性质》，《文艺研究》2014年第6期。

式如此丰富，想必"乐本"中应该还有更为丰富的乐章标记语，可惜今本《诗经》均未标注，其他传世文献对此也付之阙如，像"启"就仅见于《周公之琴舞》。

《周公之琴舞》还给我们一个提示，即关于歌诗章数、章次的文本标识。简文中明确标示了"元内启""再启""三启"直至"九启"。这里的章数，若在最初乐用时就有标示，则相当于乐府古辞在各章章末标示的"几解"，尹继美《诗管见》就说："诗之有几章，犹乐府之有几解，此音节之所存也。"又曰："诗所题一章、几章之目，皆当日乐师定其音节如此。"①观《周公之琴舞》，可知"乐本"确有标示乐章章数的情形。退一步讲，若是在《周公之琴舞》写定时才标上去的，也至少说明这"九絉"作为前后关联的组诗，有着固定完密的结构关系、歌唱次序，这展示的也是"乐本"乐用时的乐章信息。歌诗的乐用次序，须严格按照仪式歌唱的规定进行②。"乐本"按照实际乐用次序来编排歌诗，标明诗章次序，正是出于这一考虑。周代诗乐多有组诗之用，如《载芟》《良耜》与《丝衣》即一组农事诗③，这三首诗在今本《诗经》中正是顺次编排。另如典礼中常歌的"《鹿鸣》之三""《文王》之三"，在今本《诗经》中也是前后相次，这都可以说是早期"乐本"形态的遗存。

不过，更多情况则是，组诗在今本《诗经》中已不复乐用时伦次。如《左传·宣公十二年》提到《大武》乐章之首章《武》、三章《赉》、六章《桓》，不论另外三首诗是哪几篇，但可以料想的是，这一组《大

---

① 尹继美：《诗管见》，《续修四库全书》第74册，上海古籍出版社，2002年，第104、105页。
② 贾谊《新书·傅职》："号呼歌谣声音不中律，燕乐《雅》《颂》逆乐序，凡此其属，诏工之任也。"卢辩曰："轻用《雅》《诵》也。凡礼不同，乐各有秩，苟从所好，乱其次也。"（参阅振益、钟夏《新书校注》，中华书局，2017年，第174、182页）可知，凡乐之用，皆有一定的乐次，"逆乐序"被视为非礼。
③ 傅斯年认为："《载芟》是耕耘，《良耜》乃收获，《丝衣》则收获后燕享。"（傅斯年：《〈诗经〉讲义稿》，《傅斯年文集》第2卷，中华书局，2017年，第165页）

武》乐章在"乐本"形态中应该是顺次安排的,但今本《诗经》中《武》《赉》《桓》三诗之间则多有悬隔,三诗分次在"臣工之什"之末,"闵予小子之什"之九、八,故朱熹曰:"今之编次盖已失其旧矣。"①其他可能的组诗如《臣工》《噫嘻》与《丰年》,《有瞽》《振鹭》与《有客》等,在今本《诗经》中的编次也都不复"乐本"之旧。另一个典型的例子是,《仪礼·乡饮酒礼》《乡射礼》《燕礼》中载"合乐《周南·关雎》《葛覃》《卷耳》,《召南·鹊巢》《采蘩》《采蘋》",前三诗在今本《诗经·周南》中前后相次,则后三诗亦当相次,但自安大简《诗经》以来《召南·采蘩》《采蘋》之间就已篡入《草虫》一篇,已非"乐本"旧貌②。显然,"乐本"的编次更接近于礼乐歌唱时代的真实面貌,虽然《诗》经过孔子"正乐","雅颂各得其所",但也还难免失次。

由篇次再推而论之,"乐本"的卷次也是一个值得探析的问题。在宏观方面,《诗经》从音乐角度对歌诗分门别类,分十五《国风》、大小《雅》、三《颂》,这一"类序"仍保存的是"乐本"形态的旧貌③。但同时,在细部,"乐本"也有一些自己的篡集特色,上文所论六首笙诗、《周颂》组诗的编次,就已经显示出"乐本"与今本《诗经》的差异。再如,《左传·襄公二十九年》载季札于鲁观周乐,乐工所歌十五《国风》之次第,也与今本《诗经·国风》次第不同。可见乐家所传"乐本"的篇什卷次,与今本《诗经》不同。当然,因为周代歌诗所包甚广,涵盖了周王朝与四方诸侯广阔地域上的诗乐,经历了从颂、雅到风不同诗体的几百年的发展演变,"乐本"的集结、传播是一个逐步完成的过程,在不同地域和历史阶段,出于不同群体的乐用需

---

① 朱熹:《诗集传》,中华书局,2017年,第358页。
② 王国维《汉以后所传周乐考》举此诸例,认为《诗》家与古乐家所传之《诗》编次有所不同(参王国维《观堂集林》,河北教育出版社,2001年,第70页)。
③ 马承源、濮茅左认为,《孔子诗论》反映了《诗》的类序应是《颂》《大雅》《小雅》《邦风》,今本所传的类序并非孔子所正的《诗》的类序。但李学勤、李零、廖名春、姜广辉等反对此说。参吕绍纲、蔡先金《楚竹书〈孔子诗论〉"类序"辨析》(《东南文化》2005年第2期)相关讨论。

求，《诗》的内容、形式、篇什、卷次等文本形态在结集、流传时必然会各有差别①。

这里附带讨论一下"声辞杂写"的情况。在"乐本"中，声、辞的记录方式有所区别②，有司专习此业，本不会发生歧误，但相传既久，"文本"中声辞大小无别③，如汉铙歌《朱鹭》《艾如张》《战城南》《有所思》《临高台》《石留》等，声辞相杂，才使得"训诂不可复解"。相比之下，在今本《诗经》中，代表乐声的内容基本都删汰干净了。但可以推测的是，"乐本"歌诗中当不乏此类表声的内容。最显著的一例，即《礼记·乐记》所言"《清庙》之瑟，朱弦而疏越，一倡而三叹，有遗音者矣"，郑注："倡，发歌句也。三叹，三人从叹之耳。"朱熹认为"叹"即和声，在"乐本"中原本有和声的内容，然而今本《诗经·清庙》已几乎看不出"一唱三叹"的文本痕迹④。赵德《诗辨说》认为："《古乐录》有辞有声，倡者举辞，和者举声，一倡而三叹，则和声之最多者也。今其三和之谱不存，而一倡之辞独载，此所以寂寥简短，聱牙龃龉而不可易知欤？"⑤这一解释应该是合乎周代"乐本"歌

---

① 新近公布的安徽大学藏竹简《诗经》，简本依次涉及《周南》《召南》《秦》《某（缺失）》《侯（魏）》《鄘》《魏（唐）》，简本《国风》次序与今本《诗经》迥异，一些诗篇所归属《国风》亦与今本《国风》不同，虽然安大简《诗经》可能只是节抄，且未必是"乐本"，但也可见出，先秦时期不论是"乐本"还是"文本"歌诗都存在复杂的文献形态。另，"乐本"歌诗的章次、章数也可能存在变数，尤其以重章叠调的体式为典型，可参本书附论《〈诗经〉章次异次考论》一文。
② 如郭茂倩《乐府诗集》曰："凡古乐录，皆大字是辞，细字是声。"（郭茂倩：《乐府诗集》，中华书局，1979年，第285页）
③ 参萧涤非《汉魏六朝乐府文学史》，人民文学出版社，1984年，第51页。
④ 朱熹《仪礼经传通解》："窃疑古乐有唱、有叹。唱者，发歌句也；和者，继其声也。诗词之外，应更有叠字、散声，以叹发其趣。故汉、晋之间，旧曲既失其传，则其词虽存，而世莫能补，为此故也。"（朱熹：《仪礼经传通解》，《朱子全书》第2册，上海古籍出版社、安徽教育出版社，2002年，第527页）《朱子语类》曰："《周颂》多不叶韵，疑自有和底篇相叶。'《清庙》之瑟，朱弦而疏越，一倡而三叹'，叹，即和声也。"（黎靖德编：《朱子语类》，中华书局，1986年，第2079页）
⑤ 赵德：《诗辨说》，见朱倬《诗经疑问·附编》，北京师范大学出版社，2013年，第520页。

诗真相的。从中亦可见出，较之乐府，《诗经》的"文本化"程度更为彻底，单从《诗经》文本出发，很难完全模想出"乐本"歌诗的真实内容和歌演实况。

四、"诗序"

歌诗的"乐本"形态，应该还存在类似"诗序"一样的序文，它以服务于乐用或诗教、乐教为目的，既可以概括歌诗旨意，介绍歌诗的历史背景，也可以提示乐用的仪式情境、乐用方式，从而为乐工的歌唱、演奏、诗教、乐教等活动提供操作和理解方面的指引。

乐本"诗序"的存在，可以从笙诗中得到证明。如前所论，不论笙诗原本有辞或无辞，笙奏时都不影响它表达一定的意义。《诗序》所说笙诗之义，前人多认为穿凿附会，但从笙诗的"乐本"属性来看，不排除《诗序》之说承袭自乐本"诗序"的可能。这一认识另有佐证。《仪礼》载"笙入……乐《南陔》《白华》《华黍》"，"间歌《鱼丽》，笙《由庚》，歌《南有嘉鱼》，笙《崇丘》，歌《南山有台》，笙《由仪》"，"乐本"之《诗》中诸诗篇次，当与此实际乐用次第相一致，而今本《毛诗》将"间歌"《鱼丽》移到《南陔》之前，以足"鹿鸣之什"之什数，《南陔》《白华》《华黍》三笙诗附《鱼丽》之后，不在什数之中；又，《南有嘉鱼》《南山有台》前后相次，《由庚》《崇丘》《由仪》三笙诗聚附其后。可见，毛公"以见在为数，推改什篇之首"（孔疏语），完全打乱了"笙入""间歌"的实际乐次，已不复"乐本"之旧。不过，《六月·诗序》中提到诸诗，其次第为《鱼丽》《南陔》《白华》《华黍》《由庚》《南有嘉鱼》《崇丘》《南山有台》《由仪》，除《鱼丽》之外，《由庚》《南有嘉鱼》《崇丘》《南山有台》《由仪》尚符合"间歌"之次。据此可以说明，《六月·诗序》部分保存了"六笙诗"的实际乐用次第，其与"六笙诗"《诗序》的内容当有所本，很有可能即是承袭自乐本"诗序"。孔广森据此认为《诗序》出于毛公之前，这是有一定道理的①。

《诗序》中一些涉及礼乐歌唱方面的内容，如，《鹿鸣·诗序》"燕群臣嘉宾也"，《伐木·诗序》"燕朋友故旧也"，《湛露·诗序》"天子燕诸侯也"，都提到歌诗的乐用仪式属性、乐用主题。《四牡·诗序》"劳使臣之来也"，《采薇·诗序》"遣戍役也"，《杕杜·诗序》"劳还役也"，也讲的是征役诗入乐歌唱之后的"乐章义"，它们与一般《诗序》动辄言美刺、言历史本事不同，也应该是源自乐用时代"乐本"类"诗序"古说。乐本"诗序"之存在及其对《诗序》的影响，从中也得见一斑。

通过其他一些文献，还可以加深了解乐本"诗序"存在的可能性及其内容、功能。如《尚书·皋陶谟》载：

> 帝庸作歌，曰："敕天之命，惟时惟几。"乃歌曰："股肱喜哉！元首起哉！百工熙哉！"皋陶拜手稽首飏言曰："念哉！率作兴事，慎乃宪，钦哉！屡省乃成，钦哉！"乃赓载歌曰："元首明哉，股肱良哉，庶事康哉！"又歌曰："元首丛脞哉，股肱惰哉，万事堕哉！"帝拜曰："俞，往钦哉！"

其中，"敕天之命，惟时惟几"并非诗辞正文，蔡沈《书集传》曰："此舜将欲作歌，而先述其所以歌之意也。"下文"念哉！率作兴事，慎乃宪，钦哉！屡省乃成，钦哉"亦同，蔡《传》曰："此皋陶将欲赓歌，而先述其所以歌之意也。"② 有学者认为这相当于歌诗的序文。与此类似，《尚书·金縢》叙及《鸱鸮》，《左传》叙及《硕人》《载驰》

---

① 孔广森：《经学卮言》，中华书局，2017年，第62页。从中亦可见出，升《鱼丽》于《南陔》之前，可能有更早的所本，非出于毛公之手，不然《六月·诗序》提到诸诗尽可以依《毛诗》的次第。朱熹悉依《仪礼》正其篇次，以《南陔》足《鹿鸣》什数，后设"《白华》之什"，《鱼丽》《由庚》等六首亦歌诗与笙诗相间排次，完全合乎乐用之次，或许接近"乐本"原貌。
② 蔡沈：《书集传》，中国书店，1994年，第33页。

《清人》《黄鸟》等诗，《国语》叙及《时迈》《思文》等诗，都说到各诗的写作背景、作者、诗歌意旨，这些文字或是作诗者自言，或是乐官乐用传播或纂集时所加，都具有"诗序"的性质和功能①。

出土文献中亦不乏其例。清华简《周公之琴舞》作为典型的"乐本"文献，就是一个显著例证。在周公、成王所作"琴舞九絉"之前，其文曰：

周公作多士儆毖，琴舞九絉。……成王作儆毖，琴舞九絉。

这里交代了琴舞的作者、诗旨、章数及歌奏方式，对理解诗义和具体的乐用都有重要的指导意义。与之相近，清华简《芮良夫毖》在"芮良夫乃作毖再终""二启"云云之前，也有一段文字介绍芮良夫作毖的历史背景、缘起和主旨，有学者将其视作《芮良夫毖》的序文②。又，《孔子诗论》第 29 简有"《卷耳》不知人"一句，李山从歌唱的角度解读，认为《孔子诗论》所言是指诗中征夫、征妇同场各表心事，各不相知，互不交接，如同戏曲中的"背躬戏"③。此说新警，可备参考。以上例证都可视作乐本"诗序"。

其实，"乐本"歌诗有"诗序"，从必要性和实用性上来看，也不难理解。"诗序"中有关具体乐用的技术性说明，自然是十分具有指导作用，就是诗歌旨意、背景性的介绍，乐工也完全有必要知晓。乐工并非仅仅通晓音律、熟诵声诗即可，他更需知道歌诗所适用的典礼场合、所表达的主题意旨，因此，就十分有必要在诗辞正文之外做一些辅助性的附注说明。这一点在"因诗合乐"的讽谏诗和风诗中尤有必要。

---

① 冯浩菲：《历代诗经论说述评》，华书局，2003 年，第 156 页。
② 姚小鸥：《〈清华大学藏战国竹简·芮良夫毖·小序〉研究》，《中州学刊》2014 年第 5 期。
③ 李山：《诗经析读》，中华书局，2018 年，第 16 页。

我们先来看讽谏诗，《国语·周语》云"公卿至于列士献诗，瞽献曲"，诗歌的创作和歌唱分属两个行为主体，公卿列士献诗的讽谏意图，需要通过乐工的"献曲"传达出来，而乐工在"献曲"时，除了考虑音乐要求之外，也必得对原诗诗旨的理解与表达费一番努力。在这一情境下，章末"乱辞"，应运而生，如《节南山》"家父作诵，以究王讻。式讹尔心，以蓄万邦"，《巷伯》"寺人孟子，作为此诗。凡百君子，敬而听之"，《崧高》"吉甫作诵，其诗孔硕。其风肆好，以赠申伯"，《烝民》"吉甫作诵，穆如清风。仲山甫永怀，以慰其心"，等等。这些"乱辞"或卒章显志，突出讽谏之意，或交代作者，点明诗篇来源。从其人称语态上可看出，"乱辞"并不是原诗所有，而是乐工在所得献诗的基础上加入的①。"乱辞"的来源和功能，由此可见一斑。其实，在这一点上，"诗序"与"乱辞"并无二致，主要区别就是："乱辞"入诗了，缀于诗末，施于管弦，成为新的"乐本"歌诗正文的一部分，而"诗序"则虽具有类似功能，终因偏于背景性或技术性说明，未能入诗，而成为"乐本"中伴生、边缘、辅助性的内容。

再来看风诗，乐官在"采诗观风"活动中，除了"比其音律"等入乐的技术性处理之外，还要把握风诗的主旨、采风的目的与价值导向，这些工作有时也会掺入风诗正文。如《氓》三、四章插入的议论语："于嗟女兮，无与士耽。士之耽兮，犹可说也。女之耽兮，不可说也。""女也不爽，士贰其行。士也罔极，二三其德。"从旁观者的视角评论"士""女"在婚恋中的处境，分明是乐官在风诗基础上表明自己的价值立场，从而起到教诫世人、助流政教的功能②。这与"乱辞"一样，都是乐官之语进入歌诗正文的例子。同样，未进入歌诗正文的乐官之语，就成了"诗序"。郑樵《六经奥论》曰：《诗》之《大

---

① 参拙作《论〈诗经〉"乱"的音乐功能及其演变》，《文艺评论》2016年第2期。
② 《郑笺》："于是时，国之贤者刺此妇人见诱，故于嗟而戒之。"孔疏："言'士''女'则非自相谓之辞，故知国之贤者刺其见诱而戒之。"（孔颖达：《毛诗正义》，北京大学出版社，1999年，第231页）与本文所论相合。

序》非一世一人之所能为。采诗之官，本其得于何地，审其出于何人，究其主于何事，且有实状，然后致之太师，上之国史。"①如《诗大序》所言，"国史明乎得失之迹，伤人伦之废，哀刑政之苛，吟咏情性，以风其上"。采诗官、太师、国史皆乐官之属（瞽、史职能多有重合），由此可知，"诗序"的内容和功能最早即肇始于"乐本"文献。诚如王小盾、马银琴所言："同诗文本的结集一样，《诗序》也是周代礼乐制度的直接产物。从性质上讲，它是周王室乐官编诗之时——记录仪式乐歌、讽谏之辞以及为'观风俗，正得失，自考正'的政治目的而汇集于王廷的各国风诗之时——对诗歌功能、目的与性质的简要说明。它的产生时代，应当在诗歌被采集、被编辑之时。换言之，它是诗文本结集的伴生物，是在经历了一个漫长的累积过程之后才最终成形的。"②

再从诗教、乐教的方面来看，"诗序"亦有十分重要的作用。《周礼·大司乐》云"以乐语教国子兴、道、讽、诵、言、语"，孙诒让《周礼正义》疏"乐语"之意，曰：

> 凡宾客飨射旅酬之后，则有语，故《乡射记》云"古者于旅也语"。《文王世子》云："凡祭与养老乞言合语之礼，皆小乐正诏之于东序。"又云"语说命乞言，皆大乐正授数"。又记养三老五更云："既歌而语以成之也，言父子君臣长幼之道，合德音之致，礼之大者也。"注云："语，谈说也。"《乐记》子贡论古乐云："君子于是语。"《国语·周语》云："晋羊舌肸聘于周，单靖公享之，语说《昊天有成命》。"皆所谓乐语也。③

---

① 郑樵：《六经奥论》，《景印文渊阁四库全书》第 184 册，台湾商务印书馆，1986 年，第 68 页。
② 王小盾、马银琴：《从〈诗论〉与〈诗序〉的关系看〈诗论〉的性质与功能》，《文艺研究》2002 年第 2 期。
③ 孙诒让：《周礼正义》，中华书局，1987 年，第 1724 页。

"兴、道、讽、诵、言、语"是"乐语"之用，其中"讽、诵、言、语"都是以歌诗为本，或背文直言，或吟咏声诗，或以诗辞发端、答述，而"兴、道"二端则不仅仅是诗辞、声节之用，更涉及诗义之阐发、论说，郑注曰："兴者，以善物喻善事。道读曰导，导者，言古以剀今也①。"可知，兴、导都有兴发、导引之意，即对诗辞及诗旨中有切合、助益于今之政道教化者进行阐发、引述。因此，"兴、道"这两项"乐语"活动，就不能不对诗义有所关注。以《国语·周语》"语说《昊天有成命》"为例，单靖公在称引《昊天有成命》之诗后，论曰："是道成王之德也，成王能明文昭，能定武烈者也。"一篇诗旨概见于此，直至汉儒训解此诗，仍"皆依《国语》"（《毛诗正义》孔疏语）。那么，单靖公对《昊天有成命》诗辞、诗旨之阐发，是临场发挥，还是有所本？我们认为，当是本于周贵族所受的诗教、乐教。可以想见，大司乐"以乐语教国子"时，必然对诗辞大义有所讲授，正是因为受过这样的诗教、乐教，周贵族才可以在各种朝典活动中得心应手地理解、称引和论说诗篇。流衍所及，一直持续到春秋时流行的"赋诗言志"，无不是周贵族长期接受诗教、乐教而有的流风遗韵。

综上，歌诗"乐本"形态中确有类似于"诗序"的序文，这不仅是乐用及诗教、乐教的客观需求，也是为了阐扬礼乐文明精神而有的自觉发明。同时，也可以说，《诗序》的解诗方式和部分内容也脱胎于礼乐歌唱时代，是周代乐用和乐教的直接成果②。

以上我们从"诗题""笙诗""乐章""诗序"四个方面探析了"乐

---

① "导"，即《乐记》"君子于是语，于是道古，修身及家，平均天下"之谓，孙希旦《礼记集解》曰："语，谓乐终合语也。道古者，合德之时，论说父子、君臣、长幼之道，并道古昔之事也。"《国语·楚语》："教之《诗》，而为之导广显德，以耀明其志。"韦昭注："导，开也。显德，谓若成汤、文、武、周、召、僖公之属，诗所美者。""导广显德"之"导"，即"乐语"之用的"导"（孙希旦：《礼记集解》，中华书局，1989年，第1014页；徐元诰《国语集解》，中华书局，2002年，第485页）。
② 参王小盾、马银琴《从〈诗论〉与〈诗序〉的关系看〈诗论〉的性质与功能》，《文艺研究》2002年第2期。

本"歌诗的可能形态,但其真实形态必然远丰富于此,我们也只是据已有材料、就其大端做出相对合理的推论。

总结来说,从"诗题"一端,我们了解到"乐本"文献中即已有诗题,既有取诗首章或诗中某字的命名,也有直接标示乐节的命名,不论是否"记其声","乐本"中诗题之创设,都是以便于乐用、提示乐用为第一要务;从"笙诗"一端,可知乐工所用"乐本",其内容除诗辞正文外,还有乐奏的声谱,文献中提到的"笙奏""金奏""管奏"及"薛鼓""鲁鼓"等乐谱,"乐本"应该都有收录,而今本《诗经》存留六首笙诗之名,则是"文本化"未汰尽的结果;从"乐章"一端,参照出土文献及骚赋、乐府古辞等文献,推知周代"乐本"歌诗还有不少提示乐体结构、乐用次序、歌者分工的乐章标记语,它们独立于所唱诗辞正文,也是"乐本"文献不可缺少的组成部分;从"诗序"一端,可知"乐本"歌诗"诗序"内容丰富,既有服务具体乐用的技术性说明,也有服务诗教、乐教的诗旨阐释。这说明歌诗文本的解读,在"乐本"文献中即已滥觞。正是在不断的乐用和诗教、乐教活动中,周代歌诗的阐释传统逐渐形成,这是《诗经》经典化的源头。

同时,还需强调的是,歌诗"乐本"以服务于乐用为第一诉求,因乐官群体职责的不同而有所区别,上述四种以及其他未论及的诸种形态,未必兼具于一个"乐本"文献中。如器乐演奏所用的"乐本",主要内容是曲谱,就未必具备"诗序"一项,甚至可能连诗辞都没有,如"笙诗"所示。再如《采风曲目》就只具诗题和乐律名,而不及其他。另如,《艺文志》中有《河南周歌诗》七篇、《河南周歌声曲折》七篇、《周谣歌诗》七十五篇、《周谣歌诗声曲折》七十五篇,说明声谱与诗辞也会分册别行。

综上,本文在考察周代歌诗"乐本"形态时,谨慎地参照了今本《诗经》,一方面《诗经》胎始于周代仪式歌唱,仍不脱歌唱属性的深刻影响,如《诗经》中的诗题、笙诗,就完全源于"乐本","诗序"的形成也滥觞于"乐本";但另一方面,如前文所示,《诗经》的"文本化"程度远高于乐府古辞,其删略的乐用信息也远比我们想象的多,这一点在"乐章"一端体现得尤为明显,本文所论及的主要是乐章标记语这一端,另如乐章内容的整合、误植等情况,更是不乏其例。这不仅造成了歌诗"乐本"形态原貌的破坏、乐用方式的失考,也造成今本《诗经》文本的错杂,以及诗义的歧解。也正是因此,提出"乐本"概念并考察其可能形态,才显得更有意义。当然,我们无意于去还原或构建一个"乐本"系统,在文献不足征的情况,这不仅不现实,而且十分冒险。我们所做的主要是思路上的调整,逆推回溯到乐用的语境,充分考虑彼时"乐本"歌诗的性质、功能和形态,将其与"文本化"(亦即"去乐化")之后的《诗经》相对比,由此重新审视《诗经》的文本性质、文本面貌等相关问题,并为《诗经》的成书及经典化问题提供一个可参照的论证基点。本文所做的,就是这样一个试探性的工作。

附论四
论周代歌诗的"文本化"
——兼论《诗经》中复杂文本的成因

周代歌诗的创制与《诗经》文本的生成、流传问题，是当前学术研究的一大热点。在传统的研究中，周代歌诗创制大致有"因诗合乐"和"因乐作诗"两种模式。这一划分注意到诗、乐的先后主次关系在歌诗生成及乐用中的不同体现，各家对此虽有分歧，但他们有一个共识就是，不论是"因诗合乐"和还是"因乐作诗"，歌诗在创制出来之后就已基本稳固、定型，不仅文本的生成是一步到位的，其乐用和流传也是因循不变的，人们在乐用、赋引时都有一个共同的《诗》文本可做参考，这一经典文本具有高度的权威性。他们甚至认为，今本《诗经》即是周代实际乐用时歌诗形态的真实遗存。因此，在旧有的研究中，是不会提出歌诗"文本化"这一命题的。但基于对周代歌诗生成和乐用机制的认识，笔者认为，"文本化"这一概念自有其合理性，这一概念的引入有利于考察周代歌诗生成、乐用、传播、写录与纂集等活动，对认识高度"文本化"的《诗经》的文本性质、文本面貌也有重要的作用。

第一节　周代歌诗的"文本化"问题

钩沉相关传世文献和出土文献，我们发现，周代存在服务于乐用实践、富有可操作性、具有一定技术指导意义的音乐文献，其记载方式可以是专业性音乐术语、符号、曲谱、图谱或辅助性的文字说明，其内容可以涉及乐器演奏、诗乐歌唱、舞蹈等活动。具体到歌诗，也存在服务于乐用的"乐本"歌诗。与《诗经》只保存诗辞不同，"乐本"歌诗因服务于不同的乐工群体和乐用目的，其文献形态可以丰富多样，各有侧重：既可以只列乐律调式和诗题篇名，而不载具体诗辞，如上博简《采风曲目》；也可以是乐歌曲谱，如湖北荆州王家嘴798号战国楚墓出土乐谱，《汉书·艺文志》所著录的《河南周歌声曲折》《周谣歌诗声曲折》，《投壶》中记载的"鲁鼓""薛鼓"之节，周乐中十分重要的"金奏""管奏""笙奏"，在周代定也有书写的奏谱；还可以是指导歌诗之歌唱、演奏、诗教、乐教等活动、类似于"诗序"的说明性文字，如清华简《周公之琴舞》在九絉歌诗之前，冠有"周公作多士儆毖，琴舞九絉""成王作儆毖，琴舞九絉"两段文字，交代琴舞的作者、诗旨、歌舞章数及歌奏方式，即相当于"乐本"歌诗的"诗序"。当然，"乐本"歌诗在诗章、诗辞上也显示出独特性，如清华简《周公之琴舞》以"启曰""乱曰"标示、领起各乐章内容，是典型的"乐本"歌诗，其第一絉即今本《诗经·周颂·敬之》篇，只消对比二者的内容和结构形式，就知道所谓"乐用"形态的歌诗在"文本化"之后所发生的流变。

论及此，所谓的"文本化"概念也就突显出来了。相对于乐用形态下的"乐本"歌诗，"文本化"指歌诗脱离了乐用语境，剥落了诗辞之外的其他乐用信息，成为纯粹的诗辞文本。对此，有两点需要强调。

其一，所谓的"文本化"，是相对于"乐本"形态而言，并不是与"口传"相对的"书面化"问题——"乐本"与"纯文本"歌诗均属书面写本。如上所述,周代歌诗乐用时并非完全依赖口传,同时也有书面化的"乐本"歌诗。这不仅是当时文字书写功能及其普及程度的应有体现,也是诗乐传播、诗教、乐教等活动的自然要求。我们不否认周代诗乐在创作之时、乐用之际都有口头的属性,但我们也主张,当时有这样的能力和必要将此歌诗书于简册。口头与书写是并存的,二者并非前后相继、彼此替代的关系。英国学者露丝·芬妮根(Ruth Finnegan)曾指出"口头诗歌"的"口头"一词的复杂性,认为其包含三个要素:口头创作、口头传播、口头表演。有些诗歌原本以口头形式创作,但又被记录下来以书面形式传播;有些诗歌以书面形式创作,但又以口头表演的形式传播[1]。可见,周代歌诗不论是何种概念的口头属性,在其创作、表演和传播过程中都不排斥书面文字的参与。过分夸大周代歌诗的口头传统,认为先秦歌诗主要依靠表演、记忆及面对面的教学等口头形式传播,不存在一个书面写定的文本,这种观点既与口头诗学的真正内涵相左,也与大量存世的"乐本"歌诗文献相违背。

在研究周代歌诗"文本化"问题时,引入"乐本"歌诗的概念,其意义也在于提醒,在"前《诗经》时代"还有一种更接近于乐用实况的书面写本。周代歌诗并非完全依靠口头创作和传播,从口头属性转为书面写本并不是突发性地集中呈现在《诗经》文本之中的。也就是说,作为高度文本化的《诗经》,其口头歌唱属性的削弱是与乐用信息的流失相伴发生的。因此,今本《诗经》与其说交织着口头与书写的矛盾,毋宁说是"乐本"歌诗经过"文本化"即"去乐化"后的结果。

其二,我们承认周代歌诗口头与书面并存的现实,也认同"乐本"歌诗文献的存在,但在实际乐用当中,此类"乐本"歌诗的稳固性、权威性如何,又是另外一个值得讨论的问题。

如前所说,"乐本"歌诗的核心在于服务乐用,而每次即时的歌

---

[1] 参张万民《〈诗经〉早期书写与口头传播——近期欧美汉学界的论争及其背景》,《北京大学学报(哲学社会科学版)》2017年第6期。

唱都有其特殊性，因此，歌诗在内容和形式上都需有一定的调适，这一点在轻松和乐的燕饮诗歌唱中尤为明显。如本书第四章所论，重章叠调在《诗经》燕饮诗中较早兴起，其复沓的曲式便于蕃衍章句、自由伸缩。重章的兴起和流行正是歌诗"口头"属性的体现，它在"乐本"歌诗中呈现的更多是歌诗手法、结构、主题等的大体轮廓，仍有相当的空间容许乐官做出灵活、自主的应变。

近年不少出土早期《诗》类文献为此提供了绝佳的例证。安大简《诗经》不少重章结构的诗篇，其章次与今本《诗经》多有不同。这一现象的发生，与重章的特征息息相关，因为重章的各章结构、内容、主题都高度雷同，各章之间诗义表达的逻辑性没有那么强，是故，乐工在歌唱时调换各章的前后次序，并不会影响整体的乐章结构、音乐风格和主题表达。安大简《诗经》章次的变异，就有可能是某一次特殊乐用情形的反映，而不是简单地由于传抄不善所致。这种变异还体现在重章的次数上。安大简《诗经·驺虞》较今本《诗经》多出一章："〔彼茁者〕苢，一发五麇。〔于差纵乎。〕"① 又，湖北荆州王家嘴M798号出土战国楚简《诗经》，其中《郑风·出其东门》一诗，简本曰《出亓（其）》，六言、三章【成篇■】"；又《周南·汉广》一诗，简本曰《汉广》二章成篇②，分别较今本《诗经》多了一章、少了一章。这种整章的章数多寡异文，十分奇特鲜见，不太可能是书面传抄时抄工手误导致，尤其是王家嘴《诗经》，各章后都按其章次标明"其几"、诗末标"几章成篇"，已有清晰明确的分章、章数意识。因此，考虑到《驺虞》等三诗都是重章结构，笔者认为这种整章的重章异文并不是书面传抄时发生，更可能体现的是此诗在乐用时代重章歌唱形态的差别，事实上，今本《诗经》的重章情况也只是某一歌唱情境下的文本

---

① 黄德宽、徐在国：《安徽大学藏战国竹简（一）》，中西书局，2019年，第97页。
② 参蒋鲁敬、肖玉军《湖北荆州王家嘴M798出土战国楚简〈诗经〉概述》，《江汉考古》2023年第2期；戎钰《湖北"六大"终评项目——荆州王家咀798号战国楚墓》，《江汉考古》微信公众号2022年5月10日，https://mp.weixin.qq.com/s/6E9Er8MxbK_QFfxoLHwekg，访问日期：2024年9月23日。

形态。乐官在实际歌唱时并非简单地照本宣科，可以根据不同的乐用语境，在"乐本"歌诗的基础上做出重章次第、繁简等方面的调整。当然，这种口头因素也会反过来作用于书写文本，若将不同情境下的动态歌唱写录下来，"文本化"之后就将形成早期《诗》文本流传的各种异本。

以上两点可以说明，周代歌诗具有口头的属性，但并不影响有书面写本的存在，同样，书面写本的存在也不排斥口头歌唱时有所变异。质言之，歌诗的口头与书写二者并非排他，而是并存发展、交互影响的关系。每一篇歌诗的生成、乐用、传播、写录都曾经历了口头与书写因素的综合作用。流行于不同时段、不同地域，服务于不同人群的需要，歌诗的写录、编撰也会各有差异。从这个角度来看，《诗经》与先秦其他存世或失传的各类歌诗或歌诗集，在本质上没有善劣的差别。只是今本《诗经》的文本化、经典化以及后代的阐释所达到的程度更高，在诸本湮灭之后，更像是平地崛起的一座高峰，显得"高处不胜寒"，既缺乏横向的其他歌诗文本可做参照，又缺乏纵向的诗乐演进历史可资寻踪。正是因此，这几乎是作为"文本化"集大成的《诗经》难以摆脱的研究困境，要打破此困境，必须回到"前《诗经》时代"，了解口头与书写在歌诗生成、乐用、传播、写录、纂集等活动中的交互作用，只有这样才能对《诗经》的性质、文本面貌有追本索源的认识。笔者引入"乐本""文本化"等概念，即是一种努力。下文即循着这一思路，从歌诗"文本化"的角度对《诗经》中一些复杂文本的成因做出探析。

第二节 "文本化"的缺憾：《诗经》复杂文本的成因

在经学的视域中，《诗经》经过圣人笔削，即使一些复杂文本在主题、内容和形式上较为奇谲，也被视为有意为之的修辞，寓含有微言大义。经学家惯以"美刺"的阐释方式，秉持"温柔敦厚"的诗教观念,将这些文本的歧杂、罅隙巧妙地弥缝过去。这种视而不见或者附会过深的阐释策略,并不有助于复杂文本中疑难问题的揭发和解决。

所谓"复杂文本",是指在曲式结构、表现手法、内容风调上不统一、不规则、参差错落的歌诗文本。杨荫浏曾归纳出《诗经》的十类曲式,大体包含了所有的《诗经》结构类型,既有完全的叠咏,也有部分的叠咏外加首尾的变化,或几种叠咏的交错叠加使用,以及毫无规则的章句结构,等等①,其中不少曲式都呈现出复杂文本的特征。不过杨先生是在平面、静态的视角上就现有《诗经》文本做出的归纳,既没有考虑颂、雅、风不同诗体的差异和历时变化,更没有考虑形成此类曲式背后的复杂原因。但实际上,今本《诗经》文本并非精严致密、苦心孤诣、绝胜独标的"善本",就文本谈文本,很可能陷入"执果索因"的误区。笔者认为复杂文本之所以呈现出这样的面貌,不排除一些偶发、客观原因所导致,如文本在传抄流传过程中发生的讹误、移乙、杂糅或错简。当然,我们的思考还不能止于此,更应该往前推溯,考虑歌诗从口头歌唱到书面写定、从"乐本"歌诗到剥离乐歌属性即"文本化"过程中发生文本变异的可能。

人所共知,周代的诗乐歌唱活动是一种立体、动态、综合的展演形态。但"文本化"时只保留所唱歌辞,删去了诗乐的仪式背景、歌唱方式、器乐伴奏等辅助说明性的内容,就使今本《诗经》缺失了乐用上的信息关联。而且,对于在场的歌者和听众来说,很多乐用信息在仪式活动的特定空间和时间中是毋庸赘言的。比如,燕饮歌唱需要随着献、酢、酬仪节的进行而多次地兴作和阕止,也就是说,一首诗不是从头至尾一气呵成、不间断地唱完的,这与"文本化"之后平面、静态的歌诗文本的阅读体验是完全不一样的。再如,对唱时两方的歌者各依其调、各歌其辞,其职司划分、交接互动十分清晰,立体呈现出来时,听众的接受也十分顺畅,不会产生歧解,但一旦将歌辞"文

---

① 杨荫浏:《中国古代音乐史稿》,人民音乐出版社,1981年,第57—61页。

本化",因未对歌者的角色分工情况、各方歌辞的时空交错情况有附加说明,一概写定到一个平面的、静态的文本当中,难免会造成文本的歧杂和理解的偏差。可见,歌诗从"乐本"到"纯文本",或删减或增附或错位,其结构、内容都可能发生变动,根据作为"文本化"结果的今本《诗经》,不仅无法还原诗乐歌唱的真实形态,更难以对一些复杂文本及其成因做出准确的理解。下文试做举例分析。

一、两个叠咏的前后使用,有可能是接唱形式的错讹

《诗经》中有一首诗运用两个叠咏的曲式,如《郑风·丰》《唐风·葛生》。此类歌诗前后歌唱两个曲调,二者在意义和音乐上相对独立,没有呼应,因此,写录成当前的文本形态也不至于发生歧误。而另一类表面上看似两个叠咏的歌诗文本,却可能是"文本化"不当造成的结果。这一类型以《小雅·鱼丽》最为典型,其诗曰:

> 鱼丽于罶,鲿鲨。君子有酒,旨且多。
> 鱼丽于罶,鲂鳢。君子有酒,多且旨。
> 鱼丽于罶,鰋鲤。君子有酒,旨且有。
> 物其多矣,维其嘉矣。
> 物其旨矣,维其偕矣。
> 物其有矣,维其时矣。

诗共六章,三章章四句,三章章二句,似是两个叠咏前后相缀,但在实际歌唱时可能并非依照现有诗章结构依次展开。我们可以从文本的用词上看出痕迹,四章首句"物其多矣"正好衔接首章末句"旨且多"的"多"字,五章首句"物其旨矣"衔接二章末句"多且旨"的"旨"字,六章"物其有矣"衔接三章末句"旨其有"的"有"字,形成类似于顶针的接唱效果①。这一文本细节提醒我们,"乐本"《鱼丽》的面貌

---

① 徐仁甫:《古诗别解》,上海古籍出版社,1984年,第7页。

可能如下所示：

鱼丽于罶，鲿鲨。君子有酒，旨且多。物其多矣，维其嘉矣。
鱼丽于罶，鲂鳢。君子有酒，多且旨。物其旨矣，维其偕矣。
鱼丽于罶，鰋鲤。君子有酒，旨且有。物其有矣，维其时矣。

三章章六句，《鱼丽》实为一个曲调的叠咏。如此不仅诗义连贯，而且也有特殊的艺术效果。但在"文本化"时，这一乐用形态却未能准确地反映在今本《诗经》文本中，前四句与后二句在音乐与文义上的承接呼应关系被割裂，错落成了两个前后独立的叠咏。

二、同一叠咏实则是两个独立的叠咏合缀而成

与《鱼丽》正相反，有些歌诗表面上看似一个叠咏，但实际上内在却有两方不同的歌者身份。如《小雅·采薇》前三章：

采薇采薇，薇亦作止。曰归曰归，岁亦莫止。靡室靡家，玁狁之故。不遑启居，玁狁之故。
采薇采薇，薇亦柔止。曰归曰归，心亦忧止。忧心烈烈，载饥载渴。我戍未定，靡使归聘。
采薇采薇，薇亦刚止。曰归曰归，岁亦阳止。王事靡盬，不遑启处。忧心孔疚，我行不来。

各章前四句"采薇"是思妇的行为，后四句则是征夫以第一人称"我"自述征伐玁狁之事。可知在乐用时，前后应该是男女分唱，并各自叠咏，旧说将其看成一个整体的叠咏，未能准确理解其乐用形态。与此相类，《秦风·小戎》三章章十句，各章前六句皆是赋写秦国能备具车马兵甲；各章后四句皆以"言念君子"起句，"君子"是妇人目其夫，"乱我心曲""胡然我念之"之"我"，皆是妇人自我。十分明显，后四

句为思妇之辞，缠绵悱恻，其风调与前六句之矜夸侈词、鼓舞壮盛之气迥异，这足以显示《小戎》前后有两个不同的歌者和曲调。旧说认为通篇皆妇人之辞，并谓秦国妇人亦能娴熟兵事，豪迈义勇而无怨旷之私。这显然是受"文本化"之累，强求诗中人称、语义的统协、一贯，以致影响到诗义的理解。以上男、女声部分唱的两个曲调，皆见于征役诗中。笔者认为，此类两个曲调交错在一个文本中，尤其插入温情脉脉的女声之辞，既能取得刚柔相济的艺术效果，同时，在"遣戍役"或者"劳还役"的典礼上歌唱夫妇人伦之情以示慰劳、体恤，体现的更是礼乐和同的文明精神。

此外，杨荫浏所谓"一个曲调的后面或前面用副歌"的曲式，也可再析分作两个相对独立的曲调。这种曲式在《诗经》中十分常见，我们之所以要将其看成两个互相独立的曲调，在于同辞合咏的副歌部分，经常在诗旨、人称语态上显示出一定的独立性。以《绵蛮》为例，其诗云：

绵蛮黄鸟，止于丘阿。道之云远，我劳如何。饮之食之，教之诲之。命彼后车，谓之载之。

绵蛮黄鸟，止于丘隅。岂敢惮行，畏不能趋。饮之食之，教之诲之。命彼后车，谓之载之。

绵蛮黄鸟，止于丘侧。岂敢惮行，畏不能极。饮之食之，教之诲之。命彼后车，谓之载之。

全诗三章后皆以"饮之食之，教之诲之。命彼后车，谓之载之"同辞合咏结尾，且从人称称谓上看，首章"我劳如何"，显示这是征人自叹劳苦，而"饮之食之，教之诲之。命彼后车，谓之载之"六"之"字，即指前面的征夫。因此，可能的情况是，《绵蛮》诗各章前四句是征夫自叹辛劳之辞，后四句则可能是某位贤臣或是采诗官的视角，以体现王朝对征夫应有的眷顾、慰劳①。故细析之,《绵蛮》看似一个曲式的叠咏,实则是两个独立的叠咏合缀而成,诗章的前后有歌者身份、歌唱方式的转换,前四句当为第一人称的歌唱,末四句同辞副歌则应以合唱为宜,表达一种集体的情感、立场,或者起到一种强化仪式主题的作用。而"文本化"后的《绵蛮》显然未能真实反映诗辞文本的层次和叠咏歌唱的形态。

三、原本两个叠咏,"文本化"之后其中一个叠咏缺失

《采薇》《小戎》中的两个叠咏相对独立,分属不同歌者,虽然"文本化"时前后相缀,易产生误解,但毕竟都保留了下来。而另有一些歌诗,某些叠咏在"文本化"时有所残缺。比如《卷耳》,此诗历来争论最多的是首章与后三章都有第一人称"我",但分属思妇、征夫二方,首章采卷耳是妇人的歌唱,后三章骑马、饮酒则是征夫的歌唱,其歌唱效果类于戏曲中的"背躬戏",男女各安其位,各唱其辞,各表心事,互不相通,而听众、观众则处于全知视角,通盘知晓男女双方的心事②。这种对唱形式,在动态立体的仪式歌唱中是完全可能的,其效果也是当场立现、一目了然的。不过,在今本《诗经》中,女方之辞只剩首章,参考《采薇》中的叠咏方式,我们可以大胆推测,首章可能叠咏了三次③,与后三章男子之辞形成一一对唱的模式。真实的歌唱形态有可能是这样的:

---

① 方玉润《诗经原始》:"此王者加惠远方人士也。"又曰:"'饮之食之',使内无所忧;'教之诲之',使学有所就;更命后车以载之,使其利用宾王者无所惮其劳。"用以解释后四句的意旨,十分恰当。另,王质《诗总闻》,竹添光鸿《毛诗会笺》,程俊英、蒋见元《诗经注析》也都注意到前后四句在立意、视角上的差异,可参。
② 李山:《诗经析读》,中华书局,2018年,第16页。
③ 孙作云《诗经的错简》亦推测"采采卷耳"章可能叠咏三次,不过他认为此三章单独成篇,与后三章分属二诗。青木正儿也认为:"(《卷耳》)第一章原本应该是另外一篇诗作,因少了其中的一章或二章而成为独立篇章后,不知何时就与下篇诗作结合在了一起。"(转引自家井真《〈诗经〉原意研究》,陆越译,江苏人民出版社,2011年,第317页)

[女]：采采卷耳，不盈顷筐。嗟我怀人，置彼周行。
[男]：陟彼崔嵬，我马虺隤。我姑酌彼金罍，维以不永怀。
[女]：（采采卷耳，不盈顷筐。嗟我怀人，置彼周行。）
[男]：陟彼高冈，我马玄黄。我姑酌彼兕觥，维以不永伤。
[女]：（采采卷耳，不盈顷筐。嗟我怀人，置彼周行。）
[男]：陟彼砠矣，我马瘏矣。我仆痡矣，云何吁矣！

当然，以重章叠调的一般规律，女方之辞中"卷耳""顷筐"或"周行"等词也可能有所变易。至于女方叠咏之辞被删略的原因，与重章叠调的乐章功能有关。重章叠调确定的是一个乐章的基本范式，在实际乐用时，乐工可以依照这一范式自由地衍生出新的乐章，写录出叠咏之一章即可呈现乐章的大致意旨和曲式，或者，在写录时可能使用重文一类的标识符号，后人"文本化"或抄写、传授时将此重文符号遗漏，遂成如今的文本面貌。

当然，参考《采薇》男女之辞合为一章的情况，我们甚至可以推测《卷耳》或是三章章八句，后两章缺失了前四句女子之辞：

采采卷耳，不盈顷筐。嗟我怀人，寘彼周行。陟彼崔嵬，我马虺隤。我姑酌彼金罍，维以不永怀。

（采采卷耳，不盈顷筐。嗟我怀人，置彼周行。）陟彼高冈，我马玄黄。我姑酌彼兕觥，维以不永伤。

（采采卷耳，不盈顷筐。嗟我怀人，置彼周行。）陟彼砠矣，我马瘏矣。我仆痡矣，云何吁矣！

以上两种《卷耳》文本形态的重拟，并非有意重构一个"乐本"的《卷耳》文本，事实上，无论何种形态，都难称理想。这更加说明了歌诗"文本化"的局限性，歌唱实况中动态、立体、错落的丰富样貌，并不是"文本化"后平面、静态的歌诗所能真实、完整记录和重现的。

《卷耳》是如此，前述《鱼丽》《采薇》《小戎》等也概莫能外，都未能避免歌诗"文本化"的遗憾。

第三节 "变调歌辞"的"文本化"及其结果

《诗经》中部分歌诗内部的某一章在曲式结构、表现手法、人称视角上较为奇突特异，传统的研究大多从经学经义或文学修辞的角度加以解释，使其与其他诗章尽可能统一协调。但实际上，这种文本现象可能另有其因，可以推本溯源到乐用时代，即出于特殊乐用效果与主题表达的需要，在惯常的曲式歌唱之外有意做出变换，我们称其为"变调歌辞"。这种"变调歌辞"具有随机性、即兴性、偶发性，而在"文本化"时，"变调"歌唱就定格成了常态性、平面化的文本，从而导致通过纯文本的解读很难准确还原、认识"变调歌辞"原本的乐用特征和功能。下面我们将具体考察《诗经》中遗存的三类"变调歌辞"，分析它们所经历的"文本化"及其得失。

一、比兴之辞

关于比兴手法在诗歌创作中的程序、位置问题，美国学者苏源熙的观点十分富有洞见。苏源熙在《〈诗经〉中的复沓、韵律和互换》一文中指出：

> 正是每诗节结尾的韵承担着最大的主题意义。……第一个韵脚（引者按，即比兴的韵脚）预示了第二个韵脚，但不能替代它。如果重新安排，将第三、四行诗句放在一、二行诗句之前，这有悖于《诗经》悠久的传统。韵脚语音上的相似性遮蔽了两段诗节主题上的不尽相同。……尽管在读者的实际经验中，似乎是第一韵决定第二韵；但从创作者的角度来看，主题以及第二韵，才起决定性作用。《国风》的创作者，无疑先决定了最后一段诗

节的韵律,然后才选择一个合适的"兴",来传递所需的开篇韵律。"兴"并非诗的主题,但诗却假托它是,至少在韵律的持续上如此。①

从诗歌文本的呈现上看,比兴在前,貌似决定着整首诗的韵律;但实际上在乐工或诗人潜意识里,是先已设定了某一特定的仪式主题及与此相适应的、惯用的"典型韵律",再寻觅符合此乐歌主题和韵律的比兴之辞。对此,顾颉刚也曾有过精彩论述:

> 所谓起兴,就是要假一件事物起势。因为有了"新做媳妇多许难"一语,所以要起一句"阳山头上花小蓝",以"蓝"字押"难"字韵。②

这种构思、创制歌诗的基本思路,在即兴性的诗乐活动中体现得尤为明显。《诗经》中某些作品的比兴之辞十分奇突,如《邶风·简兮》四章,前三章章四句,末章章六句,前三章皆为赋法,独末章加了"山有榛,隰有苓"二句兴辞;又,《秦风·车邻》三章,首章章四句,属赋法,后二章章六句,分别多了"阪有漆,隰有栗""阪有桑,隰有杨"两句兴辞。可以说,《简兮》《车邻》皆因两句兴辞的出现,打乱了原诗的曲式结构。正如李炳海所指出:"其中阪隰对举的句子是在演唱中间插入的,属于变调歌词。"③这种"变调"歌唱的运用,说明比兴之辞在诗乐主题和音乐表达上,更多起到辅助性、附属性、调剂性的作用,在诗乐创制和乐用时并非必不可少。今本《简兮》《车邻》所呈现的不规整文本,可能只是某一乐用情境下加入比兴之辞而造成的

---

① 苏源熙:《〈诗经〉中的复沓、韵律和互换》,《中国美学问题》,卞东波译,江苏人民出版社,2009年,第256页。
② 顾颉刚:《上古史研究》,《顾颉刚古史论文集》卷七,中华书局,2011年,第344页。
③ 李炳海:《中国诗歌通史(先秦卷)》,人民文学出版社,2012年,第117页。

结果。这种机动、随兴的比兴之辞，在乐用实况及"乐本"的传承中本不足为怪，但一旦在"文本化"时被定格为常态化的表述，必将给基于诗辞文本的阐释，尤其是追求理想文本与圆融诗义的经学或文学阐释带来困扰。而有学者概以"错简"视之①，也显得简单粗暴，无所作为。

以上是兴辞插入原有诗章，此外，还有整章皆属于后人之辞的情形。这与乐官的采诗行为相关。乐官对风诗进行入乐的加工时，除了"比其音律"的加工，也会对乐歌主题有所提炼，所谓"补短移化，助流政教"（《史记·乐书》）。后者的工作经常体现为在原有风诗的基础上嵌入诗章，其结构、视角与风诗原诗常有差异。如《小雅·皇皇者华》：

皇皇者华，于彼原隰。䭾䭾征夫，每怀靡及。
我马维驹，六辔如濡。载驰载驱，周爰咨诹。
我马维骐，六辔如丝。载驰载驱，周爰咨谋。
我马维骆，六辔沃若。载驰载驱，周爰咨度。
我马维骃，六辔既均。载驰载驱，周爰咨询。

诗后四章完全叠咏，属赋体，而首章则不入叠咏，属兴体，而且，首章"䭾䭾征夫"是第三人称旁观的视角，与后四章"我马维驹"第一人称的视角亦不同。这都说明首章应该不是征夫原辞，而是在入乐时乐工为渲染情境、调剂风调的效果而加，这才造成了乐章结构、诗歌手

---

① 有学者因《简兮》末章有"山有榛，隰有苓"二句兴辞、《车邻》首章四句无兴辞，与二诗其他章体格文义不契合，遂疑此二章为错简衍文。此说见出了二诗文本上的冗突，但知其然不知其所以然，未能明晓比兴在动态歌唱中的功能和地位（参梅《错简质疑》，《诗经异文汇考辨证》，齐鲁书社，2013年，第865、867页）。关于《车邻》，也有学者认为是首句缺了两句兴辞，不然也是整齐的重章体，不过，王家嘴《诗·车邻》首章首句即作"有车命＝（令令－邻邻）"（安大简《诗·车邻》首章上段残缺，不得其详），可知至少战国中晚期时《诗》传本，《车邻》首章四句无兴辞，已与今本相同。

法和视角的前后差异。杨荫浏将首章视为引子①，未为不可，但未达一间，至于有学者认为首章是错简所致②，则显得殊为武断，无益于问题的揭发和解决。

二、章末乱辞

乐工在"因诗合乐"时增入新的乐章，还体现在章末的"乱辞"中。《国语》说"公卿至于列士献诗，瞽献曲"，诗歌的创作和入乐、歌唱明显地分为两个程序和行为主体，这在文本中也留下了痕迹。比如，《小雅·小明》，诗共五章，前三章章十二句，部分叠咏，是征夫以第一人称叙述自言征役之苦，而后二章章六句，句数、句式都与前三章不同，诗法也由前三章的描写、抒情转为议论。对此，笔者认为前三章是征夫原诗，后二章则是乐工在歌唱最后加入的"乱辞"，告诫在场"君子"应该居安思危，保持恭敬与正直，谨慎恭敬地聆听所歌之诗③。再如，《巷伯》末章"杨园之道，猗于亩丘。寺人孟子，作为此诗。凡百君子，敬而听之"，交代献诗的作者和讽谏之意，亦是乐官所加"乱辞"，其曲式结构、人称视角也与前面的诗章不同。而且，"杨园之道，猗于亩丘"两句兴辞突现在此，也符合上文所论兴辞在乐用时的随机性、副属性功能。同理，在《四月》末章乱辞"山有蕨薇，隰有杞桋。君子作歌，维以告哀"，也可视为乐工所附加之兴辞、"乱辞"。

在另外一些叠咏加尾声的诗篇中，其尾声也有"乱辞"的功能。比如《邶风·燕燕》，前三章皆为完全叠咏体，而末章"仲氏任只，其心塞渊。终温且惠，淑慎其身。先君之思，以勖寡人"，则以赋的手

---

① 杨荫浏：《中国古代音乐史稿》，人民音乐出版社，1981年，第59页。
② 参孙作云《诗经的错简》，《诗经与周代社会研究》，中华书局，1966年，第410—412页；袁梅《错简质疑》，《诗经异文汇考辨证》，齐鲁书社，2013年，第869页。
③ 余冠英也注意到《小明》前后的诸多不一致，认为后二章是乐官拼入的部分，这与本文将后二章视为乐官加入的"乱辞"正相合（参余冠英《关于改诗问题》，《古代文学杂论》，中华书局，1987年，第39页）。

法结尾，与前三章风调、手法、视角迥异，我们可以将其视作加在诗末的"乱辞"。这类例子还有，如《邶风·雄雉》，前二章完全叠咏，第三章虽不叠咏但情感仍相连贯，余冠英认为"前三章都是相思之词"，"第四章忽然对一般'君子'讲起'德行'来"，"口吻类乎说教，既与上文意义不相贯，也与思妇之辞不相类"，认为末章乃是拼凑进去的。①余先生的见解十分敏锐。末章在形式、口吻上都不类妇人所言，我们将其视作乐官在歌唱完前三章之后加入的"乱辞"，亦不为不可②。

三、成辞旧调

诗内插入习用的成辞旧调。最典型者如《小雅·出车》，后三章中"昔我往矣，黍稷方华。今我来思，雨雪载途""喓喓草虫，趯趯阜螽。未见君子，忧心忡忡。既见君子，我心则降""春日迟迟，卉木萋萋。仓庚喈喈，采蘩祁祁"，分别与《采薇》《草虫》《七月》中相应部分十分相近，而与《出车》其他章节在诗法、文义、史实上都难免抵牾，前人虽然多方弥合，但终不免附会穿凿。余冠英独具慧眼，认为这乃是借用他诗成辞拼凑而成③。同时，余先生也引王柏说，指出《小雅·小弁》章末"无逝我梁，无发我笱。我躬不阅，遑恤我后"四句，与上下文义不贯，也不类父亲对儿子的说话语气，乃是取《邶风·谷风》中此四句以补足之。以上所举诗篇的互文现象，无须明指何诗在前、谁袭用了谁，或是简单以"错简""乱入""汉人补亡"等说搪塞之。笔者认为，如果回到歌唱的语境，也不排除这是乐用形态的一种留存。即，在歌唱当中偶有"变调歌辞"的插入，其歌辞或是当时流行的成辞熟曲，随兴穿插引入，或是出于音乐风调的一种调

---

① 余冠英：《关于改诗问题》，《古代文学杂论》，中华书局，1987年，第36页。
② 至于袁梅将《燕燕》《雄雉》二诗末章视为羼入的错简，则显得太过简单，无助于探求诗乐创作与歌唱的复杂情形（参袁梅《错简质疑》，《诗经异文汇考辨证》，齐鲁书社，2013年，第864页）。
③ 余冠英：《关于改诗问题》，《古代文学杂论》，中华书局，1987年，第39页。

剂，引入其他曲式、风调的歌唱。如竹添光鸿《毛诗会笺》分析《出车》时说：

> 忽插入一段室家之思，以慰其私，何限烟波。……盖诗人构词，或取通用之语，故适同耳。犹"毋逝我梁"四句，两见于《谷风》《小弁》之诗，非必相蹈袭也。①

又曰：

> 读首三章，便凛如秋霜，凯归贵和；读后三章，便蔼如春露，其间有整有暇，有勤有慎，有威有断。②

总之，在实际乐用时是允许存在这种自由度的。而"文本化"恰好如实写录下来，但我们也不能据此就认为这是固有的、设定好的常态。

以上所举三种"变调诗辞"都与周代诗乐的乐用形态有关，即在乐用语境下，歌诗文本并非一蹴而就、同步完成的，它的生成具有鲜明的过程性、流动性，常有某个或多个行为主体、在不同程序中的不同参与，因此歌诗的内容和形式常呈现出复合、合成的痕迹。同样，歌诗的演唱也不是地照本宣科、一成不变的，乐官在搬演、传唱时具有高度的自主性、自由度。上述比兴之辞、"乱辞"等"变调歌辞"的出现即是显证。

这里附带提及美国汉学家柯马丁在《〈诗经〉的形成》一文中的观点。柯马丁认为，《诗经》中存在不同类型和不同时间层的文本组成的合成品（composite artifacts），"这些诗歌在最终定型于经典诗集的框架内之前，很可能经过了大量回顾性编辑，包括以古体重写，从形式上加以标准化，对异质的文本材料做创造性的编纂，对文本进行

---

① 竹添光鸿：《毛诗会笺》，凤凰出版社，2012年，第1086页。
② 竹添光鸿：《毛诗会笺》，凤凰出版社，2012年，第1088页。

分、合、选择","《诗》汇集了并非由'创作',而是通过'编辑'生成的'文本群'和'亚文本库'(groups and sub-repertoires of texts)。它们的结构是合成性、模块化的,有时太短不能自成篇什,有时又太长,不能视为一个统一的文本,还留存了《诗》的早期接受史和编纂史"。[①]后代传抄、编纂、阐释等活动固然有生成复合文本的可能,而结合上文论证,笔者认为歌诗的合成属性可以更往前推,最早在乐用之际就有可能发生,这是周代特殊的歌诗生成与乐用机制的产物。

综上所述,"文本化"相关概念、程序的厘清,不仅有助于考察周代歌诗生成、乐用、传播、写定与纂集等活动的内在机制,也将推进《诗经》文本性质、文本面貌及其成因等问题的研究。可以发现,不论"文本化"在多大程度上保存了乐用形态歌诗的面貌,都难以避免相关乐用信息的流失造成歌诗文本的错歧。要准确理解《诗经》文本的内容、形式和主题,须对上述"文本化"发生的诸种问题保持足够的警醒。对于《诗经》中的复杂文本,我们既要避免求之过深,将其附会成一种带有微言大义的特殊修辞,也要避免简单地割裂文本,概以"错简"视之。笔者认为,更为中肯的态度,应该是深入周代诗乐创制和乐用机制的内部,在动态、立体的乐用语境下,探析周代歌诗在不同发展阶段、不同乐用情境、不同功能指导下的不同面貌,关注周代歌诗生成的过程性、多层性和复合性,重视歌诗之口传与书写、稳固性与流动性的辩证关系,尤其是"文本化"前后歌诗文本的循袭和变异。这也告诫我们,在利用作为高度"文本化"结果的今本《诗经》来进行周代歌诗创制与歌唱相关研究时,应该保持审慎的态度。事实上,今本《诗经》与礼乐歌唱实况中的周代歌诗之间,存在着相当大的差异,上文所论的"文本化",即是造成这一嬗变的关键因素。

[①] 柯马丁:《〈诗经〉的形成》,《表演与阐释:早期中国诗学研究》,郭西安编,生活·读书·新知三联书店,2023年,第331、344页。

附论五
《诗经》章次异次考论

　　《诗经》的章次异同问题，在传统的《诗》学研究中，并不是一个很受关注的问题。这一方面是由于文献不足征，汉代以前《诗》及汉代三家《诗》文献亡佚，《毛诗》一脉独盛，《诗》之章次差异已无法对比呈现。研究三家《诗》者，多关注三家《诗》与《毛诗》诗旨、训诂、异文、《诗》学观念的异同，文本层面也仅关注到分卷、篇次、分章等问题，至于诗章的章次问题，则几乎付之阙如。另一方面在于经学是一个相对自足的阐释体系，各有师法家法，这不仅体现在各家对《诗》旨与诗教精神的阐释上，也体现在对《诗》文本面貌的处理上，因此，文本中一些原本寻常或者看似不够圆融的地方，都被认为是着意的修辞，有着特殊的寄意，同时，不同传承系统的《诗》文本的多样性、差异性，也被有意地弥合或忽视掉，以此来努力构建和维护一个稳固、权威的《诗》文本。而且，本着六经皆经孔子删修的信条，这种努力也延伸向诸经，"以经解经"被经学家认为是富有成效的解经手段。《诗经》与《三礼》《左传》等文献的互证研究，使得《诗经》文本与义旨的稳固、权威性进一步得到确定。因此，在传统的研究视域中，《诗》章异次问题不仅不会被提出，而且还会被有意地遮蔽掉。

　　近年，早期《诗》类文献的不断出土公布，使得学界对早期《诗》义本形态的丰富性、复杂性有了更深入的认识。一个深刻的印象即是，《诗》在不同的地域、受众群体、传承学派中，大到诗篇的辑选、卷什的分次，小到具体一首诗篇的内容与形式，都存在或大或小的差异。新近面世的清华简《诗经》、安大简《诗经》[①]、西汉海昏侯刘贺墓出土汉简《诗经》、湖北荆州王家嘴 M798 号出土战国楚简《诗经》等早期《诗》类文献，存在多例《诗》章异次的现象，进一步印证了这一认识。因此，重新审视章次在《诗》的书写文本中的标识，思考章次对于诗义表达、歌诗功能（包括乐用与语用）的意义，全面考察各《诗》类文献中存在的章次异次现象并分析其原因，就显得十分具有必要性。

第一节　歌诗章次的功能意义与呈现方式

章次在不同的歌诗活动（乐唱、赋诵与阐说）与流传过程（口头与书面）中，有着不同的功能意义和呈现方式。在具体考察《诗》章异次现象之前，我们有必要对章次功能意义与呈现方式的发展变化做一论述，以便更好地理解异次现象发生的原因。

《说文》曰："章，乐竟为一章。"章次首先是歌诗乐用形态的一种体现。不过，相比之下，乐工对不同歌诗间篇次的关注，要远高于对歌诗内部章次的关注。如《左传·宣公十二年》《礼记·乐记》所载《大武》乐章的篇次，《仪礼》所载"升歌""间歌""合乐"诸乐节歌诗的篇次，清华简《周公之琴舞》明确标示"元纳启""再启"至"九启"

[①] 清华简、安大简《诗经》经过 AMS 碳 -14 年代检测，确定简的年代分别为战国中晚期、战国早中期，考古、古文字、出土文献领域学者还从简的材质、形制、文字等方面综合鉴定了简的真实性。不过因为简不是考古发掘所得，仍有学者对其真伪问题有所疑虑，如姜广辉、房德邻、丁进、刘有恒等就认为简在史实、礼制、思想、篇章语词等方面有伪作的嫌疑，对此，周宝宏、刘光胜、程浩等都曾撰文回应、释疑，并认为出土文献不能以现有知识体系作为检验其真伪的唯一标准。随着二简整理与研究的深入，学界对简真伪的疑虑也在逐渐消释。有关这一争论问题的评述，参麦笛《为什么说清华简安大简绝非伪简——浅谈简牍的辨伪》，《中华读书报》2019 年 12 月 4 日第 9 版。

的九絉琴舞，这些都说明歌诗的篇次在乐用时有明确的讲求。《周礼》载乐师有"掌其序事"之职，郑注："序事，次序用乐之事。"①"逆乐序"会被视为乐工的失职②。与此相一致，在后世的研究中，篇次也常与诗的时世、作者、美刺、正变等解说相关联，成为《诗》学阐释的重要命题。而章次问题则较少有文献讨论。单首歌诗作为一个完整成形的歌唱单元，其内部的分章、章次是与整首歌诗一体呈现的，因此，歌诗分章、章次虽是乐工歌唱要遵循的基本原则，但在整个歌唱活动中都是隐而不显的。也就是说，作为与整首歌诗一体呈现的内部章次，在传唱和诵习时是毋庸多言的。

诗的章次被人所注目，较早是从"乐语"之用（"兴、道、讽、诵、言、语"）开始。《国语》《左传》等文献保存了大量称《诗》、赋《诗》、引《诗》的记载，尤其是在赋诗活动中，清楚提到了诗之某章，这至少提示了两方面信息：其一，说明当时各诸侯国贵族诗教使用的《诗》文本已经相对统一稳定，只有这样，才能保证列国之间赋诗时能够实现顺畅的交流和理解③，同时，赋诗也反过来促成了《诗》书写文本的定型；其二，"断章赋诗"是当时赋诗的普遍风气，但"赋某诗之某章"云云，只是史家对断章赋诗行为的一种记述，并不是赋诗者在现场的自道。在当下的赋诗活动中，赋者只需要从所习的《诗》中撷选恰当的诗篇、直接赋出诗辞即可，而无须自报将要赋某章，这对听众的现场理解并没有多大意义——这与便于阅读、检索的标注不同，听众对断章赋诗经常是一种心领神会式的互通理解。诗章章次是人们在诗教中获得的印象，无论是通过口头形式的诵习，还是书面文本的学习；而在当下的赋诗现场，章次经常是隐而不表的，并不用自我呈现，赋诗的实现主要是建立在双方共同的诗教习得以及特定语境

---

① 贾公彦：《周礼注疏》，北京大学出版社，1999年，第599页。
② 贾谊《新书·傅职》："号呼歌谣声音不中律，燕乐《雅》《颂》逆乐序，凡此其属，诏工之任也。"卢辩曰："轻用《雅》《诵》也。凡礼不同，乐各有秩，苟从所好，乱其次也。"可知，乐用皆有一定的乐次规范。
③ 参许志刚《汉简与〈诗经〉传本》，《文献》2000年第1期。

的共情之上，甚至，那种隐约不露而又不失默契的互通理解，反而更是一次理想的赋诗活动的重要标志。因此可以说，文献中提到的"赋某诗之某章"，与"赋某诗"并无不同，都是事后对赋诗事件的客观记录，章次的标识及功能并不在当下的赋诗现场呈现。这与乐用时一样，反映了章次在歌诗口头运用中尚处于隐而不显的状态。

参考相关文献，我们可以发现，章次的标识与功能较早体现在称《诗》、说《诗》时对具体诗章内容的阐释活动中——不论是口头的引称还是书面的阐释。如《左传·昭公元年》载乐王鲋言"《小旻》之卒章善矣，吾从之"，《左传·昭公四年》载申丰论"《七月》之卒章，藏冰之道也"，《左传·定公九年》载君子曰"《静女》之三章，取彤管焉"。上博简《孔子诗论》论《关雎》"其四章则喻矣"，论"《大田》之卒章，知言而有礼"。可见，为了更确切地阐释和说理，指明章次及诗辞成为必要，尤其在书写文本中，章次的标识更多指向经典文本与意义阐释的确定，这是口头歌演和赋诵时所未曾经意的。正如孔颖达所说："《六艺论》'未有若今传训章句'，明为传训以来，始辨章句。"[①] 分章、章次及其功能意义，是随着章句的辨明、章指的阐述而得到明确和深化的。

下面我们再结合相关的出土文献，对《诗》类文献之分章与章次的标识等情况做一勾勒。安大简《诗经》是现存最早的《诗》类文献，简书中各诗连抄，诗篇之间有墨块做区隔，但诗章之间则还没有标识。而在清华简中已有分章标识，如《周公之琴舞》的各絉之间，有墨块以为区隔。《耆夜》中《蟋蟀》一诗，在第十一简"方"字、第十三简"惧"字、第十四简"惧"字下，均有类似重文的符号"="，整理者认为："疑指该句应重复读。"[②] 但整句重读，一般于每字之下皆

[①] 孔颖达：《毛诗正义》，北京大学出版社，1999年，第28、29页。
[②] 李学勤主编：《清华大学藏战国竹简（一）》，中西书局，2010年，第154页。

有重文符号[1]，笔者认为，"方""惧""惧"三字为各章章末之字，其后的"="符号很可能是分章的标识。又，湖北荆州王家嘴 M798 号出土战国楚简《诗经》，每篇除第一章不做分章的提示，其余各章均有明确的分章标注，如第二章就用"亓="（其二）、第三章就用"亓="（其三）来标注，并且每一诗篇的最后还有对该篇分章的总结，诗篇分几章就记为"×章成篇"[2]。考古学家认为王家嘴墓的年代是战国晚期前段[3]，可知这一时期《诗经》抄本已有明确的篇章意识。

再往后发展至汉代，阜阳汉简《诗经》的简册形制与书写格式较为特殊，据胡平生研究，章三句到章十一句的诗章，都是抄写在一支简上，在固定的竹简长度内靠变换书写文字的大小和字距加以调节，这种情况占了 97%，只有五篇章十二句的诗因无法容于一简之内而抄作两简[4]。总之，绝无一支简抄写两章者。这样的书写格式，说明抄者具有鲜明的分章意识，以此为原则来抄写诗章，甚至不惜牺牲简文的整齐统一，而容忍文字大小不一、疏密各异的"凌乱感"。当展开简册阅读时，呈现出的最为强烈的视觉效果，就是单简单章的篇制面貌，可以说，分章及章次的形式意义在这种书写形式中得到了鲜明的体现。海昏侯墓出土汉简《诗经》，该《诗》简对分章和章次也有明确的标注："每章末尾以小圆点标记章序、句数，如'曰止曰时，筑室于兹。兹，此也。●其三，六句'。"[5] 据整理者言，海昏侯墓《诗经》属于汉代《鲁诗》系统，其对章次的标注与《毛诗》仅于篇末标明章数

---

[1] 如《中山王䵼鼎》"非信与忠，其=谁=能=之="，读作"非信与忠，其谁能之，其谁能之"。《云梦睡虎地秦简》"求盗勿令=送=逆=为=它=，事者赀二甲"，读作"求盗勿令送逆为它，令送逆为它，事者赀二甲"。
[2] 蒋鲁敬、肖玉军：《湖北荆州王家嘴 M798 出土战国楚简〈诗经〉概述》，《江汉考古》2023 年第 2 期。
[3] 荆州博物馆：《湖北荆州王家嘴 798 号楚墓发掘简报》，《江汉考古》2023 年第 2 期。
[4] 胡平生：《阜阳汉简〈诗经〉简册形制及书写格式之蠡测》，胡生平、韩自强：《阜阳汉简诗经研究》，上海古籍出版社，1988 年，第 92 页。
[5] 江西省文物考古研究院、北京大学出土文献研究所、荆州文物保护中心：《江西南昌西汉海昏侯刘贺墓出土简牍》，《文物》2018 年第 11 期。

不同，呈现了汉代《诗经》更为丰富的文本面貌。无独有偶，东汉熹平石经的《鲁诗经》也承袭了这一书写形制。据马衡《汉石经集存》："至每篇后题，则记其篇名、章数及每章若干句，悉与今本《毛诗》同。惟每章之末空一格，旁注'其一''其二'字，虽篇仅一章者亦必注'其一'字，此则《毛诗》所无。"[①]可见，于诗章章末标"其一""其二"的书写形式，在《鲁诗》系统中可谓渊源有自。而且，熹平石经的刻立，是有鉴于"经籍去圣久远，文字多谬，俗儒穿凿，疑误后学"[②]，所以，对《诗经》卷什、篇次、章数、字数等一一标明，也带有订讹息争、确立定本的目的。可见，汉代经学对章次的重视，以书写的方式凝固并强化章次的意义，是各家经学树立权威经典文本的必要手段，是汉代章句阐释和经学建构的重要内容。

通过以上所举早期《诗》书写文本，我们大致了解《诗》之分章及章次的文本标识情况，虽然尚无法完整勾勒以上各例的普遍性及互相之间的发展关系，但可以大致得出三点认识：其一，分章及章次是歌诗乐章的基本要求，在乐用和赋诗时都有体现；其二，分章及章次的意义、功能直接呈现出来，主要是在文本阐释与书写记录之中，并在口头《诗》用向书面文本流传、阐释与经典的构建过程中不断被强化；其三，因为《诗》文本功能、流传方式、接受群体、阐释立场的不同，《诗》的文本面貌也呈现出明显差异，章次的异次就是重要的体现之一。下面我们将综合考察各《诗》类文献中存在的《诗》章异次现象，并结合以上关于章次标识与功能演进的认识，对《诗》章异次发生的原因做出合理的解释。

第二节 《诗》章异次现象综考

因为缺乏其他《诗》类文献的平行对比，传统《诗经》研究对章次

---

① 马衡：《汉石经集存》，上海书店，2014年，第21页。
② 范晔：《后汉书·蔡邕传》，中华书局，1965年，第1990页。

异次现象几乎无所关注。直到熹平石经《鲁诗经》残碑的出土，这一尘封的现象才又引起人们的注意，罗振玉、马衡等学者对此都有细致的考论。在新近面世的安大简《诗经》、海昏侯墓汉简《诗经》中，章次异次的情况不在少数，更是说明这一现象具有一定的普遍性。有鉴于此，我们有必要综合考察各类文献中《诗》的异次现象并分析其原因，这对于认识早期《诗》的文本形态和流传方式，具有重要的意义。下文试考论之。

1.《邶风·式微》

熹平石经《鲁诗经》碑图第一面第四十二行有"微式微胡不归微君之故胡为乎中路其二"文，马衡《汉石经集存》："'中路'下注'其二'字，乃《式微》之次章，《毛诗》以'泥中'为次章，是鲁、毛章次之异同。"① 此为《式微》存在章次异次情况的确切实证。对于异次发生的原因，马衡又说："《困学纪闻》云：'《式微》二人之作，联句始此。'章次之有先后，其以非一人所作之故欤？"② 按，此说可商，章次异次现象并非仅见，并非都可以"联句""非一人所作"来解释，更何况《困学纪闻》"二人联句"说，本于刘向《列女传》，实为黎庄夫人作"式微式微，胡不归"二句，其傅母作"微君之故，胡为乎中路"二句，属于一章之内联句，不涉及章次问题。

2.《秦风·黄鸟》

熹平石经《鲁诗经》碑图第五面第二、三行有"我良人／仲行惟"文，罗振玉《汉熹平石经残字集录序》："《黄鸟》三章，《鲁诗》'仲行'在'针虎'之后，是又不仅篇次不同，章次亦异。"③ 马衡《汉石经集存》以碑文每行七十二字计，谓："第三行'子车仲行'，依字数排比，应在第三章，知《鲁诗》此篇二章与三章互易也。"④ 可知熹平石经

---

① 马衡：《汉石经集存》，上海书店，2014年，第3页。
② 马衡：《汉石经集存》，上海书店，2014年，第3页。
③ 罗振玉：《汉熹平石经残字集录序》，萧文立编校：《雪堂类稿乙·图籍序跋》，辽宁教育出版社，2003年，第164页。
④ 马衡：《汉石经集存》，上海书店，2014年，第7页。

《鲁诗经》与《毛诗》二、三章章次互易。

又，安大简《秦风·黄鸟》章次与《毛诗》《鲁诗》又不同。其第一章为《毛诗》第二章，第二章为《毛诗》第三章，第三章为《毛诗》第一章[①]。即《毛诗》之首章，后置成为安大简《诗经》之末章。

又，据海昏侯墓《诗经》之"秦十篇"目录，《黄鸟》的"章题"依次为"【交交黄鸟】""止于棘""止于桑"[②]，分别相当于《毛诗》的第三章、第一章、第二章。即《毛诗》之末章，前移成为海昏侯墓《诗经》之首章。

按，据《左传·文公六年》《史记·秦本纪》，"子车氏之三子奄息、仲行、针虎"为兄弟，奄息为长兄，次仲行，次针虎。若此，则以《毛诗》的章次为上，安大简《诗经》、海昏侯墓《诗经》、熹平石经《鲁诗经》章次都显得不合伦序。

3.《邶风·二子乘舟》

阜阳汉简《诗经》S050简"二子乘州苞=其憨愿言思"的背后，反印着"二子乘州苞=其光愿言思□"[③]，即相当于《毛诗·二子乘舟》的第二章背后反印着第一章。以一般简册的卷法，卷首在内，卷末在外，简册编绳断后，更有可能是第一章背后反印上第二章之文，今正好相反。有学者认为可能是反着卷所致[④]，但或许未必如此凑巧，另一种可能也不能排除，即阜阳汉简《二子乘舟》首章与二章章次互易。

阜阳汉简《诗经》虽绝大部分一支简抄一章，但因出土时朽坏严重，断简残篇在剥离之后，乃是"按照《毛诗》的次序加以编排"[⑤]，因此，现所整理的阜阳汉简《诗经》并不能反映其书篇次、章次等文本

[①] 黄德宽、徐在国主编：《安徽大学藏战国竹简（一）》，中西书局，2019年，第109页。

[②] 朱凤瀚：《海昏竹书〈诗〉初读》，朱凤瀚主编：《海昏简牍初论》，北京大学出版社，2020年，第93页。

[③] 胡生平、韩自强：《阜阳汉简诗经研究》，上海古籍出版社，1988年，第7页。

[④] 参许志刚《汉简与〈诗经〉传本》，《文献》2000年第1期。

[⑤] 胡生平、韩自强：《阜阳汉简诗经研究》，上海古籍出版社，1988年，第1页。

面貌的真实情况。以上《二子乘舟》只是据简背反印文做的一个推测，但我们也不能排除有更多类似异次现象的可能。这说明，在整理出土文献的字词章句时，遽以传世文献为参照来厘定，可能会带来早期文本更多复杂信息的流失。

4.《周南·卷耳》

安大简《卷耳》第二章为《毛诗》第三章，第三章为《毛诗》第二章[①]。即二、三章章次互易。

5.《周南·螽斯》

安大简《螽斯》第二章为《毛诗》第三章，第三章为《毛诗》第二章[②]。即二、三章章次互易。

6.《召南·羔羊》

安大简《羔羊》第二章为《毛诗》第三章，第三章为《毛诗》第二章[③]。即二、三章章次互易。

7.《召南·殷其雷》

安大简《殷其雷》第一章为《毛诗》第三章，第三章为《毛诗》第一章[④]。即一、三章章次互易。

8.《召南·江有汜》

安大简《江有汜》第二章为《毛诗》第三章，第三章为《毛诗》第二章[⑤]。即二、三章章次互易。

9.《秦风·车邻》

安大简《车邻》第二章为《毛诗》第三章，第三章为《毛诗》第二章[⑥]。即二、三章章次互易。

按，《毛诗·车邻》二章有"并坐鼓瑟"、三章有"并坐鼓簧"，《毛

[①] 黄德宽、徐在国主编：《安徽大学藏战国竹简（一）》，中西书局，2019年，第74页。
[②] 黄德宽、徐在国主编：《安徽大学藏战国竹简（一）》，中西书局，2019年，第77页。
[③] 黄德宽、徐在国主编：《安徽大学藏战国竹简（一）》，中西书局，2019年，第89页。
[④] 黄德宽、徐在国主编：《安徽大学藏战国竹简（一）》，中西书局，2019年，第90页。
[⑤] 黄德宽、徐在国主编：《安徽大学藏战国竹简（一）》，中西书局，2019年，第94页。
[⑥] 黄德宽、徐在国主编：《安徽大学藏战国竹简（一）》，中西书局，2019年，第99页。

传》："簧，笙也。"王先谦《诗三家义集疏》："上章'鼓瑟'是升歌，此章'鼓簧'是笙入。"① 其章次与"升歌""笙奏"的乐节次序相合。可见当以《毛诗》的章次为上。

10.《秦风·驷驖》

安大简《驷驖》第二章为《毛诗》第三章，第三章为《毛诗》第二章②。即二、三章章次互易。

按，《毛诗·驷驖》三章"游于北园，四马既闲。輶车鸾镳，载猃歇骄"，《郑笺》："公所以田则克获者，乃游于北园之时，时则已习其四种之马。"则游北园在田狩之前，故孔疏曰："此则倒未猎之前调习车马之事。……游于北园，已试调习，故今狩于囿中，多所获得也。"③ 若此，就诗义表达来说，简本的章次，或更为顺畅。

11.《秦风·小戎》

安大简《小戎》第二章为《毛诗》第三章，第三章为《毛诗》第二章④。即二、三章章次互易。

12.《秦风·无衣》

安大简《秦风·无衣》仅第五十九简存"戟与子偕作赠子以组明月将迈"十三字⑤，先且不论"赠子以组，明月将迈"的佚句问题，从其后紧接《秦风·权舆》来看，《无衣》残缺内容当在第五十七、五十八简中⑥。因"……戟，与子偕作"为《毛诗·秦风·无衣》第二章的诗句，可知《毛诗》第三章当在其前。若此则安大简《秦风·无衣》与

---

① 王先谦：《诗三家义集疏》，中华书局，1987年，第437页。
② 黄德宽、徐在国主编：《安徽大学藏战国竹简（一）》，中西书局，2019年，第100页。
③ 孔颖达：《毛诗正义》，北京大学出版社，1999年，第413页。
④ 黄德宽、徐在国主编：《安徽大学藏战国竹简（一）》，中西书局，2019年，第102页。
⑤ 黄德宽、徐在国主编：《安徽大学藏战国竹简（一）》，中西书局，2019年，第113页。
⑥ 黄德宽、徐在国主编：《安徽大学藏战国竹简（一）》前言，中西书局，2019年，第2—3页。

《毛诗》也存在章次异次现象。

13.《魏风·硕鼠》

安大简《硕鼠》第一章为《毛诗》第二章，第二章为《毛诗》第一章①。即一、二章章次互易。

14.《鄘风·墙有茨》

安大简《墙有茨》第一章为《毛诗》第三章，第三章为《毛诗》第一章②。即一、三章章次互易。

15.《鄘风·定之方中》

安大简《定之方中》简文释读如下：

> 定之方中，作【九十二】为楚宫。揆〔之以〕日，作为楚室。树之榛栗，椅桐梓漆，爰伐琴瑟。……〔【九十三】◎……望楚与堂，景山与京。降观于桑，卜云其吉，终然【九十四】〔允臧〕。③

现存简文分别对应《毛诗·定之方中》之第一章、第二章，其中第九十三简简末、第九十四简简端及第九十五简整简均残缺，整理者认为："简本《定之方中》第二章'允臧'二字和第三章二十八字共三十字当在原编号第九十五号简上。"④是认为简本章次与《毛诗》相同。若此，则第九十三简简末、第九十四简简端所缺内容当为"升彼虚矣，以望楚矣"，共八字。但整理者在简文《定之方中》题下又说："章序与《毛诗》不同。"⑤其后附录《韵读对读表》即作二章、三章章次互

---

① 黄德宽、徐在国主编：《安徽大学藏战国竹简（一）》，中西书局，2019年，第122页。
② 黄德宽、徐在国主编：《安徽大学藏战国竹简（一）》，中西书局，2019年，第128页。
③ 黄德宽、徐在国主编：《安徽大学藏战国竹简（一）》，中西书局，2019年，第134页。
④ 黄德宽、徐在国主编：《安徽大学藏战国竹简（一）》，中西书局，2019年，第136页。
⑤ 黄德宽、徐在国主编：《安徽大学藏战国竹简（一）》，中西书局，2019年，第133页。

易①。若此，则是第九十三简简末、第九十四简简端所缺部分为《定之方中》之第二章（即《毛诗》之第三章）与简本第三章"升彼虚矣，以望楚矣"二句，共计三十六字。以上二说，整理本自相矛盾。

按，以安大简《诗经》"每简二十七至三十八字不等"②的书写排布来看，第九十三简现存二十四字、第九十四简现存十八字，以最少容字来计，残缺部分可以容十二字，以最多容字来计，可容三十四字。前说容八字则太疏少，后说容三十六字则太密集，皆不合一般书写形制。而从诗义表达来看，旧说《毛诗·定之方中》首章、二章存在追叙，如方玉润《诗经原始》说："一章总言建国大规，二章追叙卜筑之始。"③但即便如简本二章、三章章次互易，各章叙述逻辑也仍然错综，难称顺畅。

16.《唐风·蟋蟀》

安大简《蟋蟀》第一章为《毛诗》第二章，第二章为《毛诗》第一章④。即一、二章章次互易。

又，清华简《耆夜》中有"周公作歌一终曰《蟋蟀》"，其文释读如下：

　　蟋蟀在堂，役车其行。今夫君子，不喜不乐。夫日□□，□□□荒。毋已大乐，则终以康。康乐而毋荒，是惟良士之方。
　　蟋蟀在席，岁矞云莫。今夫君子，不喜不乐。日月其迈，从朝及夕。毋已大康，则终以祚。康乐而毋荒，是惟良士之惧。
　　蟋蟀在舒，岁矞云□。□□□□，□□□□。□□□□□

---

① 黄德宽、徐在国主编：《安徽大学藏战国竹简（一）》，中西书局，2019年，第183页。
② 黄德宽、徐在国主编：《安徽大学藏战国竹简（一）》前言，中西书局，2019年，第1页。
③ 方玉润：《诗经原始》，中华书局，1986年，第164页。
④ 黄德宽、徐在国主编：《安徽大学藏战国竹简（一）》，中西书局，2019年，第139页。

□，□□□□。毋已大康，则终以惧。康乐而毋荒，是惟良士之惧。①

此诗与《唐风·蟋蟀》同题，部分文句可以对读，二诗的起兴、兴意及重章叠唱的形式都具有高度的类同。不论孰前孰后，都属于同一歌诗的流动变异，或是同一母题的不同表达，在前者对在后者都难免造成"影响的焦虑"，因此，二者同中有异，仍不影响我们将其纳入本文的讨论。可以发现，清华简《蟋蟀》之首章与《毛诗·蟋蟀》三章"蟋蟀在堂，役车其休。今我不乐，日月其慆。无以大康。职思其忧。好乐无荒，良士休休"大同，而次章虽然兴句易"堂"为"席"，但仍可视为《毛诗·蟋蟀》首章"蟋蟀在堂，岁聿其莫。今我不乐，日月其除。无已大康，职思其居。好乐无荒，良士瞿瞿"的变异。即相当于《毛诗·蟋蟀》的第三章，前移成为清华简《蟋蟀》的首章。

17.《唐风·绸缪》

安大简《绸缪》第二章为《毛诗》第三章，第三章为《毛诗》第二章②。即二、三章章次互易。

按，朱熹《诗集传》曰："在天，昏始见于东方，建辰之月也。……隅，东南隅也。昏见之星至此，则夜久矣。……户，室户也。户必南出，昏见之星至此，则夜分矣。"③可知，三章的起兴次序是根据时序的转移而排，若此则仍以《毛诗·绸缪》的章次为上。

18.《唐风·鸨羽》

安大简《鸨羽》第二章为《毛诗》第三章，第三章为《毛诗》第二章④。即二、三章章次互易。

---

① 李学勤主编：《清华大学藏战国竹简（一）》，中西书局，2010年，第150页。
② 黄德宽、徐在国主编：《安徽大学藏战国竹简（一）》，中西书局，2019年，第144页。
③ 朱熹：《诗集传》，中华书局，2017年，第107页。
④ 黄德宽、徐在国主编：《安徽大学藏战国竹简（一）》，中西书局，2019年，第148页。

又，熹平石经《鲁诗经》碑图第四面第二十九、三十行有"黍父／常其二鸨羽"文，亦是以《毛诗》之第三章为第二章，与安大简《鸨羽》相符。不过，因为另有一碑存"黍／常"二字，马衡以第四面第二十九行"黍"字与石经"黍"字皆作禾下木的书法不同，认为乃是黄初元年的补刻，遂以"其二"章次为补刻之误[①]。今有安大简《诗·鸨羽》为佐证，似不可遽以补刻之误忽视之，其或渊源有自。

19.《卫风·有狐》

海昏侯墓《诗·卫风·有狐》存第三章简文："……有狐□=在皮其厉∟之子忧矣∟之子无带·其三∟有狐三章=四句·凡十二句说人（186）。"[②] 按，此章在《毛诗》中为《有狐》的第二章。可知海昏侯墓《诗·有狐》章次与《毛诗》有异。

20.《王风·扬之水》

海昏侯墓《诗·风》之"王六篇"目录，《扬之水》第一章"章题"为"【扬之水】"；第二章"章题"为"不流束薪"，乃《毛诗》的第一章；第三章"章题"为"不流束蒲"[③]，与《毛诗》第三章同。可知海昏侯墓《诗·王风·扬之水》之第一、二章，与《毛诗》章次互易。

21.《郑风·缁衣》

海昏侯墓《诗·风》之"郑国"目录，《缁衣》第二章"章题"为"缁衣之籍（蓆）兮"、第三章"章题"为"缁衣之好兮"[④]。按，此二句在《毛诗·缁衣》中分别在第三、第二章。可知海昏侯墓《诗·缁衣》之第二、三章，与《毛诗》章次互易。

22.《郑风·叔于田》

海昏侯墓《诗·风》之"郑国"目录，《叔于田》第二章"章题"

---

① 马衡：《汉石经集存》，上海书店，2014年，第6页。
② 朱凤瀚：《海昏竹书〈诗〉初读》，《海昏简牍初论》，北京大学出版社，2020年，第114页。
③ 朱凤瀚：《海昏竹书〈诗〉初读》，《海昏简牍初论》，北京大学出版社，2020年，第101、102页。
④ 朱凤瀚：《西汉海昏侯刘贺墓出土竹简〈诗〉初探》，《文物》2020年第6期。

为"叔于□"、第三章"章题"为"叔于守（狩）"①。按，此二句在《毛诗·叔于田》中分别在第三、第二章。可知海昏侯墓《诗·叔于田》之第二、三章，与《毛诗》章次互易。

按，《毛诗·叔于田》首章以"叔于田"、二章以"叔于狩"起句，第三章以"叔适野"起句，二章承接首章，较为顺畅。不过简本第二章以"叔于□"起句，则与首章也顺接。

23.《郑风·风雨》

海昏侯墓《诗·风》之"郑国"目录，《风雨》首章"章题"为"风雨需需（潇潇）"、次章"章题"为"风雨凄凄"②。按，此二句在《毛诗·风雨》中分别在次章、首章。可知海昏侯墓《诗·风雨》之首章、次章，与《毛诗》章次互易。

24.《小雅·蓼萧》

海昏侯墓《诗·小雅》之"嘉鱼十篇"目录，《蓼萧》第二章"章题"为"令（零）洛（露）尼（泥）＝"③，乃《毛诗》的第三章。可知海昏侯墓《诗·蓼萧》章次与《毛诗》有异。

25.《小雅·白华》

海昏侯墓《诗·小雅》之"鱼藻十篇"目录，《白华》第七章"章题"为"有鷫（？鹙）在梁"④，乃《毛诗》的第六章。可知海昏侯墓《诗·白华》之第六、七章，与《毛诗》章次互易。

26.《大雅·旱麓》

海昏侯墓《诗·大雅》之"文王十篇"目录，《旱麓》第三章"章

---

① 朱凤瀚：《西汉海昏侯刘贺墓出土竹简〈诗〉初探》，《文物》2020年第6期。
② 朱凤瀚：《西汉海昏侯刘贺墓出土竹简〈诗〉初探》，《文物》2020年第6期。
③ 朱凤瀚：《海昏竹书〈诗〉初读》，《海昏简牍初论》，北京大学出版社，2020年，第95页。
④ 朱凤瀚：《海昏竹书〈诗〉初读》，《海昏简牍初论》，北京大学出版社，2020年，第96、98页。

题"为"清酒既载"①,乃《毛诗》的第四章。可知海昏侯墓《诗·旱麓》章次与《毛诗》有异。

27.《大雅·云汉》

海昏侯墓《诗·大雅》之"云汉十一篇"目录,《云汉》第三章"章题"为"则不可沮",第四章"章题"为"则不可推"②。按,此二句在《毛诗·云汉》中分别在第四、第三章。可知海昏侯墓《诗·云汉》之第三、四章,与《毛诗》章次互易。

28.《大雅·韩奕》

海昏侯墓《诗·大雅》之"云汉十一篇"目录,《韩奕》第四章"章题"为"韩侯出祖"③,乃《毛诗》的第三章。可知海昏侯墓《诗·韩奕》之第三、四章,与《毛诗》章次互易。

29.《大雅·江汉》

海昏侯墓《诗·大雅》之"云汉十一篇"目录,《江汉》首章"章题"为"江汉易易(汤汤)",次章"章题"为"江汉浮浮"④。按,此二句在《毛诗·江汉》中分别在次章、首章。可知海昏侯墓《诗·江汉》之首章、次章,与《毛诗》章次互易。

30.《唐风·葛生》

也与诗题相关,上博简《孔子诗论》第二十九简有"《角幡》妇"之文,廖名春认为即"角幡",读为"角枕",《角幡》一诗即《唐风·葛生》⑤。《葛生》第三章云:"角枕粲兮,锦衾烂兮。予美亡此,谁与独旦?"以《诗经》篇名多取自首章的体例例之,《角幡》或以《毛诗·葛

---

① 朱凤瀚:《海昏竹书〈诗〉初读》,《海昏简牍初论》,北京大学出版社,2020年,第89页。
② 朱凤瀚:《西汉海昏侯刘贺墓出土竹简〈诗〉初探》,《文物》2020年第6期。
③ 朱凤瀚:《海昏竹书〈诗〉初读》,《海昏简牍初论》,北京大学出版社,2020年,第91、93页。
④ 朱凤瀚:《西汉海昏侯刘贺墓出土竹简〈诗〉初探》,《文物》2020年第6期。
⑤ 廖名春:《上海博物馆藏诗论简校释》,《中国哲学史》2002年第1期。

生》之第三章为首章，故有此诗题①。

以上《诗》章异次情况，涉及熹平石经《鲁诗经》、阜阳汉简《诗经》、上博简《孔子诗论》、清华简《耆夜》、安大简《诗经》、海昏侯墓汉简《诗经》等出土文献，其中如熹平石经《鲁诗经》，本就是立于不刊地位的石经，其异次情况应是传承有自，而非刻工草率粗疏所致。安大简《诗经》异次诗篇在总数五十七篇作品中占28.1%，可知这种现象也不可简单以错乱、误抄视之，而是早期《诗》文本流传中具有一定普遍性的现象。

这也提醒我们，寻求早期《诗》之定本，或以《毛诗》为圭臬来索解先秦文献中赋《诗》、引《诗》的思路，可能存在一定的风险。如《左传·襄公十六年》："（叔孙豹）见范宣子，赋《鸿雁》之卒章。宣子曰：'匄在此，敢使鲁无鸠乎？'"杜注："鸠，集也。"② 从韩宣子的答语可知，当是叔孙豹的断章赋诗中有表达纠集、安集之语，但是《毛诗·鸿雁》卒章"鸿雁于飞，哀鸣嗸嗸。唯此哲人，谓我劬劳"，并不能恰当表达出寻求晋国纠集、安集的意思，反而是第二章"鸿雁于飞，集于中泽。之子于垣，百堵皆作。虽则劬劳，其究安宅"，更合乎这一诉求，韩宣子"敢使鲁无鸠乎"的答语正是承着第二章"集"字而发③。我们不禁猜测，叔孙豹所诵习《鸿雁》之卒章，可能正是《毛诗·鸿雁》之二章，即二章与卒章章次互易。

又，《左传·襄公四年》载叔孙豹对晋悼公言《皇皇者华》之义，

---

① 宋人王柏《诗疑》亦曾以诗题命名原理推论诗之章次，其论《小雅·大东》取自第二章首句"小东大东，杼柚其空"，因此怀疑首章"有饛簋飧，有捄棘匕"当为第二章（参王柏《诗疑》，顾颉刚主编：《古籍考辨丛刊》第1集，社会科学文献出版社，2010年，第281页）。按，诗题命名，不拘一格，不以首章首句命名者，也不乏其例，如《小雅·巧言》诗题即取自第五章"巧言如簧，颜之厚矣"句，其以"巧言"为题，当是为了更好地揭明诗旨；此外，更有不以诗中之辞命题者，如《巷伯》《常武》《酌》《赉》《般》等。可见，以诗题命名来质疑章次，似亦不可推之太过。
② 孔颖达：《春秋左传正义》，北京大学出版社，1999年，第942页。
③ 竹添光鸿《左传会笺》也看出这一蹊跷，但以"而卒章则反说未集之时"来弥合（参竹添光鸿《左传会笺》，辽海出版社，2008年，第332页）。

曰:"《皇皇者华》,君教使臣曰'必谘于周'。臣闻之,访问于善为咨,咨亲为询,咨礼为度,咨事为诹,咨难为谋。臣获五善,敢不重拜?"其论"五善"的顺序是咨、询、度、诹、谋。孔颖达《春秋左传正义》:"教之咨人,即得一善,故并'咨'为五。"[①]"咨"德总领其他四德。而今本《诗经》,其辞如下:

> 皇皇者华,于彼原隰。駪駪征夫,每怀靡及。
> 我马维驹,六辔如濡。载驰载驱,周爰咨诹。
> 我马维骐,六辔如丝。载驰载驱,周爰咨谋。
> 我马维骆,六辔沃若。载驰载驱,周爰咨度。
> 我马维䯄,六辔既均。载驰载驱,周爰咨询。

但若依今本章次,叔孙豹在释"访问于善为咨"之后,自当连带言及"诹",再次以"谋""度""询"。而《左传》所载"五善"之次第与此大不同,我们据此推测,可能叔孙豹所记诵的《皇皇者华》,后四章的章次分别是今本的第五、四、二、三章[②]。《墨子·尚同中》引《皇皇者华》可以为此提供一个佐证,其文曰:

> ……当此之时,本无有敢纷天子之教者。《诗》曰:"我马维骆,六辔沃若。载驰载驱,周爰咨度。"又曰:"我马维骐,六辔若丝。载驰载驱,周爰咨谋。"即此语也。[③]

所引诗章分别为《毛诗·皇皇者华》之第四章、第三章。按照一般的引文惯例,除非于意义表达有特殊用意,自当按次引用,所以,可能

---

① 孔颖达:《春秋左传正义》,北京大学出版社,1999年,第833页。
② 然《国语·鲁语》载叔孙豹语,云:"'每怀靡及',诹、谋、度、询,必咨于周,敢不拜教!臣闻之曰:'怀和为每怀,咨才为诹,咨事为谋,咨义为度,咨亲为询,忠信为周。'"谓之"六德",其释意、次序又与《左传》相异,而同于《毛诗》。
③ 孙诒让:《墨子閒诂》,中华书局,2001年,第88页。

《墨子》所据《诗·皇皇者华》之章次与《毛诗》不同[①]，三章在四章之后，这与叔孙豹所记诵《皇皇者华》的章次，倒是相合。

再如，《王风·葛藟》一诗，三章各有"终远兄弟，谓他人父""终远兄弟，谓他人母""终远兄弟，谓他人昆"句，顾颉刚认为："其第三章曰：'绵绵葛藟，在河之漘。终远兄弟，谓他人昆。谓他人昆，亦莫我闻。'此章一意相承，谓远自己之兄弟而称他人为兄弟也。至第一章之'终远兄弟，谓他人父'，第二章之'终远兄弟，谓他人母'，则皆由第三章推出者。远自己之兄弟而称他人为父、母，义不相承。"[②]顾说是也。如顾先生所言，《葛藟》第三章当是整首诗的起始章，第一、二章则是据此蕃衍出的重章，"终远兄弟，谓他人父""终远兄弟，谓他人母"都是出于趁韵的需要。类似的重章模式，还见于《王风·扬之水》。诗言"戍申"之劳苦，首章是其诗义的本旨，而二章、三章"戍甫""戍许"并非史事，只是趁韵连类而及，孔颖达《毛诗正义》说："平王母家申国，所戍唯应戍申，不戍甫、许也。言甫、许者，以其同出四岳，俱为姜姓，既重章以变文，因借甫、许以言申，其实不戍甫、许也。"[③]因此"不与我戍申"须得置于首章，才符合诗旨和重章体式的一般表达体例。正如严粲《诗缉》所言："诗人取义，多在首章，至次章则变韵以成歌。"[④]准此，则《葛藟》最佳的章次也当以第三章为首章，现有的章次并非至善。

以上综合考察了出土文献与传世文献中存在的《诗》章异次情况，计有三十三篇（含疑似），其中《秦风·黄鸟》有三例、《唐风·蟋蟀》有二例异次现象，总计三十六例。现列表如下：

[①] 朱东润就认为墨家所见之《诗》与今本《诗》多有不同（参朱东润《古诗说摭遗》，《诗三百篇探故》，上海古籍出版社，1981年，第76、77页）。
[②] 顾颉刚：《汤山小记（七）》，《顾颉刚读书笔记》卷八，《顾颉刚全集》第23册，中华书局，2011年，第181页。
[③] 孔颖达：《毛诗正义》，北京大学出版社，1999年，第259页。
[④] 严粲：《诗缉》，中华书局，2020年，第620页。

表2 《诗经》章次异次表

序号	篇名	异次出处	异次情况	重章情况	备注
1	《邶风·式微》	熹平石经《鲁诗经》	21	重章	
2	《秦风·黄鸟》	熹平石经《鲁诗经》	132	重章	
3	《秦风·黄鸟》	安大简《诗经》	231	重章	
4	《秦风·黄鸟》	海昏侯墓《诗经》	312	重章	
5	《鄘风·二子乘舟》	阜阳汉简《诗经》	21	重章	疑似
6	《周南·卷耳》	安大简《诗经》	1324	重章	
7	《周南·螽斯》	安大简《诗经》	132	重章	
8	《召南·羔羊》	安大简《诗经》	132	重章	
9	《召南·殷其雷》	安大简《诗经》	321	重章	
10	《召南·江有汜》	安大简《诗经》	132	重章	
11	《秦风·车邻》	安大简《诗经》	132	重章	
12	《秦风·驷驖》	安大简《诗经》	132	/	
13	《秦风·小戎》	安大简《诗经》	132	/	
14	《秦风·无衣》	安大简《诗经》	132	重章	
15	《魏风·硕鼠》	安大简《诗经》	213	重章	
16	《鄘风·墙有茨》	安大简《诗经》	312	重章	
17	《鄘风·定之方中》	安大简《诗经》	132	/	疑似
18	《唐风·蟋蟀》	安大简《诗经》	213	重章	
19	《唐风·蟋蟀》	清华简《耆夜》	312	重章	
20	《唐风·绸缪》	安大简《诗经》	132	重章	
21	《唐风·鸨羽》	安大简《诗经》 熹平石经《鲁诗经》	132	重章	
22	《卫风·有狐》	海昏侯墓《诗经》	132	重章	
23	《王风·扬之水》	海昏侯墓《诗经》	213	重章	
24	《郑风·缁衣》	海昏侯墓《诗经》	132	重章	
25	《郑风·叔于田》	海昏侯墓《诗经》	132	重章	
26	《郑风·风雨》	海昏侯墓《诗经》	213	重章	
27	《小雅·蓼萧》	海昏侯墓《诗经》	13（24）	重章	
28	《小雅·白华》	海昏侯墓《诗经》	12435768	部分重章	
29	《大雅·旱麓》	海昏侯墓《诗经》	124（356）	/	
30	《大雅·云汉》	海昏侯墓《诗经》	12435678	部分重章	

（续表）

序号	篇名	异次出处	异次情况	重章情况	备注
31	《大雅·韩奕》	海昏侯墓《诗经》	124356	/	
32	《大雅·江汉》	海昏侯墓《诗经》	213456	重章	
33	《唐风·葛生》	上博简《孔子诗论》	31245	重章	疑似
34	《小雅·鸿雁》	《左传·襄公十六年》	132	重章	疑似
35	《小雅·皇皇者华》	《左传·襄公四年》	15423	重章	疑似
36	《王风·葛藟》		312	重章	疑似

第三节 《诗》章异次发生的原因

以上所考三十六例诗章异次现象，从数量、涉及的《诗》文本种类及时间跨度来看，都见出异次在早期《诗》文本流传过程中并非偶然的现象，简单地以抄工疏误、抄本质量粗劣来轻易略过，是不能探得问题的究竟的，更何况，像熹平石经《鲁诗经》本身即是树立经典的权威文本，海昏侯墓《诗经》也是郑重其事地标明章次，二者都是较为严谨的《诗》文本，其章次异次现象的发生当有更深层的原因，值得进一步思考。下文我们将结合歌诗的自身体式、早期《诗》的流传方式等试做探析。

从上表中，我们可以发现，发生异次的诗篇主要集中在《国风》中，《小雅·皇皇者华》《鸿雁》等也带有鲜明的风诗特征，而且，三十六例异次现象中有三十一例都属于重章叠调体，占比达86.1%。这是十分值得注意的，因此，从重章叠调的功能特征入手，或可觅得异次发生的根由。

一般而言，祭祀、朝典之乐庄重雅正，其诗辞多由王侯公卿撰定，乐工歌唱少有自主发挥的空间，更遑论变乱章次。而燕乐为表达主宾之间酬兴尽欢、委曲款洽之情，多采用重章叠调的曲式，所谓

"一章不尽,重章以申殷勤""有意不尽,重章以申殷勤"①。因为重章的形式、内容高度类同,乐工根据仪式歌唱的需要,可以利用重章十分自由便捷地蕃衍出新的诗章。如安大简《诗经·驺虞》有三章,较今本多了一章"彼茁者菅,一发五麇。于嗟纵乎"②,这很可能是某次重章歌唱的反映:即在某一歌唱情境中,为了更能申纾情款,《驺虞》复沓了三遍。同样,荆州王家嘴出土楚简《诗经》中的《汉广》《出其东门》,也较《毛诗》有重章章数的增减情况。这都说明,在动态的乐用语境下,乐工在重章叠唱中拥有较大的自主权,不仅可以伸缩重章的章数,也可以根据需要调换重章的章次。这种灵活的处理,即使在今天的歌曲演唱中也十分常见,如原本两段的重章歌辞,若演唱时间仓促,就可以只唱一段,有时歌者不经意调换了第一段与第二段歌辞的演唱次序,听众听来也不觉诧异。可见,这种变动并不会影响诗义的表达和艺术效果的呈现。尤其是多数诗篇在"无算乐"中歌唱,以"尽欢"为目的,歌诗内容、歌唱形式都较为随兴,章次的变动不居,发生倒易也就不足为奇了。这正好与上文有关章次意义在歌诗口头运用中隐而不显的认识相印证,也与本文所论《诗》章异次的话题产生关联了。

我们知道,重章的内容、结构和意旨都高度类同,但过去的注家往往将《诗经》看成是高度完备的文本,认为重章是诗人用心经营的章句修辞,重章章次存在着严密的逻辑甚或隐秘的经义。确实,一些含有时序或空间次序的重章章次,有一定的层递逻辑,如《召南·摽有梅》从"其实七兮"到"其实三兮"再到"顷筐塈之",是随着时序而推进;《齐风·著》从"俟我于著"到"于庭"再到"于堂",存在由远及近的空间次序,这种重章的章次不可轻易调换。上文分析《秦风·黄鸟》《唐风·绸缪》也确实以《毛诗》章次更优。但是,此类具

---

① 孔颖达:《毛诗正义》,北京大学出版社,1999年,第29、39页。
② 黄德宽、徐在国主编:《安徽大学藏战国竹简(一)》,中西书局,2019年,第97页。

有内在理路的重章结构在《诗经》中并不多见，绝大部分重章章次并没有明显的逻辑关系，不可求之过深。如《王风·黍离》三章分别以"彼黍离离，彼稷之苗""彼黍离离，彼稷之穗""彼黍离离，彼稷之实"起兴，严粲《诗缉》就说："苗、穟、实，取协韵耳。旧说：初见稷之苗，中见稷之穟，后见稷之实，为行役之久，前后所见，使稷自苗而至于实。果为行役之久，则不应黍惟言离离也。"① 可知，重章变换个别字词，以便协韵，更多是出于乐章曲调的需求，而非出于诗义表达的经营，或是历史本事的实情，上举《王风·扬之水》亦是明证。这些都可说明，重章章次并非富有层递逻辑，这是由重章的创制动因、操作程序及乐用功能所决定的。可以说，重章章次逻辑结构的相对松散，是发生异次现象的根本原因。

回到上文所考察的三十一例重章异次现象，它们不论是从实际乐用，还是从诗义表达的角度来看，绝大部分都能自洽，反观传统注家对上表中诸诗章次的解释，如论《二子乘舟》，"首章言'其景'，犹见其景也；次章言'其逝'，并景而不得而见矣"②，首章"为忧其危之浑言"，次章则"为忧其危之显言，益进一境"；③ 论《卷耳》，"'永伤'，不唯'永怀'也"④；论《式微》，"'泥中'甚于'中露'"⑤，此类解说就难免有执果强说、刻意求深之弊了。诚如顾颉刚所言："一诗虽分多章，而意义犹是，不必就其异文，横生分别，据先后判轻重，充数章以数事，如注疏家之烦辞强解。"⑥ 另外，以上所考重章异次的分布，除《式微》《二子乘舟》章数仅二章，首章、次章易次可不计外，剩余二十九例章数三章及以上的诗篇，涉及首章易次的有十二例，另有十七例都属于后续诸章的易次，占比58.6%。这可以说明，重章之

---

① 严粲：《诗缉》，中华书局，2020年，第184页。
② 竹添光鸿：《毛诗会笺》，凤凰出版社，2012年，第366页。
③ 王礼卿：《四家诗恉会归》，华东师范大学出版社，2009年，第440页。
④ 竹添光鸿：《毛诗会笺》，凤凰出版社，2012年，第134页。
⑤ 竹添光鸿：《毛诗会笺》，凤凰出版社，2012年，第325页。
⑥ 顾颉刚：《徒诗与乐诗之转化》，《史林杂识初编》，中华书局，1963年，第286页。

首章在整首诗中有着特定的地位，对确定诗篇的音乐体式、比兴及兴义主题有着"首创之功"——如上文分析《王风·扬之水》《王风·葛藟》所示，而后续诸章则大体承袭首章的框架叠咏、衍生，章次较为松散，因此异次的现象也更为普遍。

以上对重章体式特征、乐用形态的分析，可以加深我们对周代歌诗分章及章次功能意义的认识。如前文所述，在歌诗乐用、赋诵、引说等口头《诗》用中，人们更多是凭借记忆或根据特定语境随兴用《诗》，此时章次的意义和功能是隐而不显的，时人对章次也不太致意，尤其是重章的歌诗本就具有一定的灵活性，所以，口头《诗》用中发生章次异次也就不足为奇了。即使在《诗》书写文本的流传中，重章在内容、形式上的高度雷同，也使得《诗》在传抄时较易发生章次的倒易，更何况这个过程中仍有记忆、口头因素的介入，这些因素都使得异次现象在重章中有更高的发生概率。因此，上文所考三十六例异次现象，早自战国早期，晚至东汉熹平时期，虽都属于书面文本，但将其原因追溯到乐用时期重章的文本特征、重章"《诗》用"与流传（不论是口头还是书面）时的一般情形，仍是十分具有针对性，能切中命题的。

这其实涉及先秦时期《诗》类文献传授的源流分合问题。廖群《〈诗经〉早期书写定本考索》一文认为："《诗经》作为周代礼乐教化的产物，确曾被编定过一个诉诸文字的诗集文本（母本），用于教授和赋诗征引。"[①] 确实，《诗》的书写形态在乐用、赋诵、诗教等活动中都发挥着重要作用，为《诗》的普遍接受、互通理解及经典地位的确定奠定了基础。当然，我们也要注意到，《诗》作为音乐文本，具有鲜明的口头属性，每一次实况的歌唱都不会是完全按照《诗》文本的"照本宣科"，而是在书写《诗》文本所确定的内容和程式之内，容有微小的变动。这些微小的变动也有可能被记录下来，反过来形成

---

① 廖群：《〈诗经〉早期书写定本考索》，《中国诗歌研究》第 18 辑，社会科学文献出版社，2019 年。

《诗》的异本。因此，所谓"母本""定本"等概念，其实更多是一种从制度设置、实践操作层面设定的理想形态，对当前研究来说，更有意义也更为紧迫的问题是，目前所见的战国以来早期《诗》文本的差异是如何产生的？一般的理解，多将其归因于战国以下政治割裂，官学解体，私学勃兴，不同地域不同学派之间传承的不同，或是抄工的不严谨乃至有意改动。即认为异本的产生，更多是源于社会、学派和操作层面的外在客观原因。我们虽不排除这些原因，但本文要强调的是，《诗》文本在更早的乐用时代就已存在诸本分异、多源平行的传承，这是由歌诗文本自身的特性决定的。如前所述，《诗》文本从创制到乐用、从结集到流传的各个环节都有形态上的流变，其在不同群体间的传承也各有侧重，如乐官所传承"乐本"《诗》就偏重音乐功能，而贵族诗教所传《诗》就偏重文本的德义和语用功能[①]。因此，我们所见早期《诗》文本的差异，就不单是受制于外在客观原因而产生的一种裂变式的变异，很大可能还与歌诗自身的文本属性与流传方式有关，可以追溯到《诗》的乐用时代。

正是基于这一考虑，上文对《诗》章异次现象的考论，就试图回溯到歌唱的语境，从《诗》的乐用形态和流传方式中探寻原因。尤其是重章异次高达86.1%的比例，从重章歌唱时章次的灵活机动特征上来思考，当有一定的合理性。这一思考，揭示了《诗》作为音乐文本与其他文献在文本属性和流传方式上的根本不同。《诗》不论是乐用、赋诵、引说等口头传播，还是不同地域、群体、学派各取所需的书面文本传播，任何一个歌诗文本都允许在规范与变通、稳固与流动之间达到相对的平衡。从这个层面上来说，众多《诗》文本的异同，都可视作在"理想的《诗》"的概念范畴下取得的最大公约数。早期《诗》的文本面貌多样而复杂，本文所考察的从安大简、阜阳汉简、海昏侯墓汉简以迄熹平石经的《诗》章异次现象，就是一个体现。而随着流

[①] 参李辉、林甸甸、马银琴《仪式与文本之间——论〈诗经〉的经典化及相关问题》，《温州大学学报（社会科学版）》2020年第1期。

传过程中众多异本的淘汰,不同学派阐释的深入和地位的升降,《诗》的章次也渐趋齐同,异次现象逐渐淡出历史视野,这也成为《诗经》之经典地位确定的重要标志。

参考文献（以著者－出版年排序）

A

敖继公：《仪礼集说》，上海：上海古籍出版社，2017年。

B

（日）白川静：《金文的世界：殷周社会史》，温天河、蔡哲茂译，台北：联经出版事业公司，1989年。

（日）白川静：《西周史略》，袁林译，西安：三秦出版社，1992年。

（日）白川静：《诗经的世界》，黄铮译，成都：四川人民出版社，2019年。

班固：《汉书》，北京：中华书局，1962年。

C

蔡先金：《清华简〈周公之琴舞〉的文本与乐章》，《西北师大学报（社会科学版）》2014年第4期。

晁福林：《夏商西周的社会变迁》，北京：北京师范大学出版社，1996年。

晁福林：《上博简〈诗论〉研究》，北京：商务印书馆，2013年。

曹建国：《论清华简中的〈蟋蟀〉》，《江汉考古》2011年第2期。

曹建国：《"赋诗断章"新论》，《兰州大学学报（社会科学版）》2015年第6期。

曹胜高、李申曦：《诗乐疏离与〈蟋蟀〉文本阐释的开放性》，《深圳大学学报（人文社会科学版）》2020年第2期。

曹玮、魏京武：《西周编钟的礼制意义》，《南方文物》1994年第2期。

曹元弼：《礼经学》，北京：北京大学出版社，2012年。

常玉芝：《商代周祭制度》，北京：中国社会科学出版社，1987年。

常任侠：《常任侠艺术考古论文选集》，北京：文物出版社，1984年。

陈邦怀：《甲骨文零拾》，天津：天津人民出版社，1959年。

陈邦怀：《小屯南地甲骨中所发现的若干重要史料》，《历史研究》1982年第2期。

陈邦怀：《一得集》，济南：齐鲁书社，1989年。

陈汉平：《西周册命制度研究》，上海：学林出版社，1986年。

陈澔：《礼记集说》，北京：中国书店，1994年。

陈奂：《诗毛氏传疏》，南京：凤凰出版社，2018年。

陈来：《古代宗教与伦理——儒家思想的根源》，北京：生活·读书·新知三联书店，1996年。

陈来：《古代思想文化的世界——春秋时期的宗教、伦理与社会思想》，北京：生活·读书·新知三联书店，2002年。

陈立：《白虎通疏证》，北京：中华书局，1994年。

陈梦家：《殷虚卜辞综述》，北京：中华书局，1988年。

陈梦家：《西周铜器断代》，北京：中华书局，2004年。

陈梦家：《陈梦家学术论文集》，北京：中华书局，2016年。

陈鹏宇：《清华简〈芮良夫毖〉套语成分分析》，《深圳大学学报（人文社会科学版）》2014年第2期。

陈启源：《毛诗稽古编》，《儒藏》精华编第29册，北京：北京大学出版社，2011年。

陈槃：《旧学旧史说丛》，上海：上海古籍出版社，2010年。

陈乔枞：《三家诗遗说考》，《清经解续编》，上海：上海书店，1988年。

陈士珂：《孔子家语疏证》，南京：凤凰出版社，2017年。

陈世辉：《金文韵读续辑》，《古文字研究》第5辑，北京：中华书局，1981年。

陈世骧：《陈世骧文存》，沈阳：辽宁教育出版社，1998年。

陈戍国：《中国礼制史（先秦卷）》，长沙：湖南教育出版社，1991年。

陈戍国：《诗经刍议》，长沙：岳麓书社，1997年。

陈桐生：《〈孔子诗论〉研究》，北京：中华书局，2004年。

陈炜湛：《商代甲骨文金文词汇与〈诗·商颂〉的比较》，《中山大学学报（社会科学版）》，2002年第1期。

陈旸：《乐书》，《中华礼藏·礼乐卷·乐典之属》，杭州：浙江大学出版社，2016年。

陈致：《从礼仪化到世俗化——〈诗经〉的形成》，上海：上海古籍出版社，2009年。

陈致主编：《跨学科视野下的诗经研究》，上海：上海古籍出版社，2010年。

陈子展：《诗经直解》，上海：复旦大学出版社，1983年。

陈子展：《诗三百解题》，上海：复旦大学出版社，2001年。

程大昌：《程氏考古编》，沈阳：辽宁教育出版社，2000年。

程俊英、蒋见元：《诗经注析》，北京：中华书局，1991年。

程树德：《论语集释》，北京：中华书局，1997年。

程苏东：《仪式与文本：周代官学之"诗礼乐"教与"书教"考异》，《上海大学学报（社会科学版）》2016年第6期。

程苏东：《从贵族仪轨到布衣文本——晚周〈诗〉学功能演变考

论》,《文学遗产》2020年第2期。

程燕:《诗经异文辑考》,合肥:安徽大学出版社,2010年。

程廷祚:《青溪集》,合肥:黄山书社,2004年。

褚斌杰:《〈诗经〉叠咏体探颐》,《诗经研究丛刊》第1辑,北京:学苑出版社,2001年。

崔述:《读风偶识》,《崔东壁遗书》,上海:上海古籍出版社,1983年。

D

邓佩玲:《〈雅〉〈颂〉与出土文献新证》,北京:商务印书馆,2017年。

丁山:《商周史料考证》,北京:中华书局,1988年。

丁山:《古代神话与民族》,北京:商务印书馆,2005年。

杜佑:《通典》,北京:中华书局,1988年。

段颖龙:《从清华简〈耆夜〉看毛诗〈蟋蟀〉之成因与〈诗经〉早期的流传》,《河北师范大学学报(哲学社会科学版)》2018年第1期。

段玉裁:《诗经小学》,《清经解》,上海:上海书店,1988年。

段玉裁:《说文解字注》,上海:上海古籍出版社,1988年。

F

范家相:《诗渖》,《景印文渊阁四库全书》,台北:台湾商务印书馆,1986年。

范处义:《诗补传》,《景印文渊阁四库全书》,台北:台湾商务印书馆,1986年。

方苞:《仪礼析疑》,《景印文渊阁四库全书》,台北:台湾商务印书馆,1986年。

方建军:《商周礼乐制度中的乐器主及演奏者》,《音乐季刊》2006年第2期。

方诗铭、王修龄：《古本竹书纪年辑证》，上海：上海古籍出版社，2008年。

方玉润：《诗经原始》，北京：中华书局，1986年。

方述鑫：《姬周族出于土方考》，陕西历史博物馆编：《西周史论文集》，西安：陕西人民教育出版社，1993年。

冯浩菲：《历代诗经论说述评》，北京：中华书局，2003年。

傅道彬：《诗可以观：礼乐文化与周代诗学精神》，北京：中华书局，2010年。

傅刚：《先秦文学文献学的性质、特征及研究方法》，《文献》2019年第5期。

傅斯年：《〈诗经〉讲义稿》，《傅斯年文集》，北京：中华书局，2017年。

傅斯年：《中国古代文学史讲义》，《傅斯年文集》，北京：中华书局，2017年。

付林鹏：《西周乐官的文化职能与文学活动》，北京：中国社会科学出版社，2016年。

付林鹏：《周代的文化认同与文学交流——以音乐制作、言语传译为中心》，《中国社会科学》2020年第5期。

G

（日）冈村繁：《周汉文学史考》，陆晓光译，上海：上海古籍出版社，2002年。

高亨：《周易杂论》，济南：齐鲁书社，1979年。

高亨：《诗经今注》，上海：上海古籍出版社，1980年。

高亨：《周易古经今注》，北京：中华书局，1984年。

高亨：《文史述林》，北京：清华大学出版社，2004年。

高天麟：《黄河流域新石器时代的陶鼓辨析》，《考古学报》1991年第2期。

（法）葛兰言：《古中国的跳舞与神秘故事》，李璜译述，上海：中华书局，1933年。

（法）葛兰言：《古代中国的节庆与歌谣》，赵丙祥、张宏明译，桂林：广西师范大学出版社，2005年。

葛晓音：《先秦汉魏六朝诗歌体式研究》，北京：北京大学出版社，2012年。

顾颉刚：《史林杂识初编》，北京：中华书局，1963年。

顾颉刚：《顾颉刚读书笔记》，《顾颉刚全集》，北京：中华书局，2011年。

顾颉刚：《顾颉刚古史论文集》，《顾颉刚全集》，北京：中华书局，2011年。

顾颉刚等：《古史辨》第3册，上海：上海古籍出版社，1982年。

顾颉刚、刘起釪：《尚书校释译论》，北京：中华书局，2005年。

顾炎武著，黄汝成集释：《日知录集释》，上海：上海古籍出版社，2006年。

顾镇：《虞东学诗》，《景印文渊阁四库全书》，台北：台湾商务印书馆，1986年。

郭宝钧：《一九五〇年春殷墟发掘报告》，《中国考古学报》1951年第5册。

郭宝钧：《中国铜器时代》，北京：生活·读书·新知三联书店，1978年。

郭宝钧：《商周铜器群综合研究》，北京：文物出版社，1981年。

郭茂倩：《乐府诗集》，北京：中华书局，1979年。

郭沫若：《青铜时代》，北京：人民出版社，1954年。

郭沫若：《殷契粹编》，北京：科学出版社，1965年。

郭沫若：《中国古代社会研究》，北京：人民出版社，1982年。

郭沫若：《卜辞通纂》，北京：科学出版社，1983年。

郭沫若：《金文丛考》，北京：科学出版社，1983年。

郭沫若：《金文丛考补录》，北京：科学出版社，2002年。

郭沫若：《两周金文辞大系图录考释》，北京：科学出版社，2002年。

过常宝：《从诗和史的渊源看"赋诗言志"的文化内涵》，《学术界》2002年第2期。

过常宝：《制礼作乐与西周文献的生成》，北京：中国社会科学出版社，2015年。

过常宝：《春秋赋诗及"断章取义"》，《文艺研究》2019年第4期。

H

韩高年：《礼俗仪式与先秦诗歌演变》，北京：中华书局，2006年。

韩高年：《"祀谱""世系"与史诗——对〈诗经〉"史诗"诗体源流及演述方式、文化场域的考察》，《文史哲》2010年第5期。

韩高年：《〈诗经〉分类辨体》，上海：上海古籍出版社，2011年。

郝懿行：《诗问》，《郝懿行集》，济南：齐鲁书社，2010年。

何定生：《诗经今论》，台北：台湾商务印书馆，1969年。

何定生：《定生论学集——诗经与孔学研究》，台北：幼狮文化事业公司，1978年。

何楷：《诗经世本古义》，北京：北京大学出版社，2023年。

何宁：《淮南子集解》，北京：中华书局，1998年。

贺贻孙：《诗触》，《续修四库全书》，上海：上海古籍出版社，2002年。

洪兴祖：《楚辞补注》，北京：中华书局，1983年。

洪亮吉：《春秋左传诂》，北京：中华书局，1987年。

洪湛侯：《诗经学史》，北京：中华书局，2002年。

胡承珙：《毛诗后笺》，合肥：黄山书社，1999年。

胡厚宣主编：《甲骨文合集释文》，北京：中国社会科学出版社，

2009年。

胡匡衷：《仪礼释官》，北京：中华书局，2020年。

胡念贻：《先秦文学论集》，北京：中国社会科学出版社，1985年。

胡宁：《楚简诗类文献与诗经学要论丛考》，中华书局，2021年。

胡培翚：《仪礼正义》，南京：江苏古籍出版社，1993年。

胡平生、韩自强：《阜阳汉简诗经研究》，上海：上海古籍出版社，1988年。

黄德宽、徐在国主编：《安徽大学藏战国竹简（一）》，上海：中西书局，2019年。

黄怀信、张懋镕、田旭东：《逸周书汇校集注》，上海：上海古籍出版社，2007年。

黄松毅：《仪式与歌诗：〈诗经·大雅〉研究》，北京：中国传媒大学出版社，2010年。

黄天树：《关于商代文字书写与契刻的几个问题》，《中国诗歌研究》第18辑，北京：社会科学文献出版社，2019年。

黄以周：《礼书通故》，北京：中华书局，2007年。

黄玉顺：《易经古歌考释》，成都：巴蜀书社，1995年。

惠周惕：《诗说》，《丛书集成初编》，北京：中华书局，1985年。

J

季旭升：《诗经古义新证》，北京：学苑出版社，2001年。

（日）家井真：《〈诗经〉原意研究》，陆越译，南京：江苏人民出版社，2011年。

贾公彦：《周礼注疏》，北京：北京大学出版社，1999年。

贾公彦：《仪礼注疏》，北京：北京大学出版社，1999年。

贾海生：《周代礼乐文明实证》，北京：中华书局，2010年。

江林昌：《中国上古文明考论》，上海：上海教育出版社，2005年。

江林昌：《甲骨文与商颂》，《福州大学学报（哲学社会科学版）》2010年第1期。

江林昌：《清华简与先秦诗乐舞传统》，《文艺研究》2010年第8期。

姜炳璋：《诗序补义》，《景印文渊阁四库全书》，台北：台湾商务印书馆，1986年。

蒋菁、管建华、钱茸：《中国音乐文化大观》，北京：北京大学出版社，2001年。

蒋鲁敬、肖玉军：《湖北荆州王家嘴M798出土战国楚简〈诗经〉概述》，《江汉考古》2023年第2期。

蒋寅编译：《日本学者中国诗学论集》，南京：凤凰出版社，2008年。

金鹗：《求古录礼说》，《续修四库全书》，上海：上海古籍出版社，2002年。

荆州博物馆：《湖北荆州王家嘴798号楚墓发掘简报》，《江汉考古》2023年第2期。

K

（美）柯马丁：《表演与阐释：早期中国诗学研究》，郭西安编，北京：生活·读书·新知三联书店，2023年。

孔广森：《大戴礼记补注》，北京：中华书局，2013年。

孔广森：《经学卮言》，北京：中华书局，2017年。

孔颖达：《毛诗正义》，北京：北京大学出版社，1999年。

孔颖达：《礼记正义》，北京：北京大学出版社，1999年。

孔颖达：《春秋左传正义》，北京：北京大学出版社，1999年。

孔颖达：《尚书正义》，上海：上海古籍出版社，2007年。

L

黎靖德编：《朱子语类》，北京：中华书局，1986年。

李炳海：《〈诗经·国风〉的篇章结构及其文化属性和文本形态》，《中州学刊》2005年第4期。

李炳海：《〈诗经·国风〉生成期的演唱方式》，《中州学刊》2008年第1期。

李炳海：《〈诗经·周颂〉大武歌诗论辩》，《陕西师范大学学报（哲学社会科学版）》2008年第9期。

李炳海：《中国诗歌通史（先秦卷）》，北京：人民文学出版社，2012年。

李樗、黄櫄：《毛诗集解》，《通志堂经解》，扬州：江苏广陵古籍刻印社，1993年。

李春青：《诗与意识形态》，北京：北京大学出版社，2005年。

李纯一：《关于殷钟的研究》，《考古学报》1957年第3期。

李纯一：《中原地区西周编钟的组合》，《文物天地》1990年第5期。

李纯一：《中国上古出土乐器综述》，北京：文物出版社，1996年。

李纯一：《先秦音乐史》，北京：人民音乐出版社，2005年。

李锋：《西周的灭亡——中国早期国家的地理和政治危机》，上海：上海古籍出版社，2007年。

李峰：《西周的政体——中国早期的官僚制度和国家》，北京：生活·读书·新知三联书店，2010年。

李峰：《青铜器和金文书体研究》，上海：上海古籍出版社，2018年。

李光地：《诗所》，《榕村全书》，福州：福建人民出版社，2013年。

李光地：《古乐经传》，《榕村全书》，福州：福建人民出版社，2013年。

李镜池：《周易探源》，北京：中华书局，1978年。

李零：《论燹公盨发现的意义》，《中国历史文物》2002年第6期。

李山：《诗经的文化精神》，北京：东方出版社，1997年。

李山：《〈诗·大雅〉若干篇图赞说及由此发现的〈雅〉〈颂〉间部分对应》，《文学遗产》2000年第4期。

李山：《〈诗〉"辟雍"考》，《河北师范大学学报（哲学社会科学版）》2003年第4期。

李山：《〈诗·二南〉中的几首战争诗篇》，《诗经研究丛刊》第31辑，北京：学苑出版社，2011年。

李山：《西周礼乐文明的精神建构》，石家庄：河北教育出版社，2014年。

李山：《礼乐大权旁落与"采诗观风"的高涨——"王官采诗"说再探讨》，《社会科学家》2014年第12期。

李山：《诗经析读》，北京：中华书局，2018年。

李山：《〈诗经〉文学的宣王时代》，《文学遗产》2020年第5期。

李山：《〈诗经〉的创制历程》，北京：中华书局，2022年。

李守奎：《清华简〈周公之琴舞〉与周颂》，《文物》2012年第8期。

李守奎：《先秦文献中的琴瑟与〈周公之琴舞〉的成文时代》，《吉林大学社会科学学报》2014年第1期。

李学勤：《东周与秦代文明》，北京：文物出版社，1984年。

李学勤：《新出青铜器研究》，北京：文物出版社，1990年。

李学勤：《新整理清华简六种概述》，《文物》2012年第8期。

李学勤：《论清华简〈周公之琴舞〉的结构》，《深圳大学学报（人文社会科学版）》2013年第1期。

李学勤：《再读清华简〈周公之琴舞〉》，《绍兴文理学院学报（哲学社会科学）》2014年第1期。

李振峰：《甲骨卜辞与殷商时代的文学和艺术研究》，哈尔滨师范大学博士学位论文，2012年。

李之藻：《頖宫礼乐疏》，《景印文渊阁四库全书》，台北：台湾商务印书馆，1986年。

李壮鹰：《覆瓿存稿》，天津：百花文艺出版社，1995年。

连劭名：《商代的礼乐与乐师》，《殷都学刊》2007年第4期。

梁启超：《中国之美文及其历史》，《饮冰室合集》，北京：中华书局，1989年。

梁玉绳：《史记志疑》，北京：中华书局，1981年。

廖群：《"乐三终"与"饮至"歌〈诗〉考》，《文学评论》2018年第2期。

廖群：《〈诗经〉早期书写定本考索》，《中国诗歌研究》第18辑，北京：社会科学文献出版社，2019年。

林义光：《诗经通解》，上海：中西书局，2012年。

林沄：《林沄学术文集》，北京：中国大百科全书出版社，1998年。

凌廷堪：《礼经释例》，《从书集成初编》，上海：商务印书馆，1932年。

刘波：《〈诗经·商颂〉创作年代考述》，首都师范大学硕士论文，2008年。

刘光胜：《清华简〈耆夜〉考论》，《中华文化论坛》2011年第1期。

刘瑾：《诗传通释》，北京：北京师范大学出版社，2013年。

刘师培：《刘申叔遗书》，南京：江苏古籍出版社，1997年。

刘始兴：《诗益》，《续修四库全书》，上海：上海古籍出版社，2002年。

刘台拱：《论语骈枝》，《续修四库全书》，上海：上海古籍出版社，2002年。

刘勰著，范文澜注：《文心雕龙注》，北京：人民文学出版社，1958年。

刘信芳：《孔子诗论述学》，合肥：安徽大学出版社，2003年。

刘玉汝：《诗缵绪》，北京：北京师范大学出版社，2012年。

刘雨：《金文论集》，北京：紫禁城出版社，2008年。

刘毓庆：《雅颂新考》，太原：山西高校联合出版社，1996年。

刘毓庆：《诗义稽考》，北京：学苑出版社，2006年。

刘毓庆、贾培俊、张儒：《〈诗经〉百家别解考（国风）》，太原：山西古籍出版社，2002年。

刘源：《商周祭祖礼研究》，北京：商务印书馆，2004年。

刘振华：《〈仪礼〉所载"尸祭"仪式的戏剧性考论》，《古籍整理与研究》2017年第5期。

吕绍纲、蔡先金：《楚竹书〈孔子诗论〉"类序"辨析》，《东南文化》2005年第2期。

吕思勉：《吕思勉读史札记》，上海：上海古籍出版社，2005年。

吕祖谦：《吕氏家塾读诗记》，《吕祖谦全集》，浙江：浙江古籍出版社，2008年。

陆侃如、冯沅君：《中国诗史》，济南：山东大学出版社，1996年。

罗振玉：《殷墟书契考释三种》，北京：中华书局，2006年。

（美）罗泰：《宗子维城》，吴长青、张莉、彭鹏等译，上海：上海古籍出版社，2017年。

（美）罗森：《中国古代的艺术与文化》，孙心菲译，北京：北京大学出版社，2003年。

（美）洛德：《故事的歌手》，尹虎彬译，北京：中华书局，2004年。

M

马承源：《商周青铜器铭文选》，北京：文物出版社，1988年。

马承源主编：《上海博物馆藏战国楚竹书（一）》，上海：上海古籍出版社，2001年。

马承源主编：《上海博物馆藏战国楚竹书（四）》，上海：上海古籍出版社，2004年。

马承源：《马承源文博论集》，上海：上海古籍出版社，2007年。

马衡：《汉石经集存》，北京：科学出版社，1957年。

马楠：《〈芮良夫毖〉与文献相类文句分析及补释》，《深圳大学学报（人文社会科学版）》2013年第1期。

马瑞辰：《毛诗传笺通释》，北京：中华书局，1989年。

（法）马塞尔·莫斯：《礼物——古式社会中交换的形式与理由》，汲喆译，上海：上海人民出版社，2005年。

马银琴：《两周诗史》，北京：社会科学文献出版社，2006年。

马银琴：《周秦时代诗的传播史》，北京：社会科学文献出版社，2011年。

马银琴：《〈周公之琴舞〉与〈周颂·敬之〉的关系——兼论周代仪式乐歌的制作方式》，《清华大学学报（哲学社会科学版）》2019年第2期。

马银琴：《殷周祭祖礼的因革与〈周颂〉的礼乐性质》，《中原文化研究》2021年第1期。

毛奇龄：《诗札》，《景印文渊阁四库全书》，台北：台湾商务印书馆，1986年。

缪钺：《古典文学论丛》，杭州：浙江大学出版社，2009年。

O

欧阳修：《诗本义》，《儒藏》精华编第24册，北京：北京大学出版社，2008年。

P

皮锡瑞：《经学通论》，北京：中华书局，1954年。

Q

钱澄之：《田间诗学》，合肥：黄山书社，2005年。

钱杭：《周代宗法制度研究》，北京：学林出版社，1996年。

钱穆：《古史地理论丛》，北京：生活·读书·新知三联书店，2004年。

钱穆：《中国学术思想史论丛》，合肥：安徽教育出版社，2004年。

钱锺书：《管锥编》，北京：中华书局，1979年。

清华大学出土文献研究与保护中心主编，李学勤编：《清华大学藏战国竹简（一）》，上海：中西书局，2010年。

清华大学出土文献研究与保护中心主编，李学勤编：《清华大学藏战国竹简（三）》，上海：中西书局，2012年。

清华大学出土文献研究与保护中心主编，黄德宽编：《清华大学藏战国竹简（十一）》，上海：中西书局，2021年。

裘锡圭：《古文字论集》，北京：中华书局，1992年。

裘锡圭：《裘锡圭学术文集·甲骨文卷》，上海：复旦大学出版社，2015年。

裘锡圭：《裘锡圭学术文集·金文及其他古文字卷》，上海：复旦大学出版社，2015年。

屈万里：《书佣论学集》，台北：台湾开明书店，1969年。

R

（美）R. H. 巴洛：《罗马人》，黄韬译，上海：上海人民出版社，2000年。

饶宗颐：《殷代贞卜人物通考》，香港：香港大学出版社，1959年。

饶宗颐：《经学昌言》，《饶宗颐二十世纪学术文集》，北京：中国人民大学出版社，2009年。

饶宗颐：《甲骨集林》，《饶宗颐二十世纪学术文集》，北京：中国人民大学出版社，2009年。

阮元：《揅经室集》，北京：中华书局，1993年。

S

尚秉和：《焦氏易林注》，《尚秉和易学全书》，北京：中华书局，2020年。

邵懿辰：《礼经通论》，顾颉刚主编：《古籍考辨丛刊》第2集，北京：社会科学文献出版社，2009年。

邵炳军：《春秋时期政治生态变迁与怨刺诗类型演化》，《山西大学学报（哲学社会科学版）》2020年第3期。

沈建华：《卜辞中的"听"与"律"》，《东岳论坛》2005年第3期。

沈建华：《初学集：沈建华甲骨学论文集》，北京：文物出版社，2008年。

沈文倬：《宗周礼乐文明考论》，杭州：杭州大学出版社，1999年。

司马迁：《史记》（修订本），北京：中华书局，2014年。

宋镇豪：《从甲骨文考述商代的学校教育》，《2004年安阳殷商文明国际学术研讨会论文集》，北京：社会科学文献出版社，2004年。

宋镇豪：《夏商社会生活史》，北京：中国社会科学出版社，2005年。

宋镇豪：《殷墟甲骨文中的乐器与音乐歌舞》，《古文字与古代史》第2辑，台北："中研院"历史语言研究所，2009年。

宋镇豪：《甲骨文中的乐舞补说》，《海南大学学报（人文社会科学版）》2020年第4期。

苏雪林：《诗经杂俎》，台北：台湾商务印书馆，1995年。

苏舆：《春秋繁露义证》，北京：中华书局，1992年。

（美）苏源熙：《中国美学问题》，卞东波译，南京：江苏人民出版社，2009年。

苏辙：《诗集传》，《续修四库全书》，上海：上海古籍出版社，2002年。

孙楷第：《沧州集》，北京：中华书局，2018年。

孙希旦：《礼记集解》，北京：中华书局，1989年。

孙诒让：《周礼正义》，北京：中华书局，1987年。

孙诒让：《墨子閒诂》，北京：中华书局，2001年。

孙诒让：《籀廎述林》，北京：中华书局，2010年。

孙作云：《诗经与周代社会研究》，北京：中华书局，1966年。

T

唐兰：《殷虚文字记》，北京：中华书局，1981年。

唐兰：《唐兰先生金文论集》，北京：紫禁城出版社，1995年。

唐兰：《西周青铜器铭文断代史征》，上海：上海古籍出版社，2016年。

（日）田仲一成：《中国戏剧史》，云贵彬、于允译，北京：北京广播学院出版社，2002年。

W

王邦直撰，王守伦、任怀国等校注：《律吕正声校注》，北京：中华书局，2012年。

王柏：《诗疑》，顾颉刚主编：《古籍考辨丛刊》第1集，北京：社会科学文献出版社，2010年。

王符：《潜夫论》，上海：上海古籍出版社，1978年。

王夫之：《诗广传》，北京：中华书局，1964年。

王夫之：《礼记章句》，长沙：岳麓书社，1991年。

王福利：《"房中乐""房中歌"名义新探》，《音乐研究》2006年第3期。

王国维：《观堂集林》，石家庄：河北教育出版社，2001年。

王国维：《宋元戏曲考》，《王国维论剧》，北京：中国戏剧出版社，2010年。

王晖：《商周文化比较研究》，北京：人民出版社，2000年。

王晖：《从西周金文看西周宗庙"图室"与早期军事地图及方国疆域图》，《陕西师范大学学报（哲学社会科学版）》2012年第1期。

王靖献：《钟与鼓——〈诗经〉的套语及其创作方式》，谢谦译，成都：四川人民出版社，1997年。

王克林：《略论夏文化的源流及其有关问题》，《夏史论丛》，济南：齐鲁书社，1985年。

王力：《诗经韵读》，上海：上海古籍出版社，1980年。

王利器：《吕氏春秋注疏》，成都：巴蜀书社，2002年。

王礼卿：《四家诗恉会归》，上海：华东师范大学出版社，2009年。

王同：《先周乐官探微》，《艺术百家》2008年第3期。

王先谦：《诗三家义集疏》，北京：中华书局，1987年。

王先慎：《韩非子集解》，北京：中华书局，1998年。

王小盾：《中国早期艺术与宗教》，上海：东方出版中心，1998年。

王小盾、马银琴：《从〈诗论〉与〈诗序〉的关系看〈诗论〉的性质与功能》，《文艺研究》2002年第2期。

王晓平：《〈诗经〉迭咏体浅论》，《内蒙古师院学报（哲学社会科学版）》1982年第2期。

王秀臣：《三礼用诗考论》，北京：中国社会科学出版社，2007年。

王秀臣：《论"乐"与"诗"的早期形态演变》，《阅江学刊》2013年第4期。

王贻樑、陈建敏：《穆天子传汇校集释》，北京：中华书局，2019年。

王引之：《经传释词》，长沙：岳麓书社，1984年。

王念孙、王引之：《经义述闻》，南京：江苏古籍出版社，2000年。

王念孙、王引之：《读书杂志》，上海：上海古籍出版社，2015年。

王应麟：《困学纪闻》，上海：上海古籍出版社，2008年。

王质：《诗总闻》，《丛书集成初编》，北京：中华书局，1985年。

王子初：《中国音乐考古学》，福州：福建教育出版社，2003年。

王子扬：《揭示若干组商代的乐歌乐舞——从甲骨卜辞"武汤"说起》，《"中研院"历史语言研究所集刊》第90本，2019年。

王宗石：《诗经分类诠释》，长沙：湖南教育出版社，2001年。

魏源：《诗古微》，长沙：岳麓书社，1989年。

闻一多：《闻一多全集》，上海：上海书店，1992年。

（美）巫鸿：《武梁祠：中国古代画像艺术的思想性》，柳扬、岑河译，北京：生活·读书·新知三联书店，2006年。

（美）巫鸿：《中国古代艺术与建筑中的纪念碑性》，李清泉、郑岩译，上海：上海人民出版社，2009年。

吴闿生：《诗义会通》，上海：中西书局，2012年。

吴其昌：《殷墟书契解诂》，武汉：武汉大学出版社，2008年。

X

夏传才：《诗经语言艺术》，北京：语文出版社，1985年。

夏传才：《诗经语言艺术新编》，北京：语文出版社，1998年。

夏传才：《诗经学四大公案的现代进展》，《河北学刊》1998年第1期。

（美）夏含夷：《古史异观》，上海：上海古籍出版社，2005年。

（美）夏含夷：《兴与象：中国古代文化史论集》，上海：上海古籍出版社，2012年。

（美）夏含夷：《海外夷坚志——古史异观二集》，上海：上海古籍出版社，2016年。

（美）夏含夷：《出土文献与〈诗经〉口头与书写性质问题的争议》，《文史哲》2020年第2期。

夏味堂：《诗疑笔记》，《续修四库全书》，上海：上海古籍出版社，2002年。

向熹：《诗经语言研究》，成都：四川人民出版社，1987年。

谢炳军：《甲骨文所见商代乐官阶层及其乐制思想》，《中国音乐学》2021年第1期。

熊朋来：《五经说》，《景印文渊阁四库全书》，台北：台湾商务印书馆，1986年。

徐宝贵：《出土文献资料与诗经学的三个问题论考》，《复旦大学出土文献与古文字研究中心集刊》第2辑，上海：复旦大学出版社，2008年。

徐建委：《文本革命：刘向〈汉书·艺文志〉与早期文本研究》，北京：中国社会科学出版社，2017年。

徐仁甫：《古诗别解》，上海：上海古籍出版社，1984年。

徐兴无：《早期经典的形成与文化自觉》，南京：南京大学出版社，2023年。

徐旭生：《中国古史的传说时代》，北京：科学出版社，1960年。

徐元诰：《国语集解》，北京：中华书局，2002年。

徐正英：《清华简〈周公之琴舞〉与孔子删〈诗〉相关问题》，《文学遗产》2014年第5期。

徐正英：《先秦出土文献与诗学公案的解决》，赵敏俐主编：《先秦文学与文献研究》，北京：商务印书馆，2020年。

徐中舒：《徐中舒历史论文选辑》，北京：中华书局，1998年。

徐中舒：《甲骨文字典》，成都：四川辞书出版社，2003年。

许谦：《诗集传名物钞》，北京：北京师范大学出版社，2012年。

许维遹：《飨礼考》，《清华学报》1947年第1期。

许维遹：《韩诗外传集释》，北京：中华书局，1980年。

许志刚：《汉简与〈诗经〉传本》，《文献》2000年第1期。

许倬云：《西周史》，北京：生活·读书·新知三联书店，1994年。

Y

严粲：《诗缉》，北京：中华书局，2020 年。

阎步克：《乐师与史官》，北京：生活·读书·新知三联书店，2001 年。

阎振益、钟夏：《新书校注》，北京：中华书局，2017 年。

（德）扬·阿斯曼：《文化记忆：早期高级文化中的文字、回忆和政治身份》，金寿福、黄晓晨译，北京：北京大学出版社，2015 年。

扬之水：《诗经别裁》，南昌：江西教育出版社，2000 年。

杨伯峻：《春秋左传注》，北京：中华书局，1990 年。

杨公骥：《商颂考》，《中国文学》，长春：吉林人民出版社，1957 年。

杨宽：《古史新探》，北京：中华书局，1965 年。

杨宽：《西周史》，上海：上海人民出版社，2003 年。

杨荫浏：《中国古代音乐史稿》，北京：人民音乐出版社，1981 年。

杨树达：《积微居金文说》，北京：中华书局，1997 年。

杨向奎：《宗周礼乐与制度文明》，北京：人民出版社，1997 年。

姚际恒：《诗经通论》，北京：中华书局，1958 年。

姚小鸥：《〈清华大学藏战国竹简·芮良夫毖·小序〉研究》，《中州学刊》2014 年第 5 期。

姚小鸥：《诗经三颂与先秦礼乐文化的演变》，北京：商务印书馆，2019 年。

姚小鸥、李文慧：《〈周颂·有瞽〉与周代观乐制度》，《文艺研究》2012 年第 3 期。

姚小鸥，李文慧：《〈周公之琴舞〉诸篇释名》，《中国诗歌研究》第 10 辑，北京：社会科学文献出版社，2013 年。

姚小鸥、孟祥笑：《试论清华简〈周公之琴舞〉的文本性质》，《文艺研究》2014 年第 6 期。

姚苏杰：《〈诗经〉重章结构的形态与类型》，《清华大学学报（哲学社会科学版）》2017年第2期。

姚苏杰：《论周代"房中之乐"的两种形态及钟磬问题——兼论其与乡乐、燕乐的关系》，《音乐研究》2020年第1期。

叶舒宪：《诗经的文化阐释——中国诗歌的发生研究》，武汉：湖北人民出版社，1994年。

（日）伊藤道治：《中国古代王朝的形成》，江蓝生译，北京：中华书局，2002年。

阴法鲁：《阴法鲁学术论文集》，北京：中华书局，2008年。

尹继美：《诗管见》，《续修四库全书》，上海：上海古籍出版社，2002年。

永瑢等：《四库全书总目提要》，北京：中华书局，1965年。

余冠英：《古代文学杂论》，北京：中华书局，1987年。

于省吾：《泽螺居诗经新证》，北京：中华书局，2003年。

于省吾：《双剑誃殷契骈枝》，北京：中华书局，2009年。

于省吾主编：《甲骨文字诂林》，北京：中华书局，1996年。

俞平伯：《读诗札记》，《俞平伯全集》，石家庄：花山文艺出版社，1997年。

俞樾：《群经平议》，《续修四库全书》，上海：上海古籍出版社，2002年。

俞樾：《茶香室经说》，《续修四库全书》，上海：上海古籍出版社，2002年。

俞正燮：《癸巳存稿》，沈阳：辽宁教育出版社，2003年。

俞志慧：《君子儒与诗教》，北京：生活·读书·新知三联书店，2005年。

（美）宇文所安：《中国早期古典诗歌的生成》，胡秋蕾、王宇根、田晓菲译，北京：生活·读书·新知三联书店，2017年。

袁梅：《诗经异文汇考辨证》，济南：齐鲁书社，2013年。

Z

曾志雄：《〈诗经·商颂〉的年代问题》，《信阳师范学院学报（哲学社会科学版）》2013年第1期。

翟相君：《诗经新解》，郑州：中州古籍出版社，1993年。

詹鄞鑫：《神灵与祭祀》，南京：江苏古籍出版社，1992年。

张纯一：《晏子春秋校注》，北京：中华书局，2016年。

张尔岐：《蒿庵闲话》，《丛书集成初编》，北京：中华书局，1985年。

张光直：《中国青铜时代》，北京：生活·读书·新知三联书店，1983年。

张光直：《中国古代考古学论集》，北京：生活·读书·新知三联书店，1999年。

张洪海辑著：《诗经汇评》，南京：凤凰出版社，2016年。

张剑：《西周诸侯国的青铜礼器》，宋镇豪等主编：《西周文明论集》，北京：朝华出版社，2006年。

张树波：《国风集说》，石家庄：河北人民出版社，1993年。

张树国：《宗教伦理与中国上古祭歌形态研究》，北京：人民出版社，2007年。

张树国：《由乐歌到经典：出土文献对〈诗经〉诠释史的启迪与效用》，《浙江学刊》2016年第2期。

张舜徽：《汉书艺文志通释》，武汉：华中师范大学出版社，2004年。

张西堂：《诗经六论》，上海：商务印书馆，1957年。

张亚初、刘雨：《西周金文官制研究》，北京：中华书局，1986年。

张万民：《〈诗经〉早期书写与口头传播——近期欧美汉学界的论争及其背景》，《北京大学学报（哲学社会科学版）》2017年第6期。

张闻捷、王文轩：《晚商乐人刍议》，《音乐研究》2022年第4期。

章太炎：《太炎文录》，《章太炎全集》，上海：上海人民出版社，1985年。

章学诚著，叶瑛校注：《文史通义校注》，北京：中华书局，1985年。

赵德：《诗辨说》，风朱倬《诗经疑问·附编》，北京：北京师范大学出版社，2013年。

赵逵夫：《诗的采集与〈诗经〉的成书》，《文史》2009年第2期。

赵茂林：《两汉三家〈诗〉研究》，成都：巴蜀书社，2006年。

赵敏俐：《略论〈诗经〉的乐歌性质及其认识价值》，《陕西师范大学学报（哲学社会科学版）》2004年第1期。

赵敏俐：《乐歌传统与〈诗经〉的问题特征》，《学术研究》2005年第9期。

赵敏俐：《〈周公之琴舞〉的组成、命名及表演方式蠡测》，《文艺研究》2013年第8期。

赵敏俐：《论歌唱与中国早期诗体发展之关系》，《北京大学学报（哲学社会科学版）》2016年第1期。

赵沛霖：《兴的源起》，北京：中国社会科学出版社，1987年。

赵平安：《〈芮良夫毖〉初读》，《清华简研究第二辑》，上海：中西书局，2015年。

张政烺：《文史丛考》，北京：中华书局，2012年。

郑樵：《诗辨妄》，北京：中华书局，1985年。

郑樵：《六经奥论》，《景印文渊阁四库全书》，台北：台湾商务印书馆，1986年。

郑樵：《通志二十略》，北京：中华书局，1995年。

周策纵：《古巫医与六诗考——中国浪漫文学探源》，上海：上海古籍出版社，2009年。

周延良：《〈诗经〉"剧诗""舞诗"研究》，《诗经研究丛刊》第1期，2002年。

周延良：《〈诗经〉颂诗名义考原》，《天津师范大学学报（社会科学版）》2004 年第 6 期。

周延良：《"六舞"与"六诗"关系考》（上）（下），《励耘学刊》，2007、2008 年。

朱东润：《诗三百篇探故》，上海：上海古籍出版社，1981 年。

朱凤翰：《商周家族形态研究》（增订本），天津：天津古籍出版社，2004 年。

朱凤瀚主编：《新出金文与西周历史》，上海：上海古籍出版社，2011 年。

朱凤瀚：《西汉海昏侯刘贺墓出土竹简〈诗〉初探》，《文物》2020 年第 6 期。

朱凤瀚：《海昏竹书〈诗〉初读》，朱凤瀚主编：《海昏简牍初论》，北京：北京大学出版社，2020 年。

朱光潜：《诗论》，上海：上海古籍出版社，2001 年。

朱鉴：《诗传遗说》，《通志堂经解》第 7 册，扬州：江苏广陵古籍刻印社，1993 年。

朱谦之：《中国音乐文学史》，上海：上海人民出版社，2006 年。

朱熹：《四书章句集注》，北京：中华书局，1983 年。

朱熹：《楚辞集注》，上海：上海古籍出版社，合肥：安徽教育出版社，2001 年。

朱熹：《仪礼经传通解》，《朱子全书》，上海：上海古籍出版社，合肥：安徽教育出版社，2002 年。

朱熹：《诗集传》，北京：中华书局，2017 年。

朱倬：《诗经疑问》，北京：北京师范大学出版社，2013 年。

朱自清：《诗言志辨》，《朱自清全集》，南京：江苏教育出版社，1996 年。

朱自清：《中国歌谣》，《朱自清全集》，南京：江苏教育出版社，1996 年。

（日）竹添光鸿：《左传会笺》，沈阳：辽海出版社，2008年。

（日）竹添光鸿：《毛诗会笺》，南京：凤凰出版社，2012年。

祝秀权：《清华简〈周公之琴舞〉释读》，《山东理工大学学报（社会科学版）》2017年第4期。

祝秀权：《周礼乐语之教与〈大雅〉部分诗篇的创作及其与〈周颂〉的对应关系》，《中华文化论坛》2018年第1期。

祝秀权：《周代乐语教育与中国诗的产生》，《湖南科技大学学报（社会科学版）》2020年第5期。

邹汉勋：《读书偶识》，北京：中华书局，2008年。

邹衡：《夏商周考古学论文集》，北京：科学出版社，2001年。

后　记

　　《诗经》是周代礼乐歌唱的结晶，历经了三千余年的流传和阐释，不同学术思潮之下的研究，从各个侧面展示了《诗经》经典内涵的丰富性。虽然历史上有一些学者曾着重区别《诗经》与乐（或《乐经》）的关系，强调《诗经》超越于一般乐章功能的义理价值，但实际上，《诗》正是通过礼乐时代的歌唱、赋引、诗教等活动，逐渐积淀起经典的属性。也就是说，后世经学或文学阐释所推崇的《诗》在政教、道德、审美等方面的经典属性，最早应该导源于礼乐时代《诗》的乐用实践，以及当时人们对《诗》功能、价值的赋予与认同。因此，重彰《诗经》的乐章属性，考察周代诗乐创制、歌唱的内在机制及其历时嬗变，就具有非凡的意义，不仅可以更历史地了解《诗经》在周代社会的真实地位，也将有助于我们对《诗经》的"经典化"历程有更加追本溯源的认识。正是基于此，笔者十余年来一直致力于从"歌唱"的视角展开《诗经》生成、乐用、流传诸问题的研究。

　　而回顾这期间的研究历程，笔者在研究思路上也曾发生较大转变。起初，笔者意欲以《诗经》文本自身所体现的歌唱性作为切入点来展开相关研究，这较之传统有关《诗经》乐歌属性的宏观讨论，或基于晚出三《礼》文献探讨周代礼乐歌唱的研究来说，或许是一条较为切近和具体的方法路径。但随着理解的深入，笔者逐渐认识到这一研究思路的偏差。尤其是近年来清华简《诗》类文献、安大简《诗》、海昏侯《诗》、王家嘴《诗》的相继面世，说明早期《诗》的流传、传授十分多元复杂，而今本《毛诗》在经学的阐释下已成为一个高度精密、完足、权威的文本，它并不能等同于或者说代表西周春秋以来人们歌唱、赋诵、引说《诗经》的普遍文本；同时，更重要的一点还在于，今本《毛诗》已经高度"文本化""去乐化"，《诗经》的"经典化"建构是与歌唱性能的流失相伴随的。因此，通过今本《毛诗》已经难以真实还原周代歌诗创制、歌唱、流传的复杂形态，在进行《诗经》歌唱研究时，我们应该审慎地利用今本《诗经》，从观念上摆脱《毛诗》对礼乐时代歌诗之文本面貌与乐用形态的限定。所以，本书与其说是基于《毛诗》文本的音乐性分析，毋宁说是回到礼乐时代的"歌唱"语境，关于周代歌诗创制机制、乐用形态及其发展嬗变的历史性研究。

  本书的完成首先得感谢我的导师李山先生。自硕士以来，李老师就嘱我关注《诗经》歌唱问题，他的《诗经析读》《〈诗经〉的创制历程》以及关于《大武》乐章、雅颂对应与图赞说、西周中期穆恭朝与后期宣王朝的诗乐创制、采诗观风、《诗经》中的对唱等相关论著，都深刻影响了我。细心的读者定能在本书中发现李师的学术基因，从师生之谊和学术的传承来看，这对我而言自是一种褒奖。想起在读时，李老师常教导学生，论文要有为而发，言之有物，要开门见山，引人入胜，要一刀切出瓢子。老师还说，文以气为主，要以志帅气，一个人虚的层面有多虚，实的就有多实，要求我们做切己的学问，对历史、道德、人文有主体的关怀和体认。这些金玉良言，在毕业后仍一直让我受益无穷，本书在观点和研究方法上若有些许可取，都是老师金针度人，教导我的。近年来老师蛰居北京师范大学珠海校区，难得有承教的机会，记得2021年疫情期间，在一次线上会议结束后的晚上，与李老师电话聊了三个多小时，从具体的学术论题、治学方法、学界热点，聊到一个理想学者应有的品格等等。最后是在老师手机没电的情况下，我们才结束了通话，时已近夜晚十二点。在今天这样短平快的通讯时代，这样放下心情的电话聊天显得如此珍贵，这不仅确认着师生间学术传承的印记，我相信也是彼此脾性上的默契。所以在本书出版之际，我谨向李山先生的教诲表示深挚的感谢！

在成长道路上，还有很多教导、关心和帮助过我的老师。在清华大学国学研究院期间，博士后导师陈来先生以渊广的学识和儒者的气象，让我切身感受到何为"致广大而尽精微，极高明而道中庸"的境界。刘东先生也总是以饱满的学术热情、锐利的思想力度、深厚的人文关怀，让我赞叹一个学者的生命力。在入职首都师范大学中国诗歌研究中心后，赵敏俐先生也一直关心我的研究，给予我很多指导、鼓励和提携。赵老师早在二十多年前就特别提出"歌诗"的概念，倡导和主办了多次有关古代歌诗与音乐关系的学术活动。可以说，赵敏俐先生一直是《诗经》歌唱研究的领潮人和深耕者。这次请序于赵老师，先生写了万字多的长序，深入阐明《诗经》学发展及礼乐歌唱研究的要义，并对拙著多有揄扬，这些都是我感谢不尽的。在北师大求学期间，尚学峰、郭英德、过常宝以及博士论文答辩主席韩格平、徐正英等先生都对我有很多的教导。近年来，在一些学术活动上，得到了李炳海、黄灵庚、姚小鸥、左东岭、张树国、曹建国、马银琴、徐建委等先生的指教。以上这些老师的教导之恩、知遇之情、问学之谊，都是我要表示深深的感谢的！

本书是笔者所承担国家社科基金青年项目的结项成果，书中部分章节也曾在《文学评论》《文学遗产》《文史》《音乐研究》《清华大学学报》《北京师范大学学报》等刊物上刊载，在此感谢各位匿名评审专家、编辑老师们的指导与鼓励。此外，还有很多师友、同事、同门以及其他生活圈中的同好朋友，都以各种方式关心帮助过我，也谨表谢意，恕不一一提及。

原本只想在后记中略述本书的写作历程，向相关师友表示感谢，但最后还是想提及一下我对家乡人事的一些记忆。我出生在一个浙南最典型的乡村，从小在乡野间长大，并不比一般人更早"志于学"，是乡村宗族间的节庆礼俗和伦理秩序，丧礼上的仪轨、法事道场、吹拉弹唱，逢年过节大礼堂戏台上演绎的才子佳人、忠孝节义，爷爷电唱机里播放的越剧、婺剧唱片……是这些塑造了我对乡土中国、传统文化的体验和想象，"诗书礼乐"首先不是书籍，而是它们的展演性，以及在情感、精神上所能激发的认同，这在我的童年时代就成为我认知的一部分，以至于大学后深入去阅读《诗经》、阅读《礼》书中乡饮酒礼、丧礼丧服等内容时，并不觉得枯燥、陌生。可以说，正是那些耳闻目见的乡村体验，使我在接触现代化、城市化生活之前，在接受学院教育之前，奠定了我的某些性情和价值观念。想起某一年冬天回家，蓦然发现老宅的门楣上隐约镌刻着"种德锄经"四个字。这给我极大的震撼，不曾想三百年前的祖先在农耕之余，也深知经典、经籍中深蕴的智慧，以"种""锄"这样的农耕行为来譬喻立德、治经，更是让我感受到自己以传统学术为志业，有来自祖训的昭示和指引。因此，我愿意在自己第一本学术专著的后记里，感谢我的父母家人、乡土礼俗、旧居古物、溪山草木，是他们赋予了我诸多受用的品性和前行的动力。

  我深知，"十年磨一剑"并不是一个值得称道的学术周期，这一课题也还有不少疑难问题需要进一步思考。在我的理解中，所谓的《诗》无达诂，并不是一个自我开脱的遁词，也不是面对学术难题的无力感叹，而更多体现的是《诗经》丰富的经典性，这允许也吸引我们在更开放广阔的阐释空间中去接近它的内涵。这也正是本书所努力的，书中定有不足，敬请学界师友及读者朋友们不吝指教！

李 辉

2024 年 9 月于北京稻田